HEYNE BÜCHER

SCIENCE FICTION

Herausgegeben
von Wolfgang Jeschke

Von **Stephen R. Donaldson** erschienen in der Reihe
HEYNE SCIENCE FICTION & FANTASY:

DIE CHRONIKEN VON
THOMAS COVENANT DEM ZWEIFLER

ERSTE CHRONIK
Lord Fouls Fluch · 0603740
Die Macht des Steins · 0603795
Die letzte Walstatt · 0603839

ZWEITE CHRONIK
Das verwundete Land · 0604108
Der einsame Baum · 0604109
Der Bann des weißen Goldes · 0604110

ZYKLUS: MORDANTS NOT
Der Spiegel ihrer Träume · 0604530
Einer reitet durch · 0604531

AMNION-ZYKLUS

Der Schritt in den Konflikt:
Die wahre Geschichte · 0605501

Der Schritt zur Vision:
Verbotenes Wissen · 0605502

Der Schritt zur Macht:
Ein dunkler, hungriger Gott erwacht · 0605503

Der Schritt in den Wahnsinn:
Chaos und Ordnung · 0605504

Der Schritt ins Verderben:
Heut sterben alle Götter · 0605505

Stephen R. Donaldson

Der Schritt zur Macht:

Ein dunkler hungriger Gott erwacht

Dritter Roman des Amnion-Zyklus

Aus dem Amerikanischen von
Horst Pukallus

Deutsche Erstausgabe

WILHELM HEYNE VERLAG
MÜNCHEN

HEYNE SCIENCE FICTION & FANTASY
Band 0605503

Titel der amerikanischen Originalausgabe
THE GAP INTO POWER:
A DARK AND HUNGRY GOD ARISES
Deutsche Übersetzung von Horst Pukallus
Das Umschlagbild malte Ralph Voltz

Umwelthinweis:
Dieses Buch wurde auf chlor- und säurefreiem Papier gedruckt.

Redaktion: Wolfgang Jeschke

Erstveröffentlichung
als Bantam Spectra Book by Bantam, a Division of
BantamDoubledayDell Publishing Group, New York
Mit freundlicher Genehmigung des Autors
und Thomas Schlück, Literarische Agentur, Garbsen
(# 34464)

Printed in Germany 1997
Umschlaggestaltung: Atelier Ingrid Schütz, München
Technische Betreuung: M. Spinola
Satz: Schaber Satz- und Datentechnik, Wels
Druck und Bindung: Elsnerdruck, Berlin

ISBN 3-453-11894-4

minieren, wenn der Eindruck entsteht, sie seien nicht mehr so wichtig, nicht mehr *nötig*. Vielleicht wäre infolgedessen meine Position im EKRK geschwächt worden.«

Versonnen hob er die Schultern. »Oder nicht. Vielleicht wäre nichts dergleichen geschehen. Aber die Gefahr war mir zu groß. Darum habe ich es so eingerichtet, daß nur Warden Dios und Hashi Lebwohl von dem Medikament wissen, und daß ausschließlich Hashi Lebwohl es benutzen darf. Zur Absicherung der verdeckten Operationen der Abteilung Datenaquisition, verstehst du? Auf alle Fälle, jetzt trägt also Dios das Risiko dieser Aktion. Natürlich nicht ohne vorherige Absprache mit mir. Er hat dafür vollauf überzeugende Gründe angeführt.« Und wenn nur, um Angus Thermopyle eine Gelegenheit zur Eliminierung des Problems Morn Hyland zu verschaffen. Hyland war VMKP-Leutnantin und hatte ein illegales Zonenimplantat im Schädel, und vermutlich hatte sie von der Existenz des Immunitätsserums Kenntnis erhalten. Sollte sie je aus dem Bannkosmis zurückkehren und verbreiten, was sie wußte, sähen sich das Ressort Öffentlichkeitsarbeit und die ganze VMKP vor einem Desaster in Mega-Größenordnung. »Seine Maßnahme läuft auf einen sogenannten chirurgischen Schlag hinaus.« Holt fuhr sich mit der Zunge über die Lippen. »Entfernung eines Melanoms, ehe es um sich greift. Kurzum, er ist das Risiko mit meinem Segen eingegangen. Und trotzdem kann ich die Sorge nicht überwinden. Ich befürchte, daß Warden Dios sich Schwierigkeiten einbrockt.«

Nornas Entgegnung glich kaum mehr als einem gedämpften Brummeln inmitten des wirren Gefasels und Getönes der TV-Apparate. Doch aus irgendeinem Grund verstand Holt sie so deutlich, als drängen die einzigen Laute im Raum aus ihrem Mund.

»Ich glaube, er verursacht *dir* Schwierigkeiten.«

Holt mußte lachen. »Nun mach aber mal 'n Punkt, Mütterchen. Sei keine Schwarzmalerin. Sonst regst du dich nur unnötig auf. Wir sprechen über Warden Dios. Ich habe ihn zu dem *gemacht*, was er ist, nämlich meine rechte Hand. Er kann nicht einmal zum Klo gehen, ohne daß ich davon meinen Nutzen habe ...«

Voraussichtlich hätte er weitergesprochen; doch seine Prahlerei verklang, als er sah, daß Norna mit knorrigem, zittrigem Finger auf einen der TV-Apparate zeigte.

Zuerst konnte er nicht feststellen, auf welchen. Meinte sie diese Filmromanze? Nein, eine Nachrichtensendung. »... eine Sondermeldung«, sagte markig irgendwo mitten in dem unerträglichen Blahblah ein Männergesicht ohne Hirn, aber in gebieterischem Ton.

Sondermeldung? Welche Sondermeldung? Im Human-Kosmos ereignete sich nichts, von dem Holt Fasner nicht davor gewußt hätte; er *erlaubte* nicht, daß Unvorhergesehenes geschah.

»Ein hochrangiger Informant beim Direktor des Ressorts Öffentlichkeitsarbeit der VMKP im VMKP-HQ hat die Mitteilung bestätigt, daß der Raumpirat Angus Thermopyle aus der Haft geflohen ist.«

Plötzlich rieselte ein Kribbeln an Holts fast noch kraftvollem Rückgrat hinab und zog ihm den Hodensack zusammen.

»Kapitän Thermopyle«, erklärte der Männerkopf, als wäre er mehr als lediglich Teil einer lebensechten, sprechenden Puppe, »ist ein Illegaler, der vor rund sechs Monaten auf der KombiMontan-Station festgenommen, verurteilt und später auf Anordnung des Direktors der VMKP-Abteilung Datenaquisition, Hashi Lebwohl, ans VMKP-HQ ausgeliefert worden ist. Die VMKP-Abteilung Datenaquisition hat nie Gründe für ihr Interesse an Kapitän Thermopyle verlautbaren lassen. Aber wie unser Neuigkeitenteam schon damals berichtet hat, ist Thermopyle kein gewöhnlicher Illegaler. Weithin betrachtet man die Umstände seiner Verhaftung und Verurteilung als ausschlaggebenden Faktor bei der kürzlichen Verabschiedung des sogenannten Autorisierungsgesetzes durch das Erd- und Kosmos-Regierungskonzil. Anscheinend hatte Kapitän Thermopyle durch einen Verräter im Stationssicherheitsdienst der KombiMontan-Station bei seiner Piraterie Beihilfe erhalten. Daraus resultierende Zweifel an der Verläßlichkeit der im Human-Kosmos aktiven Stationssicherheitsdienste überzeugten die Abgeordneten des EKRK von der Notwendigkeit des Autorisierungsgesetzes. Daß es Kapitän Thermopyle gelungen ist, aus dem VMKP-HQ zu entfliehen, muß als beunruhigend genug eingeschätzt werden. Aber unser Informant beim Direktor des Ressorts Öffentlichkeitsarbeit der VMKP hat eingeräumt, daß die Situation noch weit ernster ist, als sie zunächst den Eindruck erweckte. Die Problematik dreht sich um einen Mann namens Milos Taverner, bis dato Stellvertretender Leiter des Stationssicherheitsdienstes der KombiMontan-Station.«

Ach du Scheiße, dachte Holt. Die Beklommenheit breitete sich aus seinem Unterleib auf den Brustkorb aus. Seine Lungen schmerzten, als drohte er nun ernstlich zu altern.

Wie alle Plastinauten kannte auch der Männertorso der Nachrichtensendung keinerlei Rücksicht. »Weil Stellvertretender Sicherheitsdienstleiter Milos Taverner auf der KombiMontan-Station die Verantwortung für die Vernehmung Kapitän Thermopyles trug, wurde er, ebenfalls auf Anordnung des Direktors der VMKP-Abteilung Datenaquisition, zusammen mit Kapitän Thermopyle ins VMKP gebracht. Damals lautete die Begründung, Stellvertretender Sicherheitsdienstleiter Taverner sei von der VMKP-Abteilung Datenaquisition angefordert worden, um die Befragung Kapitän Thermopyles fortzusetzen. Angeblich sollte er über den Häftling einen einzigartigen, unermeßlich wertvollen

Kenntnisstand haben. Jetzt ist jedoch durch unsere Informationsquelle die Einlassung gemacht worden, daß man Stellvertretenden Sicherheitsdienstleiter Taverner nicht um seines besonderen Wissens willen ins VMKP-HQ beordert hatte, sondern wegen des Verdachts, er könnte der im Stationssicherheitsdienst der Kombi-Montan-Station vermutete Verräter sein. Man hatte ihn ins VMKP-HQ bestellt, um über ihn die Wahrheit herauszufinden und die Gefahr, die er verkörpert, zu beseitigen. Aus zum gegenwärtigen Zeitpunkt noch unklaren Ursachen unterlag Stellvertretender Sicherheitsdienstleiter Taverner keiner hinlänglichen Bewachung. Allem Anschein nach ist es ihm möglich gewesen, seinen früheren Komplizen Kapitän Thermopyle aus der Haft zu befreien. Gemeinsam haben die beiden rechtswidrig ein Raumschiff in ihren Besitz genommen und sind aus dem VMKP-HQ geflüchtet.

Für die Menschheit, eine Species, die schon durch die Amnion mit Ausrottung bedroht wird, hat diese offenkundige Inkompetenz der VMKP weitgehende, furchterregende Konsequenzen – eine Species, die durch nichts und niemanden als dieselben Männer und Frauen Schutz genießt, die gerade einen verurteilten Raumpiraten und seinen gefährlichsten Komplizen aus ihrem Gewahrsam haben entweichen lassen…«

Es folgte noch mehr: eine Rückblende auf Kapitän Thermopyles Festnahme und Aburteilung, ein zusammengefaßter Werdegang Stellvertretenden Sicherheitsdienstleiters Taverners sowie obendrein eine tiefschürfende Analyse der Vorgänge durch eine ganze Diskussionsrunde selbsternannter Experten, im wesentlichen Genophoben, Libertarier, freiberufliche Irre und Transnationale Terratreue, Vertreter sämtlicher politischer Gruppierungen, die im EKRK weder Sitz noch Stimme hatten, aber verlangten. Doch Holt Fasner hörte längst nicht mehr zu. Er saß schon am Interkom-Apparat, ließ eine Verbindung zwischen der Konzern-Generaldirektion und dem VMKP-HQ schalten, jagte jedem Techniker und jeder Sekretärin zwischen dem Pflegezimmer seiner Mutter und Godsen Frik Furcht vor dem Drachen ein.

Währenddessen zitterten ihm unablässig die Hände.

WARDEN

In dem für seine Person bestimmten Operativen Kommandozentrum im VMKP-HQ verfolgte Warden Dios mit, wie die *Posaune* sich reibungslos durch den Zuständigkeitsbereich der Orbitalstation entfernte. Abgesehen von der Anwesenheit Min Donners, der Direktorin seiner Operativen Abteilung und gelegentlicher Leibwächterin, war er allein; sonst hatte er jeden hinausgeschickt, sogar die Kommunikationstechniker, deren Aufgabe es war, ihm in Sekundenschnelle Kontakt zu jeder Abteilung und jedem Einsatzort der Vereinigte-Montan-Kombinate-Polizei herzustellen. Er hatte die Tür nicht abgeschlossen, jedoch sämtliche Aufnahmegeräte, Monitoren und Computerlogbücher des OKZ desaktiviert.

Alleinsein war für den VMKP-Polizeipräsidenten eine Seltenheit. Noch seltener fand er Stille. In Min Donners Gegenwart glich die Situation keinem Alleinsein; doch zumindest redete sie nur, wenn sie etwas Wichtiges zu sagen hatte.

Bis jetzt verlief der Abflug der *Posaune* ohne Komplikationen. Das Raumschiff hatte keine Flugzielmeldung gemacht und war auch gar nicht danach gefragt worden; doch das Radarecho auf den Sichtschirmen bewies, daß es genau der festgelegten Trajektorie folgte; es blieb mit der richtigen Geschwindigkeit auf Kurs, reagierte präzise auf die Datenübermittlungen und Vorgaben der zur Navigationsunterstützung positionierten Signalbaken, wie sie nicht nur im Umkreis des VMKP-HQ, sondern überall im Sonnensystem den starken Raumflugverkehr regelten.

Hatte Warden Dios etwas anderes erwartet? Eigentlich nicht. An Bord der *Posaune* flogen nur zwei Menschen, und weder bei Angus Thermopyle noch bei Milos Taverner war es wahrscheinlich, daß sie so bald zu improvisieren anfingen. Hashi Lebwohl hatte Thermopyle einer so vollkommenen Unifikation unterzogen, wie er sie zustandebrachte, und Lebwohl galt als Cybernetikgenie. Insofern mußte man es als nahezu undenkbar einstufen, daß Thermopyle von seiner Programmierung abwich. Und auf jeden Fall hatte Milos Taverner ihn unter Kontrolle.

Und zu welchen Handlungen Taverners ungewisse Treue ihn auch verleiten mochten, er nahm sich gewiß nichts heraus, was Aufmerksamkeit oder bloß Zweifel erregen könnte, solange er sich noch so nahe der Erde und des VMKP-HQ aufhielt. Dafür war er zu gründlich vorbereitet und zu wirksam eingeschüchtert worden. Zudem hatte Warden Dios hinter ihm alle Brücken abgebrochen. Die Verlautbarung, die ein Untergebener Godsen Friks aus dem Ressort Öffentlichkeitsarbeit der Allgemeinheit hatte zukommen lassen, zwang Taverner zur Kooperation. Auf lange Sicht mochte der ehemalige Stellvertretende Leiter des Sicherheitsdienstes der KombiMontan-Station allerlei Mätzchen wagen; aber hier traute er sich bestimmt nichts anzustellen.

An sich hatte der VMKP-Polizeipräsident keinen Grund, um noch in seinem Operativen Kommandozentrum herumzusitzen. Er hätte sich schon längst anderen Pflichten widmen können. Aber er schätzte zu sehr die Stille und das fast völlige Alleinsein. Allein mit Min Donner blieb er in der Abgeschiedenheit seines OKZ und sah zu, wie die *Posaune* – und mit ihr ein Teil seines Schicksals – aus seinem Einflußbereich entschwand.

Nach seiner Überzeugung stand die Existenz der gesamten Menschheit auf dem Spiel. Andernfalls hätte er sich zu dem, was er tat, nicht durchzuringen vermocht.

Warden Dios war ein starker Mann; er hatte einen breiten Brustkorb und kraftvolle Arme. Die Umrisse seines Gesichts und Kinns wirkten so hart, als wären sie aus Metall gegossen. Und dank seiner über die Augenprothese geklebten Augenklappe sowie der Hakennase wirkte er um so energischer. Manchmal brauchte er allerdings mehr als Kraft, um die Belastung seiner verborgenen Absichten zu ertragen. Er mußte sich die Folgen eines eventuellen Scheiterns verdeutlichen.

Sollte er scheitern, wäre Holt Fasners Sieg das Ergebnis.

Warden Dios war zu weitgehend daran beteiligt gewesen, dem Drachen zu seiner heutigen Macht zu verhelfen; nachdem er mittlerweile endlich die Gefährlichkeit dessen einsah, was er und Holt gemeinschaftlich betrieben hatten, konnte er unmöglich die Verantwortung einfach von sich weisen.

Für einen Augenblick verschwamm das Radarecho des abgeflogenen Raumschiffs, als eine neue Signalbake die Funksteuerung übernahm. In einer Stunde sollte die *Posaune* die planmäßige Position für den Übergang ins Hyperspatium erreichen; die Koordinaten lagen erheblich näher an der Erde, als man sie anderen Raumschiffen gestattete, aber innerhalb der zur Nutzung durch die VMKP reservierten Prioritätszone. Danach war die *Posaune* fort; und Warden Dios mußte mit den Konsequenzen seines Tuns leben.

Min Donner verlagerte geringfügig ihr Körpergewicht; ihre Finger strichen über den Griff der Schußwaffe, die sie stets mitführte. Warden mutmaßte, daß sie die Impacter-Pistole auch ins Bett mitnahm. »Glauben Sie wirklich«, fragte sie leise, ohne den Blick von den Sichtschirmen zu heben, »daß die Sache gutgeht?«

Warden schaute sie an. Nie milderte sich der strenge Ausdruck ihres Munds; ihr pechschwarzes Haar wies, seit sie Wardens wertvollste Mitarbeiterin geworden war, genau dieselben grauen Strähnen auf. Sie hatte einen ausreichend hitzigen Blick, um Männern mit weniger eisenhartem Charakter – oder weniger Narbengewebe auf der Seele – das Gemüt zu versengen.

Auf sonderbar unpersönliche Weise liebte er sie. Auf persönlichere Weise respektierte er sie für ihre moralische Klarheit, die Treue zu ihren Untergebenen in der Operativen Abteilung; wegen ihrer Hingabe ans Gesetz und an die Macht, die die unvollkommene Integrität des Human-Kosmos gewährleisteten. Vor Jahren hatten diese Eigenschaften ihm das Herz zum Schwellen gebracht. Jetzt gaben sie ihm Anlaß zu Kummer.

Infolge seiner traurigen Stimmung war er weniger zurückhaltend, als er es sein sollte. »Ich glaube, wenn nicht«, antwortete er, »zwingt der Drache mich zum Seppuku.«

Nun drehte sie ihm ruckartig das Gesicht zu. Ihr Blick schien sich in seine Augen zu brennen, in das natürliche Auge ebenso wie in die artifizielle Prothese. Ihr ganzer Körper lohte von Infrarotemissionen. »Warum tun Sie's dann?«

»Min ...« Es stand außer Frage: er hätte stärker auf der Hut sein müssen. Diese Blöße hätte er sich nicht geben dürfen. Sie lebte schon gefährlich genug, nur weil sie Direktorin der Operativen Abteilung war – und ein durch und durch ehrlicher Mensch. »Welche Alternativen hätte ich denn nach Ihrer Ansicht?«

»Sie könnten *mich* hinschicken«, gab sie ohne Zögern mit gepreßter Stimme zur Antwort. »Oder mich ein Team zusammenstellen lassen. Statt einen Cyborg und einen Verräter zu schicken und obendrein Morn Hyland zu opfern« – Min gehörte nicht zu den Frauen, die es davor grauste, Unangenehmes auszusprechen –, »hätten Sie jemanden Vertrauenswürdigen für den Versuch einsetzen sollen, beides durchzuführen, Kassafort zu eliminieren *und* Morn Hyland zu retten.«

Sie ließ ihn nicht zu Wort kommen. »Es ist selbstmörderischer Wahnsinn, zu dulden, daß sie sich dort herumtreibt«, fügte sie sofort hinzu. »Sie könnte den Amnion in die Hände fallen. Und sie hat es nicht *verdient*, daß man sie im Stich läßt. Sie hat's nicht verdient, einfach gleichzeitig mit der Vernichtung der Schwarzwerft aus ihrem Elend erlöst zu werden. Wenn Sie der Ansicht sind, daß Taverner und Thermopyle ungeeignete Leute sind, um sie zu retten« – Mins Tonfall ätzte wie Säure, ihr Körper hatte die Farbe von Mineralsäure angenommen – »wenn Sie es als zu schwierig ansehen, den beiden ihre Befreiung zuzumuten, versuchen Sie's anders. Lassen Sie mich ein Team zusammenstellen. Oder schicken Sie mich.«

Plötzlich verstummte sie. Dios sah die Verkrampfungen längs ihrer Kiefer, während sie sich weitere Äußerungen, die zu machen sie die Versuchung verspürte, verbissen verkniff.

»Ich verzichte auf diese Optionen«, log Warden, indem er seinen Gram verheimlichte, »weil Leutnantin Hyland für uns keine Bedeutung mehr hat. Ob Sie das verstehen oder nicht, ist mir einerlei. Und es ist mir gleich, wie schmerzlich es ist, sie zu opfern. Jetzt zählen nur noch Thermopyle und Taverner. Alles hängt von ihnen ab. Wäre ich zu unnötigen Risiken bereit gewesen – zum Beispiel, indem ich ihren Auftrag durch den Befehl erschwert hätte, zusätzlich Morn Hyland herauszuhauen –, könnten sie genausogut hier geblieben sein.«

Und falls sie scheitern, ist das unser Untergang.

Offenbar war Min sich darüber im klaren, daß sie ihr Unbehagen nicht vor ihm verbergen konnte. Trotzdem wandte sie ihr Gesicht ab, damit er ihre Augen nicht sah, nicht ihre Miene.

Min, vertraust du mir noch? hätte Warden sie am

liebsten gefragt. Wirst du zu mir stehen? Doch er wußte, sie würde ihm allemal die Wahrheit sagen – aus Gründen, die keineswegs mit seiner Befähigung zusammenhingen, Lügen zu durchschauen –, also ließ er sie ihre Antworten für sich behalten. Dazu hatte sie ein Recht. Anstatt überflüssige Fragen zu stellen, tat er nun seinen nächsten Schritt auf dem Weg der Schuldhaftigkeit und Aufopferung, für den er sich entschieden hatte.

»Ich möchte, daß Sie etwas für mich erledigen«, sagte er. »Selbst kann ich es nicht tun, aber es muß geschehen.«

Sie wartete ab, ohne sich zu regen.

Warden unterdrückte ein Seufzen. »Haben wir im Regierungskonzil irgendwelche Befürworter? Ich meine solche, die gleichzeitig Gegner der VMK sind? Ich müßte darüber Bescheid wissen, aber es fällt mir fürchterlich schwer, mich mit politischem Kleinkram zu beschäftigen.«

Er sah ihr, während sie nachdachte, ihre Verwunderung an. »Sprechen Sie von einer Fraktion?« erkundigte sie sich einen Moment später. »Oder von Einzelstimmen?«

»Von Individuen. Konzilsmitgliedern.«

Min atmete in einer Art aus, daß es nach einem gedämpften Schnauben klang. »Kapitän Vertigus«, meinte sie, indem sie sich Dios wieder zukehrte.

Warden Dios hob die Brauen, um den Eindruck zu vermitteln, er sei überrascht. Kapitän Sixten Vertigus, Ex-Kommandant des Intertech-Forschungsschiffs *Komet*, war der erste Mensch gewesen, der einen Amnioni gesehen hatte.

»Er muß inzwischen neunzig sein«, begründete Min ihren Vorschlag, »aber er ist wenigstens noch dazu imstande, Zivilcourage zu zeigen, während das übrige Konzil sich aufs Nörgeln beschränkt. Jedenfalls ist er aufgrund seines Alters Ehrenvorsitzender des Vereinten Westlichen Blocks, hat allerdings keine wirkliche Macht. Den Nachrichtensendungen zufolge hält er regelmäßig Reden, in denen er den Drachen kritisiert und seine ›Gier nach der VMK-Allmacht‹ angreift. Andererseits stimmt er jedesmal für uns, wenn von uns betreffende Beschlüsse gefällt werden. Wozu brauchen Sie ihn?«

Warden Dios verharrte vollständig reglos an seinem Platz, um der OA-Direktorin zu verhehlen, welche erstrangige Wichtigkeit er der Sache beimaß. »Ich wünsche, daß Sie mit ihm sprechen«, antwortete er im gleichmäßigen Tonfall normaler Konversation. »Ich will, daß Sie ihn von der Notwendigkeit überzeugen, im EKRK ein Gesetz durchzubringen, das uns von den VMK abtrennt. Wir müssen eine eigenständige, ausschließlich dem Regierungskonzil verantwortliche Polizeitruppe werden. Wir müssen die Polizei der *ganzen Menschheit* sein, nicht bloß die private Söldnerorganisation des Drachen. Und ich lege darauf Wert, daß er die Angelegenheit *sofort* anpackt.«

Die Farben, die aus Min Donners Gesicht strahlten, verrieten Warden, daß sie schon lange darauf gewartet hatte, ihn so etwas sagen zu hören.

»Bereiten Sie sich gründlich vor«, ordnete er an. »Erklären Sie ihm mit allem Nachdruck, auf was es ankommt. Bewegen Sie ihn dazu, sein gesamtes persönliches Prestige und all seine Erfahrung aufzubieten, sich mit voller Leidenschaft dafür einzusetzen.«

Daß Sixten Vertigus ein Mann mit beachtlicher Leidenschaftlichkeit war, wußte Warden. Andernfalls hätte Vertigus nicht gegen Holt Fasners explizite Anweisung verstoßen, mit den Amnion in keinen persönlichen Kontakt zu treten.

»Und verhindern Sie, daß er sich mit Einzelheiten aufhält. Schreiben Sie ihm die Gesetzesvorlage auf, wenn's sein muß. Am wichtigsten wird ihm wohl die Frage sein – und an der Beantwortung dürften alle

Konzilsmitglieder Interesse haben –, wer uns finanzieren soll. Welche Finanzquellen die Funktion der VMK-Fonds übernehmen können. Die Antwortet lautet: Jede Firma, die irgendwie Geschäfte im Weltall macht, ist dafür zu besteuern. Der Großteil des Budgets wird dann nach wie vor von der VMK stammen. Aber wir werden dadurch eine von der Industrie unabhängige Polizeitruppe, ein selbstständiger Bestandteil des Staatsapparats, statt bloß Handlanger der VMK zu sein. Dann können wir endlich so tätig werden, wie Polizei arbeiten *soll.* Ich möchte, daß die Eingabe dem EKRK innerhalb von achtundvierzig Stunden vorliegt.«

Bevor Holt Fasner erfährt, was auf Thanatos Minor abläuft.

Min Donners Augen leuchteten genauso wie ihre Aura. Sie drehte sich ihm direkt zu. »Das läßt der Drache Ihnen nicht durchgehen«, sagte sie leise. »Er hat genug Stimmvieh im Regierungskonzil sitzen, um es zu vereiteln. Und wenn er rauskriegt, was Sie vorhaben, stuft er es als Verrat ein. Er ist unzweifelhaft Ihr *Boss.* Als VMK-Generaldirektor verfügt er sowohl über die Vollmacht wie auch genügend persönlichen Einfluß, um Sie zu *feuern.*«

Bedächtig lächelte der VMKP-Polizeipräsident. »Genau darum ist der Vorgang absolut vertraulich zu behandeln. Sollte Godsen Frik oder bloß Hashi Lebwohl etwas erfahren, falls *irgend*wer außer Ihnen, mir und Kapitän Vertigus auch nur im geringsten davon Wind bekommt, ist alles verloren.« Vielleicht sind nicht allein wir verloren, sondern ist es die Menschheit insgesamt. »Vor allem berücksichtigen Sie, daß es ganz wesentlich ist, *mich* aus der Sache rauszuhalten. Nicht einmal Kapitän Vertigus darf wissen, daß die Idee auf mich zurückgeht. Was ihn betrifft, soll er glauben, das Gesetz sei Ihr Einfall. Ich will, daß er sich dafür engagiert, weil er von der Richtigkeit überzeugt ist, und nicht, weil er glaubt, ich versuche Holt Fasner eins auszuwischen.«

Min Donner nickte knapp. »Chef…«, fing sie an. »Warden…« Doch sie mußte einen Moment lang überlegen, ehe sie die passenden Worte fand. »Ich mag Sie gar nicht fragen, was das mit Thermopyles und Taverners Aktion gegen Kassafort zu schaffen hat. Aber ich *bitte* Sie *inständig*, auf sich achtzugeben. Ein so gefährliches Spiel kann Sie das Leben kosten.«

»Min, Min…« Warden spreizte die Hände zu einer Geste humoriger Ratlosigkeit. »Er gilt nur als Drache. Er ist kein Gott.«

Seine Erwiderung heiterte Min nicht auf. »Ja, aber Sie sind auch keiner. Ich wette, sogar Sie bluten, wenn er Ihnen den Kopf abreißt. Ich würde wetten, daß…«

Wahrscheinlich hätte sie noch so manches mehr von sich gegeben; jetzt sprach aus ihr all ihre Vehemenz, für die sie nur wenig Ventile hatte. Doch ein schüchternes Klopfen an die Tür des OKZ unterbrach sie.

Ohne daß der Polizeipräsident die Erlaubnis zum Eintreten erteilt hätte, rollte die Tür beiseite. Vorsichtig steckte eine bleiche und mehr als nur ein wenig verängstigte OKZ-Kommunikationstechnikerin den Kopf herein.

»Polizeipräsident?«

Benehmen Sie sich nicht so schafsköpfig, hätte Warden sie aus spontaner Verärgerung am liebsten angeschnauzt. Wann habe ich das letzte Mal eine Kommunikationstechnikerin umgebracht – oder lediglich degradiert, oder gerügt –, nur weil sie ihre Arbeit getan hat?

Aber er beherrschte sich. So etwas wäre riskant gewesen, weil symptomatisch für eine innere Anspannung, die durchblicken zu lassen er sich nicht leisten konnte. Er lächelte, um seinen Mißmut zu übertünchen, und wartete auf das Anliegen der Technikerin.

»Es geht um den RÖA-Direktor«, erklärte sie leicht

täppisch. »Godsen Frik. Er versucht Sie zu kontaktieren. Es sei dringend, sagt er. Ich kann ihn mit Ihrem Interkom-Anschluß verbinden.« Sie nickte in die Richtung des Apparats, der vor Warden auf der Konsole stand.

Trotz des Brennens der Beunruhigung in seinen Adern zwang Warden sich zu fortgesetztem Lächeln. »Danke, Technikerin.« Sich in so einem Moment damit abzuplagen, sich an den Namen der Frau zu erinnern, hatte er wahrhaftig keine Lust. »Bitte geben Sie Direktor Frik durch, daß er mich gerade verpaßt hat.« Die Technikerin zögerte. »Das ist alles«, stellte Dios klar.

Das Gesicht der Frau verschwand, und die Tür glitt zu.

Min Donner bewahrte Schweigen. Es bedeutete eine Erleichterung für Warden Dios. Möglicherweise war seine Liebe zu ihr doch nicht so unpersönlicher Natur. Oder vielleicht war er ihr nur dafür dankbar, daß sie ihm noch immer tief genug vertraute, um ihn auf das eigene Verderben hinarbeiten zu lassen, ohne ihn mit Fragen zu nerven.

Sie hätte ihre Fragen aussprechen dürfen. Das Recht dazu hatte sie. Immerhin war sie seine wertvollste Mitarbeiterin, seine beharrlichste Anhängerin; ab und zu seine Leibwächterin und bisweilen nach seinem Willen Henkerin. Wenn er nicht *größte* Vorsicht walten ließ – und wenn sie nicht alles, was er ihr zumutete, haargenau so ausführte, wie er es verlangte –, mußte sie nahezu mit Gewißheit sein künftiges Schicksal teilen, mochte es einen guten oder verhängnisvollen Verlauf nehmen.

Das war einer der Gründe für seine Bekümmertheit. Einer von vielen Gründen.

MILOS

Milos juckte die Kopfhaut. Ihm juckte sogar der ganze Körper. Milos war schmutzig, viel zu schmutzig. Dermaßen viel Schmiere an den Händen und auf der Bordmontur, soviel Öl im Gesicht und derartig viel alten, verkrusteten Schweiß am Unterleib zu haben, war ihm höchst zuwider. Schon als Kind hatte er es aus Reinlichkeit vermieden, in einen solchen Zustand abzusinken. Er fühlte sich, als wäre er über und über mit Exkrementen besudelt.

Das löste bei ihm mehr Zorn aus, als er je im Leben empfunden hatte.

Natürlich trug er an alldem keinerlei Schuld. War er zur *Scheiß*polente der Vereinigten Montan-Kombinate nicht ehrlich gewesen? Etwa nicht? Doch, er war es gewesen. Er verhielt sich zu jedem ehrlich, der ihn bezahlte. Nicht einmal der Sicherheitsdienst der Kombi-Montan-Station hatte, obwohl man die Sache dort womöglich anders sah, irgendeinen rechtmäßigen Anlaß, um über ihn zu klagen.

Sicher, er hatte Stationsvorräte zweckentfremdet, um Succorso dabei zu helfen, Thermopyle eine Falle zu stellen – nicht auf Anweisung seiner Vorgesetzten in der Kombi-Montan-Station, sondern auf Wunsch Hashi Lebwohls –, aber dieser kleine Trick hatte sich bestens bewährt. Und sobald Thermopyle eingesperrt gewesen war, hatte Milos alles unternommen, was ein Stellvertretender Sicherheitsdienstleiter nur leisten konnte, um ihn auszuquetschen. Wenn die Ergebnisse den Stationssicherheitsdienst nicht befriedigten, sollten sie das nicht ihm, Milos, zum Vorwurf machen, sondern Thermopyle.

Milos Taverner blieb immer ehrlich. Er tat etwas für das Geld, das er erhielt.

Außer wenn ihm der Boden unter den Füßen zu heiß wurde. Dann sorgte er sich um die eigene Sicherheit und ließ die Leute, die ihn bezahlten, ihren Kram selbst erledigen. Aber das konnte ihn unmöglich jemand verübeln. Das war nichts anderes als eine verzeihliche menschliche Schwäche. Der Drang zum Überleben war so notwendig – und so unvermeidbar – wie das Bedürfnis des Essens und Trinkens.

Was Hashi Lebwohl und Warden Dios – ausgerechnet Dios! – ihm jetzt abverlangten, war nicht im geringsten gerechtfertigt.

Sie schickten ihn in der gemeinsten Art und Weise aufs Glatteis.

Und sie hatten weniger Grund zur Klage über ihn als die KombiMontan-Station. Im Dilemma zwischen Lebwohls Wille, Thermopyles Schweigen sicherzustellen, und der Anordnung der KombiMontan-Station, ihn zum Reden zu bringen, hatte er den ersteren zu Lasten des zweiteren Wunschs erfüllt. Die Tatsache, daß Thermopyle zu verstockt gewesen war, um sich zu Aussagen nötigen zu lassen, blieb ohne Belang. Milos hatte der Abteilung Datenaquisition die erbetene Gefälligkeit erwiesen. Weder Lebwohl noch Dios hatten irgendeinen Vorwand zur Kritik an dem ihnen erbrachten Resultat.

Trotzdem saß er jetzt hier: auf dem Posten des Ersten Offiziers der *Posaune,* war zumindest nominell verantwortlich für Kommunikation, Scanning sowie Daten- und Schadensanalyse; sah er sich kurz davor, mit demselben ekligen Illegalen in die Tach zu wechseln, den er geleimt hatte; drohten ihm Unheil und Tod im Bannkosmos. Und in diese Lage war er nicht nur *zwangsweise* von eben den Leuten gebracht worden, deren

Wünsche er erfüllt hatte; überdies war es auf eine *ganz dreckige* Tour geschehen.

Um als Crewmitglied Kapitän Thermopyles, den man auf Thanator Minor kannte, glaubhaft zu sein, hatte man ihm erklärt. Scheiße. Er kannte den wahren Grund, und er hing nicht mit Glaubwürdigkeit zusammen. Er hatte etwas mit Macht und Unterwerfung zu tun.

Milos Taverner konnte sich nicht an eine Zeit seines Lebens erinnern, in der er in dieser Hinsicht Mißverständnissen erlegen wäre.

Seit seiner Kindheit in einer der heruntergekommeneren und verseuchteren Städte der Erde war er sich immer dessen bewußt gewesen, daß die einzige hilfreiche Methode, um sich gegen eine etwaige Schädigung durch eine Gossengang zu schützen, daraus bestand, ihr Informationen über die Pläne und Umtriebe einer anderen Gaunerbande zu liefern; daß man Sicherheit am besten mit den Geheimnissen anderer Leute erkaufte. Wenn man bei einer Gossengang als wichtige Informationsquelle galt, genoß man ihren Schutz.

Aber naturgemäß war das eine nur zeitweilige Abhilfe. Irgendwann kam die andere Gossengang dahinter, was man tat, und rückte dem Informanten auf die Pelle. Dann wurde die Situation zu bedrohlich, um das Überleben zu garantieren. Das alleinige wirklich effektive Verfahren, um eine heile Haut zu behalten, war also, beiden Seiten Informationen zu geben; sich bei beiden Gossengangs – oder bei dreien oder vieren, so vielen eben, wie es in der Stadt gab – einen wichtigen Part zu verschaffen; möglichst viel Einfluß darauf zu nehmen, was die Banden wußten, um den Umfang der eigenen, komplizierten Verpflichtungen zu kaschieren.

Doch nicht einmal das reichte gänzlich aus. Gossengangs schützen ihre Informanten – damals nannte man Jungs wie Milos ›Späher‹ –, aber respektierten sie nicht. Die Schweinehunde schikanierten und drangsalierten ihre Späher, wann sie gerade dazu Lust hatten. Ähnlich wie die VMKP unterzogen sie ihre Spitzel demütigenden und gefährlichen Treueprüfungen.

Es ging um Machtausübung und Unterwerfung.

Als Milos Taverner zehn Jahre alt gewesen war, hatte er auch damit zurechtzukommen gelernt.

Erstaunlicherweise war es ziemlich leicht. Ein, zwei Wörtchen ins richtige Ohr geflüstert – nicht zu häufig, nicht zu offensichtlich –, und einzelne Sausäcke, die Milos malträtiert oder getriezt hatten, wurden plattgemacht. Es mochte sein, daß Gossengangs für ihre Späher keinen Respekt erübrigten; allerdings hatten sie zu spürbare Nachteile, wenn sie duldeten, daß Außenstehende ihre Informanten belästigten.

Alles was Milos als Existenzbedingung brauchte, die eine, absolut unverzichtbare Grundvoraussetzung, um den Kopf aus der Schlinge zu halten, war folgendes: niemand durfte erfahren, daß er für beide Seiten spionierte.

Infolgedessen irrten sich der mächtige Warden Dios und sein teurer Hashi Lebwohl – ganz zu schweigen von der scheinheiligen Min Donner – in bezug auf Milos. Sie ahnten nicht, welche unschönen Konsequenzen ihr unfreundliches Verhalten haben sollte.

Sie bildeten sich ein, sie müßten nur ihre Macht ausspielen und ihn mit der Nase in den Dreck stoßen, ihm ein Gefühl der Unterlegenheit und Elendigkeit einflößen, und schon hätten sie ihn so tief erniedrigt, daß er sich willig den Kopf in die Schlinge stecken ließ.

Milos bezweifelte keinen Augenblick lang, daß er in ernster Gefahr schwebte. Falls Lebwohls und Dios' Pläne aufgingen, war schließlich auf Thanatos Minor, wenn ihr Lieblingscyborg sein Programm in die Tat umsetzte, kaum mit Überlebenden zu rechnen. Und daß Milos zu ihnen zählte, war wenig wahrscheinlich;

ihm fehlten, um am Leben zu bleiben, Thermopyles verbesserte Befähigungen.

Selbstverständlich bauten Lebwohl und Dios auf genau diesen Umstand. Wenn jemand mit der *Posaune* zum VMKP-HQ zurückkehrte, dann sollte es der Cyborg sein, in den sie soviel Geld investiert hatten, nicht der vergleichsweise kostengünstige Mensch Milos Taverner.

Aber sie hätten klüger sein müssen.

Sie hätten ihm nicht die Kommandocodes zur Steuerung Thermopyles verraten dürfen. Hätte man ihm nicht die Möglichkeit eingeräumt, Angus Thermopyles vorprogrammierte Zwänge umzuändern, stünde ihm nur eine Option offen, könnte er seinen Zorn nur auf eine Weise ablassen. So jedoch hatte er mehrere Alternativen.

Eine davon war, die Bitterkeit über seine Erniedrigung wenigstens zum Teil an Thermopyle abzureagieren.

Allerdings nicht hier; nicht in der Nähe des VMKP-HQ; nicht solange die Polente beobachten konnten, was an Bord der *Posaune* geschah. Milos war eine Zeitlang zu warten bereit. Mindestens bis das Raumschiff vom Typ Interspatium-Scout – über das Milos sehr wenig wußte, das Thermopyle hingegen in- und auswendig kannte – in die Tard zurückgefallen war, das Hyperspatium durchquert hatte.

Also ließ er sich durch die derben Schmähungen, mit denen Thermopyle ihn beinahe ununterbrochen überhäufte, nicht provozieren. Zudem wußte er, daß die Beleidigungen auf nicht mehr als hilfloses Schäumen und Geifern hinausliefen; sie waren kaum etwas anderes als ein fast nebensächlicher Ausfluß der Bosheit, die fortwährend in Thermopyle kochte. Thermopyle schenkte seinem Begleiter keine wirkliche Beachtung. Alle wichtigen Aspekte seines cyborgisierten Geists konzentrierten sich auf sein neues Raumschiff; aufs Erfühlen der in seine Hand gegebenen Energie; auf die Kenntnisnahme selbst jeder noch so geringfügigen Information, die seine Datenspeicher über es enthielten. Und darauf, sich auszumalen, was er mit dem Raumschiff leisten konnte.

Nein, auf mehr als bloßes Ausmalen: er *ertastete* das Leistungsvermögen, fühlte sich mit Leib und Seele hinein. Milos hatte schon genug Bösartigkeit in Thermopyles Augen gesehen, um sich sein Lebtag lang davor zu gruseln. Er hatte den Eindruck, daß nur er, er allein – jedenfalls nicht Hashi Lebwohl oder Warden Dios –, das volle Ausmaß der Gehässigkeit einzuschätzen verstand, die in Thermopyle siedete und brodelte. Er durchschaute, wie Angus Thermopyle innerlich von Haß *strotzte.* Aber noch nie hatte er etwas gesehen wie den Ausdruck zutiefst ruchloser Freude, der im Gesicht des Cyborgs glänzte, während er sich mit der *Posaune* vertraut machte. Beim Betätigen der Kontrollen und Betrachten der Sichtschirme wirkte Thermopyle, als hätte er einen Orgasmus.

Scheiße. Scheiße noch mal.

Sobald die *Posaune* das Hyperspatium verlassen hatte, gedachte Milos seine Macht über den vermeintlichen ›Kapitän‹ unverzüglich und mit aller Härte zu nutzen. Fast so sehr, wie er zu überleben wünschte, wollte er diesen Ausdruck abstoßender Ekstase von Thermopyles Visage fegen.

Aber nicht jetzt; noch nicht. Statt sich durch Thermopyles Häme zur Unbesonnenheit verführen zu lassen, befaßte er sich mit der eigenen Kontrollkonsole, orientierte sich daran so rasch, wie seine kurze, hauptsächlich theoretische Unterweisung in den Funktionen dieses Raumschiffs es ihm in der Praxis erlaubte.

Mit der Schadensanalyse hatte er keine Probleme; die meisten Bordsysteme arbeiteten automatisch und gaben laufend Meldung. Die Datenverarbeitung unterschied sich kaum von der Computertätigkeit, die er als Stellvertretender Leiter des Stationssicherheitsdienstes der KombiMontan-Station jahrelang ausgeübt hatte. Und aus naheliegenden Gründen, über die er jedoch immer Verschwiegenheit gewahrt hatte, wußte er längst alles über Kommunikation, was er darüber je an Wissen brauchte. Eine andere Sache war allerdings das Scanning. Er hatte noch nie mit Dopplersensoren oder Partikelanalysatoren gearbeitet, ebensowenig mit... Was war das für ein Ding? Ein Dimensionalstress-Indikatiometer? Er verstand die Informationen, die sie bereitstellten, nur auf die oberflächlichste Weise.

Aber keine seiner ›Aufgaben‹ hatte irgendeinen Einfluß auf das eigentliche Fliegen des Raumschiffs. Das war ein zweites Problem. Kommandoposition, Steuerung, Bordwaffen, Antrieb, auch Lebenserhaltungssysteme und allgemeine Wartung: alle befanden sich unter Angus Thermopyles Kontrolle. Theoretisch wie praktisch hing Milos' Überleben von seiner Fähigkeit ab, Angus Thermopyle unter seine Gewalt zu zwingen.

»Sind Sie fertig?« fragte Thermopyle. Seine Stimme klang so unbekümmert destruktiv wie das Mahlen einer Erzmühle. »In ein paar Minuten sind wir in der beschissenen privaten Tach-Übersprungszone der Astro-Schnäpper. Ich will nicht, daß Sie in die Hose machen, wenn wir in die Tach wechseln. So ein Gestank ist mir verhaßt. Es stinkt schon schlimm genug, bloß weil Sie an Bord sind.«

»Na und?« erwiderte Milos halblaut, ohne die Aufmerksamkeit von seinen Anzeigen zu wenden. »Sie hassen alles und jeden.« Er verabscheute und fürchtete schon die bloße Tonlage von Thermopyles Stimme; doch es hatte grundsätzliche Bedeutung, dem Halunken klarzumachen, daß er ihn, Milos, nicht einschüchtern konnte. »Gestank ändert überhaupt nichts.«

Angus prustete. »Das sagen Sie. Dann haben Sie wohl sich selbst noch nie gerochen. Sie wissen nicht soviel über Scheiße wie ich weiß.«

Milos sparte sich den Aufwand einer Entgegnung. Er war unter Gossengangs aufgewachsen. Und auf der KombiMontan-Station hatte er Monate damit zugebracht, Angus Thermopyle zu verhören. Mit der ganzen Scheiße menschlicher Schlechtigkeit hatte er mittlerweile genug Erfahrungen fürs Leben gesammelt.

Die Anzeigen der Steuerung verwiesen ihn darauf, daß nur noch dreiundfünfzig Sekunden Flug die *Posaune* von der für die VMKP reservierten Tach-Übersprungszone trennten. In anderthalb Minuten sollte das Raumschiff ins Hyperspatium wegtauchen.

Und damit verließen sie den Human-Kosmos. Beide.

Vielleicht auf Nimmerwiedersehen.

Wenn die Hyperspatium-Durchquerung hinter ihnen lag, sollte Angus Thermopyle merken, wieviel Ahnung Milos Taverner von Scheiße und vom Durchkommen hatte.

»So, gleich gibt's was auf die Eier«, rief Thermopyle achtzig Sekunden später, krähte fast. »Sind wir erst mal durch, wird alles anders. Ihr Mieslinge habt mich das letzte Mal übers Ohr gehauen.«

Milos wußte, daß das nicht stimmte. Im Rahmen eines durchsichtigen Versuchs, ihn aufzumuntern, hatte Hashi Lebwohl ihm gestattet, sich an Monitoren der VMKP-Abteilung Datenaquisition eine gewisse Anzahl der mit Thermopyle vorgenommenen Tests anzuschauen. Und er hatte etliche Testergebnisse lesen können. Alles hatte unbestreitbar verdeutlicht, daß Thermopyle der Unifikation mit vollständiger Gründlichkeit und Genauigkeit unterzogen worden war; daß er niemals gegen seine Programmierung handeln konnte. Trotz seiner sämtlichen verbesserten Fähigkeiten war er das hilfloseste Lebewesen des Human-Kosmos.

Dennoch breitete Milos, ohne darüber nachzudenken, sogar ohne sich dessen bewußt zu sein, die Hand über den Unterleib, als die *Posaune* in die Tach hinüberwechselte.

KASSAFORT

Selbst während die Vereinigte-Montan-Kombinate-Polizei auf dem Höhepunkt ihrer Macht stand, gelang es einer Reihe illegaler Raumwerften bzw. Schwarzwerften, im Human-Kosmos und an seinen Grenzen in Betrieb zu bleiben und gelegentlich sogar zu gedeihen.

Ihre Existenz hatte eine ganz einfache Ursache. Der Bannkosmos hatte gewaltiges Verlangen nach denselben Rohstoffen, die die Erde selbst in Riesenmengen benötigte, und gleichzeitig nach den technischen Massenprodukten, auf deren Fabrikation die Menschheit sich so glänzend verstand; der legale Handel, durch die Vereinigten-Montan-Kombinate sowohl ermöglicht wie auch eingeschränkt, konnte diese enormen Anforderungen nicht erfüllen. Um ihren Bedarf trotzdem zu decken, waren die Amnion für das, was sie haben wollten, bestens zu zahlen bereit, ohne nach dem Ursprung der Güter zu fragen. Diese Einstellung behielten sie bei, obwohl sie mit der Menschheit Verträge abgeschlossen hatten, die ausdrücklich jeden Schwarzhandel verboten. Dadurch entwickelten sich Piraterie und Schwarzhandel zu einem blühenden Gewerbe. Für etwas Mühe verhießen sie höheren Gewinn als ehrliche Prospektoren- oder Schürftätigkeit.

Daß damit große Risiken einhergingen, unberechenbare Faktoren das Leben erschwerten, waren Nachteile, die noch nie in der Geschichte der Menschheit Kriminelle abgeschreckt hatten. Doch daß man zur Piraterie schnelle, hochgradig leistungstüchtige Raumschiffe brauchte, wäre eine höchst ungünstige Bedingung gewesen, hätten keine Schwarzwerften existiert. Raumschiffe ließen sich erheblich schwieriger als ihre Fracht entwenden. Kaperte man sie auf der Reede, drohte den neuen Besitzern die Gefahr, daß ihnen die Flucht mißlang. Und griff man sie irgendwo mitten im Weltall an, trug das Raumschiff meistens zu starke Schäden davon, um noch weiter von Nutzen zu sein.

Das Entstehen der Schwarzwerften beruhte auf der schlichten Logik der menschlichen Dieberei. Profitsucht und Gewinnstreben waren der Motor, der die Erde und ihre weithin im All verstreuten Raumstationen antrieb. Verspürten Menschen mit skrupellosen Gemütern diese Habgier, befriedigten sie sie mit illegalen Mitteln. Die Gesetzmäßigkeit von Nachfrage und Angebot bewog viele von ihnen zwar nicht zur direkten Piraterie, aber zu Unterstützungsdiensten für die Raumpiraten.

Die berüchtigtste, weil am wirksamsten geschützte illegale Werft war die unter dem Namen Kassafort bekannte Schwarzwerft auf Thanatos Minor.

Freilich gab es auch innerhalb des Human-Kosmos einige derartige Schwarzwerften. Ihre Existenz war jedoch aufgrund ihrer Position gefährdet: im Human-Kosmos konnte die VMKP direkt gegen sie vorgehen. Um davor sicher zu bleiben, standen sie vor der Notwendigkeit, ihre Position zu verheimlichen. Wie Füchse hielten sie sich versteckt, wechselten möglichst häufig die Koordinaten; oft beließen sie es bei kleinen Unternehmen – und geringen Gewinnen –, um weniger anfällig für Entdeckung oder Verrat zu sein.

Kassafort brauchte sich in dieser Beziehung keine Sorgen zu machen. Weil man die Einrichtungen der Schwarzwerft in den kahlen Felsen Thanatos Minors gegraben hatte, eines Planetoiden, der ein paar Millionen Kilometer weit innerhalb des Bannkosmos seine Bahn durchs Vakuum zog, hatte sie offene Attacken kaum oder gar nicht zu befürchten. Obwohl keine Vertragspartei es so beabsichtigt hatte, stand sie unter dem Schutz der zwischen Menschen und Amnion abgeschlossenen Grenzverträge. Amnionische Kriegsschiffe verteidigten Kassafort, das seine Position in einem Quadranten des Weltraums längs des Human-Kosmos hatte, den die Amnion am sorgfältigsten patrouillierten. Zudem durfte die Schwarzwerft sich auf die Abwehrbereitschaft der von ihr abhängigen Raumschiffe verlassen. Im Human-Kosmos war jeder Illegale so vernünftig, lieber das Weite zu suchen, als sich mit einem VMKP-Zerstörer oder -Schlachtschiff anzulegen. Dagegen bot eine Flucht innerhalb des Bannkosmos keine so wünschenswerte Alternative, weil sie tiefer ins unselige Reich der Amnion geführt hätte. Sicherheit vor Zwangsmutation gab es allein am Rande des Amnion-Imperiums. Wenn Illegale in Kassaforts Umkreis in Gefahr gerieten, neigten sie dazu, sich in die Enge gedrängt zu fühlen; darum war die Wahrscheinlichkeit hoch, daß sie Widerstand leisteten.

Die Schwarzwerft Kassafort brauchte zu ihrem Schutz keine Heimlichkeit.

Piraten mit genügend Kredit zur Verfügung suchten Kassafort auf, um Raumschiffe zu kaufen oder umbauen zu lassen. Illegale Interspatium-Raumschiffe flogen Kassafort zu Reparaturzwecken an. Und jeder Astrobrigant, jede Astrobrigantin, der oder die dazu die Möglichkeit hatte, versuchte die Beute in Kassafort abzusetzen. Dank ihrer Position präsentierte die Schwarzwerft den idealen Umschlagplatz für die Rohstoffe, Technikprodukte und organischen Gewebe, auf die es die Amnion abgesehen hatten. In Kassafort wurde an der Menschheit beharrlicher, häufiger und einträglicher Verrat begangen, als irgendwo anders im Human-Kosmos – und als irgendwann im Laufe der Menschheitsgeschichte.

Aus diesem Grund war Station Kassafort stark

bevölkert – die VMKP-Abteilung Datenaquisition schätzte die Bewohnerschaft auf vier- bis siebentausend Personen – und reich geworden.

Aus demselben Grund war es dermaßen berüchtigt geworden.

Die Erzählungen, die an die Ohren von Privatbürgern und Firmenvertretern, Stationssicherheitsbeamten und VMKP-Offizieren, EKRK-Unterstaatssekretären und zurückgezogenen Forschern gleicherweise drangen, zeichneten sich durch für Kassafort spezifische Eigentümlichkeiten aus, deren die Gerüchte über andere Schwarzwerften im allgemeinen ermangelten. Kassafort war ausschließlich von Illegalen für Illegale gebaut worden und konnte daher mit vollem Recht die ›Kloake des Universums‹ geschimpft werden. In Kassafort selbst unterdrückte man einerseits Verbrechen mit großer Brutalität, weil sie den Geschäften zuwiderliefen; andererseits entfaltete sich dort jede Art der unter Menschen verbreiteten Laster und fand seine Schranken nur durch die jeweilige Kredithöhe der Klientel. Sklaverei war eine Alltagserscheinung. Chemische Suchtstoffe aller Sorten ließen sich mühelos bekommen. Zum Ergötzen zahlungskräftiger Kunden und zur Bereicherung der Männer – und Frauen? –, die Nervensprit-Junkies und Nullwellenhirnchen unter ihrer Gewalt hatten, die zu verwahrlost waren, um sich aufzulehnen, blühte eine Opferriten-Prostitution. Bioprosthetik, bioästethische Plastik und bio-retributive Chirurgie verstärkten oder zerstörten menschliche Fähigkeiten.

Auf Thanatos Minor war es besser, tot zu sein als arm.

Diesen Morast menschlicher Verderbtheit und Verworfenheit regierte ein Mann, den man einfach ›Kassierer‹ nannte; er konnte es anhand der Ausgeprägtheit seiner unparteiischen Infamie, seines politischen Talents (das heißt, der Begabung, die Motive und die

Grenzen seiner Leute zu beurteilen), sowie seines Geschicks bezüglich der Sicherung sämtlicher Einnahmen der Schwarzwerft, indem er dafür sorgte, daß seine Klienten *im voraus* zahlten; und mittels der Autorität, die er dadurch gewann, daß die Amnion ihn als Kassaforts ›Entscheidenden‹ betrachteten. Er hatte auf Thanatos Minor das Sagen, schlichtete Streitigkeiten, bestrafte Übeltäter, führte die Buchhaltung und stellte sicher, daß in Kassafort trotz der vielerlei Schwächen und des exzentrischen Charakters der Einwohner alles einigermaßen effizient funktionierte.

Klatsch zufolge sollte er sich chirurgisch mit einem Doppelphallus ausstatten haben lassen, um Frauen beide unteren Körperöffnungen gleichzeitig penetrieren zu können.

Leider erfüllten alle diese Informationen keinen Zweck außer die Empörung anzustacheln, die die konservativeren, genophobischeren oder moralischeren Kreise der menschlichen Gesellschaft Kassafort entgegenbrachten; für die Schwarzwerft selbst hatten sie keine bedrohlichen Konsequenzen. Ein unmißverständlich formulierter Vertrag machte es der VMKP unmöglich, in den Bannkosmos vorzustoßen und Thanatos Minor zu eliminieren. Auf der anderen Seite verbot der Vertrag es den Amnion, die Existenz solcher Gebilde wie Kassafort zu dulden; doch es fehlte an jedem Ansatz, um in dieser Beziehung auf die Amnion Druck auszuüben, weil sie – wie sie es leicht konnten – jede Kenntnis der Betreibungen des Kassierers schlichtweg leugneten. Unter diesen Umständen gälte jedes Eindringen der VMKP in den Weltraum des Amnion-Imperiums als kriegerische Handlung.

In den Fluren des VMKP-HQ und in den Räumen des Erd- und Kosmos-Regierungskonzils argumentierte man des öfteren, so etwas wäre der gegenwärtigen Art des Friedens vorzuziehen. Solange Örtlichkeiten wie Kassafort Bestand hatten, könnte die VMKP der Raumpiraterie niemals ein Ende machen. Doch die offizielle Einstellung der Vereinigten-Montan-Kombinate lautete, daß die Vorteile des Handels die Unannehmlichkeit des Piratentums rechtfertigten, und durch Krieg käme der Handel zum Erliegen.

VMK-Polizeipräsident Warden Dios ließ auf Befragen die gleiche Haltung verlauten, allerdings aufgrund anderer Überlegungen: er rechnete vor, daß die Kosten eines Krieges viel höher ausfielen als die Vorzüge einer Ausmerzung der Piraterie. Die Folge eines Krieges, sprach er unverhohlen aus, wären ein unverhältnismäßig hoher Blutzoll und Verlust an Menschenleben, ohne daß es eine Garantie für einen Sieg gab. Tatsächlich war er dafür bekannt, daß er es trotz der Stärke der ihm unterstellten Polizeitruppe als fraglich erachtete, ob die Menschheit gegen die Amnion je einen Krieg gewinnen könnte.

DAVIES

Er wußte absolut keine Erklärung dafür, wieso er noch lebte.

Natürlich war kein physischer Grund vorhanden, weshalb er tot sein sollte. Nick Succorsos Gangster hatten ihm keinen körperlichen Schaden zugefügt. Während das Raumschiff ein langes, einem Martyrium gleichendes Bremsmanöver vollführte, war er, umfangen von Schweigen, in einer Kabine eingesperrt geblieben. Danach kreuzte das Schiff, und er hatte stundenlang warten müssen. Anschließend war er aus seinem Gefängnis geschubst, durchs Schiff gezerrt und in eine Kosmokapsel gestoßen worden. Doch nichts davon war für ihn lebensgefährlich gewesen.

Und die Kosmokapsel selbst war dafür konstruiert, ihn am Leben zu erhalten. Sie umschloß ihn eng wie ein Sarg, erlaubte ihm buchstäblich keine Bewegung – und schon gar keinen Zugriff auf die Kontrollen. Er konnte nichts als die Monitoren mit den Statusanzeigen sehen, die den Zweck hatten, seine Hoffnung zu nähren; die Sichtschirme sollten ihm Mut machen, aber statt dessen wiesen sie ihn darauf hin, daß sein Herz und die Lungen zu angestrengt arbeiteten. Trajektorie und Schub waren vorprogrammiert. Wie sollte da jemand, der eine Kosmokapsel benutzte, eigentlich navigieren? Immerhin jedoch hatten der G-Andrucksessel und die Anti-G-Gurte ihm während der G-Belastung des Starts ausreichende Sicherheit gewährt; die Lebenserhaltungssysteme kühlten die Hitze seines Entsetzens, versorgten ihn reichlich mit Sauerstoff, um seine unregelmäßige, gequälte Atmung zu kompensieren.

Dennoch hätte er schon tot sein sollen. Eine Art von maßlosen Alpdrucks, der nicht mit der Behandlung zusammenhing, die seinem Körper widerfuhr, hätte ihn längst umbringen müssen.

Man schickte ihn zu den Amnion; zu einem Kriegsschiff namens *Friedliche Hegemonie,* das auf ihn wartete. Die Amnion hatten die Absicht, ihn bis in die Nukleotide zu untersuchen; dadurch wollten die Feinde der Menschheit ihre Mutagene vervollkommnen. Und zum Schluß würden sie ihn in ihresgleichen verwandeln. Vielleicht formte er sich einfach in einen monströsen Bestandteil ihres Gen-Imperialismus um; oder sie verwandelten ihn in einen scheinbar menschlichen, unmittelbaren Agenten ihres Willens. Ob so oder so, alles, was er über sich wußte, von sich kannte, käme ihm abhanden; es war verschachert worden und sollte transformiert werden.

Verfielen Männer und Frauen unter einem derartigen seelischen Druck nicht dem Irrsinn? Versagte nicht ihr Herz? Preßte die Furcht ihnen nicht den Brustkorb zusammen, bis sie keine Luft mehr bekamen?

Doch. Natürlich.

Aber für ihn verhielt die Situation sich noch viel schlimmer. Er hatte mir nichts, dir nichts als Sechzehnjähriger das Licht der Welt erblickt und wußte nicht, wer er war: sein Geist bestand aus einer Kopie des Bewußtseins seiner Mutter; sein Körper war das Replikat eines Mannes, den er nicht kannte. Weil er sein instinktives, grundlegendes Bedürfnis nach Selbstverständnis nicht befriedigen konnte, hatte er keine Fundamente des Denkens, Empfindens und Entscheidens.

Soweit er sich zu entsinnen vermochte, war er eine Frau Anfang zwanzig, eine VMKP-Leutnantin beim ersten Einsatz im All, jung und unerfahren, aber voller Hingabe, eine entschlossene Kämpferin für die Bewahrung des Rechts der Menschheit, als das, was sie, und so, wie sie nun einmal war, zu leben und zu sterben. Aber diese Erinnerung war blanker Unfug. Ganz offensichtlich war er ein Mann; so eindeutig, daß er bei Morn Hylands Anblick eine Erektion bekam. Sie war eine schöne Frau, also konnte sie unmöglich seine Mutter sein, nein, niemals seine Mutter, wie könnte sie es auch nur im entferntesten sein? Seine Erinnerungen blieben ihm unbegreiflich, weil sie ohne jede Frage jemand anderem gehörten.

Und sie waren unvollständig. Wo Übergänge hätten erkennbar sein müssen, hatte er in seinem Geist ein Schwarzes Loch; an der Stelle, wo sein Gedächtnis ihm enthüllen müßte, wie sein Dasein begonnen, welche Bedeutung seine Geburt hatte, weshalb er unter solchen Bedingungen leben mußte, zerfransten seine Erinnerungen im Nichts.

Morn hatte ihm Antworten zu geben versucht. Sie hatte ihm erklärt, er sei von den Amnion durch ein ›Schnellwachstumsverfahren‹ zur Welt gebracht worden; sie hätten ihn ihrem Leib entnommen und binnen ungefähr einer Stunde seine physische Reife vollendet. Und ihr Geist sei seinem Hirn imprägniert worden – mitsamt allem: Bildung, Ausbildung, Gedächtnis, Reflexen –, weil er kein eigenes Bewußtsein gehabt hätte. Gerechtfertigt hatten sie ihre Entschlüsse, durch die er in diese Situation gelangt war, mit der schlichten Begründung, daß sie sonst beide das Leben verloren hätten.

Er glaubte ihr; nicht weil er es verstand, sondern weil es zu der Person paßte, die gewesen zu sein er sich erinnerte.

Doch sie hatte ihm keine hinlängliche Erklärung dafür gegeben, weshalb derartige Entschlüsse notwendig geworden waren; und er selbst konnte sich dessen nicht entsinnen.

Zweifellos hätte er unter solchem inwendigem Druck

wie eine überhitzte Sonne quasi zur Nova werden müssen.

Weshalb das nicht geschah, blieb ihm unbegreiflich. Er *fühlte* sich wie eine überhitzte Sonne. Die Ursache seines kompromißlosen Festhaltens am gegenwärtig greifbaren Bewußtsein, seiner momentan vorhandenen Geistigkeit, verbarg sich irgendwo in dem Schwarzen Loch mitten in seinem Gedächtnis, war von dessen Schwärze verschlungen worden.

Jetzt beförderte die Kosmokapsel ihn durch die Schwärze des Weltalls seinem Verhängnis entgegen. Er konnte es nicht verhindern, nichts dagegen tun, absolut nichts. Trotzdem kämpfte er unbeirrt um sein Leben.

Er rang ums Erinnern.

Was hatte Morn ihm gesagt?

Deine Erinnerung endet an dem Punkt, hatte sie zu ihm gesagt, *als bei mir zum erstenmal das Hyperspatium-Syndrom akut geworden ist.*

Aber sie bestand darauf, daß ihr Sohn diese Krankheit nicht hätte.

Nick hasse ihn, hatte sie erwähnt, weil er von ihr belogen worden sei. Indem sie behauptet hatte, er, Davies, wäre sein Sohn.

Doch das war nicht alles. An den Anklängen der Unzulänglichkeit in ihrem Tonfall hatte Davies es gleich gemerkt.

Er ist ein innerlich zerquälter Mensch, und das ist etwas, das ich gegen ihn ausgenutzt habe.

Er wollte nicht, daß ich dich zur Welt bringe. Also hat er von mir verlangt, daß ich dich abtreibe. Darum habe ich ihm jede Lüge erzählt, die mir in den Sinn kam, um ihn umzustimmen.

Die Wahrheit hatte tödliche Konsequenzen angedroht. Sie hätte sie beide das Leben gekostet. Denn Davies' wirklicher Vater war *der einzige Mensch im Human-Kosmos, den Nick mehr als die Polizei haßte.*

Nick selbst hatte Davies über den Rest der Vorgeschichte aufgeklärt.

Nick hatte sich über Angus Thermopyle geäußert.

Er ist ein Pirat, ein Schlächter und obendrein ein billiger, kleiner Dieb. Er schmort jetzt wegen Entwendens von Stationsvorräten auf Lebenszeit im Knast der KombiMontan-Station.

Bei einem solchen Vater hast du von deiner Mutter vielleicht gar keine so gute Meinung. Sie hat die Aufgabe, Kerle wie Kaptein Thermogeil einzusperren oder abzuknallen, und nicht, sich von ihnen ficken zu lassen, bis sie schwanger wird.

Es ist aber nicht so gewesen. Kaptein Thermogeil hat ihr ein Zonenimplantat eingepflanzt. Nachdem sie die Havarie der Stellar Regent *ausgelöst hatte, ist sie von ihm aus dem Wrack geborgen worden. Aber weil sie Polizistin ist, konnte er zu ihr kein Vertrauen haben. Also hat er ihr, um sie unter der Knute zu behalten, ein Z-Implantat eingesetzt. Sie ist von ihm aufgegeilt worden, bis sie mit 'm Vakuum-Saugschlauch zu bumsen bereit gewesen wäre, und dann hat er sie dumm und dämlich gerammelt.*

So jemand ist dein Vater, Davies. Das ist die Sorte Mensch, die du bist …

Aber der wirklich interessante Teil der Geschichte kommt erst noch: Weshalb ist dein Vater deswegen nicht abgeurteilt worden? Wenn er ihr ein Z-Implantat eingesetzt hatte, muß er dazu ein passendes Kontrollgerät gehabt haben. Wieso ist es bei seiner Festnahme nicht bei ihm gefunden worden?

Die Antwort lautet, daß sie inzwischen daran Vergnügen hatte … daß ihr dieser Zustand behagte. Sie wollte ihn beibehalten, *Davies … Es ist nicht bei ihm entdeckt worden, weil er es längst ihr gegeben hatte. Es machte ihr Spaß, an sich selbst herumzuprobieren.*

Und was hat sie unternommen, als er verhaftet wurde? Sie hat es keineswegs dem Sicherheitsdienst der KombiMontan-Station ausgehändigt, wie's eine brave, anständige Polizistin getan hätte. Das Z-Implantet wäre entfernt worden, und deinen Vater hätte man exekutiert. Sie mochte sich ihre Sucht nicht nehmen lassen. Also hat sie das Kontrollgerät bei sich versteckt und ist mit mir ausgerissen. Sie hat das Kontrollgerät benutzt, um mich zu verführen, damit ich sie schütze – nicht vor Kaptein Thermogeil, sondern vorm Stationssicherheitsdienst.

Und seitdem hat sie nichts anderes getrieben, als ihre Abhängigkeit zu vertiefen.

Davies' Zeit lief ab. Die Echos auf den Sichtschirmen und die Chronometer der Kosmokapsel maßen seine Annäherung an das Amnion-Kriegsschiff wie ein Countdown des Todes.

Hat sie dir erzählt, sie hätte dich nicht abgetrieben, weil sie dich behalten wollte? Streng genommen ist das unwahr. Der einzige wirkliche Grund, aus dem sie darauf bestanden hat, dich auszutragen, war nämlich, daß sie keine Abtreibung durchführen lassen konnte, ohne vom MediComputer des Krankenreviers untersucht zu werden. Dabei wäre ihr Z-Implantat festgestellt worden.

So jemand ist deine Mutter, Davies. Das ist die Art von Frau, die dich geboren hat.

Nein, dachte Davies. Nein, dachte er allem zuwider. Wäre das wahr – wenn das alles wahr wäre –, hätte sie nach der Abtreibung das Computerlogbuch des Krankenreviers gefälscht. Und sie hätte sich nicht darum bemüht, mir zu helfen. Sie hätte nicht gesagt: *Was mich betrifft, bist du das Zweitwichtigste in der ganzen Galaxis. Du bist mein* Sohn. *Aber am* allerwichtigsten *ist es, an* erster *Stelle steht es, keinen Verrat an meiner Menschlichkeit zu begehen.*

Er glaubte ihr, weil er sie in diesen Worten wiedererkannte.

Gleichzeitig glaubte er, daß auch Nick Wahres gesagt hatte. Nur war es nicht die volle Wahrheit gewesen.

An allem hatte Davies zuwenig: an Zeit, an Informationen. Den Statusanzeigen ließ sich nur entnehmen, daß er sich der *Friedlichen Hegemonie* näherte. Ihm blieben noch ein paar Minuten, mehr nicht. In der Ferne schwebte der schwärzliche Felsklotz Thanatos Minors; aber das zu wissen, war ebenfalls zuwenig, um ihm irgendwie nützlich zu sein.

Er müßte *manövrieren* können. Angestrengt versuchte er sich auf irgend etwas zu besinnen, das er eventuell über Kosmokapseln wußte. Gab es Möglichkeiten, um an die Kontrollen zu gelangen, die Programme korrekturzusteuern? Eine für Notfälle gedachte Kosmokapsel müßte doch irgendwie auf neue Notsituationen eingerichtet sein; der Insasse mußte eine Gelegenheit haben, um das Raumfahrzeug selbst zu steuern.

Denk nach, du Idiot!

Erinnere dich!

Hätte er seinen Vater gekannt, wäre ihm nun bei sich Angus Thermopyles instinktive Reaktion aus Ausweglosigkeit und Furcht bewußt geworden.

Aber sein Vater war ihm unbekannt. Ihm fiel nichts Hilfreiches ein, auch nicht, als die Kosmokapsel plötzlich neuen Schub aufnahm – zum Beschleunigen, nicht zwecks Abbremsung –, und allmählich vom Kurs auf die *Friedliche Hegemonie* abwich. Er vermochte nur die Sichtschirme anzustarren, während ihm das Herz im Hals hämmerte und Schweiß von der Stirn troff, er sich fragte, wer denn jetzt wieder hintergangen wurde.

Falls die *Käptens Liebchen* und die *Friedliche Hegemonie* in Funkkontakt standen – ihre Kommandeure sich gegenseitig anschrien? –, hörte er es nicht; entweder waren die Funkgeräte der Kosmokapsel auf die falschen Frequenzen justiert, oder man kommunizierte per Richtstrahl. Aber er bemerkte eindeutig, daß er von der Richtung zu dem Amnion-Kriegsschiff auf einen anderen Kurs umschwenkte; unzweideutig spürte er seitlichen Schub und Beschleunigung, bis sich die neue Trajektorie stabilisiert hatte und der Schub aussetzte.

Danach zeigten ihm die Sichtschirme, daß er geradewegs auf das vom Schwarz des Alls kaum unterscheidbare Planetoidengestein Thanatos Minors zuhielt.

Als die *Friedliche Hegemonie* selbst nach einer beträchtlichen Weile noch nicht auf ihn feuerte, leitete er daraus die Schlußfolgerung ab, daß man ihm einen zeitweiligen Aufschub gewährt hatte.

Als Reaktion darauf wummerte sein Herz noch stärker, der Schweiß lief ihm wie Öl in die Augen.

Bei seiner jetzigen Geschwindigkeit bedeutete ein Rendezvous mit Thanatos Minor, daß die Kollision ihn zu unkenntlichem Brei zerschmetterte – falls er nicht vorher in einem Feuerball verglühte. Es konnte sein, daß Kassafort ihn wegen der Kursänderung aus der Flugbahn schoß, um Beschädigungen durch den Aufprall abzuwenden.

Weder gegen das eine noch das andere vermochte er irgend etwas zu unternehmen.

Doch immerhin, bis auf weiteres entfernte er sich aus der Reichweite der *Friedlichen Hegemonie.* Jede Todesart war dem vozuziehen, was Nick Succorso ihm zugedacht gehabt hatte.

Und den Sichtschirmen zufolge durfte er noch fast sechs Stunden lang leben.

Ihm blieben sechs Stunden, um dem Abgrund der Blindheit, der in seinem Geist klaffte, irgendeinen Durchblick zu entringen.

Sechs Stunden, um herauszufinden, an wem diesmal Verrat stattfand.

Und durch wen.

Nicht für eine Sekunde linderte sich seine innere Drangsal.

Davies hatte Verrat am Raumschiff seines Vaters begangen.

Nein, nicht er war es gewesen; sondern Morn. Und

nicht das Raumschiff seines Vaters, sondern seines Großvaters.

Doch wenn er auf diesem Unterschied beharrte, schwand die Erinnerung; darum ließ er die seltsame Verschiedenheit zwischen ihm und seiner Mutter verschwimmen.

Er hatte Verrat an der *Stellar Regent* verübt.

Nicht mit Absicht. Es war geschehen, weil er am Hyperspatium-Syndrom litt und niemand es gewußt hatte. Um das Syndrom festzustellen, kannte man keine Untersuchungsmethoden; die einzige Testmöglichkeit bot das Hyperspatium selbst. In diesem Fall war der Auslöser, der die latente Dysfunktion des Hirns zum Akutzustand machte, hohe Schwerkraftbelastung.

Und hohe G-Belastung hatte die *Stellar Regent* zu verkraften, während sie schonungslos durchs All raste, sich aus Interesse an maximaler Geschwindigkeit und Beweglichkeit auf der Verfolgung der *Strahlenden Schönheit* Angus Thermopyles durchs Vakuum schleuderte, durch Umhertrudeln der Felsklötze des Asteroidengürtels jagte. Kurz zuvor hatte Thermopyle eine Wühlknappschaft vollzählig eingeäschert, aus unersichtlichem Anlaß jeden Mann, jede Frau und jedes Kind massakriert; als sie starben, waren ihre sinnlosen Schreie auf der *Stellar Regent* empfangen worden, bis sie schlagartig verstummten. Die *Stellar Regent* hatte in mustergültiger, klarer Zielstrebigkeit die Hatz aufgenommen.

Das war der Zweck, für die das Raumschiff gebaut worden war; die Tätigkeit, für die er sich trotz eingefleischter Selbstzweifel entschieden hatte. Er tat Dienst in der Hilfssteuerwarte, die in Notsituationen jede ausgefallene Station ersetzen konnte, und auch seine Aufgabe hätte völlig klar sein müssen; sie wäre völlig klar gewesen, hätte nicht Größeres von ihm Besitz ergriffen, etwas so Unanzweifelbares, Unverkennbares und

Zwingendes, daß daneben alles andere zu konfusem Humbug schrumpfte. In der Hilfssteuerwarte der *Stellar Regent* hatte das Universum selbst zu ihm gesprochen …

Und da endete seine Erinnerung.

Über die tiefe Klarheit jenes Augenblicks gelangte er nicht hinaus. Sie mußte seinen Geist versengt, irgendwie die Chemie seines Gehirns verändert, Synapsen ausgebrannt haben. Er wußte, daß sein Leben … Nein, Morns Leben, denn von da an existierte er von ihr getrennt. Daß Morns Leben danach weitergegangen sein mußte. An das, was sich danach ereignet hatte, entsann sie sich. Auch Angus Thermopyle wußte darüber Bescheid. Nick kannte von alldem zumindest einiges. Davies Hyland hingegen war der Zugriff auf die anschließenden Erinnerungen verwehrt; eine neurale Kluft trennte ihn davon, die er nicht schließen konnte.

Sich zusammenzureimen, wer dieses Mal der Betrogene war, fiel ihm da schon leichter.

Es waren nicht die Amnion.

Ebensowenig war er selbst es. Oder seine Mutter. Diesmal nicht.

Sondern Nick Succorso.

Davies hatte den Abscheu in Nicks Miene gesehen und erachtete ihn als verläßliche Grundlage für die Schlußfolgerung, daß Nick nie das Wagnis riskiert hätte, die Amnion zu täuschen, nur um Morns Sohn zu retten. Und Morn hatte in Davies' Interesse schon wahre Wunder gewirkt.

Sollte er die nächsten Stunden überleben, ließ sich mit diesem Wissen vielleicht etwas anfangen.

Momentan ersah er keinen naheliegenden Grund, wieso er mit dem Leben davonkommen könnte; doch wenn Morn das Wunder vollbracht hatte, die Kosmokapsel vom Kurs auf die *Friedliche Hegemonie* abzulenken, hatte sie unter Umständen auch etwas ausgeheckt, um sein Überleben zu sichern. Je länger er über sie nachdachte, um so mehr betrachtete er sie als bedeutsameren Machtfaktor: als Quelle sowohl der Wunder wie auch der Erkenntnisse. Vielleicht lag darin die Ursache, weshalb die Bedrängnis der letzten Tage ihn nicht zugrundegerichtet hatte. Es konnte sein, daß er sich irgendwo in seinem Innenleben immerzu dessen bewußt blieb, was sie zu erreichen verstand, wie stark er sich auf sie verlassen durfte.

Und vielleicht vermochte der Sohn einer Frau wie Morn Hyland gleichfalls Wunder zu tun.

Zu guter Letzt offenbarten ihm die Sichtschirmgeräte der Kosmokapsel, daß Rettung nahte.

Ein Raumfahrzeug steuerte auf ihn zu. Kein Verfolger von der *Friedlichen Hegemonie:* sondern ein Raumschiff von Thanatos Minor. Und es beschoß ihn nicht. Den Monitoranzeigen zufolge war er noch eine Stunde Flugzeit von dem Felsbrocken entfernt, als es auf seine Trajektorie einschwenkte.

Das Radarecho des Raumschiffs verschmolz mit der Positionsanzeige der Kosmokapsel.

Dank seiner Ausbildung an der VMKP-Akademie – nein, Morns, verflucht noch einmal, *Morns* Ausbildung! –, konnte er nachvollziehen, was sich abspielte, als zum Schluß die Kapsel verlangsamte. Ein Monitor meldete das Absinken der Geschwindigkeit; G-Andruck preßte ihn in die Gurte und Polster. Die Kosmokapsel bremste ohne Gegenschub. Demnach mußte das Raumschiff sich ihrer Geschwindigkeit angepaßt, sie in einen Laderaum bugsiert und sie, um sie an Bord behalten zu können, festgeklammert haben.

Mühsam schlängelte er die Hände aufwärts, um sich den Schweiß vom Gesicht zu wischen. Eine Garantie dafür, daß das Raumschiff nicht von den Amnion stammte, gab es nicht. Dennoch glaubte Davies, daß es Menschen gehörte. Wäre die Schwarzwerft auf Thanatos Minor nicht in Menschenhand, hätte Succorso niemals von Station Potential dorthin die Flucht ergriffen.

Folglich gehörte das Raumschiff Menschen. Allerdings Illegalen. Davies dachte wie ein Polizist; wie die Polizistin, die Morn Hyland einmal gewesen war; er konnte nicht anders. Thanatos Minors Schwarzwerft diente dem Bannkosmos genausogut, als leiteten die Amnion selbst dort den Betrieb. Die Illegalen, die dort für sie die Arbeit erledigten, waren die übelsten Gestalten unter allen Männer und Frauen der Galaxis; so fiese Typen wie Angus Thermopyle; in mancher Hinsicht schlimmer als Nick Succorso.

Und er konnte sich nicht vorstellen, was sie von ihm wollten; welchen Wert er für sie haben mochte; wofür sie ihn gebrauchen könnten.

Obwohl schon die bloße Aussicht ihm die Seele zermarterte, mußte er sich auf eine Verlängerung seiner Hilflosigkeit, neue Brutalitäten und weitere Demütigungen gefaßt machen.

Sobald die Sensoren eine atembare Atmosphäre maßen, entriegelte die Kosmokapsel automatisch die Verschlüsse der Anti-G-Gurte und öffnete die Luke.

Sofort packte eine Faust die Luke und schwang sie auf.

Davies blickte in die Mündung einer Impacter-Pistole.

»Raus mit dir!« forderte eine seltsam leblose Stimme.

In Gedanken noch völlig bei Morn, befürchtete Davies, er würde vor Grausen aufheulen. Aus irgendeinem Grund tat er es nicht. Statt dessen knirschte er einen Fluch, schob den Lauf der Waffe beiseite und stemmte sich hoch.

Er hatte recht: die Kosmokapsel war in das Raumschiff eingeholt worden. Tatsächlich in einen Laderaum, hatte er den Eindruck, nicht in ein klinikmäßig ausgestattetes Notaufnahme-Medizinalrevier, wie es normalerweise mit Rettungsbooten geschah; dafür sprachen, daß die Kapsel mit derselben Art von Flexistahlreifen umringt worden war, mit denen man an Bord von Frachtern Kisten und Ausrüstungsgegenstände fixierte, sowie der Mangel an Wärme.

Der Mann mit der Impacter-Pistole wirkte zumindest am allerwenigsten wie ein MediTech. Seine schlaffen Gesichtszüge und toten Augen gaben ihm das Äußere eines Nervensprit-Junkies, der dabei war, seine Abhängigkeit zu ihrem logischen Abschluß zu bringen. Er steckte in einer zu nichtssagenden Bordmontur, als daß sie Rückschlüsse auf Rang oder Funktion des Trägers erlaubt hätte. Auf alle Fälle jedoch mußte er so etwas wie ein Wächter sein. Er führte die Impacter-Pistole nicht auf herkömmliche Weise; vielmehr war sie ein Teil seines Körpers, eine Prothese, die ihm den rechten Unterarm ersetzte. An der Stelle des linken Fußes hatte er unterhalb der Wade ein Dreibein aus Metall. War er wirklich ein Nervenspritsüchtiger mit überwiegend erschlafften, taub gewordenen Muskeln, brauchte er wahrscheinlich diese Stütze, um dem Rückstoß der Impacter-Pistole gewachsen zu sein. Und die Waffe mußte dann in seinen Arm integriert sein, weil er andernfalls nicht zielen könnte.

»Raus!« wiederholte er und richtete die Mündung der Pistole langsam wieder auf Davies' Gesicht.

»Scheiße, hetz mich nicht«, maulte Davies, als wäre er sein Vater.

Aber er zögerte nicht und kletterte aus der Kapsel.

Unverzüglich krallte sich die Kälte in seine Haut. Der Schweiß von Stunden gefror auf seiner Haut zu Eis. Er schlotterte schon, als er sich umschaute, um zu sehen, ob der Wächter allein war, um festzustellen, ob er etwas gewinnen könnte, wenn er den Mann in den Bauch trat und ihm die Waffe abriß.

Der Wächter war nicht allein. Fünfzehn oder zwanzig Meter entfernt standen ein zweiter Mann und eine Frau und beobachteten Davies. Thermoanzüge verliehen ihnen unförmige Umrisse; doch ihre Hände und Stiefel sahen normal aus, und sie hatten Menschengesichter.

Weil der Mann einen besonders langen, schmalen Kopf hatte, ähnelte er einer Karikatur seiner selbst. Wegen seiner ungewöhnlichen Körpergröße hatte man auf den ersten Blick das Empfinden, als wäre seine ganze, vom Thermoanzug umhüllte Gestalt so dünn. Das Lächeln eines fast lippenlosen Munds umspielte schiefe Zähne. Unter einer Matte schmuddligen Haars glitzerten seine Augen, als hätte er sein Konzentrationsvermögen künstlich mit Encephalinen verstärkt.

Dank dieses Glitzerns und seines Lächelns sah er wie ein Irrer aus.

Im Vergleich zu ihm wirkte die Frau psychisch stabil. Trotz einiger Falten hatte sie ein noch gutaussehendes Gesicht; ein paar graue Strähnchen minderten den üppigen Glanz ihres Haars kaum. Davies hätte sie als reife Schönheit eingeschätzt, deren beste Jahre noch nicht lange hinter ihr lagen. Nur eine leichte Steifheit in der Weise, wie sie sich bewegte, deutete an, daß sie älter sein mochte, als sie aussah.

Der Mann lächelte breiter, während er Davies musterte. Für einen ausgedehnten Moment sprach niemand ein Wort. »Na, das ist ja 'ne Überraschung«, sagte der Mann schließlich, während seinem Mund eine Dunstwolke entschwebte. Die Stimme paßte nicht zu seiner Erscheinung; es war die Stimme eines Kindes mit rosigen Bäckchen und überschäumender Begeisterungsfähigkeit. »Noch 'ne Überraschung.«

»Was meinst du?« fragte die Frau mit kraftvoller, tiefer Altstimme.

»Was?« Ihr Begleiter blickte sie mit einer Miene an, die möglicherweise Belustigung widerspiegelte. »Erkennst du ihn nicht?«

»Nein.« Die Frau runzelte die Stirn. »Je nun, doch. Aber das ist unmöglich. Er ist viel zu jung.«

»Interessant, wie?« Der Mann heftete seinen Glitzerblick erneut auf Davies.

Unwillkürlich schlang Davies die Arme um den Brustkorb, um etwas von der Wärme zurückzuhalten, die ihm zum Körper hinausdampfte. Dürfte er wieder in die Kosmokapsel steigen und die Luke schließen, könnten die Bordsysteme es ihm ersparen, daß er derartig fror. Doch ohne Zweifel würde der Wächter ihn daran hindern. »Wahrscheinlich kennt ihr meinen Vater«, schnaufte er in unregelmäßigem Ton, weil er ebensowenig den Mund halten konnte wie das Gezitter unterbinden. »Also vermute ich«, fügte er aus reiner Verzweiflung hinzu, »ihr könnt euch denken, daß er es euch übelnimmt, wenn ihr mich erfrieren laßt.«

Der Wächter hielt die Waffe auf Davies' Kopf gerichtet und reagierte auf gar nichts. Anscheinend feite seine Sucht ihn gegen Kälte; oder machte ihn wenigstens für das Kältegefühl unempfindlich.

»Ich will dir von vornherein etwas erklären«, sagte der Glitzeräugige mit unpassender Kindlichkeit und Übereifrigkeit. »Für mich bist du wertlos. Einige Leute dagegen glauben, du wärst was wert. Ich werde herausfinden, wie's sich denn nun verhält, ehe ich mir 'ne endgültige Meinung bilde. Aber was mich angeht, bist du nichts als Verschwendung guter Luft. Drohungen helfen dir kein bißchen. Und dein Vater ... Ach du meine Güte! Der hilft dir bestimmt nicht.« Der Mann lachte gedämpft. »Falls er überhaupt weiß, daß es dich gibt. Also mach mir keinen Ärger. Sei ein lieber Junge und beantworte meine Fragen ... Und warte ab, was passiert. Wie hast du das hingekriegt?«

Davies verstand alles und gleichzeitig nichts. Angus Thermopyle saß im Gefängnis der KombiMontan-Station. Von seinem Sohn wußte er nichts; und wüßte er von ihm, wäre sein Schicksal ihm vermutlich gleichgültig. Und für Thanatos Minor hatte Davies keine Bedeutung. Ausschließlich für Morn und die Amnion hatte er Wert, und dazwischen stand Nick Succorso, der sich abstrampelte, um beide für seine Zwecke einzuspannen.

»Was hingekriegt?« fragte Davies mit klappernden Zähnen.

Allem Anschein nach behagte dem Mann das Geräusch des Zähneklapperns. »Den Kurs der Kapsel zu ändern«, stellte sein nahezu lippenloser Mund klar.

»Ich hab ihn nicht geändert.« Davies bebte dermaßen, daß sein rechtes Knie nachgab. Hier war nur ein Frachtraum. Nichts als Schotts, sonstige innere bauliche Strukturen und die dünne Verkleidung des Raumschiffs hielten das Schwarz und die absolute Minustemperatur des Weltalls von ihm fern. Ein paar Sekunden lang konnte er auf dem linken Bein noch aufrecht bleiben. Dann sackte ihm auch das linke Knie ein, und er prallte aufs Deck. Sein Mund brachte kaum noch ein Wort heraus. »Das ... geht gar nicht.«

»Ich hab's dir doch gesagt«, bemerkte die Frau zerstreut.

»Dann ist das Ganze eine abgekartete Sache«, schlußfolgerte der Mann. »Kapitän Succorso spielt mit unseren Handelspartnern Katz und Maus. Wenn er sich einbildet, er könnte mich in so was hineinziehen, muß er noch weit wirrköpfiger sein, als ich ihn in Erinnerung habe. Wie heißt du?«

Die Körperwärme wich Davies aus Leib und Gliedmaßen, und mit ihr das Leben. Er hätte herumschreien oder um Gnade flehen müssen. Er sollte die Fragen beantworten. Er tat nichts von allem. »Leck mich doch am Arsch!« sagte er statt dessen, während er vor sich hinzitterte.

Aus Zorn oder Ereiferung verzog der Mann den Mund noch breiter, bis man die Lippen überhaupt nicht mehr sehen konnte. Jetzt waren sie so bleich wie seine Worte trostlos. »Nun hör mir mal zu. Man nennt mich den Kassierer. Ich werde stets im voraus bezahlt, ehe jemand was von mir bekommt. An Unterkühlung zu sterben, ist ein schöner Tod. Sobald du einschläfst, ist es vorbei mit deinen Sorgen. Aber du kannst nicht sicher sein, daß ich dich erfrieren lasse. So nett bin ich zu niemandem. Du kannst meine Fragen beantworten. Oder du kannst damit warten, bis ich ein klein wenig BR-Chirurgie an dir ausprobiert habe. Also: Wie ist dein Name?«

Trotz der Eisigkeit bereitete es Davies keine Schwierigkeiten, in seinem Gedächtnis Morns Erinnerungen an die Akademie-Ausbildung zu durchforschen; an der VMKP-Akademie hatte sie den Terminus ›BR-Chirurgie‹ das erste Mal gehört. BR stand für ›bio-retributiv‹. *Bio-retributive Chirurgie.*

»Davies«, keuchte er mit einem Schwall von Atemdunst hinaus. »Davies Hyland.«

Für einen längeren Moment schwieg der Mann. »Na, das ist ja 'n Ding«, sinnierte er laut. »Kommt dir der Name nicht auch bekannt vor?«

»Du hast die Geschichte doch selbst gehört«, sagte die Frau. »Kapitänhauptmann Davies Hyland war Kommandant des VMKP-Zerstörers *Stellar Regent.* Irgendwie ist das Raumschiff havariert. Oder Thermopyle hat es zerschossen. Er hat sich mit der Tochter des Kapitäns verpißt, Morn Hyland. Als er vom Sicherheitsdienst der KombiMontan-Station verhaftet wurde, ist sie mit Succorso durchgebrannt. Du kennst Thermopyle. Du kannst dir denken, was er mit ihr getrieben hat, während er sie bei sich hatte. Obendrein muß er sie geschwängert haben. Dieser Bursche muß ihr Sohn sein.«

»Das leuchtet mir nicht ein«, widersprach der Mann. »Er ist mindestens sechzehn Jahre zu alt.«

Rings um Davies schien der Frachtraum zusammenzuschrumpfen. Die Kälte zehrte nicht nur seine Körperwärme auf, sondern beeinträchtigte auch sein Sehvermögen. Frost durchdrang dermaßen seine Muskeln, daß er nicht einmal noch den Kopf hochhalten konnte. Er kauerte auf den Knien wie ein reuiger Büßer.

Geduldig seufzte die Frau. »Wo ist er gerade hergekommen?«

»Von Kapitän Succorsos Raumschiff.«

»Und davor?«

Der Mann stieß einen dumpfen Laut aus, als er begriff, was sie andeutete. Nochmals schwieg er einen Moment lang. »Davies«, fragte er danach, »weshalb habt ihr Station Potential angeflogen? Was habt ihr dort gemacht? Was hatte Kapitän Succorso dort zu tun?«

So, wer war nun der Dumme? Und durch wen?

Davies spürte, wie ihn der verheißene Schlaf beschlich. In der Eiseskälte drohte sein Bewußtsein zu zerfasern. Bald würde er keine Gedanken mehr aneinanderreihen können; und dann durfte er sich endlich Ruhe gönnen.

Welche Antwort würde Morn sich von ihm wünschen?

Wissen konnte er es nicht; aber er tat, was er als am sinnvollsten empfand.

»Sie ist von der VMKP... Morn Hyland.« *Ich* bin auch von der VMKP, du dreckiger Halunke, und ich denke gar nicht daran, hier die Zeche zu zahlen. »Die VMKP hat sie geschickt.« Er vermochte kaum mehr als ein Wort auf einmal aus seinem Rachen zu pressen. »Den Grund weiß ich nicht. Aber Succorso...« Die Kälte verätzte ihm die Lungen. Für einige Augenblicke hustete er heftig genug, um Blut zu spucken. Dann beendete er den Satz. »Er arbeitet mit ihr zusammen.«

So. Wenigstens einen Teil all der erlittenen Gemeinheiten hatte er Nick Succorso heimgezahlt.

Aber es nutzte nichts. Jedenfalls klappte es nicht so, wie er es sich erhofft hatte. »Das glaube ich dir nicht«, hörte er aus Kälte und immer tieferem Dunkel den Mann erwidern. »Station Potential ist der einzige Ort, wo sie von einem Kind deiner Altersstufe entbunden worden sein kann. Das heißt, du warst der Anlaß, aus dem sie hingeflogen sind. Also muß es mit dir irgend was *Besonderes*« – Davies merkte, wie der ›Kassierer‹ sich das Wort auf der Zunge zergehen ließ – »auf sich haben. Sonst wär's unseren Geschäftspartnern wohl kaum so wichtig, dich zurückzuerhalten. Ich bin mir ziemlich sicher, daß du weißt, was das für eine Besonderheit ist. Am Ende wirst du sie mir doch ausplaudern. Du wirst mir erzählen, was für ein oberfaules Spiel da in Gang ist.«

Davies konnte vor seinen Augen nicht mehr das Deck erkennen.

Was für ein oberfaules Spiel ...

Er wußte nicht mehr, ob er noch die Augen offen hatte.

... da in Gang ist.

Vielleicht hat es, dachte er, als er benommen aufs Gesicht sank, doch geklappt.

NICK

Nick Succorso rieb sich die Narben seiner Wangen, als ob die Erinnerung an vergangene Schmerzen sie ihm strafften, während er darauf wartete, daß Kassaforts Leitzentrale ihm einen Liegeplatz zuwies.

Wo man ihm einen Platz zuteilte, war ein Anhaltspunkt dafür, wie der Kassierer zu ihm stand.

Er wußte ganz genau, daß er den Kassierer in eine schwierige Situation brachte. Die amnionischen Kriegsschiffe *Friedliche Hegemonie* und *Stiller Horizont,* aus dem Fernraum in Thanatos Minors Umkreis eingeflogen, hatten sicherlich inzwischen mit Kassafort in Verbindung gestanden und ihre Wünsche übermittelt. Ebenso sicher waren diese Wünsche nicht zu Nicks Vorteil. Und der Kassierer mußte sie ernstnehmen. Er betätigte sich hier allein dank der Duldung durch die Amnion; sie konnten seine wirtschaftliche Existenz beenden, wann sie wollten. Außerdem verfügten die zwei Amnion-Kriegsschiffe über ausreichende Feuerkraft, um ihn in seinem Planetoidenstützpunkt auszuräuchern wie eine Ratte in ihrem Loch.

Zudem gab es da das Problem des Verkaufs von Menschen an den Bannkosmos. Moralische oder persönliche Bedenken gegen solche Transaktionen kannte der Kassierer einerseits nicht; daran zu zweifeln, sah Nick keinen Grund. Andererseits mußte geradeso sicher davon ausgegangen werden, daß er aufgrund pragmatischer Überlegungen Vorbehalte hegte. Sollte Thanatos Minor den Ruf einer Örtlichkeit erlangen, wo Männer und Frauen in die Gewalt der Amnion gerieten, mochte sich daraus eine Geschäftsschädigung ergeben. Wahrscheinlich flögen weniger Raumschiffe die Schwarzwerft an; es gäbe weniger Reparaturaufträge; weniger Waren würden umgeschlagen.

Mit Gewißheit dankte er es Nick Succorso nicht, daß er ihn in derartige Probleme verwickelte.

Allerdings hatte Nick hinlänglich Kredit für die notwendigen Reparaturen; und die Ausführung solcher Reparaturarbeiten erhöhte den Reichtum Kassaforts beträchtlich. Und die Raumschiffe, die die Schwarzwerft zu Reparaturzwecken anflogen, waren gleichzeitig die Lieferanten der Ressourcen und Informationen, nach denen die Amnion regelrecht gierten. Jedes Schiff, das der Kassierer abwies, bedeutete für ihn doppelten Schaden.

Außerdem mußte man die Situation, in der Morn und ihr verfluchter Balg verkauft worden waren, als einmalig einstufen. Es konnte sein, daß der Kassierer unter diesen Umständen glaubte, zu Nick stehen zu können; wenn auch womöglich nur im geheimen, vielleicht nur passiv.

Nein, Dankbarkeit brachte er Nick bestimmt nicht dafür entgegen, daß er ausgerechnet jetzt, in dieser Lage, zu ihm kam. Aber noch war es keineswegs ausgeschlossen, daß er den Reparaturauftrag erledigte, den Nick zu vergeben hatte.

Der erste Hinweis auf seine Einstellung würde der Liegeplatz sein, den die Leitzentrale der *Käptens Liebchen* bezeichnete: einen Platz im Klientendock oder nur irgendwo auf Reede? Wenn der Kassierer die Besatzung der *Käptens Liebchen* wie Fremde behandelte, fingen die Schwierigkeiten erst an.

Als hätte Morn nicht schon genug Unheil angerichtet...

Bis jetzt hatte Nick keine Ahnung, wie sie es geschafft hatte, aus der Kabine zu fliehen und die Steuerung der Kosmokapsel umzuprogrammieren. Dem

Wartungscomputer zufolge funktionierte das Türschloß einwandfrei. Seine Crew gab nichts preis. Irgend jemand hatte ihn hintergangen, aber er wußte nicht, wer – oder warum.

»Verfluchte Scheiße und elender Dreck«, murmelte er. »Verdammt noch mal, wieso dauert das so lang?«

Mikka Vasaczk und ihre Schicht hatten auf der Steuerbrücke Dienst, während die *Käptens Liebchen* auf den Planetoiden zuflog. Sib Mackern hatte die Datensysteme übernommen; er und Alba Parmute mußten den Arbeitsaufwand von drei Personen bewältigen. Aber Scorz gab an den Kommunikationsapparaten einen kompetenten Ersatz für Lind ab, und Ransum kam trotz ihrer unsteten Hände mit der Steuerung gut zurecht. Karster beherrschte die Zielerfassungs- und Waffensysteme in ausreichendem Umfang. Arkenhill, der Scanning-Zweitoperator, war nicht so tüchtig wie Carmel – aber wer wer das überhaupt? –, und so nahe bei Thanatos Minor und in der Nachbarschaft zweier Amnion-Kriegsschiffe hatte das Scanning entscheidende Bedeutung; doch Mikka beobachtete alles, was durch Arkenhills Konsole ging, beinahe so aufmerksam wie Nick selbst, und das sorgte für Ausgleich.

Auf jeden Fall bewegte die *Käptens Liebchen* sich ohnehin zu langsam, um ein Gefecht überstehen zu können. Es könnte sein, sie fügte dem Gegner Schaden zu; aber ihre Vernichtung wäre unabwendbar.

Während sein Raumschiff durch die Anflugstrajektorie auf Kassafort zuhielt, stapfte Nick auf der Brücke hin und her, tobte vor sich hin, als ob ihn im Innern Würmer zerfräßen. Sein kämpferischer Schwung, die konfliktfreudige Streitbarkeit, die gewöhnlich seine Nerven mit wildem Tatendrang belebten, sobald ihm Tod und Untergang drohten, waren verflogen. Die Überzeugung, fähig zu sein, mit jedem fertigzuwerden, war der Furcht gewichen, daß Morn ihm möglicherweise eine zu tiefe Grube gegraben hatte, als daß er je wieder herauskrabbeln könnte.

Es stand völlig außer Frage: er hätte ihr, als er von ihrer Schwangerschaft erfuhr, die Geschlechtsteile herausreißen sollen, anstatt sie nach Station Potential zu bringen und dort von ihrer Brut entbinden zu lassen.

Aber natürlich wäre es gescheiter, sich jetzt deswegen nicht zu grämen. Vergangenheit war Vergangenheit. Jene Männer, die sich nach dem umblickten, was sie hinter sich hatten, traf zumeist ein Schuß von vorn. Bis zu seiner Begegnung mit Morn hatte er in seinem Leben nur eines bereut; jemals irgendwem soweit vertraut zu haben, daß *jenes Weib* ihm die Narben hatte einritzen können. Leider krankte seine bittere Begierde, die Fehler, die ihm bei Morn unterlaufen waren, zu korrigieren, an dem Unvermögen, die eigene Schwäche einzusehen. Statt dessen rumorten sie jetzt in ihm wie Magenkrämpfe, unterminierten seine Kräfte, minderten seine Stärke.

Morn war so schön ... Nie war er näher daran gewesen, seine Narben zu heilen, als wenn er mit ihr geschlafen hatte. Und alles war bis ins Kleinste *Betrug* gewesen. Geradeso wie beim erstenmal; genau wie bei der Frau, die ihm das Gesicht zerschnitten hatte. Das willkommene Beinespreizen Morns hatte sich als stählerne Falle herausgestellt; als Fangeisen, das ihm nahezu die Männlichkeit abklemmte, ihn der Fähigkeit beraubte, sich selbst gegen übermächtige Herausforderungen zu behaupten; als ob ihre Schenkel nur zu dem Zweck geklafft hätten, ihm den Teil seines Ichs zu amputieren, der es gewohnt war, nie zu unterliegen.

Was sie ihm angetan hatte, verursachte ihm solche Herzbeschwerden, als hätte sie ihm ein Messer nicht bloß in die Wangen geritzt, sondern direkt in die Pumpe gebohrt.

Wieso, *zum Satan*, brauchte die Leitzentrale so lang?

»Wahrscheinlich haben sie sich mit einer ernsten Abwägung zu befassen«, sagte Mikka, als wäre seine Frage nicht nur rethorisch gewesen. »Sie müssen überlegen, auf wessen Seite sie stehen. Das dürfte wohl das erste Mal der Fall sein.«

Erstmals seit Nick seine Erste Offizierin kannte, wirkte ihre gewohnheitsmäßig mürrische Miene nicht bloß wie ein Anzeichen der Verschlossenheit und Reserviertheit. Vielmehr gelangte jetzt offene Kritik, ja sogar Feindseligkeit darin zum Ausdruck. Sie rechtfertigte die Befürchtung, daß sie ihm nicht mehr vertraute; *ihm*, Nick Succorso, der für sie einmal so außer Zweifel gestanden hatte wie die Umlaufbahnen der Sterne.

Auch das hatte Morn ihn gekostet.

»Kann sein, es wundert dich«, knurrte er aus der Tiefe seines bitter-heißen Bedauerns, »aber das wußte ich schon.«

Stoisch zuckte Mikka die Achseln.

»Egal worüber sie reden, der Richtstrahl ist zu eng gebündelt, um irgendwas aufzufangen«, meldete Scorz in fahrigem Tonfall. »Ich höre ein Zwitschern, aber sonst krieg ich nichts rein.«

Nick bemühte sich, Mikka und Morn aus seinen Gedanken zu verdrängen. »Verfluchte Scheiße und elender Dreck«, nuschelte er, als wüßte er nicht, daß er sich ständig wiederholte.

Kassaforts Leitzentrale funkte fortgesetzt nur routinemäßige Flugverkehrsinformationen, Trajektorie-Bestätigungen und Stationsprotokolle; sonst nichts.

Nick schritt unentwegt die Brücke ab und versuchte nachzudenken.

Irgendwann mußte er seine Aura der Überlegenheit und des Selbstbewußtseins zurückgewinnen; sie vortäuschen, falls er es nicht schaffte, sie wiederzulangen. Seine Besorgtheit und Reuigkeit steckten an: je unsicherer ihm zumute wurde, um so stärker wuchs in bezug auf ihn die Unsicherheit seiner Crew. Mikka war nicht die einzige, die jetzt an ihm zweifelte; in ihrem Fall hatte es allerdings die schlimmsten Folgen, weil sie das tüchtigste Crewmitglied war, er sich auf sie stets am meisten verlassen hatte. Sib Mackern schrak zusammen, sobald sein und Nicks Blick sich trafen. Und Ransums Nervosität nahm zu. Normal war, daß sie sich auf ihre Hände beschränkte; doch inzwischen bemerkte man sie auch in der Weise, wie sie den Kopf drehte, und sie scharrte unablässig mit den Füßen, als wollte sie unbewußt fortlaufen, die Flucht ergreifen.

Schon drei Personen auf der Brücke mißtrauten Nick genug, um als unzuverlässig zu gelten.

Wer außer ihnen empfand ähnlich? Vielleicht niemand außer Vector Shaheed. Und Vectors Haltung war vorhersehbar: er hatte allen Anlaß zu der Erwartung, daß Nick ihm nach dem Leben trachtete. Scheiße, der ewig phlegmatische Arsch hatte wahrhaftig nichts anderes verdient, als totgeschlagen zu werden. Er hatte einen Befehl mißachtet.

Möglicherweise hatte der Argwohn noch nicht weiter um sich gegriffen. Aber er würde sich weiter ausbreiten. Auf jeden Fall auch Lumpi erfassen. Das Bürschchen war Mikkas Bruder; und Vectors Bewunderer.

Und das gleiche Übel mußte die restliche Crew befallen, sobald sie Nicks Verunsicherung fühlte und daraus den Schluß zog, daß der Angelpunkt ihres Daseins eventuell nicht mehr lange stabil blieb.

Weil er nach nützlichen Erkenntnissen suchte, nach Mitteln und Wegen, um sich aus diesem Schlamassel zu befreien – vielleicht bloß Hoffnung –, verharrte er an den Scanninggeräten. »Was haben sie mit der Scheißkapsel gemacht?« erkundigte er sich barsch.

»In 'ne Frachtkammer aufgenommen«, gab Arkenhill prompt Auskunft, ohne den Blick von der Konsole zu heben. Man hätte meinen können, er versuchte zu beweisen, er sei so kompetent wie Carmel. »Vermutlich möchten sie ihn behalten. Vor ein paar Minuten hat das Schiff angelegt. Willst du den Liegeplatz wissen?«

»Nein.« Nick hatte nur einen Grund, um sich für Davies Hylands Verbleib zu interessieren. »Ich will das Schiff identifiziert haben.«

»Das ist kein Problem. Es liegen Frequentierungsdaten vor.« Zur Vorbeugung gegen unerwünschte Zwischenfälle funkte Kassaforts Leitzentrale ständig Informationen über sämtliche Raumschiffe in Thanatos Minors Umraum und ihre Bewegungen. Arkenhill tippte Tasten, las Anzeigen ab. »Der Kahn heißt *Sturmvogel.* Kapitän ist Sorus Chatelaine. Registrierungsort: Station Terminus.«

»Der Vogel hat sich reichlich weit vom Nest entfernt«, kommentierte Mikka mit ihrem üblichen trockenen Humor. Terminus befand sich in größerem Abstand vom Bannkosmos als jede andere Raumstation der Menschheit, mindestens einhundert Lichtjahre ferner als die Erde.

Nick wandte sich an Sib Mackern. »Was besagen die Daten?«

Durch Schweiß und Schlafmangel schien sich Mackerns helles Schnurrbärtchen auf der Oberlippe zu sträuben; dagegen wirkten seine Augen, als wären sie tief in ihre Höhlen eingesunken. Wiederholt stockten seine Finger auf der Tastatur. »Nichts, Nick«, meldete er einen Moment später. »Wir haben noch nie was über sie erfahren.«

Unwillkürlich ballten sich Nicks Hände zu Fäusten. Sib plapperte daher wie eine Memme. Und Nick verabscheute Feiglinge. Er mußte die Anwandlung unterdrücken, dem Datensysteme-Zweitoperator eins in die Fresse zu dreschen.

»Querverweise überprüfen!« schnauzte er. »Name, Kapitän, Registrierung, Id-Codes. Ich wünsche eine verwertbare Antwort.«

Bei Illegalen-Raumschiffen gab es oft erhebliche Diskrepanzen zwischen offiziellen und privaten Identifizierungsdaten. Schiffe und Kapitäne durften ihre Namen so häufig wechseln, wie es ihnen beliebte. Doch ihre Registrierung konnten sie nicht nachträglich abwandeln. Und genausowenig die in ihren Data-Nuklei enthaltenen ID-Codes manipulieren; wenigstens nicht, ohne den Data-Nukleus selbst zu verändern.

Natürlich war sogar das möglich. Aber dadurch träten andersartige Unregelmäßigkeiten auf...

»Und Konfiguration«, ergänzte Mikka unverzüglich Nicks Anweisung. »Versuch's mit der Emissionssignatur oder sonst irgendwas, das vom Scanning aufgezeichnet worden ist.«

Nun war es seine Erste Offizierin, der Nick am liebsten eine reingehauen hätte. Nicht weil sie Falsches äußerte, sondern weil sie ihm half, wenn es nicht hätte erforderlich sein dürfen; weil er in diesen Augenblicken ihre Hilfe nötig hatte. Sein Gehirn ließ ihn im Stich, und diese Schwäche war ihm noch widerwärtiger als Feiglinge.

Morn, du gottverfluchte Hexe, was hast du aus mir gemacht?

Wer hat mich zu deinen Gunsten betrogen? Von wem bist du *herausgelassen* worden?

»Da kommen die Angaben«, meldete plötzlich Scorz. »Letzte Anflugs- und Liegeplatzinstruktionen.«

Nick hielt den Atem an, während der Kommunikatoren-Zweitoperator die Einzelheiten an Kommandostation und Steuerung weiterreichte.

Man behandelte die *Käptens Liebchen* wie einen fremden Besucher. Ein Schiff ohne Fracht. Einen Flüchtigen. Als Illegalen auf der Suche nach Unterschlupf. Oder einen läppischen kleinen Informationshändler.

Auf keinen Fall wie ein Raumschiff, das umfangreicher Reparaturen seines Ponton-Antriebs bedurfte und sie auch zu bezahlen vermochte.

Indem er in höchster Erbitterung vor sich hinschimpfte, stapfte Nick zu Scorz' Posten. »Audio-Verbindung herstellen!«

Scorz drückte sich den Ohrhörer fester ins Ohr und tippte Tasten. »Ich verbinde mit Kapitän Succorso«, sagte er gleich darauf und rückte etwas beiseite, um Nick an seinen Platz zu lassen.

»Leitzentrale!« schrie Nick. »Hier spricht Kapitän Succorso. Ist Ihr Empfang gestört? Haben Sie nicht ersehen, daß ich Reparaturen benötige? Ist die Kredit-Bestätigung nicht erkannt worden? Ich verlange, daß Sie mir einen Liegeplatz im Reparaturdock zuteilen!«

»Kapitän Succorso, unser Empfang ist nicht gestört.« Die Antwort, die aus den Lautsprechern der Steuerbrücke drang, klang lakonisch; nach unerträglicher Gleichgültigkeit. »Und taub sind wir auch nicht. Bloß haben wir's nicht gern, wenn Schiffe uns anfliegen, hinter denen vor Wut kochende Amnion her sind. Sie können von Glück reden, daß Sie überhaupt hier parken dürfen. Der Kassierer will sich nämlich erst mal mit Ihnen besprechen.« Kurzes Schweigen. »Er legt darauf Wert, sich persönlich von Ihrem Kreditguthaben zu überzeugen.«

Urplötzlich packte Nick die Furcht mit solcher Macht, als hätte jemand ihm einen Hieb in den Magen versetzt. Ein, zwei Sekunden lang hatte er das Gefühl, nicht mehr atmen zu können; daß seine Stimme, sobald er antwortete, wie bei einem jungen Bürschlein kieksen müßte.

Aber er konnte es sich nicht erlauben, so lange zu warten, bis er den Schrecken verwunden hatte. »Leitzentrale«, raunzte er heiser, hustete halb, »das müssen Sie mir mal vernünftig begründen. Wir bieten Ihnen keinen materiellen Geldtransfer an, sondern haben eine codierte, computerlesbare Kredit-Wertmarke dabei, gottverdammt noch mal! Der Kassierer kann ihr doch nichts *ansehen.* Ich muß unbedingt Reparaturen durchgeführt haben. Ich kann sie bezahlen.

Also weisen Sie mir 'n Liegeplatz in einem Reparaturdock zu.«

Die Leitzentrale ließ ihn auf die Antwort warten. Als sie kam, hörte die Stimme aus den Lautsprechern sich an, als ob sie mühsam ein Kichern unterdrückte.

»Anscheinend ist die Kredit-Obligation für ungültig erklärt worden.«

»Sie Vollidiot!« Verkrampft beugte Nick sich über die Konsole, als hätte er dem Mann, den er nicht sehen konnte, seinen Zorn ins Gesicht zu fauchen. »Man kann sie nicht ungültig machen. Das ist *Geld!* Man kann kein *Geld* für ungültig erklären!«

Diesmal gestattete sein Gesprächspartner sich ein hörbares Auflachen. »Erzählen Sie das doch den Amnion-Kriegsschiffen, die hinter Ihnen her sind.«

Mit einem lauten Knacken unterbrach die Leitzentrale die Verbindung.

Auf der Steuerbrücke ergab sich ein unnatürliches Schweigen; es war so ruhig, als ob sogar die Luftfilteranlagen und Servos stillstünden.

Meistens behielt Karster seine Fragen für sich. Vielleicht um aufzuwiegen, daß er so unreif wie ein Junge aussah, tat er im allgemeinen so, als wüßte er längst alles. Doch diese Stille konnte er nicht verkraften.

»Er will sich persönlich überzeugen?« fragte er. »Was soll das bedeuten?«

»Es heißt«, erläuterte Mikka, als wäre sie mit einem Mal todmüde, »der Kassierer will wissen, was eigentlich los ist, bevor er sich in bezug auf uns endgültig festlegt.«

Nick fuhr zu seiner Ersten Offizierin herum. Wenn sie so weitermachte, konnte es gar nicht ausbleiben, daß er ihr eine scheuerte. »Du hast selber erwähnt, daß es so einfach nicht ist«, knirschte er. »Der Kassierer hat Morns blöden Bengel.«

Wenn der Kassierer zu klären den Wunsch hatte, was sich überhaupt abspielte, dann aufgrund der Absicht, aus der Situation den größtmöglichen Vorteil zu schlagen. Und um es Nick heimzuzahlen, daß er ihm solchen Ärger verursachte.

Nick hatte Davies den Amnion versprochen.

Um ihnen zu beweisen, daß er nie vorgehabt hatte, unehrliche Geschäfte mit ihnen zu machen – und um die wahre Natur seiner ihnen gegenüber vorhandenen Unaufrichtigkeit zu verschleiern –, war ihnen von ihm auch Morn zugesagt worden.

Aber jetzt hatte der Kassierer Davies in den Klauen. Und wenn Nicks Kredit-Obligation storniert worden war, hatte er nichts, womit sich das Bürschlein freikaufen ließe.

Außer Morn.

Nick war an einem Punkt angelangt, an dem er irgendwen hereinlegen mußte. Und egal wen er nun betrog: derjenige würde ihn dafür umbringen.

Es sei denn…

Die Idee kam ihm genau wieder wie ein Geistesblitz seines alten, bewährten Einfallsreichtums, der Findigkeit, die bislang ihm und allem, was er schätzte, das Überdauern ermöglicht hatte.

Es sei denn, er hinterging statt dessen die Astro-Schnäpper.

Hashi Lebwohl hatte ihn damit beauftragt, Kassaforts Existenz zu untergraben, der Schwarzwerft potentiell unwiderruflichen Schaden zuzufügen. Und der Direktor der DA-Abteilung hatte ihm auch vorgeschrieben, wie er vorgehen sollte. Eine höchst riskante Trickserei war von Lebwohl ausgeheckt worden; die Art von Intrige, auf die sich Nick quasi spezialisiert hatte. Daß Lebwohl eine dermaßen gewagte Sache anzuleiern bereit war, hatte Nick wider Willen beeindruckt.

Nick sah die Gelegenheit, nun das volle Risiko auf Hashi Lebwohl und die verfluchte VMKP abzuwälzen.

Ob sie seinen letzten Funkspruch beantwortete? Vorherzusagen wußte er es nicht. Vielleicht hüllte man sich lieber in Schweigen. Falls man eine Antwort funkte, um so besser. Die VMKP verkörperte für Thanatos Minor und die Amnion eine viel stärkere Gefahr als für Nick. Was die VMKP anbetraf, lieferte Morn ihm den einzigen Vorwand, den er brauchte, um alles, was er unternahm, zu rechtfertigen. Er konnte jederzeit behaupten, es geschähe im Interesse ihrer Rettung.

Und falls die Polente nicht reagierte, konnte sie sich auch nicht einmischen.

Freilich wären die Folgen völlig unabsehbar. Doch darin erblickte Nick für sich kein Problem. Sollte Lebwohl die Lage bereinigen. Oder Dios in Person. Sie verdienten es nicht anders.

Aber er, Nick, konnte sich möglicherweise aus dem Dilemma winden. Das war und blieb die Hauptsache.

Für einen Moment stand er nur reglos da, durchdachte seine Möglichkeiten, während sein genialer Einfall ihm dabei half, sich in den alten Nick Succorso zurückzuverwandeln. Dann kehrte er Mikka den Rücken zu, als zählten ihre Zweifel nicht mehr.

»Arkenhill«, fragte er mit nahezu allen Anklängen seiner sonstigen, so lockeren, bedrohlichen Unbekümmertheit, »wie weit sind die Amnion-Kriegsschiffe noch hinter uns?«

Die Fingerspitzen des Scanning-Zweitoperators riefen die gewünschten Informationen ab. »*Friedliche Hegemonie* um 'ne halbe Stunde Flugzeit. Nachdem wir abgezischt sind, hast sie 'ne Zeitlang ganz schön gestocht. Nachdem die Kosmokapsel den Kurs gewechselt hat. Den größten Teil der Strecke hat sie jetzt zurückgelegt. Inzwischen hat sie auf unsere Geschwindigkeit verlangsamt… Auf die für Kassafort übliche Anfluggeschwindigkeit.« Um zu verdeutlichen, daß man gegenüber der Schwarzwerft keine feindlichen Absichten hatte.

»*Stiller Horizont* ist uns so schnell gefolgt, wie die

lahme Blechbüchse es kann, ohne den Mindestabstand für das ordnungsgemäße Bremsmänöver zu unterschreiten. Sie fliegt sogar auf günstigerer Trajektorie als wir.« Das hing damit zusammen, daß es sich um ein Amnion-Raumschiff handelte; und daß es ursprünglich viel langsamer gewesen war als die *Käptens Liebchen,* die unvorstellbare 0,9 c erreicht gehabt hatte. »Sie müßte« – Arkenhill schaute auf einen Monitor – »in acht Stunden auf Astro-Reede sein.«

Nick schüttelte den Kopf. »So nah kommen sie bestimmt nicht ran. Ich bin mir sicher, daß sie in optimaler Schußentfernung für ihre verdammten Überlicht-Protonenstrahlen bleiben, um uns und den Kassierer daran zu erinnern, daß wir sie nicht bescheißen können, ohne es mit dem Leben zu bezahlen.«

Er sprach weiter, als dächte er nur laut nach. »Also habe ich 'ne knappe halbe Stunde Zeit, um mit dem Kassierer zu reden, ehe die *Friedliche Hegemonie* eintrifft. Und voraussichtlich kann ich vier oder fünf Stunden herausschinden … Dann ist die *Stiller Horizont* in geeigneter Position, um der *Friedlichen Hegemonie* Feuerunterstützung zu geben. Bis dahin muß ich mir etwas ausdenken, um uns aus dieser Patsche zu befreien … Auf diese oder jene Weise.«

Sein Blick glitt durch die Brücke. Niemand widersprach ihm. Und niemand außer Mikka und Ransum erwiderte seinen Blick. Die Miene der Steueranlagen-Zweitoperatorin spiegelte keine tieferen inneren Regungen wider als Sorge und Anspannung. Mikka dagegen hatte einen mißmutigen, trotzigen, beinahe unverhohlen skeptischen Gesichtsausdruck. Mit jeder Minute zeigte sie freimütiger ihren Argwohn.

»Scorz«, sagte Nick über die Schulter, täuschte dabei, so gut es ging, eine ruhige Ausgeglichenheit vor, die er noch immer nicht empfand, »verständige mich zehn Minuten vor dem Andocken. Ich bin in meiner Kabine.«

Um mich vorzubereiten.

Anschließend trat er zur Kommandoposition und beugte sich dicht an Mikkas Ohr hinab. Vielleicht war sie es, die ihn verraten hatte. »Ich tu meine Pflicht«, flüsterte er in vertraulichem Ton, ohne die Art und Weise zu beachten, wie sie den Kopf zur Seite bog, als wollte sie nicht von ihm berührt werden, nicht seinen Atem auf der Wange spüren. »Du tust deine. Aber wenn du mich das nächste Mal so anglotzt, solltest du darauf gefaßt sein, es auch rechtfertigen zu können.«

Nachdem er diese Drohung ausgesprochen hatte, verließ er die Brücke.

Während die *Käptens Liebchen* anlegte, wartete er schon im Flur vor der Luftschleuse; man hätte glauben mögen, ihm wäre an nichts stärker als einer Konfrontation mit dem Kassierer gelegen.

Er gab sich alle Mühe, um sich in die optimistische Einschätzung hineinzusteigern, sein Gespür für sichere Erfolgsmethoden hätte sich wiedereingestellt; in gewissem Umfang gelang es ihm sogar. Doch trotz allem fühlte sein neuer Schwung sich so künstlich an, wie es sich wahrscheinlich mit den artifiziellen Fähigkeiten verhielt, mit denen das Z-Implantat Morn ausstattete.

Warum waren die Amnion derartig darauf versessen, ihren elenden Lümmel in die Gewalt zu bekommen? Welchen Wert hatte er für sie? Oder benutzten sie ihn nur zum Vorwand, um seine, Nicks, tatsächliche Hinterlist aufzudecken? Oder ahnte er nur nicht, über welche besonderen Vorzüge Davies verfügte?

Weil Nick auf diese Fragen keine Antworten wußte, konnte er die eigene Situation lediglich unzureichend beurteilen; und ebensowenig die Haltung des Kassierers. Was könnte der Kassierer dadurch gewinnen, daß er unter den momentanen Umständen vor den Amnion buckelte? Welche Verluste und Nachteile mochte er erleiden, wenn er sich weigerte, Nick zu helfen?

Trotz aller Entschlossenheit zu glauben, er sei auf alles vorbereitet, wurde Nick schlichtweg nicht das mulmige Gefühl los, daß Morn ihm drastischer geschadet hatte, als er es zur Zeit überblickte.

»Andocken in zwei Minuten«, ertönte Scorz' Stimme aus dem Interkom-Apparat. »Achtung, Rotation endet.«

Zumindest darauf war Nick gefaßt. Die Fäuste um die Null-G-Haltegriffe geklammert, stellte er sich auf den Übergang zwischen der internen Rotation der *Käptens Liebchen* und der Schwerkraftwirkung Thanatos Minors ein.

Das Gravitationsfeld des Planetoiden hatte eine Stärke von rund 0,8 Ge. Thanatos Minor selbst fehlte es an Masse, um eine Schwerkraft in dieser Höhe zu erzeugen. Allerdings bestand eine der kuriosen Nebenwirkungen des Typs von Fusionsgenerator, der Kassafort mit Energie versorgte, aus einer Erhöhung der effektiven Dichte des Felsbrockens. Fast war die Gravitation hoch genug, um es dort behaglich zu haben.

»Noch eine Minute«, konstatierte Scorz überflüssigerweise, als Nicks Stiefel vom Deck abhoben, die Bedingungen vorübergehend Freien Fall vorspiegelten.

Nick biß gegen sein eingefleischtes Mißfallen an Andockmanövern die Zähne zusammen. Er war Illegaler; sein Überleben hing von Agilität ab, sowohl seiner wie auch der Beweglichkeit der *Käptens Liebchen.* Dennoch überließ er das Raumschiff selbst in ungefährlicher Umgebung nur sehr ungern den Greifarmen einer Astro-Parkbucht und der dadurch verursachten Bewegungsunfähigkeit. Und nun mußte er sich sogar mit der reichlich realen Möglichkeit abfinden, daß er und sein Raumschiff vielleicht nie wieder frei durchs All kreuzen konnten.

Das Rumsen eines Anpralls dröhnte durch den Rumpf. Die Geräusche der Greifer und Haftvorrichtungen übertrug sich durch die Schotts deutlich ins

Schiff. Aus Kassaforts Schleuse drang das Zischen von Luftschläuchen. Nicks Stiefel näherten sich dem neuen Fußboden, als wären sie magnetisch.

»Andockvorgang abgeschlossen, Nick.« Diesmal klang Mikkas Stimme aus dem Interkom. »Wir schalten nun auf Stationsenergie um.« Nick war mit jedem Summton und jedem Lampenschein seiner Interspatium-Barkentine so gründlich vertraut, daß er bei der Umstellung sogar das nahezu unmerkliche Flackern der Beleuchtung bemerkte. »Soll der Antrieb in Bereitschaft bleiben?«

Verdammtes Weib! Auch daran hätte er selbst denken müssen. »Gute Idee«, antwortete er, indem er den Drang unterdrückte, Mikka anzufahren. »Wir benehmen uns so, als rechneten wir damit, daß man uns jeden Moment einen Liegeplatz im Reparaturdock zuteilt.« Kurz zögerte er. »Mach hinter mir die Schleuse dicht«, fügte er dann hinzu. »Niemand darf rein oder raus, bevor ich zurück bin.«

»Geht klar«, bestätigte Mikka.

An der Kontrolltafel checkte Nick die Verhältnisse in der Schleuse, ehe er den Öffnungscode eintippte. Seine Hände vollführten alle Handlungen mit abgehackten Gesten, als hätte er es eilig – oder Furcht.

Sobald er die Schleuse betreten und die Innenpforte hinter sich geschlossen hatte, zeigte ein Indikator ihm an, Mikka hatte das Raumschiff verriegelt.

Während er den Öffnungscode für die Außenpforte eingab, hörte er aus dem Interkom-Gerät Sib Mackerns Stimme. »Nick?«

Mit dem Daumen drückte Nick die Taste. »Ja, was ist?«

»Ich habe 'ne alternative Identifikation der *Sturmvogel* aufgespürt. Des Raumers, der Davies gekascht hat. Sicher kann man sie nicht nennen, vielleicht wär's besser, man spricht von 'ner Hypothese … Aber ich dachte, bestimmt willst du Bescheid haben.«

Doch Nick mochte jetzt durchaus nichts davon wissen. »Sag's mir später. Im Moment hab ich für so was keine Zeit.« Tatsächlich hatte er es eilig. Die letzte halbe Stunde, bis die Amnion anlangten und ihr Gewicht in die Waagschale warfen, war schon angebrochen.

Er desaktivierte den Interkom-Apparat und öffnete die äußere Schleusenpforte der *Käptens Liebchen.*

Fast war es, als wäre er nach Station Potential zurückgekehrt. Kassaforts Schleuse stand offen. Der Zutritt in den Gang mit dem Scanningfeld, das Ankömmlinge auf Waffen oder Kontaminationen prüften, war frei; und am anderen Ende hatten sich zwei Posten aufgestellt. Die einzige relevante Abweichung war, daß beide Posten beanspruchten, Menschen zu sein; und ihre Waffen schon auf Nick zielten.

Beide sahen aus, als hätten ihre Ärzte den Unterschied zwischen bioprothetischer und bio-retributiver Chirurgie vergessen – oder nie gekannt.

Nick war solche Anblicke gewohnt, aber sie erfüllten ihn mit Verachtung. Eine Person, die nicht schießen und treffen konnte, wenn man die Knarre nicht seinem Arm implantierte, oder nicht zu entscheiden verstand, wann sie schießen mußte, und auf von der Leitzentrale ihr direkt ins Gehirn gefunkte Befehle abhängig blieb, war für Nicks Begriffe kein vollwertiger Mensch mehr, ganz gleich, wie großartig verbessert zu sein der- oder diejenige sich einbildete. Aber in diesen zwei Fällen hatten die Ärzte sich nicht auf die Bewaffnung beschränkt. Über prothetische Schußwaffen und Funkgeräte hinaus war bei ihnen je ein Auge gegen ein optisches Observationsmodul ausgetauscht worden. Die Kerle waren längst nur noch Maschinen, mehr nicht: zwei Stücke technischer Ausrüstung, die vorgaben, Menschen zu sein. Wahrscheinlich stecken sie zum Aufmöbeln, dachte Nick bissig, zwei Finger in die Steckdose.

»Kapitän Succorso?« fragte einer von ihnen, als hätte man seine Stimmbänder gegen einen Lautsprecher ausgetauscht.

Gehässig grinste Nick. »Was glaubt ihr denn? Etwa Warden Dios?« Er strebte zwischen den Wachen hindurch. »Ich besuche den Kassierer«, sagte er. »Seid brave Jungs und bleibt hier. Paßt auf, daß niemand mein Schiff klaut.«

Er kannte den Weg; doch die Wächter ließen ihn nicht allein gehen. Nach kurzem Zögern, während sie auf Anordnungen der Leitzentrale lauschten, folgten sie ihm, sprangen durch die Planetoiden-G, bis sie ihn einholten. Sie nahmen ihn in die Mitte und eskortierten ihn durch die Zugangskorridore ins Foyer des Besucherdocks.

An der Rezeption passierten sie weitere Wachen sowie Computerterminals, an denen Nick hätte Unterkunft mieten, ein Konto eröffnen, Prostituierte mieten oder anhand von Fingerabdrücken oder Stimmprofil Id-Verifikationen anfertigen lassen können. Aber er hatte an diesen Angeboten kein Interesse. Halb führte er seine Eskorte, halb ließ er sich von ihr führen, indem er in einem Tempo zum nächstbesten Lift eilte, durch das er bei jedem Schritt ein wenig in die Höhe hüpfte; zu einem Lift, mit dem man hinunter ins Innerste des Planetoiden fuhr, in die Tiefe, wo der Kassierer seine Höhle angelegt hatte.

Dort unten, geschützt durch eintausend Meter Felsgestein, Beton und Stahl, waren der Kassierer und seine Kasse vor jedem Angriff sicher – außer einem längeren Überlicht-Protonenbeschuß. *Stiller Horizont* und *Friedliche Hegemonie* hatten wahrscheinlich die Machtmittel, um ihn auszuräuchern, jedoch nur indem sie Thanatos Minor unter Dauerfeuer nahmen, bis die gesamte Oberfläche zu Magma zerflossen war und der Reaktor im Herzen des Planetoiden auf Schmelztemperaturen anstieg.

Der Kassierer mochte diebisch und achtlos wie eine Elster sein, aber er war sehr wohl schlau genug, um Furcht zu kennen. Andernfalls hauste er nicht in einer derartigen Bastion; und er hätte Nicks Kredit-Obligation akzeptiert.

Während der Fahrt mit der Liftkabine in die Tiefe wünschte Nick, er könnte mit der *Käptens Liebchen* Kontakt halten. Doch hier wäre sogar die Sorte von NervoRelais, die er routinemäßig an Örtlichkeiten wie der KombiMontan-Station mitführte, schlimmer als nutzlos; sie funktionierten nicht, und zudem erregten sie Verdacht.

An seinen Seiten hielten die Wächter ihre Waffen auf seine Rippen gerichtet, als rechneten sie ernsthaft damit, er könnte jeden Augenblick eine Verrücktheit anstellen.

»Wie läuft das Geschäft?« fragte Nick, als hätte er vor, eine kleine Plauderei anzufangen. »Habt ihr Clowns hier wenigstens soviel zu tun, daß ihr nicht an Langweile krepiert?«

Einer der Wächter grinste und offenbarte bei dieser Gelegenheit, daß er keine Zähne hatte; vermutlich waren sie durch Nik- oder Hype-Konsum weggefault. »Solang wir die Hoffnung haben, wir dürfen dich wegpusten«, gab der andere Mann zur Antwort, »sind wir zufrieden.«

Nick hob die Schultern. »Tut mir echt leid, daß ich euch enttäuschen muß. Ihr dürft mich nicht umlegen, der Kassierer möchte mit mir sprechen. Und wenn er das getan hat, wird ihm klar sein, daß es wichtiger ist, mich am Leben zu lassen, als mich abzumurksen.«

»Bezahlen mußt ihm im voraus.« Der Zahnlose keckerte. »Und du haß keen Kredit.«

»Deswegen mach dir mal keine Sorgen.« Nick feixte heiter, versuchte die Beklemmung zu lösen, die ihm, während die Liftkabine abwärtssank, den Brustkorb beengte. »Manches ist mehr als Kredit wert. Aber 'n BR wie du kapiert so was ja nicht.«

»Was meinst du?« fragte der eine den anderen Wächter. »*Ich* glaube, er will uns beleidigen.«

»Am besten, ihr denkt nicht«, empfahl Nick. »Davon werdet ihr bloß ganz wirr.«

Trotz seines gezwungenen selbstsicheren Getues hielt er unwillkürlich die Luft an, als der Lift stoppte.

Draußen erstreckte sich ein neuer Zugangskorridor. Weitere Posten bewachten ihn. Nick beachtete sie kaum. Die Felsmasse, die sich über ihm emportürmte, war ihm noch nie so erdrückend wie jetzt erschienen. Er hatte den Eindruck, sie hinge durch und auf ihn herab, beugte ihm die Schultern und brächte trotz der geringen G seine Schritte zum Stocken. Erst als ihm die Kiefer schmerzten, merkte er, daß er mit den Zähnen mahlte.

Er benötigte *jetzt* alle seine Kräfte; seinen ganzen Scharfsinn und seine Überlegenheit. Die Problematik, die er an Bord der *Käptens Liebchen* zurückgelassen hatte, konnte er zeitweilig ignorieren. Ein oder zwei Erfolge konnten das Vertrauen der Crew zu ihm wiederherstellen. Zu guter Letzt würde er herausfinden, wer ihn betrogen hatte. Aber die Probleme, die vor ihm lagen, konnten ihn innerhalb von Minuten das Leben kosten. Sollte er hier seiner Reputation nicht genügen, dann war er *gleich* erledigt.

Denkst du etwa, ich sei mit dir fertig, Morn? fragte er insgeheim ins Hallen des Korridors. Glaubst du, von mir bräuchtest du nichts mehr zu befürchten? Du bist bekloppt. Ich habe noch gar nicht richtig die Sau rausgelassen.

Das hatte Vorrang; Vorrang gegenüber dem Versuch, die Polente zu bescheißen.

Er rückte die Schultern gerade, legte die letzten Meter zu dem Panzergewölbe zurück, das dem Kassierer als persönliches Befehlszentrum diente, und grinste den Türwächter sardonisch an.

Im Gegensatz zu Nicks Eskorte hatte dies Individuum sein Strahlengewehr in den Händen. Dennoch sah der Kerl nicht wie ein normaler Mensch aus. Mit Ausnahme seines Munds war sein Gesicht vollständig durch Sensoren ersetzt, beziehungsweise dadurch im Äußeren transformiert worden. An den Schläfen wechselten sich rote und bernsteingelbe Leuchtflächen in rätselhaftem Blinken ab. Der Kassierer vertraute seine Sicherheit nicht ausschließlich den Observationsinstrumenten an – den Optiken und Lauschgeräten –, die Kassaforts gesamten Rest erfaßten und sondierten.

Über der Tür hatte man an der Wand ein Schild mit dem Text befestigt:

ICH KASSIERE, ALSO BIN ICH.
ZAHLST DU WAS, BIST DU WAS.
DER KASSIERER

Anscheinend mußten die Wächter Nick nicht mündlich anmelden. Ihr Funk erledigte diese Routinemaßnahme, ohne daß Außenstehende es hörten. Nach einem Weilchen der internen Verständigung öffnete der Scanningposten die Tür und ließ Nick ins Panzergewölbe.

Die Eskorte blieb vor dem Eingang zurück. Nick tat sein Bestes, um putzmunter wie jemand einzutreten, der niemandem etwas schuldete.

In ihren Ausmaßen stand der Innenraum einer Frachtkammer eines Raumschiffs keineswegs nach. Der Kassierer hatte gerne rings um sich genügend Platz, vielleicht um die der Klaustrophobie förderliche Tiefe seines Schlupfwinkels ein wenig auszugleichen. Aber die senkrechten Wände rundherum waren völlig kahl. An ihnen mangelte es sogar an hinlänglicher Aufhellung. Ein Großteil der Helligkeit stammte von Punktbeleuchtung, die ihr Licht auf den Kassierer selbst verströmte.

Falls die jüngsten Ereignisse ihn beunruhigten, ließ er sich nichts anmerken. Er befand sich allein in seinem Befehlszentrum; stand inmitten einer ordentlichen, kreisförmigen Anordnung von Computeranlagen, deren Flächen im Lichtschein der Punktbeleuchtung glänzten: Konsolen, Terminals, Monitoren und Sichtschirme, vermutlich alles Apparaturen, dank der er mit sämtlichen Bereichen Kassaforts in Kontakt blieb. Sein übriger Körper korrespondierte mit der grotesken Langschädeligkeit: er war so dürr, als könnte er niemals Sättigung finden. Im Lichtschimmer wirkten seine schroffen Umrisse so ausgemergelt, als wäre er hungrig genug, um Nick das Mark aus den Knochen zu saugen. Schatten verdüsterten seine Wangengruben. Stangen ähnliche Arme endeten in Fingern, die dünn und spitz waren wie Stifte. Unter den schmuddligen Haaren und glitzrigen Augen entblößte sein lippenloses Lächeln scharfe, schiefe Zähne.

Er breitete die Arme wie zum Willkommensgruß aus. »Kapitän Succorso«, rief er mit unpassend jungenhafter Stimme, »wie nett, Sie wiederzusehen. Seit Ihrer letzten Visite ist's nicht lange her, nicht so lang wie man's anderen nachsagen kann, aber Ihr Besuch ist uns immer 'n Vergnügen. Mein Eindruck ist, Sie haben neuerdings 'n echt aufregendes Leben geführt. Es kommt ja nicht alle Tage vor, daß Sie hier mit Amnion-Defensiveinheiten als Geleitschutz eintreffen.« Genüßlich schwelgte er in der Ironie des Worts. »Gelegentlich müssen Sie mir erzählen, wie Sie das geschafft haben. Aber natürlich« – er machte die Einschränkung nach Art eines fürsorglichen Gastgebers – »nicht jetzt. Mir ist klar, wie stark Sie von Ihren Geschäften in Anspruch genommen werden. Teilen Sie mir als erstes mit, wie ich Ihnen dienlich sein kann. Irgendwo haben wir alles« – er vollführte eine Gebärde, die die gesamte Galaxis zu umschreiben schien – »was Sie kaufen können.«

Nick war nicht in der Stimmung für weitschweifige Konversation. Allerdings mußte er berücksichtigen, daß die Zukunft seines Raumschiffs und das eigene Überleben von seiner Fähigkeit abhingen, es mit dem Kassierer aufzunehmen. »Dabei geht es freilich auch darum, wieviel Zaster ich habe«, bemerkte er mit vorsätzlicher Sachlichkeit. »Ich bringe 'ne Kredit-Obligation mit.« Er nannte das Guthaben. »Aber die Leitzentrale behauptet, Sie wollen sie nicht akzeptieren. Das begrenzt meine Optionen.«

»Ich soll es nicht ›wollen‹, Kapitän Succorso?« entgegnete der Kassierer sofort. »Sicherlich hat die Leitzentrale Ihnen doch nicht mitgeteilt, ich wollte es nicht, oder?«

Mit dem Ausdruck seiner alten, bedrohlichen Belustigung versuchte Nick zu grinsen. »Vielleicht habe ich irgend etwas mißverstanden. Ich habe einen Liegeplatz im Reparaturdock erbeten. Statt dessen ist mir 'ne Astro-Parkbucht im Besucherdock zugewiesen worden.« Man hörte seiner Stimme ein wenig von seinem Ärger an, doch er bewahrte Beherrschung. »Und man hat angegeben, die Kredit-Obligation sei für ungültig erklärt worden. Heißt das nicht, Sie wollen sie nicht anerkennen?«

»Überhaupt nicht. Keineswegs.« Jedesmal wenn der Kassierer den Kopf bewegte, schienen Schatten sein Gesicht zu zernagen. »Es heißt nichts anderes, als daß die Situation komplizierter geworden ist. Die ›Aussteller‹ der Kredit-Obligation sind es, die uns ›ersucht‹ haben, sie nicht anzunehmen.« Allem Anschein nach hatte der Kassierer Spaß an beschönigenden Formulierungen. »Das ist schließlich… Soll ich sagen: Schließlich nicht verboten? Gegenteiligenfalls würde niemand mich für irgend was bezahlen. Leute in Ihrer Position – natürlich nicht Sie, Kapitän, Succorso, Sie bestimmt nicht, aber Zeitgenossen mit weniger Skrupeln – könnten bei mir für Dienstleistungen oder Güter Kredit entrichten und danach, wenn sie fort sind, die Zahlung ›widerrufen‹. Unter solchen Umständen betreibe ich keine Geschäfte. Ich sage mir immer: Ich kassiere, also bin ich. Sehen Sie, Kapitän Succorso, ohne zu kassieren wäre ich ein Nichts.« Trotz seines unbefangenen, eifrigen Tonfalls meinte er es offensichtlich todernst. »Die Konsequenz lautet, daß ich mich im voraus bezahlen lasse. Und ich überzeuge mich davon, daß die Zahlung in Ordnung ist, ehe ich sie entgegennehme. Wenn ich Ihre Kredit-Obligation akzeptiere, dürfen Sie vollkommen sicher sein, daß die Amnion sie einlösen.«

»Na schön«, sagte Nick. »Also gut.« Allmählich drohte seine Fassung zu schwinden. Zu gerne hätte er dem Kassierer eine Tracht Prügel verabreicht und gehört, wie ihm die Knochen krachten. »Und wie geht's weiter? Ich benötige Reparaturen. Zum Bezahlen hab ich 'ne Kredit-Obligation. Aber Sie sind mißtrauisch. Was nun?«

»Nichts könnte leichter sein.« Der Kassierer lächelte auf eine Weise, die seine Zähne zeigte. »Bitten Sie die Amnion um Rückgängigmachung ihres Ersuchens. Sobald sie mich darüber informieren, daß sie gegen eine Transaktion keine Einwände mehr erheben, verfügen Sie über einwandfreien Kredit und erhalten Reparaturen ausgeführt, die Sie vollständig zufriedenstellen.«

Ohne es zu merken, hatte Nick die Schultern hochgezogen und die Hände zu Fäusten geballt. Durch reine Willensanstrengung lockerte er seine Finger. »Das ist unmöglich«, erwiderte er. Es wäre besser, er könnte auch die Anspannung aus seiner Stimme verscheuchen. »Ich kann das nicht erreichen. Sie können's. Sie haben etwas, das mir gehört. Es ist etwas, das ich den Amnion versprochen habe … Ein Entgelt für schon erbrachte Dienste. Solange Sie es mir vorenthalten, kann ich meine den Amnion gemachte Zusage nicht erfüllen. Uns solang ich das nicht kann, bedeuten sie für uns alle eine Gefahr. Sie könnten auf die Idee verfallen, Ihnen meinen Besitz einfach wegzunehmen.«

»Möglicherweise liefere ich ihn ›einfach‹ aus«, antwortete der Kassierer ganz gelassen.

»Wenn Sie das tun«, erwiderte Nick, »betrügen Sie *mich.*« Er unterdrückte das Verlangen, die Fäuste zu schwingen. »Vielleicht glauben Sie, Sie haben im Moment von mir nichts zu befürchten, aber ich kann Ihren Ruf gehörig schädigen. Sobald sich herumspricht, daß Sie mit Schwindeleien angefangen haben, bleiben die Raumschiffe Kassafort fern. Nein ...« Seine Stimme wurde rauher. »Die einzige wirklich unkomplizierte Lösung ist, Sie überlassen mir, was mir zusteht. Selbstverständlich erstatte ich Ihnen die entstandenen Unkosten ... Und ich zahle 'ne Bergungsprämie. Dann kann ich den Amnion das Versprochene geben, und wir alle haben zum Schluß, was wir brauchen.«

Der Kassierer schüttelte den langen Schädel. »Leider ist diese Anregung etwas *zu* einfach.« Er redete mit regelrecht jugendlichem Enthusiasmus. »Um nur ein Beispiel für die Kleinigkeiten anzuführen, die Sie vergessen: Die Höhe einer Bergungsprämie hängt vom Wert der geretteten Güter ab. Sie verlangen, daß ich das geborgene Gut an Sie abtrete, haben mir aber verschwiegen, was es wert ist.«

Nick verkniff sich einen Fluch. »Für mich ist es völlig wertlos. Die Amnion sind darauf wild, mir ist's egal. Und was die Amnion betrifft, kann ich Ihnen ihre Wertmaßstäbe nicht erklären. Ich *weiß nicht,* wieso der Bengel für sie kostbar ist.« Ich weiß nicht einmal, ob es tatsächlich er ist, was sie wollen. Ich habe keine Ahnung, wen sie im Hyperspatium verschwinden zu lassen beabsichtigten. »Sie könnten sie heranziehen«, fügte Nick etwas lasch hinzu, »um die Bergungsprämie festzusetzen.«

»Mein lieber Kapitän Succorso«, eröffnete der Kassierer ihm mit Amüsement in der leichenhaften Miene,

»das habe ich schon versucht. Sie lehnen es ab, Ihren ›Besitz‹ mit einem Wert zu beziffern. Sie weigern sich kategorisch, irgendwelche Ihrer Probleme für Sie zu beheben. Wenn ich sie richtig verstanden habe, beharren sie auf dem Standpunkt, die einzige Sache, um die's hier geht, oder zumindest einzig wichtige Angelegenheit, sei die ›wechselseitige Erfüllung der Ansprüche‹. Nach ihrer Ansicht haben sie sich in gutem Glauben auf einen Handel mit Ihnen eingelassen, und jetzt fühlen Sie sich übers Ohr gehauen. Dergleichen stufen sie als unerträglich ein. Sie bestehen schlicht und einfach auf vereinbarungsgemäßer Einhaltung des Geschäfts.«

Für einen Augenblick biß Nick die Zähne zusammen. Dann atmete er tief ein und anschließend mit hörbarem Seufzen aus, als gestände er eine Niederlage ein. »Also sitze ich in der Klemme. Sie retournieren mir nicht den Inhalt der Kosmokapsel, und Sie erkennen meine Kredit-Obligation nicht an. Da bleibt mir wahrhaftig kaum noch ein Weg offen.« Bist du auf das dicke Ende gefaßt, Morn? Vielleicht habe ich damit Glück. Aber wie wirst du es verkraften? »Aber ich glaube, ich hab noch was anderes anzubieten.«

Der Kassierer strahlte vor Freude und Wohlwollen. »Da wecken Sie naturgemäß mein Interesse … Obwohl ich mir kaum etwas vorstellen kann, das mehr als Geld wert sein soll.«

»Versuchen wir's mal mit folgendem …« Nick lugte in die dunklen Winkel des Raums, als wollte er sich vergewissern, daß dort keine Lauscher lauerten. Danach trat er näher zum Kassierer. In Kassaforts G fühlte er sich leicht; dadurch wurde ihm bei seinem Vorhaben um so leichtsinniger zumute. Als er die erste Computerkonsole des Kassierers erreichte, blieb er stehen. »Ich schlage Ihnen 'n Tausch vor«, äußerte er in verschwörerischem Ton. »Sie überlassen mir den Jungen, den Sie aus der Kosmokapsel geholt haben. Im

Gegenzug überstelle ich Ihnen eine VMKP-Mitarbeiterin. Komplett mit ID-Plakette.«

Die Miene des Kassierers verzog sich, als ob er Überraschung vorspiegelte.

»Sie ist Polizistin … und völlig unversehrt«, erläuterte Nick leise. »Schon darum ist sie hier 'n Vermögen wert. Was sie ausplaudern kann, ist unbezahlbar. Aber das ist noch nicht alles. Sie ist nicht bloß Polizistin, sie ist auch 'n Prachtweib … Und sie hat 'n Zonenimplantat. Das Kontrollgerät liefere ich mit.«

Schatten glitten über das Gesicht des Kassierers und ließen sein Erstaunen nach und nach echter wirken.

»Denken Sie mal für 'n Momentchen drüber nach«, riet Nick. Auch Morn hatte er längst den Amnion abgetreten, doch das hemmte ihn nicht. Sie waren hinter Davies her; Morn galt nur als ›Entschädigung‹ für gewisse Unannehmlichkeiten. Nick traute sich zu, für Morn mühelos ein Ersatzangebot unterbreiten zu können. »Ihre Id-Plakette ist 'ne Kostbarkeit. Sie finden darauf sämtliche Zugriffscodes der Bullencomputer. Und es erfordert keinerlei Mühe, von der Frau den ganzen Rest zu erfahren. Sie brauchen lediglich das Z-Implantat einzuschalten, und sie erzählt alles, was sie weiß. Aber nun kommt das Beste …« Ach, könntest du mich nur hören, Morn! »Wenn sie alle ihre Kenntnisse ausgespuckt hat, hat sie nach wie vor unbezahlbaren Wert. Ich sage Ihnen, sie ist eine *Schönheit.* Und wegen des Z-Implantats ist sie das *saftigste* Stück weiblichen Fleischs, das Sie je sehen werden. Ich weiß 's aus eigener Erfahrung. Im Vergleich zu ihr steht jede andere Frau hier wie 'ne ausgetrocknete Pflaume da. Auf lange Sicht können Sie mehr an ihr verdienen, wenn sie als Nutte ackert, als mit dem Verkauf der Informationen und Codes.« Der Gedanke, Morn in die sexuelle Sklaverei zu verkaufen, stellte sein Gefühl der Selbstsicherheit und Unschlagbarkeit nahezu wieder her. »In Wahrheit ist sie viel mehr wert als dieses miese Bürschchen. Außer für die Amnion, weil die keine Frauen ficken ... Und daß sie Polizistin ist, wissen sie nicht. Aber sie ist so gut wie alles, was ich noch zu bieten habe. Ich bin sie im Austausch für den Jungen abzustoßen bereit, um dem lebend zu entgehen, was Sie so nett meinen ›Amnion-Geleitschutz‹ nennen.«

»Interessant.« Dem Kassierer verzerrte sich der lippenlose Mund. »Eine verlockende Offerte ... Könnte man jedenfalls auf den ersten Blick meinen. Natürlich nehme ich Ihre gloriose Einschätzung ihres Werts ohne Vorbehalte zur Kenntnis. Aber aus purer Neugier möchte ich doch erst einmal fragen: Wissen die Astro-Schnäpper, daß Sie eine der ihren als Handelsgut benutzen?«

Neugier, pah! O Scheiße. »Na klar. Ihr Name ist Morn Hyland. Ich hab sie vom Raumschiff des Scheißkerls Angus Thermogeil übernommen, nachdem der Sicherheitsdienst der KombiMontan-Station ihn eingesperrt hatte. Wahrscheinlich denkt die VMKP, daß sie noch immer für sie arbeitet, sie weiß nämlich nichts von dem Z-Implantat. Aber das bedeutet nicht, daß sie keine Vorsichtsmaßnahmen getroffen hätten. *Manches* von dem, was Morn weiß, ist inzwischen bestimmt überholt. In *Teilen* sind ihre Informationen sicher schon veraltet. Trotzdem verkörpert sie einen unbezahlbaren Wert.«

»Und wieso haben Sie dann nicht sie an die Amnion verkauft«, erkundigte sich der Kassierer, »und so alle Ihre Probleme auf einen Schlag ausgeräumt?«

»Weil mir nichts daran liegt« – Nick schaute geradewegs in den Glitzerblick des Kassierers – »so viele *ihrer* Probleme zu beseitigen. Da bin ich ganz wie Sie. Ich treibe mit Ihnen Geschäfte, um möglichst viel zu gewinnen, und nicht, um ihnen irgendwie behilflich zu sein.«

Das solltest du dir merken. Ich warne dich. Ich bin

wie du. Wenn du dir mit mir Fisimatenten erlaubst, brenne ich dir ein Loch durchs Herz.

Der Kassierer steigerte die Verzerrung seines Munds zu einer Grimasse. Er senkte den Blick auf die Anzeigen, tippte wie geistesabwesend ein, zwei Tasten. Lichtschein umrahmte seine Umrisse, während er mit den Fingerkuppen an den Kanten der Konsolen entlangstrich.

Als er den Kopf hob, lächelte er wie ein Leichnam, der einen Orgasmus hatte.

»Kapitän Succorso, ich traue Ihnen nicht. Sie versuchen hier mit mir irgendein Spielchen ... Vielleicht auf dieselbe Tour, mit der Sie's bei den Amnion probieren. Warum sollten Sie sonst die Kosmokapsel zu uns umgeleitet haben, anstatt sie zur *Friedlichen Hegemonie* zu lenken?«

»Das ist *Morn* gewesen«, widersprach Nick, bevor er sich besinnen konnte.

Als er seinen Fehler bemerkte, schalt er sich wütend einen Vollidioten. Wie hatte Morn ihn nur derartig fertigmachen können? Wie war es ihr gelungen, ihn mit dem Dolchstoß des Verrats dermaßen tief im Innersten zu treffen?

»Und Sie erwarten von mir zu glauben«, fragte der Kassierer, »sie hätte es ohne Ihre Billigung getan? Nein, Kapitän Succorso. Sie haben's mit ihr zusammen geplant. Oder die Darstellung, die Sie mir von ihr geben, ist entschieden ... Soll ich mal sagen, entschieden zu optimistisch? Ob so oder so, sicher kann ich ja wohl nur in einer Hinsicht sein. Wenn ich sie Ihnen abnehme, bekomme ich nicht, was Sie mir schildern. Kennen Sie eigentlich nicht die Gerüchte, die über Sie kursieren, Kapitän Succorso? Wissen Sie nicht, daß es Leute gibt, die Sie für einen Piraten halten, der seine Einkünfte aufbessert, indem er gelegentlich Aufträge der VMKP-Abteilung Datenaquisition übernimmt? Vielleicht ist das ganze Schauspiel ein ausgeklügeltes

Täuschungsmanöver, um Ihre vielgepriesenen Astro-Schnäpperin in meine Werft einzuschleusen. Also muß, wie sehr ich's bedaure, meine Antwort wohl nein lauten.« Aus seiner Stimme klang eine Fröhlichkeit, als wäre er ein Kind, das beim Murmelspiel gewonnen hat. »Wenn Sie nicht *zahlen* können, Kapitän Succorso, haben wir nun wirklich nichts mehr zu diskutieren.«

Nick ließ die Schultern sinken, als wäre er ein geschlagener Mann.

Allerdings nicht weil er beim Kassierer abblitzte.

Eine Art des Bedauerns spürte er jedoch tatsächlich. So dringend, daß ihm davon die Hoden wehtaten, *lechzte* er danach, Morn zur Prositution auf Thanatos Minor zu zwingen. Dieser Racheakt hätte ihm mehr Genugtuung bereitet, als sie an die Amnion abzuschieben; er wäre eine angebrachte Strafe für die Kränkung gewesen, die sie ihm zugefügt hatte.

Trotzdem beruhte die Bestürzung, die er zur Schau stellte, weitgehend auf Berechnung. Er spielte den Unterlegenen, um den wahren Charakter seiner Verzweiflung zu vertuschen.

»Na gut«, sagte er im Tonfall eines Aufstöhnens, »also gut. Ich bin Ihnen ausgeliefert, das wissen Sie. Wäre es anders, müßten Sie vor mir *kriechen*, ehe ich wieder mit Ihnen Geschäfte mache. Aber ich stecke in der Zwickmühle. Sie akzeptieren meine Kredit-Obligation nicht. Ohne Reparaturen kann ich nicht fort. Und Sie wollen mir nicht den Burschen wiedergeben, den Sie geborgen haben. Kriegen die Amnion ihn nicht, stellen Sie schlimmeres mit mir an, als mich bloß zu killen.« Er stieß diese Zusammenfassung seiner Lage in vorsätzlicher Bekundung der Ohnmacht hervor. Der Kassierer hatte gerne macht- und folglich wehrlose Menschen vor sich; er fand daran genug Freude, um vielleicht auf Nick hereinzufallen. »Sie lassen mir keine Wahl … Etwas habe ich nämlich doch noch anzubieten.«

»Aha.« Der Kassierer gab einen Laut erwartungsvoller Genugtuung von sich; seine Augen beobachteten Nick scharfen Blicks.

»Ich habe …«

Plötzlich blinkte an einer Computerkonsole des Kassierers eine Leuchtfläche und erregte seine Aufmerksamkeit. Er betätigte eine Taste, blickte auf einen Monitor; dann tippten seine langen, zierlichen Finger Befehle ein.

Hör zu! hätte Nick am liebsten gebrüllt. Du hast recht, ich erledige dann und wann Aufträge der VMKP-Abteilung Datenaquisition. Deshalb habe ich ein Immunitätsserum gegen die Amnion-Mutagene. Hashi Lebwohl hat es mir ausgehändigt. Um es für ihn zu testen. Darum bin ich nach Station Potential geflogen. Um es zu erproben. Und es ist wirksam. Sonst wäre ich jetzt gar nicht hier. Ich überlasse dir davon etwas, wenn du mir Davies zurückgibst.

Aber die Worte erstickten ihm in der Kehle, als sich die Tür öffnete und mit leicht steifen Schritten eine Frau das Panzergewölbe betrat.

»Kapitän Succorso«, fragte der Kassierer mit seiner üblichen unpassenden Liebenswürdigkeit, »kennen Sie Sorus Chatelaine? Sie sagt, Sie sind ihr noch nicht begegnet, aber daß Ihnen vielleicht ihre Reputation bekannt ist. Es war ihr Raumschiff« – er schmunzelte auf geradezu anstößige Weise – »das Ihren ›Besitz‹ geborgen hat.«

Rings um Nick schien die Helligkeit sich zusammenzuziehen. Er sah nichts mehr als die Frau, die sich den Computerpulten näherte. Durch Verdutztheit und alten Schrecken aus dem innerlichen Gleichgewicht geworfen, starrte er sie ununterbrochen an, während sie den Kassierer begrüßte, sich danach zur Seite drehte, um Nick mit einem Gehabe gleichmütiger Erheiterung musterte. Die Steifheit ihrer Glieder verwies darauf, daß selbst die geringere G Thanatos Minors sie störte.

»Wie ich jetzt sehe«, sagte sie mit gedämpfter, vollklingender Stimme, »habe ich mich geirrt. Kapitän Succorso und ich *sind* uns schon begegnet. Wie ich mich entsinne, hat er damals einen anderen Namen getragen. Deshalb wußte ich nicht, daß er es ist.«

Sorus Chatelaine, Kapitänin der *Sturmvogel.* Auch er hatte nicht geahnt, wer sie war, selbstverständlich nicht; sie hatte damals, genau wie ihr Raumschiff, ebenfalls einen anderen Namen gehabt. Und inzwischen war sie merklich älter geworden. Falten und abgeschlaffte Haut beeinträchtigten die angeborene Attraktivität ihrer Gesichtszüge; in der Beleuchtung sahen die grauen Strähnen ihres Haars weiß aus. Dennoch hatte er sie augenblicklich und unmißverständlich erkannt, als entstammte sie einem immerzu wiederholten Alptraum.

Sie war die Frau, die ihm die Narben auf den Wangen, die Wunden in seiner Seele beigebracht hatte.

»Offensichtlich ist die Überraschung beiderseitig«, stellte sie spöttisch fest, als hätte sie noch immer einen hilflosen jungen Mann vor sich.

Furcht und Zorn verkrampften Nicks Muskeln, verzerrten ihm das Gesicht. Nur ein verschrumpfter Rest seines Überlebenstriebs hinderte ihn daran, ihr an die Gurgel zu springen.

Mit arrogantem Lächeln entzog sie ihm ihre Beachtung und wandte sich wieder an den Kassierer. »Sie sind ja wohl sehr beschäftigt.« Ihre Stimme hatte unvermindert die tiefe, volle Alt-Tonart, die einst Nick das Herz beklommen gemacht hatte, als er sie liebte; als sie ihn verlacht hatte. »Vielleicht haben Sie gerade keine Zeit, um sich die neusten Stationsbulletins anzugucken. Ich würde gern mit Ihnen darüber reden... Und es kann sein, daß Kapitän Succorso dazu auch was zu sagen hat.« Auch jetzt lachte sie über Nick, zwar nur insgeheim, aber daß sie es tat, stand außer Zweifel.

Er vermochte nicht die Augen von ihr zu wenden. Die innere Belastung krampfte ihm dermaßen die Muskulatur zusammen, daß er kaum noch atmen konnte.

»Momentan ist es etwas ungünstig«, krittelte der Kassierer wie in höchstem Frohsinn. »Kapitän Succorso wollte mir eben ein voraussichtlich überaus bemerkenswertes Angebot unterbreiten. Aber das kann sicher noch 'n Augenblick warten.« Er betrachtete seine Monitoren. »Welche Verlautbarung meinen Sie?«

»Vorhin hat die Leitzentrale einen Kontakt mit einem Raumfahrzeug gemeldet, das allem Anschein nach ein VMKP-Raumschiff ist«, teilte Kapitänin Chatelaine ihm ohne Umschweife mit. »Ein Interspatium-Scout der Kompaktklasse, angeblich unbewaffnet … Könnte stimmen, falls die Identifikation korrekt ist. Der Name lautet *Posaune*. Bis Kassafort braucht das Schiff noch achtzehn Stunden. Man ersucht um Anflugerlaubnis. Nach der ersten Anmeldung sollen zwei Männer an Bord sein.« Um des Effekts willen schwieg Sorus Chatelaine für ein paar Sekunden. »Angus Thermopyle«, sagte sie dann. »Und Milos Taverner. Sie behaupten, sie hätten die *Posaune* gestohlen.«

Nick wurde zumute, als ob man dem Panzergewölbe die Luft absaugte. Durch ein Übermaß an Bedrängnis und die Enge des Lichtkreises an den Fleck gebannt, an dem er stand, befürchtete er für einen Moment, er müßte in Ohnmacht sinken.

NICK

Hin- und hergerissen zwischen Punktbeleuchtung und Mordlust, Atemnot und Furcht, geriet Nicks Geist ins Wanken. Ein Blitzschlag schien ihn zu treffen, Donner auf ihn herabzukrachen, aber alles geschah nur in seinem Kopf: unwirklich im geheimen. Sie hatte ihn verlassen, während Tränen der Erniedrigung und des Zusammenbruchs durch das Blut auf seinen Wangen strömten, und jetzt brannten ihm die Narben unter den Augen wie Säure. Er hätte gestöhnt, wäre er zu atmen fähig gewesen.

Gebannt durch das Licht und gelähmt durchs Entsetzen, verlor Nick Succorso ein Stück weit den Verstand.

Aber bevor er vollends durchdrehte, ehe er sich in den Tod stürzte, indem er Sorus umzubringen versuchte, drang ein Name in sein Bewußtsein, ähnlich wie eine Planke einem Ertrinkenden zuschwimmen mochte. Er ergriff die Chance, klammerte sich fest, wiederholte den Namen. *Milos Taverner.* Irrsinn, Hoffnung und Aussicht auf Rettung vermengten sich zu einer ungesunden Mischung, aber sie war alles, was er noch hatte.

Milos Taverner kam nach Kassafort.

Allmählich wich die Beklemmung von seinem Brustkorb, langsam setzte seine Atmung neu ein. Rundherum lockerte sich der Druck des Lichts wie eine Schlinge. Er konnte wieder die Wände sehen, wenn auch durch die Schatten nur als trübe Flächen. Das mörderische Grinsen wich aus seiner Miene. Nach und nach bekam er von neuem sein altbekanntes Feixen zustande.

Irgendwie hatte er einen Tiefpunkt erreicht. Er war nicht mehr der Nick Succorso, der nie unterlag. Aber er konnte noch grinsen, seinen Quälgeistern entgegentreten und Unheil anrichten.

Milos war unterwegs nach Kassafort.

Nick rang schon zu lange mit seinem inneren Aufruhr, schwieg inzwischen viel zu lang. Als er den Kassierer und Sorus Chatelaine anschaute, sah er, daß sie ihn erwartungsvoll beobachteten. Die Finger des Kassierers schwebten über einer Konsole, als hielte er sich bereit, um Hilfe zu alarmieren – oder Nick selbst niederzuschießen. Sorus hingegen erweckte den Anschein, als hätte sie vor nichts und niemandem Furcht. Ihr Blick bezeugte nichts als Belustigung und nüchterne Überlegung, als genösse sie die Wirkung ihres Erscheinens auf Nick und fragte sich, wie weit sie ihn noch treiben könnte.

»Beim Arsch der Galaxis, ich bin fix und fertig«, nuschelte er in wahrscheinlich müßigem Bestreben, seine Reaktion zu kaschieren. »Wenn Sie glauben, 's sei 'ne Lustpartie, von Station Potential nach Thanatos Minor gehetzt zu werden, haben Sie wohl noch nie das Vergnügen gehabt.« Verrücktheit bedeutete jedoch lediglich eine andere Form der Inspiration. »Wissen Sie, was diese Saftsäcke sich mit mir erlaubt haben?« fragte er aufgrund einer neuen Eingebung. Plötzlich bedurfte er keiner Wut mehr. Mit einem Mal war er ganz ruhig, selbst nahezu sachlich-gelassen. Sein Feixen gab den äußerlichen Beweis seiner Ruhe ab. »Mir defekte Komponenten für den Ponton-Antrieb angedreht. Fast wäre ich auf Nimmerwiedersehen im Hyperspatium verschwunden. Hätte mein Bordtechniker keine Panik gekriegt und versucht, das Überwechseln in die Tach nachträglich zu stoppen, wäre ich jetzt nicht mehr am Leben.«

Und ihr hättet jetzt nicht erfahren, wie hinterlistig eure Handelspartner sein können.

»Ich frage mich«, sinnierte Sorus Chatelaine, »was *Sie* wohl für ein Ding gedreht haben, um so was zu provozieren.«

Nick mißachtete sie. Er hatte den Vorsatz gefaßt, sie von nun an zu ignorieren. Bis er soweit war, daß er endgültig mit ihr abrechnen konnte.

Bis auf weiteres konzentrierte er sich voll und ganz auf den Kassierer.

Er sah in den Augen des Kassierers, wie angestrengt der Mann zu durchschauen sich abmühte, was die Wandlung seines Verhaltens hervorgerufen hatte.

»Haben Sie Kapitän Thermopyle erwartet?« fragte der Kassierer ihn nach kurzer Pause. »Anscheinend freut es Sie, von seiner Ankunft zu erfahren.«

»Nicht sonderlich«, erwiderte Nick mit Anklängen seiner früheren, allzeit wachsamen Abgebrühtheit. Sogar ein Wahnsinniger konnte die Gefährlichkeit der Situation ersehen. Der Kassierer mußte von der Wahrheit abgelenkt werden. »Mir ist etwas anderes durch den Kopf gegangen. Sie« – er verdrehte die Augen in Sorus Chatelaines Richtung – »hat Ihnen wahrscheinlich verschwiegen, daß ich ihr aus alten Zeiten noch was heimzuzahlen habe. Aus ganz alten Zeiten. Natürlich hatte sie keinen Grund, um's zu erwähnen. Sie wußte ja nicht, daß es 'ne Bedeutung hat. Aber jetzt ist es verdammt ungeheuer von Bedeutung. Als sie reingelatscht ist, war ich wirklich drauf und dran, sie auf der Stelle totzuschlagen. Dann ist mir aber eingefallen« – sein Schmunzeln fühlte sich auf den Wangen nach Bosheit an und schien das Brennen der Narben zu lindern –, »daß mir bessere Alternativen freistehen. Ich kann dadurch noch 'ne Menge Spaß finden.«

Sollte der Kassierer davon glauben, soviel oder sowenig er wollte. Das blieb Nick gleich; für ihn zählte allein das Resultat.

»Tatsache ist«, fuhr Nick fort, »mir ist's scheißegal, ob Kaptein Thermogeil hier oder sonstwo steckt. Er geht mich nichts an. Aber wenn Sie mich um Rat fragen, hier bitte: Lassen Sie ihn nicht herein. Irgend was an dieser ganzen Geschichte stinkt zum Himmel, und ich bin's nicht.«

Versonnen spitzte der Kassierer die Lippen, dann streckte er wie zum Zeichen der Ablehnung die Finger. »Sicherlich besteht Anlaß zur Besorgnis. Aber zum Glück bleibt uns noch genug Zeit zum Nachdenken. Da fällt mir ein, Kapitän Succorso, daß Sie vorhin unterbrochen worden sind. Wenn ich mich nicht irre, hatten Sie die Absicht, mir ein neues Angebot zu machen.«

Nick zuckte die Achseln. »Lassen wir das erst mal.« Gleichgültig wie tief unten er angelangt sein mochte, er konnte genauso abweisend wie der Kassierer sein. »Darüber sollten wir uns später verständigen. Vorher muß ich mich um andere Angelegenheiten kümmern. Bis auf weiteres will ich mit unserem Liegeplatz zufrieden sein. Außer Sie möchten« – sein Lächeln wurde schief – »nicht nur auf die Kredit-Obligation, sondern auf mein *gesamtes* Geld verzichten.«

»Ich bitte Sie, Kapitän Succorso«, antwortete der Kassierer im Tonfall gutmütigem Vorwurfs, »Geld ist Geld.« Während des Sprechens umgeisterten Schatten seinen Mund. »Sie können hier soviel ausgeben, wie Ihr Herz begehrt. Sobald Sie Ihre Schwierigkeiten behoben haben, akzeptiere ich sehr gern auch Ihre Kredit-Obligation.«

»Na gut«, nölte Nick. »Achten Sie inzwischen mal schön auf meine ›Ware‹. Ich möchte mir keine Gedanken darüber machen müssen, ob dem kleinen Scheißer bei Ihnen was zustoßen könnte.«

Ohne Sorus Chatelaine eines Blicks zu würdigen, wandte er sich ab und entfernte sich zum Ausgang.

»An manchem ändert sich nie etwas, Kapitän Succorso«, sagte die Kapitänin leise und spöttisch. »Vergessen Sie das nicht.«

Vor Nick rollte die Tür auf. Ohne Chatelaine zu beachten, verließ er das Panzergewölbe des Kassierers.

Milos Taverner kam nach Kassafort.

Als Nicks Eskorte ihn zur *Käptens Liebchen* zurückgeleitet hatte, war seine Frist schon abgelaufen. »Die *Friedliche Hegemonie* ist da, Nick«, informierte ihn Mikka, kaum daß er die Schleuse betreten, die Außenpforte geschlossen und den Interkom-Apparat eingeschaltet hatte. »Seit sie angedockt hat, verlangt man ununterbrochen, dich zu sprechen. Anscheinend will man noch mal einen Emissär schicken, der mit dir reden soll.«

»Wo liegt der Pißeimer?« erkundigte sich Nick mit bedrohlicher Nonchalance, während er darauf wartete, daß Mikka ihm die Innenpforte des Raumschiffs entriegelte.

»In einer Astro-Parkbucht an der Amnion-Sektion. Es wundert mich, daß sie nicht von dir verlangen, zu ihnen zu kommen. Dort könnten sie doch in eigener Luft und zu ihren Bedingungen verhandeln. Aber wahrscheinlich möchten sie uns keinen Vorwand zu weiteren Verzögerungen geben.«

»Alles klar.« Nick desaktivierte den Interkom der Schleuse, als die Innenpforte sich öffnete. Keine weiteren Verzögerungen? Ihm blieb überhaupt nichts anderes übrig. Wenn er keine Zeit erschinden konnte, war es aus mit ihm. Er hatte gegen den Kassierer nichts in der Hand; nichts außer dem Immunitätsserum, aber das wollte er benutzen, um Sorus Chatelaine eine Falle zu stellen. Folglich mußte er sich auf Milos verlassen.

Milos flog Kassafort zusammen mit Angus Thermopyle an? Wieso? Welcher machtvolle Einfluß hatte diese zwei einander von Natur aus feindlich gesonnenen Individuen zur Gemeinsamkeit gezwungen? War es etwas gewesen, das Nick sich irgendwie zunutze machen konnte?

Er benötigte Antworten; brauchte Milos. Aber bis zur Ankunft der *Posaune* und Milos' waren es noch achtzehn Stunden.

Er mußte den Amnion zeitliche Zugeständnisse abringen.

Nick betrat die relative Sicherheit seines Raumschiffs und eilte zur Steuerbrücke wie ein Mann, für den Gefahren und Überleben sich als Alltagsanforderungen entpuppt hatten.

Es stand außer Frage: ihm kam alle Vernunft abhanden. Mit jedem Moment schienen Teile seines Verstands zu zerbröckeln, das Übrige sich zu lockern.

Die *Käptens Liebchen* war sein Raumschiff, *seines,* und daraus gewann er Kraft. Irgendwie war darauf Verlaß, sagte er sich, daß sie ihm Rückhalt gewährte, ihm noch einmal aus dem Schlamassel half; auf sie und Milos mußte er bauen. Während er das Schiff durchquerte, hatte er das Gefühl, daß Thanatos Minors gravitatorischer Einfluß schwand, neue Lebendigkeit in seine Beine zurückkehrte, frischer Schwung seine Arme durchströmte.

Endlich hatten all seine gegen Sorus Chatelaine gerichteten Racheträume eine Aussicht auf Verwirklichung.

Er wünschte, er hätte ihren Namen früher erfahren. Es hätte dazu beigetragen, seinen Vergeltungsplänen vielfältigeren Gehalt zu verleihen.

Das Grinsen in seinem Gesicht glich einer Waffe, während er die Konnexblende ins Kommandomodul durchquerte.

Mikka und ihre Schicht hatten noch Dienst. Ein paar Mitglieder der Brückencrew hockten nur herum und warteten offenbar auf nichts anderes als Nicks Rückkehr. Mehrere andere – Arkenhill, Sib Mackern und

Mikka selbst – sahen sich operationale Daten der Planetoidenbasis an, als hofften sie, aus diesen Informationen Aufschlüsse über das künftige Los ihres Raumschiffs ablesen zu können.

Aber jetzt waren sie nicht mehr allein. Neben Mikka stand Liete Corregio. Geradeso wie Mikka erregte sie den Eindruck, sämtliche Anzeigen der Kommandoposition ebenso wie die Sichtschirme unter umfassender Beobachtung zu haben. Und an der technischen Station hatte Vector Shaheed Platz genommen. Für einen zum Tode Verurteilten wirkte er bemerkenswert phlegmatisch; sein Anblick erinnerte Nick daran, daß er den Bordtechniker stets gemocht hatte. Vector brachte wenigstens genug Mut auf, um sich ohne jedes Selbstmitleid mit Tatsachen abzufinden. Vielleicht brauchte Vector, überlegte Nick in einer Aufwallung von Nachsicht, doch nicht zu sterben. Tüchtige Bordtechniker waren schwer aufzutreiben.

»Nick«, sagte Mikka, als ob sie den Anwesenden sein Erscheinen meldete. Gleichmütig stemmte sie sich aus dem G-Andrucksessel hoch, um das Kommando abzutreten.

Nick winkte ab. Er fühlte sich viel zu aufgewühlt zum Sitzen. Außerdem gab es gegenwärtig an der Kommandoposition ohnedies nichts zu tun. Er schaute auf der Steuerbrücke umher; flüchtig schenkte er Vector ein beinahe gütiges Lächeln. »So«, fragte er dann in fast gleichmütigem Ton, »wo steckt dieser dämliche ›Emissär‹?«

»Kommt drauf an, wie schnell er geht«, lautete Mikkas gedämpfte Auskunft. »Uns ist mitgeteilt worden, er sei unterwegs. Er müßte innerhalb der nächsten fünf Minuten da sein.«

Forsch-fröhlich nickte Nick. Die Wahrscheinlichkeit, daß der Amnion-Unterhändler sich mit Drohungen einfand, beunruhigte ihn nicht. Er kannte längst die Natur der Gefahr. Nur wußte er noch nicht, wie ernst es den Amnion damit sein mochte, ihre Drohungen wahrzumachen.

»Nick«, fiepte Sib, der an den Datensystemen saß, »dieses Schiff, *Sturmvogel …*« Seine Stimme klang nach Ermüdung und Sorge; er fürchtete Nicks Ungnade.

Noch geneigt zu Anwandlungen der Hochherzigkeit, unterbrach Nick ihn. »Ich weiß schon Bescheid. Früher hieß der Kahn mal *Liquidator.* Die Kapitänin war Illegale, lange bevor jemand daran gedacht hat, Stationen wie Kassafort zu etablieren. Damals hat sie direkt an die Amnion verkauft.« Das war lediglich eine Unterstellung; die Frau, die sich jetzt Sorus Chatelaine nannte, hatte ihm die Identität ihrer Abnehmer nie enthüllt. Aber er glaubte, daß sie es getan hatte. »Kann sein, daß sie noch immer für sie arbeitet.«

Da schob er, indem er einer plötzlichen Eingebung folgte, den Kopf zwischen Mikka und Liete. »Sie ist das Biest«, flüsterte er dicht an ihren Ohren so leise, daß nur sie es hören konnten, »das mir mein Gesicht zerschnitten hat.«

Ähnlich wie Mikka ließ sich Liete nicht nachsagen, sie wäre sonderlich schön. Sie hatte zu grobe Gesichtszüge; ihre Lebenstüchtigkeit war zu offensichtlich. Doch Nick fand, daß die Überraschung und der instinktiv aufgeflackerte Zorn auf ihrem kleinen, dunklen Gesicht ihr zu eigentümlichem Reiz verhalf.

»Knöpfen wir sie uns vor?« erkundigte sie sich kaum vernehmlich.

Ist es das, um was es hier geht?

»Na sicher«, verhieß Nick.

»Gut«, antwortete Liete gedämpft, indem sie sich ihm mit einer Entschlossenheit zudrehte, als verspräche sie ihm allen Beistand, den sie zu bieten hatte.

»Prächtig«, schnaubte Mikka. Nicks Äußerung hatte ihre mürrische Miene zu einer Fratze verzerrt. »Genau das, was wir noch brauchen.«

Ihre Feindseligkeit eignete sich dazu, Nick gehörig

die Stimmung zu verderben. Er legte seinen Mund an ihr Ohr. »Ich habe dich gewarnt«, sagte er unterdrückt, aber mit unmißverständlicher Deutlichkeit. »Wenn du so eine Haltung zu mir einnimmst, mußt du sie auch rechtfertigen können.«

Ihre Reaktion verdutzte ihn. Unerwartet wie eine Stichflamme fuhr sie zurück, schoß aus dem Sitz empor und suchte von Nick Abstand, als ob sie sich vor ihm ekelte. Über das Kommandopult hinweg konfrontierte sie sich mit seiner Selbstgefälligkeit.

»Und das *kann* ich auch, du verfluchter Dreckskerl!« schrie sie ihn an. »Ich bin deine *Erste Offizierin,* verdammt noch mal! Ich habe zu *lange* zu dir gehalten, dir *viel* zu oft deine miese Haut gerettet, um mich derartig behandeln zu lassen. Ist die Lage dir eigentlich noch nicht übel genug? Bildest du dir ein, bloß du würdest dir Gedanken über das machen, was passiert, nur dein Leben hinge hier am seidenen Faden? Wir hängen alle am Fliegenfänger, weil *du* uns nach Station Potential geflogen, weil *du* die Amnion beschissen, *du* Davies verschachert hast. Und nach deinem großkotzigen Schwur, ihn auszuliefern, hast *du* ihn durch die Lappen gehen lassen. Jetzt hat der Kassierer ihn. Dir ist nichts mehr greifbar, um irgendeinen Handel durchzuziehen. Fliegen wir ab, rösten uns die Amnion-Kriegsschiffe, bleiben wir da, müssen wir verhungern … Vorausgesetzt wir werden nicht ermordet, weil *du* deinen geschäftlichen Vereinbarungen nicht nachkommst. Und nun …« Sie hämmerte mit beiden Fäusten auf das Kommandopult. »Und *nun* willst du unter dermaßen verheerenden Umständen auch noch einen elenden *Racheplan* gegen eine Frau verwirklichen, die für den Kassierer und wahrscheinlich obendrein die Amnion tätig ist! Das ist durch und durch Scheiße, Nick!«

Mit einem Mal hatte es den Anschein, als ob keinerlei Kraft mehr ihren Wutanfall speiste. »Und *ich* wäre nicht mehr als 'n Stück Scheiße wert«, beendete sie ihren Ausbruch der Erbitterung in einem Tonfall, der an die Mattigkeit in Sibs Stimme erinnerte, jedoch ohne Furcht – ohne die geringste Spur von Furchtsamkeit –, »wenn ich nicht versuchte, dich an diesem Blödsinn zu hindern.«

Auf der Steuerbrücke herrschte eine Stille wie in einer Gruft. Niemand an Bord hatte Nick je auf solche Art und Weise herausgefordert. Nicht einmal Orn Vorbuld, von dem versucht worden war, Nicks neues Liebchen zu vergewaltigen – und überdies zu seinem Schutz in den Computern ein Virus versteckte –, hatte sich so etwas herausgenommen.

Unvermittelt verfiel Nick in Gelächter. Er hatte gar keine andere Wahl, als zu lachen, denn andernfalls wäre er in Geschrei ausgebrochen. Mikkas Aufstand stürzte ihn zurück ins Fegefeuer der Furcht und des Furors, das ihn im Panzergewölbe des Kassierers beinahe verzehrt hätte. Es konnte nur noch einen Moment dauern, und er schlug seine Erste Offizierin mit den bloßen Fäusten tot.

»Schon gut, Mikka, schon gut«, prustete er. »Ich sehe, wie sehr du dich aufregst. Aber du gehst von falschen Annahmen aus. Du glaubst, du wüßtest, was los ist.« Du glaubst, ich wäre schon unterlegen. »Und in gerade dieser Hinsicht täuschst du dich. Und *das* wiederum ist der Grund, weshalb …«

»Nick«, quatschte Scorz bang dazwischen, »der Emissär ist da.«

Halt deine Schnauze, wenn dir dein Leben lieb ist! hätte Nick ihn ums Haar angebrüllt. Doch Lietes Miene hielt ihn zurück. In ihren Augen schimmerte Erregung … Nein, *Vertrauen.* In ihrem Blick stand genau der Ausdruck vollkommenen Zutrauens, der Bereitschaft zur vollständigen Selbstaufopferung, nach dem er sich von ganzem Herzen sehnte.

Mikka brachte ihm diese Bereitwilligkeit momentan

nicht entgegen. Weil sie Mikka war, hatte sie vielleicht nie in bezug auf irgend etwas so empfunden.

Aber Liete Corregio blieb bis zum Äußersten auf Nicks Seite.

Also war jedes Herumbrüllen überflüssig. Ebenso unnötig war es, Mikka totzuprügeln. Oder sich gegen ihre Vorwürfe zu wehren. Plötzlich fühlte Nick sich wieder völlig ruhig. »Wer ist's denn diesmal?« fragte er Scorz.

Rings um Nick schien sich ein Seufzen der Erleichterung oder Bestürzung im Kommandomodul auszubreiten. »Vorgestellt hat er sich nicht«, gab Scorz Auskunft, als müßte er gegen einen Klumpen in seiner Kehle anröcheln. »Aber ich glaube, es ist derselbe Lumpenhund wie beim letzten Mal.«

Unwillkürlich prallte Nick zurück, als hätte jemand ihm eine Ohrfeige versetzt. *»Er?«* entfuhr es ihm. Augenblick verflog seine Gelassenheit, zerstob im Handumdrehen. »Er ist *hier?*«

»Ich *glaube* es«, schränkte Scorz zögerlich ein. »Er hört sich genauso an.«

Schlagartige Erleuchtung durchzuckte die Synapsen in Nicks Hirn wie ein Laserstrahl. Seine Nerven schienen von kohärentem Licht zu gleißen. Derselbe Halunke, den sie das letzte Mal geschickt hatten. Keinen normalen Amnioni von der *Friedlichen Hegemonie.*

Sondern Marc Vestabule.

Das bedeutete, irgendwer in Station Potential, irgendein Amnion-›Entscheidender‹, hatte die jetzige Situation vorausgesehen. Damit gerechnet, daß die *Käptens Liebchen* den Hyperspatium-Sprung überstand. Die Möglichkeit in Betracht gezogen, daß Nick sich nach Thanatos Minor flüchtete. Warum sonst sollte Vestabule an Bord der *Friedlichen Hegemonie* mitgeflogen sein?

»Teufel noch mal«, murmelte Nick erstaunt vor sich hin, »sie haben überhaupt nicht versucht, uns mit den

Komponenten für den Ponton-Antrieb zu killen.« Wider Willen fühlte er sich beeindruckt. »Sie haben die Teile *getestet.* Uns benutzt, um festzustellen, ob die Komponenten funktionieren.«

Kein Mitglied von Mikkas Schicht verstand ihn: seine Überlegungen jagten der Brückencrew zu weit voraus. Mikka schnitt eine derartig finstere Miene, daß ihr Gesichtsausdruck einem Ächzen der Niedergeschlagenheit ähnelte. Arkenhill und Karster stierten Nick offenen Munds an. Ransum zappelte in ihrem Sitz, als hätte sie Filzläuse. Und Liete schien zwischen Nicks Exaltiertheit und ihrer Begriffstutzigkeit zerrieben zu werden.

Nur Vector erwies sich als so auffassungsfähig, Nicks Gedankengang folgen zu können.

»Aber *wofür* waren die Bauteile?« gab er gemessen zu bedenken. »Hätten wir das Überwechseln in die Tach nicht abgebrochen, wären wir umgekommen.« Vielleicht wollte er Nick daran erinnern, daß er ihm die *Käptens Liebchen* gerettet hatte.

»Nicht für die Hyperspatium-Durchquerung«, antwortete Nick, als hätte er volle Gewißheit. »Sondern zu Beschleunigungszwecken.« Sein Gemüt blieb nicht weit von Ehrfurcht entfernt. »Man stelle sich mal vor, welchen Kampfwert eine Mühle wie *Stiller Horizont* bei neunzigprozentiger Lichtgeschwindigkeit hätte.«

»O mein Gott«, stöhnte Sib.

Etliche Crewmitglieder fluchten halblaut. Nick überhörte es und vertiefte sich in ergänzende Gedanken.

Nichts auf der Erde – nichts im gesamten Human-Kosmos – konnte gegen einen Überlicht-Protonenstrahl geschützt werden, den ein mit 0,9 c fliegendes Raumschiff abfeuerte. Für den Fall, daß sie jemals von ihrer Strategie gewaltlosen Imperialismus Abstand nahmen, wollten die Amnion über eine sichere Überlegenheit verfügen.

Also war der Rummel um Davies Hyland nichts als

ein Ablenkungsmanöver. Eine Methode, um ihr Geheimnis zu verschleiern; und gleichzeitig in Kassafort den Ruf ehrlicher Handelspartner zu wahren.

Nein. Das ging zuweit. Derlei Schlußfolgerungen hatten eine zu große Tragweite, um sie aus so kleinen Indizien abzuleiten. Trotzdem erahnte Nick das Vorliegen dermaßen weitreichender Zusammenhänge, daß er über ihren Umfang höchstens spekulieren konnte.

Milos Taverner kam nach Kassafort. Mit Angus Thermopyle. Bei vordergründiger Betrachtung ergab sich daraus überhaupt kein Sinn. Bei nochmaligem Nachdenken jedoch stank die Sache gewaltig nach Hashi Lebwohls Machenschaften. Keine Spur von Skepsis hinderte Nick daran, intuitiv diese Verknüpfung herzustellen.

Über die Natur der Absichten Hashi Lebwohls konnte er bestenfalls Mutmaßungen vornehmen. Doch eigentlich interessierte er sich gar nicht für Lebwohls Vorhaben. Als wichtig erachtete Nick ausschließlich, daß er, sobald Milos mit Angus Thermopyle in Kassafort eintraf, einen Direktkontakt zur VMKP hatte.

Dieser Kontakt und die neuen Information reichten möglicherweise aus, um die ganze beschissene Vereinigte Montan-Kombinate-Polizei zu seinen Gunsten in Aktion zu versetzen.

Bis dahin brauchte er nichts als Zeit.

»Scorz«, sagte er, als wäre seine Ruhe wiedergekehrt, seine Aufgeregtheit wich einer seltsamen Art von Burgfrieden, »gib Vestabule durch, 'n Empfangskomitee ist unterwegs. Daß wir ihm in wenigen Minuten die Schleuse öffnen.«

Schleunigst gehorchte der Kommunikatoren-Zweitoperator. Nick wandte sich an Liete. »Du bist dran. Nimm dir 'ne Knarre und Simper mit.« Nur um wenigstens diesen einen Amnioni darauf hinzuweisen, daß Nick Succorso alle Bereitschaft hatte, sich zu wehren. »Bring den Klops auf die Brücke.«

Ehe Liete Corregio das Kommandomodul verließ, blitzten ihre Augen wie zu einer besonderen Form des Saluts.

Während er ihr nachblickte, spürte Nick Regung in seinem Unterleib. Zum erstenmal seit er über Morns Arglistigkeit Bescheid wußte, begehrte er wieder eine Frau.

Scorz behielt recht: der Unterhändler war kein anderer als Marc Vestabule. Ihn erkannte jeder, der ihn nur einmal gesehen hatte.

Er verkörperte ein gescheitertes beziehungsweise unvollständig gelungenes Experiment: er war ein Mensch, dem die Amnion in der Hoffnung ein Mutagen injiziert hatten, es würde ihn in jemanden ihresgleichen umwandeln – genetisch und psychisch –, ohne seine äußere Gestalt zu verändern. Doch von seinem einstigen Wesen waren nur Reste übrig. Er verfügte noch über einige Bereiche des ursprünglichen Gehirns, mancherlei menschliche Angewohnheiten und ein paar verbliebene Denkmuster. Auch ein Großteil seines Körpers war noch menschlich: ein Arm, weite Teile des Brustkorbs, die Schienbeine, das halbe Gesicht. Und er konnte ohne größere Schwierigkeiten die von Menschen benötigte Luft atmen. Dagegen bestanden beide Knie aus so dicken Klumpen Amnionhaut, daß an seinen Bordmonturen die Beine aufgeschnitten werden mußten, um ihm Bewegungsfreiheit zu ermöglichen. Der andere Arm sah wie ein verrosteter eiserner Ast aus. Und eine Hälfte seines Gesichts entstellten ein zum Zwinkern unfähiges Amnionauge sowie spitze Zähne ohne Lippen.

Er betrat zwischen Liete und Simper die Brücke, als wäre Furcht ihm fremd; als hätte das Verwerfen individueller Bedeutsamkeit, die einen fundamentalen Bestandteil der Amnionphilosophie abgab, ihm Mißachtung der eigenen Sterblichkeit eingeflößt; hätte er eingesehen, daß seine Einzigartigkeit lediglich ein zweckbestimmtes Werkzeug war, aber keine Sache der Identität.

Darin hatte er eine Stärke. Aber vielleicht war es gleichzeitig seine Schwachstelle.

»Sagen Sie bloß nicht«, polemisierte Nick gedehnt, sobald der Unterhändler vor ihm stand, »Sie möchten sitzen.«

Bei dieser Anspielung auf das vorherige Zusammentreffen blinzelte Marc Vestabule kurz mit dem menschlichen Auge. »Nein, Kapitän Succorso.« Seine Stimme klang, als feilte man Rost von einer Eisenstange. »Ich möchte, daß Sie die mit den Amnion eingegangenen geschäftlichen Vereinbarungen einhalten.«

Nick hob die Schultern. »Gut, aber *ich* setze mich hin. Wenn ich 'ne widerliche zermanschte Frikadelle wie Sie anschaue, wird mir ganz flau zumute.« Mit einem knappen Wink scheuchte er Mikka von der Kommandoposition. Gemächlich rückte er sich im G-Andrucksessel zurecht und drehte den Sitz Vestabule zu.

»Scorz, die Unterredung wird aufgezeichnet«, befahl Nick, während er dem Unterhändler ins geteilte Gesicht grinste. »Die Aufzeichnung ist auf automatische Abstrahlung für den Fall zu schalten, daß wir heimtückisch angegriffen werden oder Vestabule hier den Kamikaze mimt. Dann soll die Leitzentrale wissen, was wir besprochen haben. Aber nur« – die Einschränkung war ihm wichtig genug, um sie zu betonen – »bei einer Attacke oder wenn wir Beschädigungen erleiden. Solange dieser Clown keine Faxen macht, bleibt das Gespräch unter uns.«

»Geht klar.« Sofort ging Scorz an die Arbeit.

»So«, sagte Nick zu Vestabule. »Warum fangen Sie nicht einfach damit an, daß Sie mir erzählen, an welche Vereinbarungen ich mich halten soll ... Und wieso eigentlich. Bloß so daß wir alle genau wissen, wovon wir überhaupt reden.«

Einschließlich der Leitzentrale.

Vestabules einseitiges Augenzwinkern mochte das einzige Anzeichen dafür sein, daß er Erregung oder Ärger wie ein Mensch empfand. »Kapitän Succorso«, antwortete er, »Ihr Benehmen ist närrisch.« Seine Miene gab so wenig wie seine Haltung irgend etwas von seinen Gemütsregungen preis. »Sie beugen gegen Gefahren vor, die nicht existieren, aber zur gleichen Zeit verschlimmern Sie die Gefährdung, in der sie wirklich schweben. Sie haben mit den Amnion Abmachungen getroffen, die ...« Anscheinend suchte er nach der richtigen Formulierung. »Freiwillige Abmachungen. Es geht um eine ›wechselseitige Erfüllung der Ansprüche‹. Ihre Ansprüche sind erfüllt worden. Unsere Ansprüche haben Sie nicht erfüllt.«

»Das ist nicht meine Schuld«, entgegnete Nick in freundschaftlichem Ton. »Es ist so abgelaufen, wie ich's Ihnen geschildert habe. Die Mutter des Bengels ist übergeschnappt. Von mir aus nennen Sie's Meuterei. Die Person ist gebändigt worden. Aber sie ist verrückter, als ich dachte. Danach hat sie sich noch mal befreit.«

»Mehr als einmal haben Sie versprochen, Ihren Teil der Vereinbarungen einzuhalten«, konstatierte Vestabule, als ob Nick kein Wort von sich gegeben hätte. »Aber es ist nicht geschehen. Sie haben die Rechtmäßigkeit unserer Entschädigungsforderung zum Ausgleich der uns von Ihnen verursachten Schwierigkeiten anerkannt. Trotzdem ist Ihrerseits keine Entschädigung erfolgt. Das ist kein ehrbarer Handel.«

Nick lächelte grimmiger. »Sie hören mir nicht zu. Das Weib hat sich noch einmal befreit, habe ich gesagt. Ich hatte die Frau einschließen lassen, aber sie ist ausgebrochen. Nur aus dem Grund haben Sie nicht bekommen, was Ihnen meinerseits versprochen worden ist. Sie hat den Kurs der Kosmokapsel umprogrammiert.«

»Das ist«, erwiderte der Unterhändler ausdruckslos, »nicht unsere Sache.«

»Scheiße ist es nicht!« Nick täuschte ein wenig Erzürntheit vor. Es fiel ihm leicht, aber blieb reine Vorspiegelung. Die ganze Scharade bereitete ihm viel zuviel Vergnügen, als daß er sich geärgert hätte. »*Sie* hat das angestellt, *nicht* ich. *Ich* bin nicht derjenige, an dem das Geschäft gescheitert ist. Und inzwischen ist mir alles aus der Hand genommen. Der Kassierer hat die Kapsel bergen lassen. Jetzt hat er den ›menschlichen Nachfahren‹, auf den Sie so scharf sind. Und ich kann daran nichts ändern. Sie haben meine gottverdammte Kredit-Obligation *storniert*, also kann ich den Lümmel nicht loskaufen. Ich bin von Ihnen jeder Handlungsmöglichkeit beraubt worden, und Sie wollen mich dafür zur Verantwortung ziehen. Sie verlangen, daß ich mich an meine Zusagen halte. *Ich* sage, Geschäfte mit Ihnen sind wie Scheißefressen.«

»Kapitän Succorso...« Vestabule vollführte eine möglicherweise bedeutungslose Gebärde. Vielleicht sollte sie Nick beschwichtigen; genausogut hätte sie eine Drohung zum Ausdruck bringen können. Oder unter Umständen war sie nur eine atavistische Zuckung der Nerven.

»Hören Sie gefälligst zu!« unterbrach Nick ihn, spielte noch stärker den Zornigen, um seine wahre Absicht zu vertuschen. »Beim Arsch der Galaxis, ich bin noch lange nicht fertig! Ich *habe* ehrlichen Handel mit Ihnen betrieben. Sie haben von mir eine Blutprobe bekommen. Anschließend wollten Sie das Geschäft abändern. Sie wollten den Jungen. Als Gegenleistung sind mir Komponenten für den Ponton-Antrieb geboten worden. Also hab ich ihn Ihnen überlassen. Und *Sie* haben mir fehlerhafte Komponenten ausgehändigt. Fast hätten wir im Hyperspatium das Leben verloren... Es war verdammt knapp!« Je lauter und wütender er sprach, um so merklicher entspannte sich sein

Körper. »Für all das kann ich mir drei Erklärungen denken.«

Er betrachtete es als ratsam, den Unterhändler nochmals zu warnen. »Vergessen Sie nicht, unsere Unterredung wird aufgezeichnet. Sollten Sie sich irgendwelchen Mist erlauben, kriegt die Leitzentrale alles zu hören.« Er hob den Zeigefinger. »Erstens: Es ist möglich, daß Sie von Anfang an die Absicht hatten, mich zu bescheißen. Sie glauben, ich könnte gegen Ihr dreckiges Mutagen immun sein und wünschen mich deshalb tot zu sehen, damit ich meine Immunität nicht weitergeben kann. Zweitens …« Mit dem Mittelfinger deutete Nick auf den Unterhändler. »Ebenso wär's möglich, Sie haben beschlossen, mich zu hintergehen, nachdem Morn vorübergehend mein Raumschiff unter ihre Kontrolle gebracht hatte … Um mich dafür zu bestrafen, daß ich so blöde war, um mich von einer Untergebenen reinlegen zu lassen. Und um sicherzustellen, daß sie nicht ungeschoren bleibt.«

Ransum und Sib lauschten ihm, als würde ihnen allmählich übel. Vectors Mondgesicht enthüllte nichts von seinen Gedanken oder Empfindungen. Doch Lietes Augen schimmerten erneut, und Karster blickte drein, als könnte er beinahe nachvollziehen, was Nick tat.

»Drittens … Hören Sie mir auch gut zu, Vestabule?« Nick schloß die Hand zur Faust. »Das ist die Erklärung, die für meine Begriff am einleuchtendsten ist. Ich bin von Ihnen *mißbraucht* worden, um die Komponenten für Sie zu testen. Sie sind auf ein Verfahren gestoßen, um hyperspatiale Phänomene zum Erzielen von Beschleunigung auszunutzen, und Sie haben in mir den Dummen gesucht und gefunden, der Ihnen die Funktionstüchtigkeit der neuen Aggregate testet … So, nun sind sie an der Reihe.« Nicks Stimme klang scharf wie eine Messerklinge. »Nennen Sie mir einen Grund, warum ich darauf verzichten sollte, diese Aufzeichnung, egal ob Sie mir drohen oder es sein lassen, der Leitzentrale zu überspielen.«

Vestabule zeigte keinerlei Verstörung. Es konnte sein, daß er zu solchen Regungen unfähig blieb. Auf der einen Hälfte des Gesichts blinkte sein menschliches Auge, als wollte er an Nicks Einsichtsvermögen appellieren; in der anderen Hälfte bleckte er brutal die Amnionhauer.

»Überspielen Sie sie«, lautete seine unumwundene Antwort. »Ihre erste Erklärung wird Ihr Ableben zur Folge haben. Ihre eigenen Artgenossen werden Sie töten, um die Natur Ihrer angeblichen Immunität aufzudecken. Die zweite Erklärung kann der Sorte von Männern und Frauen, die Kassafort bewohnt, nichts als den Eindruck sinnvoller Logik und Vernunft vermitteln. Und Ihre dritte Erklärung muß man als unglaubwürdig einstufen. Hätten wir den Typ neuer Technik zur Verfügung, die Sie beschreiben, wüßten wir verläßlichere Verfahrensweisen, um ihn zu erproben.«

»Verläßlichere, das kann sein«, mischte Mikka sich unerwartet ein, »aber keine billigeren. Ihre Produktionsmethoden sind zu kostspielig. Es könnte so sein, daß Sie's sich nicht leisten dürfen, Dutzende oder sogar Hunderte von Fernraumsonden oder Raumschiffen zu verlieren, wie's beim Kalibrieren der Parameter möglich wär.«

Ihre Unterstützung überraschte Nick, ohne ihm Freude zu machen. Er hatte es schon aufgegeben, auf ihren Rückhalt zu bauen; jetzt wünschte er ihre Hilfe nicht mehr.

Aber so oder so ignorierte Vestabule sie. Er beließ seinen ungleichen Blick auf Nick geheftet. »Kapitän Succorso, ich wiederhole es: Wenn Sie wollen, überspielen Sie der Leitzentrale die Aufnahme. Ihre Drohungen sind für uns ohne Belang. Ich...« Wieder wirkte er, als suchte er nach dem passenden Ausdruck.

»... durchschaue sie. Es sind nichts als Bluff. Leere Worte. Ich vergeude Zeit, wenn ich sie mir anhöre. Nun werden Sie mir zuhören.«

Ein zweites Mal vollführte sein Amnionarm eine undeutbare Geste. »Falls Sie Ihre mit uns getroffenen Vereinbarungen nicht halten, sind Sie und Ihr Raumschiff uns verfallen. Wir bringen Sie, Ihre Besatzung und Ihr Raumschiff in unsere Gewalt, und Ihnen wird gar nichts bleiben. Der Kassierer wird Sie nicht verteidigen. Wir geben ihm eine eindeutige, *ehrliche* Begründung für unser Vorgehen. Und wir haben die Mittel, um zu verhindern, daß Sie sich wehren. Wenn wir es wollen, sind wir dazu imstande, Sie völlig zu paralysieren.«

»Wie denn das?« fragte Nick.

»Sie müssen uns den menschlichen Nachfahren mit Namen Davies Hyland überstellen«, fügte Vestabule hinzu, als wäre ihm die Frage entgangen. »Und außerdem müssen Sie uns die Frau ausliefern, die die Verantwortung für den an uns verübten Betrug trägt, seine Mutter. Tun Sie es nicht, nehmen wir uns alles, was Sie haben, als Entschädigung.«

Nick hätte gerne seine Frage präziser wiederholt. *Wie* gedenken Sie zu verhindern, daß ich mich wehre? Ich brauche Liete nur ein Zeichen mit dem kleinen Finger zu geben, und du mißratener Schleimbeutel wirst von ihr auf der Stelle abgeknallt. Doch ein Aufwallen instinktiver Angst hielt ihn davon zurück, den Unterhändler auf diese Weise zu provozieren. Spontan erkannte er, daß Vestabule *nicht* bluffte.

»Kommen Sie, Vestabule, spinnen Sie doch hier nicht rum«, hielt er ihm entgegen. »Überlegen Sie mal. Sie übertreiben. Gehen Sie soweit, haben Sie dadurch nichts als Nachteile. Sobald der Kassierer die Aufnahme unseres Gesprächs hört, weiß er, daß die ›ehrliche‹ Darstellung Ihres Verhaltens bloß verlogenes Gefasel ist. Wahrscheinlich haben Sie recht, er wird sich voraussichtlich nicht gegen Sie stellen. Aber von da an wird er Ihnen nicht mehr trauen.« Falls man dem Kassierer überhaupt nachsagen konnte, daß er je irgendwem traute. »An Bord jedes Raumschiff hier wird man Ihnen künftig mit Argwohn begegnen. Davon haben Sie in vielerlei Hinsicht Schaden. Eine Situation entsteht, die Sie nicht mehr zu Ihrem Vorteil verändern können. Deshalb ist es für Sie günstiger, Sie einigen sich mit mir. Aber genau das machen Sie selbst ja unmöglich. Betrachten Sie doch nur mal die Lage, in die Sie mich gebracht haben. Sie wünschen, daß ich Davies vom Kassierer zurückhole und Ihnen zukommen lasse. Denken Sie wirklich, wie ich das erreichen kann, braucht Sie nicht zu scheren? Was glauben Sie denn, wie mir das möglich sein soll? Sie haben mir nur zweierlei gelassen, das ich verkaufen kann. Das eine ist die Information, daß Sie vermutlich entdeckt haben, wie sich 'n interspatialer Antrieb zur Beschleunigung benutzen läßt. Aber um mir diese Information zunutze zu machen, müßte ich sie beweisen können. Und ich muß zugeben, daß ich das nicht kann.«

Mit dieser Einlassung nahm er ein kalkuliertes Risiko auf sich; sie war ein Trick, um Vestabule abzulenken. »Die von Ihnen gelieferten Maschinenteile sind zerschmolzen.«

Unvermittelt beugte Nick sich vor, stützte sich auf die Konsole der Kommandoposition, schnarrte seine Drohung Vestabule direkt ins Gesicht. »Folglich bleibt mir nur noch eine Wahl. Ich muß dem Kassierer das Geheimnis meiner Immunität verkaufen.«

Und daß das geschieht, willst du doch nicht, oder, du oxydierter Brocken Amnionscheiße?

»Nick«, flüsterte Mikka; ihr Raunen klang wie ein Aufstöhnen des Einspruchs.

Sonst gab niemand einen Laut von sich.

»Außer Sie räumen mir genügend Zeit ein«, fügte Nick als letztes hinzu, fast wie aufgrund eines nachträglichen Einfalls, »um eine andere Lösung anzubahnen.«

Indem er lebhaft zwinkerte, als ob die Bordatmosphäre der *Käptens Liebchen* seinem Menschenauge Beschwerden verursachte, musterte der Unterhändler Nick. Nichts deutete auf seine Reaktion hin; kein Muskel zuckte in seiner Wange, seine Finger blieben ruhig. Nicks Steuerbrückencrew saß in starrer Reglosigkeit da, während Vestabule die Situation abwog, im geheimen seine Amniongedanken dachte.

»Also gut«, sagte er, sobald er seine Überlegungen beendet hatte.

Ransum atmete hörbar aus.

Zum Glück verhielten alle anderen Crewmitglieder sich still.

Doch Vestabule erübrigte ohnehin für niemanden Aufmerksamkeit außer Nick. »Kapitän Succorso«, stellte er klar, »wenn Sie unverzüglich, zum Zeichen Ihrer Absicht, beim Handel mit uns ehrlich zu sein, die versprochene Entschädigung leisten, gewähren wir Ihnen eine Frist von einem Ihrer Standardtage, um mit dem Kassierer eine Übereinkunft zu erzielen. Aber vor einem muß ich Sie in aller Offenheit warnen: Bei dem Übereinkommen darf Ihre vorgebliche ›Immunität‹ nicht erwähnt werden.« Die bloße Ausdruckslosigkeit seiner Stimme verlieh seiner Warnung eine eindringliche Wirkung. »Solche Informationen können nicht vertraulich bleiben, am wenigsten in dieser Station, unter Illegalen Ihresgleichen. Wir würden davon erfahren. Dann wäre die Zeit der Verhandlungen vorüber. Wir müßten unsere Möglichkeiten nutzen, um Ihre Abwehrmittel zu paralysieren, und Sie hätten Ihr Raumschiff an uns abzutreten. Zum Ausgleich würden wir Sie und alle, die zu Ihnen halten, in unsere Gewalt bringen. Und sollte das nicht ausreichen, gingen wir weiter. Bevor wir dulden, daß das Wissen, das Sie zu haben behaupten, sich verbreitet, wären wir sogar ganz Kassafort zu vernichten bereit.«

Diese Drohung nahm Nick nicht ernst; sie war zu übertrieben, um sich deshalb Sorgen machen zu müssen. Unsere Abwehrmittel paralysieren? Wieder lag ihm die Frage auf der Zunge: Wie? Und auch dieses Mal verkniff er sie sich. Er hatte das eine herausgeschunden, was er wollte, nämlich Zeit. Nun mochte er nichts mehr riskieren, durch das sie ihm verlorengehen könnte.

Er stieß ein sarkastisches Auflachen aus. »Wie Sie meinen. Wenn Sie so verrückt sein wollen, na bitte. Aber bis dahin ...«

Er schaute sich auf der Steuerbrücke um; sah Sibs bleiches, beklommenes Gesicht, Mikkas störrisch-düstere Miene, Vectors klare, blaue Augen und versonnenes Stirnrunzeln; die konzentrierte Bereitschaft, die sich in Lietes ganzer Gestalt zu ballen schien. Milos kam nach Kassafort. Endlich befand Sorus Chatelaine sich in Reichweite.

»Bis dahin«, wiederholte er, wobei er sein horizontales Grinsen und die heiße Verquollenheit seiner Narben von neuem Vestabule zudrehte, »gilt unsere Abmachung. Ich weiß nicht, was als nächstes passiert, aber ich will alles und jedes versuchen« – er bleckte die Zähne –, »um zu garantieren, daß sie sich für beide Seiten lohnt.«

Marc Vestabule betrachtete ihn nur, zwinkerte/zwinkerte nicht, ohne ein Wort zu äußern.

Schroff stand Nick auf. »Liete, bring den Sausack von Bord.«

Ohne zu zögern zeigte Liete dem Unterhändler die Konnexblende des Kommandomoduls. Eine Hand ließ sie am Griff der Waffe.

Fügsam und unbekümmert, als hätte er alles zugestanden erhalten, was er sich wünschen konnte, wandte Vestabule sich ab und entfernte sich zwischen Liete und Simper von der Brücke.

Kaum war das Trio außer Hörweite, schwang Nick sich zu Mikka herum. »So.« In seinem Körper stak eine Spannung wie bei einem sprungbereiten Raubtier. »Wir haben's geschafft, sie noch für einen Tag abzuwimmeln. Das verändert die gesamte Lage. Jetzt können wir wieder hoffen. Du holst Morn. Weck sie auf und spül ihr das Kat aus 'm Kreislauf. Ich will, daß sie in zehn Minuten auf 'n Beinen steht und zum Gehen in der Lage ist.«

Mikka rührte sich nicht. Im ersten Moment wich sie Nicks Blick aus. Als sie ihn ansah, geschah es mit heißen, feuchten Augen. »Das nennst du einen Zeitgewinn?« fragte sie. Ihre Stimme drang aus der Tiefe der Kehle. Mikka schien zu befürchten, sie könnte an den Wörtern ersticken.

»O ja«, schnauzte Nick, weil ihre Frage und ihre Gefühlsduselei ihn wie Verrat trafen. »Sie ist nicht die Person, die sie haben wollen.«

»Aber sie ist ein Mensch«, erwiderte Mikka so kehlig, daß es fast wie ein Knurren klang. »Du lieferst denen einen *Menschen* aus!« Sie sprach wie eine Frau, die keine hinlänglich nachdrücklichen Worte für das kannte, was sie empfand. »Ich habe etwas dagegen, den Amnion Menschen ans Messer zu liefern!«

»Ich auch, Nick«, sagte unvermutet Sib Mackern; so unerwartet, daß er Nicks Entgegnung zuvorkam.

»Ich auch, und damit sind wir schon drei«, ertönte Vectors ruhige Stimme. Sein Blick schweifte durch die Steuerbrücke. »Noch jemand?« erkundigte er sich. »Wie stehts mit dir, Ransum? Möchtest du in so 'ne Erscheinung wie Vestabule verwandelt werden? Würdest du so was deinem ärgsten Feind antun? Du, Arkenhill? Scorz? Oder du, Karster?«

Wir tun, was Nick sagt, hätten nun alle zur Antwort geben müssen. Wir haben zu ihm Vertrauen. Er hat uns das Leben häufiger gerettet, als wir nachzählen können. Und er weiß mehr als wir. Es ist sein Raumschiff, er ist der Beste an Bord. Wir stehen bis zuletzt auf seiner Seite.

Aber niemand sprach sich so oder ähnlich aus. Karster trommelte mit den Fingern auf der Waffensysteme-Konsole und stierte die Anzeigen an, als ob er jetzt zu gerne einfach auf irgendwen geballert hätte. Ransum atmete viel zu mühselig, wie eine Frau, die kurz vor einem Herzanfall stand. Arkenhill war so blaß wie Sib geworden; er hätte dicht davor sein können, das Deck vollzukotzen.

»Wir haben schon Schlimmeres gemacht«, meinte schließlich Scorz mit zaghaftem Stimmchen, als wollte er die Opposition seiner Bordkameraden herunterspielen.

Das war zuwenig; zuwenig für Nick Succorso; unter diesen Umständen auf alle Fälle viel zuwenig. Von der einzigen Frau, der er sich jemals ganz geschenkt hatte, war er hintergangen worden. Die Amnion saßen ihm im Nacken, drohten damit, seine *Abwehrmittel zu paralysieren,* wollten ihm Raumschiff und Leben nehmen. Der Kassierer hatte Davies in Gewahrsam und weigerte sich, die *Käptens Liebchen* zu reparieren. Sorus Chatelaine lachte ihn noch heute aus. Nick hatte schon mehr seiner selbst verloren, als er noch im Überblick behalten konnte.

Von Vector hätte er so ein Verhalten möglicherweise vorausgesehen. Der Techniker hatte nie richtig an Bord der *Käptens Liebchen* gepaßt. Und die Memme Sib Mackern konnte in jeder Richtung beeinflußt werden. Aber daß Mikka Vasaczk, Nicks Erste Offizierin, sich auf solche Weise gegen ihn stellte …

Scorz' Unterstützung reichte nicht im geringsten aus.

Nick verspürte den Drang, Mikka anzuschreien, die ganze Brückencrew anzubrüllen und auszuschimpfen. Noch lieber hätte er Mikka das Gesicht zu Brei zerschlagen. War das alles, was sie ihm an Treue boten?

Dann wollte er sie zur Hölle schicken. Die Amnion sollten jede einzelne dieser Scheißfiguren bekommen, und wenn sie ihn anflehten, sie zu retten, würde er nur *lachen* ...

Aber dafür fehlte es ihm momentan an der Kraft. Hoffnung und Kräfte schienen ihm wie Wasser zu entfließen, ganz als hätte Mikka ihm ein Loch ins Herz gebohrt. Während auf der Steuerbrücke jeder damit rechnete, daß er einen derartig wutentbrannten Ausbruch hatte, als wäre er eine Supernova, nahm er lediglich einen und dann einen zweiten langsamen Atemzug und ließ die Schultern absinken.

»Wieso denkt ihr«, fragte er danach, »ich hätte eine Wahl?«

Dem konnten sie nichts entgegensetzen. Nicht einmal Mikka war noch dazu imstande. Wenn Nick Succorso sich nicht mehr anders zu helfen wußte, welche Möglichkeiten sollten dann sie haben?

Brüsk kehrte Mikka ihm mit Schwung den Rücken zu und stapfte von der Steuerbrücke, als nähme sie die letzten Reste seiner Unbezwingbarkeit mit sich fort.

NICK

Er wartete in seiner Kabine auf Mikkas Meldung, daß Morn bereit sei; aber müßig blieb er nicht. Einer seiner Wandschränke, geschützt durch seine Prioritätscodes, diente ihm als privater Safe. Er öffnete ihn und legte Morns Id-Plakette und das Kontrollgerät ihres Zonenimplantats hinein, um sie sicher aufzubewahren. An letzterem hatten die Amnion kein erkennbares Interesse; und um ersteres in die Verhandlungen einzubringen, war die Unterredung mit Marc Vestabule zu günstig verlaufen.

Naturgemäß bestand jederzeit die Gefahr, daß die Amnion Morn in ein ähnliches Geschöpf wie Vestabule umwandelten. Taten sie es, behielt Morn einen Teil – einen Großteil? – ihres menschlichen Verstands; dann mußten sie ersehen, daß sie wertvoller war, als sie angenommen hatten. Doch daran konnte Nick nichts ändern. Darauf hatte er keinerlei Einfluß mehr.

Er entnahm dem Wandschrank ein Fläschchen mit Kapseln – seinen kostbaren Vorrat des Immunitätsserums – und schüttete sich zwei davon in die Handfläche. In seiner Wange zuckte ein schwacher Tic, aber darauf achtete er nicht. Eine Kapsel schluckte er sofort, nur zur Vorbeugung; die zweite steckte er tief in eine Tasche seiner Bordmontur. Dann stellte er die Flasche in den Schrank zurück und schloß ihn wieder ab.

Während er sich mit beiden Händen die Narben rieb, blickte er aufs Chronometer. Wie lange mochte es dauern, Morn das Kat aus den Adern zu spülen, damit sie laufen konnte? Nicht lang. In ein, zwei Minuten müßte sie auf dem Weg zu Kassaforts Amnion-Sektion sein, dem von den Aliens gemieteten Bereich der Station, wo sie die für sie nötige, brandige Luft atmen durften – und sie ihre eigenen Verteidigungseinrichtungen hatten.

Dort hinzugehen war gefährlich; doch es ließ sich nicht vermeiden. Und es gewährte ihm zumindest ein gewisses Maß an Rache für Morns Lügen.

Wenn er daran dachte, gingen ihm unwillkürlich auch Überlegungen durch den Kopf, wie er Mikka Vasaczk töten könnte.

Frauen. Nichts als Ärger mit Frauen. Kaum hatte er einen Ausweg gefunden, um Morn loszuwerden, fiel Mikka ihm in den Rücken. Und zudem war die Frage, auf welche Weise er sich an Sorus Chatelaine rächen sollte, ebenfalls noch unbeantwortet. Falls sich keine andere Möglichkeit bot, hatte er vor, sie kurzerhand zu erschießen; aber er wünschte sich mehr, *brauchte* mehr. Frauen waren es, die ihn so fertigmachten; zum Ausgleich mußte er es ihnen so gemein heimzahlen, wie es sich nur einrichten ließ.

Marc Vestabule schwafelte andauernd von ›Entschädigung‹; doch er benutzte das Wort nicht im entferntesten mit der ganz persönlichen Inbrunst, mit der Nick es anstrebte, sich schadlos zu halten.

Sorus Chatelaine jedoch mußte warten. Erst war Morn an der Reihe. Und sobald diese Rechnung beglichen war, hatte er die *Käptens Liebchen* zu retten. Er war sich vollauf sicher, daß sich im Verlaufe seiner Bemühungen eine Gelegenheit ergab, um sich Mikka vom Hals zu schaffen.

Ohne daß es ihm aufgefallen wäre, schritt er schon seit einem Weilchen in der Kabine auf und ab, als bemühte er sich in regelrechter Fiebrigkeit, zwischen realen und rein imaginären Methoden der Vergeltung zu trennen.

Beim Summton des Interkom-Apparats blieb er stehen. »Nick«, meldete Mikka in laschem Ton, »ich hab sie geweckt. Sie ist noch beduselt, aber sie kann laufen.«

Um von seiner Anspannung ein wenig abzureagieren, drosch Nick roh auf die Taste des Apparats. »Wir treffen uns an der Schleuse. Von dort an übernehme ich sie.«

Mikka unterbrach die Verbindung, ohne den Befehl zu bestätigen.

In mörderischer Stimmung tippte Nick den Öffnungscode ins Türschloß und verließ die Kabine.

Zum zweitenmal innerhalb von knapp über einer Stunde mußte er von Bord des Raumschiffs gehen. Und das zweite war lebensgefährlicher als das erste Mal: bei den Amnion lag die Wahrscheinlichkeit höher, daß sie aktive Maßnahmen gegen ihn ergriffen, als beim Kassierer. Trotzdem trödelte er nicht. Innere Angespanntheit war durchaus nicht das gleiche wie Kraft oder Zuversicht, aber konnte ähnlich wie sie einem Zweck untergeordnet werden.

Er stieß im Zugangskorridor der Luftschleuse auf Mikka und Morn. Sie gingen langsam; Morn bewegte sich nur mit lahmem Schlurfen vorwärts. Ohne Mikka als Stütze wäre sie aufs Deck niedergesackt. Von hinten sahen sie wie Schwestern aus, die eine den Arm um die andere geschlungen hatten, um sich gegenseitig Mut einzuflößen.

Ein Schnauben des Mißmuts entfuhr Nick, als er sah, daß Mikka sich die Zeit gelassen hatte, um Morn in eine saubere Bordmontur zu kleiden. Vermutlich hatte Mikka sie auch eigenhändig gereinigt, ihr den angesammelten Schmutz von rund zwölf Stunden abgewaschen. Aber an Morn war Menschenwürde pure Verschwendung. Eine Frau, die davorstand, ihre Menschlichkeit ganz und gar zu verlieren, hatte an so etwas keinen Bedarf. Und er wollte nicht, daß sie noch Würde hatte, wenn er sie ihrem Verhängnis überließ.

»Das genügt«, brummte er Mikka an. »Du kannst nun zurück auf die Brücke. Du hast das Kommando. Ich verlange nicht, daß dir gefällt, was ich tun muß. Ich erwarte nicht einmal, daß du's vergißt, wenn's vorbei ist. Aber ich fordere von dir, daß du auf das Schiff achtgibst, solang ich weg bin. Ohne mich seid ihr keineswegs sicherer.« Dafür hatte Nick gesorgt, als er Scorz anwies, die Unterredung mit Vestabule aufzuzeichnen. »Und ich weiß noch immer besser als ihr, um was es sich hier eigentlich dreht. Nach dem Stand der Dinge bin ich eure einzige Hoffnung.«

Mikka schenkte ihm einen bösen Blick. »Ich bin nicht bescheuert, Nick. In dieser Hinsicht solltest du dir keinen Irrtum erlauben.«

»Ich könnte von Glück reden, hätte ich dazu überhaupt 'ne Chance«, erwiderte Nick voller Bitternis. »Du benimmst dich nämlich, als wärst du tatsächlich bekloppt.« Er hatte keine Lust mehr, ihr zuzuhören. »Hau ab auf die Brücke!« befahl er. »Stell eine Kampfgruppe zusammen! Mit den tüchtigsten Leuten, die wir für Waffen, Sprengeinsätze und Nahkampf haben. Gib ihnen dienstfrei. Sie sollen sich ausruhen und mit der Ausrüstung bereithalten. Mir ist selbst noch nicht genau klar, auf was ich überhaupt hinaus will...« Das gestand er ein, weil er wußte, es erhöhte die Aussicht, daß Mikka ihm gehorchte. »Aber im richtigen Augenblick müssen wir knallhart zuschlagen können.«

Boshaft suggerierte er ihr die Vermutung, er könnte vorhaben, Morn gewaltsam aus den Klauen der Amnion zu befreien.

Mikka ging lediglich mit einem Achselzucken darauf ein; irgendwelche Eile legte sie allerdings nicht an den Tag. Statt dessen löste sie sich mit aller Behutsamkeit von Morn, überzeugte sich davon, daß sie nicht zusammensank, sobald sie aus eigener Kraft stehen sollte.

Morn schwankte, als wären ihre Beinmuskeln zu Gelee geworden. Aber sie hielt sich auf den Füßen.

Mikka machte sich erst auf den Weg zum Kommandomodul, nachdem sie Nick ein letztes Mal einen grimmigen Blick zugeworfen hatte.

Nick öffnete die Innenpforte der Schleuse. Der Tic in seiner Wange verstärkte sich, während er verharrte, um sich einen Eindruck von Morns Verfassung zu verschaffen.

Nicht einmal unter Thermogeils Fuchtel, den Brutalitäten des Piraten wehrlos unterworfen, hatte sie so bemitleidenswert gewirkt. Sie war noch halb betäubt; soviel war offensichtlich. Das Gesicht trug ihre unzerstörbare Schönheit zur Schau wie eine Wunde; als verkörperte sie selbst den Ursprung all ihres Leids. Ihre Haare standen büschelweise wirr vom Kopf ab, als symbolisierten sie die Fetzen ihres gescheiterten Daseins. Während der Kat-Effekt abebbte, mußten mit dem Z-Implantet zusammenhängende Entzugserscheinungen auftreten. Und dennoch, trotz langer Tage des Hungers und der Beschwernisse, die Falten um ihre Augen gekerbt und Fleisch von den Knochen geschmolzen hatten, sah man ihr noch volle Brüste an, die sich nach wie vor gegen den Stoff der Bordmunter zu stemmen schienen, und die Umrisse der Hüften lenkte Nicks Beachtung unwiderstehlich auf ihre Beine.

Innerliche Anspannung reichte nicht aus. Wenn er nicht mehr der Nick Succorso sein konnte, der nie unterlag, seiner selbst sicher war und der Macht über Morn, dann mußte er Zorn spüren; dann brauchte er, um durchzuhalten, als Kraftquell helle Wut.

Er packte Morns Oberarm, als wollte er sie durchprügeln, und stieß sie in die Schleusenkammer.

Morn machte keine Anstrengung, um sich ihm zu entwinden. »Das tut weh«, lallte sie nur, während sich die Innenpforte schloß und automatisch verriegelte.

Immerhin kam sie allmählich zur Besinnung. Bald

mußte sie so wach sein, daß sie merkte, was ihr blühte; wach genug, um darüber entsetzt zu sein. Das war schon einmal etwas.

Nick tippte den Code zum Öffnen der äußeren Schleusenpforte in die Kontrolltafel. Die Finger unverändert rauh in Morns Oberarm gepreßt, zerrte er sie von Bord, geradewegs in die Richtung, wo die Wächter des Kassierers gestanden hatten.

Zu Nicks Verblüffung waren jetzt gar keine Wächter da. Anscheinend hatte der Kassierer entschieden, seine Leute aus dem Kreuzfeuer fernzuhalten, falls die Amnion eine Attacke auf Nicks Raumschiff durchführten. An der Rezeption gab es Posten – die eigene Sicherheit vernachlässigte der Kassierer nie –, doch keiner von ihnen achtete auf Nick und Morn. Denkbar war, daß sie Weisung bekommen hatten, sich um nichts zu kümmern, was zwischen der *Käptens Liebchen* und der Amnion-Sektion passierte.

»Leckt mich doch am Ärmel«, knurrte Nick zu allen und niemandem, während er Morn durch die Rezeption zu den Fluren zerrte, die zur Amnion-Sektion führten. Gerne bezahlen ließ sich der Kassierer? Nick auch. Erbittert setzte er das Fehlen von Schutzvorkehrungen, die diplomatische Distanzierung von der *Käptens Liebchen,* auf die Rechnung, die er dem Kassierer zu präsentieren beabsichtigte.

Mit jeder Stunde wurde diese Rechnung länger.

»Bitte, Nick«, raunte Morn durch zusammengebissene Zähne. »Ich wehre mich doch gar nicht… Du brauchst mir nicht den Arm zu brechen.«

Für einen Moment drückte er noch fester zu, bis er sie japsen hörte. Dann lockerte er den Druck; nicht aufgrund ihrer Bitte, sondern weil seine Faust ermüdete.

»Also bist du endlich wach«, konstatierte er leise und hämisch. »Gut. Ist dir klar, wo wir sind? Ahnst du, wohin wir gehen?«

Morn gab keine Antwort. Eine Reaktion ließ sich allein an der wachsenden Stetigkeit ihrer Schritte und daran erkennen, wie sie sich bewegte, um ihren Arm zu schonen.

»Gut«, wiederholte Nick und nickte, als wäre er sich völlig sicher, von ihr verstanden zu werden. »Es gibt für das, was wir tun, mehrere Gründe.« Nämlich daß ich es will. Du hast es verdient. Es muß sein. »Einer ist, daß ich eine neue Unterredung mit dem Mutantenschwein Marc Vestabule hatte. Eine ganze Reihe von Drohungen hat er ausgestoßen, aber eine kam mir besonders auffällig vor. Er hat behauptet, die Amnion hätten irgendwelche ›Mittel‹, um zu verhindern, daß wir uns wehren.« Die gleiche Intuition, die ihm davon abgeraten hatte, Vestabule in dieser Angelegenheit zu provozieren, bewog ihn jetzt dazu, Morn darauf anzusprechen. »Damit geprahlt, sie hätten die Möglichkeit, mein Raumschiff zu ›paralysieren‹, und zwar ›völlig‹. Was weißt du darüber?«

Ein paar Schritte lang schwieg Morn. »Gütiger Himmel, Nick …«, seufzte sie schließlich. Ihre Stimme bezeugte völlige Erschöpfung, hatte einen Klang, als wäre Morns Seele bis ins Innerste zerfasert und zerfranst. Aber man merkte ihr zuwenig Furcht an, viel zu wenig Furcht, als daß Nick Anlaß zur Befriedigung gehabt hätte. »Wie kommst du auf die Idee, ich könnte so 'ne Frage beantworten?«

Das zu begründen, fiel Nick sehr leicht. »Erstens bist du Polizistin. Bevor du dich mir angeschlossen hast, hattest du Informationsquellen, die mir bis heute fehlen. Es ist vorstellbar, daß du über das Niveau der Amnion-Technik mehr Kenntnisse als ich hast. Und zweitens …« Aus spontaner Wut grub er erneut die Finger in ihren Oberarm. »Zweitens hast du, während du vorübergehend mein Schiff übernommen hattest, mit ihnen in Funkverbindung gestanden.« *Mein Schiff,* du elende Hexe.

Sie unterdrückte ein neuerliches Keuchen. Seit Mikka fort war, hatte Morn ihn kein einziges Mal angeschaut; auch jetzt sah sie ihn nicht an. Aber sie hörte ihm zu. »Na schön«, fauchte sie durch die Zähne, als wollte auch sie ihm drohen; als wäre sie selbst jetzt, auf dem Weg zu den Amnion, noch der Meinung, ihm Paroli bieten zu können. »Tauschen wir doch unsere Informationen aus. Du verrätst mir, warum die VMKP von dir angefunkt worden ist, ehe wir nach Station Potential geflogen sind. Sag mir, was für eine Absprache zwischen euch besteht. Wofür sie dich angeheuert haben. Ich will wissen, wieso man mich dir überhaupt überlassen hat. Dann erzähle ich dir, weshalb die Amnion glauben, sie können deinen Kahn paralysieren.«

Sie erstaunte Nick; irgendwie blieb sie ihm über. Warum erschrak sie nicht? Wieso war sie nicht verstört bis ins Mark? Sie hätte aus Abscheu und Flehentlichkeit schluchzen müssen, statt zu versuchen, mit ihm zu feilschen.

In beiden Richtungen war der Korridor leer. Die Amnion mieden die übrige Station, und niemand, der ein bißchen Vernunft kannte, drängte sich ihnen auf. Selbstverständlich befand sich der Zugang zur Amnion-Sektion unter der Überwachung der Observationsgeräte des Kassierers; doch aus diesem Abstand konnten sie wahrscheinlich keine Stimmen erfassen. Nick ließ Morns Arm los, packte sie statt dessen an den Schultern und riß sie zu sich herum.

»Sieh mich an, verdammt noch mal!« Warum bist du nicht vor Furcht von Sinnen? »*Sieh* mich an!«

Sie hob den Blick nur langsam in sein Gesicht. Als er ihre Augen sah, darin die irrwitzige, wahnsinnsschwarze Leidenschaftlichkeit erkannte, zuckte er beinahe zurück. Das Extreme ihres Leids und die Abgründigkeit ihres Mißbrauchtseins fanden ein Gegengewicht in einer konzentriert geballten, absoluten, mörderischen Verbissenheit. Sie glich einer Frau, die selbst aus dem Grab wiederkehren würde – oder sogar im Anschluß an die Konsequenzen des Amnion-Mutagens –, um ihn zugrundezurichten.

Grob stieß er sie von sich; infolge ihres Unvermögens, sich körperlich zu wehren, taumelte sie gegen die Wand. Nick fing sie ab, nachdem sie dort abgeprallt war, schubste sie weiter in die Richtung der Amnion-Sektion. Er brauchte ständige Bewegung, um die Bangigkeit zu unterdrücken, die in seiner Magengegend rumorte.

»Ich hab's dir schon erklärt«, sagte er, sobald er seiner Stimme wieder traute. »Ich wollte aus dir was rausschlagen. Die Scheißpolente sollte mich dafür bezahlen, daß ich dein Wissen nicht an den Kassierer verkaufe.«

»Quatsch«, erwiderte Morn. »Daß du lügst, wußte ich schon, als du diesen Quark das erste Mal gelabert hast. Inzwischen bin ich mir ganz sicher. Du wußtest, wie du die VMKP kontaktieren kannst. Du kennst die Koordinaten der Lauschposten. Das heißt, du hast schon mit ihr zu tun gehabt, lange bevor du nach Thanatos Minor geflogen bist. Und zum Schluß hab ich mir auch zusammengereimt, daß du ihre Erlaubnis gehabt haben mußt, mich von der KombiMontan-Station mitzunehmen.«

»Wie bist du darauf gekommen?« wollte Nick wissen.

Seine Frage war überflüssig; Morn beantwortete sie schon. »Um Angus in die Falle zu locken, mußtest du 'ne Kontaktperson im Sicherheitsdienst der KombiMontan-Station haben, aber nicht nur das, sondern sogar mehr ... Du und deine Kontaktperson, ihr müßt in Verbindung zum VMKP-Hauptquartier gewesen sein, zu jemandem, der euch Codes genannt hat, durch die die Stationsvorräte, die in Angus' Raumschiff entdeckt wurden, echt wirkten. Also wußte die VMKP, was ihr machtet. Sie hat euch unterstützt. Vielleicht habt ihr sogar auf ihren Befehl hin gehandelt. Möglicherweise ist das die Grundlage, auf der deine gesamte Reputation beruht. Du tust, was die Polizei wünscht, und dafür garantiert sie, daß du bei den Illegalen 'n guten Eindruck hinterläßt. Folglich *kann's* bei deiner Rücksprache mit der VMKP gar nicht um *mich* gegangen sein. In bezug auf mich stand dein Geschäftchen längst fest. Also, *warum* hast du sie angefunkt? Womit bist du von ihr beauftragt worden?«

Nick versuchte zu lachen; es gelang ihm nicht. Sein Gaumen war zu trocken; seine Kehle zu ausgedörrt. Das Zucken in seiner Wange schmerzte in der Narbe, als wäre die Verletzung frisch.

»Hashi Lebwohl wollte«, antwortete Nick, während er vor Verkrampfung nahezu keuchte, »daß ich etwas für ihn erledige.«

»Was denn?« hakte Morn nach.

Nick hatte alle Bereitschaft dazu, es ihr mitzuteilen; plötzlich war er darauf beinahe versessen. Er hatte vor, ihr dadurch wehzutun; nichts zu scheuen, was in seiner Macht stand, um die abartige Verstocktheit zu unterminieren, die sie gegen die Furcht feite. Und was ihre Abmachung betraf, hatte er die Absicht, sie beim Wort zu nehmen.

»Es ging ihm darum«, erläuterte Nick, obwohl er kaum zu atmen vermochte, »Kassafort größeren Schaden zuzufügen. Möglichst genug, um dem Kassierer in Zukunft die Arbeit zu vermiesen. Lebwohls Immunitätsserum hatte ich schon. Sein Auftrag sah vor, es dem Kassierer zu verkaufen.«

Er sprach die Wahrheit. Nick hoffte, daß sie Morn das Herz brach.

Morn hielt mit keinem Wort dagegen; nicht einmal ein Schnaufen der Bestürzung drang von ihren Lippen. Doch zumindest hatte Nick die Genugtuung zu spüren, wie in seinem Griff ihre Haltung sich versteifte, als erstarrte sie vor Grausen.

Nach und nach wich die Beklemmung aus seiner Brust, gestattete ihm langsam wieder leichter zu atmen.

»Ich sollte dem Kassierer das echte Medikament verkaufen und ihn es an irgendwem praktisch erproben lassen, ihm aber anschließend zur Duplikation in seinen Labors ein wirkungsloses Placebo liefern. Das Ziel war, daß er das nutzlose Zeug an Illegale oder an die Amnion verscherbelt, ganz egal wem. Und sobald sich herumgesprochen hätte, was da vor sich geht, daß er nämlich ein Immunitätsserum ohne jede Wirkung unter die Leute bringt, hätte er bis über die Augen in der Scheiße gesessen.«

Sieh zu, wie du *damit* klarkommst, du verfluchte Hexe… Solange dir noch Zeit bleibt. Das ist die Sorte Mensch, für die du deinen Dienst leistest, so sind die Menschen, an deren Rechtschaffenheit du glaubst.

»Kann sein, ich verfahre so, falls sich die Amnion nicht auf andere Weise abwimmeln lassen«, fuhr er fort. »Aber wenn's sein muß, spare ich mir das Affentheater mit dem falschen Serum.« So wie vorher die Wahrheit sollte diese Lüge Morn möglichst nachhaltig zerrütten. »Als ich Lebwohl darüber informiert habe, daß ich in Schwierigkeiten stecke, hat er mir die kalte Schulter gezeigt. Deshalb macht's mir jetzt nichts aus, ihn reinzulegen.«

In der Annahme, Morn endlich kleingekriegt zu haben, schlang er den Arm um sie und zog sie mit dem Ohr dicht an seinen Mund. »Nun bist du dran«, sagte er gedämpft und fast liebenswürdig. »Verrat mir, inwiefern die Amnion glauben, sie hätten die Möglichkeit, meine Bordverteidigung zu ›paralysieren‹.«

»Ach so, das«, antwortete Morn, als hätte kein Wort, das er gesprochen hatte, bei ihr irgendeine Gefühlsregung hervorgerufen; als wäre sie zu taub oder zu blind, um durch seine Bosheit getroffen zu werden. »Das hättest du dir doch inzwischen selber denken müssen.«

Jetzt kommt es, dachte Nick. Nun kam ihre Retourkutsche.

»Auf der Astro-Reede vor Station Potential mußte ich den Amnion ja beweisen, daß die *Käptens Liebchen* tatsächlich zu effektiver Selbstvernichtung fähig ist. Hätte ich hingenommen, daß sie mir 'n Bluff unterstellen, wäre Davies nicht von ihnen zurückgegeben worden. Darum hab ich ihnen während des Funkkontakts Kopien von allem übermittelt, was im Kommandopult der Hilfssteuerwarte gespeichert ist. Darunter auch« – den letzten Satz fügte sie in einem Ton hinzu, als griffe sie zur Gewalt – »deine Prioritätscodes. Sie können alle deine Befehle korrektursteuern.«

Nick glaubte, ihm stockte das Herz.

Freilich waren die Codes ihm geblieben. Er konnte jede Korrektursteuerung seitens der Amnion korrektursteuern. Und sie konnten wieder korrektursteuern …

Patt. Irgendwann würden die Computerprogramme abstürzen, um Kurzschlüsse zu verhüten.

Einen Moment lang stand er in äußerster Bestürzung und gänzlicher Fassungslosigkeit da. Morn versuchte gar nicht, ihn fertigzumachen. Ihre Enthüllung bedeutete für ihn keine Schädigung: im Gegenteil, sie war eine Hilfe. Was die Amnion über sein Raumschiff wußten, war nur so lang eine Gefahr gewesen, wie er nicht geahnt hatte, daß sie es wußten. Wenn er an Bord der *Käptens Liebchen* umgekehrt war, konnte er schlichtweg eine entsprechende Reihe neuer Prioritätscodes eingeben. Dafür brauchte er keine Stunde.

Morn hatte ihm unerwartet unermeßlich kostbare Hilfe geleistet.

»Warum tust du das?« In seiner Überraschung fühlte er sich, als stünde er nackt vor ihr. »Vielleicht hätte ich's nie rausgefunden. Weshalb hast du's mir gesagt?«

Warum hilfst du mir?

Morn zeigte erneut alle Anzeichen der Ausgelaugtheit. »Weil ich nicht will«, entgegnete sie, als wäre sie zu jedem weiteren Widerstand zu müde, »daß die Amnion dich kaschen. Ich möchte nicht, daß sie irgendeinen Menschen kriegen. Wärst du in der Kosmokapsel gewesen, hätte ich genau das gleiche getan. Andernfalls wäre mir das eigene Menschsein nichts wert.«

In bitterem Trotz schleuderte Nick ihr einen Fluch entgegen. »Und wahrscheinlich hast du nie auch bloß im entferntesten die Idee gehabt, ich könnte dir *dankbar* genug sein, um's mir anders zu überlegen, was?«

Selbst in den eigenen Ohren klang sein Spott nur nach jämmerlicher Patzigkeit.

»Nein, nie«, bestätigte Morn unverblümt. »Dafür habe ich dich inzwischen zu gründlich kennengelernt.«

Nick brachte keine Antwort zustande. Er knirschte mit den Zähnen, um die Beherrschung zu bewahren, während er Morn den Korridor entlangführte.

Nach weiteren hundert Metern Weg durch den menschenleeren Flur erreichten sie die Amnion-Sektion.

Der Eingang bestand aus nichts als einer kahlen Tür in einer kahlen Wand. Nick war bisher nie in der Amnion-Sektion gewesen, aber weil die Aliens dort ihre gewohnte Atmosphäre atmeten, vermutete er, daß es sich bei der Tür um die Außenpforte einer Luftschleuse handelte. Es schauderte ihn, wenn er sich an den rauchigen Geruch der Atmosphäre Station Potentials entsann, an die Atembeschwerden, das Gehuste ... Seine Lungen fühlten sich jetzt noch aufgerauht an. Er verspürte keinerlei Neigung, sich so etwas noch einmal zuzumuten.

Für den Fall, daß im letzten Augenblick Panik Morn überwältigte und sie auszureißen versuchte, umklammerte er ihren Oberarm fester, bevor er die Hand an den neben der Tür installierten Interkom-Apparat hob.

»Nick, bitte ...«

Für eine hoffnungsfrohe, vorfreudige Sekunde glaubte er, sie wollte ihn anwinseln, er sollte sie gehen lassen, ihr das zugedachte Schicksal ersparen.

Aber sie tat ihm den Gefallen nicht. »Erzähl mir nur noch eins, nämlich wieso man dir erlaubt hat, mich mitzunehmen«, sagte sie halblaut. Sie kam auf ihre ursprüngliche Frage im Zusammenhang mit der Flucht von der KombiMontan-Station zurück. »Es kann für dich keinen Nachteil zur Folge haben, es mir zu verraten, und ich muß es unbedingt wissen... Weshalb hat die VMKP nicht selber versucht, mich aus dem Dreck zu holen?«

»Ach du liebe Güte«, höhnte Nick, weil ihn Enttäuschung grämte. Sogar hier, an der Schwelle zur Hölle, weigerte sich Morn, sich vom Grauen niederzwingen zu lassen. »Wie kannst du dich zu der Vorstellung versteigen, du wärst denen so 'n Aufwand wert? Schließlich hattest du schon viel zuviel Zeit mit Kaptein Thermogeil zugebracht. Die Astro-Schnäpper wußten doch, daß von dir nicht mehr genug übrig war zum Retten.«

Aber da sah er, daß die Wahrheit für sie schwerer zu ertragen sein mußte; also verlegte er sich auf die Tatsachen.

»Sie haben dich mir überlassen, weil ich dich zum Lohn *haben* wollte. Es stört mich nicht, dann und wann irgendwelchen Scheiß für sie abzuziehen, vor allem, wenn ich dabei Ärschen wie Thermogeil eins auswischen kann. Ich habe ja nicht geahnt, daß mein Ponton-Antrieb den Geist aufgibt, darum hab ich keinen Kredit verlangt. Statt dessen bin ich mit dir zufrieden gewesen.« Er stieß ein heiseres Lachen aus. »Vermutlich haben sie darin 'n ganz tolles Geschäft gesehen. Immerhin konnten sie Thermogeil einbuchten, und dafür mußten sie bloß auf 'n verschlissenes Stück seiner Beute verzichten.«

Seit er sie gezwungen hatte, ihn anzuschauen, hatte sie ihn kein zweites Mal angeblickt; auch jetzt machte sie dazu keinerlei Anstalten. Dennoch schien ihre brüchige Stimme ihn zu durchbohren wie ein Dolch.

»Wenn du dir einbildest, die Sache sei so einfach, hast du ihnen schon zu lange dein Vertrauen geschenkt.«

Sie überforderte ihn. Er aktivierte das Interkom mit der Faust. »Hier ist Kapitän Succorso«, raunzte er ins Mikrofon. »Ich bringe die verdammte ›Entschädigung‹, auf der Sie Schleimbeutel bestehen. Der Name der Frau ist Morn Hyland. Sie ist die Mutter des blöden Bankerts von ›menschlichem Nachfahren‹, auf den Sie so abfahren. Öffnen Sie die Tür. Ich schicke die Frau zu Ihnen hinein, und alles übrige liegt bei Ihnen. Ich muß mich um andere Angelegenheiten kümmern.«

Er erhielt aus dem Interkom-Apparat prompte Antwort. »Kapitän Nick Succorso, die Ablieferung der Frau trifft auf unser Einverständnis. Die Umkehr Ihrer Person dagegen nicht. Treten Sie mit ihr ein. Geeignete Atemmasken stellen wir Ihnen zur Verfügung. Die Frau wird von Ihnen übernommen, aber Sie müssen bleiben.«

»Einen Scheiß werd ich«, knurrte Nick in schlagartig aufwallender Furcht. Unwillkürlich wich er, indem er Morn mitzog, an die andere Wand zurück. »Unsere Abmachung sieht so was nicht vor. Ihr beschissener ›*Emissär*‹ hat nicht erwähnt, daß ich bei Ihnen festgehalten werden soll.«

»Sie werden nicht festgehalten.« Die Amnionistimme hatte einen automatenhaft monotonen, kaltschnäuzigen Klang. »Ihnen wird nichts Nachteiliges zugefügt. Diese Zusage erfolgt ohne Beanspruchung einer Gegenleistung.«

Plötzlich rollte die Tür beiseite.

In der Schleusenkammer stand Marc Vestabule.

Und außer ihm zwei Amnion; doch Ähnlichkeit mit der Erscheinung von Menschen hatten bei ihnen höchstens die Masken auf ihren Gesichtern und die Waffen in ihren Händen.

Die Waffen zielten direkt auf Nick und Morn.

»Bitte, Kapitän Succorso«, sagte Vestabule, als wären seine Stimmbänder unfähig zu irgendeiner Art von Betonung. »Es ist lediglich unser Wunsch, mit Ihnen zu reden. Wenn Sie es aus Furcht ablehnen, unsere Sektion aufzusuchen, können wir uns hier besprechen, obwohl es weniger bequem ist.«

»Weniger sicher, meinen Sie wohl, was?« Nick wies auf die nächste Observationsinstallation. »Alles was hier geschieht, kann der Kassierer sehen und hören.«

»Nein.« Vestabule wirkte seiner Sache völlig sicher. »Unser Vertrag mit dem Kassierer ermächtigt uns nach Belieben zur Neutralisierung seiner Beobachtungsgeräte. Ich meine ausschließlich das Problem der Bequemlichkeit. Wenn Sie hereinkommen, können wir Ihnen einen Sitzplatz anbieten. Außerdem wären Wächter überflüssig.«

Damit überraschte er Nick. Er gierte nach einem Schießeisen. Vielleicht könnte es, knallte er jemanden ab, die Beklemmung lindern, die sich wieder in seinem Brustkorb staute. Der Tic unter seinem Auge fühlte sich an, als stünde ein Ventil unter zu hohem Druck.

»Beim Arsch der Galaxis, was sollen wir denn überhaupt zu bequatschen haben, verdammt noch mal?« wollte er wissen. »Wir haben schon 'ne Abmachung vereinbart.« Er hob Morns Arm an. »Gerade bin ich dabei, meinen Teil der Übereinkunft zu erfüllen.«

Vestabule nickte nicht; aber sein Menschenauge blinzelte. »Wie wir schon erwähnt haben, sind wir mit ihrer Überstellung einverstanden. Darüber hinaus wünschen wir jedoch die Konfusion zu beseitigen, durch die unsere Verhandlungen mit Ihnen so gefährlich sind. Ich hatte den Einfall, daß Sie vielleicht dazu bereit sind, gewisse Fragen zu beantworten, wenn niemand Ihres Schlages dabei ist, keine Bewohner Kassaforts Ihre Auskünfte hören. Falls unsere Verwirrung sich beheben läßt, wird dadurch unter Umständen die Weise abgemildert, wie wir es Ihnen ›unmöglich‹ machen, unseren Ansprüchen zu genügen.«

Zum erstenmal hatte Nick den Eindruck, Marc Vestabule könnte doch noch menschlicher sein, als er aussah. Vielleicht war ihm zumindest teilweise die Fähigkeit verblieben, wie ein Mensch zu denken. Reinrassigen Amnion fehlte jedes Vermögen, im Verkehr zwischen ihnen und den Menschen Sinn für Doppeldeutigkeiten oder manipulative Praktiken aufzubringen.

»Mit anderen Worten«, folgerte Nick, »wenn ich mir überlege, ob ich Ihre Fragen beantworte, überlegen Sie sich, ob Sie die Stornierung meiner Kredit-Obligation widerrufen.«

»Ich verspreche nichts.« Die plumpen Alienknie, der wie verrostete Arm und das entstellte Gesicht des Halb-Amnioni verhießen in der Tat nichts als den Untergang der Menschheit. »Die Möglichkeit dazu ist vorhanden.«

Nick kannte kein Zögern. Er schob Morn auf die Amnion zu. »Schafft sie weg«, brummte er. »Dann hör ich mir Ihre Fragen an. ›Die Möglichkeit‹, daß ich sie beantworte, ›ist vorhanden‹.«

Ein Amnioni fing Morn in einem seiner Arme ab. Sie leistete keine Gegenwehr, versuchte sich nicht zu entwinden; blickte sich nicht einmal um. Ohne jeden Einspruch, als hätte sie sich längst mit ihrem Unheil abgefunden, ließ sie sich von dem Amnioni in die Schleuse führen.

In der Schleusenkammer betätigte der Alien die Türkontrollen. Leise und so fatal, wie ein Axthieb fiel, schloß sich der Eingang.

Bei diesem Anblick schoß in Nick unvermutete Wildheit empor. Ehe er sich zurückzuhalten vermochte, schrie er Vestabule an.

»Und sagen Sie dem Stück Scheißdreck da, es soll

die Scheißknarre wegtun! Ich gebe auf Ihre gottverdammten Fragen keinen Mucks von mir, solang ich befürchten muß, daß Sie mir Löcher in den Balg sengen, wenn Ihnen die Antworten nicht passen!«

Vestabule stieß einige gutturale Laute aus, die für Nick keine Bedeutung hatten. Sofort senkte der Amnioni die Waffe. Nach einer zweiten Äußerung Vestabules hakte der Wächter die Waffe an einen Hüftgurt und ließ die Hände sinken.

Nick zitterte vor ohnmächtiger Wut, biß sich auf die Lippe, um zu verhindern, daß er nochmals herumbrüllte. Auf seinen Wangen schienen die Narben sich dermaßen stramm zu dehnen, als müßte die Haut platzen. Vom einen zum nächsten Herzschlag wurde sein Widerwille gegen Marc Vestabule und alles Amnionische derartig überwältigend stark, daß er fast nicht mehr schlucken konnte. »Ja, wahrhaftig, das ist hier die Kloake des Universums«, röchelte er heiser. »Bei Gott, ich schwör's!«

Vestabule mochte erhebliche Restteile seines menschlichen Geistes zurückbehalten haben; aber er stand über allen Arten der Beleidigung. »Sie haben schon in der Vergangenheit ähnliche Bemerkungen ausgesprochen«, konstatierte er. »Allerdings ist der Sinngehalt ungenau. Korrekt beobachtet, hat nur die Menschheit ›Kloaken‹. Wir wenden andere Methoden der Abfallverarbeitung an.«

»Schon gut, ist ja auch egal«, schnauzte Nick. »Schon gut, ich hab nichts gesagt. Jetzt sind wir unter uns, Sie, ich, das Interkom, 'n bißchen Observationstechnik in den Wänden und Ihr Busenfreund mit dem Ballermann. Stellen Sie Ihre Fragen, damit ich sehen kann, wie meine Aussichten auf Verwendung der Kredit-Obligation stehen.«

Wütend rieb er sich die Wange, um die Spasmen fortzumassieren. Doch der Muskel zuckte fortgesetzt konvulsivisch, verzerrte ihm das Gesicht zur Grimasse.

»Kapitän Succorso …« Vestabule bewegte die Arme, als hätte er vor, eine Gebärde eindringlichen Zuredens zu vollführen, deren Vollzugsweise sein Körper jedoch vergessen hatte. »Wir haben nur eine Frage. Sie ist aber komplexer Natur. Warum haben Sie Station Potential angeflogen?«

Nick krampfte die Fäuste zusammen und wartete darauf, daß der Unterhändler die Frage verdeutlichte.

»Als Begründung ist von Ihnen genannt worden«, erläuterte Vestabule in ausdruckslosem Ton, »Sie bräuchten ›Beistand in einer heiklen medizinischen Angelegenheit‹ und Kredit zur Begleichung von Reparaturarbeiten an Ihrem Raumschiff. Aber Kredit kann eindeutig auf keinen Fall der Hauptgrund gewesen sein. Unsere Daten beweisen, daß Sie sich vor Verlassen des Human-Kosmos schon in Reichweite der hiesigen Werft befunden hatten. Das beweist, Sie sind zu Reparaturzwecken unterwegs nach Kassafort gewesen – und sie hatten die Mittel, um Reparaturen zu bezahlen –, bevor Sie den Kurs änderten und eine Durchquerung des Hyperspatiums riskiert haben. Damit bleibt als Anlaß Ihres Besuchs nur noch die vordergründig angeführte ›heikle medizinische Angelegenheit‹. Von zwei dafür denkbaren Erklärungen können wir nur eine verstehen. Vielleicht haben Sie ehrlich den Wunsch oder das Bedürfnis gehabt, den Nachfahren namens Davies Hyland gebären zu lassen. Das ist für uns schwer begreiflich. Indessen ist es nicht erforderlich, es zu begreifen, denn Sie selbst haben uns gezeigt, daß diese Annahme falsch ist. Ihre Bereitschaft, uns den Nachfahren zu veräußern, ist uns Beweis genug, daß Ihr Motiv nicht in seiner etwaigen Erwünschtheit liegen kann. Daher müssen wir spekulativ davon ausgehen, daß Ihr Interesse nicht dem Nachfahren als solchem galt, sondern dem Verfahren seiner Geburt.«

Komm zur Sache, hätte Nick am liebsten in höchster Wut gebrüllt, *komm zur Sache!* Aber er stand in starrer

Selbstbeherrschung da und verkniff sich, während Glut durch seine Narben pochte und in seinen Augen brannte, jedes Wort, jede Geste.

»Konkret gesagt«, fuhr Vestabule fort, »unterstellen wir, daß Sie die Absicht hatten, die Nützlichkeit des Geräts, das Sie als ›Zonenimplantat‹ bezeichnen, zum Schutz einer menschlichen Mutter vor den normalen Folgen des Fötus-Schnellwachstums zu erproben.« Einen *vollständigen, unwiderruflichen Verlust des Verstands und der psychischen Funktionen* hatte der Amnion-Geburtsmediziner angekündigt. »Aber auch gegen diese Annahme spricht ein schwerwiegender Sachverhalt. Sie haben überzeugend dargelegt, daß Sie von der Existenz des Zonenimplantats der Frau nichts wußten, als Sie die Mutter zu uns brachten. Folglich müssen wir den Rückschluß ziehen, daß Ihr Hinweis auf die ›heikle medizinische Angelegenheit‹ als reiner Vorwand zu beurteilen ist. Aber was bleibt?«

Bevor Nick Einwände erheben konnte, gab Vestabule selbst auf die Frage Antwort. »Nur Ihr Angebot, uns Ihr Blut untersuchen zu lassen. Darum sehen wir uns notgedrungen zu der Schlußfolgerung bewogen, daß dies Angebot der eigentliche Beweggrund Ihres Besuchs auf Station Potential gewesen ist. Allerdings stellt auch diese Einsicht uns nicht gänzlich zufrieden. Während Ihres vorherigen Aufenthalts bei uns haben Sie sich freiwillig der Verabreichung eines Mutagens unterzogen, das Sie hätte transformieren müssen, so wie ich transformiert worden bin. Offensichtlich ist das nicht geschehen. Durch Ihren erneuten Besuch haben Sie uns auf diese Tatsache aufmerksam gemacht. Ferner haben Sie uns durch die zugestandene Blutuntersuchung darauf hingewiesen, daß Ihre ›Immunität‹ gegen unser Mutagen Ihnen nicht inhärent ist. Ihr Blut unterscheidet sich in keiner relevanten Hinsicht von sonstigem menschlichem Blut. So ist uns von Ihnen angezeigt worden, daß Sie eine technische oder medizinische Möglichkeit kennen, um das Mutagen zu neutralisieren, es unwirksam zu machen. Kapitän Succorso, warum haben Sie das getan? Sie sind kein Freund der Amnion. Und unsere Einschätzung Ihrer Person lautet, daß Sie trotz Ihrer unsinnig waghalsigen Verhaltensweisen keine selbstzerstörerischen Tendenzen haben. Welche Erklärung bleibt da noch? Was für eine Schlußfolgerung sollen wir aus alldem ableiten, um unsere Schwierigkeiten erfolgreich ausräumen zu können?«

Vestabule musterte Nick mit seiner ausdrucksärmsten Miene. Neben dem Halb-Amnioni stand sein Begleiter oder Leibwächter in vollkommener Reglosigkeit da, ganz wie eine Kreatur, die sich zur Salzsäule verwandelt hatte.

Nick stierte die beiden an, während seine Hoffnung auf Wiedergültigmachung der Kredit-Obligation wie ein Dunstschwaden verflog.

»Jetzt kapier ich.« Es drängte ihn in solchem Maß nach Gewalttätigkeiten, daß er sich kaum noch zusammenzunehmen vermochte, aber er rang sich ein rauhes Gelächter ab. »Vorhin hab ich überhaupt nicht begriffen, wovon hier die Rede ist, aber jetzt geht mir allmählich ein Licht auf. Sie glauben, ich treibe hier irgendein unerhört verwickeltes Spiel für die Astro-Schnäpper. Sie bilden sich ein, das Ganze sei 'n Komplott ... mir wäre befohlen worden, Ihnen vorzuführen, wir könnten Ihr Mutagen neutralisieren. Um Ihnen zu zeigen, daß Sie mit Ihrem Ehrgeiz in bezug auf den Human-Kosmos zurückstecken müssen. Damit Sie merken, wir sind bereit, und zu dem Schluß kommen, es ist zu gefährlich, sich mit uns anzulegen. Und Ihre Befürchtung ist ...« – unwillkürlich ballte und löste er wiederholte Male an seinen Körperseiten die Fäuste, die es nach Vestabules Kehle juckte –, »es könnte 'n Trick sein. Daß es gar keine Immunität gibt ... oder eine so unzulängliche, daß sie gegen das Mutagen nutzlos ist. Darin sehen Sie 'n Grund für die Polente, Ihre Aufmerksamkeit darauf zu lenken. Sie vermuten, daß die VMKP mich vorschickt, um Sie zu bluffen. Sie dahin zu verleiten, daß Sie sich mit Sorgen wegen einer Gefahr befassen, die gar nicht existiert. Habe ich alles ungefähr richtig verstanden?«

Nicht einmal Vestabules menschliches Auge zwinkerte, während er Nicks Blick erwiderte.

Auch wenn Vestabule ihm Hände und Füße ins Feuer getaucht, selbst wenn der Amnioni mit der Waffe ihm den Leib aufgesengt, seine Eingeweide auf dem Deck verteilt hätte – niemals hätte Nick ihnen die Wahrheit gesagt. *Gottverflucht noch einmal, ich habe sie geliebt! Ich dachte, ihr das Kind zu gönnen, wäre die einzige Chance, um sie an mich zu binden!* Aber wahrscheinlich hätte Vestabule ihm ohnehin nicht geglaubt. Manches Leid war allzu menschlich, als daß ein Amnioni es je nachvollziehen könnte.

»Halb haben Sie recht«, schnarrte er Vestabule an, wünschte sich, jedes Wort wäre scharf genug, um bis aufs Blut zu verletzen. »Gelegentlich arbeite ich für die Astro-Bullen. Deshalb hab ich das erste Mal Station Potential angeflogen. Um die Immunität für sie zu testen. Aber ich hasse sie. Haben Sie mich verstanden, Sie Arschloch?« Bist du noch soviel Mensch, um dich an Haß zu erinnern? »Ich *hasse* sie. Wenn ich Aufträge für sie erledige, dann zu meiner Gaudi immer so, daß dabei nie genau das angestrebte Ergebnis rauskommt. Es macht mir Spaß, für sie Arbeit zu leisten, die 'n guten Eindruck hinterläßt, aber zu wenig führt.« Andernfalls hätten die Ganoven auf meinem Raumschiff mir schon längst das Kreuz ausgehängt. »Darum bin ich 'n zweites Mal zu Ihnen geflogen. Um zu bewirken, daß das, was ich letztes Mal für sie getan habe, ohne das gewünschte Resultat bleibt.«

Für einen ausgedehnten Moment betrachtete der Unterhändler Nick. »Kapitän Succorso«, sagte er schließlich in völliger Leidenschaftslosigkeit, »diese Auskunft ist unbefriedigend.«

Glaubst du, das weiß ich nicht, du ekelhafter Kotzbrocken? Denkst du dir etwa, mir wäre nicht klar, daß ihr vermutet, ich betrüge euch genauso? Die Wahrheit ist noch viel schlimmer.

Indem er auf dem Absatz kehrtmachte, als forderte er den bewaffneten Amnioni geradezu heraus, ihn in den Rücken zu schießen, entfernte Nick sich in Richtung der *Käptens Liebchen*.

Taverner, du verlogener Dreckfresser, wo bleibst du?

Als er sein Raumschiff erreichte, war der Zorn vorbei. Ähnlich wie die Hoffnung war er zerronnen und von ihm gewichen. Statt dessen verspürte er jetzt das heftige Verlangen nach Zusammensein mit jemandem, der ihn bewunderte.

Sobald die Schleusenpforte sicher und fest hinter ihm verriegelt war, ging er nicht auf die Steuerbrücke, sondern in seine Kabine. Unter Mißachtung der Feindseligkeit Mikkas, ohne Rücksicht auf das ihm drohende Desaster – so wie er den Amnioni mit der Waffe unbeachtet gelassen hatte –, benutzte er seinen Interkom-Apparat, um Liete Corregio in sein Quartier zu bestellen.

MILOS

Milos Taverner mußte warten. Für sein Empfinden war es an der Zeit, den Funken des Enthusiasmus in Angus Thermopyles Augen zum Erlöschen zu bringen, *höchste* Zeit, Thermopyle den Ausdruck übelwollenden Hoffnungsfrohsinns vom Gesicht zu fegen. Je länger er Thermopyle gestattete, etwas anderes als ausweglose Unterwerfung zu spüren, um so unbehaglicher wurde ihm zumute.

Trotzdem war er ganz einfach zum Abwarten gezwungen, während Thermopyle von Kassafort die Erlaubnis zum Anflug einholte. Bis dahin mußte er sich auf die Nukleus-Programmierung des Cyborgs verlassen. In mancher Beziehung mußten bei der Abwicklung seines Auftrags die nächsten paar Stunden die kritischste Phase werden. Thanatos Minor hatte genug Feuerkraft, um über jeden Interspatium-Scout lachen zu dürfen, egal wieviel versteckte Waffen er an Bord hatte. Zudem genoß die Schwarzwerft den Schutz der auf Reede liegenden Raumschiffe. Und zu allem Überfluß – Milos hatte diese Information den Scanningdaten sowie Kassaforts routinemäßigen Navigationsbulletins entnommen – parkten an dem Planetoiden zwei Amnion-Kriegsschiffe.

Sollte die Leitzentrale der *Posaune* die Anlegegenehmigung verweigern, steckte Thermopyle tief in der Scheiße.

Falls Thermopyle auf Ablehnung stieß, konnte Milos das Problem beheben. Aber das wollte er lieber vermeiden. Es zwänge ihn zu Einlassungen und Festlegungen; zu Handlungen innerhalb einer Zeitspanne, in der es ihm darauf ankam, sich noch alle Optionen offenzuhalten.

Während Angus Thermopyle mit der Leitzentrale kommunizierte, entzündete Milos sich eine Nik und fügte sich nervös ins Warten.

Thermopyle hatte der Leitzentrale alle erforderlichen Daten übermittelt: Identifikations- und Registrierungsnummer des Schiffs, Namen des Kapitäns und der Crew. Er hatte eine Besucher-Parkbucht erbeten. Momentan tippte er seiner Tastatur pausenlos Befehle ein, verglich sie mit den in seinem internen, ihm implantierten Computer gespeicherten Daten, murmelte dabei auf eine Weise vor sich hin, als summte er etwas.

Doch Kassaforts Leitzentrale gab keine Antwort.

Was mochte die Ursache des Schweigens sein?

Die entfernungsbedingte Zeitverzögerung war minimal. Und Thermopyle war schon mehrmals in Kassafort gewesen; wahrscheinlich kannte er die Anflugroute zur Schwarzwerft ziemlich gut. Wo also blieb die Antwort? Was dachte man sich dabei in der Leitzentrale?

Nein. Milos konnte nicht warten. Er hätte dazu fähig sein sollen; aber es gelang ihm schlichtweg nicht. Trotz aller Beschwichtigungen durch Hashi Lebwohl hatte er tief im Innersten viel zuviel Furcht vor Angus Thermopyle, um Geduld zu haben.

Er verpaffte Qualm, den die Luftfilteranlage an- und aufsaugte. Erst vergewisserte er sich, daß die Funkgeräte der *Posaune* gegenwärtig nicht sendeten, auf ihren Frequenzen Stille herrschte. Dann öffnete er die Gurte seines G-Andrucksessels und überließ sich der Nullschwerkraft.

Um zur Erzeugung einer Bordschwerkraft Eigenrotation einzusetzen, war das Raumschiff zu klein. Aber Milos hatte im VMKP-HQ ein kurzes Null-G-Training genossen. Er verschaffte sich Halt an der Rückenlehne des Andrucksessels, dann stieß er sich vorsichtig in die Richtung der Kommandoposition ab.

»Bleiben Sie sitzen«, maulte Angus Thermopyle halblaut über die Schulter. »Ich muß mich konzentrieren.«

Milos schwebte zwei Meter weit an Thermopyles Seite. Umsichtig duckte er sich dicht neben ihn, bis ihre Köpfe sich beinahe berührten.

»Josua.« Er sprach leise, aber deutlich. »Sie erhalten jetzt von mir einen Dauerbefehl. Unter Bezugnahme auf Codewort Jericho.« Das Codewort bedeutete die maximale Priorität, die Milos seinen Anweisungen an den Cyborg geben, verlieh ihm nachdrücklichste Autorität, die er über ihn ausüben konnte. Lebwohl zufolge hatten nur die fundamentalsten Grundvorschriften in Thermopyles Data-Nukleus die Möglichkeit, einen unter Hinweis auf Codewort Jericho erteilten Befehl zu korrigieren. »Wenn ich Ihnen befehle, den Mund aufzumachen, gehorchen Sie jedesmal. Sie brauchen dazu das Stichwort ›Josua‹ nicht zu hören. Danach kauen und schlucken Sie ganz normal.« Milos mochte keine Verwicklungen erleben. »Sie führen den Befehl aus«, fügte er deshalb hinzu, »ohne sich dadurch bei irgendeiner anderen Tätigkeit behindern zu lassen, die Sie zu verrichten haben.«

Der Gedanke, daß Thermopyles Data-Nukleus seine Äußerungen aufzeichnete und speicherte, daß Dios oder Lebwohl davon erfahren könnten, störte Milos nicht. Viel mehr interessierte ihn der Umfang, in dem die Programmierung des Cyborgs es ihm ermöglichten, eine Schädigung zu verhüten. Die Jericho-Priorität sollte jeden Instinkt, der schwächer war als der Selbsterhaltungstrieb, unterdrücken können.

Angus Thermopyle tippte an seiner Konsole einige Tasten und checkte die Anzeigen, als hätte er gar nichts gehört.

»Machen Sie den Mund auf«, befahl Milos mit gedämpfter Stimme. Ein für ihn gänzlich untypisches Grinsen verzog sein Gesicht.

Thermopyle öffnete den Mund.

Bedächtig warf Milos seine brennende Nik auf Angus' Zunge.

Ein Aufleuchten der Erkenntnis erhellte Thermopyles Blick – ein kohlschwarzes Glänzen des Hasses. Blitzartig verzerrte Schmerz sein Froschgesicht, unwillkürlicher Ekel brachte seine Hände zum Zucken.

Dennoch kaute er kurz auf der Nik; und schluckte sie hinunter. Nachdem seine Finger sich flüchtig verkrampft hatten, senkten sie sich zurück auf die Tasten.

»Amüsieren Sie sich ruhig«, raunte er schwerfällig, als ob die Schmerzen ihm die Zunge lähmten. »Lang wird's nicht so bleiben.«

»Doch, wird es. Sie wissen, daß es so bleibt.« Aus irgendeinem Grund fühlte Milos sich unvermindert bedroht. Seine Macht über Angus Thermopyle hätte ihn beruhigen sollen, hatte aber keine solche Wirkung. In seinem Innersten, dort, wohin gesunder Menschenverstand und reine Vernunft nie reichten, befürchtete er, Thermopyles unbedingte Bösartigkeit könnte unbesiegbar sein. Leider durfte er sich im Moment keine weiteren, gründlicheren Proben aufs Exempel erlauben. »Mich ins Boxhorn jagen zu wollen, ist pure Zeitverschwendung«, versicherte er, um sein Unbehagen zu übertünchen. »Ich bin nie so blöde gewesen, wie Sie von mir geglaubt haben.«

»Wirklich nicht?« fragte Angus Thermopyle gedehnt. »Dann nehme ich an, Sie sind sich die ganze Zeit hindurch darüber im klaren gewesen, ich hätte jederzeit, wenn ich's gewollt hätte, Ihre Komplizenschaft mit Succorso nachweisen können. Ich denke mir, Sie waren sich dessen bewußt, daß ich Ihnen 'n Gefallen tu, wenn ich Stillschweigen bewahre. Deshalb haben Sie sich mir ja so erkenntlich gezeigt. Das häufige Stunning, die vielen Prügel und all die schlechte Behandlung waren bloß Ihre Art, sich zu bedanken.«

»Ach, halten Sie's Maul!« Angewidert schwebte Milos zum Sitz des Ersten Offiziers zurück. »Mich können Sie nicht für dumm verkaufen, glauben Sie mir. Ich bin von der Abteilung Datenaquisition für unseren Flug geschult worden. Ich weiß, wozu Sie imstande und wozu Sie außerstande sind. Wahrscheinlich sogar besser als Sie.« Es wäre ihm lieber gewesen, soviel Abstand wie möglich zwischen sich und Thermopyle zu haben; wäre er nicht so gespannt auf den Bescheid der Leitzentrale gewesen, hätte er die Steuerbrücke verlassen. An den Sicherheitsgurten zog er sich auf seinen Sitz hinab und schnallte sich wieder im G-Andrucksessel fest. »Hätten Sie so was beweisen können oder bloß einen entsprechenden Verdacht gehabt, Sie hätten doch gesungen bis zum Abwinken.«

Während er auf die Tasten einhämmerte, lachte Angus Thermopyle. Sein Lachen erinnerte an den gleichzeitigen Betrieb eines Fleischwolfs und einer Knochenmühle. »Die Leitzentrale funkt ständig Bulletins mit den Identifikationen und dem Status aller hier befindlichen Raumschiffe. Illegale halten sich ungern in 'ner Gegend auf, wo sie nicht wissen, wer in der Nähe ist. Offenbar hat die *Käptens Liebchen* schon angelegt. Vielleicht finden wir ja 'ne Gelegenheit, mit Scheißkapitän Schluckorso höchstpersönlich über die Frage zu diskutieren, was ich wußte oder nicht wußte.«

»Sie lügen«, erwiderte Milos, weil ihn schauderhaft die Sorge quälte, Thermopyle könnte die Wahrheit sprechen. »Wenn Sie sich so leicht hätten von allem Ärger befreien können, warum haben Sie's nicht getan? Welchen Grund wollen Sie heute dafür noch nennen?«

Angus setzte zu einem neuen Lachen an, unterbrach sich jedoch schlagartig und glotzte auf eine Mattscheibe. »Da kommt die Antwort.«

»*Posaune,* hier Leitzentrale Kassafort.« Trotz der Entfernung und dadurch verursachten Verzerrung klang die Stimme, die aus den Lautsprechern der Steuerbrücke ertönte, lakonisch und nach humorigem Zynismus. »Wissen Sie bestimmt, daß Sie's sich nicht noch überlegen möchten? Es könnte günstiger für Sie sein, wenn Sie schleunigst umdrehen und abhauen.«

Mit einem rohen Hieb schaltete Angus Thermopyle sein Mikrofon ein. »*Posaune* an Leitzentrale. Ich höre Sie.« Wegen der Brandwunde auf seiner Zunge sprach er langsam. »Würden Sie mir was mitteilen, dem irgendein Sinn abzugwinnen ist, könnte ich Sie vielleicht sogar verstehen. Was ist los? Soll ich mit der Anmeldung noch mal von vorn anfangen? Ich bin Kapitän Angus Thermopyle. Mein Erster Offizier ist Milos Taverner. Wir zwei sind allein an Bord. Die Identifikationsdaten unseres Raumschiffs lauten ...«

»Ihre Identifikation liegt vor«, fiel die Leitzentrale ihm ins Wort. »Lassen Sie den Humbug, Kapitän. Sie sollen sehr raffiniert sein ... Falls Sie wirklich Angus Thermopyle sind. Zweifellos ist Ihnen klar, wo das Problem liegt.«

»Geben Sie mir 'n Tip«, forderte Thermopyle. »Ich war 'ne Zeitlang aus 'm Verkehr gezogen. Ich kann nicht ahnen, was sich hier seit meinem letzten Besuch verändert hat.«

»Es ist die Identifikation Ihres Raumfahrzeugs.« Man hätte meinen können, Kassaforts Leitzentrale und Angus Thermopyle beschäftigten sich mit einem Spiel, an dem beide Parteien insgeheim Vergnügen hatten. »Da liegt das Problem. Name *Posaune.* Interspatium-Scout der Kompaktklasse. Unbewaffnet. Ein *VMKP-Raumschiff,* heißt's hier. Sind Sie jetzt im Bilde, Kapitän? Haben Sie's endlich gerafft?«

»Ich verstehe nur eins«, entgegnete Thermopyle in streitbarem Tonfall, der möglicherweise auf Vorspiegelung beruhte, »nämlich daß Sie Ihre Aufgabe nicht erfüllen. Ich spreche nun mal ganz langsam, damit Sie eine einwandfrei Aufzeichnung erhalten. Ich heiße Angus Thermopyle. Ich bin schon in Kassafort gewesen, es kann also ein Vergleich des Stimmprofils erfolgen, der Sie von der Richtigkeit meiner Angaben überzeugen wird. Mein Erster Offizier ist Milos Taverner. Bis vor kurzem« – er feixte Milos grimmig an – »war er Stellvertretender Sicherheitsdienstleiter der Kombi-Montan-Station. Sie können mit ihm reden, wenn Sie darauf Wert legen, aber 'n Nutzen brächt's nicht. *Er* ist noch nie bei Ihnen gewesen. Melden Sie sich wieder, wenn Sie sicher sind, wer ich bin. Dann sind Sie vielleicht dazu in der Lage, mir ausreichend vernünftige Fragen zu stellen, damit ich sie beantworten kann. *Posaune* Ende.«

Milos zündete sich die nächste Nik an und inhalierte angestrengt Rauch, damit er nichts tat oder sagte, was Thermopyle verraten könnte, was für einen Bammel er hatte. Er wartete, bis er seiner Stimme wieder zutraute, einen festen Ton anzuschlagen. »Und nun?« fragte er dann.

»Gar nichts. Wenn sie soweit sind, daß sie ernsthaft mit uns reden wollen, melden sie sich noch einmal.« Angus Thermopyle war keinerlei Besorgnis anzumerken. »Sie haben die Stimmprofile längst verglichen. Sie scheißen uns bloß an, um zu sehen, wie wir reagieren.«

Milos nuckelte an seiner Nik und gab sich alle Mühe, um seine Besorgnis zu verdrängen. Daß man der *Posaune* in Kassafort mit Mißtrauen begegnete, war nur *natürlich;* und *selbstverständlich* hatte man die Programme des Cyborgs so geschrieben, daß er Kassaforts Argwohn ausräumen konnte. Es gab keine Veranlassung zur Sorge.

Milos sorgte sich trotzdem. Er hatte schon den Hals in der Schlinge. Je enger sie sich zuzog, um so schwieriger wurde es, ihr zu entgehen.

Eine geringfügiges Verspannen der Körperhaltung

Thermopyles kündete Milos Kassaforts Entgegnung an, unmittelbar bevor sie aus den Lautsprechern drang. »Leitzentrale Kassafort an *Posaune.* Wir raten Ihnen, sich mit Ihren Auskünften zu beeilen. Und es wäre besser für Sie, wenn sie uns zufriedenstellen. Zu irgendwelchem Scheiß sind wir nicht in der Laune.«

Thermopyle betätigte einen Schalter. »Leitzentrale, hier spricht Kapitän Thermopyle. Mir ist klar, daß Sie zu keinem Scheiß in der Laune sind. Schließlich haben Sie mit sich selbst genug Scheiße am Hals. Allerdings wär's ganz nützlich, würden Sie mir wenigstens in Andeutungen mitteilen, welche Auskünfte Sie eigentlich von mir verlangen.«

»Sie aufgeblasener Schleimbeutel, Sie wissen genau, was wir von Ihnen wissen wollen.« Der Sprecher der Leitzentrale erweckte trotz der rüden Erwiderung keinen Eindruck, als sähe er in Thermopyles Starrsinn einen sonderlichen Anlaß zur Aufregung. »Wir wünschen, daß Sie uns Ihr Auftauchen plausibel erklären. Das letzte, was wir von Ihnen gehört haben, war nämlich, daß Sie im KombiMontan-Knast sitzen. Und jetzt sind Sie plötzlich hier, fliegen ein VMKP-Raumschiff, und Ihr einziges Besatzungsmitglied ist ein Stellvertretender Sicherheitsdienstleiter der KombiMontan. Von mir aus nennen Sie mich 'n Hyperspatialspinner, aber das sieht mir doch verdammt nach faulen Machenschaften aus. Wir wollen von Ihnen einen triftigen Grund hören, weshalb wir Sie nicht, sobald Sie in Schußweite sind, bis auf die Sackhaare verschmoren sollten. Ist diese ›Andeutung‹ Ihnen einsichtig genug, oder muß ich noch deutlicher werden?«

»Ach, das genügt«, schnob Thermopyle ohne das mindeste Zögern. »Ich verstehe zwischen den Zeilen zu lesen. Sie glauben, ich hätte mit den Astro-Schnäppern 'n Abkommen getroffen. Daß sie mich aus 'm Karzer gelassen hätten, und ich bräuchte dafür nichts anderes zu erledigen, als mit einem ihrer Raumer in 'n

Bannkosmos zu fliegen, an Bord einen ihrer Hiwis, und für sie irgendeine Chose abzuziehen. Vielleicht Kassafort zu sprengen, was? Hab ich recht? Ist es das, was Sie denken? Für wie *beknackt* halten Sie mich eigentlich? Und für wie dämlich halten Sie die *Polente?* Ist der Kassierer etwa auf seine alten Tage zum Nullwellenhirnchen geworden?«

»Kapitän Thermopyle«, lautete die ungnädige Antwort der Leitzentrale, »wir denken uns, was uns paßt, verdammt noch mal, bis Sie uns etwas Glaubwürdiges zu erzählen haben. Ihnen bleiben drei Alternativen. Sie können schnellstens abzischen. Sie können anfliegen und von uns geröstet werden. Oder Sie geben uns eine überzeugende Erklärung. Uns ist es gleich, welche Möglichkeit Sie sich aussuchen. Aber ich ganz persönlich garantiere Ihnen, daß Sie sich für eine davon entscheiden müssen.«

»Blödsinn!« Thermopyle grinste, als wollte er den Gesprächspartner höhnisch anfeixen. »Wer sagt denn, daß 's Ihnen einerlei ist, was ich tu? Selbst wenn der Kassierer inzwischen hirntot sein sollte, dürfte ihm klar sein, er muß wissen, was los ist. Wenn Sie mich rösten, erfährt er gar nichts. Fliege ich woanders hin, auch nichts. So oder so sind dann Sie ›ganz persönlich‹ ein vorrangiger Kandidat für 'ne BR-›Verbesserung‹. Falls Sie nicht schon aufgemotzt sind. Also hören Sie mal genau her. Ich möchte mich nicht wiederholen müssen. Und schalten Sie 'n Stimmprofilmonitor zu, damit Sie gleich sehen, sobald Sie mich hören, daß ich die Wahrheit spreche … Jawohl, ich hab im Knast der KombiMontan-Station gesessen. Wegen Entwendens von Stationsvorräten hatte man mir Lebenslänglich aufgebrummt. Sie sind völlig richtig informiert. Aber der Stationssicherheitsdienst war sauer, weil man mich nicht wegen was Üblerem verknacken konnte. Darum ist der Stellvertretende Sicherheitsdienstleiter Milos Taverner auf mich angesetzt worden, um mich zur Schnecke zu machen. Er sollte mich kleinkriegen und« – die nächsten Worte knurrte er geradezu – »meine geheimsten Geheimnisse aufdecken. Aber daraus ist nichts geworden, also haben die Astro-Schnäpper sich eingemischt, die Vereinigte-Montan-Kombinate-Polizei selbst.« Wahrscheinlich brauchte Thermopyle keine Unterstützung seitens seiner Z-Implantate, um im einen Satz so seelenruhig die Wahrheit zu äußern, wie er im nächsten Satz log. »Ich bin von ihr beim KombiMontan-Sicherheitsdienst angefordert und ins VMKP-HQ befördert worden ... Zusammen mit Milos, weil er mich vermutlich besser als jeder andere kennt. Ich nehme an, dabei hat die Polente sich auf das neue Autorisierungsgesetz berufen. Und es kann sein, sie waren darüber ganz froh, daß Milos 's nicht geschafft hat, mich auszuquetschen. Vielleicht wollten sie meine Kenntnisse für sich allein haben.«

Mikos schmiß die Kippe der Nik aufs Deck und zündete sich einen neuen Glimmstengel an, um das Zittern seiner Hände hinter blauem Dunst zu verbergen.

»Und nun wird die Geschichte interessant«, schnarrte Angus. »Ich hab in meinem Leben schon 'ne Menge verbrochen, aber nicht das, wofür ich abgeurteilt worden bin. Man hat mich in 'ne Falle gelockt. Glauben Sie mir nicht? Fragen Sie doch Kapitän Succorso. Er parkt bei Ihnen, stimmt's? Fragen Sie ihn. Er ist nämlich derjenige, der mir die Falle gestellt hat. Und deshalb ist den Astro-Schnäppern zu guter Letzt aufgefallen, daß Succorso, wenn ihm das gelungen ist, Hilfe gehabt haben muß ... Komplizen beim Sicherheitsdienst der KombiMontan-Station. Da merkte Milos natürlich, wie ihm unter den Füßen der Boden heiß wurde. Er hatte Succorso zu den Materialien verholfen, die benutzt worden sind, um mich reinzulegen. Die beiden haben jahrelang zusammengearbeitet. Also war's bloß 'ne Frage der Zeit, bis die Astro-Schnäpper ihn am Schlafittchen faßten. Mit seinen Gaunereien war's aus. Bald würde man ihn verhaften und voraussichtlich, nachdem seine Aussagen vorlägen, für seine Verfehlungen zum Tode verurteilen. Ist doch verständlich, daß ihm diese Aussicht nicht sonderlich gefiel, was? Aber wie konnte er sich da rauswinden? Er saß im VMKP-HQ fest. Daß man ihn gehen ließ, brauchte er nicht zu erwarten, folglich hat er eine Flucht geplant. Milos kann kein Raumschiff steuern. Was sollte er anfangen? Er hat mich rausgeholt, bevor die Bullen ihn suspendierten. Wir sind zum Dock geschlichen, haben die Crew der *Posaune* überwältigt und sind dank ihrer Id-Plaketten an Bord gelangt. Mit Milos' Dienstcodes haben wir uns die Genehmigung zu 'm Trainingsflug geben lassen. Ehe man im VMKP-HQ raffte, was geschah, wechselten wir in die Tach und nahmen Kurs auf Kassafort. Ende der Geschichte.« Thermopyle verlegte sich auf einen sardonischen Ton. »Wie gefällt sie Ihnen?«

Aufgrund einer Anwandlung, die an Panik grenzte, schaltete Milos sein Mikrofon an. »Zu gefallen braucht's ihnen nicht«, meinte er zu Thermopyle, so daß die Leitzentrale es hörte. »Reden Sie nicht so feindselig mit denen. Schließlich können wir nicht umkehren. Es geht nur darum, daß wir bleiben dürfen.«

Er rechnete damit, daß der Cyborg ihn unterbrach. Aber Thermopyle ließ beide Mikrofone in Betrieb. »Ach, halten Sie doch die Fresse, Milos«, brauste er auf. »Sie machen bloß alles noch schlimmer.«

Wider Willen lief Milos rot an. Der Wortwechsel war lediglich ein weiteres kalkuliertes Risiko in Thermopyles Zank mit der Leitzentrale gewesen. Aller Wahrscheinlichkeit nach kannten sowohl er wie auch die Leitzentrale schon das Ergebnis. Nur er, Milos, mußte hier aus Unwissenheit und Furcht vor sich hinschwitzen.

Für einen Augenblick schwieg die Leitzentrale. »Was haben Sie zu verkaufen, Kapitän Thermopyle?« kam es schließlich aus den Lautsprechern.

Angus Thermopyle täuschte einen Wutausbruch vor. »Überhaupt nichts hab ich zu verkaufen!« brüllte er. »Ich bin auf der Flucht! Geht das eigentlich nicht in Ihre dämliche Birne? Der Scheißpolente bin ich durchgebrannt, verdammt noch mal! Ich bin bloß hier, weil ich keinen anderen Ausweg weiß!«

»Und wie«, erkundigte sich der Sprecher der Leitzentrale voller genüßlicher Häme, »wollen Sie die Inanspruchnahme des Liegeplatzes und unserer übrigen Einrichtungen bezahlen?«

Sofort wies Thermopyle nachgerade gebieterisch mit dem Finger auf Milos.

Seufzend beugte Milos sich übers Mikrofon. »Leitzentrale, hier spricht Milos Taverner. Bei der Zusammenarbeit mit Kapitän Succorso habe ich beträchtlich Geld verdient. Natürlich konnte ich's nicht in der KombiMontan-Station rumliegen lassen. Es ist in einem Safe auf Station Terminus.« Diese Unwahrheit, die Hashi Lebwohl mit ihm verabredet hatte, stand der Wahrheit so nah, daß er sie mit minimaler Stressbelastung aussprechen konnte. »Verifikation folgt.«

Mit so sicherer Hand, wie er es momentan fertigbrachte, speiste er dem Funkgerät der *Posaune* die für die Leitzentrale erforderlichen Informationen ein.

»Daten eingegangen«, gab die Leitzentrale in merklich unpersönlicherem Stil durch. »Bleiben Sie auf Kurs, bis Sie von uns Bescheid erhalten, *Posaune.* Leitzentrale Ende.«

Von da an drang kein Ton mehr aus den Lautsprechern.

Milos hätte gleichfalls Schweigen bewahren sollen: darüber war er sich völlig im klaren. Aber er konnte es nicht. Zuviel Spannung hatte sich in ihm gestaut; zu abhängig war er von Leuten, die er nicht begriff und auf die er keinen Einfluß hatte. »Und was nun?« fragte er zum zweitenmal, bemühte sich um einen neutralen Tonfall.

Angus Thermopyles Schmunzeln geriet so eindringlich wie ein Hohnlächeln. »Jetzt reden Sie mit Ihrem Kumpel, Scheißkapitän Schluckorso.«

Milos versuchte, sich auf alles zu besinnen, was er über Nick Succorso wußte; versuchte sich auszumalen, welche Befehle die Abteilung DA der *Käptens Liebchen* erteilt haben mochte. »Wird er denn Ihre Angaben bestätigen?« fragte er voller Zweifel.

Thermopyle fluchte. »Selbstverständlich nicht.« In seiner Stimme kam trotzdem ein Anklang grimmiger Befriedigung zum Ausdruck. »Und genau deshalb«, erklärte er, »wird man uns den Anflug gestatten.«

Milos konnte sich nicht zurückhalten. »Kommt mir nicht logisch vor.«

»Ist es aber. Sie sind bloß zu saudumm, um's zu raffen.« Angus Thermopyles gelbe Augen strotzten von Drohungen. »Betrachten Sie die Situation doch mal aus der Sicht des Kassierers. Er hat zwei Amnion-Kriegsschiffe vor der Haustür. Die *Käptens Liebchen* liegt bei ihm auf Astro-Reede. Sie ist weit im Amnionraum gewesen, bei Station Potential. Scheißkapitän Schluckorso hat sich mit den Amnion irgendwelche Schwierigkeiten eingehandelt. Deshalb sind die Kriegsschiffe da. Vielleicht sind sie sogar hinter Min Donners wertvoller Morn Hyland her.« Er sprach Hylands Namen wie eine Zotigkeit aus. »Der Kassierer steht schon bis zum Arsch in 'm Schlamassel, um den er nicht gebeten hat und auf den er wahrhaftig nicht scharf sein kann. Und jetzt tauchen plötzlich wir auf…«

Immer deutlicher klangen auch Thermopyles Erläuterungen wie Drohungen. »Ungefähr das vorteilhafteste, was man aus seiner Warte über uns sagen kann, ist ja wohl, daß wir 'ne Gefahr verkörpern. Vor allem zum jetzigen Zeitpunkt. Aber obendrein besteht auch noch eine Verbindung zwischen uns und Scheißkapitän Schluckorso. Wir behaupten, daß er unsere Darstellung der Ereignisse bestätigen kann. Das sieht doch ganz so aus, als wären wir seinetwegen hier, oder nicht? Aber sobald Succorso sich weigert, hat der Kassierer gar keine andere Wahl, er muß uns nach Kassafort lassen. Wenn wir dort auf Reede liegen, hat er uns in der Gewalt. Auf diese Weise besteht die Aussicht, daß er sich gegen alles übrige, was möglicherweise hinter den Kulissen vorgeht, schützen kann.«

Endlich rang Milos sich zu genug Entschlossenheit durch, um sich weitere Fragen zu verkneifen. Die Fragerei stellte zu sehr seine Unkenntnis bloß; seit er mit der Aufgabe gestraft worden war, Angus Thermopyle im Verhör weichzuklopfen, hatte stets jede seiner Fragen einen viel zu verräterischen Charakter gehabt. Ganz gleich, wie nachhaltig er sich verdeutlichte, daß er noch Geheimnisse kannte, hinsichtlich Thermopyles – und damit ebenso in bezug auf Hashi Lebwohl – noch jede Menge Optionen hatte, es schien, als brächte jede Stunde, die verstrich, ihn weiter unter die Fuchtel des Cyborgs. Er brauchte Sicherheit; *benötigte* sie ...

Er saugte Rauch in die Lungen, während sein Unterleib und die Achselhöhlen schweißgebadet waren, sein Herz wummerte, und zwang sich zum Abwarten.

Knapp zehn Minuten vergingen, bis Kassafort sich wieder meldete.

»*Posaune,* hier spricht die Leitzentrale«, sagte die lakonische Stimme. »Wir gewähren Ihnen Einflugserlaubnis. Kursvektoren und Liegeplatzinformationen folgen.«

Über die Monitoren der Steuerkonsole wanderten Zahlen.

»Machen Sie's nicht so spannend, Leitzentrale«, rief Thermopyle hastig. »Was hat Kapitän Succorso über mich erzählt?«

»Sperren Sie die Ohren auf«, rügte der Sprecher der Leitzentrale ihn unwirsch. »Ich bin noch nicht fertig. Sie erhalten die Genehmigung unter einer Bedingung.

Sie dürfen nicht abfliegen, bevor Sie unseren Klärungsbedarf gedeckt haben.«

»Sie meinen« – Thermopyle tarnte sein Grinsen mit mürrischem Gebrummel –, »Kapitän Succorso lehnt es ab, meine Aussage zu bestätigen?«

»Er lehnt es ab, überhaupt mit uns zu reden«, antwortete die Leitzentrale. »Wir lassen Sie nicht fort, ehe Sie ihn dazu bewogen haben, uns davon zu überzeugen, daß wir Ihnen trauen können. Wenn Sie nun doch abdrehen wollen, dann am besten sofort. Sie befinden sich schon in Schußweite der Amnion-Defensiveinheit *Stiller Horizont*. Leitzentrale Ende.«

Das plötzliche Schweigen rauschte in Milos' Augen wie das eigene Blut. Ihn packte ein Schauder, der auf Erleichterung hätte beruhen müssen. Im ersten Moment konnte er sich nicht einmal zum Luftholen zwingen.

Da drosch Angus Thermopyle eine Faust auf seine Konsole. »Jetzt *hab* ich euch, ihr Schweinepriester!« grölte er.

Milos ließ den Atem entweichen, als wären Worte der Erlösung erklungen.

So.

Endlich war das Warten ausgestanden.

Er hatte den Hals nicht von sich aus in die Schlinge gesteckt. Die ganze Angelegenheit war ihm zuwider. Und nun konnte er dagegen etwas unternehmen.

Während Thermopyle Kassaforts Instruktionen computerverarbeitete, schnippte Milos die Nik beiseite und löste zum zweitenmal die Sicherheitsgurte. »Das hat Zeit«, sagte er, während er, selbst erfüllt von Genugtuung, zur Kommandoposition hinüberschwebte. »Ich habe Ihnen etwas zu sagen.«

Angus Thermopyle kümmerte sich nicht um ihn; auf den Bildschirmen war zu erkennen, daß der Cyborg die Steuercomputer darauf einstellte, die Anweisungen der Leitzentrale automatisch zu befolgen.

»Josua«, ordnete Milos an, sobald er sich wieder Halt an Thermopyles Rücklehne verschafft hatte. »Lassen Sie das. Hören Sie mir zu.«

Gefüge wie ein Apparat senkte Thermopyle die Hände. Ein Ruck durchfuhr ihn, als hätte er vor, den Kopf zu drehen; doch eine gefühlsmäßige Hemmung oder ein Programmbefehl hinderte ihn daran.

»Josua«, säuselte Milos leise hinter Thermopyles Kopf, »Sie wissen über die Gründe unseres Hierseins alles, was man Ihnen zu wissen zugestanden hat.« Wen er mit ›man‹ meinte, mußte er nicht erklären. »Ihnen ist ein gewisser Zugriff auf den Datenspeicher möglich, auf manche der Informationen, die Sie brauchen. Mit der Zeit sollen es mehr werden. Aber Ihnen ist nicht mitgeteilt worden, warum *ich* dabei bin.«

In Angus Thermopyles Schulter zuckte ein Muskel. Vielleicht wehrte er sich gegen die Unterjochung durch das Zonenimplantat.

»Bei der VMKP glauben sie, sie hätten's getan«, sagte Milos. »Man bildet sich ein, meine Anwesenheit gut genug erklärt zu haben, um Ihr Funktionieren sicherzustellen.« Und sie denken, sie wüßten die Wahrheit, ob sie Sie eingeweiht haben oder nicht. »Aber sie irren sich. Ich habe selbst meine Gründe. Und jetzt ist es soweit, daß wir uns mit ihnen befassen… Angus Thermopyle« – Milos sprach mit voller Inbrunst seines Herzens – »Sie sind ein Brechmittel. Sie sind mir hochgradig widerlich. Ihre Gewalttätigkeit ekelt mich an. Ihre ganze Person ist zum Kotzen. Ihre gesamte Einstellung ist mir abscheulich. Alles was Sie tun und alles was Sie sind, ist nach meinem Empfinden scheußlich. Aber am widerwärtigsten als alles übrige ist die Tatsache, daß ich hier Ihren Untergebenen spielen muß. Von Ihnen Anweisungen entgegennehmen zu müssen, reicht mir schon, aber dabei auch noch so was wie Sie anzusehen und zu *riechen*, das ist der Gipfel des Gräßlichen. Das werden wir nun ändern.«

Milos öffnete die Verschlüsse seiner Bordmontur. »Los, Josua«, ermunterte er den Cyborg im Tonfall des Behagens. »Fragen Sie mich, was das heißen soll.«

Angus Thermopyles Stimme entpreßte sich seiner Kehle, als hätte sich deren Muskulatur verknotet. »Was soll das heißen?«

Vom innersten Mark seiner Glieder bis in die Nervenspitzen kannte Milos Taverner sich mit Demütigung und Machtausübung aus. Zum erstenmal seit Monaten – vielleicht das erste Mal seit Jahren – erlebte er einen Augenblick des Glücks. Er ließ die Bordmontur fahren, nahm die Hand von der Rücklehne des G-Andrucksessels und packte statt dessen die Armlehne. »Es heißt«, gab er mit vieldeutigem Lächeln zur Antwort, »Sie werden Ihre faulige Flappe benutzen, um mich sauberzuhalten.«

Unter sorgfältiger Berücksichtigung der erforderlichen Codes, damit nichts schiefgehen konnte, beschrieb Milos in aller Genauigkeit, was ›Josua‹ zu tun hatte.

Später, als der Schmutz von seinem Körper entfernt worden war und sein Gemüt sich von der Furcht befreit hatte, gab Milos unter Berufung auf die Jericho-Priorität einen Befehl, der dafür sorgte, daß Angus Thermopyle ihm fortan die uneingeschränkte Anwendung der Kommunikationsanlagen der *Posaune* gestattete.

VEREINIGTE MONTAN-KOMBINATE
Kurzer historischer Abriß
(Erster Teil)

Unter öffentlicher Betrachtung präsentierte sich der Aufstieg der Vereinigten Montan-Kombinate als Paradebeispiel für die Ausnutzung wirtschaftlicher Macht.

Wie wurde die VMK so groß? Wie kam es dahin, daß die VMK die Aktivitäten der Menschheit im Weltall nicht nur lenkte, sondern sogar polizeilich überwachte? Wie war es möglich, daß sie die Regierungen der Erde aus ihrer althergebrachten (obwohl im wesentlichen von Eigenmächtigkeit gekennzeichneten) Staatsgewalt über ihre Bürger verdrängten? Aufgrund welchen Rechts entwickelte sich die VMK zum einzigen offiziellen Handelsvertreter – und somit zum einzigen tauglichen Schutzfaktor – zwischen der Menschheit und den Amnion? Wie konnte es geschehen, daß ein ›normales privates Wirtschaftsunternehmen‹ die Verantwortung für das Schicksal des gesamten Menschengeschlechts an sich riß?

Auf alle diese Fragen gab es nur ein und dieselbe Antwort: ökonomische Stärke.

Suchte man ein Bindeglied, um die Zusammenhänge deutlich zu machen, ließ sich auf die Erfindung des Ponton-Antriebs verweisen. Ohne die Möglichkeit, interstellare Entfernungen zurückzulegen – d. h., den Weltraum zu erforschen und sich darin auszubreiten –, hätten Fragen von dieser Tragweite nie aufgeworfen werden können.

In der Zeit, während Dr. Juanita Estevez Gefahr lief, sich selbst und die AstroLabor-Station mit dem ersten

Prototyp des Ponton-Antriebs auszuradieren, litt die Erde unter einer Periode politischer und ökonomischer Stagnation; eine Phase derartiger Atrophie, daß mehr als nur ein paar Analytiker die Schlußfolgerung zogen, der Planet hätte nicht nur seine Ressourcen erschöpft, sondern zudem die Fähigkeit zur Problemlösung verloren. Über einhundertfünfzig eigenständige Nationen waren in eine derartige wechselseitige Abhängigkeit gelangt, daß Krieg nicht mehr als gangbarer Weg zu politischer und wirtschaftlicher Neubelebung galt. Durch dieselbe allgemeine Verflechtung stand allerdings jede der Nationen unter dem Zwang, den Verfall ihrer Nachbarn zu teilen. Mit anderen Worten, die Bewohner des Planeten gingen an eben dem zugrunde, was sie am Leben erhielt.

Ohne genügend fossile Brennstoffe, die eine billige Energieproduktion erlaubt hätten (außer im Weltall waren Fusionsgeneratoren im Bau und im Unterhalt unzumutbar kostspielig), ohne genug Bäume zur Sauerstoffanreicherung der Atmosphäre, ohne neue an der Stelle der verbrauchten Rohstoffe, bar jeder adäquaten Methode, um Abfall sinnvoll zu verwerten oder ihn ohne neue Umweltschädigung zu entsorgen sowie in Ermangelung aller Herausforderungen oder Kriege, die zur Begeisterung angestiftet bzw. Innovationsdruck erzeugt hätten, glich die Erde mittlerweile einer scheinbar endlosen Liste von Dingen, die ihren Bewohnern fehlten. Es sah so aus, als hätte der Planet die eigene Zukunft sabotiert.

Im Rahmen einer letzten Anstrengung, um den eigenen Fortbestand zu sichern, gründete eine Anzahl von wirtschaftlicher Unternehmen und quasikommerzieller Firmenkonglomerate private Weltraumstationen. Es handelte sich um Forschungseinrichtungen, überwiegend reine Hoffnungsprojekte: riesige Orbitallaboratorien, Hydroponiehabitate, Startbasen für Sonden zu den äußeren Planeten sowie HighTech-Entwicklungszentren. Der erklärte Zweck dieser kolossalen Investitionen sollten Entdeckungen sein, die der Menschheit wieder eine Zukunft geben konnten. Doch als tatsächliches Resultat trat eine so enorme Beanspruchung der ohnehin in krassem Schwinden begriffenen Ressourcen des Planeten ein, daß überall auf der Erde stagnierende Volkswirtschaften in steilen Niedergang absanken.

Paradoxerweise schienen diese kommerziellen und quasikommerziellen Firmen um so unverzichtbarer zu werden, je mehr Aufwand sie trieben und je mehr Kosten sie verschleuderten, je mehr ihre Macht wuchs. Bald war es nicht mehr so, daß die Erde sie lediglich brauchte; vielmehr wurde es für die Erde notwendig, daß sie Erfolg hatten.

Als die AstroLabor-Station zu guter Letzt vollbrachte, was sie leisten sollte – d. h., als Dr. Estevez den Ponton-Antrieb konstruierte, der die Erforschung und Erschließung des Kosmos außerhalb des Sonnensystems zunächst vorstellbar, dann praktikabel machte –, hatte der Mutterkonzern der Station (der damals noch den schlichten Namen AstroLabor AG trug) für die Nationen, unter denen er seiner Wirtschaftstätigkeit nachging, einen derartigen Status der Unentbehrlichkeit gewonnen, daß keine der beteiligten Regierungen auf die Produkte der Station irgendeinen Einfluß nehmen konnte.

Durch diese verkürzte Darstellung wird einsichtig, warum alles, was danach an Ereignissen folgte, keine Angelegenheiten der staatlichen Souveränität mehr waren, sondern ausschließlich kommerzielle Abläufe. Das einzige Zugeständnis, auf das sich die AstroLabor AG gegenüber den betroffenen Regierungen einließ – ganz zu schweigen von der Konkurrenz –, war die Einwilligung, für den Ponton-Antrieb gegen finanzierbare Gebühren Lizenzen zu vergeben.

Naturgemäß blieb die AstroLabor AG (heute Forschungs- und Erschließungsgesellschaft Sagittarius AG) einige Zeit lang der mächtigste Wirtschaftskonzern. Und ihre Vormachtstellung festigte sich erst recht, als ihre Explorer schon von einem der anfänglichen extrasolaren Erkundungsflüge mit der Nachricht von der Entdeckung eines an Rohstoffen reichen Asteroidengürtels heimkehrten. Dieser Asteroidengürtel war nicht derselbe, dessen Ausbeutung der VMK zu ihrer Finanzstärke verhalf; er war viel kleiner und dünner, und seine Rohstoffe erschöpften sich nach relativ kurzer Frist; doch immerhin lieferte er genug Erz, um die monetäre Grundlage der meisten späteren Forschungsflüge zu bieten.

Trotz der immensen Einnahmen in Form von Lizenzgebühren, die dem Kapital der AstroLabor AG zuflossen, mangelte es allerdings der Firma an den betriebseigenen Mitteln, um die Entdeckung gewinnbringend zu nutzen. Hier griff die VMK ein (damals noch Astro-Montan AG).

Derzeit bestand die AM als vergleichsweise kleine, als harmlos eingestuftes Erzverhüttungsfirma; sie konnte nur existieren, indem sie das Maximum aus den Asteroiden herausholte, die sich im Umkreis der Erde mit normaler Unterlichtgeschwindigkeit erreichen ließen. Das Unternehmen war groß genug, um die Arbeit zu verrichten, die die Forschungs- und Erschließungsgesellschaft Sagittarius AG (heutzutage in umgangssprachlicher Kürze als FEgSag bekannt) erledigt zu haben wünschte, gleichzeitig jedoch so klein, daß sie nicht wie ein ernstzunehmender Konkurrent wirkte. Es verstand sich von selbst, daß die FeGSag den kleineren Betrieb zu schlucken versuchte. Aber es gelang der AM, diesem Schicksal zu entgehen; und gewissermaßen zum Lohn für ihre kreative Abwehrtaktik erzielte sie zum Schluß das Zustandekommen einer Partnerschaft mit der FEgSag bei der Ausbeutung des Asteroidengürtels.

So begann die AM AG ihren Aufstieg, in dessen Verlauf sie sich in die Vereinigte Montan-Kombinate umwandelte.

Der FEgSag-Asteroidengürtel ermöglichte durch die Station Sagittarius OHG, an der die AM ebenfalls Teilhaber wurde, Gewinne und Profite in bis dahin für undenkbar erachteter Größenordnung.

Wegen ihrer früheren Bedeutungslosigkeit und bescheidenen Aktivitäten genoß die AM keinerlei Wirtschaftsförderung durch irdische Regierungen; deshalb unterlag sie auch keiner staatlichen Kontrolle. Aber die neue Kapital- und Finanzkraft verlieh ihr Macht. Indem sie ihren Einfluß sowohl mit Weitblick wie auch Raffinesse zu nutzen verstand, entfaltete die AM sich zu einem der Hauptakteure bei der Erforschung und Erschließung des Kosmos.

Doch hätte die Geschichte damit ein Ende gefunden, wäre die AM AG nie zum Anlaß so zahlreicher interessanter Fragestellungen geworden.

Trotz allem schauten die Erde und ihre Wirtschaftsgiganten noch immer in eine recht kümmerliche Zukunft. Auch bei Einsatz des Ponton-Antriebs erwies das für die Menschen nutzbare Weltall sich im Effekt als beschränkt, begrenzt nämlich durch ihre Bevölkerungszahl. Ihre Gelegenheiten zum Schaffen von Reichtümern und folglich zum Erwerb von Wohlstand konnten nur proportional zur Expansion der menschlichen Rasse zunehmen. In den Weltraumstationen rings um die Erde und andernorts fand diese Expansion zwar ständig statt, aber nur langsam. Wie immer konnte die Ökonomie nur soundsoviel Wachstum absichern; war ein bestimmtes Niveau erreicht, mußte das Wachstum vorläufig enden.

Der Kontakt zu den Amnion veränderte diese Gleichung.

Wie zum Beweis wahrhaft fundamentalen Weitblicks investierte die AM AG ihr neues Kapital und jeden anderen Dollar, den die Firma zusammenkratzen konnte, um Intertech aufzukaufen, ein der AstroLabor AG ähnliches Forschungs- und Erschließungsunternehmen, das sich unterdessen mit allem Nachdruck auf die Erkundung des Kosmos verlegt hatte. Damals war Intertech geradezu einzigartig reif für einen Aufkauf. Im Anschluß an den sogenannten Aufstand der Menschheit, ausgelöst durch die Bemühungen Intertechs, die erste Bekanntschaft der Menschheit mit einem Amnion-Mutagen zu enträtseln, war das Unternehmen in den Ruin geraten. Und niemand anderes zeigte an einem Kauf Interesse; niemand ersah das durch Intertechs Rolle beim ›Aufstand der Menschheit‹ bedingte Zukunftspotential. Intertechs Einverleibung erhob die AM in den Rang der einzigen menschlichen Institution, die zu zweierlei in der Lage war: die Amnion zu kontaktieren und auf ihr Angebot zu reagieren.

Um diese Vorrangstellung zu nutzen, setzte die AM all ihre erst kurz zuvor etablierten Möglichkeiten und ihre gesamte neue Macht ein, um mit den Amnion einen regulären Handel zu initiieren.

Mit einem Mal hatte sich die Tür zu völlig neuartigen Aussichten geöffnet, und die AM hatte in der einen Hand die Türklinke, in der anderen Hand den Schlüssel. Sämtliche Kenntnisse der Menschheit über die Amnion waren im Besitz der Intertech; die AM wiederum verfügte über die Raumschiffe und Anlagen, derer es bedurfte, um aus diesem Wissen Vorteile zu ziehen. Die Erde hingegen hatte einen nahezu unstillbaren Hunger nach frischen Ressourcen; und geradeso nach neuen Märkten. Statt das Risiko einzugehen, die äußerst nützlichen, zukunftsträchtigen Geschäfte zu versäumen, die die Beziehungen zu den Amnion versprachen, billigten die Regierungen der Erde eine Umstrukturierung der AM AG in die Vereinigte Montan-Kombinate mit der Maßgabe, daß sie zum Wohle der ganzen Menschheit den Handel mit den Amnion zum Blühen bringen sollte.

Letzten Endes versahen die Handelsbeziehungen zu den Amnion die VMK sowohl mit dem Grund wie auch den Existenzmitteln ihres Daseins.

So lautete die offizielle Firmengeschichte.

WARDEN

Selbstverständlich rückte Godsen Frik schließlich Warden Dios doch auf die Pelle. Der Präsident der Vereinigte-Montan-Kombinate-Polizei konnte dem Chef des Ressorts Öffentlichkeitsarbeit nicht endlos lang aus dem Weg bleiben.

Aber ehe Godsen ihn ausfindig machte – und bevor die erste, voraussehbar gewesene, energische Forderung nach einer Videokonferenz vom Erd- und Kosmos-Regierungskonzil eintraf –, fand Warden noch dazu Gelegenheit, für über eine Stunde mit Hashi Lebwohl in Klausur zu gehen.

Sie hatten ihre Unterredung in einem der Hochsicherheitsbüros, von denen Warden im VMKP-HQ mehrere zur Verfügung standen. Natürlich konnte keine Räumlichkeit, wie sehr ihre Privatsphäre auch geschützt sein mochte, vollkommen vor dem behütet werden, was jemand wie Milos Taverner wohl ›Schnüffelei‹ genannt hätte. Doch der Direktor der DA-Abteilung war kein ›Schnüffler‹; im Gegenteil, was Geheimnisse anbelangte, bewährte er sich als so verschwiegen wie ein Grab. Die zweifelhafte Ehre, als einzige Person im VMKP-HQ zu gelten, die möglicherweise weitererzählte, was man in einem der erwähnten Büros besprach, gebührte Frik. Und die Büroräume selbst hatten mit ihren gepolsterten Wänden und ihrer elektronischen Abschirmung eine wirksame Absicherung gegen Lauschangriffe.

Als zusätzliche Sicherheitsvorkehrung hatten die Techs und Wächter, die sich um diese Büros kümmerten, den strengen Befehl, gegenüber niemandem lediglich zuzugeben, daß Warden Dios sie jemals benutzte. Wenn er sich darin aufhielt, war seine Existenz in jeder offiziellen Hinsicht zeitweilig ausgesetzt. Sogar Min Donner wäre, hätte sie den VMK-Polizeipräsidenten dort gesucht, während er sich in Klausur befand, mit einem schnöden »Wir haben ihn nicht gesehen, Direktorin« abgewiesen worden.

Infolgedessen ahnte Godsen Frik nicht, wo Warden gesteckt hatte, und hatte daher keine Vorstellung von der Richtung, in die sich die Ereignisse entwickelten, als es ihm endlich gelang, Dios aufzuspüren.

Normalerweise kannte Warden keine Häme; dennoch bereitete ihm Friks Ahnungslosigkeit eine gewisse, schwache Genugtuung. Unkenntnis verursachte Unbehagen, und Warden sah den RÖA-Direktor gern an Unbehagen leiden. Das Verhältnis zwischen ihnen beiden ließ wenig Raum für andere Anlässe zur Zufriedenheit.

Aber dieses Mal empfing er Godsen Frik in seinem repräsentativen Hauptbüro, einem großen, teuer ausgestatteten, im allgemeinen unzweckmäßigen Raum, den er Begegnungen vorbehielt, bei denen den Statussymbolen eine höhere Bedeutung als dem Rang selbst zufielen. In dem Moment, als seine Vorzimmer-Sekretärin ihm mitteilte, daß Godsen Frik ihn unverzüglich zu sprechen wünschte, hatte er gerade an dem breiten Schreibtisch aus poliertem Mahagoni Platz genommen, einem Holz, das man unter ganz beträchtlichen Kosten hydroponisch anpflanzte, saß in einem gleichfalls aus poliertem Mahagoni fabrizierten Sessel, der auf altmodischen Rollen stand. Schreibtisch und Sessel sowie das sämtliche sonstige Mobiliar und die übrige Einrichtung des Büros hatte ihm vor einigen Jahren Holt Fasner geschenkt: überreicht zum Glückwunsch anläßlich der Fertigstellung des Orbital-HQ der VMKP. Vielleicht war das der eigentliche Grund, weshalb er das Büro nach Möglichkeit mied. Jetzt jedoch hatte er keine Wahl.

Rasch rekapitulierte er in Gedanken noch einmal die für die nächsten Stunden getroffenen Arrangements. Dann drückte er die Interkom-Taste und bat die Sekretärin – eine Frau, die er als so adrett und nutzlos wie das Interieur des Büros betrachtete –, Godsen Frik hereinzuführen.

Schon beim Eintreten erregte der RÖA-Direktor den Eindruck eines reichlich genervten Menschen.

In dieser Rolle sah er schlecht aus. Sein fleischiges Selbstvertrauen und die ziemlich zudringliche Würdigkeit dienten als effektive Fassade für seine Pläne und Gelüste; doch um das Gefühl des Gehetztseins und seine bedrückte Stimmung zu verheimlichen, taugten sie nicht. Mit seinem von weißem Haar umwallten Patriarchenhaupt, durch das er gewöhnlich wie der Inbegriff des ›älteren Staatsmanns‹ daherkam, ähnelte er jetzt einem gealterten Bauernlümmel, den man bei einem besonders anstößigen Akt der Sodomie ertappt hatte.

Ihn in dieser Verfassung zu sehen, verursachte Warden Dios wieder einmal ein kleines Aufwallen der Befriedigung.

Indessen änderte sich deshalb gar nichts. Dank der Augenprothese konnte er Godsen Frik jederzeit durchschauen. Auch in dieser Beziehung unterschied Frik sich von den anderen Direktoren. Hashi Lebwohl hätte Hochverrat am gesamten Universum verüben können, ohne daß durch Dios' Infrarot-Blick darauf auch nur der kleinste Hinweis enthüllt worden wäre; nicht jedoch, weil man Lebwohl hätte nachsagen dürfen, eine geborene Verräternatur zu sein, sondern weil es bei ihm keine wesentliche Trennung zwischen den vielerlei verschiedenen Ebenen seiner Janusköpfigkeit gab. Und Min Donners geballtes, leidenschaftliches Engagement zeichnete sich durch immanente Aufrichtigkeit aus. Godsen Frik dagegen verriet sich durch zu offensichtliche physiologische Anzeichen, als daß Warden Dios sie zu übersehen imstande gewesen wäre: jede Absicht, jede gemischte Motivation, jede Unehrlichkeit offenbarte sich in der Schnelligkeit seines Herzschlags, der Schweißtemperatur, der Kirlian-Aura seiner Haut.

Warden Dios wußte, daß er jedesmal, wenn er sich mit dem RÖA-Direktor abgab, auf Konsequenzen gefaßt zu sein hatte, deren Spektrum sich von Friks einfältigem Obstruktionismus bis hin zu aktiver Intervention seitens Holt Fasners erstreckte.

Darin lag eine echte Bürde. Aber da Warden damit rechnete, stellte er sich im voraus darauf ein; zog es ins Kalkül.

»Kommen Sie rein«, forderte er Frik unnötigerweise auf. »Setzen Sie sich.« Weil er Frik nicht ausstehen konnte, behandelte er ihn stets voller Rücksichtnahme und mit ausgesuchter Höflichkeit.

Allem Anschein nach hatte Godsen Frik keine Ahnung von der Abneigung seines Chefs. Kaum hatte sich die Tür hinter ihm geschlossen, zeigten die Indikatoren der Überwachungsapparaturen an, daß die Geräte außer Betrieb waren, eilte er zu Wardens Schreibtisch und schwang zum demonstrativen Zeichen der Selbstsicherheit eine Arschbacke auf die Tischkante. »Ich habe getan, was Sie wollten«, sagte er. »Jetzt kriege ich den ganzen Segen von oben ab.«

Er bemühte sich vergeblich; seine Stimme klang zu verpreßt, als daß ihm die gewohnten, sonoren Laute ausgeprägten Selbstbewußtseins gelungen wären.

Warden spreizte die Hände zu einer Gebärde der Ratlosigkeit. »Ich vermute, Sie haben nicht daran gedacht, daß Sie sich überhaupt nicht mit ihm rumärgern müssen, oder? Sie dürfen ihn doch jederzeit mir überlassen.«

In diesem Zusammenhang konnte mit ›ihm‹ nur Holt Fasner gemeint sein.

Dummerweise fiel es Godsen Frik absolut nicht schwer, sich zwischen seinen unterschiedlichen Verpflichtungen zu entscheiden. »Sie wissen, daß ich mich unmöglich so verhalten kann«, erwiderte er gereizt, aber ohne die Spur des Bedauerns. »Schon deswegen, weil nicht Sie mich an meinen Posten gestellt haben, sondern er es getan hat. Er sagt, daß er mit mir besondere Pläne verfolgt. Sie können nicht erwarten, daß ich darüber hinwegsehe. Und außerdem ist hier niemand tätig, kein Mann, keine Frau – ja keine Maus, verdammt noch mal –, der es sich leisten kann, den Tauben zu spielen, wenn er etwas will.«

Letztere Behauptung entsprach durchaus nicht den Tatsachen. Weder Min Donner noch Hashi Lebwohl 'erkannten irgendeine Autorität außerhalb des VMKP-HQ an. Trotzdem glaubte Frik, was er soeben geäußert hatte; soviel war völlig offenkundig.

Warden widerstand der Versuchung, ihm zu entgegnen: *Ich habe auch meine Pläne mit Ihnen.* »Und was hat er gesagt?« erkundigte er sich statt dessen.

»Er hat gekeift: ›Heiliger Radiostern, sind Sie etwa vom Affen gebissen, daß Sie Thermopyles und Taverners Flucht in die ganze Welt hinausposaunen?‹« Frik war ein hervorragender Stimmenimitator. »›Wissen Sie nicht, was nun passieren wird?!‹«

»Und was haben Sie darauf geantwortet?«

»Ich habe ihm mitgeteilt, daß die Bekanntgabe in Erfüllung Ihres direkten Befehls erfolgt ist.« Krampfhafte Anspannung und tiefe Verunsicherung färbten Friks Aura karmesinrot, widersprachen somit seinen angestrengten Versuchen, in forschem Ton zu reden. »Wir hätten's gemacht, um Josuas Alibi zu untermauern, damit er sich nach Kassafort hineinmogeln kann. Und ich habe ihm dargelegt, daß ich der Ansicht bin, Sie haben einen richtigen Entschluß getroffen.« Eine Fluktuation seiner Meßdaten überführte ihn der Lüge. »Daß die Sache das Risiko lohnt. Aller Aufwand, den wir mit Josua hatten, zwecklos sein wird, falls er in Kassafort auf Argwohn stößt.«

Warden Dios nahm das alles lediglich zur Kenntnis. »Und Morn Hyland haben Sie nicht erwähnt?« Er stellte die Frage in besonders freundlichem Tonfall, weil sie eine herausragende Wichtigkeit hatte. »Sie haben nicht zufällig die Aufmerksamkeit darauf gelenkt, daß ich mit dem Risiko des Öffentlichmachens unserer Operation auf mich selbst den Druck erhöhe, sie zu retten? An Ihrem Wunsch, sie zu aus ihrer häßlichen Lage zu befreien, besteht ja kein Zweifel.« Oder sie zu eliminieren. »Ihrerseits ist schließlich oft genug dahin argumentiert worden, uns stünde eine regelrechte Katastrophe bevor, falls je irgendwer erfährt, daß die VMKP wissentlich eine eigene Leutnantin in so einer Bredouille belassen hat. Haben Sie ihm eventuell vorgeschlagen, er sollte mich dazu drängen, Josuas Programmierung im Hinblick auf sie abzuändern?«

Dios erwartete keine wahrheitsgemäße Antwort. Er stellte die Frage trotzdem, um aus Godsen Friks Infrarot-Meßdaten möglichst viele Informationen zu gewinnen.

In Friks Fall war das Infrarot-Auge reine Verschwendung: er entlarvte sich allein durch seine Körpersprache. »Aber nein!« krähte er in blasierter Entrüstung, hüpfte von der Tischkante, tippelte ein paar Schrittchen rückwärts, drehte sich fast um, als würde er lieber das Gesicht abwenden. »Das ist ja wohl 'n alter Hut. Ich bin in der Diskussion doch nun mal längst unterlegen.«

Aha. Godsen Frik hatte keine konkreten Instruktionen erhalten. Wieder hatte er versucht, die Karte Morn Hyland auszuspielen; und auch dieses Mal hatte Holt Fasner sie nicht aufgenommen. Der Drache hatte entschieden, daß die Situation kein Eingreifen erforderte. Jedenfalls noch nicht.

Ganz im geheimen erlaubte Warden Dios sich ein Aufatmen der Erleichterung.

»Das ist gut«, sagte er in liebenswertem Plauderton. »Sie müssen beachten, er interessiert sich sowieso nicht für sie. Ich bin nicht einmal vollauf davon überzeugt, ob Sie ihm etwas bedeuten. Für ihn sind Sie beide nur Mittel zum Zweck.« Dergleichen Einlassungen hätte er zu keinem anderen als Godsen Frik geäußert. Nur Godsen Frik mochte deswegen beunruhigt sein; ausschließlich von ihm ließ sich erhoffen, daß er sie nach oben petzte. Auf sehr subtile Weise unternahm Warden Dios einen Versuch, sowohl Frik wie auch Fasner die Wahrheit über sich zu vermitteln. »Mir wäre wohler zumute, wüßte ich, was das für ein Zweck ist.«

Sichtlich ums Wiedererringen der Fassung bestrebt, senkte Frik das Gesäß in einen Sessel. Für einen Moment klammerte er die Fäuste um die Armlehnen; dann legte er die Hände auf die Oberschenkel. Er beäugte sie, als hätte er sich Notizen auf die Handrücken geschrieben. »Und was«, fragte er, »*wird* nun passieren?«

Auch dieser Frage maß Warden keine Bedeutung bei. »Das ist nicht Ihr Problem. Die Leitung des Ressorts Öffentlichkeitsarbeit ist keine leichte Aufgabe, hat aber einen Vorteil. Niemand verlangt von Ihnen Ehrlichkeit. Auf alle Fälle, ich bin darüber froh, daß Sie hier sind. Sie haben meiner Sekretärin die Mühe erspart, Sie zu suchen.« Er lächelte über den eigenen Sinn für Ironie. »Ich wünsche, daß uns allen vollkommen klar ist, in welcher Position wir uns von jetzt an befinden.«

Unauffällig betätigte er eine Taste, die seiner Vorzimmer-Sekretärin ein diskretes Signal gab. Daraufhin meldete sie sich am Interkom-Apparat. »Präsident Dios«, teilte sie mit, »Direktorin Donner und Direktor Lebwohl sind da.«

»Schicken Sie sie rein.«

Sofort öffnete sich die Tür, und die beiden anderen VMKP-Direktoren betraten das Büro.

»Hereinspaziert«, rief Warden zum Gruß. Weil er zur Begrüßung Friks nicht aufgestanden war, blieb er auch jetzt sitzen. Weder Min Donner noch Lebwohl brauchte er irgendwelche vordergründigen Artigkeiten zu erweisen. Beide wußten über die Gründe ihrer Anwesenheit viel mehr, als Frik nur schwanen mochte. »Ich hoffe, Sie mußten nicht zu lange warten.«

Min Donners Achselzucken antwortete: Einerlei.

»Nicht doch, keineswegs«, pfiff es in umgänglichem Ton aus den Stimmritzen des DA-Direktors. »In der Gegenwart einer Frau, die so reizend wie Ihre Sekretärin ist, kann für mein Empfinden von Warterei wirklich keine Rede sein.«

»Um so besser.« Warden deutete auf zwei Sessel. »Nehmen Sie Platz«, sagte er auf eine Weise, die er bei Godsen Frik unterließ.

Die Direktorin der Operativen Abteilung setzte sich in den Sessel, als ob sie sich zu einer Sprungfeder einrollte, hielte sie sich allzeit bereit zum Emporschnellen.

Lebwohl hatte, vielleicht um die Bedeutsamkeit der Zusammenkunft zu unterstreichen, über eine dreckigfleckige Hose und ein ekelhaft gammeliges Hemd seinen schmutzigsten Laborkittel gezogen. In diesem Aufzug hatte er, zumal bei seiner dürren Erscheinung, Ähnlichkeit mit einer Vogelscheuche. Von seinen uralten Schuhen baumelten die ausgefransten Schnürsenkel und drohten ihn bei jedem Schritt zum Stolpern zu bringen. Seine auf die Spitze der dünnen Nase herabgerutschte Brille war dermaßen verkratzt und verschmiert, daß man unwillkürlich meinte, sie machte ihm die Sicht völlig verschwommen; aber wahrscheinlich trübte sie eher das, was andere Leute sahen, wenn sie ihn anblickten. Sämtliche Bewegungen, ja seine gesamte Haltung, beinahe alles an ihm, schien Schläfrigkeit widerzuspiegeln; die nachgerade grenzenlosen

Kräfte, die sein Äußeres verbarg, fanden ihren Ausdruck nur im resoluten Strich der Brauen und der strahlenden Klarheit seiner blauen Augen.

Als er sich in den Sessel sacken ließ, wirkte er wie ein Penner, den nur noch die Freifahrt zum Krematorium erwartete. Doch Warden Dios wußte es besser. Auf seine Art – die den schroffsten Gegensatz zu Min Donners Selbstverständnis abgab – hielt auch Hashi Lebwohl sich immerzu für alles parat und auf dem Sprung, blieb er bereit zu allem, außer vorbereitet auf den Tod.

Noch immer erklärte Warden nicht, was denn ›nun passieren‹ sollte. Obwohl nur Hashi Lebwohl eingeweiht war, wußte nicht allein er, sondern auch Min Donner schon Bescheid; Godsen Frik durfte ruhig noch ein Weilchen lang schwitzen. Dios schaute auf die Tischuhr: zwölf Minuten Frist. Immer hatte er zuwenig Zeit; voraussichtlich jedoch genügten zwölf Minuten. Falls nicht, konnte er jederzeit eine kurze Funkstörung vortäuschen.

»So …« Der Reihe nach musterte er seine Untergebenen, scannte ihre Emanationen, ähnlich wie ein Handwerker den Zustand seiner Werkzeuge prüfte. Aus tiefster Überzeugung lehnte er es ganz grundsätzlich ab, Menschen nur zu benutzen; weder als Werkzeuge noch als genetisches Rohmaterial. Diese Einstellung erklärte mehr als jeder sonstige Aspekt seiner Persönlichkeit, warum er Polizist geworden war; die Tatsache, daß sein persönliches Dilemma ihn dazu zwang, so vieles zu tun, was er in Wahrheit als abscheulich beurteilte, verursachte ihm einen kurzen Moment des Widerwillens. Aber man merkte ihm nichts an. Längst hatte er die Kunst vervollkommnet, die ärgsten Konsequenzen des Widerspruchs zwischen dem, was er sich wünschte, und dem, was er tat, allein auszubaden.

»Die *Posaune* ist abgeflogen«, konstatierte er so sachlich und bedächtig, als könnte ihm niemand in die Karten schauen. »Von jetzt an sind Thermopyle und Taverner wohl oder übel auf sich selbst angewiesen. Ihnen allen ist bekannt, daß wir in der heikelsten Situation stecken, die wir uns je zugemutet haben. Noch nie haben wir mit so riskanter Ausschließlichkeit auf Leute gesetzt, die sich so weit aus unserem Einflußbereich entfernen. Und nie vorher hat soviel von unserer Fähigkeit abgehangen, unser Vorgehen geheimzuhalten. Deshalb ist es meines Erachtens nun an der Zeit, um uns völlige Klarheit zu verschaffen.« Warden machte diese Äußerung, obwohl er selbst nicht die mindeste Absicht hegte, zu dieser Klarheit beizutragen. »Falls Sie nach wie vor gegen die Aktion Bedenken haben, Sie meinen, sie sei verfehlt oder müsse mißlingen, oder Sie glauben, ich hätte den Schwierigkeitsgrad unterschätzt, dann möchte ich, daß Sie sich nun offen und ehrlich aussprechen.«

Godsen Frik sah sich erneut seine Hände an. Hashi Lebwohl lächelte in die Runde, als wären Bedenken oder Einwände ihm gänzlich fremd.

Min Donner hingegen zögerte nicht. »Wozu jetzt noch diese Umstände?« hielt sie Dios unverblümt vor. »Wie gesagt, die *Posaune* ist unterwegs. Selbst wenn wir die Möglichkeit hätten, Taverner neue Befehle zu erteilen, wüßten wir nicht, wann oder wie er sie ausführt, oder ob er sich überhaupt darum schert.«

»Sie haben mir nicht zugehört.« Wardens Rüge fiel barscher aus, als er es beabsichtigt hatte. Manchmal übte Min Donner diese seltsame Wirkung auf ihn aus; oder vielmehr hatte seine ihr entgegengebrachte Falschheit auf ihn diesen Effekt. »Ich habe nicht vorgeschlagen, Thermopyles Programmierung zu ändern. Ob es eine geniale Idee war, ihn in diesen Einsatz zu schicken, der für ihn auf Selbstmord hinausläuft, ist jetzt einerlei, weil wir darauf keinen Einfluß mehr nehmen können. Ich mache mir keine Sorgen um ihn, sondern um uns. Wenn es *uns* nicht gelingt, der Operation hier den nötigen Rückhalt zu geben, hätten wir ihn erst gar nicht loszuschicken brauchen. Ach was, die Lage ist sogar noch viel ernster. Wenn wir ihm hier nicht die gebotene Rückendeckung gewähren, hätten wir ihn im Gefängnis der KombiMontan-Station schwarz werden lassen sollen. Gerät er in gegnerische Hände, erlangt die Gegenseite das gesamte Wissen und sämtliche Erfahrungen, die bei seiner Vorbereitung Anwendung gefunden haben, und zudem alle Informationen, die er über uns hat. Ich will mich deshalb jetzt mit Ihren Einwänden und Bedenken befassen, weil ich vermeiden möchte, daß sie uns später Probleme bereiten.«

»Dann kann ich mir jede Stellungnahme sparen.« Der DA-Direktor hustete wie jemand, der sein Leben lang die stickige Schmutzatmosphäre der Erde statt künstlich optimierter Stationsluft geatmet hatte. »Zum Großteil ist die Operation von mir geplant worden. Alles übrige findet mein Einverständnis. Und ich bezweifle nicht, daß sie Erfolg haben wird. Aber ich vermute, daß meine Kollegen« – durch die Brillengläser vermittelten seine Augen den Eindruck der Erheiterung – »in dieser Hinsicht anders denken.«

Warden schaute erst Min Donner an, dann Godsen Frik. »Inwiefern?«

Grimmig heftete Min Donner den Blick auf Frik.

Sobald er endgültig merkte, daß Donner keine Neigung hatte, als erste zu antworten, hob er den Kopf. »Tja, ich habe von Anfang an klargestellt«, sagte er, indem er seine Unsicherheit mit Forschheit kaschierte, »daß ich es für eine schreckliche Fehlentscheidung halte, dafür Taverner heranzuziehen. Der Mann hat die Moral eines Wetterhahns. Auch Kollege Lebwohl wird ohne weiteres gestehen müssen, daß wir keine Mühe dabei hatten, ihn einzuspannen, und das bedeutet, anderen Kreisen wird es ebensowenig schwerfallen. Aber ich glaube, daß die Situation noch erheblich übler ist. Ich habe seine Akte gelesen« – anscheinend sah Godsen Frik darin eine Maßnahme größter Sorgfalt –, »und ich kann nur sagen, es ist gar keine leicht beantwortbare Frage, ob wir an ihn herangetreten sind oder er sich uns aufgedrängt hat. Er ist viel zu aalglatt gewesen, als daß sich das noch klären ließe, aber ich bin der Ansicht, die Idee, den Sicherheitsdienst der Kombi-Montan-Station aufs Glatteis zu führen, geht wenigstens so sehr auf ihn wie auf uns zurück.«

»Und was beweist das?« fragte Min Donner halblaut.

»Deshalb halte ich es aus zwei Gründen für fürchterlich verfehlt, daß die Wahl auf Taverner gefallen ist«, erläuterte Frik in unheilsschwangerem Ton. »Erstens läßt er uns im Stich, sobald jemand – irgendwer – ihm genug Geld bietet.« Der Klang der eigenen Stimme schien ihm erhöhtes Selbstvertrauen zu verleihen. »Und zweitens, sollten die breiten Volksmassen, denen zu dienen und die zu beschützen unser aller Schwur lautet, *jemals* auch bloß andeutungsweise erfahren, daß ein so leistungsstarker Cyborg wie Josua von uns unter keiner besseren Aufsicht als der Obhut eines notorischen Verräters losgeschickt worden ist, wird sich schneller herausstellen, daß wir mit der Aktion gründlich Scheiße gebaut haben, als wir ›Autsch‹ sagen können. Dann kann vielleicht nicht mal noch der Drache im Konzil genügend Stimmen zusammenkratzen, um zu verhindern, daß man der DA die Luft abdreht.«

»Was soll das heißen?« fragte Warden ruhig.

»Das soll heißen« – jetzt war Godsen Frik in voller Fahrt – »das mächtige, stets zu respektierende EKRK könnte Kollege Lebwohls kleines Kasperltheater zumachen. Möglicherweise würde per Abstimmung entschieden, daß Aufgaben, wie sie gegenwärtig die Abteilung DA versieht, eine zu dramatische Tragweite haben, um sie gewöhnlichen Polizisten zu überlassen. Unter Umständen dächte man sogar an eine Gesetzesvorlage, um eine Trennung unserer Polizeiorganisation von der VMK einzuleiten.«

Warden bemerkte Min Donners wachsende innere Angespanntheit, blieb selbst jedoch äußerlich völlig gelassen. »Halten Sie das für realistisch?«

Für einen Moment fühlte Frik sich zwischen seinem Hang zu Rhetorik und seinen eigentlichen Pflichten im Zwiespalt. Dann stieß er einen Seufzer aus. »Nein. Der Drache wird so etwas nie dulden. Aber das ist es ja gar nicht, um was es hier geht, oder? Wenn das Spielchen sich als Bumerang erweist, ist er derjenige, über den das ganze Unheil hereinbricht. Und das wird er absolut nicht lustig finden. *Dafür* kann ich garantieren.«

»Übrigens gibt es Dinge, die *ich* ebensowenig lustig fände«, erklärte Dios. Weil das, was er jetzt sprach, an sich für Godsen Frik bestimmt war, sah er dabei die beiden anderen Direktoren an und bewahrte einen gemäßigten Ton. »Ich will da keine Mißverständnisse erleben. Sollte mir von *irgend*wem *irgend*ein Hinweis darauf zugetragen werden, daß nur ein Sterbenswörtchen unserer Unterredung aus diesem Büro gedrungen ist, wird dafür der Kopf des Schuldigen rollen. Leichte Erledigungen müssen wir vier anderen überlassen.«

Auch diese Äußerung zielte auf Holt Fasner ab. Wenn Frik sie dem Drachen wiederholte, mußte sie in dessen Ohren einen völlig anderen Sinn annehmen.

Halte Min Donner und Hashi Lebwohl aus der Sache heraus. Wenn jemand für das bestraft werden muß, was im Laufe von Thermopyles Einsatz passiert, dann nimm mich. Ich bin wenigstens so bedeutsam, daß man mir zumuten kann, für meine Fehler zu büßen.

Die Tatsache, daß Hashi Lebwohl und vielleicht auch Min Donner trotz allem wahrscheinlich unterschiedlos dem Verhängnis geradeso entgegengingen wie er, hinderte Warden Dios nicht an solchen Vorkehrungen.

»Hat jemand weitere Bedenken?« fragte er unumwunden. »Noch mehr Einwände?«

»Ich denke an Morn Hyland«, sagte Min Donner wie jemand, der seinen Augenblick gekommen sah.

Das leidenschaftliche Glühen ihrer Aura, die Intensität ihrer Emanationen, waren in all ihrer Lebhaftigkeit unübersehbar. Min Donners gesamte Zweifel und Befürchtungen hatten ihren konzentrierten Ausdruck in Morn Hylands Namen.

Unwillkürlich versteifte sich Wardens Haltung. Genau deshalb, weil er seine OA-Direktorin so schätzte und ihm so sehr daran lag, sie vor verhängnisvollen Folgen zu behüten, war es ihm öfters unmöglich, mit ihr so nachsichtig wie mit Godsen Frik zu sein. »Was ist mit ihr?« fragte er beinahe zornig.

Der Fluch und gleicherweise der Segen seiner Position war, daß Min Donner zuviel Vertrauen zu ihm hatte, um seinen Zorn zu fürchten. Daß sie ihm so wenig widersprach, war kein Zeichen der Unterwürfigkeit, sondern ein Beweis ihrer Hochachtung.

»Wie Direktor Frik setze ich in Taverners Verläßlichkeit keine großen Erwartungen«, bekannte sie mit einer Schärfe des Tonfalls, der an eine Klinge erinnerte. »Die Folgen für unser öffentliches Ansehen sind mir gleich. Meine Sorge gilt dem Verrat. Aber nachdem die Operation angelaufen ist, wird mir einsichtig, wieso Sie ausgerechnet ihn ausgesucht haben. Allein erhielte Thermopyle wahrscheinlich keinen Zutritt nach Kassafort. Und jeder andere, den wir hätten mitschicken können, wäre vermutlich keine Verbesserung gewesen. Taverner ist eine miese Option, aber nach aller Wahrscheinlichkeit die beste Wahl, die wir treffen konnten. Mit Morn Hyland dagegen hat es eine völlig andere Bewandtnis. Was Sie ihr antun, kann ich einfach nicht verstehen.«

Min Donner schaute Frik an, als gäbe sie ihm die Gelegenheit, sie in dieser Frage zu unterstützen, sprach aber umgehend selbst weiter. »Aus irgendeinem Grund haben Sie sich geweigert, in Thermopyles Programmierung aufzunehmen, daß er zumindest *versucht,* sie zu retten. Das begreife ich nicht, und möglicherweise werd ich es niemals verstehen, wenn Sie mir nicht darlegen, weshalb Sie sie überhaupt Succorso gelassen haben. Daß er sie für die uns geleistete Hilfe verlangt hat, ist für mich keine ausreichende Begründung. Das genügt mir nicht. Er hat immer Geld von uns kassiert. Für die Chance, einem ›Konkurrenten‹ wie Thermopyle eins auszuwischen, hätte er, wäre er lange genug von uns bekniet worden, letzten Endes auch wieder Geld genommen. Auf alle Fälle hätte er nichts unternehmen können, hätten wir seinen Wunsch abgelehnt. Hätten wir dem Sicherheitsdienst der KombiMontan-Station befohlen, sie unter ihren Schutz zu stellen, nachdem er sie aus Thermopyles Pfoten befreit hatte, wäre es ihm unmöglich gewesen, dagegen irgend etwas zu machen… Morn Hyland ist eine von uns, sie arbeitet für *meine* Abteilung. Wochenlang ist sie mißhandelt und vergewaltigt worden. Thermopyle hat ihr ein illegales Zonenimplantat eingepflanzt, und als er sie satt hatte, ist sie bestimmt schon davon abhängig gewesen. Um Himmels willen, wir sind doch die *Polizei.* Wenn je ein Mensch unseren Beistand benötigt hat, dann sie. Aber wir haben ihr nicht geholfen. Statt dessen haben wir sie Nick Succorso ausgeliefert. Und ich will wissen, warum.«

Obwohl Warden Dios darauf vorbereitet war, schmerzte ihn ihre Fragestellung. Von den drei Personen, die in seinem Büro saßen, hatte nur sie es in ihrer Macht, ihm solchen Schmerz zuzufügen. Ganz energisch mußte er den Wunsch unterdrücken zu sagen: Min, verzeih mir. Es tut mir alles selbst zutiefst leid.

Er blickte auf das Chronometer. Noch zwei Minuten. Anscheinend sollte es doch gelingen, pünktlich zu sein.

»Sonstige Probleme?« fragte er Godsen Frik. »Irgendwelche Sorgen?« wandte er sich an Lebwohl. »Noch Einwände?« Letztere Frage galt Min Donner.

Die drei musterten ihn, ohne etwas zu sagen. Friks Verkrampftheit, Lebwohls geheime Erregung und Donners Empörung: jedes hatte eine eigentümliche, unterscheidbare Infrarot-Signatur, doch erachtete er nichts davon als Grund zu Verzögerungen.

Weil er ein Mann war, der sich an seine selbsterarbeitete Richtschnur hielt, tat er den nächsten Schritt auf dem erwählten Weg.

»Na gut. Wenn ich die Situation nicht vollständig verkehrt einschätze, werden Sie gleich die gewünschten Antworten bekommen. Es dürfte Sie kaum überraschen zu hören, daß Direktor Friks jüngste Verlautbarung schon beachtliche Wellen schlägt. Vor allem im EKRK ist die Hölle los. Natürlich weiß ich nicht, was die Konzilsdeputierten gerade reden, aber ich nehme an, daß im Augenblick am häufigsten lautstark Ausdrücke wie ›Unfähigkeit‹, ›Pflichtvergessenheit‹ und ›Amtsvergehen‹ gebraucht werden. Man hat eine Sondersitzung einberufen, um die Ereignisse zu diskutieren. Das Konzil hat eine Videokonferenz mit Direktor Lebwohl und mir gefordert, also erhalten wir die Gelegenheit, uns zu rechtfertigen. Die Verbindung wird« – nochmals sah Warden auf die Uhr – »jeden Moment hergestellt. Wie Sie wissen, schreibt unser Statut uns nicht vor, für unsere Aktionen die Genehmigung des EKRK einzuholen, aber man kann auf ihrer Grundlage von uns verlangen, daß wir unser Vorgehen offenlegen. Deshalb werden Direktor Lebwohl und ich dem Konzil Rede und Antwort stehen.«

Er richtete den Blick auf Frik und Donner. »Von Ihnen möchte ich, daß Sie die Ohren spitzen. Was Sie von uns hören werden, ist unser offizieller Standpunkt, den Sie in Zukunft unverrückbar zu vertreten haben. Ist das vollkommen klar? Falls die Erklärung, die wir dem Konzil geben, Ihnen zuwenig ist, befasse ich mich anschließend damit… In allen Einzelheiten.«

Godsen Frik nickte, um seine Pflichttreue zu bekunden. Min Donner riß sich noch gewaltsamer als bisher zusammen und schwieg.

»Direktor Lebwohl«, sagte Warden, während er die Tasten drückte, durch die er die Videokonferenz in sein Büro schaltete, »wir zwei setzen uns auf die Tischkante. Ein bißchen Lässigkeit trägt vielleicht dazu bei« – er hoffte, daß man seiner Stimme nicht die Bitterkeit anmerkte –, »daß wir wie Männer aussehen, die die Wahrheit sprechen.«

Während Kameras und Mikrofone den Betrieb aufnahmen, an einer Wand Schiebetüren beiseiteglitten und einen großflächigen Bildschirm enthüllten, stemmte Hashi Lebwohl sich aus dem Sessel hoch und schlurfte zum Schreibtisch. Gleichzeitig wurde im Büro die Beleuchtung gedimmt, so daß die Helligkeit sich auf den Tisch und die nähere Umgebung eingrenzte. Warden rief seine Vorzimmerdame an und gab ihr Anweisung, die Verbindung zum EKRK auf der Erde herzustellen. Dann hockte er sich zum DA-Direktor auf die vordere Tischkante.

Aus dem Zwielicht am Rande des Aufnahmebereichs der Kameras sahen Min Donner und Godsen Frik zu, wie Warden Dios und Hashi Lebwohl sich auf der Schreibtischkante zurechtrückten, um das Gespräch mit dem Konzil zu führen.

Nach einem kurzen Knistern von Statik erschien auf dem Wandbildschirm ein Ausblick in den Beratungssaal des Erd- und Kosmos-Regierungskonzils.

Einen beträchtlichen Teil des Saals füllte eine große, halbrunde Beratungstafel aus. Die einundzwanzig Konzilsmitglieder saßen um die Außenseite der Ratstafel; vor sich hatten sie ihre kleinen Computerterminals sowie diverse schriftliche Unterlagen; hinter ihnen standen die jeweiligen persönlichen Berater. Unter normalen Umständen durfte jemand, den das Konzil zu befragen wünschte, an einem Zeugentisch in der Mitte der ovalen Ratstafel Platz nehmen, wo er zu jedem Konzilsmitglied den gleichen Abstand hatte. Diesmal jedoch nahm der Monitor, der Dios und Lebwohl dem Konzil zeigte, die Stelle von Tisch und Stuhl ein. Dios' Perspektive des Saals vermittelten Kameras hinten über diesem Monitor; doch die Leute, die Holt Fasner stets nur als ›Stimmen‹ bezeichnete, konfrontierten ihn auf dem Wandbildschirm des Büros, als säße er ihnen frontal gegenüber.

Ein rascher Rundblick klärte ab, die Konzilsdeputierten waren vollzählig versammelt. Das wunderte Warden nicht; bei diesem Anlaß war allemal die Aussicht gering gewesen, daß ein ordnungsgemäß gewählter Abgeordneter der Erde oder ihrer weithin verstreuten Weltraumstationen die Konferenz verpaßte. Irgendwo im Hinterkopf wußte er sogar die Namen aller einundzwanzig Deputierten und sogar eines ziemlich großen Teils ihrer Berater; die Umstände würden seine Erinnerung bei Bedarf auffrischen. Und Hashi Lebwohl konnte wahrscheinlich jederzeit den Inhalt der VMKP-Akte jeder dort im Saal anwesenden Person wortwörtlich auswendig zitieren.

Warden bemühte sich vorsätzlich, dem alten Sixten Vertigus, trotz seines hohen Alters fest wie Stahl in seinem Sessel plaziert, keine besondere Beachtung zu schenken, ihm so wenig wie einem der übrigen Konzilsangehörigen, von denen man erwarten konnte, daß sie die Vorlage eines Abtrennungsgesetzes unterstützten. Er wollte nicht den kleinsten Hinweis darauf liefern, daß er Pläne schmiedete, die ihrer Laufbahn schaden oder ihre Karriere sogar ruinieren mochten.

Auf dem Wandbildschirm war ein ärgerliches Geflacker zu sehen, ohne Zweifel zurückzuführen auf Sonnenflecken-Aktivitäten. Zahlenreihen wanderten über den unteren Rand des Bilds, zeigten an, daß die

Kommunikationstechniker die Störung herauszufiltern versuchten. Verdrießlicherweise reizte die Flimmrigkeit der Übertragung Wardens Sehnerv und rief einen Eindruck hervor, als bekäme er Migräne.

Konzilsdeputierte wühlten in Papieren, checkten nochmals die Informationen ihrer Computer oder löschten die Bildschirme. Innerhalb eines Moments waren sämtliche Blicke auf Wardens Abbild geheftet. Aufgrund seines Blickwinkels sah es aus, als ob das ganze Konzil auf seinen Unterleib starrte. Er empfand es als Nachteil, keinem der Gesprächsteilnehmer ins Auge sehen zu können, und ebenso vermißte er die bei der Konferenzschaltung fehlende IR-Dimension seiner visuellen Optikprothese; doch an derlei Diskrepanzen war er inzwischen gewöhnt.

»Polizeipräsident Dios, vielen Dank für das prompte Zustandekommen der Videokonferenz.«

Der Mann, der das Gespräch eröffnete, saß im Mittelabschnitt des Halbrunds der Ratstafel. Nur der Standort seines Stuhls wies auf seinen Rang hin: Abrim Len war Vorsitzender des Erd- und Kosmos-Regierungskonzils. In den Räumlichkeiten des VMKP-HQ scherzten Techs und Kadetten des öfteren, Godsen Frik sei ein Klon Abrim Lens. Beide Männer waren zur gleichen öffentlichkeitswirksamen Aufplusterung fähig, zu den gleichen klangvollen Tönen begabt. Aber Len war kein Handlanger Holt Fasners. Vielmehr war er schlicht und einfach ein Mann, der jede Form des Konsens, egal wie unzweckmäßig er auch sein mochte, jeder Art des Konflikts vorzog. Infolge vorstehender Zähne und eines fliehenden Kinns ähnelte er einem Frettchen.

»Wie Sie sich vorstellen können«, sagte er, »hat uns allen die vor wenigen Stunden vom Direktor Ihres Ressorts Öffentlichkeitsarbeit verbreitete Verlautbarung ernsten Anlaß zur Besorgnis gegeben. Ich hoffe, Sie sind dazu imstande, uns den Vorfall auf eine Weise zu erklären, der unsere Befürchtungen zerstreut.«

Erwartungsvoll verstummte der EKRK-Vorsitzende.

»Verehrter Vorsitzender und ehrenwerte Konzilsmitglieder«, antwortete Warden zur Begrüßung, »Sie kennen mich als Warden Dios, Polizeipräsident der Polizeiorganisation der Vereinigten Montan-Kombinate.« Er traf seine Feststellung, als wollte er verdeutlichen, wem er sich in erster Linie verpflichtet fühlte. »An meiner Seite sehen Sie Direktor Hashi Lebwohl, den Leiter unserer Abteilung Datenaquisition. Ich brauche keinerlei Vorstellungskraft, um für Ihre Sorgen Verständnis aufzubringen. Wir selbst sind mehr als nur ein wenig beunruhigt. Direktor Lebwohl und ich werden unser Bestes tun, um auf Ihre Fragen die entsprechenden Auskünfte zu erteilen. Allerdings muß ich Ihnen gleich zu Anfang sagen, daß wir unsere Untersuchung des Vorgangs noch nicht abschließen konnten. Es ist erst zuwenig Zeit vergangen, ich hatte noch keine Möglichkeit, mich in vollem Umfang zu informieren. Bitte berücksichtigen Sie diesen Umstand, falls manche unserer Antworten Sie nicht hundertprozentig zufriedenstellen sollten.«

»Sicher, sicher ...« Sofort gelangte Lens instinktives, gewohnheitsmäßiges Bemühen, Mißstimmung zu schlichten, zur Geltung. »Auf alle Fälle sind wir uns der ziemlich besonderen Natur der Beziehungen zwischen dem EKRK und der VMKP deutlich bewußt. Es ist erfreulich zu sehen, daß Sie die Pflicht zur Offenlegung Ihrer Aktivitäten so ernstnehmen.«

»Herr Vorsitzender«, bemerkte Warden in recht strengem Ton, weil Zeitverschwendung ihm widerstrebte, »ich nehme alle meine Pflichten ernst.«

»Daran hege ich nicht den geringsten Zweifel«, lenkte Len augenblicklich ein. »Sie haben sich längst in jeder Hinsicht bewundernswerte Verdienste erworben. Ich spreche unzweifelhaft für uns alle« – er wies im Saal rundum –, »wenn ich sage, daß Sie bei uns die höchste Wertschätzung genießen. Direktor Lebwohl, wir sind auch über Ihre Teilnahme erfreut.« Eine der

Methoden Lens zur Konfliktvermeidung bestand aus ständigem Reden. »Diese ausgeprägte Bereitschaft zur Zusammenarbeit ist nützlich für alle Beteiligten, die wir uns die schwere Pflicht aufgebürdet haben, die Bevölkerung der Erde als ihre Führer zu beschützen.«

»Keine Ursache, Herr Vorsitzender«, meinte Hashi Lebwohl lächelnd. »Ich tu immer gern, was ich kann, um meine eigenen Fehler zu berichtigen.«

Trotz seines Vertrauens zu Lebwohl fürchtete Warden einen Moment lang, die Konferenz könnte einen ungünstigen Verlauf einschlagen.

»Fehler?!« fuhr eine Frau aggressiv auf. »Sie geben also Fehler zu?«

Mit etwas Mühe erkannte Warden die Vize-Deputierte des Vereinten Westlichen Blocks. Ihr Name lautete Carsin.

Kurz streifte sein Blick Godsen Frik und Min Donner. Den beiden ließ sich nichts als Angespanntheit anmerken.

»Alles zu seiner Zeit, meine Liebe, alles zu seiner Zeit«, griff eilends Len ein. »Wir sollten uns mit jedem Aspekt dieser unglückseligen Situation in der angebrachten Reihenfolge beschäftigen. Es ist noch zu früh für eine Fehlerdiskussion.« Ein anderer Mann hätte gesagt: *für Schuldzuweisungen.* »Polizeipräsident Dios, Direktor Lebwohl, können wir uns als erstes über die Fakten verständigen?«

Warden verschränkte die Arme auf der Brust. »Natürlich.«

»Stimmen die Nachrichtenmeldungen?« erkundigte sich Len. »Ist es wahr, Direktor Lebwohl, daß ein verurteilter Illegaler, der sich zum Zweck einer Vernehmung bei Ihnen aufgehalten hat, aus Ihrer Abteilung entfliehen konnte?«

Als Lebwohl nickte, rutschte ihm die Brille noch weiter den Nasenrücken herab. Mit einer Spinnenhand schob er sie zurück nach oben. »Im wesentlichen ja.«

»Dieser Illegale war ein Mann namens Angus Thermopyle?«

»Vollkommen richtig.«

»Er ist Ihnen gänzlich entwischt?«

»Meinen Sie, ob er sowohl aus der Abteilung Datenaquisition im besonderen wie auch dem VMKP-HQ im allgemeinen entwichen ist? Ja.«

»Wissen Sie, wohin Thermopyle geflüchtet ist?«

Geziert hob Lebwohl die Schultern. »Wie sollte ich? Wäre es uns bekannt, hätten wir schon die Verfolgung aufgenommen. Wir haben jedoch außer den Tach-Parametern des Raumschiffs, das Kapitän Thermopyle gestohlen hat, keinerlei Informationen. Sicherlich können wir Berechnungen durchführen, die uns Vorhersagen über Richtung und Strecke seiner ersten Hyperspatium-Durchquerung ermöglichen. Aber wozu sollten wir uns diese Mühe machen? Nichts auf der Welt hindert ihn daran, nach dem Rückfall in die Tard den Kurs zu wechseln und anschließend eine Hyperspatium-Durchquerung mit veränderten Parametern vorzunehmen. Unter diesen Bedingungen ist es ausgeschlossen, ihn zu verfolgen.«

»Würden Sie es als unzumutbare *Mühe* betrachten, die Berechnungen trotzdem erledigen zu lassen?« fragte sarkastisch die VWB-Deputierte. »Nur im Hinblick auf die entfernte Aussicht, vielleicht doch irgend etwas Aufschlußreiches herauszufinden?«

»Durchaus nicht.« Lediglich zur Schau schrieb Lebwohl sich eine Notiz und reichte den Zettel scheinbar einer dem Konzil unsichtbaren ›nebenstehenden Assistentin‹; Min trat gefälligkeitshalber vor und nahm ihm den Wisch aus der Hand, setzte sich wieder.

»Ich bitte Sie, Vize-Konzilsdeputierte Carsin, haben Sie Geduld«, ermahnte Len die Frau. »Ich bin der Überzeugung, daß Polizeipräsident Dios und Direktor Lebwohl willens sind, auf jede und alle Fragen erschöpfende Auskunft zu erteilen. Es dürfte alles viel einfacher sein, wenn Sie abwarten, bis Sie an die Reihe kommen.«

Carsin schnitt ein mißmutiges Gesicht, als wäre ihr vor aller Öffentlichkeit eine Rüge ausgesprochen worden, und schenkte ihre Beachtung nun dem Computerterminal.

Len schlug in seinen Aufzeichnungen nach. »Lassen Sie uns die Bestandsaufnahme der Fakten vervollständigen. Ist es wahr, Direktor Lebwohl, daß Angus Thermopyle bei seiner Flucht durch einen ehemaligen Stellvertretenden Sicherheitsdienstleiter der KombiMontan-Station Beihilfe genossen hat, einen Mann mit Namen Milos Taverner?«

»Auch das entspricht vollauf den Tatsachen. In Anbetracht seiner verschärften Haft bezweifle ich ernsthaft, daß Kapitän Thermopyle jemals aus eigener Kraft die Flucht gelungen wäre. Ich möchte sogar behaupten, daß die Bezeichnung ›Flucht‹ im eigentlichen Sinn unzutreffend ist. Kapitän Thermopyle ist nicht entflohen. Er konnte unmöglich fliehen. Stellvertretender Sicherheitsdienstleiter Taverner hat ihn *befreit*.«

Vielleicht um den Anschein der Unparteilichkeit zu wahren, zog Abrim Len es vor, die nächste, naheliegende Frage nicht selbst zu stellen. Statt dessen nickte er dem Deputierten des Pazifischen Staatenbundes zu.

»Direktor Lebwohl«, begann der Mann mit fester Stimme, »wir tappen in dieser Angelegenheit im dunkeln. Wir wissen kaum, wo wir bei diesem unseligen Vorkommnis mit der Untersuchung anfangen sollen. Warum erzählen Sie uns nicht kurzerhand, anstatt einzelne Fragen abzuwarten, was wir alle gerne wüßten, nämlich: Wie ist das passiert?«

Für einige Sekunden verzerrte eine Statikstörung das Bild. In Wardens Schläfen verstärkte sich das Gefühl naher Migräne. Er widerstand dem Drang, sich die Augen zu reiben.

Dank seiner üblichen Geschicklichkeit schaffte Hashi

Lebwohl es, bei der Beantwortung den Eindruck sowohl enormer Geduld wie auch weitgehender Leutseligkeit zu vermitteln. »Der Ablauf gibt uns keinerlei Rätsel auf, meine Damen und Herren. Als Stellvertretender Sicherheitsdienstleiter der KombiMontan-Station hatte Milos Taverner im VMKP-HQ gewisse dienstliche Berechtigungen und Vollmachten. Diese hat er mißbraucht, um Kapitän Thermopyles Freilassung und Einlaß an Bord eines Raumschiffs zu erwirken. Wegen der Art dieser Berechtigungen und Vollmachten ist nur eine rein routinemäßige Genehmigungsanfrage an mich ergangen. Als sie mir vorlag, befanden Kapitän Thermopyle und Stellvertretender Sicherheitsdienstleiter Taverner sich schon außerhalb unserer Reichweite.«

»Sie wissen genau«, sagte Vize-Konzilsdeputierte Carsin in gehässigem Tonfall, »daß die Frage gar nicht auf diese Einzelheiten abzielte. Uns den Ablauf der ›Befreiung‹ anzuhören, haben wir kein Interesse. Wäre Ihre Inkompetenz dermaßen offenkundig, hätte Polizeipräsident Dios Ihre Rübe schon rollen lassen.«

»Dann seien Sie doch bitte so freundlich«, röchelte Hashi Lebwohl, als wäre er Asthmatiker, »die Frage ein klein wenig genauer zu formulieren.«

»Wir wollen wissen«, antwortete Carsin, »wie diese ganze Situation überhaupt *möglich* geworden ist. Den Nachrichtensendungen zufolge« – sie deutete auf ihren Monitor – »hatten Sie Taverner aufgrund des Verdachts von der KombiMontan-Station kommen lassen, er könnte ein Verräter sein. Ja, zum Teufel, weshalb haben Sie ihm dann alle diese ›dienstlichen Berechtigungen und Vollmachten‹ nicht entzogen?«

Min Donners Emanationen glichen einem Zähneblecken. Der RÖA-Direktor strahlte ein Gemisch von Konzentration und Verängstigung aus.

Glaubwürdig mimte Hashi Lebwohl jemanden, der für Carsins Erklärung Dankbarkeit empfand. »Herzlichen Dank, *Vize*-Deputierte Carsin.« Hörbar betonte er den ersten Teil des Titels. »Jetzt verstehe ich die Frage. Allerdings müssen *Sie* verstehen, meine Damen und Herren, daß unser Verhältnis zu Stellvertretendem Sicherheitsdienstleiter Taverner keineswegs so unkompliziert gewesen ist, wie die Medien sie nachträglich darstellen. Ich glaube, keiner von Ihnen hat schon den vor einiger Zeit stattgefundenen Prozeß gegen Kapitän Thermopyle vergessen. Er war in der KombiMontan-Station der Entwendung von Stationsgütern überführt worden. Aber er gilt seit jeher als notorischer Illegaler, von dem man annimmt, daß er zahlreiche weit schwerere Verbrechen verübt hat. Trotzdem ließen sich keinerlei hinlängliche Beweise beibringen, um ihn wegen eines schwerwiegenderen Vergehens als Diebstahl zu bestrafen. Erst später zeigte sich, daß offenbar nicht einmal diese Straftat ohne die Mithilfe eines Komplizen innerhalb des Stationssicherheitsdienstes hätte begangen werden können.«

Überall im Saal tippten Konzilsmitglieder ihren Computern Abfragen ein oder wandten sich mit geflüsterten Fragen an ihre Berater. Nur die Deputierte der KombiMontan-Station brauchte keine Gedächtnisstütze. Es hatte entscheidende Bedeutung, dachte Warden Dios, daß sie den Schmollmund hielt.

»Angesichts des unübersehbaren Mangels an gerichtsverwertbarem Beweismaterial mochte der Sicherheitsdienst der KombiMontan-Station naturgemäß die Sache nicht auf sich beruhen lassen«, erläuterte Hashi Lebwohl. »Deshalb wurde Stellvertretender Sicherheitsdienstleiter Taverner mit der fortgesetzten Vernehmung Kapitän Thermopyles beauftragt. Leider kamen dabei keine Ergebnisse zu Tage. Endlich beschlossen wir aufgrund unseres Interesses an dem Fall, selbst etwas zu unternehmen. Ich muß gestehen, wir waren gleich von Anfang an daran interessiert, die Operative Abteilung nicht weniger als die Abteilung Datenaquisition.« Sorgsam bereitete Lebwohl den Weg für die Dinge, von denen Warden Dios hoffte, daß das Konzil sich damit befaßte. »Wie Sie sich vielleicht aus dem Prozeß gegen Kapitän Thermopyle entsinnen, hatten wir Anlaß zu der Mutmaßung, daß er die Verantwortung für die Vernichtung des VMKP-Zerstörers *Stellar Regent* trägt. Unsere Vermutung stützte sich auf den Umstand, daß er in der KombiMontan-Station mit der einzigen Überlebenden der *Stellar Regent* aufkreuzte, einer Leutnantin namens Morn Hyland. Was ist der *Stellar Regent* zugestoßen? Wie hat Leutnantin Hyland überlebt? Warum befand sie sich in Begleitung Kapitän Thermopyles? Noch konkreter, wieso *blieb* sie in seiner Begleitung? Die Antworten auf diese Fragen waren es, für die wir uns interessierten... Ich scheue mich nicht zu sagen: *brennend* interessierten. Aber leider hatten wir überhaupt keine Möglichkeit, um die Vorgänge irgendwie zu beeinflussen. Wir mußten auf die Resultate der Untersuchung durch den Sicherheitsdienst der KombiMontan-Station warten.«

Inzwischen hatten die meisten Konzilsdelegierten aus ihren Computern oder von ihren Ratgebern die geforderten Hinweise erhalten.

Hashi Lebwohl schob sich ein weiteres Mal die Brille auf der Nase zurecht, ehe er wie ein Dozent die Fingerkuppen zu einem Dreieck aneinanderlegte.

»Durch das kürzlich verabschiedete Autorisierungsgesetz hat sich die Lage dann aber geändert. Und es versah uns mit einem zusätzlichen Grund zum Handeln. Es betraut uns unzweideutig mit der Verantwortung für die Zuverlässigkeit des Sicherheitsdienstes der KombiMontan-Station. Weshalb führte Kapitän Thermopyles ununterbrochenes Verhör zu keinen Ergebnissen? Warum hatte man ihn lediglich wegen eines so unbedeutenden Vergehens verurteilen können? War Beweismaterial verschwunden? Und falls ja, hatte Stellvertretender Sicherheitsdienstleiter Taverner dabei die Hand im Spiel gehabt? Lag die Ursache für sein Unvermögen, neue Informationen zu erlangen, eventuell in seiner Komplizenschaft mit Kapitän Thermopyles Verbrechen begründet? Meine Damen und Herren, ich fand diese Fragen zu faszinierend, als daß es mir möglich gewesen wäre, darüber zur Tagesordnung überzugehen. Also habe ich mir in meiner Eigenschaft als Direktor der VMKP-Abteilung Datenaquisition sowohl Kapitän Thermopyle wie auch Stellvertretenden Sicherheitsdienstleiter Taverner von der KombiMontan-Station ins HQ überstellen lassen, um selbst die Wahrheit aufzudecken.«

Bisher sah Warden an Hashi Lebwohls Auftritt keine Veranlassung zur Kritik. Lebwohl beherrschte seine Begabung zum Falschspiel und zur Irreführung wie ein Virtuose: er sprach so glaubhaft, wie Warden es nur wünschen konnte. Doch unverändert brachten die Kommunikationstechniker es nicht fertig, die Verbindung zu entstören; das Bild flimmerte, als wäre es Lebwohls und Warden Dios' Unaufrichtigkeit, die die Qualität beeinträchtigten.

»Aber wie sollten wir die Wahrheit herausfinden?« rief der DA-Direktor eine rhetorische Frage. »Wir standen vor einer äußerst schwierigen Herausforderung. Hätte ich Stellvertretenden Sicherheitsdienstleiter Taverner meinen Argwohn spüren lassen – zum Beispiel durch Aberkennung seiner dienstlichen Berechtigungen und Vollmachten –, wäre zweifellos seinerseits alles Menschenmögliche getan worden, um sich vor Entlarvung zu schützen. Dann hätte ich die Informationen, die ich haben wollte, nie erhalten. Meine Hoffnung stützte sich daher auf den Vorwand, ich hätte ihn wegen seiner speziellen Kenntnisse Kapitän Thermopyles herbestellt. Das hätte ja ohne weiteres der Fall sein können. Bei meinen Vernehmungen Kapitän Thermopyles fand ich dann täglich genügend Gründe, um immer mehr an die Ehrlichkeit Stellvertretenden Sicherheitsdienstleiters Taverner zu glauben. Sie blieben nämlich so ergebnislos, wie man es sich nur vorstellen kann. Trotz der durch uns angewandten fortgeschrittenen Verhörmethoden, die sich selbstverständlich allesamt im Rahmen der gesetzlichen Beschränkungen bewegten« – Lebwohl traf diese Klarstellung mit pietätvoller Miene – »konnte ich keine Aussagen erlangen, die Stellvertretender Sicherheitsdienstleiter Taverner nicht schon vorher protokolliert hatte. Welchen Grund hätte ich folglich gehabt, um Stellvertretenden Sicherheitsdienstleiter Taverner wie einen Verdächtigen zu behandeln? Wir bei der VMKP halten das Prinzip heilig, jeden als Unschuldigen anzuerkennen, solang ihm keine Schuld nachgewiesen worden ist.« Allmählich trug Lebwohl etwas zu dick auf; aber Warden verzichtete aufs Einschreiten.

»Je länger ich Kapitän Thermopyle verhörte, um so nachhaltiger zerstreute sich mein gegen Stellvertretenden Sicherheitsdienstleiter Taverner gehegtes Mißtrauen. Meine Damen und Herren, ich habe seine dienstlichen Berechtigungen und Vollmachten nicht außer Kraft gesetzt, weil ich in bezug auf ihn keinerlei Belastungsmaterial hatte. Bis er Kapitän Thermopyle befreit und mit ihm zusammen das Weite gesucht hat, lag mir buchstäblich nichts vor, was meinen gegen Taverner gerichteten Verdacht erhärtet hätte.«

Jetzt ergriff wieder Warden das Wort. »Haben diese Ausführungen zu einer Klärung beigetragen?« fragte er mit einer Barschheit, die auf die Beschwerden in seinen Sehnerven zurückging. »Vielleicht ist es Ihnen nun möglich, präzisere Fragen zu stellen.«

»Herzlichen Dank, Direktor Lebwohl«, sagte Len. »Ihre Berichterstattung zeichnet sich durch bewunderungswürdige Klarheit aus. Sind Ihre Einlassungen so zu verstehen, daß Sie mit dem vorhin erwähnten ›Fehler‹ Ihre irrige Beurteilung Milos Taverners gemeint haben?«

»Ganz genau, Herr Vorsitzender«, bestätigte Hashi Lebwohl so gemütlich, als befände er sich im Frieden mit dem gesamten Universum.

»In diesem Fall«, antwortete Len auf annähernd gleiche Weise, »erlauben Sie mir bitte, mein mitfühlendes Bedauern auszusprechen. Jeder macht Fehler, aber nicht jeder darf sie sich leisten. Menschen wie wir, Direktor Lebwohl, die ein so hohes Maß an Verantwortlichkeit haben, müssen irgendwie ihre Fehlbarkeit überwinden. Sonst wirken ihre ›Fehler‹ sich zum Schaden der gesamten Menschheit aus. Meine Damen und Herren des Konzils, Polizeipräsident Dios, ich bin der Ansicht, wir sollten nun, ehe wir zu Weiterungen übergehen, die uns bis jetzt präsentierten Fakten diskutieren. Vize-Konzilsdeputierte Carsin, haben Sie noch Fragen an Direktor Lebwohl oder Polizeipräsident Dios?«

Von da an entwickelte sich geradezu ein Kreuzverhör. Tatsächlich hatte Carsin an Lebwohl Fragen; sie tat seine Schilderung als lachhaft ab. Und sie handelte schnell: kaum war sie von Abrim Len angesprochen worden, hatte sie eine lange Liste feindseliger Fragestellungen parat. Nach ihr kamen der Deputierte des Kosmo-Industriezentrums Valdor, der Vize-Deputierte der Allianz Asiatischer Inseln und Halbinseln, der Deputierte der Weltraumstation Hoher Auslug sowie weitere Konzilsparlamentarier an die Reihe; alle fühlten sie sich durch die Tragweite der Flucht Angus Thermopyles tief beunruhigt; und alle nahmen sie zur Abteilung DA und zu Hashi Lebwohl entweder aus Kritik an deren Verfahrensweisen oder aufgrund politisch-strategischer Erwägungen eine ablehnende Haltung ein.

An einem Punkt unterbrach Lebwohl den schier endlosen Fragenkatalog, um vorzutäuschen, er erhielte von seiner ›nebenstehenden Assistentin‹ eine Mitteilung gereicht; er beäugte den Zettel, als ob er etwas läse. »Vize-Konzilsdeputierte Carsin«, sagte er danach, »die von Ihnen verlangten Berechnungen liegen mir jetzt vor. Anscheinend hat Kapitän Thermopyle unser Sonnensystem mit Kurs auf den Bannkosmos verlassen. Falls er keine Kurskorrektur vornimmt, fliegt er in die Richtung eines Planetoiden mit der Bezeichnung Thanatos Minor, auf dem, wie wir vermuten, eine Schwarzwerft etabliert ist, die den Transaktionen und sonstigen Bedürfnissen der Raumpiraterie dient.« Er zuckte die Achseln. »Ein Flugziel, wenn Sie die Bemerkung gestatten, wie es zu einem Mann wie Kapitän Thermopyle nicht besser passen könnte«, meinte er. »Unsere Verträge mit den Amnion schließen jede Möglichkeit der Verfolgung aus.«

Dann setzte er die Beantwortung der Fragen fort, als würfe er sich feindlichem Beschuß entgegen.

Die ganze Zeit hindurch blieb er vollständig gelassen, ließ er sich nicht aus der Ruhe bringen; fast wirkte er heiter. Nur das Röcheln seiner Stimme verriet Stress. Er hatte sich auf die Zumutung der Konferenz gut eingestellt. Und mit seinem Temperament war er den Anforderungen gänzlich gewachsen: er verspürte keine ersichtliche Neigung, dahin gedrängt zu werden, Unwahrheiten mit zusätzlichen Lügen zu decken. Weil er zwischen Wahrheit und Unwahrheit keine zwangsläufige Unterscheidung traf, war er in seinem natürlichen Element.

Warden hätte alles mit höchster Aufmerksamkeit mitverfolgen sollen; doch seine Gedanken schweiften ab. Die Fragen des Konzils, Hashi Lebwohls Antworten: alles war nur Spreu im Wind. Purer Zeitvertreib, bis Abrim Len sich dazu bereit fühlte, sich den ›Weiterungen‹ zu widmen. Als tüchtiger Politiker legte der EKRK-Vorsitzende darauf Wert, daß die übrigen Konzilsangehörigen ihre Lust am Trivialen befriedigten, ehe er wichtigere Angelegenheiten zur Sprache brachte. Die eigentlichen Fragen waren noch gar nicht gestellt worden; die wirkliche Gefahr stand noch bevor.

Als bräuchte er Ermutigung, blickte Warden Dios von den Kameralinsen hinüber zu Min Donner und Godsen Frik.

Min Donner bot ihm keinerlei Trost. Sie war sich selbst und ihrer Sache viel zu sicher. Auf gewisse Weise war sie durch die vollkommene Hingabe an ihre Ideale einer Läuterung unterzogen worden. Als ihr Vorgesetzter konnte Warden ihr Handlungen befehlen, die ihr mißfielen; doch es lag außerhalb seiner Macht, ihr Skepsis gegen den Charakter ihrer Überzeugungen einzuflößen. Trotz seiner unpersönlichen Liebe zu und trotz seines persönlichen Respekts vor ihr bekam er von Min Donner nicht, was er wollte.

Der RÖA-Direktor dagegen…

Ein Nachteil – oder vielleicht war es ein Vorteil – von Wardens prothetischem Auge war, daß es sich niemals schloß. Nie konnte er blind für Aura und Schweiß, Atmung und Puls der Mitmenschen seiner Umgebung sein; nie vermochte er Godsen Friks Heuchelei seine Beachtung entziehen. Für ihn verkörperte Frik eine Miniatur der VMKP. Genauer ausgedrückt, er verkörperte das, was die VMKP geworden war; wozu Dios selbst – unter dem Druck Holt Fasners – sie gemacht hatte. So verlor Warden Dios diese Tatsache nie aus dem Auge.

Godsen Friks Emanationen trösteten ihn mit der Einsicht, daß jede Härte, die er tragen mußte, ihre Rechtfertigung hatte; daß alles, was er tat, um eine Erneuerung herbeizuführen, das Risiko lohnte.

»Dankeschön, Direktor Lebwohl«, sagte Len. Warden wandte den Blick wieder in die Kameras und ins migränöse Geflacker des Wandbildschirms. »Sie haben uns sehr entgegenkommend Auskünfte erteilt. Ich glaube, Sie haben alle Frager zufriedengestellt, die in dieser schwierigen Situation die Bereitschaft haben, sich zufriedenstellen zu lassen. Und was die anderen betrifft, bin ich sicher« – er vermied es, Carsin anzusehen –, »daß sie ihre Unzufriedenheit bändigen werden, bis das Konzil die Debatte intern fortsetzen kann. Polizeipräsident Dios, möchten Sie, bevor wir weitermachen, noch etwas hinzufügen?«

Warden schüttelte den Kopf, das Gemüt geballt um seinen harten Kern aus Erbitterung. »Direktor Lebwohl genießt mein volles Vertrauen«, konstatierte er. »Er hat Ihre Fragen gründlicher beantwortet, als ich es gekonnt hätte.«

Len deutete eine Verbeugung an. »Nun gut, Polizeipräsident Dios. Dann also weiter.«

Das vollständige Konzil verharrte plötzlich; es schien, als wäre die Videoübertragung zum Standbild geworden. Reglos hielten Deputierte angehobene Papiere in der Hand; Berater, die sich vorgebeugt hatten, um etwas zu flüstern, blieben stumm.

In Warden Dios' Schläfen wurde das Pochen merklich stärker.

»Vorhin war die Rede von der Verhaftung und Verurteilung Kapitän Angus Thermopyles in der KombiMontan-Station«, sagte Len. Warden fragte sich, wieviel Verstörung seine IR-Optik jetzt bei ihm gemessen hätte, wäre der EKRK-Vorsitzenden persönlich zugegen gewesen. »Wie Sie wissen, haben diese Geschehnisse schon bei vorangegangenen Anlässen in Konzilsdebatten eine größere Rolle gespielt.« Beispielsweise der Diskussion um das Autorisierungsgesetz. »Nicht bekannt ist Ihnen jedoch vielleicht, daß manche Konzilsdeputierte bezüglich dieser Vorgänge Fragen aufgeworfen haben, auf die uns nie erschöpfende Antworten gegeben worden sind. Infolge der Flucht Kapitän Thermopyles sind diese Fragen jetzt mit neuer Dringlichkeit wieder akut geworden. Konzilsdeputierte Martingale, möchten Sie dazu aus Ihrer Sicht das Erforderliche sagen?«

Martingale war die Vertreterin der KombiMontan-Station.

»Polizeipräsident Dios«, ergriff sie das Wort, ohne die Augen von ihrem Computerterminal zu wenden, »meine Mandatgeber sind umfassender als jeder andere Beteiligte von dem Fall Thermopyle betroffen gewesen. Ich habe mehr Gründe zum Fragenstellen als meine Konzilskolleginnen und -kollegen, und meine Verantwortung gegenüber der KombiMontan-Station verlangt, daß ich diese Fragen ausspreche. Aber zur gleichen Zeit ist die KombiMontan-Station *sorgfältigstens*« – nachdrücklich betonte sie das Wort – »darauf bedacht, sich vom Makel des Anscheins, als verfolgte sie ausschließlich ihre eigenen Interessen, völlig freizuhalten. Die Zuverlässigkeit unseres Sicherheitsdienstes ist aufs schwerste in Zweifel gezogen worden. Natürlich haben wir den Wunsch, uns gegen solche Vorwürfe zu wehren, aber gleichzeitig hat jede Verteidigung den Beigeschmack billiger Ausreden. Darum hat das Erd- und Kosmos-Regierungskonzil auf meine Anregung hin einen Sonderbevollmächtigten zur unabhängigen Untersuchung der Affäre ernannt. Im Hinblick auf das Protokoll erinnere ich meine Konzilskolleginnen und -kollegen daran, daß die Ernennung dieses Sonderbevollmächtigten ohne jede Rücksprache mit meinem Büro oder der KombiMontan-Station vorgenommen worden ist. Polizeipräsident Dios, sowohl mein Büro wie auch die KombiMontan-Station haben äußerst strenge Nachforschungen über sich ergehen lassen müssen. Ich hoffe, daß die Befragung, die nun Ihnen bevorsteht, ebenso außerordentlich streng ausfällt.«

Warden blinzelte gegen die Beschwerden an, die ihm das Flimmern der Bildübertragung verursachte. Nun geht es los, dachte er, während Martingale ihre Schlußsätze sprach. »Gestatten Sie, daß ich Sie mit Sonderbevollmächtigtem Igensard bekanntmache. Sonderbevollmächtigter Igensard, Sie haben das Wort.«

»Danke, Konzilsdeputierte Martingale.« Der Mann,

der sich bei ihr bedankte, verließ seinen Platz hinter dem Deputierten der Ostunion und stellte sich an die Beratungstafel.

Nach einem kurzen Moment der Unruhe ergab sich im Saal wieder Stille.

Während er insgeheim die IR-Untauglichkeit der visuellen Übertragung verfluchte, sah Warden sich Maxim Igensard ganz genau an.

Selbstverständlich wußte er schon seit einiger Zeit von Igensards Ernennung. Aber daß das EKRK ihn, Dios, und Lebwohl durch Igensard befragen zu lassen beabsichtigte, hätte eine völlige Überraschung sein müssen.

Doch Warden fühlte keine Überraschung. Vielmehr empfand er Erleichterung – so gründliche Erleichterung, daß ihm im ersten Augenblick beinahe der Fehler unterlief, sie zu zeigen.

»Polizeipräsident Dios, Direktor Lebwohl, unser Gespräch ist für mich eine ganz besondere Gelegenheit«, beteuerte Igensard als erstes. »Ich wage zu hoffen, daß es uns dadurch gelingt, Licht auf einige besorgniserregende Vorkommnisse zu werfen.«

Der Sonderbevollmächtigte hatte eine nichtssagende Stimme, die zu seiner insgesamt farblosen Erscheinung paßte. Obwohl er als einziger Anwesender im Saal stand, wirkte er klein. Sein formeller grauer Anzug hatte einen Zuschnitt erhalten, der seinen ungewöhnlichen Kugelbauch verbergen sollte, allerdings ohne Erfolg; als ungewöhnlich mußte der Schmerbauch gelten, weil Igensard ganz im Gegensatz dazu schmächtige Gliedmaßen und kein Fett im Gesicht hatte. Er erweckte den Eindruck eines Menschen, der im Sturm des Lebens in jede Richtung geweht werden konnte.

Doch allem Anschein nach war er allein sich darüber im klaren, daß er, um die Illusion des Blickkontakts mit dem VMK-Polizeipräsidenten zu erzeugen, statt des Bildschirms die Kameras ansehen mußte. Infolgedessen war er die einzige Person im Saal, die nicht Wardens Unterleib zu betrachten schien.

Trotz der Flimmrigkeit des Bilds ließ sich nicht übersehen, daß in Igensards festem Blick keine Spur einer Weichlichkeit stand, wie sie mit seinem übrigen Äußeren korrespondiert hätte.

Hoffnung oder Beklemmung schnürte Warden die Kehle ein. »Fragen Sie, was Sie wollen«, legte er dem Sonderbevollmächtigten schroff nahe. »Wir antworten so gut, wie wir's können.«

Igensard zögerte nicht. »Leider weiß ich nicht, an wen von Ihnen ich mich mit meinen Fragen wenden soll.« Er hatte keine Notizen in der Hand; anscheinend brauchte er keine. »Ich sage Ihnen, was ich wissen möchte, von Ihnen kann ja dann antworten, wer sich für zuständig hält ... Morn Hyland war Leutnantin an Bord des VMKP-Zerstörers *Stellar Regent*.« Er kam auf sie zu sprechen, als schnitte er kein allzu bedeutsames Thema an. »Nach der Vernichtung des Zerstörers geriet sie in die Gewalt Kapitän Thermopyles. Seine Aussage ist uns geläufig. Er behauptet, sie sei von ihm gerettet worden, nachdem das Raumschiff durch einen vorgeblich in der KombiMontan-Station verübten Sabotageakt eine Havarie erlitten hätte.«

»Zielt Ihre Frage dahin«, fragte Warden, nur um ein bißchen innere Spannung abzubauen, »ob Milos Taverner etwas mit der Zerstörung der *Stellar Regent* zu tun hatte? Darüber liegen uns keine Erkenntnisse vor.«

Igensard sprach weiter, als hätte Warden nichts gesagt. »Nach Kapitän Thermopyles Rückkehr zur KombiMontan-Station blieb Morn Hyland mit ihm zusammen. Seine Aussage lautet, sie hätte es getan, weil sie dem Stationssicherheitsdienst nicht traute. Aber sobald der Sicherheitsdienst ihn wegen Diebstahls von Stationsvorräten festnahm, hat sie ihn und die KombiMontan-Station sofort an Bord der Interspatium-Barkentine *Käptens Liebchen* verlassen, deren Eigentümer ein gewisser Kapitän Nick Succorso ist. Auch Kapitän Succorso ist schon häufig illegaler Aktivitäten verdächtigt, aber nie überführt worden. Sind diese Angaben im wesentlichen richtig?«

Warden hob die Schultern. »Sie kennen die Akten. Also wissen Sie's.«

»In diesem Fall, Polizeipräsident Dios, Direktor Lebwohl, kann ich meine Fragen samt und sonders zu einer einzigen Frage zusammenfassen: Warum haben Sie so gehandelt?« Die Ausdruckslosigkeit von Igensards Stimme, durchschaute Warden jetzt, war eine Masche; ein Trick, um zu erreichen, daß Leute sich in falscher Sicherheit wiegten. »Ein berüchtigter Illegaler wird in der KombiMontan-Station verhaftet und verurteilt. Später läßt die VMKP-Abteilung Datenaquisition ihn sich überstellen. Man erlaubt, daß eine VMKP-Leutnantin, die einzige Überlebende eines vernichteten VMKP-Raumschiffs, Kapitän Thermopyles einzige Begleiterin – also die einzige Zeugin seiner Taten –, sich mir nichts, dir nichts, ohne daß man ihr eine Aussage abverlangt, ohne daß man sie zurückhält, von der KombiMontan-Station verabschiedet, und zwar wieder in Gesellschaft eines notorischen Illegalen. Gegenwärtig ist sie sonstwo unterwegs, vermutlich um Kapitän Thermopyle wiederzutreffen, dem jetzt durch einen monumentalen Zufall die Flucht aus dem Gewahrsam der VMKP-Abteilung Datenaquisition gelungen ist... Polizeipräsident Dios, Direktor Lebwohl, das stinkt himmelhoch nach Komplizenschaft.«

Unter Igensards festem Blick vergaß Warden Kleinwüchsigkeit und Wanst des Sonderbevollmächtigten. »Es stinkt nach einem skandalösen Amtsvergehen. Es begründet den Verdacht, daß Kapitän Thermopyle als Agent für Sie tätig ist, Sie ihm, um sein Leben zu retten, eine Weiße Weste verschafft haben, Sie ihn sich von der KombiMontan-Station schicken ließen, um zu verhindern, daß die Verhöre etwas zu Tage fördern, und daß Sie ihm zum Dank für seine Dienste – und damit er Ihnen auch künftig nützlich sein kann – abzuhauen ermöglicht haben. Es legte den Verdacht nahe, daß die VMKP mit desmaskierten Illegalen gemeinsame Sache macht, um das Ansehen der Stationssicherheitsdienste zu untergraben, Illegale zu beschützen und das Piratenunwesen zu begünstigen – ein Verhalten, das die Amnion bei der Verwirklichung ihrer gegen die Menschheit gerichteten Absichten unterstützt.«

Warden befürchtete, Min Donner würde aufspringen und in Geschrei ausbrechen. Nur ihre eiserne Disziplin hielt sie im Sessel zurück.

»Bevor Sie Antwort geben«, fügte Igensard hinzu, »erlauben Sie mir, Sie darüber zu informieren, daß ich zur Untersuchung dieser Affäre Einblick in die kompletten diesbezüglichen Akten der KombiMontan-Station genommen habe. Sie sind gänzlich eindeutig. Der KombiMontan-Stationssicherheitsdienst hat Morn Hyland auf Ihren Befehl hin gestattet, mit Kapitän Succorso abzufliegen. Als VMK-Polizisten steht sie außerhalb der Zuständigkeit des Sicherheitsdienstes. Darum ist beim VMKP-HQ um Instruktionen angefragt worden. Ihre Anweisung lautete, hinsichtlich Morn Hylands nichts zu unternehmen. Ich frage Sie noch einmal: Warum haben Sie so gehandelt?«

Da haben wir es, dachte Warden Dios. Es ist soweit. Jetzt stehen oder fallen wir.

Die migräneähnlichen Beschwerden, die das Bild ihm hervorrief, bereiteten ihm das Gefühl, auf beiden Augen zu erblinden.

»Bei allem Respekt, Sonderbevollmächtigter Igensard«, knurrte er sardonisch, »bügeln Sie da nicht so einiges über die Tonne? Sie leiten aus recht ungenügenden Hinweisen sehr weitreichende Schlußfolgerungen ab.«

»Beantworten Sie einfach die Frage, Polizeipräsident

Dios«, entgegnete Igensard. »Das Erd- und Kosmos-Regierungskonzil wird selbst seine Rückschlüsse ziehen.«

Mit einer Anwandlung von Resignation vertraute Warden Dios sein Los Personen an, auf die er keinen Einfluß hatte; allen voran Hashi Lebwohl, der zwischen dem einen und dem anderen Schicksal keinen Unterschied sah. »Die Sache betrifft Ihre Abteilung, Direktor Lebwohl«, sagte er leise. »Am besten erteilen Sie darauf Antwort.«

Lebwohl hatte sich ausgezeichnet vorbereitet: er wand sich an seinem Platz, als schwitzte er um sein Leben. Zum erstenmal, seit er sich vor den Kameras auf Dios' Schreibtischkante gekauert hatte, sollte er nun die Wahrheit sagen.

»Sonderbevollmächtigter Igensard, Ihre Sorge entbehrt jeder Grundlage.« In seiner Stimme schwang ein dermaßen überzeugungskräftiges Zittern mit, daß sogar Warden beinahe glaubte, es wäre echt. »Auch diesmal ist die Lage verzwickter, als sie auf den ersten Blick den Anschein hat. Kapitän Thermopyle zählt nicht zu den wenigen verdeckt tätigen Agenten der VMKP. Wenn Sie seine vom KombiMontan-Stationssicherheitsdienst erarbeiteten Psychoprofile angesehen haben, müßten Sie mir eigentlich glauben. Ein derartiger Mensch... Wie soll ich mich ausdrücken? Es ist vollständig ausgeschlossen, ihm nur das allergeringste Vertrauen entgegenzubringen. Ich könnte ihn schon deshalb nicht als operativen Mitarbeiter verwenden, weil er sich niemals von uns für so etwas einspannen ließe. Dagegen ist Kapitän Succorso *sehr wohl* ab und zu für meine Abteilung tätig. Seine Gesetzesverstöße sind meistens keine wirklichen Verbrechen, sondern nur Schall und Rauch. Sie dienen der Täuschung. Darum hatten wir keinen Grund, um den KombiMontan-Stationssicherheitsdienst in bezug auf Morn Hyland aktiv werden zu lassen. Wir hatten Anlaß zu

Zweifeln an ihrer Einsatzfähigkeit, und zudem bot sich uns eine zweckmäßige Alternative an.«

»Können Sie mir dann einmal verraten, wo Morn Hyland ist?« wollte Igensard prompt erfahren. »Was für eine Art von Rettungsaktion soll denn das sein? Gütiger Gott, Direktor Lebwohl, sie ist *wochenlang* in Thermopyles Gewalt gewesen. Sie haben sein Psychoprofil erwähnt. Er ist medizinisch nachweisbar ein Psychopath. Und Morn Hyland ist *Polizistin.* Haben Sie überhaupt nicht daran gedacht, was ihr von dem Kerl angetan worden sein muß? In der KombiMontan-Station gibt es Kliniken, Therapeuten, Neuralmedizin. Welche Hilfe kann Kapitän Succorso ihr leisten? Wohin hat er sie gebracht? Wofür *mißbrauchen* Sie diese arme Frau?«

»Sonderbevollmächtigter Igensard, Sie müssen die Sachlage richtig verstehen.« Das Zittern tremolierte hörbarer durch Hashi Lebwohls Stimme; dadurch klang sie nach Bestürzung, als fühlte er sich in die Enge getrieben. »Der Human-Kosmos lebt mit den Amnion in Frieden. Unter beträchtlichen Schwierigkeiten bemüht die Vereinigte Montan-Kombinate-Polizei sich um die Aufrechterhaltung dieses Friedens. Anders ist es mit der Abteilung Datenaquisition. Die Datenaquisition befindet sich mitten im Krieg. Sie führt Krieg ums Erringen von Fakten, um Erkenntnisse – um die Mittel, die Menschen und Amnion einen offenen Zusammenprall ersparen können –, aber für sie ist jedenfalls Krieg. Und der Krieg degradiert Männer und Frauen zu bloßen Werkzeugen. Ohne Rücksicht auf die persönlichen Folgen müssen sie für die Aufgaben eingesetzt werden, die sie zu erfüllen imstande sind. Die Datenaquisition kann es sich nicht erlauben, sich bietende Gelegenheiten zu versäumen. Leutnantin Hyland hat mir eine Gelegenheit geliefert, die zu verpassen ein Dienstvergehen gewesen wäre.«

Min Donner hockte auf der Vorderkante des Sessels

und lauschte in geballter Aufmerksamkeit. Godsen Frik kaute auf seinen Fingerknöchel, als wollte er seine Hände zu Stümpfen abfressen.

»Sie müssen beachten«, erklärte Lebwohl, »daß man Kapitän Succorso allgemein für einen Illegalen hält. Aufgrunddessen hat er Zutritt zu Orten und Persönlichkeiten der Illegalität, zu denen kein VMKP-Mitarbeiter offiziell Zugang erlangen könnte. Und Leutnantin Hyland war unwiderruflich kompromittiert. Sie fragen, ob wir an das gedacht haben, was Kapitän Thermopyle ihr angetan haben dürfte. Ich kann Ihnen mitteilen, daß wir an das Unselige gedacht *haben,* das sie sicherlich erlitten hat, und wir der Auffassung sind, daß Kapitän Thermopyles Schlechtigkeit jeder Beschreibung spottet... und daß nach unserer Einschätzung keine Klinik und keine Therapie ihr noch zur Genesung verhelfen kann. Deshalb wurde von uns beschlossen« – Lebwohl nahm einen zittrigen Atemzug –, »sie uns auf anderweitige Weise nutzbar zu machen.«

»Nur zu, heraus mit der Sprache«, ermutigte ihn der Sonderbevollmächtigte. Plötzlich sprach er in dermaßen schneidend-scharfem Ton, als könnte seine Stimme bis aufs Blut verletzen. »Sie schildern uns hier ein wahrhaft faszinierendes Bild der anscheinend im VMKP-HQ herrschenden Moral.«

»Das ist eine unverfrorene Bemerkung«, schnauzte Warden sofort. »Nicht *Sie* sind mit der Pflicht betraut, die Menschheit vor den Amnion zu schützen. Wir *sind* es.«

»Ja natürlich«, mischte Abrim Len sich zu aalglatter Beschwichtigung ein. »Polizeipräsident Dios, Direktor Lebwohl, wir wissen die Offenheit Ihrer Auskünfte durchaus zu würdigen. Sonderbevollmächtigter Igensard, bitte verzichten Sie darauf, Beurteilungen dessen abzugeben, was Sie zu hören bekommen. Dergleichen fällt unter die Verantwortung des gesamten Konzils, nicht einzelner Konzilsmitglieder oder sonstiger Einzelpersonen.«

Knapp neigte Igensard den Kopf, enthielt sich aber jeden Kommentars.

Etliche Konzilsdeputierte schoben Papiere hin und her oder starrten ihre Monitoren an, als wäre die Ermahnung ihnen peinlich. Manche beobachteten achtsam den Sonderbevollmächtigten und den Bildschirm; ein paar wirkten, als wären sie am liebsten mitsamt ihren Sesseln von Igensard auf Abstand gerückt.

»Wie gesagt«, fing Hashi Lebwohl – dieses Mal scheinbar etwas gefaßter – von vorn an, »wir haben es vorgezogen, Leutnantin Hyland eine andere nützliche Aufgabe zuzuweisen. Ich muß nochmals betonen, daß diese Dinge wirklich außergewöhnlich vertrackt sind. Schon bevor wir auf den Fall Kapitän Thermopyles und Leutnantin Hylands aufmerksam geworden sind, beschäftigten wir uns mit Vorbereitungsarbeiten für eine von Kapitän Succorso durchzuführende Operation. Ich habe eben Thanatos Minor und die dortige Schwarzwerft erwähnt. Wegen ihrer Position im Bannkosmos entzieht sie sich unserer Aktionsreichweite. Aber Kapitän Succorso hat dort Zutritt. Um ihrer Effektivität Schaden zuzufügen, haben wir einen Plan ersonnen ... Nein, ich muß sagen, *ich* habe ihn mir ausgedacht. Eine Aktion, wie Kapitän Succorso der Schwarzwerft einen schweren Schlag versetzen könnte. Der Plan sah vor, ihn mit einem Medikament, von dem er behaupten sollte, es immunisiere gegen Amnion-Mutagene, nach Thanatos Minor zu schicken.«

Min Donner schnappte so vernehmlich nach Luft, daß man den Laut per Übertragung auch im EKRK-Beratungssaal hören mußte.

»Kapitän Succorso sollten gefälschte Beweise für eine Wirksamkeit des Medikaments mitgegeben werden. Sein Auftrag lautete, es den Illegalen Thanatos Minors zu verkaufen. Es stand unzweifelhaft zu erwarten, daß sie es wiederum den Amnion verkauften. Schon Gerüchte um eine derartige Droge müßten bei ihnen erhebliche Aufregung erzeugen. Sobald die tatsächliche Nutzlosigkeit des Mittels entdeckt worden wäre, hätte man auf Thanatos Minor natürlich Kapitän Succorso die Schuld gegeben. Aber viele Illegale – und vielleicht auch die Amnion – hätten Thanatos Minor die Schuld zugeschoben. Nach meiner Ansicht wäre ein Glaubwürdigkeitsverlust der Schwarzwerft eingetreten, von dem sie sich möglicherweise nie mehr erholt hätte … *Das* ist meine Pflicht, Sonderbevollmächtigter Igensard – den Kräften, die unseren Schutz gegen die Amnion schwächen, soviel Schaden wie möglich zuzufügen.«

Igensards Mund verzog sich zu einem höhnischen Ausdruck. »Und was hat Morn Hyland mit alldem zu schaffen? Hatten Sie vor, sie als Versuchskaninchen benutzen zu lassen, um die vorgebliche Wirksamkeit des Medikaments vorzuspiegeln?«

»Aber nein!« widersprach Hashi Lebwohl, als ob die bloße Vorstellung eines solchen Verhaltens ihn entsetzte; dabei war die Wahrheit viel greulicher. »Wir haben sie Kapitän Succorso zu seiner Absicherung beigegeben. Sie ist, wie erwähnt, unwiderruflich kompromittiert. Selbstverständlich hatten wir längst Maßnahmen ergriffen, um zu gewährleisten, daß uns durch das Wissen, das Kapitän Thermopyle mit Gewißheit von ihr erpreßt hat, keine Nachteile entstehen. Aber sie ist, wie Sie selber gesagt haben, *Polizistin*. Und Kapitän Succorso ist infolge seines Charakters ein Mann der unberechenbarsten Sprunghaftigkeit. Also haben wir ihm Leutnantin Hyland mitgeschickt, damit er, falls er in eine Falle geht oder enttarnt wird – er in Umstände gerät, die ihn in die Versuchung führen, die Wirkungslosigkeit des Mittels aufzudecken –, etwas anderes zu verkaufen hat …«

Min Donner sprang auf und bis dicht an den Aufnahmebereich der Kameras. Sie verstrahlte Emanationen höchster Entrüstung. Die Fäuste hatte sie geballt, als wollte sie Hiebe austeilen. Hätte Warden sie nicht mit einem raschen Blick gebändigt, wäre sie vielleicht auf Hashi Lebwohl losgegangen.

Doch der DA-Direktor blieb anscheinend für ihre Wut ebenso unempfänglich wie für Godsen Friks Konsternation. »Außerdem habe ich dabei einen zweiten Gesichtspunkt ins Kalkül gezogen«, sagte er, als hätte er vor, den denkbar übelsten Eindruck zu erregen. »Morn Hyland ist eine schöne Frau, Sonderbevollmächtigter Igensard. Angesichts der Behandlung, die ihr durch Kapitän Thermopyle widerfahren sein dürfte, dachte ich mir, daß sie dadurch eine geeignete Person geworden sein müßte, um die Gelüste solcher Männer wie Kapitän Succorso zu befriedigen. Wir haben sie ihm überlassen, um die Wahrscheinlichkeit zu verringern, daß er uns in den Rücken fällt, sollte die Erledigung seines Auftrags auf Thanatos Minor« – Lebwohl schob sich auf der Nase die Brille in die Höhe – »sich als allzu schwierig herausstellen.«

»Direktor Lebwohl«, äußerte Igensard gedämpft mitten in das Schweigen des Schreckens, das sämtliche Konzilsdeputierte befallen hatte, »Sie haben vor wenigen Minuten Kapitän Thermopyle ›Schlechtigkeit‹ nachgesagt. Würden Sie mir recht geben, wenn ich behaupte, daß diese Bezeichnung auch für Ihr Verhalten zutrifft?«

Wie vorher Min Donner, sprang nun auch Warden auf. »Das *reicht!*« kollerte er. »Rufen Sie Ihre Kläffer zur Ordnung, Herr Vorsitzender!«

Er machte sich keine Sorgen wegen Igensards oder des Konzils; an erster Stelle trieb ihn die Notwendigkeit zum Eingreifen, etwaigen Unbesonnenheiten seiner OA-Direktorin zuvorzukommen, die vielleicht verdorben hätten, was er durch Hashi Lebwohl zu bewirken versuchte.

»Ich habe in diese Konferenz nicht eingewilligt, damit meine Mitarbeiter von Ihnen beleidigt werden«, erklärte Warden Dios lautstark. »Es ist geschehen, weil unser Statut uns zur Offenlegung unserer Verfahrensweisen verpflichtet. Aber ich mache Sie darauf aufmerksam, daß keine Konsultationspflicht besteht. Man kann uns nicht zumuten, daß wir uns von Ihnen Unterstellungen anhören. Wir haben diese Taktik mit Leutnantin Hyland aus eben dem Beweggrund eingeschlagen, aus dem wir alles tun, was wir anpacken müssen – nämlich weil wir *derzeit* darin die beste Möglichkeit sahen, unsere gesetzliche Schutzfunktion zu erfüllen. Es handelt sich um ein kalkuliertes Risiko, nicht mehr, nicht weniger. Entweder klappt die Sache, oder sie mißlingt. Weder im einen noch im anderen Fall verdienen wir es, uns von irgendwelchen Würstchen mit großen Titeln Schmähungen gefallen lassen zu müssen.«

Wenn das nicht zustandebrachte, was er anstrebte, half gar nichts.

Als hätte er ein Stichwort erhalten, brach Abrim Len in Gefuchtel und Geplapper der Abwiegelung aus. »Polizeipräsident Dios«, rief jedoch Maxim Igensard dazwischen, »was möchten Sie zu der Tatsache vortragen, daß Angus Thermopyle dasselbe Ziel anfliegt, zu dem Sie Succorso und Hyland schicken?«

»Ich habe gesagt, daß es reicht«, erwiderte Warden in maßvollerem Ton. »Ihre Fragen sind durch uns beantwortet worden. Wir haben unserer Verpflichtung genügt. Was mich angeht, ist die Konferenz vorbei. Herr Vorsitzender, wenn Sie eines der angesprochenen Themen eingehender zu diskutieren wünschen, können wir einen neuen Termin vereinbaren. Aber ich möchte, daß Sie vorher Ihrem Sonderbevollmächtigten bessere Manieren eintrichtern. Diese Art der feindseligen Ausfragerei haben meine Mitarbeiter und ich nicht verdient.«

Er zeigte den Kameras die kalte Schulter, aktivierte seinen Interkom-Apparat und wies seine Vorzimmer-Sekretärin an, die Verbindung zu trennen.

Fast unverzüglich erlosch der Wandbildschirm.

Er schaltete die rings um seinen Schreibtisch heruntergedimmten Leuchtkörper nicht wieder heller. Lieber hätte er das Licht völlig ausgeschaltet und für einige Zeit allein im Dunkeln gesessen, sich die Schläfen massiert, seine gequälten Augen ausgeruht; seinen zerfledderten Idealen nachgetrauert. Aber er konnte es jetzt nicht tun; noch nicht. Der RÖA-Direktor kam auf ihn zu, streifte den Helligkeitskreis der Punktbeleuchtung wie ein erboster Löwe.

»Polizeipräsident Dios«, zeterte Godsen Frik, »das war schlichtweg ungeheuerlich! Ist Ihnen eigentlich klar, was Sie angerichtet haben? Wir stehen wie die miesesten Typen da, wie das niedrigste Lumpengesindel. Für das Empfinden dieser Menschen haben Sie in der grundlegendsten Art und Weise gegen Sitte und Anstand verstoßen. Man wird uns erbarmungslos in die Pfanne hauen! Wie ich Carsin und Igensard kenne, schreien sie schon nach unserem Kopf, und nach diesem wahrlich bemerkenswerten Auftritt werden die übrigen Konzilsmitglieder bereitwillig auf sie hören. Eines kann ich Ihnen sagen, Holt Fasner wird uns …«

Wardens Kopfschmerzen breiteten sich aus. Friks Stimme tat ihm in den Ohren weh. Dennoch würdigte er den Direktor keines Blicks. Hashi Lebwohls Aura hielt seine Beachtung in ihrem Bann.

Wärme und Feuchtigkeit zeichneten sich längs Lebwohls Wirbelsäule als schimmernder Streifen ab. Trotz seiner Kaltschnäuzigkeit und des Eingefleischtseins seiner Falschheit hatte der DA-Direktor den Laborkittel durchgeschwitzt. Im Gegensatz dazu war sein Gesicht bleich und blutleer, als hätten die Strapazen so vieler selektiver Wahrheiten ihn völlig ausgelaugt.

Um seine Kräfte zu schonen, bewegte Warden sich

so minimal, wie es nur ging, brachte Godsen Frik zum Stehen, indem er nur mit dem Finger auf ihn wies. Warden bewahrte straffe Haltung, ließ sich nicht provozieren. Doch gerade seine Beherrschtheit schien Frik um so stärker abzuschrecken, als wäre Dios' bloßer Finger eine tödliche Waffe.

»Ich habe Sie nicht nach einer Einschätzung unseres ›Auftritts‹ gefragt«, hielt er ihm in aller Ruhe entgegen. »Mir kommt es darauf an, ob Ihre Fragen beantwortet sind. Sie wollten wissen, welche Garantie dafür besteht, daß Milos Taverner uns nicht hintergeht. Keine, lautet die Antwort. Aber wir haben ihn in eine Lage gebracht, in der er ausschließlich nach einer Seite von unserem Auftrag abweichen kann. Und darauf gibt Thermopyles Programmierung automatisch acht. Wir können nicht verhindern, daß Taverner verkauft, was er über Josua und über uns weiß, aber wenn er es wagt, liegt uns dafür ein Beweis vor. Und er kann nur anbieten, was er weiß. Wir sind bei dem, was wir ihm mitgeteilt haben, sehr vorsichtig gewesen. Sobald er sich dazu versteigt, es mit irgendeinem schmutzigen Spielchen gegen beide Parteien zu probieren, benutzen wir ihn für unsere Zwecke auf eine Weise, die er sich jetzt nicht einmal im Traum vorstellen könnte. *Das* sind die Umstände, aufgrund der wir das Risiko zu tragen bereit sind.«

Warden wußte, daß Godsen Frik im Vergleich mit den Konsequenzen der EKRK-Konferenz darin eine unwichtige Kleinigkeit sah; aber ihm war gleichgültig, was Frik dachte. Ohne weiter auf den RÖA-Direktor zu achten, rang er sich endlich dazu durch, sich Min Donners weit gründlicherer Erbitterung zu stellen.

»Und wie ist es mit Ihnen?« Mit Mühe behielt er einen kollegialen Tonfall bei. »Sind auch Ihre Fragen beantwortet?«

Min Donner stand auf der anderen Seite der Helligkeit wie ein zum Zuschlagen bereiter Falke. Wiederholt öffnete und schloß sie unbewußt eine Faust; die andere Hand befingerte ihre Pistole, als kostete es sie ständige Willenskraft, die Waffe im Halfter zu lassen.

»Ist das alles wahr?« Sie sprach leiser als Warden, aber in unvergleichlich wilderem Ton. »Das über Morn Hyland?«

Vor Ermüdung stöhnte Warden Dios. »Ja«, bestätigte er ihr. Momentan fehlte ihm die Kraft zu weiteren Lügen.

Donner fuhr zusammen; das eine Wörtchen schien sie betroffener als irgend etwas anderes zu machen. »Aber wieso...?« fragte sie, als ob der Schmerz sie schubweise heimsuchte. »Ich begreif's nicht. Das erklärt doch nicht...« Mit einem plötzlichen Ruck, einer Art von Schütteln, das einem Schaudern des Abscheus glich, nahm sie sich zusammen. »Da bleiben doch Widersprüche. Woher wußten Sie, daß Thermopyle in der KombiMontan-Station nicht zum Tode verurteilt wird? Wie konnten Sie das im voraus wissen?«

Sie war noch nicht wieder zu klarem Nachdenken fähig; doch Warden erkannte, auf was ihre Überlegungen hinausliefen. Er ließ ihr den Vorwurf so stoisch durchgehen, wie er es konnte.

»Ich habe es nicht gewußt. Allen war uns klar, daß Thermopyle verhaftet wird, aber welche Bedeutung er wirklich hatte, merkten wir erst, als das Gericht ihn lediglich wegen Diebstahls verurteilte. Direktor Lebwohl hat die Wahrheit ausgesagt. Wir hatten schon die Absicht, Succorso gegen Kassafort einzusetzen, bevor sich die Gelegenheit ergab, Thermopyle zu überlisten und die Verabschiedung des Autorisierungsgesetzes zu erreichen.«

»Dann hat Direktor Lebwohl die wahren Gründe genannt?« Min Donner wäre nicht einmal zum Schweigen imstande gewesen, hätte sie dadurch ihre Seele retten können. »Sie haben Morn Hyland wirklich aufgrund solcher Erwägungen Succorso überlassen?

Damit er sich bei Schwierigkeiten mit ihr freikaufen kann? Und sich unterwegs solange mit ihr verlustieren darf?«

Warden Dios nickte lediglich. Er vermochte kein zweites Mal *Ja* zu ihr zu sagen.

»Aber das ist doch völlig widersinnig«, behauptete Min Donner. »Mit Thermopyle hat sich doch alles geändert. Sie wußten, daß man Succorso niemals hundertprozentig trauen kann. Thermopyle einer Unifikation zu unterziehen und gegen Kassafort zu verwenden, ist eine viel bessere Methode. Sie hat weit höhere Erfolgsaussichten.«

Dios nickte noch einmal.

»Das heißt«, setzte Donner ihre laut geäußerten Gedankengänge fort, »jetzt brauchen Sie Succorso gar nicht mehr. Es ist nicht erforderlich, daß Sie ihm Morn Hyland lassen. Dieses Kalkül ist überholt. Warum ist Thermopyle also nicht darauf programmiert worden, sie zu retten? Weshalb haben Sie es abgelehnt, daß in sein Programm ihre Befreiung mitaufgenommen wird?«

Anscheinend glaubte Godsen Frik, Donner sei drauf und dran, Warden Dios selbst der ›Schlechtigkeit‹ zu überführen. »*Ich* wollte, daß wir ihre Rettung veranlassen«, merkte er an, als wäre ihm daran gelegen, Donner Rückhalt zu geben. »Ich habe mich mit allem Nachdruck dafür ausgesprochen. Sie bei Succorso zu lassen, ist meines Erachtens ein Riesenfehler. Aber Sie mochten ja nicht auf mich hören, Polizeipräsident Dios.«

Warden schenkte Godsen Frik keine Beachtung. Auch Hashi Lebwohl wäre von ihm ignoriert worden, hätte der DA-Direktor noch genug Kräfte gehabt, um sich an dem Wortwechsel zu beteiligen. Für Warden Dios zählte niemand anderes als Min Donner.

Indem er seinen geheimen Zorn gegen sich selbst wandte wie eine Sense, nötigte er sich zu einer neuen Lüge.

»Weil sowohl Nick Succorso wie auch Morn Hyland das sind, was Direktor Lebwohl mit der Formulierung ›unwiderruflich kompromittiert‹ umschrieben hat. Beide sind in Station Potential gewesen. Warum, das weiß ich nicht. Es war nie Bestandteil unseres Plans.« Nachdem Nick Succorso das erste Mal dort gewesen war, um das Immunitätsserum zu testen, hatte für einen zweiten Besuch kein Erfordernis bestanden. »Aber sie sind nun einmal hingeflogen. Und man hat sie wieder abfliegen lassen. Ich wage kaum daran zu denken, was das besagen könnte.«

Unvermutet mischte sich Hashi Lebwohl doch ein. »Es könnte bedeuten«, röchelte er, als hätte er die Absicht, Dios' Argumentation zu unterstützen, »daß die Amnion inzwischen Mutagene verfügbar haben, die Menschen in ihresgleichen zu verwandeln, ohne ihre äußere Gestalt zu verändern oder ihren Geist zu beeinträchtigen. In dem Fall, daß es sich so verhält, müssen wir davon ausgehen, daß Kapitän Succorso und Leutnantin Hyland zu geradezu ungeheuer gefährlichen Lebewesen transformiert worden sind. Dann bleibt nur zu *hoffen*« – er sprach das Wort im Ton eines inständigen Stoßgebets –, »daß es Josua gelingt, die beiden zu liquidieren.«

Min Donner wahrte einen Moment lang die Fassung, als wäre sie noch immer der Ansicht, sie könnte buchstäblich alles verkraften.

Dann drehte sie sich um, riß die Tür auf und verließ das Büro.

Warden sah Godsen Frik an. »Sie auch. Ich möchte allein sein.«

Dios' einziges echtes Auge hatte sogar allein genügend Ausdruckskraft, um Frik zum sofortigen Gehen zu bewegen. Man hätte meinen können, er wollte schleunigst soviel Abstand wie möglich zwischen sich und den VMKP-Polizeipräsidenten bringen.

Hashi Lebwohl stand noch an derselben Stelle. »Ja,

schon gut, ich gehe auch«, sagte er, als Warden ihn anschaute. »Ich brauche jetzt selbst 'n bißchen Erholung.« Er entfernte sich zur Tür.

Doch auf halbem Wege blieb er stehen. Durch seine verschmierte Brille linste er Warden an. »Polizeipräsident Dios, Sie müssen zuviel leiden«, stellte er fest. »Ich kann nicht begründen, wieso ich Sie so sehr schätze. Aber eines muß ich sagen. Die Videokonferenz, die wir gerade durchgestanden haben, war eine gelungene Inszenierung. Was ihre Absichten anbelangt, kann ich mich darüber nur Mutmaßungen hingeben, aber ich bezweifle nicht im mindesten, daß Sie sie erreicht haben.«

Ohne eine Entgegnung abzuwarten, ließ er Warden allein.

Nach gewissen Maßstäben bewertet, war das Kompliment des DA-Direktors eine schlimmere Kränkung als alles, was Maxim Igensard geredet hatte. Trotzdem lächelte Warden schwach. »Danke«, sagte er in die Richtung von Hashi Lebwohls Kehrseite.

Genau wie Morn Hyland – ganz zu schweigen von Angus Thermopyle – war jetzt auch Warden Dios unwiderruflich kompromittiert.

VEREINIGTE MONTAN-KOMBINATE
Kurzer historischer Abriß
(Zweiter Teil)

In privater Hinsicht ließ die Geschichte der Vereinigten Montan-Kombinate sich als Spiegel der skrupellosen Genialität und der arroganten Ambitionen zweier Männer betrachten: Holt Fasners und Warden Dios'.

Dank diverser Experimente mit bei Intertech erarbeiteten Verjüngungsmethoden wurde Holt Fasner über einhundertfünfzig Jahre alt. In die Position des Vorstandsvorsitzenden und Geschäftsführers der Astro-Montan AG gelangte er mit Ende dreißig. Im Laufe der darauffolgenden hundert Jahre baute er die ursprüngliche Firma von einer mickrigen Orbital-Schmelzhütte zu einem der zehn bis zwölf hauptsächlichen Unternehmen aus, die sich auf die Erforschung und Erschließung des Weltraums verlegten, und schließlich zu dem führenden Konzern dieser Art, der VMK. Diese Leistung vollbrachte er durch Weitsicht, Klugheit, Manipulation und die Bereitschaft, Risiken einzugehen, die die Konkurrenten scheuten.

Dabei bediente er sich ebenso des simplen Aufkaufs kleinerer Betriebe – z. B. der Intertech – wie auch der List. Die von ihm in erheblichem Umfang protegierte Industriespionage beispielsweise zahlte sich überaus vorteilhaft aus, als er den Bankrott der Forschungs- und Erschließungsgesellschaft Sagittarius OHG herbeiführte, indem er die Bemühungen der FEgSag-Direktoren entlarvte, die politischen Entwicklung zu unterbinden, die die Gründung neuer kosmischer Unternehmen förderte. Darüber hinaus hatte er das Talent, zum passenden Zeitpunkt am richtigen Ort zu sein: die Astro-Montan AG ermöglichte sich den Kontakt zu den Amnion und den späteren Handel mit ihnen auf der Grundlage von Informationen, die sie durch den Erwerb Intertechs erhielt. Auch seine Politik kühner Exploration bewährte sich: seine Raumschiffe entdeckten – in gefährlicher Nähe des Bannkosmos – den gigantischen Asteroidengürtel, dessen wirtschaftliche Ausbeutung dann die KombiMontan-Station übernahm. Und nicht einmal vor Betrug schrak er zurück: bei einer Gelegenheit verweigerte er entgegen vorheriger Zusage die finanzielle Beteiligung an Investitionen für eine neue Orbital-Schmelzhütte – man brauchte immer mehr derartige Anlagen, um den wachsenden Zustrom an Erz zu verhütten –, mit dem Resultat, daß die Firma, die sich auf ihn verlassen hatte, in starkem Maß ihre Kreditwürdigkeit verlor und in Abhängigkeit von der AM geriet. Selbst Bestechung war ihm nicht zu peinlich: seinen in dieser Hinsicht vielleicht größten Coup inszenierte er, als er es schaffte, für mehrere Milliarden Dollar die Stimmen einer ausreichenden Anzahl von Politikern zu kaufen, um die VMK mit dem Handelsmonopol gegenüber den Amnion auszustatten. In der Tat wurde Holt Fasner alt genug, um zu erleben, wie die VMK soviel Macht ausübte, daß die Entscheidung über Fortbestand oder Untergang bei ihr lag.

Aber damit war er mit seinem Ehrgeiz noch längst nicht am Ende. Nachdem er der VMK eine anscheinend unangreifbare Vormachtstellung errungen hatte, konzentrierte er sein Interesse auf die Schaffung der Vereinigte-Montan-Kombinate-Polizei.

In gewisser Weise ließ diese Bestrebung sich leicht erklären. Die Amnion verkörperten eine gewaltige Quelle des Reichtums; gleichzeitig ging jedoch von ihnen die mörderischste äußere Gefahr aus, mit der sich die Menschheit je konfrontiert gesehen hatte. Für den Verkehr mit den Amnion gaben Wachsamkeit und Stärke wesentliche Voraussetzungen ab. Eine wirksame Kraft gegen den Amnion-Imperialismus war nötig. Vermutlich mußte eine ausreichende Verteidigungsfähigkeit des Human-Kosmos eine durchaus hinlängliche Abschreckungswirkung gegen jede offene Aggression haben. Diese Erwartung begründete eine dramatische Steigerung der Mittel, die man der VMKP zur Verfügung stellte, und schließlich auch den Entschluß, sie jeder sonstigen Form der Sicherheitsorgane überzuordnen. Innerhalb relativ weniger Jahre mauserte sich die VMKP zum extensivsten und bedeutsamsten sämtlicher riesigen Ableger der VMK. Anfänglich ging die VMKP aus der VMK hervor; zuletzt jedoch gedieh ihre Polizeiorganisation selbst zum Motor, der alle VMK-Firmen antrieb.

Unglücklicherweise schrieb diese Darstellung Holt Fasner einen Altruismus zu, den im persönlichen Umgang nie irgendwer an seinem Charakter bemerkt hatte. Vor der Öffentlichkeit berief er sich stets auf die tugendhaftesten Motive; doch die Leute, die entweder unter seinen Geschäftsmethoden litten oder davon profitierten, sprachen seinen Behauptungen allen Wahrheitsgehalt ab.

Doch wenn man seine offiziellen Gründe, aus denen er so viele Kräfte und Mittel der VMK der VMKP zuleitete, nicht ernstnahm, welche andere Erklärung mochte es dann dafür geben? Worauf liefen Holt Fasners Ambitionen wirklich hinaus? Schätzte er Macht einfach um ihrer selbst willen? Wegen der Illusion, nur er allein stünde zwischen der Menschheit und ihrer Auslöschung? Ging es ihm um die Aussicht, daß man sein Vermächtnis an die Menschheit nie vergaß?

Oder stellte man die Frage verkehrt herum? Kam es nicht auf das an, was Holt Fasner wollte, sondern darauf, was er *mußte,* weil Warden Dios es wollte? Stand sogar Holt Fasner, der einflußreichste Mann des

Human-Kosmos, unter dem Einfluß des Polizeipräsidenten der Vereinigte-Montan-Kombinate-Polizei?

Diese Perspektive machte die Beantwortung der Frage jedoch keineswegs leichter.

Wer *war* Warden Dios? Welchen Ehrgeiz hatte er? Wie war er auf seinen Posten gelangt, und wie beabsichtigte er ihn zu nutzen?

Ohne adäquates Verständnis eines dieser Männer – oder beider –, konnte man die wahre Rolle der VMK und der VMKP in den Geschicken der Menschheit nur schwierig durchschauen.

Warden Dios hatte weder Frau noch Kinder; keine Brüder oder Schwestern; keine bekannten Verwandten, Geliebten oder Gespielinnen, ja nicht einmal Schwächen. Man hätte meinen können, er wäre ohne Mutter und Vater ins Leben getreten. Was hatte für einen solchen Menschen Wert, wenn er all der herkömmlichen Bande entbehrte, die normale Männer und Frauen in ihr Netz sozialer Beziehungen einwoben? Wenn derlei Bindungen ihm nichts bedeuteten, wohin richtete sich sein Streben?

Nach Ansicht mancher Beobachter war er eine reine Kopfgeburt Holt Fasners, nichts als ein Werkzeug des Drachen, das mit all seiner bemerkenswerten Gerissenheit und Hartnäckigkeit den Willen seines Herrn ausführte.

Andere Analytiker hingegen bestritten diese Auffassung. In ihrer Sicht war er einer der wenigen Menschen, die das Dasein zu Idealisten formte, indem sie Erfahrungen mit Gegenteiligem durchlebten. In einer der giftverpesteteren Städte der Erde jung zur Waise geworden, wuchs er inmitten von Gewalt bei Gossengangs heran; und infolge dieser Erlebnisse hätte er an die unbedingte Notwendigkeit dessen zu glauben gelernt, was durch die Polizei während der gesamten Geschichte der Menschheit versucht worden war, nämlich der Destruktion mit Ordnung zu begegnen, in der Gemeinschaft den Schwachen Schutz gegen Bedrängnis zu gewähren sowie der Gesellschaft selbst Abwehr gegen innere und äußere Bedrohungen zu bieten. Sein Idealismus, so argumentierte man, sei der Idealismus eines Menschen, der an die Polizei und ihre Aufgabe glaubte, eines Mannes, der lebte, um diesen Überzeugungen zu dienen.

Falls diese letztere Einschätzung zutraf, bildeten er und Holt Fasner das Gespann einer sonderbaren und unsteten Partnerschaft. Man konnte Holt Fasner mancherlei nachsagen, aber nicht, er sei Idealist.

Einige Tatsachen jedoch waren bekannt. Warden Dios war wesentlich jünger als sein Chef und Mentor; allerdings sah er älter aus, teils durch seine Augenprothese, teils weil er Fasners Begeisterung an Verjüngungsexperimenten ermangelte. Dios war erst Anfang dreißig, als Fasner ihn mit der Führung des Astro-Montan-Internschutzes betraute, aus der danach, kaum daß wenig später die VMK-Firmengründung erfolgte, die Vereinigte-Montan-Kombinate-Polizei hervorging; er wurde der erste Polizeipräsident der VMKP. Also hatte er gar nichts oder sehr wenig mit den Methoden zu tun, mit denen Fasner die Astro-Montan AG zur VMK machte; aus dieser Periode der Konzerngeschichte ließ sich ihm höchstens vorwerfen, an der Spionageoperation gegen die Forschungs- und Erschließungsgesellschaft Sagittarius OHG beteiligt gewesen zu sein. So gesehen, färbten Holt Fasners sonstige, weit fragwürdigere Aktivitäten nicht auf ihn ab.

Aber er trug die Verantwortung für das Gedeihen der VMKP von nichts bedeutenderem als dem AM-Internschutz zu ihrem gegenwärtigen Rang als der mächtigsten Einzelorganisation der VMK. Je stärker sich das Problem der Raumpiraterie als ernste Behelligung bemerkbar machte, je gefährlicher sich allem Anschein nach der Kontakt zu den Amnion gestaltete, um so unentbehrlicher wirkte Dios' Polizeitruppe. In seinem im Orbit um die Erde lokalisierten Hauptquartier beherrschte er den Human-Kosmos als sein Verteidiger. Er schuf eine Ordnung, die der VMK das Arbeiten ermöglichte; letzten Endes war er der Garant für die Existenz der VMK. Dios kommandierte die einzige Macht, die zwischen der Menschheit und der verschwommenen Gefährdung durch die Amnion stand.

In manchen Kreisen genoß Warden Dios regelrechte Verehrung. Das war an sich ganz natürlich: Mächtigen widerfuhr so etwas häufig. Holt Fasner etwa verehrten Menschen, die seine Errungenschaften bewunderten.

Andernorts dagegen sah man in Dios das gefährlichste Individuum, das je gelebt hatte; hielt man ihn sogar für gefährlicher als Holt Fasner, weil er eine maßgeblichere Bedeutung für das Überleben der Menschheit einnahm. In den Augen der Gegner Warden Dios' galt die Tyrannis als am verhängnisvollsten, die sich zum Beschützer ihrer Opfer aufschwang. Nach der Verabschiedung des Autorisierungsgesetzes leugneten nur noch wenige Zeitgenossen, daß sich die VMKP eine Form von Tyrannei anmaßte.

Jede sinnvolle Würdigung der Vereinigten Montan-Kombinate AG mußte sowohl die offizielle Firmengeschichte wie auch den individuellen Werdegang ihrer Größen berücksichtigen; mußte sich auseinandersetzen mit der nahezu paradoxen Überschneidung wirtschaftlicher Stärke – die ausschließlich den Zweck der Akkumulation hat – und persönlicher Macht, die aufgrund ihrer ureigensten Natur keinen Firmenstatuten, Hierarchien oder hohen Positionen immanent ist, sondern die allein Individuen haben.

MORN

Die Wächter hatten sie in ein Zimmer gesperrt. Gentechniker waren gekommen und gegangen.

Morn Hyland saß da und zitterte wie eine Invalidin; sie hatte Amnion-Mutagene in den Adern und wartete auf die organischen Konvulsionen, die ihrem zum Untergang verurteilten Menschendasein das Ende bereiten sollten.

Die durch das von den Amnion zu Beleuchtungszwecken bevorzugte, schweflige Licht erhellte, kleine, kahle Zelle, in der sie hockte, schien von heimtückisch-schleichenden gelblichen Gefahren zu strotzen. Die Räumlichkeit war kein Labor, nur eine Kammer, in der es nichts gab als Sauberkeit und Licht, eine kleine Sanitäranlage und die sofaähnliche Liege, auf die Morn sich gekauert hatte. Falls Überwachungsgeräte vorhanden waren, mußten sie entweder völlig unbekannter Art oder so gut getarnt sein, daß Morn sie nicht bemerken konnte; jedenfalls hatte es für sie den Anschein, als befände sie sich allein in einem nahezu leeren Raum. Vielleicht wollten die Amnion die Transformation mitansehen, ohne ihre Reaktionen einzuschränken; und ohne Schaden an teuren Instrumenten zu riskieren. Oder möglicherweise war ihre Dependance auf Kassafort gar nicht ausreichend für wissenschaftliche Zwecke eingerichtet; es konnte sein, man hatte Morn in diesen Raum gesperrt, weil für sie keine andere Unterbringungsmöglichkeit zur Verfügung stand. Was auch der Grund sein mochte, sie hatte die Freiheit, hin- und herzugehen oder zu sitzen; sie hatte sich für letzteres entschieden.

Sie saß so still da, wie ihr Zittern, wie die Furcht, die sie durchtoste, es zuließen. Wie gebannt starrte sie die Stelle ihres Unterarms an, wo man ihr das Mutagen injiziert hatte, als wäre ihr pures Gift eingespritzt worden; als hätten Giftzähne die kleine Verletzung hervorgerufen.

Eine Atemmaske schützte ihre Lungen vor der ätzenden Luft; sie bot ihr die einzige Abhilfe. Irgend etwas, um ihr Entsetzen zu lindern, die qualvollen Begleiterscheinungen der Verwandlung zu mildern, hatten die Amnion ihr nicht gegeben. Natürlich nicht. Zu so etwas sahen sie überhaupt keine Veranlassung. Hier in dieser Sektion Kassaforts, die sie sich ausgebaut hatten, war die Vorstellung von Mitleid so fremd, wie die Amnion selbst es waren; ihnen fehlten die psychischen, gesellschaftlichen, womöglich sogar die genetischen Voraussetzungen, um in solchen Kategorien zu denken. Aus ihrer Sicht war das, was sie Morn aufzwangen, ohne die Spur eines Zweifels etwas grundsätzlich Positives. Es genügte dem ribonukleinischen Imperativ, der die kollektiven Ziele der Amnion definierte. Folglich taten sie selbstverständlich nichts, um Morn das Schicksal zu erleichtern. Sie hatten vor, ihr Leid ebenso genau zu beobachten wie die eigentliche Transformation, um anhand der Untersuchungsergebnisse ihre Methoden entsprechend zu verbessern.

In welcher Hinsicht waren ihnen bei Marc Vestabule Fehler unterlaufen? Warum konnten sie Menschen nur als Ganzes, aber nicht in phasenweiser Abstufung verwandeln? Welches Element des menschlichen Geistes – oder des genetischen Codes – bedingte dies Alles-oder-nichts der Identität? Weshalb blieb es ihnen verwehrt, das Gehirn zu beeinflussen, ohne den Körper zu verändern?

Wenn sie auf diese Fragen die Antworten gefunden hatten, waren sie dazu in der Lage, Amnion hervorzubringen, die äußerlich Menschen glichen.

Vielleicht hatten sie nun die Möglichkeit, durch die Untersuchung der Morn bevorstehenden Umformung das Geheimnis zu lüften.

Während sie den wunden, roten Einstich an ihrem Unterarm anstarrte, wartete auch Morn darauf, daß sich das Geheimnis offenbarte.

Wie schlimm mochte es sein, wenn das genetische Greuel an ihr Wirklichkeit wurde, die zelluläre Beschaffenheit ihres Wesens sich aufspaltete und neu zusammenfügte? Würde sie sich im entscheidenden Moment so gräßlich fürchten, daß sie den Verstand verlor? Gab die Furcht die letzte Bastion ihrer Seele ab? War Grauen ihr einziges Mittel dagegen, zur effektivsten vorstellbaren Verräterin an der Menschheit zu werden, zur nützlichsten denkbaren Waffe gegen ihre eigene Species?

Und war darin das einzige Rätsel zu erblicken, das dem menschlichen Leben – oder jeder Lebensform – im weiten Universum Einmaligkeit verlieh? Setzte man einen Amnioni an ihren Platz und injizierte ihm ein Mutagen, das umgekehrt seine Wesensart veränderte, wäre ihm dann so wie jetzt ihr zumute? Oder verband die Chemie der amnionischen Zellidentität sich mit anderen Schutzfunktionen, anderen Rätseln?

Momentan fand Morn an solchen Fragen Interesse, weil sie keine Antwort auf die eine Frage wußte, die wirklich zählte.

Wirkte Nicks Immunitätsserum?

Falls nicht, konnte sie nur noch hoffen, daß die Furcht ihren Geist umnachtete, ehe sie merkte, in was sie sich verwandelte.

Allerdings wäre sie, falls das Serum wirkte, in kaum günstigerer Situation. Sie gewänne lediglich ein wenig Zeit. Den Amnion konnte es unmöglich entgehen, wenn die geplante Transformation ausblieb. Dann zapften sie ihr, weil sie sorgfältig arbeiteten und dazuzulernen wünschten, als nächstes eine Blutprobe ab, um sie zu anaylsieren und aufzudecken, wieso das

Mutagen versagt hatte. Vielleicht ließen sie ihr eine Gelegenheit, um noch eine der Kapseln zu schlucken, die Morn tief in der Tasche ihrer Bordmontur versteckte; vielleicht nicht. Letzten Endes hatte es keine Bedeutung. Sollten die hiesige Amnion-Dependance keine Mittel zur Verbesserung des Mutagens oder Fabrikation neuer Mutagene haben, blieb Morn ihr Menschsein voraussichtlich noch für einige Zeit erhalten; doch letztendlich war auch diese Eventualität irrelevant. Einzig erheblich war die schreckliche Tatsache, daß die Feinde ihrer Rasse über kurz oder lang von Morn das Geheimnis des Immunitätsserums erfuhren. Als sie in Nicks Kabine die Kapseln stahl, hatte sie dafür die Voraussetzung geschaffen, daß die Amnion an das Wissen gerieten, dessen sie bedurften, um den Impfstoff zu neutralisieren.

Nur um noch ein paar Stunden lang ihr Selbst zu bewahren – höchstens für ein, zwei Tage, falls die Amnion weder hier noch an Bord der beiden Kriegsschiffe über Möglichkeiten zur Mutagenproduktion verfügten –, hatte sie an ihrer gesamten Rasse Verrat begangen.

Aber das sollte ihr einerlei sein, oder nicht? Es konnte ihr gleich sein. Weshalb sollte sie sich jetzt hier, in ihrer Lage, noch darum scheren? Jeden Moment mochte der rote Fleck anschwellen und zu eitern anfangen, eine Verwandlung jeder einzelnen ihrer Körperzellen ankünden, die an Dramatik einem Vulkanausbruch nicht nachstand. Schon lange vor ihr hatte die VMKP die Menschheit hintergangen. Ob die Amnion von dem Serum erfuhren oder nicht, ohnehin war es den Männern und Frauen vorenthalten worden, die es am dringendsten benötigten. Morns Verrat vollendete nur das, was von Leuten verübt worden war, die geschworen hatten, das Menschengeschlecht zu beschützen.

Und womöglich errang sie ein paar Stunden Gnadenfrist.

Weiter blickte sie nicht in die Zukunft voraus. Nick Succorso hatte ihr jede längerfristige Zukunft geraubt; sie um alles gebracht außer die unmittelbar durchlebte Krise. Davies' Kosmokapseln vom Kurs auf die *Friedliche Hegemonie* nach Kassafort umzulenken, hatte keine Probleme gelöst; darüber war sich Morn im klaren. Sie hatte derzeit einfach nichts anderes unternehmen können.

Ein paar Stunden Frist.

Unter den gleichen Vorzeichen hatte sie schlichtweg auch nichts Sinnvolleres tun können, als Nick einige Kapseln zu stehlen. Sie hatte nur in der Absicht etwas Watte auf den Boden des Fläschchens gestopft, die das Fehlen von sechs oder acht Kapseln vertuschte, damit er es nicht rechtzeitig genug bemerkte. Und als sie ihn nach seinem Verhältnis zum VMKP-HQ fragte, war es ausschließlich aus dem Bestreben geschehen, das Ausmaß der Korruption zu begreifen, die sie an allen Seiten umgab. Andere Zwecke verfolgte sie nicht mehr. Die einzige Alternative wäre das Aufgeben gewesen; und dazu verspürte sie keinen Hang.

Nicht solange Nick lebte.

Nicht solang er und andere seines Schlages – Personen im VMKP-HQ – die Gelegenheit hatten, in Verfolgung eigener Ziele ihren Sohn und die ganze Menschheit zu verschachern.

Ihre Familie hatte sie Überzeugungen gelehrt, die sie nicht ohne eine Veränderung ihrer Persönlichkeit ablegen könnte, die auf ihre Weise so gründlich wie das sein müßte, was ihr die Amnion zumuteten.

Und ihre Familie hatte ihr beigebracht, wie man langen Groll hegte.

Also stierte sie auf den kleinen, roten Quell der Qual an ihrem Unterarm hinab und wartete, durchtobt von Furcht, auf das Kommende. Ihre Nerven waren dermaßen angespannt, daß sie bebte wie im Fieber; als leistete ihr Körper rasenden Widerstand gegen eine organische Invasion.

Von den Rändern der Atemmaske troff ihr Speichel, als wäre es Schweiß. Durch die Maske selbst schien ihr ständig Ersticken zu drohen; sie verursachte klaustrophobische Empfindungen. Hätte Morn ihr Gesicht gesehen, vielleicht hätte sie sich nicht erkannt. Blutergüsse und emotionale Auslaugung entstellten ihre Schönheit; die tief eingesunkenen Augen glichen tödlichen Wunden; das Haar, ungepflegt und verlottert wie bei einer Nervenspritsüchtigen, umwallte ihren Kopf in wüsten Strähnen.

Doch in ihrem Innern glühte eine ihr so tief eingebrannte Leidenschaft, als wäre sie unauslöschlich. Nichts als eine vollkommene Transformation könnte ihr Erlöschen bewirken.

Zum vielleicht erstenmal, seit Nick sich das Kontrollgerät ihres Z-Implantats angeeignet hatte, vermißte sie es nicht. Mit der artifiziellen Gemütsstärke, zu der das Implantat verhelfen konnte, hätte es ihr offengestanden, sich den Amnion durch neuralen Suizid zu entziehen. Oder sie hätte sich diese Prüfung der Furcht und des Schreckens ersparen können, indem sie ihre Gefühlsregungen unterdrückte, sich nochmals in die Verfassung seelischer Taubheit versetzte, dank der sie die Geburt ihres Sohns durchzustehen vermocht hatte.

Aber sterben wollte sie nicht. Und sie war der Meinung, daß alles, was ihr Entsetzen verringert hätte, den Amnion dabei hülfe, genau die Erkenntnisse zu gewinnen, die sie brauchten.

Sie hatte in sich selbst einen Ruhepunkt gefunden, an dem weder Tod noch künstlich erzeugte Befähigungen oder Abhängigkeit so wichtig waren wie ihr Ringen um das unversehrte Menschsein. Verkörperte Furcht das charakteristische Mysterium des Lebens? Dann sollte Furcht sie leiten. Morn zog sie jeder erdenklichen Art der Kapitulation vor.

Ihr fiebriges Zittern steigerte sich zum Schlottern;

Krämpfe schüttelten ihre Muskeln, als hätte die Transformation eingesetzt. Es hätte sein können, daß sie am eigenen CO_2 erstickte. Einen Moment lang empfand sie derartige Furcht, daß sie sich einbildete zu sehen, wie der rote Fleck auf ihrer Haut schwoll wie eine Infektion, als müßte eine Entzündung entstehen und als Beule schließlich platzen, mutagener Eiter aus der Wunde sickern, ihr Fleisch und die DNS zerfressen, bis sie aus ebenso schlichtem wie krassem Selbstabscheu in Zuckungen verfiel und schrie; bis ihr Grauen eine solche Unermeßlichkeit annahm wie die Weite zwischen den Sternen und es aus war mit allem...

Aber der Schüttelfrost verging. Ihr Blickfeld klärte sich, und sie sah die Wahrheit. Die rote Verfärbung rings um die Stelle, wo man das Mutagen injiziert hatte, war im Schwinden begriffen. Ihre Haut war so bleich wie die darunter verborgenen Knochen – und nach wie vor unverändert.

An der Akademie hatte man keinen Zweifel daran gelassen, was von Amnion-Mutagenen zu erwarten stand. Sie sollten schneller wirken, als Morn es jetzt erlebte; genauso schnell wie virulent.

Vielleicht wirkte das Immunitätsserum.

Was hatte Nick ihr darüber erzählt?

Es sichert keine organische Immunität. Das Serum ist mehr wie 'n Gegengift, oder wie 'n Bindemittel. Es neutralisiert Mutagene, bis sie unwirksam geworden sind. Danach werden sie zusammen mit dem Medikament ausgeschieden.

Der Schutz hält ungefähr vier Stunden lang an.

Es konnte sein, daß sie am Leben blieb.

Wenigstens noch für ein Weilchen.

Und es war möglich, daß Kassaforts Amnion-Sektion über keine Ausstattung verfügte, um neue Mutagene zum Kontern des Immunitätsserums zu entwickeln. Es bestand eine gewisse Aussicht, daß ihr dazu Gelegenheit blieb, noch eine Kapsel zu schlucken, bevor die Amnion einen zweiten Versuch durchführten. Falls ihr nicht zeitlich der Überblick abhanden kam. Und wenn sie es so machte, wie Nick verfuhr: eine Kapsel im Mund behielt und sie erst zerbiß, nachdem man ihr die Blutprobe abgenommen hatte. Und falls die Amnion nicht errieten, auf welche Weise sie die Immunität herstellte.

Wenn Morn sich solchen Überlegungen hingab, wetterleuchtete Dopamin-Geflacker durch ihr Blut, als ob winzigkleine Epiphanien sich darin manifestierten: als säte sie Keime der Hoffnung. Unter der Maske rasselte ihr Atem, als stünde sie vor einer Ohnmacht.

Noch ein paar Stunden.

Mehr wünschte sie nicht.

Bitte.

ANGUS

Angus Thermopyles Zunge schmerzte so heftig, wie seine Zonenimplantate es duldeten; der Schmerz hätte viel stärker sein müssen. Kot und Schweiß waren in die Blasen geschmiert. Jeder Atemzug stank; sein ganzer Mund schmeckte nach Asche und Exkrementen.

Während er die *Posaune* auf Kassafort zusteuerte, lehnte Angus sich gegen die ihm durch die Unifikation aufgezwungene Fragmentierung auf; tat was er konnte, um bei Verstand zu bleiben.

Hashi Lebwohl hatte ihn zu einem Schizophrenen gemacht, einem so mehrfunktionalen Etwas wie das Multi-Task-Programm eines Computers. Was er noch an eigenem Willen übrig hatte, beschäftigte sich mit den Einzelheiten des Anflugs auf Thanatos Minor. Datenspeicher leiteten ihm Informationen zu, ohne zu unterscheiden, ob er sie anforderte oder nicht: Fakten über die *Posaune;* VMKP-Spekulationen über Kassafort und den Kassierer; Klassifikation der Amnion-Kriegsschiffe; bestehende Verdachtskataloge gegen andere, am Planetoiden auf Reede liegende Illegale; Schilderungen von Fusionsgenerator-Gaus. Gleichzeitig dokumentierten und siebten vorprogrammierte Cyborg-Tools seines Interncomputers alles, was Milos Taverner redete und tat; zeichneten jedes Byte des komplexen Gesamtverhaltens Taverners auf und bemühten sich um die Decodierung.

Diese Abläufe blieben für Angus völlig abstrakt. Er vollzog sie, ohne sich dazu entschließen zu müssen; bisweilen sogar, ohne sie zu verstehen.

Andere Dinge hatten für ihn eine persönlichere Natur.

Vom Scheitel der Schädeldecke bis in die Fußsohlen hinein, mit jedem Quadratzentimeter seiner Haut, spürte er, wie rings um ihn die *Posaune* von Eigenleben pulsierte: zu allem war sie fähig, wimmelte von integrierten Möglichkeiten und Überraschungen. Quasi Schizo bis zum Exzeß, hielt er beinahe in boshafter Vorfreude auf den kalten Steinklotz Thanatos Minor zu, schwelgte in der Kraftfülle seines Raumschiffs und der Fähigkeit, es zu fliegen. Er fand daran ein derartig sinnliches Vergnügen, daß ihm die Handflächen juckten, als könnten sie sich an früher erinnern, an die Zeit, bevor man ihm die Hände aufgeschnitten und ihnen Laser einmontiert hatte. Ein gefühlsduseliger Ausdruck, als ob er echte Freude empfände, ging über sein Gesicht, während er Tasten drückte, Bordsysteme testete, auf den Betrieb von Servos lauschte.

Dann wieder fiel er in die Risse zwischen den Teilen seiner selbst, die Klüfte seiner Fragmentierung, und geriet in Konfusion.

Aus den Abgründen drang himmelschreiender Wirrwarr herauf, als heulten in ihren Betten einsam und verlassen Säuglinge durcheinander.

Wozu mußte er sich das ganze Zeug über Fusionsgeneratoren anschauen? Die Datenspeicher informierten ihn darüber, daß man bei manchen Typen dieser Generatoren zur Bändigung der von ihnen entfesselten Gewalten Magnetfelder benutzte; und aus einigen davon diffundierte Gravitation, erhöhte die effektive Masse der rundum gelagerten Körper. Diesen Kram wußte er längst. Warum sollte er sich jetzt damit befassen?

Und was, zum Satan, hatte Warden Dios vor?

Wir haben ein Verbrechen an Ihrer Seele begangen.

Was hatte das zu bedeuten, verflucht noch mal? Weshalb war sein Data-Nukleus von Dios ausgetauscht worden? Wen beabsichtigte der VMKP-Polizeipräsident zu leimen?

Damit muß Schluß sein.

Weitere Fragmente...

Da und dort schossen zwischen ihnen – wie ihrer Elektronen verlustig gegangene Atomkerne – schwache Aufwallungen der Wut empor; Andeutungen der Gewalt, in ihrer Präzision so rein wie das Noradrenalin seiner Synapsen und so bar aller Aussagekraft wie die undurchschaubare Tachyonenphysik. Ein organisches menschliches Gehirn gab für die Art von Arbeit, die er zu verrichten hatte, das falsche Werkzeug ab. Nur sachkundige Programmierung und das Joch der Z-Implantate ermöglichten ihm die Bewältigung der Multi-Task-Tätigkeiten, obwohl sein Geist hätte in Stücke gesprengt werden müssen wie ein Raumschiff bei explosiver Dekompression.

Für seinen Data-Nukleus bedeutete es keinen Unterschied, ob Angus bei Verstand blieb oder nicht. Apparative Erfordernisse kontrollierten ihn durch elektronische Zwänge: Wahnsinn oder Geistesklarheit hatten keinen Belang. Trotzdem kämpfte er unausgesetzt um seinen inneren Zusammenhalt.

Er wollte Freude am Fliegen der *Posaune* empfinden.

Er wünschte sich, Morn Hyland wiederzusehen.

Er gierte nach Rache an Milos Taverner.

Und Warden Dios hatte ihm Grund zur Hoffnung gegeben.

Wir haben ein Verbrechen an Ihrer Seele begangen.

Damit muß Schluß sein.

Angus wußte nichts über Menschen, die solche Äußerungen machten. Nach seinem Erfahrungsschatz existierten solche Leute überhaupt nicht. Demnach mußte er davon ausgehen, daß Dios' Antrieb zum Handeln aus Bösartigkeit bestand, geradeso wie bei jedem anderen Menschen.

Dennoch erachtete er es als vorstellbar – mit knapper Not noch denkbar –, daß nicht er das Ziel von Dios' Übelwollen war; dieses Mal nicht. Die Absichten des Polizeipräsidenten mochten jemand anderem gelten. Und in diesem Fall konnte sich alles ändern, sobald die Abweichungen zwischen Lebwohls und dem jetzigen Data-Nukleus sich auswirkten.

In Angus' Kopf hallten Schreie wider, die er nicht ausstoßen konnte: Schreie des Zorns und der Erbitterung, der Hilflosigkeit und Hoffnung; Schreie eines kleinen Jungen, den jemand in seinem Bett quälte.

Sie hinderten ihn am Wahnsinnigwerden. Auf einer innerlichen Ebene, auf die seine Z-Implantate keinen Zugriff hatten, ballten diese stummen Stimmen die Kapazitäten seiner auf die harte Tour erworbenen Gaunerschläue und maliziösen Intelligenz, seinen Haß und sein abwegiges Spezialwissen, vereinten sie zum Kampf um das Überbrücken der zwischen den Bruchstücken seines Ichs klaffenden Spalten.

Weil es außerhalb seiner Macht stand, den vorherbestimmten Kurs der *Posaune* zu korrigieren, oder die Datenspeicher-Informationen, die er nicht wollte, zu unterdrücken, konzentrierte er sich auf seinen vorgeblichen Ersten Offizier.

Vorgefertigte Programme zeichneten automatisch alles auf, was Milos Taverner tat und sprach. Allem Anschein nach trauten Dios und Lebwohl dem ehemaligen Stellvertretenden Sicherheitsdienstleiter der KombiMontan-Station nicht über den Weg. Schön und gut. Angus traute ihm ebensowenig. Aber sein Mißtrauen – nein, sein zwangsläufiger, zutiefst empfundener Abscheu – war gleichermaßen allgemeinerer wie besonderer Natur. Vermutlich argwöhnten Dios und Lebwohl, Taverner könnte die Aktion auffliegen lassen. Angus sah genau voraus, daß Taverner es dabei nicht bewenden ließe; er würde noch viel weiter gehen. Wochen des Stunnens, Hungers und der Mißhandlungen – gar nicht zu reden vom Geschmack der glühenden Niks auf der Zunge und der aufgeleckten Scheiße – hatten Angus zu einem gewissenhafteren Kenner von Taverners Charakter gemacht, als jeder Polizist es jemals sein konnte.

Er wollte über Taverner buchstäblich alles erfahren, weil er den Vorsatz gefaßt hatte, ihn mit den bloßen Händen zu kastrieren und ihm danach die Eingeweide aus dem Leib zu reißen; und jede Tatsache, die er beobachten, jede Spur einer Schwäche, jede Andeutung einer Absicht, die er bemerken konnte, mochte für ihn eine Hilfe sein, um seinen Wunsch zu verwirklichen.

Auf diese Weise focht er um seinen inneren Zusammenhalt.

Noch sechs Stunden Flugzeit trennten die *Posaune* von Thanatos Minors Astro-Reede, als Milos Taverner seine Funktätigkeit beendete. Die Nik, die ihm aus dem Mund hing, verbarg seine Befriedigung; die eigentümlichen Flecken seiner Kopfhaut und die für einen so reinlichen Menschen untypischen Flecken auf seiner Bordmontur ließen sich irgendwie schlecht mit Selbstgefälligkeit vereinbaren. Doch Angus spürte sie von seinem ›Ersten Offizier‹ emittieren wie eine elektromagnetische Aura. Mittlerweile hatte er Taverner haargenau durchschaut, begriff jede Schattierung seines stur wählerischen Naturells. Taverner *war* mit sich zufrieden. Was er getan hatte, um Angus zu erniedrigen, befriedigte ein altes Gelüst. Und seine Funksprüche – zwecks Geheimhaltung chiffriert und per Richtstrahl abgeschickt – kitzelten ihn mit einem Machtgefühl, von dem er anscheinend glaubte, man merkte es ihm nicht an.

Ein Teil Angus' amüsierte sich darüber mit hämischem Vergnügen; er lechzte danach, Taverner so klein zu machen, daß er unter jede Tür paßte. Ein anderer Teil arbeitete mit willensunabhängiger Effizienz an der Entschlüsselung der Funksprüche. Ein weiterer Bestandteil maß den Abstand zu Taverners G-Andrucksessel und die Entfernung nach Kassafort, erwog Möglichkeiten. Und wieder ein anderer Teil wartete … Wartete …

Taverner stieß sich aus dem Sitz ab, schwebte durch die Nullschwerkraft, zog Schleier blauen Dunsts nach. »Ich muß mich ausruhen«, sagte er, als spräche er gar nicht mit Angus. »Geben Sie mir Bescheid, falls was Neues anliegt, Josua.«

Wie ein schlecht aufgeblasener Ballon segelte er auf die Konnexblende zu, durch die man aus dem Kommandomodul Zugang in den Rest des Raumschiffs hatte.

Angus spürte nachgerade körperliche Erleichterung, als Milos Taverner die Steuerbrücke verließ. Vielleicht konnte er sich nun vollständig auf die Dechiffrierung der Codes verlegen.

Doch die Vorstellung, die Leistung seines Interncomputers beschleunigen oder überhaupt bloß beeinflussen zu können, erwies sich als Wunschdenken. Der Mikroprozessor arbeitete aus immanenten Gründen mit eigenen Geschwindigkeiten. Und er nahm Angus auch andersartige Entscheidungen ab. Ganz im Widerspruch zu seiner fragmentierten Wut und Not spürte er unvermutet Schläfrigkeit. Anscheinend war seine Programmierung zu der Einschätzung gekommen, daß er gleichfalls Ruhe brauchte.

Zu allem anderen außerstande, lehnte er den Hinterkopf in den G-Andrucksessel und trieb ab in die dunkle Schnittstelle zwischen seinem Geist und dem Apparat, der ihn beherrschte.

Während ihm die Besinnung schwand, schimpfte er in der abstoßendsten Weise auf Hashi Lebwohl; dadurch jedoch änderte sich gar nichts.

Falls er träumte, nahm sein Data-Nukleus davon keinerlei Kenntnis.

Vier Stunden später war er so plötzlich wieder hellwach, als hätte er keine Minute lang geschlafen. Kaum öffnete er die Augen, erkannte er mit einem seltsamen Gefühl der Desorientierung, daß er alles wußte, was sich im Laufe seines Schlafs ereignet hatte: Verkehrsinformationen Kassaforts, die relative Position der *Posaune,* die Flugbewegungen anderer Raumschiffe im Umkreis des Planetoiden, alles war in seinem Interncomputer gespeichert und einsehbar. Während er die Daten sichtete, rechnete er halb damit, im Schlaf mit der Leitzentrale gesprochen zu haben, eventuell unter so perfekter Kontrolle seines Programms zu stehen, daß es eigentlich auf sein Wachsein verzichten konnte. Aber die Aufzeichnungen zeigten, die *Posaune* war in der Zwischenzeit, ausgenommen automatische Reaktionen auf Kassaforts Einflugsinstruktionen, völlig passiv geblieben.

Angus mißachtete den Eindruck, an mehreren verschiedenen Orten – kreuz und quer verteilt an den Enden des Hyperspatiums – gleichzeitig zu existieren, machte sich daran, sich auf die Verhältnisse vorzubereiten, denen er auf Thanatos Minor entgegenblickte.

Natürlich sendete die Leitzentrale keine ›politischen‹ Bulletins; doch Angus hegte die Überzeugung, daß sich momentan in Kassafort die Intrigen und Gegenkomplotte nur so überschlugen. Dafür sprachen, daß die *Käptens Liebchen* in einer Besucher-Parkbucht und die *Friedliche Hegemonie* an der Alien-Sektion verankert lagen, und daß eine zweite Amnion-Defensiveinheit, die *Stiller Horizont,* sich in erstklassiger Schußweite über der Schwarzwerft positioniert hatte. Scheißkapitän Nick Schluckorso hatte den Planetoiden aus der Richtung Station Potentials angeflogen und Kassafort zwei der größten Kriegsschiffe, die Angus je begegnet waren, auf den Hals geholt. Das wies auf verdeckte Pläne und Konflikte hin…

Die Angus die Erfüllung seines Auftrags ganz beträchtlich erleichtern mochten.

Sein Data-Nukleus enthielt keine Angaben über die *Käptens Liebchen.* Daß Morn Hyland sich an Bord aufhielt, wußte er nur, weil Warden Dios es erwähnt hatte.

Aber er hatte auch gehört, wie Lebwohl den Direktoren Donner und Frik mitteilte, daß Angus' Programmierung keine Rettung Morns vorsah. Schon das allein hätte genügt, um bei ihm den Wunsch zu erwecken, daß sie mit dem Leben davonkam.

Wäre er Herr des eigenen Handelns gewesen, hätte er eine differenziertere Haltung eingenommen. Grundsätzlich ging von Morn eine fatale Gefährdung für ihn aus: sie hatte über ihn Informationen, die seine letzte Hoffnung zerstören konnten. Aus diesem Grund – sowie aus anderen Gründen, an die er nicht denken mochte, weil sie ihn zu sehr verstört hätten – war er mit ihr eine Abmachung eingegangen und hielt sie ein.

Wäre er noch eigenständig, statt unifiziert worden zu sein, was täte er nun in bezug auf Morn? Würde er sie auf der Stelle töten? *Ja.* Sie bitten, sich ihm anzuschließen? *Ja!* Sie anzuflehen, ihm zu glauben, daß er so lange, wie er es konnte, zu der Vereinbarung gestanden hatte? *Ja!* und nochmals *ja!*

Bei der Vorstellung, er müßte dabeistehen und zuschauen, wie sie starb, quoll alter Kummer aus den Rissen seiner seelischen Zerspelltheit.

Was Nick Succorso betraf, beschäftigten weniger persönliche, dafür jedoch abwägbarere Fragen Angus. Was, zum Satan, hatte er in Station Potential getrieben? Waren die Amnion-Kriegsschiffe da, um ihn zur Strecke zu bringen oder ihn zu schützen? Wen hatte er diesmal hereingelegt?

Eigentlich ließ all das Angus kalt. Er wollte schlicht und einfach Rache. Die genauen Einzelheiten der Ränke Succorsos und die Art seiner Bündnisse änderten nichts. Und die einzige beachtenswerte Gefahr, die Succorso für Angus' Auftrag bedeutete, ging von seiner Verbindung zu Milos Taverner aus.

Die Funksprüche, die durch Taverner abgesetzt worden waren, hatten nicht der Leitzentrale oder einer anderen Institution der Schwarzwerft gegolten, sondern der *Käptens Liebchen* und der *Friedlichen Hegemonie.* Beide Raumschiffe hatten geantwortet.

Das machte Succorso für Josua wenigstens so bedrohlich, wie Morn für Angus eine Bedrohung verkörperte.

Mit einer heftigen Gefühlsregung, die keinerlei Auswirkung auf die zuverlässige Sicherheit seiner Hände hatte, kontaktierte Angus Thermopyle die Kabine Taverners. »Wachen Sie auf, Jüngelchen«, knurrte er wie ein Höllenengel. »Heimgekehrt aus dem Land der Träume! Vor uns liegt die Realität und kommt flott näher.«

Dann desaktivierte er den Interkom-Apparat, damit er sich nicht Taverners Fragen anhören mußte.

Das schlußendliche Einflugmanöver der *Posaune* verlief reibungslos. Taverner erledigte seine Aufgaben laienhaft, aber mit tadelloser Sorgfalt. Und die Leitzentrale hatte keinen Anlaß, um den Interspatium-Scout schlechter als irgendein sonstiges Raumschiff zu behandeln. Nicht nur die eigene, auch die Artillerie der *Stillen Horizont* bot der Schwarzwerft hinlänglichen Schutz. Ob man der *Posaune* irgendwann auch das Wiederabfliegen gestattete, blieb hingegen offen.

Schließlich klirrten die Greifarme der Parkbucht in die Muffen des Rumpfs, Strom- und Kommunikationskabel sowie Luftschläuche schoben sich in ihre Stutzen. Weil sein Interncomputer ihm keine Wahl ließ, schaltete Angus die Bordsysteme der Reihe nach ab.

Von da an häuften er, Taverner und die *Posaune* beim Kassierer ein Soll an.

»Wenn Sie spezielle Anweisungen haben«, brummte er Taverner zu – seine Zunge schmerzte noch immer bestialisch –, »dann rücken Sie jetzt damit raus. Kassafort ist ein Ort, wo man sich nicht überraschen lassen darf. Oder Sie müßten im Improvisieren besser als an Ihrer Konsole sein.«

Milos Taverner warf die Nik auf den angewachsenen Kippenhaufen neben seinem G-Andrucksessel und entzündete eine neue. »Meinen Sie das mit ›Realität?‹« nuschelte er. »Eine Umgebung ohne Überraschungen?«

Angus lachte krächzend. »Sie ahnen ja gar nicht, was ich ›Realität‹ nenne.« Er pöbelte, weil er ein Ventil für seine ständigen Aufwallungen der Wut brauchte. »Wenn Sie's rausfinden, wird's Ihnen nicht gefallen, dafür garantiere ich, Verdammnis noch mal!« Er öffnete die Sicherheitsgurte seines Andrucksessels. »Ihre erste Lektion ist«, fügte er hinzu, »daß wir nun hinauslatschen und uns so benehmen, als wären wir wirklich freiwillig nach Kassafort gedüst. Selbst wenn Sie, bevor Sie die Erde verlassen haben, Ihr ganze Leben bei Gossengangs zugebracht haben« – Angus vermutete es nur, war aber stark davon überzeugt –, »so was wie hier ist Ihnen bestimmt noch nie vor die Augen gekommen.«

Taverners Blick ruckte vor Beunruhigung herum. »Tatsächlich?« fragte er lässig. Doch sein Versuch, sorglos zu wirken, mißlang ihm.

»Sie dürfen mir glauben«, beteuerte Angus gehässig. Er beugte die Knie, prüfte Thanatos Minors Gravitation. Dann strebte er mit irreführend leichtfüßigen Schritten auf die Konnexblende des Kommandomoduls zu.

An die seitlichen Geländer geklammert, verharrte er dort. »Übrigens«, empfahl er Taverner, »machen Sie bloß nicht den Fehler zu denken, Sie dürften hier Waffen führen. Vor der Rezeption werden Sie bis auf die Eier gescannt. Der Kassierer versteht keinen Spaß, er will ganz sicher sein, daß hier keiner außer ihm rumballern kann.«

Niemand außer ihm und den Amnion.

Taverner musterte Angus voller Bestürzung. »Besteht die Möglichkeit, daß man Sie ertappt?«

Angus grinste. »Das hängt davon ab, ob der Scheißkerl Lebwohl sein Scheißhandwerk versteht.«

Während er in den Durchgang stieg, sah er, wie Taverner verstohlen eine Stunnerrute, die so klein war wie ein Dolch, aus der Tasche zog und in die Polsterung seines G-Andrucksessels schob. Jetzt sah er aus, als wäre ihm Selbstgefälligkeit völlig fremd.

Ihm würde Kassafort ganz bestimmt nicht behagen.

Angus faßte das als eine Form der Ermutigung auf; er war ein Feigling und bedurfte jeder nur möglichen Ermutigung.

Gemeinsam fuhren er und Taverner im Zentrallift hinab zur Luftschleuse. Dort blieb Angus stehen und deutete auf die Kontrolltafel. »Solche Hilfsdienste verrichtet der Erste Offi«, sagte er in rüdem Ton zu Taverner. »Schaffen Sie's, die Schleuse zu öffnen, oder muß ich nachhelfen?«

Zorn und Angst trübten Taverners Augen beinahe mit einem Schleier. »Sie gehen voraus, Josua«, befahl er mit gepreßter Stimme. »Ich folge erst, wenn Sie das Scanning hinter sich haben.«

Auf eine mit dem Stichwort *Josua* gegebene Anweisung mußte Angus mit Gehorsam reagieren. Er konnte nicht einmal Achseln zucken. Er trat ganz einfach vor die Kontrolltafel und drückte die Bedienungstasten der Schleusenpforten.

In seinem Kopf zeigte ihm ein Fenster die Zeit: 22:07:15.53 Standardzeit, ziemlich spät an Kassaforts nominellem Abend. Ein zweites Fenster erinnerte ihn an die Sicherheitscodes, anhand der er jeden von Bord der *Posaune* fernhalten konnte, bis er und Taverner zum Schiff zurückkehrten. Mit seinen cyborgprothetisch verstärkten Augen beobachtete er, während sich die innere Schleusenpforte öffnete, die vergänglichen elektromagnetischen Emissionen der Servos und

Schlösser. Wilde Wut durchbrandete ihn, ohne irgendeine Wirkung zu haben.

Nachdem auch Taverner die Schleuse betreten hatte, schloß und verriegelte Angus die innere Pforte; anschließend öffnete er das Raumschiff der höchst reichhaltig zusammengesetzten Innenatmosphäre Kassaforts.

EM-Felder durchflirrten den Eingangsflur. Sie ähnelten überaus feinen, geisterhaften Spinnweben oder Gespinsten in vielfältigen Farbschattierungen, die sein grob-feststofflicher Körper, sobald er sie durchschritt, zerfetzen mußte. Doch schon ehe er das erste Feld erreichte, wußte er, daß er keinem Risiko entgegenging. Seine spektralerweiterte visuelle Wahrnehmung bestätigte die Informationen des Data-Nukleus: der Interncomputer und die Zonenimplantate, seine Laser und Akkus verursachten in der zartschimmernden Aura der Detektoren Kassaforts nicht das schwächste Kräuseln. Hashi Lebwohl hatte ohne jede Frage sein Handwerk verstanden, als er Angus' Ausrüstung konzipierte.

Gleichmütig stellte Angus das Fehlen von Wachpersonal fest. Das war gut; günstig jedenfalls, betrachtete man es aus Lebwohls Perspektive. Es hieß, daß der Kassierer entschieden hatte, Angus' Geschichte offiziell nicht anzuzweifeln. Statt dessen baute er darauf, daß Zeit und achtsame Beobachtung ihm die Wahrheit offenbarten.

Angus war nicht überrascht. Der Kassierer behandelte Leute, die zu seinen Einkünften beitrugen, grundsätzlich höflich. Er spionierte jedem nach; aber leichtfertig zahlungskräftige Kunden zu vergraulen, lag ihm fern.

»Kommen Sie«, raunte er über die Schulter Taverner zu. »Gefahrloser könnt's gar nicht sein.«

Ohne seinen ›Ersten Offizier‹ eines Blicks zu würdigen, näherte Angus sich der Rezeption.

Dort gab es selbstverständlich Wachen; doch Angus verschwendete an sie keinerlei Aufmerksamkeit. Als Taverner ihn endlich einholte, hatte er schon an einem Computerterminal die Kredit-Verifikation aufgerufen und auf Stimmprofil-Prüfung eingestellt. Brüsk winkte er Taverner heran. »Na los, Sie sind dran«, brummelte er. »Nennen Sie dem lieben Compu Ihren Namen, damit wir Ihren Schotter verjubeln können.«

Milos Taverner biß die Zähne zusammen und ließ vom Computerterminal als Id-Probe ein Stimmprofil aufzeichnen. Sein bitterböser Blick rechtfertigte die Vermutung, daß er über neue Methoden nachdachte, um Angus zu demütigen.

Mit einem Feixen, das die Furcht vertuschen sollte, die ihm den Magen verkrampfte, forderte Angus beim Terminal zwei Zimmer in einem Hotel- und Restaurationsbetrieb im Vergnügungsviertel an.

Natürlich hätten er und Taverner in der *Posaune* bleiben und dort vergleichsweise ihre Ruhe haben können. Und zweifellos observierte der Kassierer jedes Zimmer, das sie beide in Kassafort mieteten. Aus genau diesem Grund jedoch waren sie in einem Hotel sicherer. Über Leute, die sich nicht vor ihm versteckten, zerbrach der Kassierer sich weniger den Kopf.

Weil Angus seinen Begleiter das Gruseln lehren wollte, buchte er Zimmer in einer Absteige namens Galacto-Grotte, die ihren Standort ungefähr in der Mitte des Vergnügungsviertels hatte. Danach packte er Taverner am Arm. »Sehen Sie's von der nützlichen Seite«, flüsterte er in bissigem Ton. »So können all die Schweinehunde, an die Sie Funksprüche geschickt haben, Sie finden, indem sie bloß nachfragen.« Er schaltete den Monitor aus. »Ist das nicht dufte? Und Sie können sich treffen, mit wem Sie wollen, ohne erst« – er tippte an seinen Schädel – »Lebwohl um Erlaubnis zu fragen.«

»Tausend Dank«, entgegnete Taverner, indem er sich darum bemühte, Angus' nicht an Boshaftigkeit nachzustehen. »Ich hätte nicht gedacht, daß alles so 'n Kinderspiel ist.«

»Ist es auch nicht.« Angus bleckte das Gebiß. »Ich versuche nur, Ihnen 'n falsches Gefühl der Sicherheit zu suggerieren.«

»Bitte drohen Sie mir nicht mehr«, murmelte Taverner ihm finster zu. »Ich habe schon jetzt derartigen Schiß« – er sah Angus direkt an –, »daß er mir gleich abgeht.«

Für einen Moment verstärkte Angus den Druck seiner Faust um Taverners Arm. »Ich weiß. Aber Sie sollten lieber vorsichtig damit sein, was Sie dann anfangen. Irgendwann werde ich Ihnen dabei bestimmt noch den Sack abbeißen. Ziehen wir los?«

Er gab Taverners Arm frei und deutete in die Richtung der Lifts.

Taverner folgte ihm wie jemand, den es dermaßen beanspruchte, raffinierte Mordmethoden auszubrüten, daß er an nichts anderes denken konnte.

Das Vergnügungsviertel war nicht Kassaforts einzige Sektion, in der sich Hotels ballten, aber sie war größer als die Alternativen. Gelegentlich hatte der Kassierer Gäste, an denen er so weitgehendes persönliches Interesse hegte, daß er ihnen eine private Unterbringung anbot. Manchmal war ein Kapitän dazu bereit, die höheren Kosten für besser eingerichtete und geschützte Zimmer zu entrichten, sei es, weil er sich sorgte, seine Crew nicht wieder zusammensuchen zu können, ließ er sie sich nach ihrem eigenen Gutdünken umhertreiben, oder weil sie Laster hatte, von denen niemand erfahren sollte. Sämtliche übrigen Menschen hingegen, die nach Thanatos Minor kamen, blieben an Bord ihrer Raumschiffe oder quartierten sich in den Etablissements des Vergnügungsviertels ein, wo sie ihre Gelüste befriedigen konnten, so pervers sie auch sein mochten.

Es erstreckte sich über mehrere mittlere Etagen der Station. In den oberen, näher an der Planetoidenoberfläche eingerichteten Geschossen befanden sich die verschiedenen Werkstätten und Lager, die die Bedürfnisse der Reede, der Werftanlagen und der hermetisch abgesonderten Amnion-Sektion erfüllten; ganz unten lagen das Panzergewölbe des Kassierers, seine Chirurgie sowie Kassaforts Energiezentrum. Zwischen Planetoidenkern und –oberfläche wohnten, zechten, arbeiteten, futterten, betrogen, vögelten, vergewaltigten, kuppelten und zankten die Menschen, die für Kassaforts persönlichere Offerten sorgten, und ebenso die Leute, die daran Genuß fanden.

Vielleicht infolge der Enge der Korridore, die die Bewohner ›Straßen‹ nannten, oder wegen der Millionen Tonnen des Felsgesteins, die sie über den Köpfen hatten, schien das Vergnügungsviertel immer dichtgedrängt gefüllt zu sein. Kassaforts Einwohnerschaft sollte um die fünftausend Personen betragen; doch das Vergnügungsviertel erregte den Eindruck, daß sich hier ständig doppelt so viele Frauen und Männer aufhielten. Natürlich stammte eine gewisse Anzahl von den rings um die Station geparkten Raumschiffen. Den Rest hatte man bei inkorrekten Schätzungen wohl übersehen.

Nachdem man die anfänglichen Schwälle von Gerüchen und Lichtern verkraftet, einen ersten Blick in die überfüllten Straßen, Bars und sonstigen Lokalitäten getan hatte, fiel als bemerkenswertester Aspekt die Gegenwart überproportional vieler Frauen auf; normalerweise machten Frauen sich in sogenannten Hotel- und Restaurationssektionen des Human-Kosmos rar. In Stationen wohnhafte Frauen hatten im allgemeinen dort Arbeit oder Familie, also wenig Grund, um sich unter Durchreisende zu mischen. Und durchreisende Frauen – Besatzungsmitglieder oder Passagierinnen der Raumschiffe – besuchten Hotel- und Restaurationssektionen um der Angebote willen, nicht um sich selbst anzubieten.

In Kassaforts Vergnügungsviertel dagegen…

Um so zahlreiche Frauen zusammenholen zu können, mußte der Kassierer den gesamten Human-Kosmos durchkämmt haben. Aus den Gossen der Erde und den verkommensten Winkeln der Weltraumstationen, aus anderen Schwarzwerften und aus Raumschiffen voller Verzweifelter mußte er sie zu Hunderten durch Lug und Trug, Beschwatzen oder schlichten Einkauf für Kassafort gewonnen haben. Je nachdem, wie man sie betrachtete, galten sie als Pracht oder Abschaum des Vergnügungsviertels: teils Frauen, denen behagte, was sie taten, was sie dafür rafften, bis sie reich waren; teils Frauen, die unter Abhängigkeit von Nervensprit oder sonstigen Drogen standen und sich kaum das nackte Leben bewahrten; Frauen mit chirurgischen, entweder bioretributiven oder anderen Modifikationen, die keine Wahl hatten. Kein raumfahrender Illegaler, der Kassafort aufsuchte, konnte ehrlichen Gewissens behaupten, schon eine solche Auswahl unter Schönheit und Elend gehabt zu haben.

Bei besonderen Anlässen hatte auch Angus hier die eine oder andere Frau zu Lustzwecken benutzt. Doch das war gewesen, bevor er Morn kannte; ehe er sie so tief entwürdigt hatte, wie sein Haß und seine beachtliche Phantasie es gestatteten; bevor sie ihm mit der Zeit das Herz gebrochen hatte.

Jetzt schnupperte er Kassaforts Luft, badete im Licht und begaffte die Frauen, als wäre er endlich wieder in seinem natürlichen Element. Aber weder er noch sein Interncomputer hatten irgendein Interesse am Zeitvertreib mit Frauen.

Milos Taverner schielte mit Schmollmund und gefurchter Stirn umher, als wären ihm die meisten Frauen – wäre es vielleicht sogar der Geschlechtsverkehr überhaupt – irgendwie zuwider.

Angus fand jedoch keine Gelegenheit, um sich über das Unbehagen seines Begleiters zu amüsieren. Er hatte andersartige Prioritäten.

Die Innenatmosphäre, die ihn nach Verlassen des Lifts empfangen hatte, war genauso, wie er sie in Erinnerung hatte: zu warm, ungenügend gereinigt, stickig durch ein Miefgemisch aus Rauch, Parfüm, Moder, Schweiß, Östrogen, Fusel, Erbrochenem sowie sämtlichen übrigen Dünsten und Stinkereien, die Menschenmassen absonderten. Es konnte sein, man hatte die Beleuchtung mit Absicht so grell gestaltet, in schreienden Farben und mit Gewimmer gleichen Schatten; oder vielleicht wirkte das Licht nur durch all den aus der Luft abgelagerten Schmutz so greulich.

Doch weder Licht noch Luft machten ihn für die EM-Aura der unter der Decke installierten, nach allen Seiten aktiven Observationsinstrumente blind, und genausowenig für die verräterischen Emissionen der mit Kommunikationsprothesen ausgestatteten Wächter und sogenannten Melder. Unparteiisch wie der Tod versuchte der Kassierer, über alles den Überblick zu behalten, was auf Thanatos Minor geschah.

Einige Aufpasser ließen sich leicht erkennen. Man bemerkte sie, weil sie mit offensichtlicher Ziellosigkeit durchs Vergnügungsviertel schlenderten; und weil sie Waffen trugen oder in den Händen integriert hatten. Angus zählte sechs solche Wächter auf einer Strecke von fünfzig Metern. Andere Ordnungskräfte dagegen, die Melder, patroullierten unauffälliger die Straße entlang. Entweder verbargen ihre Kleidung oder der eigene Körper ihre Kommunikationsgeräte, oder sie waren als etwas anderes getarnt: da als künstliche Hand, dort als Kinnprothese. Trotzdem erkannte Angus sie ausnahmslos. Für ihn verrieten ihre EM-Emissionen sie so deutlich, als hätten sie Schilder umgehängt. Alles was er in ihrer Hörweite sagte, speicherten unverzüglich die Datenbanken des Kassierers.

Die Computer und das Personal, das sich mit dem Aussieben und Auswerten der auf diese und ähnliche Weise erlangten Informationen beschäftigte, mußte davon regelrecht überschwemmt werden.

Ein Melder hatte eine komplexere Emissionssignatur und zog damit Angus' Aufmerksamkeit an. Als er inmitten des Menschengedränges den Emissionsquell lokalisiert hatte, fiel sein Blick auf einen Mann, dessen Schädel man auf ein mechanisches Drehgestell gesetzt hatte, so daß er rundumrotieren konnte. Das mußte, schlußfolgerte Angus, der für diesen Bezirk des Vergnügungsviertels zuständige Truppführer sein.

Mit einem leichten Rippenstoß machte er Taverner auf den Mann aufmerksam. »Geben Sie auf das Söldnerschwein da acht«, flüsterte er. »Wenn wir irgend was tun, das dem Kassierer nicht paßt, kann er bedeutend schneller als die Leitzentrale reagieren.«

Taverner nickte. »Was könnten wir denn anstellen, das dem Kassierer nicht gefällt?« raunte er, den Blick düster auf eine Frau mit pneumatischem Busen geheftet.

Angus grinste humorlos. »Fragen Sie bloß nicht mich. Darüber wissen Sie wahrscheinlich mehr als ich.«

Sobald er sicher war, alle Wächter in der Umgebung identifiziert zu haben, schob er sich ins Gewimmel, bummelte die verstopfte Straße hinab zur Galacto-Grotte.

Höchstwahrscheinlich wußte Milos Taverner tatsächlich mehr darüber, was er derartiges tun könnte. Angus' Data-Nukleus erteilte ihm in dieser Frage keine Auskunft. Der Interncomputer spürte ihm die Wächter auf, verzeichnete Auren und Vektoren, so daß er ohne jede merkliche Mühe wußte, wo sie lungerten. Bisher jedoch hatte er keine neuen Informationen preisgegeben – und keine neuen Instruktionen erlassen. Anscheinend hatte Angus keinen anderweitigen aktuellen

Auftrag, als sich im Vergnügungsviertel einzunisten und möglichst normal zu benehmen.

Und das hieß, ein Zimmer in der Galacto-Grotte zu mieten, wie er es getan hatte; es bedeutete, sich in die Bar zu setzen und ein paar billige Drinks zu schlappen. Das sollte ihm recht sein: so durfte er noch für ein Weilchen in der total falschen Illusion schwelgen, er täte genau das, was er sowieso angefangen hätte.

Nach etlichen Schritten holte Taverner ihn ein. Er umklammerte Angus' Ellbogen. »Ich hoffe, Sie haben Ihren Spaß«, sagte er leise. »Für Sie ist das hier vermutlich das Paradies.«

»Ihnen gefällt's nicht?«

Taverner überhörte Angus' Geringschätzung. »Es ist wie eine Stadt, die von einer Gossengang übernommen worden ist«, antwortete er mit unterdrückter, rauher Stimme. »Von einer, aber komplett. Ohne verfeindete Banden, ohne konkurrierende Gruppen... Ohne jede Veränderungsmöglichkeit. Wie in einer Stadt ohne Ausweg.«

»Hier können Sie niemanden hintergehen, um sich etwas Protektion zu sichern«, entgegnete Angus. »Außer mich«, schränkte er anschließend ein. »Und wenn Sie sich das erlauben, dürfen Sie Ihr ganzes restliches Leben an solchen Orten zubringen. Dann würden die Astro-Schnäpper Sie nämlich sofort durchrösten, wenn sie Sie in die Klauen kriegen.«

Taverners Miene gab Angus neuen Grund zur Ermutigung. Das Grausen tief im Hintergrund seines Blicks ließ sich nicht übersehen.

Rings um Angus wälzte sich die Menschenmenge vorüber. Männer und Frauen rempelten gegen ihn, torkelten oder stapften ihres Wegs. Leichtfinger tasteten seine Bordmontur nach Wertsachen ab, die er nicht hatte. Nur zur Übung hätte er gern eine dieser Flossen erhascht – es wäre ihm ohne Mühe möglich gewesen – und die Knochen gebrochen. Aber er sah davon ab. Er mochte nicht die Beachtung der Wächter und Melder auf sich ziehen.

Eine Frau blieb vor ihm stehen und bot ihm ein Fläschchen Nervensprit zum Kauf an. Ein Mann schwankte auf ihn zu und erkundigte sich, ob er Nervensprit zu verkaufen hätte. Ein allem Anschein nach hermaphroditisches Menschenwesen griff sich vor seinen Augen verlockend an seinen/ihren Unterleib und streichelte sich die Brüste. Angus wies jede derartige Belästigung mit einem Knurren ab und führte Milos Taverner zu ihrem Bestimmungsort.

Das Logo des Hotels ähnelte einem in aggressiv-aufdringlichem Gelb und Grün an eine Mauer gebannten Gebrüll:

GALACTO-GROTTE

HOTEL & RESTAURANT
VERGNÜGUNGEN – AUCH SPEZIELLER ART

Ihr Wunsch ist uns Befehl

Angus dirigierte Taverner auf den bevölkerten Eingang zu, als kehrte er heim.

Links ging es ins Lokal; rechts anscheinend ins Hotel. Angus wandte sich nach rechts. Hinter der kleinen Anmeldung, die nichts als ein Computerterminal aufwies, stand ein Mann in sichtlich düsterer, bitterer Gemütsverfassung. Er erweckte den Eindruck jemandes, dem der Kassierer – oder ein nachgeordneter Illegalitätsgewinnler – zur Strafe für ein eher belangloses Vergehen eine empfindliche Bombe in den Bauch implantiert hatte. Er hob nicht einmal den Blick, als Angus die Handfläche auf die Theke knallte und »Zimmer!« raunzte.

»Identifikation?« fragte er statt dessen im Ton tiefer Zerstreutheit.

»Stimmprofil«, gab Angus an.

Der Mann prustete, als hätte er eine nichtswürdige

Antwort erhalten. Er drückte eine Computertaste und wartete auf das weitere.

Deutlich sprach Angus seinen Namen aus.

Nach einem Blick auf den Monitor seufzte der Mann, als könnte er ausschließlich an die abgründige Härte seines Schicksals denken. »Vier zwölf.«

Angus nickte Taverner zu, der daraufhin ebenfalls seinen Namen nannte.

»Vier dreizehn«, sagte der Rezeptionist im gleichen Tonfall wie zuvor.

»Sind irgendwelche Mitteilungen da?« wollte Angus wissen.

Der Hotelangestellte deutete, noch immer ohne hochzuschauen, auf den Bildschirm. »Für mich ist 'ne Mitteilung da. Sie besagt, ich soll darauf achten, daß Sie alles vorausbezahlen.«

Mißmutig die Stirn gerunzelt, warf Taverner Angus einen Blick stummer Fragestellung zu.

Angus hob die Schultern. »Der Kassierer möchte uns bloß daran erinnern, daß er uns nicht traut.«

Er drehte der Anmeldung den Rücken zu und trat zum Lift.

Im vierten Stockwerk fanden sie ihre Zimmer direkt gegenüber des Lifts. Taverner wartete, während Angus sich Zimmer 412 näherte, konzentriert die Umgebung nach elektromagnetischen Informationen abscannte.

Observationsinstrumente *hier* und *dort* im Korridor. Neben der Tür: ein Interkom-Apparat, ein kombinierter Scanner für Hände und Id-Plaketten oder -karten. Normale Verkabelung, keine Fallen. Falls sich drinnen im Zimmer Überraschungen verbargen, drangen ihre Emissionen nicht durch die Tür.

»Irgendein Grund zur Sorge?« fragte Taverner angespannt.

Angus achtete nicht auf die Frage. Er selbst plagte sich nicht mit Sorge: er ließ lediglich Vorsicht walten. Er balancierte sein Körpergewicht aus, um im Notfall nach jeder Seite springen zu können, und nannte der Tür-Interkom seinen Namen.

Die Tür rollte beiseite.

Das Zimmer war durchaus geräumiger, aber nicht viel größer als seine Kabine an Bord der *Posaune*. Besser als die Innenatmosphäre außerhalb der Galacto-Grotte war die Luft nicht; anscheinend war das Zimmer kürzlich von jemandem bewohnt worden, der gerne mit Dorphamphetaminen angereicherte Niks rauchte. Flecken übersäten ranzig die perlmuttähnlichen Wände. Manche Spritzer sahen nach altem Öl oder Blut aus. An einer Wand standen zwei durchgesessene Stühle mit Gestellen aus rostfreiem Stahlersatz. Den Fußboden bedeckte ein schäbiger Stoff, der verschlissenem Velcro ähnelte. Aus den Ecken der Zimmerdecke verbreiteten Reflektoren Licht in deprimierender Neonfärbung. Ein Terminal in einer Wandnische bot dem Gast die Möglichkeit, Leute zu kontaktieren – oder Geld auszugeben –, ohne das Zimmer zu verlassen. Das Bett hatte vermutlich mit Verzweiflung und Haß soviel Erfahrungen gesammelt wie Angus.

Noch bevor sein Herz das nächste Mal schlug, hatte er sich vergewissert, daß er in dem Zimmer nichts zu befürchten hatte. Auch hier waren Observationsinstrumente installiert: Privatsphäre blieb überall in der Domäne des Kassierers eine ungewisse Sache. Aber zumindest lauerte im Zimmer keine unmittelbare Gefahr. Hier konnte man tun und lassen, was man wollte; falls man sich am Beobachtetwerden dabei nicht störte.

Der Vollständigkeit halber überprüfte Angus auch das Bad. Dann ging er nach nebenan zu Milos Taverner.

»Ich hab 'n gemachtes Nest«, sagte Angus. »Schauen wir mal, wie's bei Ihnen aussieht.«

Durch seine Z-Implantate dazu gezwungen, auf die Sicherheit seines Begleiters zu achten, überzeugte sich

Angus davon, daß zwischen seinem und Taverners Zimmer kein wesentlicher Unterschied existierte. Nur die farblichen Nuancen der Schmutzflecken wichen ab.

Taverner erübrigte kaum Beachtung für das Zimmer. Er musterte Angus' Gesicht, forschte nach Anzeichen für Gefahren, Anlässen zur Unruhe.

»Es ist, als wär man bei Spionen zu Gast«, brummte Angus verdrossen, weil er befürchtete, Taverner könnte aus ungeduldigem Drang nach Gewißheit unter den Ohren des Kassierers eine Josua-Order erteilen. »Alles wird aufgezeichnet. Sie brauchen sich keine Sorgen zu machen ... Solange Sie nichts Falsches tun.« Inzwischen war er sich ganz sicher, daß Taverner genug von erwerbsmäßiger Schnüffelei wußte, um ihn zu verstehen.

So steif, als lasteten die Blicke der Kameras auf ihm wie Gewichte, hob Taverner die Schultern. Trotzdem ließ er es nicht an Mühe fehlen, um seinen Part zu spielen. »Wenn wir nichts tun«, nörgelte er, »wie sollen wir dann hier was erleben?«

Angus schnaubte. »Daran hätten Sie denken sollen«, antwortete er, hin- und hergerissen zwischen dem, was er gerne gesagt hätte, und dem, was zu reden die Programmierung ihn nötigte, »ehe Sie's geschafft haben, auf die Abschußliste der DA zu kommen.« Anschließend tat er so, als lenkte er ein. »Auf alle Fälle können wir uns einen in die Birne gießen«, ergänzte er seine Liebenswürdigkeiten. »Deshalb kriegen wir voraussichtlich keinen Ärger. Der Kassierer vertraut uns zwar nicht, aber er hat bestimmt nichts dagegen, wenn wir bei ihm Ihre Mäuse verplempern.«

Eine Sekunde lang wirkte Taverner derartig hilflos, so in die Enge getrieben, dermaßen voller Selbstmitleid, daß Angus nicht ausschloß, er könnte wie ein kleiner Bengel, der eine Abreibung erhalten hatte, in Tränen ausbrechen. Doch im folgenden Moment strafften sich seine Gesichtszüge, und in der Tiefe seiner

Augen ballte sich Finsteres. Er hatte sich auf seine Erbitterung besonnen.

»Dann mal los«, meinte er ausdruckslos. »Ich bin soweit.«

Gut, höhnte Angus bei sich, weil seine Programmierung nicht duldete, daß er seine Gehässigkeit in Worte faßte; ihm nicht erlaubte, seinen angeblichen Ersten Offizier in der Öffentlichkeit mit Häme zu überschütten. Mir ist es am liebsten, wenn du Muffensausen hast. Dann begehst du deine schlimmsten Fehler.

Während er sich nutzlosen Phantastereien hingab, in denen Taverner ihn um den Tod anflehte, weil er ihm Knoten ins Gedärm machte, führte Kapitän Thermopyle sein einziges Crewmitglied hinunter an die Bar.

Dort wartete auf sie an einem Tisch in einem der trüben, schmuddligen Winkel Nick Succorso.

ANGUS

Die Theke bestand aus einem langen Brett Pseudoholz, dem man anhand der Fleckigkeit und Zerkerbtheit das Alter ansah. Beide Männer, die sich vor den Reihen der Fässer, Getränkespender und Flaschen hin- und herbewegten, hatten den hohlen Blick von Nullwellenhirnchen: waren Menschen, die niemanden betrügen konnten, weil sie der Fähigkeit, diesbezügliche Entschlüsse zu fassen, entsagt oder sie verloren hatten. Auf den Zapfhähnen und sonstigen Armaturen, den Gläsern und dem Metall, alles schmierig und verdreckt, spiegelte sich trübe die Beleuchtung.

Von einer Wand aus schien die Theke mitten durchs Lokal wie ein Pfeil geradewegs auf eine Bühne am anderen Ende der Räumlichkeit zu weisen. Zur Zeit fand keine Darbietung statt. Falls sich etwas abspielte, geschah es ausschließlich zwischen Requisiten. Zu dumm. Lärm und Licht einer Vorführung wären eine Behinderung für die Observationsgeräte des Kassierers gewesen. Unvermeidlich wäre von den Mikrofonen und Kameras weniger aufgenommen worden. Eine Vorstellung hätte es Anwesenden erlaubt, unbelauscht Privatgespräche zu führen …

Vielleicht hätte sie es Angus ermöglicht, sich Nick Succorso zu nähern und ihm von unten einen Laserstrahl ins Gehirn zu schießen, ohne daß es beweiskräftig aufgezeichnet worden wäre.

Doch es war ihm ohnehin gleichgültig, ob irgendwer seine Handlungen aufzeichnete. Es kümmerte ihn keinen Deut, wer wußte, was er anstellte oder unterließ.

Sobald er Nick sah, wurde es in seinem Hirn schwarz vor Haß, mit Blutgier im Mund und Mordlust in den Fäusten stapfte er auf Succorso zu. Zum Satan mit dem Kassierer! Zur Hölle mit Taverner, Lebwohl und den Z-Implantaten! Nick Succorso war der Mann, der die Demontage der *Strahlenden Schönheit* verschuldet hatte. Er hatte Angus eine Falle gestellt, trug die Schuld am Verlust der Freiheit und Selbstbestimmung Angus'. Die Tatsache, daß Angus sich jetzt – unifiziert und zum Putzlappen degradiert – hier aufhielt, war eine direkte Folge der Hinterlist Nick Succorsos.

Noch schlimmer: Succorso hatte sich Morn gekrallt. Angus gestand sein Leid nicht ein, nicht einmal sich selbst; dennoch schmerzte es ihn, sich Morn in Gemeinschaft mit Nick vorzustellen, nicht weniger als die Erinnerung an das Ende seines Raumschiffs. Angus bezweifelte nicht im mindesten, daß Morn es auf den ersten Blick auf Nick Succorso abgesehen gehabt haben mußte. Und nachdem Angus übers Ohr gehauen worden war, hatte sie Succorso das eine gewährt, was ihr abzutrotzen Angus nie gelang: ihre Willigkeit, sich selbst.

Weil er seine Herzensqualen leugnete, erkannte er nicht, daß sich dadurch, sie an seinen ärgsten Widersacher verloren zu haben, die unerschütterliche Treue, mit der er seinen Teil ihrer Übereinkunft einzuhalten sich abmühte, nur um so mehr verstärkt hatte.

Im Geiste handelte er längst. Nur wenige Schritte trennten ihn von dem Tisch; trennten ihn und Taverner von der Ecke, wo Succorso saß. Eine mörderische Miene aufgesetzt, damit Scheißkapitän Schluckorso wußte, was ihm blühte. Dann schnell mit Mikroprozessorgeschwindigkeit zugeschlagen, zu schnell, als daß Gegenwehr möglich wäre: eine Faust gegen Succorsos Schläfe gehauen, und anschließend, während das Schwein vergeblich zappelte, mit dem Laser gezielt. Ein Akt geballter Willenskraft, ein gedankenflinker mentaler Befehl, und schon sank Succorso in Angus' Fäusten zusammen, verwandelten sich innerhalb eines auf Sekundenbruchteile beschränkten Aufblitzens kohärenten Lichts all die wackeren, hochmütigen Raumpiraten-Allüren und seine Männlichkeit in totes Fleisch.

Angus handelte, *er handelte.* Keine nichtmenschliche Verflechtung von Schaltkreisen und Restriktionen konnte ihn hemmen; kein Zonenimplantat vermochte seinen Haß zu dämpfen. Gleich was es ihm abforderte, gleichgültig welche neuralen Verrenkungen es ihm abverlangte, er *tat* es. Leblos baumelte Succorso in seinen Fäusten, und Angus war wieder frei, *frei!* – lebte endlich wieder, um im Interesse des eigenen Überlebens zu töten oder zu kumpaneien …

Aber natürlich tat er es nicht. Alles blieb pure Phantasterei. Vor seinem geistigen Auge sah er alles, als ob es sich wirklich ereignete; doch sein Data-Nukleus und die Z-Implantate schenkten den Trugbildern keine Beachtung. Während er über die Theke hinweg das spöttische Grinsen in Succorsos Narbengesicht anstarrte, war Angus zu keiner Regung, keinem Wort imstande; er konnte kaum Atem holen. Er hätte nicht einmal, wäre seine Programmierung dagegen gewesen, unter dem Druck seiner inneren Agonie schwitzen können.

»Kann sein«, meinte Taverner leise und so genüßlich, als hätte er seine Selbstgefälligkeit zurückgewonnen, »wir kriegen doch noch unseren Spaß.«

In Angus' Schädel entstand ein Geräusch, das wie ein Heulen klang; der Data-Nukleus unterdrückte jedoch sämtliche Anzeichen seiner insgeheimen Bedrängnis, sogar das schwächste Winseln.

»Kommen Sie, Josua«, flüsterte Taverner dicht an seinem Ohr. »Erfüllen Sie Ihre Aufgabe.«

Wider Willen, in all seiner Sterblichkeit aufgedunsen wie eine Kröte, setzte sich Angus in Bewegung.

Ohne jede Beteiligung seines Willens ortete er die

Observationsanlagen, ehe er das Lokal nach Meldern abscannte. Er bemerkte nur zwei. Einer davon, ein Mann, der an der Theke hockte, starrte gebeugt auf sein Paar mechanischer Hände, als flößte der Sachverhalt, daß sie auch als Sender dienten, ihm Ekel ein; er war von Nick Succorso zu weit entfernt und konnte ihn nicht belauschen. Der zweite Melder, eine Frau, die so gut wie keine Kleidung trug, aber eine unmißverständliche EM-Signatur aufwies, saß in der Nähe der Ecke, in der Succorso Platz genommen hatte, an einem Tisch. Sie war nicht allein: an ihren Seiten flegelten sich zwei Männer, spendierten ihr abwechselnd Drinks, lallten ihr Blödsinn ins Ohr und befummelten ihre Brüste. Doch die beiden Kerle hatten keine Bedeutung; einzig die Frau verkörperte Gefahr.

Angus' Data-Nukleus empfahl ihm, sich ihrer zu entledigen. Allerdings gab er keine konkrete Verfahrensanweisung, und ebensowenig übte er irgendeinen Zwang aus.

Nick Succorso blieb sitzen, während Angus und Taverner sich näherten. Er saß mit dem Rücken zu einer Ecke, so daß er das gesamte Lokal im Blickfeld hatte. Angus hätte diesen günstigen Sitzplatz lieber selbst gehabt; sein Programm war jedoch anderer Meinung. Längst waren Angus die Emissionen aufgefallen, die aus der Wand drangen, wo die Kabel der am nahsten installierten Observationsgeräte verliefen. Setzte er sich links neben Succorso, war er den Emissionen näher.

»Milos ...« Succorso grinste unablässig. »Und Kaptein Thermogeil. Es wäre ja nett, könnte ich so tun, als wäre ich überrascht. Aber leider weiß auf diesem Steinklotz schon jeder, der nicht irgendwie hirntot ist, daß Sie beide sich hier rumtreiben.« Er wandte sich an Taverner. »Es wäre besser gewesen«, fügte er hinzu, »hätten wir uns in meinem Schiff besprechen können.«

Von Angus in diese Richtung gedrängt, setzte Taverner sich an Succorsos rechte Seite. Angus griff sich den Stuhl zur Linken Succorsos und drehte ihn mit der Rücklehne zur Wand.

»Vielleicht besser für Sie«, entgegnete Taverner achtsam. »Für mich nicht. Ich stehe schon mies genug da.«

Succorsos Narben sahen so aus, wie Angus' Zunge sich anfühlte: nach Asche und Schmerzen. »Ich habe Ihnen angeboten, Sie aufzusuchen. Auch das haben Sie abgelehnt.«

Taverner zog eine verdrossene Miene. »So ist es vernünftiger. Der Kassierer traut uns nicht. Also hilft's uns, wenn wir uns möglichst normal benehmen.« Nur sein Tonfall deutete die Wahrheit an: den Informationen in Angus' Data-Nukleus zufolge war Taverner befohlen worden, Situationen zu meiden, in denen er in Versuchung gelangen könnte, seine Macht über den Cyborg öffentlich ersichtlich zu machen. Und Angus' Kenntnis des Befehls machte seine Einhaltung verbindlich. »Thermopyle behauptet, er hat 'n Talent fürs Ausspähen der Wächter«, sagte Taverner leise und gesenkten Kopfs, als spräche er zur Tischplatte. »Er meint, er kann uns Ärger ersparen. Wir stecken im selben Schlamassel, deshalb glaube ich ihm.«

»Sind Sie sicher?« Succorso schaute Angus nicht an. »Seit unserem letzten Plausch ist 'ne Menge passiert. Ich habe viel am Hals gehabt … Und Sie sehen aus, als wär's Ihnen genauso gegangen. Woher wissen Sie, daß er mit Ihnen in ein und derselben Patsche steckt?«

»Wir wollen was zu trinken, Taverner«, mischte Angus sich grob ein, weil er nicht herumbrüllen durfte. »Wozu sitzen wir hier auf 'm Arsch, wenn wir uns nicht besaufen?«

Milos Taverner galt als Angus' Erster Offizier: von ihm erwartete man, daß er Anweisungen befolgte. Trotzdem zeigte er in seinem Blick einiges von seinem Ärger, ehe er aufstand und zur Bar ging.

»Kaptein Thermogeil«, nölte Nick Succorso, »Sie

werden auf Ihre alten Tage zu einem richtigen Rüpel. Ich habe den Eindruck, Sie möchten nicht, daß Taverner meine Fragen beantwortet. Warum wohl nicht? frage ich mich. Haben Sie eventuell unterm Tisch irgendeine Sauerei am Laufen?«

Angus befaßte sich mit dem Einschätzen der Bedrohlichkeit der Situation. Ohne Zweifel konnte die Kamera oben in der Decke ihn gut sehen, das Mikrofon hingegen möglicherweise nicht allzu deutlich hören. Die Nackte und ihre Freier dagegen saßen nur zwei Tische entfernt; für ihre Mikros reichte der Abstand allemal aus. Noch sah Angus darin kein Problem: vorerst brauchte er nichts zu sagen, was sein Data-Nukleus dem Kassierer vorzuenthalten hatte. Doch die Risiken mußten zügig wachsen, vor allem, wenn Succorso und Taverner die Gesprächsthemen anschnitten, über die sie sich vermutlich zu verständigen beabsichtigten.

»Sie irren sich, Scheißkapitän Schluckorso«, raunzte Angus. »Taverner ist jetzt bei mir Erster Offize. Ich weiß nicht, was Sie zwei Clowns zu beschwafeln haben, und es ist mir auch pupegal. Die Frage lautet nicht, was ich mache. Sie geht dahin, welche Schweinerei Sie treiben.«

»Wirklich faszinierend«, höhnte Nick. »Hoffentlich verzeihen Sie mir, daß ich Ihnen nicht glaube. Falls Sie die Wahrheit sagten, müßte sich mit Taverner, seit ich ihn das letzte Mal gesehen habe, etwas ganz grundlegend verändert haben. Dem Mann hat man das Kreuz gebrochen. Kann sein, 's wäre ganz hilfreich, würden Sie 'n bißchen Zeit investieren, um mir klarzumachen, wieso jemand wie Sie dazu *fähig* sein sollte, den Stellvertretenden Sicherheitsdienstleiter der KombiMontan-Station dahin zu überreden, bei Ihnen Erster Offizier zu werden.«

Sein Tonfall klang so schnoddrig und beiläufig bedrohlich wie eh und je; aber darauf fiel Angus nicht herein. Er hatte das intuitive Gehör eines Feiglings: dadurch gewahrte er die innere Anspannung, die in Succorsos Stimme Niederschlag fand. Ihre Untertöne ließen das gleiche anklingen, was die Blässe seiner Narben und die beinahe fiebrige Weise anzeigten, wie er die Theke beobachtete; es handelte sich um Anzeichen der Furcht. In Nick Succorsos Wesen war ein entscheidender Halt in Zerfall begriffen.

Angus konnte seine Erbitterung auf so gut wie keine Art zum Ausdruck bringen; lediglich daß man sie ihm in seinem Ton anmerkte, duldete seine Programmierung. »Ich habe das Ruder in der Hand, Scheißkapitän Schluckorso«, knirschte er. »Ich hab ihn so dazu gebracht, mein Erster zu werden, wie ich ihn bewogen habe, mich aus 'm Knast zu holen. Ich verfüge dafür über *Beweise*« – er schnauzte das Wort, als schlüge er es seinem Gegenüber um die Ohren – »daß Sie Astro-Abschaum, Sie beide gemeinsam, mich gefilmt haben. Daß er nicht mehr so rotzfrech wie früher ist, stimmt natürlich. Ich hatte ihn an den Eiern. Nachdem ich ihn für 'n Weilchen bearbeitet hatte, war er damit einverstanden zu tun, was ich wollte.«

Nick Succorsos seelische Fundamente mochten wanken; aber einschüchtern ließ er sich nicht so leicht. »Sie faseln zwar was daher, Kaptein Thermogeil«, antwortete er, »aber ich kapiere kein Wort. Wenn Sie rumsitzen und heiße Luft absondern möchten, warum tun Sie's nicht allein an 'm andern Tisch? Sie hatten keine *Beweise.* Andernfalls hätten Sie ja verhindern können, daß Sie überhaupt im Knast landen.«

»Falsch.« Angus hätte Succorso liebend gerne den Dünkel aus den Gesichtszügen gedroschen; er schmachtete dermaßen danach, daß ihm die Fäuste wehtaten. »Monatelang hat's gedauert. Beweise hatte ich, aber ich konnte niemanden zum Zuhören zwingen. Taverner hat's mir ständig vermurkst. Niemand mochte davon was wissen, bis ich ins VMKP-HQ verlegt worden bin.«

Milos Taverner hatte an der Theke bei den Barkellnern drei Drinks gekauft und wandte sich gerade ab. Der Melder, der dort, das Gesicht in die mechanischen Hände gestützt, auf einem Barhocker kauerte, war allem Anschein nach eingedöst.

Ohne Vorwarnung knallte Angus eine Faust auf den Tisch, stieß eine Verwünschung aus und sprang auf; behend eilte er zwischen den Tischen zu der Melderin und den beiden Fummelbrüdern.

»Schwester«, maulte er der Frau, unbeeindruckt von ihrer Nacktheit, ins vom Suff blöde Gesicht, »mir paßt's nicht, wie du mich anguckst.«

Sie mußte nicht bei wachen Sinnen sein, um für den Kassierer ihre Funktion zu erfüllen; dafür brauchte sie kaum das bloße Leben. Höchstwahrscheinlich war sie eine Nutte, der man einen besseren Job angeboten hatte, eine Aufgabe, die ihr die Anforderung aktiven Geschlechtsverkehrs ersparte. Als Gegenleistung für den ihrerseits gestatteten Einbau elektronischer Instrumente in ihren Körper hatte sie nichts anderes zu tun, als an öffentlichen Örtlichkeiten – wie in diesem Lokal – zu lungern und Männern so lange vorzuspiegeln, sie sei käuflich, daß sie ihr ein paar Drinks spendierten.

Durch Angus' unvermutete Feindseligkeit verdutzt, versuchte sie den Blick auf ihn zu richten, aber es gelang ihr nicht. »Verpiß dich, du Arschgeige«, brabbelte sie mit schwerer Zunge.

Angus war in seinem Element. All sein Haß hatte momentan kein anderes Ziel. Seine Fäuste grapschten die zwei Freier, er krallte die Finger in die Brust ihrer Arbeitsmonturen. Mit cyborgischer Leichtigkeit zog er beide Männer von den Stühlen hoch.

»Ich habe gesagt«, grölte er in der Lautstärke einer Alarmanlage, *»es paßt mir nicht, wie sie mich anguckt!«*

Damit sicherte er sich ihre Aufmerksamkeit. Sie waren nur kleine Leutchen, einsame Kerlchen, wahrscheinlich Mechaniker oder Maschinenschlosser der

Werft, zu angetrunken, um an irgend etwas anderem als der Frau interessiert zu sein; wahrscheinlich sogar zu betrunken, um die Chance, böte sie ihnen eine, nutzen zu können. Schon Angus' schiere Körperkräfte allein erschreckten sie bis zur Kopflosigkeit. Der eine wirkte, als müßte er in Ohnmacht fallen. »Was sollen wir denn dagegen tun?« plapperte der andere.

Von der Theke starrte Milos Taverner herüber, als hätte Angus die Selbstvernichtung eingeleitet. Beide Barkellner standen wie Statuen da; Angus sah ihre Finger über den Tasten schweben, mit denen sie Wächter herrufen konnten. Der Melder an der Theke behielt seine zusammengesunkene Sitzhaltung bei. Alle übrigen Anwesenden im Lokal glotzten Angus an.

Er stellte die beiden Männer auf die Füße. Sobald sie das Gleichgewicht wiedergefunden hatten, ließ er sie los. Dann zeigte er auf einen weiter entfernten, freien Tisch, der außerhalb der Hörweite stand. »Ich will«, erklärte er in gemäßigterem Ton, aber mit betont deutlicher Aussprache, »daß ihr euch mit diesem miesen Stück Fleisch« – unvermittelt brüllte er wieder – *»dort* hinsetzt!«

»Ich hab dich gar nich anguckt«, beteuerte die Frau. »Ich kenn dich gar nich.«

Es schien, als bekäme sie es nicht mit, wie die zwei sie vom Sitz hoch- und fortzogen, betrunken zwischen den Tischen davonschwankten. Offensichtlich hatte keiner von beiden auch nur die geringste Ahnung von der wahren Funktion der Frau.

Verängstigt kehrte Taverner zu Angus zurück. Angus beachtete ihn nicht, drehte ihm den Rücken zu und setzte sich wieder zu Nick Succorso.

»Was, zum Teufel, sollte denn *das* eigentlich geben?« erkundigte Succorso sich spöttisch. »Legen Sie's drauf an, hier abgemurkst zu werden, oder macht's Ihnen einfach Spaß, jeden so zu verärgern, daß er Sie am liebsten abknallen möchte?«

Angus ignorierte auch seine dummen Fragen. »Ich bin in der KombiMontan-Station nicht untätig gewesen«, sagte er, als er erneut, diesmal verkehrt herum, auf seinem Stuhl hockte. Seine Wut hatte sich gewissermaßen verfestigt, kraftvoller geballt, als hätte es sie, ein wenig Zorn abgelassen zu haben, um so mehr verstärkt. In seinen Adern wummerte der Puls; doch seine Atmung ging trotz des vorherigen Ausbruchs seiner Aggressivität langsam und gleichmäßig. »Mag sein, ich war nicht schlau genug, um zu vermeiden, daß Sie mich in 'ne Falle locken, aber das heißt nicht, ich wäre völlig blöde gewesen. Während Sie und Taverner dort gemauschelt haben, sind von mir 'n paar Externaktivitäten betrieben worden.«

Mit einem Finger schrieb er das Wort ›Melder‹ auf die Tischplatte.

Geringfügig weiteten sich Succorsos Augen; vielleicht infolgedessen, was Angus ihm sagte, oder vielleicht aufgrunddessen, was er schrieb.

»Ich bin zu Ihrem Kahn hinübergelatscht«, erzählte Angus, »und habe Ihre Kabel mit 'm Potentiometer gemessen, bis ich das fand, durch das Sie Ihre Computerverbindung zur KombiMontan-Station hatten. Dann habe ich um die Leitung 'n Magnetfeld erzeugt und 'n eigenes Koaxialkabel zu meinem Raumschiff verlegt. Dadurch konnte ich die Fluktuationen in Ihren Datenübermittlungen messen. Ich habe sozusagen ein Echo der kompletten Kommunikation zwischen Ihnen und Taverner aufgezeichnet.«

Taverner blieb so ruckartig stehen, als er den Tisch erreichte, als wäre er von einem Betäubungspfeil getroffen worden. Davon hatte er bislang keine Kenntnis gehabt. Doch er durfte seine Überraschung nicht zeigen, weil er sonst Angus – und ebenso Hashi Lebwohl – bloßgestellt hätte.

Die intensive Aufmerksamkeit, die die Enthüllung bei Succorso auslöste, bereitete Angus grimmige Genugtuung. Succorso wirkte, als hätte er gerade gemerkt, daß seine Bordcomputer nicht mehr auf die Prioritätscodes reagierten.

»Sie zu dechiffrieren, war mir nicht möglich, aber das brauchte ich nicht, um einen Beweis in Händen zu haben.« Angus' Stimme klang, als brächen Knochen. Keine Worte genügten, um seiner Wut Ausdruck zu verleihen; doch er gab sich alle Mühe. »Der Leitweg war darin enthalten. Das ist immer der Fall. Und meine Aufzeichnung ist in den Data-Nukleus der *Strahlenden Schönheit* kopiert worden. Der Beweis war also *da.* Ich mußte nur jemanden dazu überreden, ihn sich anzusehen. Damit war Taverner erledigt. Deshalb begehen Sie nicht den Fehler sich einzubilden, Sie könnten hinter meinem Rücken mit ihm gegen mich intrigieren. Damit ist's vorbei. Einmal haben Sie mich reingelegt, verdammt noch mal. Aber jetzt sage ich Ihnen klipp und klar, daß Ihnen so was *kein zweites Mal* gelingt. Wenn Sie Taverner für irgend was einspannen wollen, dann nur mit meiner Beteiligung, oder Sie lassen von ihm die Finger.«

Das hör dir ruhig an, du elender Arsch! dachte Angus; er meinte den Kassierer. Ziehe daraus Rückschlüsse, wenn du kannst.

Nick Succorso musterte Angus einen Moment lang. Dann warf er den Kopf in den Nacken und brach in Gelächter aus. Er wollte Angus glauben machen, ihm könnte niemand etwas anhaben; Angus sei dazu außerstande, seine Überlegenheit anzukratzen. Aber Angus wußte es besser. Er hörte aus Succorsos Lachen zerfranste Nerven und erschüttertes Selbstvertrauen heraus; die unterdrückte Hysterie jemandes, den Zweifel zerfraßen.

Ich *kriege* dich, Scheißkapitän Schluckorso, schwor Angus. Darauf ist Verlaß. Irgendwie, irgendwann kriege ich dich dran. Da kannst du drauf bauen.

Taverner stellte die Getränke so zittrig auf den Tisch,

daß sie klirrten. Seine Finger bebten, während er ein Päckchen Niks aus der Tasche kramte, einen Lungentorpedo herausklaubte und sich zwischen die Lippen steckte. »Ich hätte zwei Ganoven wie Sie beide nicht allein lassen dürfen«, meinte er, bemühte sich um einen ruhigen Tonfall. »Wenn ich mich das nächste Mal umdrehe, drehen Sie sich wahrscheinlich gegenseitig die Gurgel ab.«

»Ach, halten Sie doch die Schnauze, Taverner«, fuhr Angus ihn an. »Wenn Sie sich das nächste Mal umdrehen, machen wir voraussichtlich *Sie* kalt.«

Während Milos Taverner sich setzte und die Nik anzündete, verhieß sein Blick Angus eine Vielfalt ausgeklügelter Bestrafungen.

Nick Succorso griff sich ein Glas und trank es leer, als wäre der Inhalt ihm einerlei. »Hören Sie nicht auf ihn, Taverner«, empfahl er. »Er ist vom Haß gegen alle und jeden dermaßen verblendet, daß er nicht weiß, was er da faselt. Er hat noch nicht gerafft, daß die Situation viel zu kompliziert ist, um sich mit so was wie Haß abplagen zu dürfen. Hier ist mehr in Gang, als ihm klar ist, und es ist gefährlicher, als er's sich vorstellt.«

Angus verspürte keine Lust zum Trinken; trotzdem entschied er, daß ein bißchen Alkohol nicht schaden konnte, und nahm sich ebenfalls ein Glas. Es stimmte, die Situation war *tatsächlich* kompliziert. Succorso war, geradeso wie Taverner, Handlanger der VMKP-Abteilung Datenaquisition. Angus' Offenbarung hatte ihn ein wenig aufgerüttelt, mehr nicht; keineswegs regelrecht aus der Fassung gebracht. Angus konnte seine Stimmung erkennen, als ließe sie sich elektromagnetischen Wellenlängen ablesen. Der Druck, der ihn zermürbte, entsprang anderen Quellen.

Weil er Taverners Verhältnis zu Lebwohl kannte, vermutete er wohl, Angus' Behauptung, Taverner in der Hand zu haben, sei eine Unwahrheit; wahrscheinlich ging er davon aus, daß beide sich auf Befehl der DA in Kassafort aufhielten. Soviel durchschaute Angus eindeutig.

Doch all das blieb ihm gleich; er verließ sich auf das eigene Urteilsvermögen. Unter den Observationsanlagen des Kassierers durfte keiner von ihnen es sich erlauben offenzulegen, was er wirklich wußte, dachte oder benötigte.

»Seine Hilfe brauche ich nicht«, sagte Succorso zu Taverner. »Ich brauche Ihre Unterstützung.«

Lichtgeflacker von der Bühne kündete das Bevorstehen irgendeiner Darbietung an. Gut. Angus wollte gerne alles nutzen, was die Aufnahmefähigkeit der Kameras und Mikrofone behinderte.

»Ich bin praktisch eben erst eingetroffen«, antwortete Taverner durch eine Qualmwolke seiner Nik. »Und ich bin auf der Flucht. Darum bin ich nicht unbedingt in der günstigsten Lage, um irgendwem behilflich zu sein. Das gilt« – den letzten Satz fügte er in Angus' Namen hinzu – »für uns beide.«

Nick grinste freudlos wie ein Manisch-Depressiver. »Reden Sie keinen Schrott, Taverner. Ich weiß ein bißchen über Ihre *Verhältnisse.*« Die Weise, wie er das Wort betonte, verwandelte es in eine Anspielung auf die DA. »Wären Sie mittellos, hätte der Kassierer Sie überhaupt nicht hereingelassen. Also müssen Sie wenigstens soviel Geld zur Verfügung haben, daß er vorerst über seine Vorbehalte hinwegsieht. Und wahrscheinlich kennen Sie 'n paar Geheimnisse, die Sie ihm verkaufen können, und wenn bloß zur Sicherheit. Wir haben während eines langen Zeitraums wiederholt zusammengearbeitet. Deshalb habe ich Ihrerseits etwas Entgegenkommen verdient.« Allem Anschein nach beunruhigten ihn die Observationsgeräte weniger als Angus; dennoch wählte er seine Worte sorgfältig. »Darum behaupten Sie nicht, Sie könnten mir nicht helfen, bevor Sie wissen, was ich von Ihnen will.«

»Na schön.« Taverner stieß einen Seufzer aus. Er paffte so hektisch, daß er gehörig die Luft verpestete. »Machen Sie's nicht so spannend. Raus mit der Sprache! Wenn ich endgültig nein sagen muß, möchte ich's hinter mich bringen. Worum geht's Ihnen?«

Aus den Bühnenlautsprechern gellte ein Scheppern, das wohl Zimbelklang sein sollte. Die grelle Helligkeit, die erstrahlte, als die Scheinwerferkegel sich zu einem Schlaglicht vereinten, schuf ringsum für einige Augenblicke tiefe Dunkelheit. Die Männer und Frauen an den Tischen und am Tresen schauten erwartungsvoll hinüber zur Bühne.

Angus lehnte sich an die Wand, als ob er sich von Succorso und Taverner distanzierte, ließ beiderseits des Stuhls die Arme hinabbaumeln.

»Ich bin in einige Schwierigkeiten verwickelt worden«, gestand Nick Succorso, als wäre diese Einlassung erforderlich. »Das haben Sie sich vielleicht schon gedacht. Meinetwegen parkt eine gottverdammte Amnion-›Defensiveinheit‹ an der Station, und eine zweite schwebt oben in 'm Orbit, aus dem sie uns bis in unsere subatomaren Partikel zertrümmern kann.« Er blickte zur Bühne, als wollte er, ehe er zur Sache kam, den Anfang der Vorstellung abwarten. »Ich stecke tief in der Scheiße, so tief, daß 's gar nicht so leicht ist, sich daraus freizukämpfen. Ich glaube, man muß sagen« – die Narben unter seinen Augen waren fahl, hatten die Farbe der Furcht angenommen – »ich habe mich in letzter Zeit 'n paarmal ernsthaft verrechnet. Verschaffe ich mir nicht bald Hilfe, muß ich alles verkaufen, was ich habe, bloß um am Leben zu bleiben.«

Was verkaufen? überlegte Angus. Was hatte Nick Succorso anzubieten? DA-Geheimnisse? Angus' Magen krampfte sich zusammen. Oder Morn?

Bei dem bloßen Gedanken, Scheißkapitän Schlukkorso könnte Morn verkaufen, um sein dreckiges

Leben zu retten, befiel Angus der Wunsch, ihm das Genick zu brechen.

Wir haben ein Verbrechen …

Hatte Angus nicht das gleiche getan? Hatte nicht auch er sich auf Morns Kosten gerettet?

Nein. *Nein.* Er war mit ihr eine Abmachung eingegangen. Und er hatte sie *eingehalten.*

Jedenfalls bis Lebwohl ihm Elektroden in den Schädel gepiekt und aus ihm die Wahrheit hervorgequetscht hatte.

Damit muß Schluß sein.

»Wieviel Geld haben Sie?« erkundigte Succorso sich bei Taverner.

Der Ex-Sicherheitsdienstleiter schnaubte. »Wie kommen Sie auf die Idee, daß ich das *Ihnen* verrate?«

Aus den Bühnenlautsprechern drang ein weiteres Klirren. Im Schlaglicht erschien eine Frau, als ob die Finsternis rundherum sie ausspiee. Emissionen durchflirrten wie ein Aufschrei Angus' Blickfeld. Rings um das Herz und tief im Bauch der Frau wurden für seine artifiziell verstärkte Sicht wie Sterne elektromagnetische Nodi erkennbar. Eine Melderin jedoch war die Person nicht; für Kommunikationszwecke hatte sie die falsche Aura. Die ihr implantierten Geräte dienten einem anderen Zweck.

Sie trug eine gesteppte Jacke und ebensolche Hose, die aussahen, als hätte man sie zum Schutz gegen Stunnerknüppel geschaffen. Ein sorgsam geflochtener Zopf war um ihren Kopf gewunden, spiegelte das Licht wider, glänzte hell. Auch hatte sie ein reizendes Gesicht, zierlich und hübsch geschnitten. Aber ihren Mund verzerrte ein Ausdruck, als stünde sie kurz vor dem Losschluchzen, und in ihren Augen stand die Erinnerung an vergangene Schmerzen.

Nick Succorso drehte sein Glas zwischen den Handflächen. »Der Kassierer hat etwas, das mir gehört«, sagte er. »Ich hab's den Amnion versprochen, aber er will damit nicht rausrücken. Das ist der Grund, wieso ich mich mit Schwierigkeiten rumärgern muß. Ich habe zuwenig Geld, um zu blechen, was der Kassierer verlangt, und erhalten die Amnion nicht, was sie von mir fordern, verhackstücken sie mich zu Hundefutter. Ich möchte, daß Sie mir soweit helfen, damit ich den Kassierer bezahlen kann.«

Angus verkniff es sich, ihn zu unterbrechen. Eigentlich kümmerte es ihn nicht, was Succorso und Taverner quatschten; nur hätte er es lieber vermieden, daß Nick Succorso sich inkriminierte, solange der Kassierer es hören konnte.

Reglos verharrte die Frau mitten im Scheinwerferlicht, starrte in einen Abgrund des Grausens. Neuerliches Klirren tönte aus den Lautsprechern, während ein Assistent aus der Dunkelheit ringsum der Frau eine Schachtel mit Requisiten zuschob.

Kaum stand die Schachtel neben ihr, bückte sich die Frau und entnahm ihr ein gleißend-blankes Messer mit zwanzig Zentimeter langer Klinge.

Einige der Gäste der Galacto-Grotte schnappten hörbar nach Luft, als wären sie schockiert; als hätten sie nicht geahnt, was für eine Art von Vorführung es hier gab.

Angus beobachtete, so wie die übrigen Zuschauer, das Geschehen auf der Bühne. Ohne einen Muskel zu rühren, legte er die Fingerknöchel der rechten Faust an die Wand. Als die Frau das Messer ins Licht hob, die Gäste aufjapsten, feuerte er den integrierten Laser ab.

Zwischen seinen Fingern schoß ein nadelfeiner, rubinroter Strahl hervor und in die Mauer, zertrennte das Stromkabel für sämtliche Observationsinstrumente in dieser Hälfte des Lokals.

Ein wüstes Grinsen entblößte seine Zähne, als die Emissionen der Geräte erloschen.

Niemand im Lokal bemerkte einen Unterschied. Nick Succorso und Milos Taverner blieb verborgen, was Angus getan hatte. Einer beugte sich am Tisch dem anderen zu, sie benahmen sich unbewußt verschwörerisch, während Succorso erläuterte, was er wollte; doch von nun an waren sie dabei sicher. Zumindest bis auf weiteres; solang immerhin, wie sie sich einigermaßen diskret verhielten. Einer der Angus' Data-Nukleus einprogrammierten Anforderungen war genügt worden.

»Sie sind ja verrückt«, nuschelte Taverner hinter seiner Nik. »Das Geld ist das letzte, was ich habe. Sonst ist alles futsch. Also, also…« Anscheinend suchte er ein Kraftwort, das ihm nicht einfiel. »Warum sollte ich's Ihnen überlassen? Was könnten Sie mir als Gegenleistung bieten, Succorso?«

Nick Succorso schenkte ihm ein schiefes, krankhaftes Lächeln. »Sie erhalten von mir das, weswegen Sie hier sind. Das bin ich zu leisten imstande.«

Taverner nahm die Nik aus dem Mund, als müßte er sich übergeben. Im nächsten Moment warf er sie mit einer vehementen Gebärde auf den Fußboden und riß eine neue Zigarette aus der Packung. »Was…« Er stierte geradeaus, als fehlten ihm schon wieder die Worte. »Was hat das Weibsbild da eigentlich vor?«

Nacheinander schwang die Frau Stücke von Stoff und Plastik ins Licht. Sie hielt sie sich vors Gesicht, stach das Messer hinein und zerschnitt sie. Der leicht ersichtliche Sinn dieser Demonstration war, die Schärfe der Klinge zu beweisen. Doch Angus – und die übrigen Kunden des Lokals – ersahen darüber hinaus eine zweite, dem Nervenkitzel noch förderlichere Absicht. Indem die Frau die Schärfe der Klinge zeigte, machte sie sie stumpf.

Damit es später stärker schmerzte.

Unvermittelt verlagerte Angus sein Körpergewicht nach vorn. »Lassen Sie endlich den Quark, Scheißkapitän Schluckorso«, belferte er in saugrobem Ton. »Ich habe das ganze hohle Geschwätz jetzt satt. Wir sollten uns nun eins nach dem andern vornehmen und die Dinge beim Namen nennen, verdammt noch mal.«

In Milos Taverners Augen glomm ein Funke der Bestürzung. Angus achtete nicht darauf; sollte Taverner ruhig denken, die Observationsinstallationen wären noch aktiv.

»Was genau ist es denn«, wünschte Angus zu erfahren, »was der Kassierer hat und Ihnen gehört?«

Nick Succorso erstarrte in seiner Haltung; eine Andeutung von Dunkel verfärbte seine Narben. »Ich hatte recht, verfluchter Dreck. Es ist der pure Todeswunsch, der Sie derartig leichtsinnig macht.«

Unbeeindruckt erwiderte Angus seinen Blick und wartete ab.

Plötzlich entspannte sich Succorso. »Na gut«, lenkte er mit einem Lächeln unerklärlicher Bosheit ein, »ganz wie Sie wollen ... Bestimmt erinnern Sie sich an Morn Hyland. Wahrscheinlich kriegen Sie noch heute einen Ständer, wenn Sie nur an sie denken, Kaptein Thermogeil. Also, sie hat 'n Kind gekriegt. Deshalb sind wir in Station Potential gewesen ... Um ihren Jungen im Schnellwachstumsverfahren zur Welt bringen zu lassen. Sie hat ihn Davies Hyland genannt ... Nach ihrem edelmütigen, toten Vater.«

Auf der Bühne hatte die Frau das Zerschnippseln der Stoff- und Plastikmaterialien beendet. Nun legte sie sich das Messer vor die Füße und zog die Jacke aus. Darunter war sie nackt. Im strahlendhellen Licht sahen ihre Brüste unnatürlich groß und straff aus. Eine leichte Spur von Schwammigkeit rings um den Busen verwies darauf, daß sie so einen Auftritt wenigstens einmal schon geboten haben mußte. Ihre Furcht beruhte auf Erfahrung.

»Die Amnion verlangen ihn zurück«, stellte Nick Succorso fest. »Das hat was mit der Tatsache zu tun, daß Morn bei der Entbindung nicht den Verstand verloren hat. Nach Angaben der Amnion ist das Schnellwachstum nur bei gleichzeitiger geistiger Auslöschung der Mutter praktikabel, aber Morn ist nichts dergleichen zugestoßen. Sie sind der Auffassung, das hängt mit dem Zonenimplantat zusammen, das sie ihr eingepflanzt haben. An ihr sind sie nicht besonders interessiert. Aber sie wollen die Rotznase haben. Sie möchten die Folgen untersuchen, die sich bei so einem Sprößling ergeben, dessen Mutter nicht um den Verstand gekommen ist... Dummerweise hat der Kassierer ihn sich gekrallt. Wenn ich die Möglichkeit habe, ihn zurückzukaufen, kann ich ihn den Amnion abtreten, und *Paff!*« Er spreizte die Finger. »In dem Moment sind meine Probleme samt und sonders behoben.«

Einige Sekunden lang zögerte die Frau, als wäre sie sich unsicher, was sie als nächstes tun sollte. Schließlich entschied sie, das Gräßliche aufzuschieben, indem sie sich der Hose entledigte. Während sie sich das Kleidungsstück von den schmalen Hüften streifte, gab im Publikum irgendwer einen Pfiff der Anerkennung von sich.

Am Bauch der Frau war die gleiche schwache Schwammigkeit wie rund um ihre Brüste zu sehen.

»Wie schön für Sie.« Angus ließ seiner Stimme soviel Häme einfließen, wie er zustandebekam; er beabsichtigte herauszufinden, was sich hinter Nick Succorsos Bosheit verbarg. »Alles wird wieder ganz dufte, wenn wir Ihnen helfen.« Die Information, daß Morn einen Sohn hatte, rührte ihn nicht; er empfand nichts als gelinden Verdruß, weil sie so einen Unfug angestellt hatte. »Wieso, zum Henker, sind Sie der Ansicht, wir hätten für so was genügend Kredit? Wieviel will der Kassierer denn für den Schnösel einsacken?«

Sobald die Frau sich völlig entkleidet hatte, nahm sie das Messer wieder zur Hand. Doch sie zauderte nochmals. Es hatte den Anschein, als ob die ihren Augen gleichsam eingebrannte Furcht sie lähmte.

Mit einem weiteren widerwärtigen, heimtückischen

Feixen nannte Nick Succorso einen Betrag, der fast so hoch war wie die Summe, die Milos Taverner zur Verfügung stand.

Als wäre er völlig von der Frau in den Bann geschlagen – oder dem, was er hörte –, wischte Taverner sich den Schweiß von der Stirn. In seinem Mund zitterte die Nik. »Wie gesagt, Sie sind verrückt. Sie sind wahrhaftig vollkommen durchgeknallt. Gelder in der Größenordnung, wie sie Ihnen vorschwebt, kann ich nicht aufbringen.«

Am anderen Ende des Tresens fingen zwei, drei Gäste mit den Füßen zu trampeln an. Beinahe sofort verfielen sie in einen gemeinsamen Takt, stampften eine Forderung auf den Fußboden. Das Gestampfe griff um sich, schwoll an, indem immer mehr Anwesende sich mit ihren Füßen daran beteiligten.

Soweit Angus ersehen konnte, umfaßte sein Data-Nukleus keine Anweisung, Succorso das Geld Taverners zuzuschanzen. Ausschließlich versuchsweise änderte er sein Vorgehen: nur um zu schauen, wie Succorso reagierte.

»Geld ist nicht die einzige Methode, um Angelegenheiten zu regeln«, meinte er mit verminderter Aggressivität. »Das gilt auch hier. Die eigentliche Frage lautet: Was will der Kassierer? Was er will, müssen wir uns von Ihnen besorgen. Sie haben erwähnt, Sie könnten uns das verschaffen, weswegen wir hier sind. Es kann ja sein, ich bin wieder mal reichlich stumpfsinnig, aber ich habe keinen blassen Schimmer, wovon Sie eigentlich quasseln.«

Das Stampfen breitete sich aus, bis es schien, als hämmerte es auf die Frau ein. Bei jedem Wumsen erzitterte ihr Gesicht.

Eindringlich beugte Nick Succorso sich vor. Ohne Übergang, hätte man glauben können, geriet er aus seiner launigen Arglistigkeit in tiefste Verzweiflung. »Hören Sie zu, Sie Arschloch«, raunte er. »Ich stecke bis über die Augen im Scheißdreck und habe keine Zeit für dumme Spielchen. Den Doofen können Sie allein spielen. Von mir aus ficken Sie sich ins Knie, bis Sie tot umfallen. Ich habe momentan keine Lust, mich damit zu befassen. Ich bin hier, weil Hashi Lebwohl mich geschickt hat. Genau wie Sie. Taverner ist nicht von Ihnen dazu erpreßt worden, Ihnen zu helfen. Lebwohl hat ihn Ihnen als Alibi mitgegeben, damit Sie sich hier einnisten und versuchen können, sich 'ne Begnadigung zu verdienen.«

Angus konnte nicht widerstehen: er zwinkerte verdutzt, als wäre er der größte Einfaltspinsel. Die Spannung, die vor der Bühne wuchs, ließ ihn kalt. »Ich staune Bauklötze. Woher wissen Sie das alles? Wie soll ich mir denn wohl diese ›Begnadigung‹ verdienen?«

»Sie sind gekommen«, antwortete Nick Succorso, als hätte ihn unversehens äußerste Mordgier gepackt, »um Morn Hyland zu befreien. Ich überlasse sie Ihnen, wenn Sie das Problem beheben, das ich mit dem Kassierer habe. Sonst kriegen die beschissenen Amnion sie« – seine Stimme kiekste, als er seine Neigung zum Schreien bändigte –, »wenn ich meine Haut nicht anders retten kann, und dann haben sie 'ne verfluchte *Polizistin* zum Rumpfuschen.«

Mit einem Schlottern, das ihr sichtlich durch Mark und Bein bibberte, packte die Frau das Messer fester. Während sie die Schneide an ihre Haut setzte und sich die rechte Brust abschnitt, nahm Milos Taverner sich die Nik aus dem Mund und grub die Zähne in die Knöchel seiner Finger.

Blut sprudelte aus dem Einschnitt, rann der Frau über den Leib; Blut sickerte aus ihren Lippen, die sie sich zerbiß, um nicht aufzuheulen. Kaum war ihre rechte Brust dumpf auf den Boden der Bühne geklatscht, machte sie sich ans Abschneiden der linken Brust.

Zittrig rückte Taverner seinen Stuhl herum und

wandte der widerwärtigen Schaustellung den Rücken zu. Mit beiden Händen hob er sein Glas an den Mund und trank es leer. Dann klemmte er wieder die Nik zwischen die Lippen, saugte neuen Rauch in die Lungen.

»Verziehen Sie sich, Succorso«, sagte er, als hätte er soeben eine Wunde erlitten oder einen Orgasmus gehabt. »Hauen Sie ab und lassen Sie uns in Ruhe. Sie sind vollständig übergeschnappt. Wir haben mit Ihnen nichts mehr zu besprechen.«

An Morn mochte Angus nicht denken; er konnte es nicht verkraften. Nick Succorso war ohne weiteres dazu fähig, sie den Amnion auszuliefern. Dann wäre sie unwiderruflich verloren. Und Angus konnte dagegen nichts unternehmen, *er vermochte dagegen nichts zu tun,* selbst Min Donner hatte keine Möglichkeit gehabt, um seinen Data-Nukleus auf Morn Hylands Rettung umzuprogrammieren. Paretische Glut durchloderte seine Arme, bis die Zonenimplantate sie erstickten; Tollwut verursachte ihm Herzstiche, bis die Z-Implantate sie zähmten. Morn, dachte er, ach, *Morn!* Aber er blieb außerstande zum Handeln, konnte sich nicht einmal etwas anmerken lassen. Er unterlag dem Joch seiner Programmierung, die der Kluft zwischen den Dimensionen an gefühlloser Grausamkeit nicht nachstand.

Aus unmenschlicher Wut und wildem Aufbegehren einem Schlaganfall nahe, beobachtete er im Augenwinkel die Frau auf der Bühne, während er gleichzeitig Nick Succorso im Augenmerk behielt. Er hatte schon früher Selbstverstümmelungsdarbietungen gesehen. Nachdem die Frau auch die linke Brust abgesäbelt hatte, schlitzte sie sich den Bauch auf, so daß ihr die Därme an den Beinen herabglitschten. Anfangs blutete sie wie eine Sau. Doch jetzt verstand Angus, welchen Zweck ihre Implantate erfüllten. Die Nodi, die er wahrnahm, waren Klemmen. Sobald der erste, dramatische Blutschwall verspritzt war, schlossen sie die Hauptschlagadern, damit sie nicht übermäßig viel Blut verlor; nicht starb, ehe man sie zu den Chirurgen schaffte. Hatte man sie geheilt, war sie bereit für den nächsten Auftritt.

Etliche Leute applaudierten, während die Assistenten die Verstümmelte hinausschleiften und die Bühnenbeleuchtung schwächer wurde. Irgendwo im Lokal kotzte jemand.

... ein Verbrechen an Ihrer Seele begangen.

Ohne Vorwarnung öffnete sich in Angus' Bewußtsein ein Fenster – klaffte die finstere Schnittstelle zwischen seinem Geist und dem Data-Nukleus. Ihm war, als stürzte er in die Lücke zwischen dem, was er wußte, und dem, was er leisten konnte, fühlte sich dabei, als ob er in die Tach überwechselte: ein weltallschwarzer Strom von Möglichkeiten und Zwängen schien ihn auf eine gänzlich neue Daseinsebene zu erheben.

Damit muß Schluß sein.

Es geschah ohne jede Beteiligung seines Willens, daß er vor Nick Succorso den Handteller auf die Tischplatte senkte, als legte er ein Versprechen ab. »Abgemacht«, sagte er. »Wir holen Ihnen Davies raus. Dafür lassen Sie uns Morn.«

»Thermopyle, Sie Lump!« krächzte Taverner, als hätte er sich in der nach dem grellen Scheinwerferlicht scheinbar zurückgebliebenen Düsternis verirrt.

Nick Succorso verdrehte die Augen und kreischte vor Lachen.

Wäre es Angus noch gestattet gewesen, zu lachen oder zu weinen, wahrscheinlich hätte er sich nicht beherrschen können. Alles auf einmal wurde ihm klar. Hinter dem vorgeschobenen Stoizismus seiner Z-Implantate erschütterten ihn Aufgewühltheit, Betroffenheit und Hoffnung bis ins Innerste.

Morn!

Er wollte Morn retten. Nicht einmal um sein Inneres vor Milos Taverner und Nick Succorso zu schützen, hätte er vorzutäuschen vermocht, es sei unwahr. Aber seine Entscheidung war es nicht: seine Zusage an Succorso hatte sich ohne einen Deut freien Willens seinem Mund entrungen.

Doch Hashi Lebwohl hatte unmißverständlich klargestellt, Angus' Programm sähe nicht vor, daß er wegen Morn Hyland die Erfüllung seines Auftrags riskierte ...

Darum also hatte Warden Dios – *Dios, du verfluchter Halunke! Du verdammter Schweinepriester!* – den Data-Nukleus ausgetauscht. Damit Angus versuchen konnte, Morn Hyland zu befreien, obwohl das gesamte übrige VMKP-HQ sie offensichtlich abgeschrieben hatte. Dios mußte einen Grund für die Vorspiegelung haben, Morn Hylands Los wäre ihm gleichgültig. Im geheimen hatte er seine Instruktionen vorbereitet, sie Angus insgeheim eingegeben, um sogar der eigenen Umgebung seine wahren Absichten zu verhehlen.

Er wünschte Morn Hyland zurückzuhaben.

Damit muß Schluß sein.

Unglücklicherweise hatte er nicht abgesehen, daß bloßes Geld reichen könnte, um sie wiederzuerlangen. Die Option, sie schlichtweg mit Taverners Kredit von Nick Succorso freizukaufen, stand nicht offen.

Selbst Lebwohl war nicht eingeweiht worden. Und schon gar nicht Taverner. Sein Gesicht war grau, spiegelte Aufgelöstheit wider, als drohte ihm ein Herzinfarkt, aus Panik rollte er mit den Augen, als ob er versuchte, gleichzeitig in alle Richtungen zu schielen, den Umfang des an ihm verübten Verrats auszuloten. Niemand kannte die Wahrheit.

Sie erhalten von mir, weswegen Sie hier sind.

Außer Nick Succorso?

Woher kannte Succorso das Geheimnis Warden Dios'?

Nein halt, ermahnte Angus sich streng. Nur nichts überstürzen. Succorso wußte nicht mehr, als daß Morn VMKP-Mitarbeiterin war, und daß die *Posaune* Kassafort stracks vom VMKP-HQ angeflogen hatte. Alles andere mußte auf gelungenem Raten fußen. Wenn er auf diese irre Art lachte, wirkte er aufgrund der schroffen Fahlheit der Narben unter seinen wilden Augen abseitig genug, um so gut wie alles erraten zu können.

Warum wollte Warden Dios sogar vor den eigenen Leuten verheimlichen, was er tat?

Wer war das wirkliche Ziel von Josuas Auftrag?

Gerne hätte Angus über Taverners Schrecken und Lebwohls Unwissenheit gelacht. Diese Arschgesichter verdienten es, derartig übers Ohr gehauen zu werden.

Zur gleichen Zeit war ihm danach, zu schreien wie ein angstgequältes Kind, weil keine der Entscheidungen bei ihm gelegen hatten.

Wir holen Ihnen Davies raus.

Dafür lassen Sie uns Morn.

Diese Äußerungen bedeuteten das genaue Gegenteil dessen, was Milos Taverner offenkundig für das Ziel ihres Auftrags hielt.

Aber Angus hatte keine Wahl. Aus der Verbindung zu seinem Interncomputer schwallten Befehle und Daten ihm zu wie eine Sturzflut: überschwemmten ihn fast.

Ein Mann in der keimfreien Montur eines MediTechs umwickelte die Performance-Künstlerin mit Druckverbänden und trug sie von der inzwischen dunklen Bühne. Anscheinend erachtete die Geschäftsführung der Galacto-Grotte sie als gut genug für ein abermaliges Engagement. Dem MediTech folgte ein Entsorgungsrobot, der das Blut wegschrubbte.

»Maul halten!« schnauzte Angus eilends Succorso und Taverner an. »Alle beide. Wir haben wenig Zeit. Wenn wir dem Kassierer 'ne Gelegenheit geben, um andere Melder reinzuschicken, ist's vielleicht ein für allemal vorbei mit dem ungestörten Gespräch. Wir stehen vor zwei Problemen. Wir wissen nicht, wo der Junge sich befindet. Und sobald der Kassierer merkt, was wir im Sinn haben, bricht die totale Hölle los. Darum müssen wir schleunigst Entschlüsse fassen. Und dann kommt's nur noch auf *Taten* an.«

Nick Succorsos Lachen verstummte, als hätte er dazu nur in seinem Innern eine Taste drücken müssen. »Kaptein Thermogeil, Sie versetzen mich in Erstaunen«, sagte er im Tonfall beiläufig angedeuteter Gefährlichkeit. »Ich dachte, ich könnte Sie überraschen, aber Sie machen mir nicht den Eindruck, verblüfft zu sein. Sie reden daher, als hätten Sie längst vollständigen Durchblick.«

Angus lag eine bissige Bemerkung auf den Lippen; sein Data-Nukleus stornierte sie. »Wir sollten den Kassierer irreführen, indem wir seinen Verdacht auf die falsche Person lenken. Auf *Sie,* Succorso.« Seine Programmierung hatte ihn jetzt dermaßen gewaltsam unter der Knute, daß er Succorso nicht einmal noch verunglimpfen konnte. »Erst besorgen Sie uns die Information, die wir brauchen. Sie machen es so, daß er unvermeidlich darauf aufmerksam wird. Dann arrangieren wir Ihnen ein Alibi.« Angus' Schmunzeln geriet, als schnitte er eine Fratze. »Teufel noch mal, Mann, wir spannen den Kassierer persönlich für das Alibi ein.«

Succorso machte Anstalten, eine Frage zu stellen, aber da schob Taverner den Oberkörper über den Tisch. Seine Miene glich einer Ballung von Furcht und Wut; Schweiß brachte die Flecken seiner Kopfhaut zum Glänzen, als seien sie Krankheitsmale. »Thermopyle«, fauchte er, »Sie tun das Falsche. Ich habe gedacht, Ihnen wäre klar, worum's hier geht. Das ist es nicht, weshalb wir hier sind. Mir ist gleich, was für Gewäsch er von sich gibt. *Deshalb sind wir nicht hier.* Ich will keine derartigen Verwicklungen. Ich warne Sie, Thermopyle. Zwingen Sie mich nicht zum Einschreiten.«

Seine Drohung war so unmißverständlich wie ein Priorität-Jericho-Befehl: Unterlassen Sie das, oder ich korrektursteuere Ihr Programm. Ich zeige jedem, wer von uns beiden wirklich die Macht hat.

Für einen Augenblick schwand Angus beinahe der Mut. Furchtsamkeit rumpelte in seinem Bauch. Milos Taverner konnte ihn aufhalten, Morns Verhängnis besiegeln. Dios' Vorhaben, sie zu retten, würde vereitelt, sprach Taverner nur die richtigen Worte...

Aber dann hörte Nick sie. Er könnte ihre Wirkung erkennen; er wäre ihre Bedeutung zu durchschauen imstande.

Und danach hinderte nichts, was Taverner noch sagte oder tat, Succorso daran, ihn zu töten und selbst die Kontrolle über Angus zu übernehmen. Auch falls Taverner kurzentschlossen Angus befahl, ihn gegen Succorso zu verteidigen, änderte das voraussichtlich nichts an dessen Erfolg; die Restriktionen, die das VMKP-Personal vor Übergriffen Angus' schützten, erstreckten sich höchstwahrscheinlich genauso auf Succorso wie auf Taverner. Und auf sich allein gestellt gab

Taverner schon in rein körperlicher Hinsicht für Nick Succorso keinen ernsthaften Gegner ab.

All das las Angus aus dem flüchtigen Blick, den Taverner unwillkürlich Succorso zuwarf. So schnell, daß nicht einmal sein Data-Nukleus Zeit fand, um ihn entsprechend zu nötigen, faßte Angus den Entschluß, es auf Taverners Bluff ankommen zu lassen.

»Klappe halten, hab ich gesagt«, erwiderte er barsch. »Sie sind mein *Crewmitglied,* also haben Sie *meine* Anweisungen zu befolgen. Was mich anbelangt, haben Sie das einzige, wofür ich Sie brauchte, schon erledigt. Wenn Ihr Job Ihnen mißfällt, kann ich an Ihrer Stelle 'n Neuen anheuern, ohne 'n Fuß vor diesen Puff zu setzen.«

Milos Taverner öffnete den Mund. Blut schwoll ihm ins Gesicht und verdüsterte es, als sein Zorn die Oberhand gewann. Doch ein, zwei Sekunden später senkte er den Blick, sein heftiges Aufbäumen verebbte.

»Das werden Sie bereuen«, zischte er. »Ich schwöre bei *Gott,* daß Sie's bereuen.«

Aber ihm fehlte die Courage, um seine Drohung vor Nick wahrzumachen.

»Sie zwei Astro-Clowns sollten da auf der Bühne stehen«, höhnte Succorso. »Sie sind mindestens so lustig wie das, was man hier sonst als ›Unterhaltung‹ ansieht.«

Ruckartig verlagerte Angus die Aufmerksamkeit zurück auf Succorso. »Sie können bald noch mehr Spaß haben«, brummte er verdrossen. »Die Frau ist noch da.« Er nickte in die Richtung des Tischs, an dem die Melderin des Kassierers saß. »Ich habe den Eindruck, das ist Ihr Typ.«

Leise, aber deutlich erläuterte er, was Nick Succorso tun sollte.

Während Angus sprach, wechselte Taverners Gesichtsausdruck von Niedergeschlagenheit zu Trotz und zuletzt zu bleibendem Angewidertsein. Ihm war zuviel zugemutet worden: er erwog neue Entscheidungen. Angus bemerkte sein Mienenspiel und wußte, was es bedeutete. Wenn Taverner das nächste Mal eine Warnung äußerte, gab er nicht wieder klein bei.

Diese Erkenntnis verursachte auch Angus Unwohlsein; doch seine Z-Implantate unterdrückten es.

»Das ist wirklich 'n interessanter Vorschlag«, spöttelte Succorso, noch bevor Angus seine Darlegungen gänzlich beendete. »Jetzt verstehe ich, warum alle Leute sich so darum reißen, mit Ihnen zusammenzuarbeiten. Welchen Grund habe ich überhaupt, um Ihnen zu vertrauen? Was tun Sie, während ich allein das volle Risiko trage? Bisher sehe ich keinen Anlaß, wieso ich nicht befürchten müßte, daß Sie einfach in Ihr Scheißraumschiff zurückkehren und sich über mich totlachen.«

»Es ist für Sie ratsam, mir zu vertrauen«, entgegnete Angus, »weil Sie nichts mehr zu verlieren haben.« Er redete in eiskaltem, bitterem Tonfall. »Sie stehen ganz mies da. Schlimmer kann's nicht kommen.« Er senkte die Lautstärke seiner Stimme. »Außerdem kann Ihnen nichts passieren. Sie haben ein Alibi ... Das beste Alibi, das Sie sich wünschen können.«

Er blickte auf sein Chronometer und nannte einen Zeitpunkt. »Das ist in ungefähr drei Stunden. Dann gehen Sie zum Kassierer. Sie geben an, Sie möchten mit ihm sprechen. Verspäten Sie sich nicht, es könnte knapp werden. Sagen Sie ihm, Sie sind für den Burschen zu zahlen bereit. Sie brauchen nichts zu tun, als sich mit dem Preis einverstanden zu erklären. Jedes Computerlogbuch und jede Observationsanlage wird als Beweis dafür herhalten, daß Sie während Davies Hylands Verschwinden beim Kassierer gewesen sind. Wenn das nicht als Alibi anerkannt wird, hilft gar nichts. Und dran sind eventuell nur Taverner und ich. Das ist wichtig für Sie. Falls der Kassierer merkt, daß *wir* uns den Jungen gekascht haben, stürmt er unser

Schiff und holt ihn sich zurück. Dann war die ganze Mühe umsonst. Aber selbst wenn die Sache fehlschlägt, Sie können sich auf 'n hieb- und stichfestes Alibi berufen. Also, Sie haben wirklich« – gelassen betonte Angus es nochmals – »nichts zu verlieren.«

Nick Succorso betrachtete seine Hände, als ob er sich fragte, wieviel rohe Kraft oder gesunder Geist noch in ihm stecken mochte.

»Warum so eilig?« fragte er in einem Ton, der einen ganzen Mischmasch von Intentionen widerspiegelte. »Weshalb muß alles in zeitlich so engem Rahmen geplant sein?«

»Weil es uns nicht gelingt, den Kassierer zu überlisten«, antwortete Angus mit schwerfälliger Stimme, »wenn wir ihn nicht blitzartig überraschen. Davies Hyland bloß rauszuholen, nutzt nichts. Wir müssen ihn auch irgendwo verstecken, wo der Kassierer ihn nicht sucht.«

Milos Taverner verqualmte Rauchwolken an die Decke des Lokals, als ob er sich hauptsächlich von Niks ernährte.

Succorso stieß ein abgehacktes, krächzendes Lachen aus. »Natürlich bei *Ihnen.* Und wieso sollte ich davon ausgehen, daß Sie ihn mir abtreten, sobald ich ihn brauche, gottverdammt noch mal?! Aber egal... Was soll's?! Kann sein, daß ich verrückt bin, aber Sie sind's genauso. Ich habe eine entscheidende Sicherheit.« Vielfältige Absichten schienen ihm die Narben auf den Wagenknochen straffzuziehen. »Nämlich daß ich dem Kassierer jederzeit ausplaudern kann, wo Davies ist.«

Unvermittelt schwang er sich vom Stuhl hoch. »Ich bin einverstanden.«

Angus nickte. *Arsch mit Ohren!* »Vier zwölf«, sagte er jedoch nur, statt Succorso zu beschimpfen. »Wir warten auf Sie.«

Succorso ging darauf nicht ein. »Möchten Sie mir nicht wenigstens 'n kleines bißchen Mut zusprechen, bevor ich abziehe?« wandte er sich an Milos Taverner. »Jahrelang haben wir zusammen Dinger gedreht. Sie könnten mir zumindest Ihren Rückhalt zusagen, selbst wenn Sie's nicht ernst meinen… Mir was Tröstliches einreden, ehe ich diese selbstmörderische Schnapsidee in die Tat umsetze.«

Taverner schaute Succorso nicht an. Sein Blick galt ausschließlich dem Rauch, der ihm aus dem Mund quoll. »Am liebsten würde ich Ihnen sagen«, erwiderte er, als befände er sich im Zustand schönster Gemütsruhe, »Sie sollen zur Hölle fahren, aber da sind Sie ja schon. Wir alle schmoren längst in der Hölle. Sie beide gelten als verzweifelte Illegale, die von Haß und Verschlagenheit nur so strotzen… Aber ich glaube, keiner von Ihnen hat die geringste Ahnung, was hier eigentlich vor sich geht.«

»Das mag sein«, schnob Succorso. »Sie haben aber auch keine Ahnung. *Dafür* garantiere ich.«

Nachdem er Angus und Taverner ein letztes Mal die Zähne ins Gesicht gefletscht hatte, entfernte Nick Succorso sich zwischen die übrigen Tische des Lokals.

Nun kommt das dicke Ende, machte Angus sich auf die Folgen seines Handelns gefaßt. Soviel Härte, wie sie sich jetzt unter Taverners teigigen Gesichtszügen ballte, stand für eine andere Art von Garantie. Die durch Angus getroffenen Festlegungen sollten herbe Konsequenzen haben.

»Verraten Sie mir mal eines, Thermopyle«, nuschelte Taverner um seine Nik. »Woher wollen Sie wissen, daß der Kassierer nicht jetzt schon 'ne Kopie unseres Gesprächs durchliest?«

Dazu hätte Angus lieber geschwiegen; doch sein Data-Nukleus konstatierte keine Veranlassung, um die Frage unbeantwortet zu lassen. »Die Frau an dem Tisch ist die einzige Melderin in dieser Hälfte des Lokals«, gab er Auskunft. »Im Moment ist sie außer Hörweite. Und den Observationsgeräten habe ich die

Stromleitung gekappt. An der Stelle, wo wir uns aufhalten, ist der Kassierer gegenwärtig blind.«

Sofort beugte Milos Taverner sich vor. In seinen Augen steigerte sich dumpfes Schmollen zu wilder Entschlossenheit, wie aus Glutasche Feuer sprang. »In dem Fall, Josua«, sagte er, ohne die Nik aus dem Mund zu nehmen, »habe ich Anweisungen für Sie. Jericho-Priorität. Unterlassen Sie Ihr Vorhaben. Brechen Sie den Umgang mit Nick Succorso ab. Denken Sie nicht mehr an Morn Hyland. Wir sind zu einem völlig anderen Zweck hier. Sie bringen mich grundlos in Gefahr.«

Als Taverner das Wort ›Josua‹ aussprach, ergriffen automatische Befehlsfunktionen von Angus Besitz. Wider Willen passiv, saß er reglos da, während die Computerkomponente seines Schädels sich auf den Empfang und die Ausführung von Taverners Anweisungen einstellte. Bei Erwähnung der *Jericho-Priorität* schien Angus' Gehirn stillgelegt zu werden: Zonenimplantate und Programme kontrollierten jede neurale Zuckung und jede Muskelkontraktion. Unterdessen registrierte der Interncomputer Taverners Weisungen und verglich sie mit den vorprogrammierten Maßgaben. Ein- oder zweimal pochte Angus' Herz, und seine Lungen nahmen einen flachen Atemzug, aber er blieb innerlich leer, handlungsunfähig, ähnlich wie ein Computer ohne Betriebssystem. In diesem kurzen Intervall hätte Taverner, wäre ihm bewußt gewesen, was sich in dem Cyborg abspielte, Angus töten können, wäre er an seinem Tod interessiert gewesen.

An dem Tisch, wo die Melderin und ihre beiden Begleiter hockten, hatte Nick Succorso mittlerweile so Platz genommen, daß die Frau Taverner und Angus den Rücken zeigte. Succorsos Augen leuchteten die Frau an; er lächelte wie ein Barrakuda. Während er auf sie einschwatzte, beugte er sich sich stets dichter zu ihr; er überrumpelte sie mit seiner sexuellen Ausstrahlung.

Milos Taverner versäumte die Gelegenheit. Der kritische Moment verstrich. Ganz plötzlich, ohne Vorankündigung, machte Angus ihm eine Mitteilung.

»Es folgt eine Nachricht von Warden Dios an Milos Taverner.« Angus' Stimme schien direkt aus dem Data-Nukleus auf seine Lippen zu dringen. »›Taverner, diese Erklärung ist vor Ihrem Abflug vom VMKP-HQ aufgezeichnet worden. Sie haben soeben einen ziemlich bösen Schrecken erlitten. Ich bedaure diesen Vorfall, aber er ließ sich nicht vermeiden. In dieser einen Hinsicht sind Sie getäuscht worden. Alles andere, was wir Ihnen über Josua, Ihren gemeinsamen Auftrag und in bezug auf Sie selbst gesagt haben, ist und bleibt die Wahrheit. Josua ist nicht von seiner Programmierung abgewichen. Ihre Kommandocodes sind unverändert gültig. Wir haben Sie nicht hintergangen. Wenn Sie ins VMKP-HQ zurückkehren, werde ich Ihnen persönlich begründen, weshalb es nötig war, Sie in dieser einen Beziehung irrezuführen.‹ Ende der Mitteilung.«

Im selben Augenblick normalisierte sich Angus' psychischer Zustand.

»O nein, wie dumm«, spottete er, indem er vor Erleichterung vor sich hinfeixte. »Vielleicht haben Sie das nächste Mal mehr Glück. Wahrscheinlich zahlt es sich ganz einfach nicht aus, diesen Drecksäcken zu trauen.« Als wäre nichts Unerwartetes geschehen, deutete er mit einer flüchtigen Handbewegung hinüber zu Nick Succorso. »Es wird nicht lange dauern. Gegen 'n verführerischen Schleimer wie ihn hat die Ische keine Chance. Bereiten Sie sich mal lieber darauf vor, daß wir in 'n paar Minuten gehen.«

Ganz schön clever, Dios, dachte er. Schlau eingefädelt. Leider wird es nicht klappen. Es ist zu spät. Auf Taverner kannst du nicht mehr bauen. Was für einen Plan hast du da nur ausgeheckt?

Der alleinige Sinn im Zugeben einer Lüge – das einzige Motiv, das Dios fürs Eingestehen seiner Lüge haben konnte – mußte das Verschleiern anderer, bedeutsamerer Unwahrheiten sein.

»Ach du Scheiße«, wimmerte Taverner wie im Schock. »Ach du Scheiße ... Er hat mich übertölpelt ...«

Voller selbstsicherer Ironie starrte Succorso einen der zwei Freier der Frau an und sagte etwas zu ihm, das den Mann erbleichen ließ. Auf wackeligen Füßen raffte der Mechaniker oder Maschinenschlosser sich von seinem Stuhl auf und verließ den Tisch.

Der andere Mann äugte die Frau an, als erhoffte er sich von ihr Beistand. Aber sie schenkte ihm keine Beachtung; ihre begierige Aufmerksamkeit galt ausschließlich Nick Succorso. Als er sich neben sie setzte und mit dem Handrücken über ihre Wange strich, sprang der zweite Bursche so linkisch auf, daß er seinen Stuhl umwarf. Indem er hohle Unmutsbekundungen vor sich hinbrabbelte, machte auch er sich davon.

Angus wußte, wie die Frau sich fühlte. Genau wie sie war er nichts als ein Werkzeug, ein Mittel zum Zweck. Ihn konnte niemand betrügen; er konnte lediglich belogen oder mißbraucht werden.

Milos Taverner dagegen ...

Taverner erkannte erst in Ansätzen, wie gründlich man ihn betrogen hatte.

Ein Schaudern durchfuhr ihn, als befiele ihn eine Konvulsion. »Mund öffnen«, röchelte er, als ob er erstickte.

Für Angus gab es keine Abhilfe gegen den Befehl. Sein Interncomputer bot ihm keinen Schutz; im Gegenteil, er hatte die Aufgabe, Taverners Autorität zwingenden Nachdruck zu verleihen. In vollem Bewußtsein der Wehrlosigkeit, krank aus hilfloser Erbitterung, gehorchte Angus.

Taverner nahm seine Nik und drückte sie genüßlich auf Angus' Zunge aus.

Auf geistiger Ebene reagierte Angus mit einem Aufbrüllen; stemmte den Tisch empor und benutzte ihn, um Taverner rückwärtszukippen, dann stieß er das Möbelstick beiseite und stürzte sich auf seinen Peiniger. Er hatte die Körperkräfte eines Großaffen, wurde mit jedem fertig. Mit einer Reihe von Fußtritten brach er Taverner das Kreuz, zertrümmerte ihm die Rippen, zermalmte seinen Kehlkopf, mit den Händen riß er ihm die Augen heraus. Er hörte erst auf, als nur noch eine Masse blutigen Fleischs vor ihm lag ...

Aber ausschließlich in seiner Phantasie.

In Wirklichkeit schloß er den Mund um eine Flamme der Qual und einen scheußlichen Aschegeschmack. Obwohl ihm die Zunge brannte, sie Blasen bekam, kaute er die glühende Nik, bis er sie endlich schlucken konnte.

Sein Magen hätte den Inhalt auf die Tischplatte erbrochen, wäre es seitens seiner Z-Implantate erlaubt worden.

»Das ist doch einfach unbegreiflich«, raunte Taverner. »Die Codes sind tatsächlich noch gültig ... Ich habe Sie noch in der Gewalt. Aber über den Grund unseres Flugs hat man mich angelogen.« Er rang mit seiner Furcht. »Warum läßt man mir die Herrschaft über Sie – oder mich in dem Glauben, ich hätte sie –, wenn ich nicht weiß, was Ihre Programmierung vorsieht?«

»Ich kann mir 'n Grund denken«, knirschte Angus trotz der Schmerzen.

»Ich auch«, knurrte Taverner. »Die ganze Angelegenheit ist gegen mich gerichtet. Gott im Himmel, ich schwöre« – er tobte vor sich hin, ohne lauter zu werden – »denen soll's noch *leid* tun, mich so behandelt zu haben!«

Inzwischen war Nick Succorso der Frau dermaßen nahegerückt, daß er sie praktisch auf dem Schoß hatte. Seine eine Hand hatte sich von ihrer Wange gesenkt und streichelte jetzt ihren Hals, die Schulter, die unbedeckte Rundung einer Brust; die andere Hand hatte er in ihrem Nacken ins Haar geflochten. Genau wie Angus es ihm aufgetragen hatte.

»Wir sind soweit«, stellte Angus fest. Seine Zunge und der Magen fühlten sich an, als hätte er vorhin Ätzkalk verschlungen; doch seine Programmierung überging die Beschwerden ebenso wie Taverners Wut. Ruckartig hob Angus das Gesäß vom Stuhl.

Während er sich verbittert umblickte, bummelte Taverner gerade lange genug, um eine neue Nik zu entzünden. Dann stand er gleichfalls auf und folgte Angus hinüber zu Nick Succorso und der Frau.

Angus näherte sich ihr so, daß er hinter ihr blieb, außerhalb ihres Blickfelds. Ihre elektronische Ausstattung war ihm so durchschaubar, als hätte er sie selbst konzipiert. Augen und Ohren waren verkabelt: sie glich einer Videokamera mit integriertem Mikrofon. Infolgedessen übermittelte sie nur weiter, was sie persönlich subjektiv sah und hörte.

Die Geräuschkulisse des Lokals übertönte Angus' Annäherung.

Gleich unter der Haut verliefen zwischen den Rezeptoren und dem Akku der Frau Leitungsdrähte durch ihren Nacken. Succorsos Hand diente dort einem doppelten Zweck: erstens lenkte sie den Tastsinn ab, zweitens sollte sie Angus' Unschuld anzeigen. Angus streifte Nick Succorso mit einem kurzen Blick, um sich davon zu überzeugen, daß er sich bereithielt; Succorso jedoch war zu erfahren im Verführen, um den Blick von seinem Opfer zu wenden. Als Angus die geeignete Stelle erreichte, ließ Succorso den Kopf sinken und schleckte der Frau einen feuchten Kuß an die Kehle.

Angus' Fingerknöchel berührten den Nacken der Frau mit unmerklicher Behutsamkeit und schossen einen Laserstrahl nur millimetertief in die Haut. Die Laserwirkung blieb so oberflächlich und punktuell, daß die Melderin vielleicht nichts spürte, drang allerdings gleichzeitig weit genug ein, um die Drähte zu durchtrennen. Dann strebte Angus zur Tür, hinterließ als Anzeichen des verursachten Schadens nichts außer einem winzigen, roten Tröpfchen Blut.

Im Vorbeigehen bemerkte er, wie die Frau stutzte, hörte sie im Ton benommenen Ärgers ein »Autsch!« lallen. Aber er sah sich nicht um, mochte gar nicht wissen, ob sie ihm nachblickte. Der Rest war Nick Succorsos Problem: er hatte dafür zu sorgen, daß sie nicht herausfand, wer sie verletzt hatte – und es folglich nicht dem Kassierer sagen konnte.

Im Lift fuhr Angus mit Taverner hinauf zu ihren Zimmern.

Zuerst würde der Kassierer vermuten, der Grund dafür, daß die Implantate der Frau das Senden eingestellt hatten, sei darin zu sehen, daß sie es absichtlich unterbunden hätte, um mit Succorso eine intimere Privatsphäre genießen zu können. Und darüber war er bestimmt nicht erfreut. Doch ein einziger Blick in ihren Nacken und auf die Drähte mußte ihm verdeutlichen, daß nicht sie den Defekt herbeigeführt hatte. Wenn sie nicht aussagen konnte, daß Angus oder Taverner ihr auf die Pelle gerückt seien, fiel der Verdacht sofort auf Nick.

Das gab den eigentlichen Sinn der Maßnahme ab. Außerdem mochte die Beschädigung der Geräte Succorso gegen die Frau als Druckmittel nützlich sein, falls er so etwas brauchte, sein berühmter Charme und seine Männlichkeit nicht hinlangten. Der Hauptzweck blieb es jedoch, den Argwohn des Kassierers von Taverner und Angus abzulenken.

So weit, so gut. Leider behob es nicht im mindesten Angus' unmittelbare Sorgen.

Bissige Bemerkungen lagen ihm auf der Zunge, und sein Magen wollte sich immer wieder übergeben, jedoch ohne Erfolg. In seinem Kopf herrschte trübste Ödnis, trostlos und unheilvoll wie das Hyperspatium. Milos Taverner stand am Schlußpunkt seiner Leiden; Angus' Elend fing gerade erst an.

Damit muß Schluß sein, hatte Dios gesagt. Was er auch gemeint hatte, seine Bemerkung betraf keineswegs Angus' Schinderei. Es lag dem VMKP-Polizeipräsidenten völlig fern, etwas an Angus' Hilflosigkeit zu ändern, *den Knaben aus dem Kinderbett zu erlösen ...*

Angus war ein Feigling; er wußte, was ihm bevorstand.

Voller Grimm nannte er dem Interkom-Apparat an der Zimmertür seinen Namen. Als die Tür zur Seite rollte, betrat er das Zimmer, als ginge er zu seiner Hinrichtung.

Taverner folgte ihm herein, ehe sich die Tür schließen konnte. Einen Moment lang standen die beiden Männer sich gegenüber und musterten sich wie Todfeinde. Dann schlurfte Angus, einfach weil er nicht so furchtsam aussehen wollte wie er sich fühlte, zu einem Sessel, nahm Platz und kippte die Rücklehne nach hinten, bis die Wand sie stützte.

»Machen Sie's sich bequem«, meinte er mit wunder Zunge. »Uns bleibt nicht der ganze Abend, aber eine Stunde dürfte Succorso voraussichtlich brauchen.« Eine Stunde lang nahm Succorso sich bestimmt Zeit, und wenn nur um seine Männlichkeit unter Beweis zu stellen.

»Soviel Zeit haben Sie.«

Milos Taverner senkte den Blick, als schämte er sich – oder hätte etwas zu verbergen. Er schob sich eine neue Nik in den Mund und schlenderte zum Computerterminal, tippte ein paar Tasten, anscheinend in keiner anderen als der Absicht, sich davon zu überzeugen, daß es funktionierte. Dann packte er den zweiten Sessel, stellte ihn neben Angus' Sitzmöbel und ließ sich hineinplumpsen.

»Sie wissen einiges über diese üble Sache, Thermopyle. Irgend was, das Sie mir verschweigen. Vielleicht etwas, das Sie von Dios erfahren haben.«

Falls er sich wegen der Observationsinstallationen

Gedanken machte, zeigte er es nicht. Andererseits verzichtete er auf die Anwendung der Kommandocodes, denen die Programmierung Angus unterwarf.

»O ja, ich weiß 'ne Menge, das ich Ihnen noch nicht erzählt habe«, bestätigte Angus mit so nachdrücklichem Sarkasmus, wie er momentan aufzubringen vermochte. *Du billiges, degeneriertes Stück Scheiße.* »Ich weiß sogar allerhand, was ich mir selbst vorerst verschweige. Aber auch wenn ich's könnte, würd ich's Ihnen nicht auf die Nase binden.«

»Na, dann lassen Sie mich mal raten«, murmelte Taverner, als wäre er taub für Angus' Tonfall. »Unterstellen wir mal, die offiziöse Darstellung, wir seien hier, um dem Kassierer den Garaus zu machen, ist bloß 'n Trick. Gehen wir mal davon aus, ich bin der wahre Grund. Und Morn Hyland ist 'n Grund. Sonderlich einleuchtend klingt das nicht... Solange man nicht berücksichtigt, welche Gemeinsamkeit sie und ich haben. Schließlich ist sie in Station Potential gewesen. Bei den Amnion.«

»Hören Sie bloß auf mit Ihrer blödsinnigen Raterei«, erwiderte Angus mühsam. Seine eingefleischte Vorsicht trieb ihn dazu. »Damit zeigen Sie nur, daß Sie selber nicht kapieren, was Sie eigentlich tun.«

»Oh, ich weiß, was ich tu, das können Sie mir glauben«, widersprach Taverner. »Öffnen Sie den Mund.«

Obwohl er die Nik erst zur Hälfte geraucht hatte, schnippte er sie Angus auf die Zunge. Während Angus kläglich kaute und schluckte, zündete Taverner sich einen neuen Glimmstengel an.

»Ich stecke hier mit dem Kopf in der Schlinge. Aber ich dulde nicht, daß Sie oder sonstwer mich in die Scheiße reiten.«

Sein Ton bezeugte die ihm eigentümliche Bitterkeit. »Ich vermute, Sie dürfen mir nicht enthüllen, was Sie an Kenntnissen haben«, fügte er hinzu. »Wahrscheinlich ist's sowieso wenig. Sie sind bloß ein willkürlich herausgegriffenes Opfer. Insofern sind Sie schlimmer als ich dran. Wir brauchen alle irgend jemand, der noch ärger als man selbst dran ist.« Versonnen betrachtete er Angus. »Oder dem wir's so einrichten können.«

Angus sagte nichts. In diesen Augenblicken, so glaubte er, wäre er sogar sein Leben gegen die bescheidene Freiheit einzutauschen bereit gewesen, sich zu erbrechen.

Auch Taverner bewahrte von da an Schweigen, als hätte er alles Entscheidende ausgesprochen. Er wirkte, wie er da in dem Sessel lehnte, weitgehend entspannt. Nur die leidenschaftliche Hingabe, mit der er seine Niks rauchte, verriet seine unterschwellige Erregung.

Über eine Stunde lang, während sie zusammen warteten, ließ er Angus eine nach der anderen seine Nik-Kippen verzehren. Das Hotelzimmer sauberzuhalten, indem er Angus als menschlichen Aschenbecher benutzte, bereitete ihm allem Anschein nach eine obskure Genugtuung, als schenkte er dadurch der moralischen Verkommenheit der Umgebung eine neue, aussichtsreiche Perspektive.

NICK

Schade war es, wirklich jammerschade. Nick empfand die Frau in ihrer schutzlosen Trunkenheit eigentlich als durchaus attraktives Geschöpf. Sie hätte mehr sein können – sogar seinen Aufwand wert –, hätte sie nicht bereits einen Großteil ihres Lebens damit verbracht, sich das Hirn zu ruinieren. Aller konsumierte Alkohol hatte ihren Leib nicht verwüstet; wenigstens bis jetzt noch nicht. Daran erlaubte ihre nahezu völlige Nacktheit keine Zweifel. Sie hatte pralle, stramme Brüste; ihre Hüften boten makellos geformte Umrisse dar. Dennoch zeigten die Verschleiertheit ihrer Augen und die Erschlaffung des Munds an, daß sie kapituliert hatte; nicht vor Nick, sondern vor der Betäubung.

Das beeinträchtigte erheblich den Spaß an dem, was Nick zu erledigen hatte.

Er gab sich darüber mancherlei Gedanken hin, während er vortäuschte, die Frau über das ihr durch Angus im Nacken zugefügte geringe Wehwehchen hinwegzutrösten. Frauen. Wieso war immerzu alles eine Frage von Frauen? Wohin er auch ging, egal, was er tat, jedesmal verkörperten sie für ihn das Mittel zum Zweck – und gleichzeitig blieben sie dafür die Ursache, daß seine Ziele, wenn er sie erreicht hatte, als unbefriedigend erwiesen.

Anscheinend war diese Person zu betrunken, um sich darum zu scheren, was passierte. Die zerfahrene Zugänglichkeit, die ihr in der Miene stand, glich einem Ausblick in die Zukunft, lieferte ihm eine Vorahnung darauf, daß das, was er sich von ihr versprechen durfte, so abgedroschen war wie alles andere.

Doch er ließ nicht von ihr ab; vielleicht war er dazu unfähig. Die Kräfte, die ihn zum Handeln drängten, hatten eine fundamentale, nachgerade autonome Natur. Mit den Fingern einer Hand rieb er die läppische Verletzung; die Fingerknöchel der anderen Hand glitten durch die reizvolle Grube zwischen ihren Brüsten; sein Mund gurrte ihr zur Beschwichtigung irgendwelchen Unfug ins Ohr. Sein Gehirn war schon von ihr auf Distanz gegangen, noch ehe Angus die Nichtsahnende in seine Ränke einbezog, in seine Intrigen verstrickte; doch sein Körper harrte aus, machte weiter, steigerte raffiniert die duseligen Lustreaktionen der Frau, bis sie sie nicht mehr unter Kontrolle hatte.

Mit der Gefahr beabsichtigte er sich – wie immer – später zu befassen.

Die Gefahr war Realität; in dieser Hinsicht hatte er volle Klarheit. Keine seiner früher mit Milos Taverner betriebenen Machenschaften gab ihm Anlaß zu der Annahme, dem ehemaligen Stellvertretenden Sicherheitsdienstleiter der KombiMontan-Station sei zu trauen. Und Thermopyle war geradezu der Inbegriff der Hinterlist, eine dermaßen bösartig-schlechte Kreatur, daß ihre Falschheit sich buchstäblich ins Metaphysische auswuchs.

Aber auch die beiden bewegten sich hier in Kassafort auf unsicherem Parkett. Allein die Tatsache, daß sie zusammen in einem gekaperten VMKP-Raumschiff nach Thanatos Minor geflohen waren, zeigte deutlich, in was für einer prekären Situation sie sich befanden. Und überdies – Nick räumte es mit professioneller Kühle ein – hatte Angus Thermopyles Plan einiges für sich.

Zwar hatte Thermopyle einige wichtige Details unerklärt gelassen, zum Beispiel, auf welche Weise er Davies aus dem Gewahrsam des Kassierers zu befreien gedachte; doch das vorgeschlagene Vorgehen zeichnete sich durch unwiderlegliche Überzeugungskraft aus. Es mißfiel Nick, sich von Thermopyle irgend etwas vorschreiben zu lassen; dennoch schätzte Nick die Art, wie der häßliche Schrat dachte. Er wünschte, ihm wäre nicht inzwischen das Vermögen abhanden gekommen, ebenso zu denken.

Vielleicht jedoch hatte er es nicht völlig verloren. Noch immer hatte er Ideen; nach wie vor sah er Gelegenheiten. Und wie unvollkommen er sich in letzter Zeit auch fühlte, seine Macht über Wesen wie diese Frau war nicht im geringsten vermindert worden. Sie mochte die Fähigkeit haben, Angebote oder Zudringlichkeiten des Gesindels abzuwimmeln, das im Vergnügungsviertel verkehrte; aber schon nach wenigen Minuten in seiner Gesellschaft sowie ein paar Berührungen seiner Hände bettelte ihr belämmerter Blick ihn an, sie sich zu nehmen.

Nur um noch ein wenig mehr sexuelle Spannung aufzubauen, zögerte er den nächsten Schritt hinaus. Während er geistlose Würdigungen ihrer Schönheit plapperte und sich hohlköpfig darüber ausließ, wie sie ihn beeindrucke, schob er die Fingerspitzen unter ihr einziges Kleidungsstück, um zu betasten, was es verbarg; er grinste eindringlicher, als müßte er noch Hemmnisse überwinden, obwohl es ihrerseits keine Widerstände mehr gab. »Laß uns irgendwo hingehen«, meinte sie endlich mit leiser, vom Trinken rauher Stimme. Da erst schickte er sich an, mit ihr den Tisch zu verlassen.

»Ich habe gehofft, daß du das sagst«, antwortete er mit humoriger Lebhaftigkeit und insgeheimer Verachtung.

Er half ihr beim Aufstehen.

Weil sie nicht mehr richtig das Gleichgewicht halten konnte, während sie beide aus dem Lokal ins Foyer des Hotels gingen, lehnte sie sich auf eine Weise an

Succorso, die ihn regelrecht dazu nötigte, den Arm um sie zu schlingen.

Nach dem Standard des Vergnügungsviertels waren die Zimmer der Galacto-Grotte preiswert. Trotzdem rissen die Kosten für die zeitweilige Benutzung von Zimmer sechs-einundzwanzig ein merkliches Loch in Succorsos Finanzen. Doch das kümmerte ihn nicht. Mäße er den Erfolg seines Daseins am monetären Gewinn, stünde er als Versager da. Aber er war *kein* Versager. Nein. Niemand außer Sorus Chatelaine hatte ihn je so genannt; und auch sie wollte er noch Mores lehren. Während er mit der Melderin im Lift zur sechsten Etage hinauffuhr, nahm seine Planung gegen Chatelaine allmählich Gestalt an. Die Betrunkene in seinen Armen küßte seinen Hals, als wüßte sie, auf was er es abgesehen hatte; in Gedanken jedoch war er weit fort. Nach allzu vielen Ablenkungen – Angus Thermopyle, Milos Taverner, Morn – widmete er sich nun von neuem der einen Person, dem einzigen Interesse, für die er wirklich echte Anteilnahme aufbrachte.

Sorus Chatelaine.

Und seiner Rache.

Daran zu denken, bereitete ihm mehr lebendiges Vergnügen als die Frau, die er gegenwärtig in den Armen hielt.

Sobald sich die Lifttür geöffnet hatte, entzog er sich ihren Küssen lange genug, um das Zimmer ausfindig zu machen. Er gab der Frau Halt, während er sie durch den ungefliesten Flur zu Sechs-einundzwanzig geleitete und ihnen Einlaß verschaffte, indem er seinen Handteller in die dafür bestimmte Mulde des Scanners legte. Dann führte er die Frau hinein.

Sie war nicht so betrunken, daß sie nicht aus Widerwillen vor den fleckigen Wänden und dem durchhängenden Bett die Nase gerümpft hätte. Wahrscheinlich zahlte der Kassierer sie dafür, daß sie seine Geräte in sich trug wie eine Totgeburt, immerhin hinreichend gut, daß sie komfortabler als in einer solchen Bude wohnen konnte. Aber sie äußerte keine Einwände. Zwar stieß sie einen gedämpften Laut des Mißmuts aus, als Nick sie stehen ließ, um sich der Funktionstüchtigkeit des Computerterminals zu vergewissern; doch das hatte nichts mit dem Deprimierenden des Zimmers zu tun.

Das Computerterminal arbeitete einwandfrei. Nun hätte Nick einfach aus der Frau die gewünschte Information herausholen, Taverner über die *Käptens Liebchen* eine verschlüsselte Nachricht zukommen lassen und sich verdrücken können. Damit wären mehrere Vorteile verbunden gewesen. Es hätte ihm die Anstrengung des Geschlechtsverkehrs erspart und mehr Zeit zum Nachdenken über Sorus Chatelaine gegeben. Und für den Kassierer hätte sein Benehmen noch verdächtiger ausgesehen. Er konnte sich lebhaft ausmalen, was die Frau später ihrem Boss stumpfsinnig vorwinselte: Ich schwör's beim lieben Gott, es ist nichts gewesen, außer daß er mich in das Zimmer gebracht und zum Reden gezwungen hat. Und dann ist er gegangen. Das war *alles.* Ich hab ihm gesagt, was er wissen wollte, weil ich ja wußte, daß Sie's zu hören kriegen.

Bei dieser Vorstellung grinste Nick so breit, daß sich seine Narben strafften.

Dazu jedoch war er außerstande: sein Körper weigerte sich. Vielleicht gelang es ihm, sich einzureden, diese Frau sei Morn, ihre Trunkenheit die Hingabe, die er begehrte ...

Bevor er dem Computerterminal den Rücken zudrehte, vergeudete er noch ein wenig Geld, um ein Programm mit moduliertem Weißen Rauschen zu aktivieren, der Sorte von Tonberieselung, die Nullwellenhirne und Nervenspritsüchtige bevorzugten, wenn sie schliefen; diese Art von Geräuschen eignete sich auch, um die Aufnahmefähigkeit der Mikrofone zu beschränken.

Indem er die Frau mit einem Kuß beschwichtigte, streifte er ihr das minimale Stückchen Stoff ab, das sie am Leib hatte, dann trug er sie zum Bett und versuchte, seine Gier tief genug in ihr Fleisch zu bohren, um sie wenigstens für kurze Zeit zu stillen.

Leider blieb auch das ihm versagt. Natürlich kam die Frau in seinen Händen erst so richtig in Fahrt, sexuelle Erregung vertrieb ihre Dumpfheit. Sie wand sich unter ihm, kreiste mit dem Unterleib auf ihm und stöhnte bei seinen Küssen, als gäbe er ihr genau das, was sie wollte; als hätte sie sich so noch nie gefühlt, oder wenigstens noch nie für so lang. Aber sie konnte ihm nicht geben, was *er* brauchte. Er hatte an ihr keinerlei Interesse; niemals hatte er eine Frau um ihrer selbst willen gewollt. Ihre Leidenschaft und ihre Unterwerfung waren es, wonach es ihn gelüstete; er wünschte dermaßen stark von ihr begehrt zu werden, daß ihre eigenständige Existenz praktisch ein Ende fand. Und nur bei Morn hatte das Erlebnis dieser Befriedigung gehabt: ausgerechnet bei Morn Hyland mit ihrem Z-Implantat, ihrer Unehrlichkeit und ihrem absoluten Festhalten an ihren eigenen Entschlüssen.

Liete verstand weniger von Sexualität als diese Person, aber für Nick taugte sie in dieser Hinsicht mehr.

Also mühte er sich ab, bis er am unschicklichen Schweiß an den Schläfen der Frau und der üblichen, langweiligen Rötung ihrer Wangen erkannte, daß sie erschöpft war; da machte er Schluß. Nun hatte er wahrscheinlich die günstigste Chance: durch ihre Müdigkeit und Benommenheit war sie beeinflußbar. Nutzte er die Gelegenheit, bevor sie einschlief, plauderte sie ihm vermutlich nachgerade alles aus.

Unbefriedigt und voller Überdruß umfing er sie mit einer Umarmung, die es ihm ermöglichte, sie im Zaum zu halten, sollte sein Ansinnen bei ihr feindseliges Verhalten auslösen. »Da ist noch 'ne Kleinigkeit«, flüsterte er, während seine Zunge ihr Ohr koste, »die du für mich tun könntest.«

Verunsichert lachte die Frau. »Ist ja nicht zu glauben! Ich dachte, wir hätten alles getan. Wenn's *noch* irgend was gibt, was 'ne Frau für 'n Mann wie dich tun kann, wüßt ich wirklich mal gern, was 's ist.«

Nick überhörte die implizite Herausforderung. »Es geht bloß um was, das du mir verraten sollst«, antwortete er mit unveränderter Flüsterstimme. »Der Kassierer hat etwas, das mir zusteht.« Obwohl er spürte, wie ihre Haltung sich unwillkürlich versteifte, sprach er weiter, als wäre nichts. »Ich will's wiederhaben. Du kannst mir helfen, indem du mir sagst, wo's ist.«

Schwächlich drehte sie sich in seinen Armen. »Wie kommst du auf die Idee, ich wüßte was über *ihn?*« fragte sie, sobald sie sich so weit herumgewälzt hatte, daß sie ihm ins Gesicht schauen konnte. »Ich weiß nichts. Ich arbeite bloß hier. Im Sexgeschäft.« Plötzlich wurde sie verlegen. »Ich meine, bei dir ist das nicht so«, beteuerte sie. »Bei dir geht's mir nicht um Geld. Von dir hab ich« – sie lächelte plump – »was besseres gekriegt. Aber ich arbeite nicht direkt für den Kassierer... Das ist, was ich meine. So wichtig bin ich nicht. Ich vögele hier bloß mit Männern, die mir Getränke kaufen und mich dafür bezahlen.«

Nick schenkte ihr ein träges Grinsen der Ermahnung. »Quatsch«, erwiderte er leise und in umgänglichem Tonfall. »Du bist Melderin. Ich weiß 's genau, weil ich« – er tischte die erstbeste Lüge auf, die ihm einfiel – »ein NervoRelais habe, das sich in der Nähe eines Senders bemerkbar macht. Als ich mich zu dir gesetzt hab, ist das Ding aktiv geworden.«

Die Röte wich der Frau aus den Wangen. Betrunkenheit, Auslaugung oder angeborene Dummheit verwehrten es ihr, an seiner Behauptung zu zweifeln. Einige Sekunden lang schimpfte sie gottserbärmlich vor sich hin. »Wenn du das weißt«, zeterte sie danach, »ist doch dir wohl auch klar, daß du mir über ihn keine Fragen stellen kannst! So was ist zu gefährlich. Er erfährt davon. Alles was du redest, wird aufgenommen.«

Angeborene Dummheit, schlußfolgerte Nick. Auch eine Säuferin hätte die etwaigen Konsequenzen einer solchen Warnung absehen müssen.

»Ach was, 's ist ungefährlich«, versicherte er ihr mit einem Anflug seiner altgewohnten Unbekümmertheit, aber für den Fall, daß das Weiße Rauschen den Wortwechsel nicht übertönte, mit ziemlich gedämpfter Stimme. »Ich habe deinen Sender lahmgelegt. Das war der Stich, den du im Nacken gespürt hast. Ich hab mit 'ner Nadel den Leitungsdraht durchtrennt.«

Für eine Sekunde verdrehte die Frau die Augen, war einer Ohnmacht nahe. Doch Panik bewahrte sie vor der Besinnungslosigkeit.

»Bedauerlicherweise gerätst du dadurch in eine unangenehme Klemme«, faßte Nick ihre Furcht für sie in Worte. »Bestimmt denkt der Kassierer, du hättest das Gerät demoliert. Sicher glaubt er, du wolltest ihm 'ne Verschwörung verheimlichen. Oder vielleicht selber eine angezettelt hast. Wenn er dich in die Finger bekommt« – traurig schüttelte Nick den Kopf – »nimmt er dich garantiert auseinander. Natürlich kannst du ihm die Wahrheit erzählen, aber er wird dir hundertprozentig unterstellen, daß du lügst.«

»Du Scheißkerl«, brabbelte die Frau; nicht im Zorn, sondern aus Verzweiflung. »Du Miststück... Warum...?«

Nick zuckte die Achseln, ohne seine Umklammerung zu lockern. »Na, ich konnte mich ja wohl nicht einfach darauf verlassen, daß du mir Vertrauen entgegenbringst, oder? Darum mußte ich mir 'n Druckmittel vorbehalten.« Er küßte ihren verzerrten Mund, als wäre ihm zwischen Lust und Furcht kein Unterschied geläufig. »Jetzt bist du auf mich angewiesen. Auf meinen Schutz. Ich kann dich mitnehmen, dann hat er keine Möglichkeit, dir was anzutun. Aber du genießt meinen Schutz nicht«, herrschte er sie drohend an, »wenn ich nicht von dir erfahre, wo er seine Gefangenen einsperrt. Das Raumschiff *Sturmvogel* hat eine meiner Kosmokapseln abgefangen. Was darin war, gehört mir. Sag mir, was ich wissen will, und du brauchst dich nie wieder vor dem Kassierer zu fürchten.«

Die Frau stierte ihn an, als ob sie ihn infolge ihrer Beklommenheit nicht sehen könnte; als engte das Grauen vor dem Kassierer ihren ohnehin vom Alkohol überschwemmten Horizont noch mehr ein.

»Glaubst du etwa«, säuselte Nick, indem er den Mund dicht an ihr Ohr legte, »auf meinem Schiff, bei mir, hättest du's schlechter als hier?«

»Bring mich sofort hin«, japste sie auf einmal in höchster Dringlichkeit. Vielleicht hatte sie sich an die Observationsanlagen des Hotelzimmers erinnert. »Von deiner Kosmokapsel weiß ich nichts. Aber wo er die Gefangenen festhält, weiß ich, ich kann dir erklären, wie du hinfindest. Ich sag's dir, wenn ich in Sicherheit bin.«

Weder nahm Nick den Mund von ihrem Ohr, noch gab er sie aus seinen Armen frei. »So blöde bin ich nicht. Wäre ich bereit, dir die Wahl zu lassen, 's dir noch anders zu überlegen« – wäre ich derartig stupide –, »hätte ich's mir gespart, deinen Leitungsdraht zu kappen.«

Selbst jetzt rang sie sich zu keiner Wut durch. Sie war nichts als eine furchtsame Betrunkene; ihr Leben im Vergnügungsviertel ließ ihr keinen Raum für Zorn. Einige Augenblicke lang blieb sie noch unentschieden, lähmte Unentschlossenheit sie. Dann endlich gab sie auf.

»Also gut«, seufzte sie kaum hörbar.

Sie sah so blaß aus, als hätte Nick ihr das Herzblut ausgesaugt, während sie ihm erläuterte, wie er die Sektion Kassaforts finden konnte, die der Kassierer als Gefängnis benutzte.

»Genügt das?« erkundigte sie sich zum Schluß mit matter Stimme. »Beschützt du mich? Nimmst du mich mit? Wenn nicht, dann...« Sie verstummte; der Gedanke an das, was der Kassierer mit ihr anstellen würde, war zu scheußlich, um mit Worten ausgedrückt zu werden.

Abgehackt lachte Nick. »Nein.« Derartig dümmliche Frauen – nein, jeder dermaßen vernagelte Mensch, ob Frau oder Mann – hatten verdient, was ihnen zustieß. »Ich kann jederzeit besser ficken als mit dir, und sonst hast du mir nichts zu bieten.« Der Kassierer mußte auf den ersten Blick erkennen, daß sie den Sender nicht selbst demoliert hatte. »Du hast dich zum Verrat am Kassierer verleiten lassen, und nun wirst du wohl die Folgen tragen müssen.«

Er stieß sie aus seinen Armen, schubste sie vom Bett und ging ans Computerterminal.

»Bitte tu mir das nicht an«, flehte sie ihm ins Kreuz, »bitte nicht! Ich tu alles was du willst, du kannst mich ganz für dich allein haben, kein anderer Mann soll mich mehr anrühren, ich laß 's Trinken sein, ich bin besser, wenn ich nichts trinke, *bitte...*«

Nick hörte kaum hin. Daß sie überhaupt nicht wütend wurde, vertiefte nur seine Geringschätzung. Er tippte eine chiffrierte, längere Nachricht in den Computer und schickte sie ab. Danach kleidete er sich wieder in Bordmontur und Stiefel.

Eine Minute lang nahm er das Geflenne der Frau zur Kenntnis. »Du solltest dich mit den Tatsachen abfinden, Schlampe«, brummelte er, als ihr zuletzt nichts mehr einfiel und sie in Schluchzen ausbrach. »Du hast 'ne Pechsträhne. Das ganze Gewinsel hilft dir nicht weiter. Jammergestalten konnte ich noch nie ausstehen.«

Grinsend, als wäre dieser Sieg nicht genauso hohl

wie alle seine anderen Triumphe, verließ er das Hotelzimmer.

Sobald die Tür sich schloß, fühlte er sich so schutzlos, daß er am liebsten Hals über Kopf das Weite gesucht hätte.

Daß der Kassierer die Benachrichtigung aufschnappen oder gar entschlüsseln könnte, sorgte er sich nicht. Gemäß Angus' Instruktion hatte er sie der *Käptens Liebchen* in zwei verschieden codierten Teilen übermittelt. Im einen Teil befahl er Liete Corregio, den anderen Teil von Schiff zu Schiff, unter Umgehung der Kommunikationsinfrastruktur Kassaforts, der *Posaune* weiterzureichen. Taverner konnte in seinem Hotelzimmer die automatischen Bordsysteme der *Posaune* kontaktieren, Nicks Mitteilung erhalten, ohne den Ursprung preiszugeben.

Nein, gegenwärtig beunruhigte Nick nur die Möglichkeit, daß der Kassierer eventuell wegen des Senderausfalls der Melderin Wachen alarmierte, die sie aufspüren sollten. Falls er sie bald genug mobilisierte, sie so rechtzeitig eintrafen, daß er keine Chance mehr hatte, im Gewühl des Vergnügungsviertels unterzutauchen …

Vielleicht scheiterte Angus' Plan auch daran nicht. Aber Nick wäre in ernsten Schwierigkeiten. Günstigstenfalls verlöre er seine Bewegungsfreiheit; die Fähigkeit, die eigenen Absichten zu verwirklichen.

Und je länger er der *Käptens Liebchen* fernblieb, um so mehr hatten Mikkas und Vectors Untreue Gelegenheit zur Ausbreitung.

Kein Wunder, daß er den Erfolg, den er bei der Melderin zu verzeichnen gehabt hatte, nicht so recht auskosten konnte. Für sich besehen, hatte er lediglich eine Banalität geleistet; nur die Voraussetzung dafür geschaffen, sich dem nächsten Problem zuwenden zu können.

Sorus Chatelaine sollte büßen. Sie mußte büßen für

das, was sie ihm angetan hatte, und wenn diese Vergeltung das letzte war, was er regeln konnte.

Er widerstand dem Drang, überstürzt loszulaufen; doch immerhin strebte er mit raschen Schritten zum Lift.

Während er in der Liftkabine nach unten fuhr, setzte in seiner Wange wieder der Tic ein, zerrte wie mit winzigen Krallen an seinen Narben. Er massierte die Stelle. Die von Chatelaine aufgeritzte Haut fühlte sich hart und leblos an. Doch trotz des Reibens hielt der Tic an.

Außerhalb der Galacto-Grotte begegneten ihm mehrmals Wächter, aber keiner schenkte Nick Beachtung. Anscheinend hatte der Kassierer den Entschluß gefaßt, ihm einen gewissen Spielraum zu belassen; ihm die Freiheit zuzugestehen, ins Verderben zu rennen. Auch das erachtete Nick als Fehler, den der Kassierer, wenn es nach Nicks Willen ging, noch bereuen sollte.

Indem er unwissentlich immerzu Grimassen schnitt, kehrte Nick Succorso zu seinem Raumschiff zurück.

Eigentlich hätte ihm, nachdem er die Schleusenkammer durchquert und sich an Bord der *Käptens Liebchen* quasi verbarrikadiert hatte, wieder wohler zumute werden müssen. Es war sein Schiff, *seines.* Wenn er in seinem eigenen Raumschiff nicht sicher war, gab es für ihn nirgendwo Sicherheit. Dennoch wich das Empfinden des Entblößtseins und der Unzulänglichkeit nicht. Der Tic in seiner Wange ließ nicht nach. Nick schnupperte in der Luft, als könnte er aus den Skrubbern der Luftfilteranlagen etwas Bedrohliches riechen; einen Moment später jedoch begriff er, daß nicht aufgrund irgendeines Geruchs eine Unstimmigkeit der Atmosphäre herrschte, sondern wegen eines Geräuschs.

Genau genommen: infolge dem Fehlen eines Geräuschs. Das nahezu nur unterschwellige Summen und Vibrieren des Pulsator-Triebwerks der *Käptens Liebchen* fehlte.

Bevor er zu seiner ersten Unterredung mit dem Kassierer gegangen war, hatte er Mikka befohlen, das Triebwerk in Bereitschaft zu halten. Und ehe er zu dem Gespräch mit Milos Taverner aufbrach, hatte er die Anweisung bekräftigt. Er wollte das Pulsator-Triebwerk am Laufen haben; nicht für eine etwaige Flucht – sie war undurchführbar –, sondern um dem Kassierer zu zeigen, daß die *Käptens Liebchen* der Station erheblichen Schaden zufügen konnte, falls man ihren Kapitän zu sehr reizte.

Trotzdem hatte Mikka das Triebwerk abgeschaltet.

Nick stieß wüste Flüche aus und verfiel in Laufschritt.

Doch als er zum nächstbesten Lift gelangte, war er wieder ruhiger geworden. Er hatte Mikka und die übrigen Querulanten zu oft und jedesmal zu lang allein gelassen; er wußte nicht, was sie zu wem über ihn geredet hatte. Selbst unter günstigsten Umständen war seine Crew launisch. Und jetzt, da sie unter Druck seitens der Amnion und Morns standen – nicht zuletzt auch unter Nicks Druck –, wurde die Stimmungslage kritisch. Deshalb konnte Mikka mühelos einen gegen den anderen ausspielen.

Oder diesen und jenen gegen ihn.

An sich hätte so etwas undenkbar sein müssen. Schließlich war er Nick Succorso, verdammt noch mal, *Nick Succorso,* und *nichts* beziehungsweise *niemand* dürfte ihm an Bord des eigenen Raumschiffs gefährlich werden. Doch anhand der Narben seines Gesichts und durch das Zucken des Tics ahnte er, daß ihm das Kommando über die *Käptens Liebchen* zu entgleiten drohte. So wie seine Unbezwingbarkeit war es irgendwo inmitten der Verräterei Morns ins Wanken geraten.

Er konnte es sich nicht erlauben, daß ihn bei seinem weiteren Vorgehen Panikanwandlungen beeinflußten. Unterlief ihm dieser Schnitzer, mochte er Mikka und ihre Anhängerschaft – Vector? Sib Mackern? Lumpi? –

zu der Ansicht verführen, sie könnten ihn kleinkriegen.

Also mäßigte er seine Atmung, ließ seinen Pulsschlag sich verlangsamen, stellte das Fluchen ein. Nochmals versuchte er sich den Tic aus der Backe zu massieren. Als sich die Lifttür zu dem Korridor öffnete, der an die Konnexblende zur Steuerbrücke grenzte, war Nick der Überzeugung, daß niemand ihm anmerkte, wie kurz vor dem Ende er stand.

Sobald er die Konnexblende der Steuerbrücke durchklommen hatte, fand er sie fast so bevölkert wie Kassaforts Vergnügungsviertel vor.

Er hatte das Raumschiff unter der Obhut Lietes und ihrer Schicht zurückgelassen. Mikka hatte die Order gehabt, eine Kampfgruppe aufzustellen. Aber jetzt waren in der Enge der Steuerbrücke beinahe zwei Drittel der Besatzung zusammengedrängt.

In gewissem Umfang erklärte sich das Gedränge durch den momentanen Mangel an rotationsbedingter Bordschwerkraft. Die Leute konnten nur auf der Thanatos Minors Masse zugedrehten Seite stehen. Beim Anlegen der *Käptens Liebchen* hatten die Brückenstationen sich automatisch der G-Einwirkung des Planetoiden angepaßt, indem sie an ihren Hängeschienen aufeinander zurutschten, bis die Sitze fast Lehne an Lehne im selben Abschnitt des Brückenrunds zur Ruhe gekommen waren; schon deshalb blieb der Crew wenig Platz. Trotzdem war die Steuerbrücke eindeutig überfüllt.

Als Nick sie betrat, glotzte der ganze Haufen ihm entgegen, als wäre er ein Abgesandter der Amnion.

Mit einem kurzen Blick in die Runde ersah Nick, daß Liete und ihre Schicht in den G-Andrucksesseln saßen. Aber Arkenhill hatte an den Scanninggeräten Allum abgelöst; und Karster hatte Simpers Posten übernommen. Der Sinn war nachvollziehbar: höchstwahrscheinlich hatte Mikka sowohl Simper wie auch Allum der Kampfgruppe zugeteilt. Dennoch waren beide Männer anwesend, genau wie Mikka selbst, so wie Sib, der frei hätte haben müssen, während Alba Parmute an der Daten- und Schadensanalyse ihre Schicht versah, wie Scorz, Lumpi, Lind, Carmel und etliche andere Besatzungsmitglieder. Vector kauerte an der Technikkonsole, als hätte er Dienst.

»Na fein, Kinder«, sagte Nick gedehnt, indem er eine Miene des Unmuts aufsetzte, um zu kaschieren, wie der Tic ihm die Wange entstellte. »Ihr habt wohl euren Spaß gehabt, aber jetzt ist's genug. Wer keinen Dienst hat, verschwindet nun augenblicklich von der Brücke.«

Niemand rührte sich. Ein sanftes Lächeln verzog Vectors Mund; seine blauen Augen blickten klar wie ein wolkenloser Himmel. Carmel beobachtete Nick mit ihrer gewohnheitsmäßigen Derbheit. Pastille rümpfte die Nase, als widerte die eigene Miefigkeit ihn an. Lumpi hatte mit Ausnahme der Gesichtszüge und der Hüften keine sonderliche Ähnlichkeit mit seiner Schwester Mikka; anstatt ihrer düsteren Aura der Kompetenz und eines alteingefressenen, geballten Zorns hatte er nur einen Ausdruck der Naivität und des stillen Kummers in der Miene. Allum und Simper, in jeder sonstigen Beziehung zwei völlig verschiedene Typen, grinsten ihrer Umgebung den gleichen ungesättigten Hang zur Gewalt ins Gesicht. Sib schwitzte, als hätte er Fieber; durch Feuchtigkeit war sein helles Schnauzbärtchen so naß, daß es einem Schmutzstreifen ähnelte.

Es schien, als wären sie Nick während seines Fortseins allesamt untreu geworden.

Er kannte kein Zaudern. Zumindest diese Eigenschaft seines Charakters hatte durch die Ereignisse nicht gelitten. Je größer die Gefahr, um so schneller machte er sich ans Abwehren.

»Liete ...« Seine Stimme schnalzte wie eine Peitsche. »Ist das die Art und Weise, wie du hier in meiner Abwesenheit das Kommando führst?«

Trübsinnig stellte die Zweite Offizierin sich seinem Vorwurf. Der Stress trübte ihre zierliche Physiognomie so nachhaltig, daß sie fast schwärzlich wirkte. Aber sie versuchte es nicht mit Ausreden. »Hier ist nun mal ganz schön unter der Oberfläche was am Kochen, Nick«, antwortete sie in beinahe festem Tonfall. »Ich dachte mir, es ist besser, die Leute hocken sich mal zusammen und quatschen sich aus. Damit offen klar wird, was sie beschäftigt. Dann wissen wir doch wenigstens, womit wir's zu tun haben.«

Die Betonung, die sie auf das Wörtchen ›wir‹ legte, machte ersichtlich, daß sie Nick und sich meinte.

»Es ist nicht ihre Schuld«, mischte sich Mikka ein, bevor Nick etwas entgegnen konnte. »Es war meine Idee. Ich stehe ja rangmäßig über ihr. Ich habe ihr versichert, daß es in Ordnung ist.«

Aber du stehst rangmäßig nicht über *mir,* hätte Nick sie am liebsten angeschrien. Du hast fünf Minuten Zeit, um dich von Bord zu verpissen. Doch er bewahrte Beherrschung. Er sah voraus, daß ein verfrühtes Berufen auf seine Autorität die Krise verschlimmern müßte. Ehe er irgend etwas anderes unternahm, mußte er feststellen, wie heiß der Boden hier für ihn geworden war, wie weit die Zweifel an seiner Person sich unter der Crew ausgebreitet hatten.

»Wir unterhalten uns gleich«, fertigte er Mikka ab. »Erst habe ich noch etwas mit Liete zu klären.«

Eben weil er wußte, daß er Liete noch trauen durfte, zeigte er zunächst ihr seine Verärgerung. »Ich habe dir 'ne Nachricht geschickt. Hast du sie erhalten?«

»Sie ist eingetroffen.« Liete war zäh; sie schrak nicht zurück, zeigte keinen Bammel. Allen Äußerlichkeiten zum Trotz war sie dieselbe Frau, die Nick in den Arm gefallen war, als er Morn, während sie den Finger auf der Selbstvernichtungsschaltung des Raumschiffs gehabt hatte, zu töten beabsichtigte.

»Bist du damit verfahren, wie ich's befohlen habe?«

»Selbstverständlich.« Lietes Stimme klang nach gelindem Beleidigtsein.

Insgeheim gestattete Nick sich ein Aufatmen der Erleichterung. Eine Sorge weniger. Sofort fühlte er sich ein wenig ermutigt. »Und was ist mit dem Pulsator-Triebwerk, zum Satan noch mal?« fragte er. »Es sollte in Bereitschaft bleiben.«

Liete hatte mehr als einen Grund, um Unbehagen zu empfinden. Ihr Blick schien um Verzeihung zu bitten. »Die Leitzentrale hat uns vor ein Ultimatum gestellt«, meldete sie. »Vermutlich hatte man dort keine Lust mehr, uns die Anweisung zum Abschalten des Triebwerks andauernd zu wiederholen. Mir ist mitgeteilt worden, daß man uns ausklinkt, wenn wir die Weisung nicht endlich befolgen … Die Schleuse schließt, alle Kabel und Schläuche abkoppelt, die Greifer einzieht. Dann wärst du von uns abgeschnitten gewesen, du hättest nicht zurück an Bord können.« Es hatte den Anschein, als hielte sie den Atem an, ehe sie den letzten Satz sprach. »Also hab ich getan, was verlangt worden ist.«

Um diesen Schlag gründlich zu verkraften, hätte Nick ein Weilchen des Besinnens gebraucht; aber er hatte keine Zeit. Statt seine Wächter zu scheuchen, als die Melderin zu senden aufhörte, hatte der Kassierer andere Maßnahmen veranlaßt. Doch im Moment konnte Nick es sich nicht erlauben, lang und breit über die Tragweite des Vorfalls nachzugrübeln. Er mußte sich mit einer akuteren Krise befassen.

Unter Aufbietung aller Willenskraft nickte er Liete zu. »Alles klar.« Dann widmete er seine Aufmerksamkeit Mikka.

»Ich hatte dir befohlen, 'ne tüchtige Kampfgruppe zusammenzustellen«, wandte er sich so grob an sie, als wollte er sie durch sein Auftreten regelrecht zum Ungehorsam provozieren. »Ist das erledigt worden?«

Mikka verfügte über eine weit ausgeprägtere Fähigkeit, sich mit ihm zu messen, als Liete. »Die Kampfgruppe ist einsatzbereit«, lautete ihre barsche Meldung. »Allum ist der Mann für den Sprengstoff. Sib versteht soviel von elektronischer Störtätigkeit wie jeder von uns. Simper kann Feuerschutz geben.« Sie hob die Schultern. »Den Rest übernehme ich. Wir können losziehen, sobald du uns sagst, was das Ziel ist… Was wir dir zurückholen sollen.«

»›Zurückholen?‹« Ein Lachen entfuhr Nick, ehe er es sich verkneifen konnte. Mikka dachte an Morn; dessen war sich Nick sicher. Aber er hatte keine Absicht, Morn wiederzuholen. Sie gab lediglich seinen Köder ab; diente ihm als Mittel, um von Taverner und Thermopyle zu bekommen, was er haben wollte; und vielleicht auch von Mikka. Und außerdem war Morn inzwischen längst eine Amnioni, zu einer völlig andersartigen Existenz verurteilt, für die Menschheit so unwiederbringlich verloren, als wäre sie im Hyperspatium verschwunden. Mikka hätte sich darüber im klaren sein müssen, daß er keinen Wert darauf legte, irgend etwas oder irgendwen von ihr ›zurückholen‹ zu lassen, außer möglicherweise Davies Hyland.

Aber auch das war mittlerweise überflüssig.

Das jedoch gedachte er nicht auszusprechen; noch nicht. »Alles klar«, nölte er ein zweites Mal. Obwohl sein Blick auf Mikka ruhte, hob er seine Stimme zu solcher Lautstärke, daß deutlich wurde, er richtete seine Worte an sämtliche Versammelten. »Da ihr noch meine Befehle befolgt, will ich einmal gutwillig unterstellen, daß es sich bei eurer Zusammenrottung um keine aktive Meuterei handelt. Kann sein, ihr habt davon gequasselt, aber verstiegen habt ihr euch dazu bis jetzt offenbar *nicht*. Warum erzählt ihr mir nicht einfach, wieso ihr überhaupt 'ne Neigung habt, euch mit 'm derartig selbstmörderischen Einfall zu befassen?«

»Du mißverstehst die Lage, Nick«, gab Mikka zur

Antwort. »So weit haben wir überhaupt noch nicht gedacht. Wir …«

»Wir möchten wissen«, unterbrach Carmel sie, »was eigentlich vorgeht.«

Sofort nickten Lind, Scorz und mehrere andere Anwesende. Sib und Lumpi erweckten den Eindruck, als hätten sie vergessen, wie man atmete.

»Wir sind alle schon in Kassafort gewesen«, sagte die Scanning-Hauptoperatorin. »Aber früher hast du uns nie im Schiff rumsitzen und warten lassen. Ein Amnion-Kriegsschiff parkt an der Station, ein zweites im Orbit, das heißt, in hervorragender Schußposition. Die Leitzentrale verbietet uns die Nutzung der Werft, und ohne funktionstüchtigen Ponton-Antrieb könnten wir das Schiff genausogut aufgeben. Du hast Morn den Amnion ausgeliefert« – Carmel nahm niemals ein Blatt vor den Mund –, »und deshalb fragen sich einige von uns, wer wohl der nächste Kandidat ist. Du kommst an Bord und gehst von Bord, aber wir erfahren nicht, was du treibst. Liete behauptet, du suchst nach einer Möglichkeit, um uns aus den Schwierigkeiten zu befreien. Einige hier befürchten allerdings, du bemühst dich um Arrangements, um auf unsere Kosten ausschließlich die eigene Haut zu retten … Nick, du kennst mich.« Sie leitete über zu Abschlußfloskeln. »Ich möchte nichts als 'ne Erklärung. Mir ist einfach wohler zumute, wenn ich über die Vorgänge Bescheid weiß.«

Nick starrte sie eindringlich an, um nicht grinsen zu müssen. Der Tic in seiner Wange bestand auf einem Grinsen; das Zucken zupfte an den Narben, um ein Zähnefletschen hervorzurufen. Wenn Nick ihm jetzt Nachgiebigkeit erwies, verlor er vielleicht ein für allemal über sich die Gewalt.

»Das ist alles?« vergewisserte er sich finsteren Blicks. »Warum habt ihr das nicht gleich gesagt?« Geschrei wollte sich aus seinem Innern Bahn brechen; er unterdrückte es, zwang sich zu ruhigem Reden. »Habt ihr Idioten eigentlich bloß 'n Zettel mit der Aufschrift ›Gehirn‹ in der Rübe, oder was? Wäre es *möglich,* daß ich mich auf eure Kosten rette, na, *dann* käme ich in *Versuchung.* Aber ihr seid größtenteils ja nichts wert. *Ich bin hier derjenige, der die Probleme hat.* Ist euch das noch immer nicht klar? *Ich* habe alles am Hals. Die Amnion nähmen keinen von euch – nicht mal euch alle zusammen – als Ersatz für mich, und der Kassierer hat an euch erst recht kein Interesse. Wenn ihr heil aus dieser Geschichte rauskommen wollt, dann braucht ihr nur eure blöden Visagen weggetaucht zu halten und mich die Sache auf meine Weise beheben zu lassen.« .

Die Crewmitglieder betrachteten ihn, als drohte er sich vor ihren Augen in eine Nova zu verwandeln.

»Ihr möchtet wissen, was da vor sich geht?« knurrte er. »Ich will's euch sagen. *Morn Hyland ist eine Scheißpolizistin!* Das ist es, um was es geht. Anfangs bedeutete das kein Problem. Sie war mit Hashi Lebwohls Einwilligung bei uns. Nach unserem Aufenthalt in Station Potential hat allerdings die Abteilung Datenaquisition und die gesamte verfluchte VMKP das Vertrauen zu uns verloren. Jetzt wollen die Astro-Schnäpper sie zurück. Aber weil sie uns nicht mehr trauen – sie nehmen nämlich an, wir hätten nicht nur Morn an die Amnion verkauft, sondern darüber hinaus *uns selbst* als ihre Handlanger –, ersuchen Sie uns nicht kurzerhand freundlich um Rückgabe. Deshalb haben Sie was anderes ausgeheckt, um uns zu zeigen, was 'ne Harke ist. Darum ist die *Posaune* hier. Lebwohl hat seit jeher Taverner am Gängelband. Wenn wir mit Taverner geklüngelt haben, schloß das meistens gleichzeitig eine Zusammenarbeit mit der DA ein. Und Kaptein Thermogeil mag zwar der garstigste Widerling der Galaxis sein, aber er weiß, wann er ausgespielt hat. Morn ist durch ihn 'n Zonenimplantat eingepflanzt worden, und mittlerweile wissen das auch die Kosmo-Polypen.

Folglich droht ihm jetzt die Todesstrafe. Mit diesem Argument hat die DA ihm 'ne Chance zugestanden, sich die Begnadigung zu verdienen, indem er zusammen mit Taverner nach Kassafort fliegt, um Morn rauszuhauen.«

Er setzte seine Darlegungen fort, ehe irgendein Besatzungsmitglied ihm dazwischenreden konnte. »*Das* habe *ich* herausgefunden, während *ihr* hinter meinem Rücken über Meuterei palavert. Und Morn habe ich den Amnion überlassen, damit nicht *wir* das Ziel von Kaptein Thermogeils Aktivitäten werden, sondern er sich statt dessen mit den Amnion anlegt. Ja, na klar, er und Taverner« – er schnaubte – »sind bloß zwei Mann. Sie fliegen nur 'n Interspatium-Scout. Glaubt ihr deshalb, wir bräuchten vor ihnen keine Bange zu haben? *Ich* glaub's nicht. Hinter den beiden steht die gesamte VMKP. Wahrscheinlich hat sie am Rande zum Bannkosmos eine komplette Flottille warten, die nur auf 'n Vorwand lauert, um sich auf uns zu stürzen und zu Schlackeklumpen zusammenzuballern. Hätten wir Morn noch bei uns, wären sie dazu imstande. Sie könnten den Amnion erzählen – ihnen ›*garantieren*‹ –, daß sie nichts und niemanden außer uns angreifen … Ihnen weismachen, der Vorstoß in den Bannkosmos sei keine Kriegshandlung, sondern nur 'ne polizeiliche Befreiungsaktion.«

Jetzt hatte er die Leute in seinem Bann. Er sah es in Simpers Miene der Entgeisterung und an Lietes erneuerter Entschiedenheit, an Scorz' Erstaunen, Pastilles widerwilliger Anerkennung und Sibs Betroffenheit. Es konnte sein, daß sie seine Erklärung als ungenügend empfanden; dennoch vermochten sie sich dem Einleuchtenden, Überzeugenden der Ausführungen nicht entziehen. Nur Vector Shaheed wirkte, als glaubte er kein Wort.

»Diese Gefahr habe ich also schon von uns abgewandt«, verkündete Nick. »Nicht nur mich, sondern auch euch habe ich gerettet. Und nun müssen wir die Chance nutzen, um auch die übrigen Schwierigkeiten zu beseitigen. Taverner und Kaptein Thermogeil sind hinter Morn her. Es fehlt ihnen an den Voraussetzungen, um Verhandlungen über ihre Rückgabe aufzunehmen, darum werden sie versuchen, sie gewaltsam aus der Amnion-Sektion zu befreien. Und wenn's soweit ist – wenn die Kämpfe ausbrechen –, ist der passende Moment für uns da. Es sei denn« – er schlug höhnische Töne an – »wir sind handlungsunfähig, weil wir mitten in etwas so Selbstmörderischem wie 'ner Meuterei stecken. Während die VMKP und die Amnion sich gegenseitig mit Drohungen überhäufen, Scharmützel ausfechten, vielleicht sogar schweres Geschütz in Aktion bringen, machen wir das, wozu wir Kassafort ursprünglich angeflogen haben. Wir verkaufen dem Kassierer das Immunitätsserum der DA ... Oder vielmehr, was die Immunitätsdroge der DA zu sein scheint. Der Kassierer wird sie kaufen, weil ihm gar keine Wahl bleibt. Er wird glauben, sie sei der wahre Grund, aus dem die VMKP und die Amnion 'n offenen Krieg riskieren. Und um sie zu testen, wird er keine Zeit finden. Er muß sich nämlich mit dem Chaos befassen, das dann in der ganzen Scheißstation herrscht. Also wird er das einzige tun, was er machen kann, um sich größeres Unheil zu ersparen – er drückt uns schneller 'n neuen Ponton-Antrieb aufs Auge, als ihr hingucken könnt, um uns loszuwerden, bevor die Amnion oder die Astro-Schnäpper merken, was wir angestellt haben ... Ihr seht, ich kann uns retten, falls nicht vorher eure Idiotie uns alle das Leben kostet.« Zu guter Letzt durfte er sich zu brüllen erlauben. *»Habe ich jetzt alles deutlich genug erklärt?!«*

Das Ganze war natürlich ein reines Lügengespinst, so gut wie vollständig aus der Luft gegriffen. Nick glaubte sehr wohl, daß Taverner und Thermopyle die Absicht hatten – den Auftrag der VMKP –, Morn Hyland zu befreien; alles übrige hatte er auf dieser

Grundannahme erfunden. Aber es erfüllte seinen Zweck. Noch ehe eines der versammelten Besatzungsmitglieder sich irgendwie dazu äußerte, ersah er, daß er die Frist herausgeschunden hatte, die er brauchte, um seine anderen Pläne anzupacken.

Seine Besatzung hatte sich daran gewöhnt, ihm zu glauben. Einige trauten sich nicht mehr, ihn anzuschauen; ihre eigenen Gedankengänge wühlten sie zu sehr auf, als daß sie, indem für eine Sekunde seine Beherrschung zerstob, sein wüstes Feixen und das krasse Zucken seiner Wange bemerkt hätten. Die Blicke anderer Anwesender hingen voller Mulmigkeit oder Hoffnung an seinen Lippen.

»Du meine Güte, Nick«, murmelte Lind, als wäre ihm ein tiefer Schreck versetzt worden. Carmel nickte wie jemand vor sich hin, dessen Unsicherheit ein Ende gefunden hatte. Durch das Zittern seiner Unterlippe sah Mackern aus wie ein Bub, den seine Eltern anschrien. Lumpis Blick ruckte zwischen Mikka und Vector hin und her, er suchte Halt.

Liete lächelte nicht, kein Seufzer der Erleichterung kam über ihre Lippen; aber ihre Augen leuchteten, als erlebte sie eine Offenbarung; hätte Nick sich als all dessen würdig und wert erwiesen, das ihm schenken zu dürfen sie sich sehnte.

Vector ließ sich seinen Standpunkt nicht anmerken. Von allen auf der Brücke Anwesenden opponierte nur Mikka offen gegen Nicks Erklärung; sie allein versuchte die Lüge zu entlarven.

»Wenn wahr ist, was du uns da erzählst«, fragte sie bedächtig, mit geradezu untypischer Langsamkeit, »wozu brauchst du dann 'ne Kampfgruppe?«

»Ich brauche sie nicht mehr«, schnauzte Nick. Er konnte es nicht mehr verhindern: seine Hand fuhr empor, um den Tic zu bedecken. »Das war nur 'ne Vorsichtsmaßnahme. Für den Fall, daß ich mich hinsichtlich des Auftrags der *Posaune* geirrt hätte.«

Mikkas mürrische Miene spiegelte unverminderte Zweifel wider. Sie glaubte ihm nicht, aber anscheinend fand sie keinen Ansatz zu neuem Widerspruch. »In dem Fall«, sagte sie grantig zum Scanning-Drittoperator, »packst du deinen Kram mal lieber wieder weg, Allum. Ich möchte hier nicht bergeweise Sprengstoff und Zünder rumliegen haben.«

Nick hatte gewonnen; jetzt stand es fest. Daß Allum ihn anblickte und auf sein Nicken wartete, ehe er den Befehl der Ersten Offizierin befolgte, bewies es.

Während er sich die Wange rieb, versuchte Nick sich einzureden, nicht schon wieder einen nur hohlen Triumph errungen zu haben.

Er wäre von Liete ermutigt worden, hätte er ihr dazu die Gelegenheit eingeräumt. Er hätte die Tauglichkeit des Siegs prüfen können, indem er diese und jene Crewmitglieder auf die Probe stellte. Aber er hatte keine Zeit. Das Chronometer ging Angus' Termin entgegen. Und selbst wenn sein Sieg wieder einmal nichts als hohl sein sollte: er mußte auf dieser Voraussetzung handeln, bevor die Illusionen verflogen.

Mikka hatte sich zum Gehen gewandt. Nick legte eine Hand auf ihren Arm und hielt sie zurück. Er schluckte, weil er plötzlich einen Kloß im Hals spürte. Ihm war schmerzlich bewußt, daß sie sein bestes Besatzungsmitglied war – und sie den Rest der Crew letzten Endes vollends gegen ihn aufhetzen würde, schaffte er sie sich nicht vom Hals.

»Du mußt etwas erledigen«, sagte er zu ihr. In seinem Ton mischten sich Sachlichkeit und Falschheit. »Während wir abwarten und zusehen, wie Kaptein Thermogeil sich seine Begnadigung erschleimt, müssen wir uns um unsere eigenen Pläne kümmern. Ich möchte, daß du mit jemandem ...« Bloß zur Schau schweifte sein Blick durch die Brücke. »Daß du mit Sib ins Vergnügungsviertel gehst. Schaut euch nach der Crew der *Sturmvogel* um. Die Kapitänin muß in 'm besonderen Verhältnis zum Kassierer stehen.« Obwohl es unnötig war, begründete er seine Einschätzung. »Sonst hätte er nicht ihr Raumschiff benutzt, um sich unsere Kosmokapsel zu kapern. Sorgt dafür, daß einige ihrer Leute eure Unterhaltung und gleichzeitig die Observationsgeräte des Kassierers alles mitkriegen. Es ist wichtig, daß beide hören, was ihr von euch gebt. Ich will, daß ihr Gerüchte über das Immunitätsserum ausstreut. Labere mit Sib darüber, sag zu ihm, du hättest erfahren, die Kapitänin der *Sturmvogel* hätte 'n Medikament, das gegen die Amnion-Mutagene schützt. Deshalb stünde sie dem Kassierer so nah. Darum genösse sie in Kassafort Sonderrechte. Ihr müßt sicherstellen, daß es der *Sturmvogel*-Crew nicht entgeht. Dann setzt euch ab. Das wird den Kassierer aus der Reserve locken. Er dürfte ganz scharf darauf sein, mit mir ins Geschäft zu kommen, wenn ich mich 's nächste Mal an ihn wende. Aber kommt nicht gleich an Bord zurück. Wir müssen jeden Verdacht vermeiden, daß ihr nur 'n Gerücht in die Welt gesetzt habt. Haltet euch noch 'ne Zeitlang im Vergnügungsviertel auf. Bleibt dort, bis ich euch hole. Ich warte, bis Kaptein Thermogeils Aktion losbricht. Dann können wir sicher sein, daß der richtige Zeitpunkt da ist.«

Verlief alles nach Nicks Vorstellungen, erledigte er zwei Fliegen mit einem Schlag: brachte er seine Pläne gegen Sorus Chatelaine in Gang – und seilte zudem Mikka und Sib ab.

In Mikkas Blick standen düstere Bedenken. Nick kannte sie gut: er sah den Ausdruck ihrer Vorbehalte sowohl in den Gesichtszügen und ebenso in der Anwinkelung ihrer Hüften. Doch die von Nick erweckten Illusionen beherrschten nun die Brücke; sie hatte ihnen nichts entgegenzusetzen. Gab sie ihm jetzt einen Vorwand, um sie zu degradieren, wäre ihr unaufhaltsamer Abstieg die Folge.

»Glaubst du, du kannst das hinbiegen?« fragte er

maliziös. »Oder soll ich jemand anderes damit betrauen?«

»Oh, das ist für mich kein Problem.« Mikkas Blick vermochte Nicks Stieren nicht standzuhalten, sondern streifte fast unwillkürlich ihren Bruder. Lumpi war ihre Achillesferse, der einzige Schwachpunkt, den sie nicht ignorieren konnte. Wenn Nick sie von Bord schickte und ihn im Raumschiff beließ, mußte sie notgedrungen seine Anweisungen aufs Wort ausführen. »Hauptsache ist, du vergißt uns nicht«, fügte sie in bedrücktem Tonfall hinzu. »Ich möchte hier nicht festsitzen.« Sie drehte sich der Konnexblende zu. »Komm, Sib«, sagte sie so über die Schulter, daß es wie ein Aufstöhnen klang. »Am besten ziehen wir sofort los.«

Mackern verzog die Miene, als wollte er genug Mumm zu einem Widerspruch zusammenkratzen. Mit seiner Courage verhielt es sich jedoch wie mit seinem Schnurrbärtchen: meistens ließ sich davon nichts erkennen. Der Schweiß auf seinem Gesicht hätte, während er Mikka zur Brücke hinaus folgte, ein Schwall von Tränen sein können.

Auf Nimmerwiedersehen, dachte Nick. Ein zweites Mal guckte er sich unter den anwesenden Crewmitgliedern um, als bräuchte er weitere Aspiranten; er mochte die Tatsache, daß er schon entschieden hatte, wen er nicht mehr an Bord dulden wollte, nicht allzu offenkundig werden lassen.

Wie jemand, der gerade eine gute Idee hatte, kehrte er sich Vector zu.

Der Bordtechniker erwiderte Nicks Aufmerksamkeit festen Blicks. Vector hätte dafür dankbar sein müssen, noch am Leben zu sein; es hätte ihm angestanden, eifrig die Wiedergutmachung seiner Vergehen anzustreben. Aber er wirkte überhaupt kein bißchen dankbar; und ebensowenig beunruhigt. Sein Lächeln war gelassen und unpersönlich, als hätte sich seine Neigung erschöpft, sich mit Sorgen um sein Schicksal zu plagen.

»Das war pfiffig, Nick.« Seine Stimme klang so friedfertig und unbedrohlich, wie er aussah. »Jetzt bin nur noch ich übrig.«

Weil Nicks Hand seinen Tic verbarg, nahm er sich ein Schmunzeln heraus. »Für dich und Lumpi«, äußerte er, »hab ich auch 'n Auftrag.«

Verhalten lachte Vector. »Das ist aber 'ne Überraschung.«

Nick scherte es nicht, wie weit Vector die Wahrheit ahnte. Solange Mikka dachte, Lumpi diente Nick als Geisel, würde sie ihm keinen Schaden zufügen. Und ohne Mikka – ohne ihre Unterstützung, ihre Entschlossenheit und Erfahrung – war Vector ein Niemand.

»Die Sache hat maßgebliche Bedeutung«, sagte Nick durch die Hand. »Du bist der Bordtechniker, deshalb mußt du sie abwickeln. Ich möchte, daß du alle für die Reparatur des Ponton-Antriebs erforderlichen Spezifikationen dokumentierst und damit beim Technischen Direktor der Werft vorsprichst. Überzeuge dich davon, daß er alle Ersatzteile hat, die wir für 'ne Reparatur brauchen. Wahrscheinlich mag er ohne Einverständnis des Kassierers nicht mit dir reden. Es liegt bei dir, ihm klarzumachen, daß der Segen des Kassierers so gut wie sicher ist. Erzähl ihm, man könnte schon von der offiziellen Genehmigung ausgehen, daß ich beim Kassierer bin und mich mit ihm bloß noch über ein paar Einzelheiten einigen muß. Sag ihm, die endgültige Order« – Nick schaute aus einer gänzlich anderen Veranlassung aufs Chronometer – »trifft in ungefähr vier Stunden ein, aber dann mit höchster Priorität. Daß der Kassierer ihm, wenn er unseren Antrieb dann nicht *ganz schnell* repariert, den Arsch weiter als 'n Meteorkrater aufreißt. Falls ihm Teile fehlen, soll er zusehen, daß er durch Ausschlachten an sie kommt. Wenn's sein muß, sei ihm behilflich.«

Nick starrte Vector in die Augen, als erwartete er eine Weigerung; wartete auf seine Antwort.

Vector lächelte unentwegt, so wie ein Mann, der längst den einzigen Entschluß gefaßt hatte, der zählte, und nichts mehr zu sagen hatte.

»Wieso muß ich mit?« erkundigte sich Lumpi mit einem Anklang der Aufsässigkeit, die man von Mikka kannte. »Ich bin viel zu jung, um irgendwen zu *überzeugen.*«

Nur um ein wenig Spannung abzulassen, lachte Lind auf; sein Prusten ähnelte dem Knistern von Statik.

»Spar dir das Reden, Ciro«, meinte Vector. *Ciro* war Lumpis wirklicher Name. Vector sprach im gleichen Tonfall, in dem er sonst Lumpi Kaffee anbot. »Hier geht's gar nicht um das, was uns weisgemacht werden soll. Ich will, daß du mitkommst, wenn ich von Bord gehe.«

Pastille gab einen miesen Seitenhieb von sich, die alle übrigen Crewmitglieder auf der Brücke überhörten.

Zuckungen rissen an Nicks Wange wie unregelmäßige Herzschläge; doch er grinste immerzu weiter, weil er nicht anders konnte.

Als er die *Käptens Liebchen* verließ, um zwecks nochmaliger Unterredung den Kassierer aufzusuchen, waren die Personen, denen er nicht mehr trauen durfte, schon von Bord gegangen. Mikka und Vector – vielleicht sogar Sib – hätten Liete Verdruß verursachen können; mit allen anderen hingegen hatte sie bestimmt keine Schwierigkeiten.

Und er war sich dessen sicher, daß sie den Befehlen gehorchte, die er ihr erteilt hatte.

Er kam kaum ein, zwei Minuten zu spät, als vor dem Panzergewölbe des Kassierers stand und zu ihm vorgelassen zu werden verlangte.

DAVIES

Davies Hyland schritt die Zelle ab, als vermäße er ein Grab. Sechs Schritte lang, fünf Schritte breit. Raum für eine Kloschüssel und eine Pritsche; Platz für Liegestützen; für mehr nicht. Mauern und Einsamkeit blieben seine einzige Gesellschaft.

Manchmal hätte er am liebsten herumgebrüllt. Bisweilen war ihm zum Schluchzen zumute. Ab und zu fragte er sich, ob er überhaupt bei Verstand sein konnte. Weder bereitete die Natur Menschen darauf vor, derartige Belastungen zu verkraften, noch wurden sie durch die Gesellschaft entsprechend geschult.

Bei ihm paßten Geist und Körper grundsätzlich nicht zusammen. Er war ein Mann, doch konnte sich nicht daran erinnern, je etwas anderes als eine Frau gewesen zu sein.

Und er war Gefangener; ein Bauer in einem Konflikt, auf den er keinerlei Einflußmöglichkeit hatte; einer Auseinandersetzung, die er kaum durchschaute, weil dort in seinem Kopf, wo entscheidende Erinnerungen hätten sitzen müssen, nur ein Schwarzes Loch zu sein schien. Soviel er wußte, hegte niemand an seiner Existenz Interesse außer seiner Mutter, die vermutlich ein schlimmeres Los als ihn getroffen hatte, und den Amnion, die ihn in ihresgleichen zu verwandeln beabsichtigten.

Ohne Frage: eigentlich müßte er in tollwütige Raserei verfallen oder sich in eine autistische Gemütsverfassung zurückziehen.

Aber keines von beidem geschah.

Trotz aller Gewalt, all der Zumutungen, denen er sich ausgesetzt sah, platzte er schier vor Lebensdrang, Überlebenswillen; hatte er alle Bereitschaft, ums Leben zu kämpfen. Inmitten der Isolation war er bei aller Furcht mit jedem Pulsschlag und jedem Quentchen seiner Kräfte auf Konfrontation eingestellt.

Aufgrund des Schwarzen Lochs seiner Gedächtnislücken konnte er nicht ahnen, was für eine sonderbare, fruchtbare Interaktion zwischen der Biochemie seines Vaters und dem Gebrauch des Z-Implantats seiner Mutter stattgefunden hatte. Ihm blieb die Vorstellung, im Mutterleib auf die Bewältigung seines jetzigen, scheinbar unauflöslichen Dilemmas konditioniert worden zu sein, völlig fern.

Von Angus Thermopyle war seinem Sohn ein genetisches Erbe der Hartnäckigkeit und Verstocktheit mitgegeben worden, die eingefleischte, grimmige, unerschütterlich entschlossene Ablehnung dagegen, sich unterkriegen zu lassen; und Morn Hyland hatte Monate damit zugebracht, sich zu sexuellen, psychischen und physischen Extremen zu steigern, die sie ohne den artifiziellen Rückhalt und die unerbittliche Kontrolle ihres Zonenimplantats nie zu verkraften vermocht hätte. Ihr Sohn war schon als Fötus gewissermaßen gegen Stress abgehärtet worden. Jede Zelle seines kleinen Embryokörpers hatte sich frühzeitig an krasseste Stufen der Stimulation gewöhnt, die bei jedem anderen Lebewesen zum Herzstillstand geführt hätten. Im Effekt besehen war er Adrenalinsüchtiger; und die Adrenalinsucht hielt ihn aufrecht, wenn er hätte zusammenklappen müssen.

Infolgedessen tigerte er eher wie ein eingesperrtes Raubtier als wie ein sechzehnjähriger Bursche in seiner Zelle auf und ab. Ohne auf die offen ersichtlichen Überwachungsgeräte und den unpersönlichen Beton zu achten, stapfte er unablässig von Wand zu Wand, bewegte die ihm fremdartigen Muskeln, drillte seinen

Geist darauf, sich mit ihnen abzufinden. Noch war er längst nicht so stämmig-vierschrötig wie sein Vater, aber er verfügte schon über dessen wuchtig-rohe Körperkräfte. Er erprobte sie durch Liegestützen und Aufsetzübungen, Handstand und Springen. Die gymnastischen Praktiken sowie die Nahkampftechniken, die seine Mutter an der Polizeiakademie gelernt hatte, trainierte er mit einer Hingabe und Beharrlichkeit, bis Schweiß seine Alien-Bordmontur tränkte, seine Hände von sich aus wußten, wie man die Abwehrblockaden und Fauststöße einsetzte. Dann fing er mit dem Hin- und Herstapfen von vorn an.

Zur gleichen Zeit durchforschte er sein Gedächtnis mit einem Starrsinn, den er von beiden Elternteilen geerbt hatte; bemühte er sich ums Erinnern; versuchte er mit purer Verstandeskraft die Lücken zwischen dem, was er wußte, und dem, was er begriff, zu schließen.

Er hatte dem Kassierer mitgeteilt, daß Morn Hyland und Nick Succorso gemeinsam für die VMKP arbeiteten. Jetzt hielt der Kassierer ihn fest, statt ihn Nick oder den Amnion zu übergeben. Bestand dazwischen ein Zusammenhang? Glaubte der Kassierer, ihre Aktivitäten seien gegen ihn gerichtet? Oder hatte er davor Furcht, sich in Anbetracht der mutmaßlichen Pläne Morns und Nicks gegen die Amnion auf die Seite der beiden zu stellen? Wenn er ausschließlich an sich dachte, wie würde er vorgehen, um seine Sicherheit zu gewährleisten? Aus der Kollaboration mit den Amnion Vorteile zu ziehen, war eines; aber eine Infektion mit ihren Mutagenen zu riskieren, etwas gänzlich anderes.

Davies unterstellte, daß der Kassierer nicht die geringste Lust hatte, in einen Amnioni verwandelt zu werden. Den Amnion Gefangene zu verscherbeln, kannte er wohl kaum Skrupel, aber ihnen sich selbst auszuliefern, fiele ihm bestimmt niemals ein. Deshalb mußte er sich alle Optionen offenhalten, bis er wußte, um was es ging. *Einige Leute dagegen glauben, du wärst was wert. Ich werde herausfinden, wie's sich denn nun verhält, ehe ich mir 'ne endgültige Meinung bilde.* Wahrscheinlich war diese Überlegung des Kassierers der Grund, warum Davies noch sein Gefangener war; wieso er sich vorerst in Sicherheit befand.

Deshalb konnte es nur eine Frage der Zeit sein, bis der Kassierer wiederkam, um ihn noch einmal auszufragen. Früher oder später würde er von Davies weitere Informationen über Nick und Morn verlangen.

Je früher, um so lieber sollte es Davies sein. Am liebsten wäre es ihm jetzt sofort gewesen; solange seine Stressfestigkeit ihn noch aufrechthielt.

In seiner Zelle gab es eine Sanitäranlage, aber keine Waschgelegenheit. Er hätte sich gerne gesäubert. Schon eine frische Bordmontur – am besten ein für Menschen geeignetes Modell – wäre ihm recht gewesen. Anscheinend schwitzten die Amnion nicht. Das Kleidungsstück, das man ihm in Station Potential ausgehändigt hatte, hatte keinerlei Saugfähigkeit. Mittlerweile war es dermaßen durchnäßt, daß es ihm, wenn er seine Gymnastik und die sonstigen Übungen machte, die Haut scheuerte.

Voller Erbitterung setzte er unter den Linsen der Kameras seine Körperertüchtigung fort, als bräuchte er sein Lebtag lang keine Pause.

Los, komm, du Lumpenhund! Komm mir wieder deine Fragen stellen! Fordere mich auf, dir zu erzählen, was vorgeht!

Gib mir eine zweite Chance.

Bevor es zu spät ist.

Aber zuletzt bedurfte er doch einer Verschnaufpause. Trotz seiner pränatalen Konditionierung war auch er nur ein Mensch.

Ohne Zweifel weil der Kassierer es so wollte und geduldig genug war, um diesen Zeitpunkt abzuwarten, schlief Davies, als Kassaforts Herr und Meister kam, um mit ihm zu reden.

Mitten in Träumen von Schweiß und Amnin hörte Davies mit einem Mal die ironische Stimme des Kassierers. »Ach, sieh an ... Der unschuldige Schlummer der Jugend.« Zuerst dachte Davies, es sei die Stimme eines Amnioni. Aber was er roch, ähnelte der muffigen Ausdünstung seines Körpers. »Was für ein Genuß, wenn man derartig friedlich schlafen und so geruhsam träumen kann.«

Ein Adrenalinschub schreckte Davies so wirksam wie ein Stromstoß ins Wachsein zurück. Doch er blieb vorsichtig. Er öffnete die Lider mit vorsätzlicher Bedächtigkeit.

Hochgewachsen und dürr wie ein Kadaver stand der Kassierer in seinem unpassenden permanenten Enthusiasmus an der Tür. Diesmal hatte er nur die Frau dabei, die ihn schon beim ersten Mal begleitet hatte, die schöne Frau mittleren Alters; die Person mit der volltönenden Stimme und dem steifen Gang. Vorn im Gürtel der Bordmontur hatte sie einen Stunnerknüppel stecken, als wäre sie sich völlig sicher, ihn nicht verwenden zu müssen.

Davies wußte nichts über sie, nicht einmal ihren Namen. Aber sie war eine Bundesgenossin des Kassierers. Auf Thanator Minor – im Bannkosmos – war jeder angreifbar, der einen Verbündeten nötig hatte.

Vollständig hellwach und gänzlich dazu entschlossen, es zu verheimlichen, tastete Davies mit den Fingern nach dem Rand der Pritsche, um sich daran in eine Sitzhaltung hochzuziehen. »Was wollen Sie?« brummelte er, während er sich das Gesicht rieb, als kostete ihn das Aufwachen beachtliche Mühe.

»Ich möchte ein paar Fragen an dich richten«, stellte der Kassierer mit irreführendem Frohsinn fest. »Sei ein braver Junge und beantworte sie mir.«

Davies bemühte sich um ein schlaftrunkenes Aussehen. »Lassen Sie mich frei, wenn ich's tu?«

Kurz keckerte der Kassierer fröhlich. »Natürlich nicht.«

Mit einem Aufstöhnen streckte Davies sich wieder auf der Pritsche aus. »Warum sollten mich dann Ihre Fragen interessieren?«

»Weil ihre Beantwortung weniger schmerzhaft als gewisse andere Maßnahmen ist«, erklärte der Kassierer mit gutmütigem Lächeln. »Wäre ich ein nachsichtiger Mensch – und das bin ich nicht –, könnte ich dir Drogen verabreichen, die dich zum Singen veranlassen. Oder dir 'n Zonenimplantat in den häßlichen Schädel pflanzen, das dir die Entscheidung abnimmt. Oder es wäre möglich« – er hob die Schultern – »es bei dir mit BR-Chirurgie zu probieren, bis du zur Kooperation bereit bist.«

»Klar, klar ...« Sorglos tat Davies die Drohungen ab. »Das alles könnten Sie machen. Aber ich bin gewissermaßen Handelsware. Sie haben's selber gesagt. Wenn Sie aus Handelsgut Gewinn ziehen wollen, dürfen Sie's nicht beschädigen.«

Einen Moment lang musterte der Kassierer Davies. »Ein ganz rotziger kleiner Flegel, was?« meinte er dann zu seiner Begleiterin. »Vielleicht solltest du ihm verklickern, warum es ratsam ist, uns gegenüber fügsam zu sein.«

Die Frau kannte kein Zögern. »Davies, du bist intelligent genug, um die Lage zu begreifen, in der du steckst. Niemand hat deinen Vater je beschuldigt, ein Dummkopf zu sein, und könnte man deiner Mutter Dummheit nachsagen, hätte sie nie erfolgreich die Polizeiakademie absolviert. Sicherlich bist du nur ein Stück Ware. Aber es kann dir nicht egal sein, an wen du verkauft wirst. Du darfst mir glauben, daß es dir nicht gleich sein sollte.«

»Was hat das mit der Beantwortung der Fragen zu tun?« erkundigte sich Davies. »Sie wollen bloß abklären, wieviel Sie für mich einstreichen können. Sie werden mich doch nicht aussuchen lassen, wem Sie mich verscheuern.«

»So einfach verhält's sich nicht«, fuhr der Kassierer ihn an. Aber zornig klang seine Stimme keineswegs. »Zur Zeit passiert zuviel auf einmal. Es steht zu vieles auf dem Spiel. Mich interessiert nicht, wieviel ich an dir verdienen kann. Ich mache mir Sorgen, daß ich dich dem falschen Abnehmer zuschlagen könnte. Bevor ich weiß, was los ist, kann ich nicht entscheiden, ob ich das Geschäft mit Kapitän Succorso oder den Amnion machen soll.«

»Wirst du an Succorso verkauft«, erläuterte die Frau, »kehrst du zu deinesgleichen zurück. Zu den Astro-Schnäppern. Das heißt, falls deine Behauptung, daß Succorso und Morn Hyland zusammenarbeiten, wahr ist. Aber wenn du den Amnion zufällst, endest du wie Marc Vestabule.«

Davies entsann sich an Vestabule. Noradrenalin zischte wie Statik durch seine Synapsen. Zu stark schwoll der Druck in seinen Adern, als daß er in der Horizontalen hätte bleiben können. Ruckartig schwang er sich von der Pritsche empor und wich an die Wand gegenüber der Tür zurück. Er lehnte sich mit dem Rücken gegen den Beton und drehte sich dem Kassierer zu.

Succorso hatte vor, ihn den Amnion auszuliefern. Davies hatte ihm die Lüge, Nick und Morn arbeiteten zusammen, zum Zweck des blind vorgenommenen Versuchs erzählt, Nicks Position zu schwächen und Morns Einfluß zu erhöhen. Von dieser Warte aus hatte er keinen Grund gehabt, um sich darum zu kümmern, wer ihn bekam.

Doch der Kassierer hatte gesagt: *Zur Zeit passiert zuviel auf einmal.* Wenn es so war, dann könnte der Kassierer zu einer Festlegung gezwungen werden, ob Davies mit ihm kooperierte oder sich dagegen sträubte. Dann möchte die relative Sicherheit, die Davies in dieser Zelle genoß, bald zu Ende sein.

Unter diesen Umständen mußte er sich sehr wohl

dafür interessieren, wem man ihn überließ. Über Nick Succorso führte ein weniger direkter Weg zu den Amnion, ein eventuell weniger unumgänglicher Weg. Nahm er ihn, lebte er vielleicht noch etwas länger. Und womöglich fand er unterwegs dazu Gelegenheit, Nick gehörig eins auszuwischen.

Davies schluckte, um die Verkrampfung in seiner Kehle zu lockern. »Was wollen Sie wissen?« fragte er.

Der Kassierer lächelte. »So ist es besser«, lobte er Davies beifällig. »Ich mag kooperative Zeitgenossen. Fang doch einfach an, indem du mir verrätst, warum Kapitän Succorso Station Potential angeflogen hat.«

In Davies' Brust wummerte das Herz. »Soviel ich weiß«, antwortete er mit dem Nachdruck überschüssiger Kraft und akuter Furcht, »damit Morn mich zur Welt bringen konnte. Sie war schwanger, wußte aber, daß sich an Bord eines Raumschiffs kein Säugling halten läßt. Also sind sie nach Station Potential geflogen. Wegen des dort möglichen Schnellwachstumsverfahren.«

»Wieso?« fragte der Kassierer kurz und bündig. »Was ist an dir Besonderes?«

»Keine Ahnung.« Davies brauchte die Trübseligkeit seines Blicks nicht vorzutäuschen. »Niemand hat's mir erklärt. Kann sein, es hat überhaupt nichts mit mir zu schaffen. Ich meine, nichts mit mir an sich. Vielleicht wollte sie mich ganz einfach bloß haben und konnte sich nur nicht den ganzen Aufwand leisten, den's gekostet hätte, einen ... 'n normalen Sohn zu gebären. Die viele Zeit und Fürsorge.« Vielleicht benötigte sie so dringend einen Verbündeten, daß sie es vorgezogen hat, ihren Geist dem eigenen Kind zu übertragen, statt es eigenständig heranwachsen zu lassen. »Es ist doch denkbar, daß das, was sie und Nick zu erledigen haben, viel zu wichtig ist, um sich mit 'm Säugling zu belasten.«

Der Kassierer zog den Mund schief. »Das ist eine

recht provokative Erwägung, junger Freund. Damit behauptest du, *sie* sei so wichtig, daß sie so etwas von Kapitän Succorso verlangen und auch durchsetzen kann... Sie sei eine so außergewöhnliche Person, daß die Astro-Schnäpper eher das Risiko eingehen, sie an die Amnion zu verlieren, als daß sie zu ihren Wünschen nein sagen. Oder ihre Schwangerschaft müßte ein Bestandteil dessen gewesen sein, was sie zu einer solchen Besonderheit macht. Möglicherweise war sie nur ein Vorwand für den Flug nach Station Potential. Die Bullen müssen ja wohl einen Grund gehabt haben, aus dem sie und Kapitän Succorso dort hingeschickt worden sind.«

»Ich glaube schon«, stimmte Davies lasch zu.

In den Augen des Kassierers glitzerte es. »Sicher kannst du mir bessere Auskünfte erteilen, als solches Zeug von dir zu geben.«

»Nein, kann ich nicht«, widersprach Davies. Es verstimmte ihn, daß seine Stimme dermaßen furchtsam klang, und zudem so schnell. »Wahrscheinlich wissen Sie, wie das Schnellwachstumsverfahren der Amnion abläuft. Ihnen ist bekannt, daß ich das Bewußtsein meiner Mutter habe. Darum nehmen Sie an, ich könnte Ihre Fragen samt und sonders beantworten. Aber bei mir ist eine Art von Gedächtnisschranke vorhanden. Kann sein, 's ist Amnesie. Oder vielleicht sind manche Erinnerungen nicht transferiert worden. Ich kann mich an Morns gesamtes Leben bis zur Vernichtung der *Stellar Regent* entsinnen. Aber da endet die Erinnerung. Darüber hinaus weiß ich nur, was sie mir erzählt hat. Um mir viel zu sagen, hatte sie zu wenig Zeit. Die Amnion waren hinter uns her... Wir sind bis hierher um unser Leben geflohen.«

»Mit anderen Worten, du willst behaupten« – der Kassierer leckte sich mit der Zunge über die schmalen Lippen –, »unser teurer Kapitän Succorso hätte die ebenso kolossale wie gedankenlose Frechheit gehabt, die Amnion in einer ihrer eigenen Raumstationen zu bescheißen. Verstehe ich dich richtig?«

»Das ist noch nicht alles«, bemerkte die Frau. »Er sagt, Succorso hätte etwas so Kostbares zu bieten gehabt, daß die Amnion als Gegenleistung dafür zur Durchführung eines Schnellwachstumsverfahrens bereit gewesen seien. Und dann hätte er sie betrogen, indem er es ihnen nicht gegeben hat.«

»Ist das richtig, Davies?« fragte der Kassierer noch einmal. Seine Augen schimmerten im Licht, spiegelten es wider wie blanker Stahl.

Nun betrat Davies ungefährlicheren Boden. Von wem oder wie die Amnion hintergangen worden waren, konnte der Kassierer unmöglich erraten. »Ich weiß es doch selbst nicht«, entgegnete er, indem er seine Furcht in Schnoddrigkeit wandelte. »Als die Vereinbarung verabredet worden ist, war ich ja noch gar nicht geboren. Ich weiß nur, daß die Amnion uns verfolgt haben. Vor ein paar Tagen wollten sie uns zusammenschießen, aber Succorso ist irgendwie der Salve ausgewichen.«

»Es kann sein, er hält sich an die Wahrheit«, sagte die Frau zum Kassierer. »Vielleicht hinterläßt das Schnellwachstumsverfahren tatsächlich Erinnerungslücken. Uns fehlen ausreichende Kenntnisse, um sicher zu sein. Aber hast du nicht davon gesprochen, Kapitän Succorso sei gerade drauf und dran gewesen, dir ein Angebot zu unterbreiten, als ich bei dir erschienen bin« – sie lächelte spöttisch – »und ihn abgelenkt habe?«

»Doch, wie erwähnt, er stand unmittelbar davor«, bestätigte der Kassierer. »Er hatte sich ein Geschäft ausgedacht. Es ist möglich, er wollte mir dasselbe Angebot machen, mit dem die Amnion von ihm geködert worden sind … Nicht daß ich die Wirkung, die du auf Kapitän Succorso gehabt hast, herunterspielen möchte, aber es waren sicher auch *andere* Faktoren an seiner Verdatterung beteiligt.«

Die Frau hob die Schultern. »Da bin ich weniger sicher. Du hast doch den Ausdruck seiner Fresse gesehen ... Ihn hat fast der Schlag getroffen. Ich bin der Ansicht, du erliegst einem schweren Irrtum, wenn du glaubst, ihm könnte *irgend etwas* wichtiger sein, als sich an mir zu rächen.«

Der Kassierer dachte darüber nach, als wäre Davies gar nicht zugegen. »Dann bezweifelst du die Aussage, daß er zusammen mit Morn Hyland für die Kosmo-Polente tätig ist?«

»Nein, im Gegenteil, natürlich halte ich das für glaubhaft«, erwiderte die Frau in aller Ruhe. »Es ist durchaus möglich. Er hätte damals, als ich zum erstenmal mit ihm zu tun hatte, umkommen müssen. Wie hat er überlebt? Irgendwie muß er Glück gehabt haben ... Er muß geborgen worden sein. Dadurch könnte die Aufmerksamkeit der Astro-Schnäpper auf ihn gezogen worden sein. In der Situation dürfte es für sie leicht gewesen sein, ihn anzuwerben. Dann können sie ihn ausgebildet, ihm ein Raumschiff zur Verfügung gestellt, eine neue Identität verliehen haben, alles eben, was er brauchte. Ich will nicht mehr sagen, als daß sich vielleicht jetzt seine Prioritäten zeitweilig verschoben haben ... Und daß er deswegen« – so lautete ihre letztendliche Schlußfolgerung – »um so gefährlicher ist.«

»Zumindest darin sind wir uns einig«, konstatierte der Kassierer mit seiner Knabenstimme. »Kapitän Succorso ist gefährlich. Wäre er's nicht, bräuchte ich seine Forderung, ihm unseren jungen Freund Davies zurückzugeben, nicht ernstzunehmen.«

Sein langes Pferdegesicht wandte sich erneut Davies zu. »Leider hat deine bemerkenswerte Theorie, daß Kapitän Succorso und Morn Hyland zusammenarbeiten, sie nach Station Potential geflogen sind, um die Amnion übers Ohr zu hauen, sie nach Kassafort zu locken, um eine bis jetzt unerkennbare VMKP-Falle zu stellen, einen kleinen Schönheitsfehler. Im Moment sehen wir mal von der Frage ab, wem sie gelten sollte. Mir? Oder den Amnion? Oder ist alles nur ein Trick, um Kapitän Thermopyle wieder einzufangen? Aber egal. Der Fehler in deiner Theorie ist folgender, junger Freund. Wenige Stunden, nachdem Kapitän Succorso bei mir gewesen ist, um mir sein mysteriöses Angebot vorzutragen, das deinen Rückkauf betraf, hat er persönlich Morn Hyland in der Amnion-Sektion abgeliefert. Seit sich dort die Schleusentüren hinter ihr geschlossen haben, ist sie nicht mehr gesehen worden. Wie erklärst du dir das?«

Ähnlich wie vorher Nick Succorso, allerdings aus anderen Gründen, erlitt jetzt auch Davies fast einen Schlaganfall...

...hat er persönlich...

...und durfte es sich ebensowenig wie Succorso anmerken lassen, er senkte den Kopf, um seine Augen den Blicken des Paars zu entziehen, doch das reichte nicht aus, genauso mußte er verheimlichen, wie seine Muskeln sich strafften und ballten, um ihn an die Gurgel des Kassierers zu schnellen...

...Morn Hyland...

...mußte er die Aufwühlung und den panischen Schrecken verhehlen, die seine Nerven durchglühten, als wären sie Kabel unter Hochspannung, er durfte es sich absolut nicht erlauben, in Geschrei oder gar Toben zu verfallen.

...in der Amnion-Sektion abgeliefert.

Zeigte er nur für einen einzigen Moment, was sich jetzt in seinem Innern abspielte, mußte er zum Berserker werden. Morn *Morn MORN*, würde er schluchzen, den Kassierer und die Frau attackieren, bis sie ihn umbrachten.

»Da bin ich mir nicht sicher«, knirschte er, als wäre seine Kehle voller Sand. »Ich sage Ihnen doch ständig, Morn und ich hatten kaum Zeit zu Gesprächen. An alles, was zwischen der Havarie der *Stellar Regent* und meiner Geburt passiert ist, habe ich keine Erinnerung.«

Nick Succorso hatte seine Mutter den Amnion ausgeliefert. Um sie zu bestrafen, weil sie Station Potential ihren Sohn abgetrotzt hatte; er mit Hilfe des Z-Implantats von ihr genarrt worden war; und weil er die Amnion für sein Unvermögen, ihnen Davies wiederzubeschaffen, zu entschädigen gehabt hatte. Doch *Davies* war es, den die Amnion wollten, nicht Morn. Statt ihrer hätte er zu den Amnion gehen müssen. Außer den wenigen Tagen, die verstrichen waren, seit er seiner ›Wiege‹ entstieg, hatte er nichts zu verlieren; Morn hingegen verlor ein ganzes Leben.

Aber um sie zu retten, war es längst zu spät. Inzwischen hatte ihr genetisches Verhängnis begonnen und sich wahrscheinlich schon vollendet. Selbst wenn er sich nun vor dem Kassierer auf die Knie warf und ihn anflehte, *anbettelte*, an Morns Stelle treten zu dürfen, auch wenn er ihm alles erzählte, was er über sie wußte oder zu wissen glaubte, so daß er erkannte, welchen Wert sie hatte, wäre es zu spät. Nichts konnte sie noch zurückholen.

Nichts ihrer selbst blieb menschlich, ausgenommen der Teil, über den Davies verfügte; der Teil, der seinen Verstand abgab.

Seinen stieren Blick der Beklommenheit konnte er nicht kaschieren, als er den Kopf hob.

»Aber es paßt doch, oder nicht?« fragte er mit dem gleichen rauhen Knurren wie zuvor. »Es steht in einer gewissen konsequenten Übereinstimmung mit allem übrigen, was sie treiben. Zwar sieht's schlimmer aus, aber an sich ist es nichts anderes als der Besuch Station Potentials. Sie scheuen die Löwenhöhle nicht, weil sie dadurch was zu gewinnen haben.«

Achtsam beobachtete die Frau ihn, als entwickelte sie allmählich vor ihm Respekt. »Das ist doch lächerlich«, sagte sie leise.

In Davies' Brust gellte ein Aufheulen, das er nicht zu unterdrücken vermochte. Krampfhaft ballte er die Fäuste, bis ihm die Arme zitterten. *»Hat man denn gesehen, daß sie Widerstand leistete?«* schrie er. *»Hat sie sich gewehrt?«*

Seine Schreie des Grams schienen vom Beton abzuprallen und zu Boden zu sinken. Unvermittelt hatte er sich wieder in der Gewalt. »Oder haben sie unterwegs«, erkundigte er sich nahezu gelassen, »bloß 'n bißchen geplaudert?«

Auch der Kassierer betrachtete Davies mit äußerster Wachsamkeit. Schatten dämpften das Glitzern seiner Augen. »Sie haben nur geschwatzt«, gab er zu. »Mir liegt eine Aufzeichnung vor. Aber die Stimmen sind undeutlich. Ich weiß nicht, worüber gesprochen worden ist.«

»In diesem Fall« – in seiner Verzweiflung mochte Davies nicht einmal auf die abwegigsten oder unwahrscheinlichsten Argumente verzichten – »sollten Sie eventuell die Möglichkeit in Betracht ziehen, daß Morn irgendeinen Schutz aufweist. Es kann sein, daß Succorso die Amnion gar nicht betrogen, sondern mit ihnen 'n Geschäft gemacht hat. Die Verfolgungsjagd kann ja ein Täuschungsmanöver gewesen sein. Vielleicht haben die Amnion eingewilligt, die Finger von ihr zu lassen... Und vielleicht hat sie einen guten Grund, um ihnen zu vertrauen. Oder möglicherweise ist sie immun.«

»Immun?« Der Kassierer wiederholte das Wort mit nur halblauter Stimme; dennoch glich es einem Peitschenknall.

»Die Amnion fabrizieren Mutagene«, antwortete Davies, inspiriert durch die Drangsal seiner Situation. »Warum sollte nicht« – er durchforschte Morns Gedächtnis nach Namen – »Intertech oder irgendeine andere VMK-Forschungsinstitution Anti-Mutagene produzieren können?« Hastig spann er sein Garn weiter, bevor seine Verwegenheit schwinden konnte. »Unter Umständen war das es, was Nick Ihnen anbieten wollte ... Ehe er gestört worden ist.«

Jetzt starrte der Kassierer Davies offenen Munds an. Hinter seinen Zähnen und der Zunge klaffte sein Schlund wie ein Abgrund; wie ein Loch ins Hyperspatium. Als er den Mund zugeklappt hatte, mußte er zweimal schlucken, bevor er ein Wort herausbrachte. »Das ist pures Blech, Sternchen. Er phantasiert sich das zurecht.«

Die Wangen der Frau verfärbten sich; Verblüffung weitete ihr die Augen. »Aber es ergibt einen gewissen Sinn.«

Ruckartig drehte sich der Kassierer ihr zu. »Welchen *Sinn?*«

»Nehmen wir einmal an, es stimmt«, antwortete sie, ohne den Blick von Davies zu wenden. »Gehen wir davon aus, daß Succorso und Hyland zusammenarbeiten. Für die VMKP. Gegen uns.« Ihr Tonfall deutete eine ganze Fülle von Implikationen an. »Und daß sie irgendeinen Typ von Anti-Mutagen haben. Das wäre der Köder, ihr Angebot ... Was den Amnion von ihnen offeriert worden ist. Sie sind nach Potential geflogen, um 'n Geschäft abzuschließen. Hylands Schwangerschaft war nichts als ein Vorwand. Dann haben sie uns angeflogen ... Mit Amnion-Defensiveinheiten im Schlepptau. Und der Sinn all dessen ist unsere Vernichtung ... Kassaforts Vernichtung. Die Amnion wollen das Anti-Mutagen. Succorso und Hyland bieten es ihnen als Gegenleistung für unsere Auslöschung an. Aber die Amnion können nicht hier aufkreuzen und uns einfach atomisieren. Das wäre das Ende ihrer Glaubwürdigkeit bei sämtlichen Illegalen des Human-Kosmos ... Es würfe sie um Jahrzehnte, wenn nicht Jahrhunderte zurück. Also muß ein Rechtfertigungsgrund her.«

Davies musterte die Frau, als erfüllten ihn die Spekulationen, zu denen er sie angestiftet hatte, mit völliger Entgeisterung; aber er unterbrach sie nicht.

»Die Abmachung dürfte folglich so aussehen«, ergänzte sie ihre Gedankengänge, »daß Succorso dir das Anti-Mutagen zum Kauf anbietet. Dann erst, nachdem er Zeit genug gehabt hat, um sich abzusetzen, schießen die Amnion Thanatos Minor zu Schlacke. Und Succorso verbreitet die Darstellung, du hättest mit Anti-Mutagenen gehandelt, Kassafort sei von den Amnion eliminiert worden, um deren Existenz zu vertuschen. Diese Lüge soll die anderen Illegalen soweit beschwichtigen, daß sie mit ihnen im Geschäft bleiben. Daran könnte schiefgegangen sein, daß Succorso es sich anders überlegt hat, als er mich sah. Da war ihm auf einmal Rache wichtiger als die Astro-Schnäpper. Deshalb hat er dir keine Offerte über das Anti-Mutagen unterbreitet. Er hat jetzt andere Absichten. Natürlich wollen die Amnion diesen Rückzieher nicht hinnehmen. Sie haben Marc Vestabule zur *Käptens Liebchen* delegiert und Hyland zur Geisel verlangt... Als Garantie dafür, daß Succorso seinen Part der Vereinbarung einhält. Solang er sich keine Mätzchen erlaubt, droht ihr keine Gefahr.«

Stumm hoffte Davies, daß der Kassierer ihr Glauben schenkte. Zu gerne hätte er selbst ihr geglaubt.

»Aber das erklärt doch noch immer nicht...«, setzte der Kassierer zum Einspruch an.

»Hör zu«, fiel die Frau ihm ins Wort. »Die Sache *ergibt* einen logischen Sinn. Politiker denken genau wie du. Der schnellste Weg, um Erfolg zu haben, verläuft mitten zwischen den Gegnern. So ein Vorgehen ist jedoch weniger effektiv, wenn die Gegner tatsächlich im Kampf stehen. Um sich den Erfolg zu sichern, braucht man einerseits den Konflikt, andererseits aber auch Frieden – nämlich die Art von Frieden, die den Konflikt aufrechterhält. Succorso und Hyland verschaffen beiden Seiten etwas, das sie wollen. Die Astro-Schnäpper servieren uns ab, und die Amnion bekommen das Anti-Mutagen. Dadurch wird auf kurze Sicht ein Krieg unwahrscheinlicher, und langfristig werden beide Parteien gestärkt. Hättest du an Holt Fasners Stelle nicht etwas ganz ähnliches ausgeheckt?«

Nun konnte der Kassierer sich nicht mehr beherrschen. »Aber wir haben keine Veranlassung zu der Annahme, daß es wirklich so ist«, keifte er wie ein störrisches Kind. »Bloß weil 'n verängstigtes Würstchen mit 'm transferierten Verstand es behauptet, muß es noch lange nicht so sein! Soviel *wir* wissen, kann er sich alles ausgedacht haben. Vermutlich will er uns bloß Angst einjagen, weil er meint, je mehr Befürchtungen wir haben, um so länger halten wir ihn fest, und solange wir ihn bei uns behalten, ist er in *Sicherheit*.«

»Dann erkläre mir mal folgendes.« Nun wandte die Frau sich ihrerseits dem Kassierer zu. Keiner der beiden beachtete noch Davies. »Wieso kungelt Succorso mit Thermopyle und Taverner? Offensichtlich planen sie irgend etwas. Aber was? Und warum? Die Kombi-Montan hat Thermopyle nur erwischt, weil er mit Taverners Hilfe von Succorso geleimt worden ist. Was haben die drei jetzt zu bequatschen?«

»Ich kann's dir nicht sagen.« Wackelig schüttelte der Kassierer den länglichen Schädel. »Weißt du's?«

Die Frau verkniff die Lider. »Sind sie denn nicht belauscht worden? Was ist mit deinen vielen Observationsgeräten, deiner Meldertruppe? Wozu taugen sie überhaupt, wenn dermaßen wichtige Angelegenheiten ihnen entgehen?«

Der Kassierer zuckte die Achseln, als empfände er leichte Verlegenheit. »Sie haben in 'm öffentlichen Lokal gesessen. Ich bin mir sicher, nicht aus Zufall. Es hatte dort reichlich Hintergrundgeräusche. Und Kapitän Thermopyle hatte was gegen die Melderin, die ihm am nächsten war, und hat sie weggescheucht. Das war meines Erachtens auch kein Zufall – obwohl ich mir nicht vorstellen kann, woran sie von ihm erkannt worden ist –, denn etwas später gab sie das Ziel einer der notorischen Verführungsaktionen Kapitän Succorsos ab, und da wußte er genügend über sie, um ihren Sender kaputtzumachen. Zusätzlich trat an einigen Observationsanlagen des Lokals ein Defekt auf. Zumindest *das* sieht bisher noch nach 'm Zufall aus.«

Falls die Frau überrascht war, zeigte sie es nicht. »Wofür hat er sie gebraucht?«

Die Weise, wie der Kassierer den Mund verzog, bezeugte Widerwillen. »Zum Ficken natürlich. Aber zudem hat er sie eingeschüchtert, anscheinend um von ihr die Information zu erpressen, wo unsere ›Ware‹ ist. Soweit ich's feststellen kann, war das der einzige Beweggrund, um ihren Sender zu beschädigen ... Die Absicht, meine ich, sie einzuschüchtern. Sonst hätte er sie nicht am Leben gelassen, und ich hätte nicht von ihr erfahren, was vorgefallen ist.«

»Na klar.« Nachdrücklich nickte die Frau. »*Dann* paßt tatsächlich alles zusammen. Diese Verführung und Desaktivierung der Melderin diente bloß zur Ablenkung. Er will dich verwirren. Ich glaube, mir ist klar, wofür er Thermopyle und Taverner in Wahrheit braucht ... Er will, daß sie ihn gegen mich unterstützen. Momentan ist seine Position zu schwach. Sein einziges Druckmittel ist das Anti-Mutagen. Er rückt es nicht raus, obwohl er dadurch Ärger mit den Amnion riskiert, weil er sonst nichts in der Hand hat. Aber kann er Thermopyle dazu überreden – oder sonstwie dahin bringen –, ihm behilflich zu sein, hat er einen Komplizen. Dann findet er eine Gelegenheit, um sich zu rächen, und kann sich trotzdem an die ursprüngliche Planung halten.«

Der Kassierer erwiderte ihren Blick noch einen Moment länger. Dann kehrte er sich gemächlich wieder Davies zu.

»Nun?« fragte der Kassierer beinahe im Flüsterton.

»Mit dir hat das alles angefangen. Was sagst du zu der Tatsache, daß Kapitän Succorso mit deinem Vater im Vergnügungsviertel beim Saufen gesehen worden ist?«

Davies konnte kaum noch sprechen. Seine Mutter war durch Nick Succorso den Amnion aus Motiven überlassen worden, die keineswegs mit Anti-Mutagenen zusammenhingen. Davies fühlte sich infolge ihres Verlusts verwaist und zertreten. Und die Reaktion auf seine Lügen war geradezu dramatisch – so hochgradig dramatisch, daß er ihr fassungslos gegenüberstand. Die ersten paar Male, als der Kassierer und die Frau Angus Thermopyles Namen nannten, hatte er auf ihn keinerlei Eindruck gemacht. Er hatte in seinem Vater stets etwas Unreales gesehen; ihn als abstrakte Konzeption empfunden; als Menschen betrachtet, den es genausogut nie gegeben haben könnte.

Doch nachdem die zwei sich eben von neuem an Davies gewandt, seinen Vater wieder erwähnt hatten, begriff er nach und nach, was sie sagten. Kapitän Angus Thermopyle war da. Zusammen mit einem Mann namens Taverner.

Wie aus dem Nichts erschien plötzlich Davies' Vater, gerade als er seine Mutter verloren hatte.

Sein Herz vollführte einen Satz, als bestünde zwischen den beiden Ereignissen eine Verknüpfung.

Freilich galt Angus Thermopyle als üble Person. Schon Morn selbst hatte es klargestellt. Und Nick Succorso hatte ihn als *Piraten, Schlächter und billigen, kleinen Dieb* bezeichnet. Er war genau die Art von Subjekt, deren Bekämpfung Morn – und mit ihr Davies – das Leben gewidmet hatte.

Dennoch war und blieb er Davies' Vater.

Seine Ankunft hatte für Davies Bedeutung.

Davies durfte die Aufforderung des Kassierers nicht ignorieren – und nicht zeigen, was er dachte und fühlte. Mit einer energischen Willensanstrengung bändigte er seine Betroffenheit. »Ich wußte nicht, daß mein

Vater hier ist«, gab er, wobei er dem Kassierer fast in die Augen sah, gedämpft zur Antwort. »Er säß im Gefängnis der KombiMontan-Station, dachte ich. Ich war mir nicht mal sicher, ob er noch lebt.«

»Das beantwortet mir nicht meine Frage«, beanstandete der Kassierer unwirsch.

»Doch, wohl.« Davies ließ seiner Stimme Trotz einfließen. »Ich bin meinem Vater noch nie begegnet. Ich erinnere mich nicht an ihn. Wie soll ich wissen, was er und Kapitän Succorso miteinander zu schaffen haben?« Aber dabei ließ er es nicht bewenden. Die Kumpanin des Kassierers hatte ihm einen nützlichen Hinweis gegeben. »Vielleicht ist es so, wie sie's sagt«, fügte er in zunehmend bittereren Tönen hinzu. »Es ist doch denkbar, daß Succorso ihn braucht, um das Gerücht in die Welt zu setzen, Sie hätten 'n Anti-Mutagen zu verkaufen.«

»Verflucht noch mal!« brauste der Kassierer auf wie ein Jüngelchen, das sich in Kraftworten übte. »Euch soll beide der Teufel holen! Ihr macht mich ja völlig zipfelsinnig. Wie viele Rankünen und Verschwörungen meint ihr eigentlich in Situationen entdecken zu können, über die ihr so gut wie gar nichts wißt?! Du« – sein langer Schädel ruckte in die Richtung der Frau – »stützt deine Mutmaßungen ausschließlich auf das, was du von einem per Schnellwachstumsverfahren aufgezogenen, vor Grausen gänzlich konfusen Lümmel zu hören bekommst, der wahrscheinlich nicht mal recht bei Sinnen ist. Und *du*« – mit dem Finger wies er auf Davies – »gibst selber zu, daß du Lücken im Gedächtnis hast, wo Fakten sein müßten. Ich soll dir glauben, daß du von nichts 'ne Ahnung hast, was zwischen der Vernichtung der *Stellar Regent* und deiner Geburt vor 'n paar Tagen passiert ist, aber gleichzeitig willst du von mir ernstgenommen werden, wenn du über Vorgänge *spekulierst,* derer du dich überhaupt nicht entsinnen *kannst.* Das ist ja keine Befragung, das ist eine *Farce!*«

Davies blinzelte, als wäre er den Tränen nah. Die Frau ging auf die Vorhaltungen des Kassierers mit keinem Wort ein.

Wie ein Geschlacker von Gelenken und Gliedmaßen schwang der Kassierer sich ruckhaft zu ihr herum. »Ich überlasse die Sache dir«, sagte er durch die Zähne. »Daß Kapitän Succorso gefährlich ist, wissen wir beide. Wir sind uns auch darin einig, daß er sich an dir rächen will. Also ist deine Lage ebenso bedrohlich wie meine. Es ist nun deine Aufgabe, die Wahrheit aufzudecken.«

Ein zweites Mal deutete der Kassierer auf Davies. »Nimm ihn gründlich in die Mangel, wenn's sein muß. Im Gegensatz zu Kapitän Succorso nehmen die Amnion durchaus beschädigte Ware an. Solang er 'n Mensch ist, sind ihnen Kleinigkeiten nicht so wichtig. Oder schnapp dir einige Leute der *Käptens Liebchen* und nimm *sie* in die Mangel. Wie du's machst, ist mir gleich. Aber finde die Wahrheit heraus. Sobald du etwas weißt, mit dem wir was Konkretes anfangen können, komm unverzüglich zu mir.«

Ohne eine Entgegnung abzuwarten, ging der Kassierer aus der Zelle.

Die Frau schenkte ihre Beachtung erneut Davies. Ihre Hand ruhte locker auf dem Griff des Stunnerknüppels.

So finster und streitbar wie sein Vater hielt Davies ihrem Blick stand.

»Vielleicht fragst du dich«, meinte sie mit verhaltener Kontraaltstimme zu ihm, während sie ihn streng musterte, »warum Kapitän Succorso sich an mir rächen möchte. Ganz einfach. Ich bin es, die ihm seine Narben eingeritzt hat. Aber wenn ich sehe, wie du mich anschaust, denke ich mir unwillkürlich, hätte er damals solche Blicke um sich geworfen wie du, hätte ich ihm keine Narben verpaßt. Dann wäre er auf der Stelle von mir gekillt worden ... Ich komme wieder, wenn ich mir etwas überlegt habe, wie ich von dir die Wahrheit erfahren kann.«

Sie ließ Davies allein.

Die Tür rollte zu. Er hörte, wie man sie absperrte.

Die Observationsgeräte beobachteten ihn, als wäre das Verhör noch in Gang.

Wehen Herzens, aber dazu entschlossen, nichts preiszugeben, streckte er sich auf der Pritsche aus, bedeckte die Augen und tat so, als ob er sich ausruhte.

ERGÄNZENDE DOKUMENTATION

ERD- UND KOSMOS-REGIERUNGSKONZIL

In gewisser Beziehung war das Erd- und Kosmos-Regierungskonzil eine Zufallsorganisation. Niemand gründete es; es wuchs schlichtweg im Laufe der Jahre zusammen. Und während des Heranwachsens unterlag es Veränderungen und Verbesserungen, ähnlich wie eine Klette, die eine Gruppe Biogenetiker willkürlich für ein Experiment ausgewählt hatten, um abzuklären, ob Unkraut Äpfel tragen könnte, Mutationen und Veredelungen unterzogen werden mochte.

Wie jede zufällig entstandene Organisation achtete das EKRK entschieden auf die Absicherung seiner Position. Als Reaktion auf den Sachverhalt, daß an seiner Form nichts organisch oder unvermeidlich war – nicht einmal an seiner Existenz an sich – nahm das Konzil sich außerordentlich ernst. Die Konzilsdeputierten debattierten über Politik, verabschiedeten Gesetze, genehmigten Firmenstatuten und beeinflußten korrektiv die Rechtsprechung, als stünde die Autorität der gesamten Menschheit hinter ihnen; als hätten sie die Verantwortung für das Überdauern und die Unantastbarkeit des ganzen Menschengeschlechts.

Als bürokratisches Ganzes blieb das EKRK blind für die Realitäten sowohl der Historie wie auch der Politik.

Die historische Realität war, daß das Konzil seinen Beginn nicht als Kraft zur Steuerung von Ereignissen nahm, sondern zum Zweck der Reaktion auf Geschehnisse. Mehrheitlich hatten die EKRK-Deputierten längst vergessen, daß man ihre politische Körperschaft einmal als kleine Unterabteilung einer anderen Regierungsinstitution geschaffen hatte.

Während der Periode der irdischen Histrorie, in der kommerzielle Unternehmen und quasikommerzielle Konglomerate mit der Etablierung von industriellen Betrieben und Forschungseinrichtungen im Weltall anfingen, wurde den unabhängigen Nationen allmählich bewußt, daß ihre Bestrebungen nach einer Art von Agentur verlangten, die die Vielzahl von Starts, Trajektorien und Umlaufbahnen koordinierte; um beispielsweise zu sichern, daß Firmen wie die Forschungs- und Erschließungsgesellschaft Intertech oder die AstroLabor AG keine Raumstationen bauten, die sich gegenseitig bei ihren Tätigkeiten behinderten oder sogar – im ärgsten Fall – eines Tages kollidierten. Die ursprüngliche Koordinationsagentur diente praktisch nur als Flugzentrale zur Weiterleitung von für Raumstarts und Kreisbahnen relevanten Daten; als Mittel zur Katastrophenverhütung.

Innerhalb kurzer Zeit übernahm sie jedoch eine naheliegende zusätzliche Funktion: sie entwickelte sich zur Schlichtungsinstanz für Streitfälle. Ihre schriftlichen Ratschläge und protokollarischen Empfehlungen gewannen immer größere Anerkennung, bis sie die Gültigkeit von Gesetzen hatten. Allgemein erachtete man diesen Trend als positiv, weil er die Möglichkeit bot, Meinungsverschiedenheiten beizulegen, ohne deshalb den umständlichen Aufwand, die zahlreichen Regierungen der Erde zu bemühen, betreiben zu müssen. Aus diesem winzigen Keim ging zum Schluß das monolithische Gewächs EKRK hervor.

Indem die Konkurrenz um die letzte große Rohstoffquelle der Erde – den Weltraum – immer verzweifelteren Charakter annahm, bekam das Wirken der Agentur stets maßgeblichere Bedeutung; gelegentlich nutzte man sie als Hebel, um sich Vorteile zu erschachern, häufiger jedoch als Mittel, um zu verhindern, daß Konkurrenten Vorteile erlangten. In dieser Phase setzte der Prozeß ein, den man als ›Hybridisierung‹ bezeichnete: selbstständige irdische Nationen und Wirtschaftsunternehmen gleichermaßen forderten, in der Koordinationsagentur durch ständige ›Repräsentanten‹ vertreten zu sein. Sie wollten dort ihre eigenen Leute sitzen haben, um ihre Interessen zu wahren.

So absehbar die Tendenz auch gewesen war, beim anfänglichen Etablieren der Agentur hatte man damit nicht gerechnet. Weil der Kosmos nicht nur ein physikalisches Vakuum war, sondern auch ein Politikum, drohte bald, indem Regierungen und Konzerne nach Sitzen für ihre Repräsentanten riefen, Chaos die Effektivität der Agentur zu sabotieren.

Diese Gefahr wurde jedoch beseitigt, als man der Agentur das Recht zugestand, selbst zu bestimmen, wen sie vertrat, welche Organisationen und Interessenten einen Platz in ihrem Entscheidungsgremium haben durften. Obwohl diese Lösung in vielerlei Hinsicht als äußerst vernünftig gelten konnte, hatte sie mit der Zeit zum Ergebnis, daß sie die Agentur wesentlich mächtiger und erheblich größer als die Bürokratie machte, der sie ihren einstigen Ursprung als unbedeutende Unterabteilung verdankte. Infolgedessen konnte die Agentur sich binnen kurzem als eigenständige, unabhängige Institution rekonstituieren und trug von da an den Namen Kosmisches Regierungskonzil.

Trotzdem blieb es noch bei dem alten Schema des Reagierens auf Geschehnisse, anstatt sie zu antizipieren. Die einzige vielversprechende Zukunft der Menschheit lag im All. Schon vor der Erfindung des Ponton-Antriebs, aus dem ein Zustrom frischer Ressourcen und ein Füllhorn neuer Möglichkeiten resultierten, und ebenso vor dem Kontakt zu den Amnion, aus dem sich ein abstruses Gemisch aus Bereicherung und Bedrohung ergab, kannte die Erde keine Hoffnung, die sich nicht auf den Weltraum gerichtet hätte.

Und das KRK war für das Weltall verantwortlich; damit maß man ihm mittelbar auch die Verantwortung für die Erde zu.

Wie man ebenso hätte vorhersehen können, blieb das Konzil auf Dauer seine Verpflichtungen im vollen Umfang zu erfüllen außerstande, solang es seine Verantwortlichkeit nicht auf die Funktion einer Beaufsichtigung nicht allein der Aktivitäten der beteiligten Nationen und Firmen im All, sondern zudem ihrer Politik auf der Erde ausdehnte; und doch kam es eher beiläufig zur Wahrnehmung dieser Aufgabe.

Unterdessen gestatteten die irdischen Verhältnisse es den Regierungen gar nicht mehr, den allmählichen Übergang der administrativen Gewalt an das Konzil zu vermeiden. Indem sie angesichts der Abhängigkeit vom Weltraum klug die Not zur Tugend erhoben, zogen sie es vor, den Verlust ihrer Autorität nicht als Machtverschiebung, sondern lediglich als Namenswechsel einzustufen. Woher stammten denn die Konzilsangehörigen? Natürlich von der Erde. Der eine oder andere Delegierte mochte von einer Raumstation kommen; trotzdem blieb er im Prinzip ein Repräsentant der Erde. Darum mußten die irdischen Nationen keine grundlegenden Einbußen ihrer Gesamtherrschaft hinnehmen. Ihre Führer nannte man schlichtweg fortan nicht mehr Präsidenten oder Diktatoren, sondern Konzilsdeputierte; der einzige Unterschied bestand darin, daß sie ihre Macht über einen enorm vergrößerten Bereich ausübten.

In der Praxis jedoch waren im Konzil nur relativ wenige irdische Nationen und Firmen wirklich vertreten. Ihre Zahl wäre für effektive Arbeit zu groß gewesen. Aus diesem Grund nahm das KRK sowohl auf der Erde wie auch im All eigene Unterteilungen vor. Es faßte die Nationen der Erde in etwas willkürlicher Einteilung zu sechs klar abgegrenzten Gruppierungen zusammen: den Vereinten Westlichen Block, die Ostunion, den Pazifischen Staatenbund, die Allianz Asiatischer Inseln und Halbinseln, in Kontinental-Afrika und eine Gruppierung mit der drolligen Benennung Alteuropa. Dagegen durfte jede Raumstation außerhalb des Sonnensystems einen eigenen Vertreter entsenden: Aleph Grün, Orion-Sphäre, Kosmo-Industriezentrum Valdor, KombiMontan, Terminus, Sagittarius OHG, Beteigeuze Primus, AstroLab Annexia und Hoher Auslug. In Anbetracht der weit höheren Bevölkerungszahl der Erde wurden allerdings jeder der sechs irdischen Gruppierungen zwei Deputierte, den Raumstationen dagegen nur jeweils ein Repräsentant zugesprochen.

Anstatt durch politische Bestimmung oder öffentliche Willensbildung gedieh das KRK durch stillschweigende Billigung zum Erd- und Kosmos-Regierungskonzil.

Die politische Realität war, daß man das Konzil eindeutig nur unter der Prämisse überhaupt mit Autorität versah, daß es nie effizienten Einfluß haben sollte. Die Wirtschaftsführer, die das Zustandekommen des Konzils förderten und seinen Ausbau ermöglichten, verfuhren selbstverständlich im Interesse ihrer Unternehmen so, und nicht, um sich selbst Beschränkungen aufzuerlegen.

Zum besseren Verständnis der Situation sollte man sich an die Stelle eines Mannes wie Holt Fasner und in die Zeit versetzen, als die Erde an Selbsterdrosselung zu sterben drohte und die Forschungs- und Erschließungsgesellschaft Intertech noch nicht lange existierte. Einerseits konnte er keinesfalls, außer er wäre mit Hellsichtigkeit begnadet gewesen, die Erfindung des Ponton-Antriebs oder den Kontakt mit den Amnion voraussehen. Andererseits war leicht ersichtlich, daß die Erde selbst sowohl das schwerste Einzelhindernis ihrer eigenen Zukunft wie auch die ernsteste Einzelbedrohung für das Wachstum seines Unternehmens verkörperte.

Infolge des unersättlichen Bedarfs des Planeten mußte die Erde jede Entwicklung und jede Erfindung zur Belanglosigkeit verurteilen, die eine Größenordnung unterhalb einer interstellaren Raumfahrt oder eines Alien-Kontakts hatten. Und zu dem wirkten sich die Vorurteile und Grenzen des ausschließlich irdisch orientierten Denkens – als Beispiel seien nur die Genophobie angeführt – bei jedem Forscher und jeder Firma als Hemmnis für Neuerungen oder Entdeckungen aus, deren Tragweite sich geeignet hätte, um die Gier der Erde zu stillen.

Männer wie Holt Fasner erkannten von Anfang an die Notwendigkeit, den Weltraum der irdischen Machtpolitik zu entziehen.

Dies Ziel verwirklichten sie, indem sie die ursprüngliche Raumfahrt-Koordinationsagentur so umfangreich veränderten und umgestalteten, bis daraus das EKRK geworden war; in jeder Periode dieses Entwicklungsprozesses lieferten sie die Ideen – und die erforderlichen Stimmen –, die es dem Konzil ermöglichten, seinen Einfluß auf die Erde geltend zu machen, statt der Erde eine Beeinflussung der Vorgänge im All einzuräumen.

Gleichzeitig jedoch hatten Menschen wie Holt Fasner keine Neigung, ein Sortiment administrativer Hemmschuhe nur gegen andere, ähnliche Bremsklötze auszutauschen. Die Macht, die man nach und nach dem EKRK einräumte, mußte sich, duldete man ihre ungebändigte Entfaltung, vom Vorteil in eine Gefährdung umwandeln. Eben weil das Konzil für Leute wie Holt Fasner so viele Probleme behob, war es für sie gefährlich.

Darum mußte die Anzahl der Konzilsdeputierten gering und überschaubar gehalten werden. Und es war nötig, jederzeit einen signifikanten Anteil der ›Stimmen‹ für sich reserviert zu haben; es mußte die Gewißheit bestehen, daß genug Deputierte für die Menschen eintraten, die sie wirklich repräsentierten, und nicht etwa für die, von denen sie gewählt wurden. In einigen Fällen ließ diese Anforderung sich leicht erfüllen. Zum Beispiel gehörte die KombiMontan-Station zu den Vereinigten Montan-Kombinaten; folglich setzte der Deputierte der KombiMontan sich zwangsläufig für die Interessen der VMK ein. In sonstigen Fällen kam man nicht an Druckausübung vorbei. Und in wieder anderen Fällen nicht daran, die ›Stimmen‹ kurzerhand zu kaufen.

Aber egal, auf welche Weise man an die nötigen Mehrheiten zustandebrachte, der Zweck dieser Mehrheiten blieb immer derselbe: zu sichern, daß die wahre Macht auf der Erde und im Kosmos nicht von der VMK ausging, sondern Personen wie Holt Fasner.

Die Ernsthaftigkeit, mit der das Konzil seine Funktionen ausübte, stand in direkter Proportion zu seiner Weigerung, die Realitäten der eigenen Position anzuerkennen.

Darin lag Holt Fasners größte Stärke – und vielleicht seine einzige Schwäche.

MIN

Keine zwei Stunden nach Warden Dios' Videokonferenz mit dem Erd- und Kosmos-Regierungskonzil flog Min Donner, gelegentlich seine ›Henkerin‹ genannt, in einem VMKP-Shuttle vom VMKP-HQ hinunter zur Erde; hinab zu einer Insel namens Suka Bator im Archipel der Allianz der Asiatischen Inseln und Halbinseln, wo das EKRK den ausgedehnten Komplex von Anlagen errichtet hatte, von dem aus es die Menschheit zu regieren und zu schützen meinte.

Die Computerlogbücher und Deklarationen des Shuttles verzeichneten nicht, daß sich die Direktorin der Operativen Abteilung der VMKP an Bord befand. Sie stand lediglich auf der Liste eines Teams von Datensachbearbeitern und Rechtsexperten, die Dios dem EKRK schickte, um die in der Videokonferenz gemachten Enthüllungen mit Informationsmaterial zu erhellen – beziehungsweise zu verdunkeln. Niemand meldete ihre Ankunft; niemand holte sie ab. VMKP-Mitarbeiter, die sich zur Unterstützung des EKRK-Schutzdienstes auf der Insel aufhielten, erkannten sie allem Anschein nach nicht; wenigstens reagierten sie nicht auf ihren Anblick. Statt dessen winkte man sie so achtlos wie den Rest der Abordnung durch die Abfertigungsschalter und Kontrollposten.

Natürlich gab es auch keine Veranlassung zu erhöhter Vorsicht. Von der Sekunde an, als das Shuttle vom VMKP-HQ ablegte, bis zum Augenblick der Landung auf Suka Bator war es ununterbrochen in der Erfassung der Radarstationen gewesen. Das EKRK hatte vielerlei Sorgen, aber nicht die Besorgnis, daß vom VMKP-HQ irgendwelche Übeltäter kommen könnten. Attacken gegen die Autorität des EKRK sowie handfeste Anschläge auf das Konzil fanden nicht seitens der Polizeikräfte statt, sondern durch politische Randgruppen der Erde; die Urheber waren Libertarier, die etwas gegen die Hegemonie der VMK und VMKP hatten, Genophoben mit ausgeprägter Gegnerschaft gegen alle Kontakte zu den Amnion, Pazifisten mit ihrer Ablehnung der ›Militarisierung‹ des Kosmos, oder Transnationale Terratreue, die gegen die Abhängigkeit der Erde vom Weltraum opponierten. Im Namen ihrer Überzeugungen war jede dieser und anderer Gruppen zum Terrorismus fähig. Die VMKP scheute keine Mühe, um den EKRK-Schutzdienst dabei zu unterstützen, Gewalt von der Insel fernzuhalten.

Abgesehen von ihrem herrischen Auftreten und dem gespannten Allzeitbereit ihrer Bewegungen hatte kein Wächter oder Funktionär irgendeinen Grund, um für Min Donner einen zweiten Blick zu erübrigen.

Daß man sie auf Suka Bator kannte, verstand sich allerdings von selbst. Jeder Konzilsdeputierte und ein Großteil ihres Personals hätten sofort gewußt, wer sie war; aber Min gab ihnen dazu gar keine Gelegenheit. Aus dem Foyer des Gebäudes, in dem die Konzilsdeputierten ihre Büros hatten, betrat sie eine Treppe, die zu einem Notausgang hinaufführte und die deshalb buchstäblich nie irgend jemand benutzte. Dank ihres Codes passierte sie Türen, deren Öffnen normalerweise Alarm hätte auslösen müssen.

Wenn es sich einrichten ließ, beabsichtigte sie den Besuch auf Suka Bator in vollständiger Geheimhaltung durchzuführen.

Ganz gleich, wie tief Warden Dios' Einlassungen sie erschüttert hatten, sie bewahrte ihm die Treue. Dieselbe Entschiedenheit, mit der sie auf nahezu fanatische Weise die Tadellosigkeit der OA sicherte, sie frei von den Fragwürdigkeiten zu halten, die der Abteilung Datenaquisition wie Gestank anhafteten, erlaubte es ihr, die persönlichen Weisungen des Polizeipräsidenten möglichst einwandfrei zu befolgen. Das alte Gebot, das schon in früheren Zeiten die Polizeiorganisationen der menschlichen Gesellschaft hatte leiten sollen – das Anliegen, ›Freund und Helfer‹ zu sein –, war nirgendwo in ihren Dienstpapieren schriftlich fixiert: es war ihr ins Blut geschrieben.

Keineswegs war sie über alle Zweifel erhaben; am wenigsten jetzt, da der ganze Charakter der Organisation, der sie ihr Leben gewidmet hatte, in Frage stand. Aber sie wußte mit der Klarheit unverfälschter Überzeugung, daß Zweifeln und Handeln füreinander grundsätzlich irrelevant blieben.

Sie fühlte sich nicht für Dios' Integrität verantwortlich, und ebensowenig für die Reputation der VMKP. Ihre Verantwortung betraf sich selbst und die OA. Und da hatte sie den Freiraum ihres Handelns: die Gelegenheit, sich schlicht und einfach voll und ganz für die Pflichten und Ziele ihrer Position zu engagieren. Zweifel waren etwas, das sie im Namen ihres Dienstes an Warden Dios, der Operativen Abteilung, der Vereinigte-Montan-Kombinate-Polizei sowie der Menschheit beiseiterückte.

Diese Einstellung war für sie von grundlegender, wesentlicher Bedeutung. Ohne diese Haltung wäre sie handlungsunfähig gewesen. Zweifel waren ihrer Natur nach zerstörerisch: sie zerfraßen alles. Die jüngsten Vorgänge gaben dafür einen hervorragenden Beweis ab. Im Laufe der Videokonferenz mit dem EKRK hatte Warden Dios ihr Anlaß zum Anzweifeln seiner Ehrbarkeit geboten. Aber andere Dinge, die er sagte und tat – beispielsweise der Auftrag, mit dem er sie auf die Erde geschickt hatte – begründeten wiederum Zweifel an dem Bild seiner Person, das er dem Konzil vorgespiegelt hatte. Wem sollte sie glauben: dem Privatmann, auf dessen Wunsch sie zur Erde geflogen war, oder dem Polizeipräsidenten, der sich im Effekt selbst beschuldigt hatte, aus taktischen Erwägungen Menschenhandel zu betreiben, Morn Hyland im Stich gelassen zu haben, deren Schicksal Min Donners treues, kompromißloses Herz ein Weh verursachte, als hätte ein Dolchstoß es getroffen?

Ließe sie Zweifel ihr Handeln bestimmen, wäre sie als OA-Direktorin nutzlos. Sie brauchte einen anderen Maßstab für ihre Entscheidungen.

Für sie hieß dieser Maßstab: *Dienst.*

Gegenwärtig versah sie ihren Dienst, indem sie sich verstohlen wie eine Terroristin in die Etage des Gebäudes schlich, die die Büros der beiden Konzilsdeputierten des Vereinten Westlichen Blocks umfaßten. Ginge es nach ihr, sollte niemand außer dem Mann, dem ihr Besuch galt, von ihrer Anwesenheit erfahren.

Dieser Mann war VWB-Konzilsdeputierter Kapitän Sixten Vertigus. Min hatte den Termin schon vor etlichen Stunden mit ihm verabredet, lange vor Dios' Videokonferenz. Falls er es sich nach dem, was ihm von ihr mitgeteilt worden war, nicht doch noch anders überlegt hatte, mußte er bereits auf sie warten.

Allein, wenn es sich machen ließ.

Anhand eines kleinen Sensors, den sie in der Faust verbarg, stellte sie fest, der Flur hinter der nächsten Tür war menschenleer: ein Normalzustand, weil der Flur ausschließlich zum Notausgang führte. Die erste wirkliche Bewährungsprobe für Mins Planung – und Kapitän Vertigus' Planung – stand bevor, wenn sie die Tür durchquert, den Flur durchmessen hatte und um die Ecke bog. Bisher hatte ihr Weg die VWB-Rezeption gemieden, eine offene Anlaufstelle für Sekretärinnen, Speichellecker und Neuigkeitenjäger. Doch es gab keinen Korridor im EKRK-Komplex, in dem man nie irgend jemand begegnet wäre. Hinter der Ecke müßte Min eigentlich die Schar der Rechtsberater und sonstigen Mitarbeiter des Konzilsdeputierten passieren.

Aber Kapitän Vertigus hatte darin eingewilligt, für die Abwesenheit seines Personals zu sorgen, damit Min Donner ihn ungesehen aufsuchen konnte.

Also, hatte er sich daran gehalten, oder nicht? Min hörte keine Stimmen; die Sensoranzeige ermutigte jedoch weniger. Wenigstens eine Person befand sich in Meßweite des Instruments...

Alles hing von der Geheimhaltung ab. Was Warden Dios zu erreichen hoffte, würde unverwirklichbar, sollten irgendwelche Gerüchte über eine Zusammenkunft Min Donners mit Kapitän Vertigus an die falschen Ohren dringen. Vertraute Sekretäre waren manchmal zuverlässig verschwiegen; Rechtsberater nie. Und schneite zufällig ein Neuigkeitenjäger herein, liefe das auf ein Desaster hinaus.

Lautlos wie Öl glitt Min an der Wand entlang und spähte um die Ecke.

Hashi Lebwohl hatte versprochen, auf den winzigen Sender sei Verlaß. Zum erstenmal ärgerte es Min nicht, daß er recht behielt. Nur eine Person, zehn Meter entfernt...

Sämtliche Arbeitsnischen und Schreibtische waren verlassen. Allein hockte Sixten Vertigus auf einer Tischkante; offensichtlich wartete er auf Min.

Als er sie sah, winkte er ihr zu und ging in sein Büro.

Während des ein, zwei Herzschläge lang dauernden Wegs zu der Tür bemerkte Min die Hinfälligkeit seiner Bewegungen. Er war ein sehr alter Mann, und im Gegensatz zu anderen Min bekannten Persönlichkeiten hatte er auf Verjüngungsmethoden verzichtet, die die Wirkung des Nagezahns der Entropie auf seinen genetischen Code gemildert hätten. Tatsächlich war das einer der Gründe, weshalb man ihn, obwohl er in anderer Beziehung kaum Effizienz nachzuweisen hatte, jedesmal zum Deputierten wiederwählte. Zur Bevölkerung des VWB zählte ein höherer Prozentsatz an Transnationalen Terratreuen als bei jedem anderen EKRK-Wählerpotential, ausgenommen in Alteuropa; und die TT erachteten Kapitän Vertigus' Weigerung, sein Leben künstlich zu verlängern, als Tugend.

Als erster Mensch, der je einen Amnioni erblickt hatte, verkörperte er eine lebende Legende. Bei der Gelegenheit hatte er seine Bereitschaft gezeigt, für seine Überzeugungen in den Tod zu gehen. Zudem verliehen seine unverbrüchliche Unterstützung der VMKP und die ebenso unerschütterliche Opposition gegen die VMK ihm die Aura einer hohen moralischen Autorität. Er galt als ›angesehener älterer Staatsmann‹ des EKRK. »Gäbe es Kapitän Vertigus nicht«, hatte Hashi Lebwohl einmal mit seinem gewohnt zweischneidigen Humor geäußert, »müßten wir ihn uns ausdenken.«

Für einen Mann seines Alters entschwand er trotzdem recht hurtig in die relative Abgesondertheit seines Büros. Als Min ihn einholte und die Tür von innen schloß, saß er schon an seinem Schreibtisch, als hätte er die ganze Zeit hindurch dort gewartet.

Während Min eine Anzahl kompakt konstruierter Anti-Observations-Elektronika aus der Tasche holte, sie rasch den Türen, dem Interkom-Apparat, dem Computerterminal und der Viodekamera anmontierte, beobachtete Vertigus sie, die Hände gefaltet auf der Tischplatte aus kristallisiertem Gußharz. Die Haut seiner Hände war derartig durchsichtig, daß Min unwillkürlich meinte, sie könnte nicht nur die Adern, sondern auch die Knochen sehen; die Augen waren so bläßlich, daß es schien, als wäre er blind.

»Können wir uns nun unterhalten?« erkundigte er sich mit hoher, zittriger Stimme, sobald Min die Vorbereitungen beendet hatte.

Sie nickte. »Ich glaube ja. Was das übrige Gebäude angeht, existiert dies Zimmer quasi nicht mehr.« Sie schmunzelte humorlos. »Würden wir uns gegenseitig umbringen, bekäme niemand es mit, bevor jemand die Tür öffnete.«

Kapitän Vertigus lehnte sich in seinem Sessel zurück; mit unsicherer Hand strich er sich eine dünne Haarsträhne aus der Stirn. »In diesem Fall hoffe ich, Direktorin Donner« – wenn Min nicht auf seine Worte lauschte, sondern ausschließlich auf seine Stimme, klang er nach nichts als einem x-beliebigen Invaliden – »es enttäuscht Sie nicht, mich praktisch schon tot anzutreffen. Ich lohne kaum noch die Mühe des Umbringens.«

Anscheinend mißverstand er sie. »Ich bin nicht …«, setzte sie zu einer Klarstellung an.

Er überging ihren Einwurf. »Es lohnt sich nicht einmal noch, im Umgang mit mir all diese Geheimniskrämerei zu betreiben. Wie Sie sehen, habe ich meine Mitarbeiter« – angestrengt hob er die Schultern – »unter verschiedenen Vorwänden wegschicken können. Einem so wichtigen Mann wie dem Konzilsdeputierten des Vereinten Westlichen Blocks hätte so etwas überhaupt nicht möglich sein dürfen. Im Normalfall fängt so jemand, sind seine Leute nicht jederzeit abkömmlich, zu toben an und hat Schaum vorm Maul. Aber leider muß ich Ihnen sagen, es ist ganz einfach gewesen … Ich bin hier nur ein Relikt. Meine Zeit ist vorbei. Könnte man Sie sehen, wie Sie mit mir reden oder mein Büro verlassen, würde dadurch mein Status im Vergleich zum Stand einer beachtlichen Reihe vergangener Jahre spürbar wachsen.«

Einen Moment lang musterte Min seine Gesichtszüge. Fühlte er sich wahrhaftig so überflüssig und ohne Nutzen, müßte es schwierig werden, ihn zum Mitziehen zu bewegen. Plötzlich fragte sich Min, ob sie für diese Aufgabe die richtige war; vermutlich hatte Warden Dios sie ausgesucht, weil er ihr Vertrauen schenkte, und weil sie den Ruf genoß, ihre Pflicht mit der entschiedensten Hingabe zu erfüllen. Daß sie von rein politischen Plänen und Machenschaften unbeeinflußt blieb, mochte ein Eindruck sein, der ihre Glaubhaftigkeit erhöhte. Aber eben *weil* sie in ihrem Pflichtbewußtsein keine Wankelmütigkeit duldete, konnte sie hinsichtlich ihrer Position gegenüber Kapitän Vertigus keine Gewißheit haben. Für wen beteiligte sie sich an diesem Spiel? Wessen Spiel mochte Warden Dios spielen?

Mit ihrer eingefleischten geschmeidigen Biegsamkeit nahm sie vor dem Schreibtisch des Konzilsdeputierten in einem Sessel Platz. »Wie konnte es soweit kommen, Kapitän Vertigus?« fragte sie, um ihre Unsicherheit zu übertünchen und erst einmal auszuloten, mit wem und was sie es hier zu tun hatte. »Daß Sie, wie Sie es nennen, ein ›Relikt‹ geworden sind?«

»Mir ist ein politischer Fehler unterlaufen«, antwortete er unverblümt. Vielleicht wünschte er, daß sie in bezug auf ihn keine Illusionen hatte. »Ich habe eines morgens hier gesessen – hier an diesem Tisch – und plötzlich eingesehen, ich bin alt. In gewisser Hinsicht habe ich das als beklagenswert empfunden, weil es bedeutet, daß ich mein Wirken nicht fortsetzen kann. Wahrscheinlich wissen Sie, worin ich den Zweck meiner Tätigkeit sehe. Bei Warden Dios' Leuten habe ich immer bemerken können, daß sie ungewöhnlich gut vorbereitet sind. Sie wären nicht gekommen – oder nicht geschickt worden –, wenn Sie nicht genau wüßten, was ich im Konzil stets als meine Aufgabe betrachtet habe, als meine ›Berufung‹.«

»Ich bin nicht geschickt worden«, widersprach Min grollend. »Das Treffen war meine Idee.« Sie wurde jedesmal schroff, wenn sie log. Ehrlichkeit war bei ihr eine unveräußerliche Eigenschaft, die sie nur mangelhaft unterdrücken konnte.

Kapitän Vertigus nahm ihre Behauptung mit einem zweiten Achselzucken zur Kenntnis und setzte seine Erläuterung fort.

»Schlicht ausgedrückt, Direktorin Donner, ich habe es für meine Verpflichtung gehalten, mich Holt Fasner bei allen seinen Bestrebungen entgegenzustellen, und für meine Aufgabe, seine Aktivitäten zu untersuchen, darüber Klarheit zu gewinnen, was er tat und wie er es anstellte, Fakten zu sammeln, die andere Menschen dazu veranlassen könnten, gleichfalls gegen ihn aufzutreten. Ich möchte Sie nicht mit einer langweiligen Darstellung meiner Beweggründe anöden. Meine einzigen persönlichen Begegnungen mit ihm hatte ich anläßlich der Vorbesprechungen, ehe die *Komet* zu den Regionen des Weltalls startete, die heute Bannkosmos heißen, und anschließend bei den Nachbesprechungen. Aber sie genügten vollständig, um mich auf den Weg festzulegen, den ich von da an für den ganzen Rest meines Lebens beschritten habe.«

Aus purer Neugier erlaubte Min es sich, ihn ein zweites Mal zu unterbrechen. »Was hat er denn damals zu Ihnen gesagt?« Aus Profession verspürte sie an allem Interesse, das ihr irgendwer über den Drachen erzählen konnte.

Kapitän Vertigus blinzelte verkniffen, als bereitete es ihm Schwierigkeiten, Min deutlich zu erkennen. »Nichts Entlarvendes, muß ich leider gestehen. Überhaupt nichts, das objektivierbar genug gewesen wäre, um anderen Leuten Anlaß zu Bedenken zu geben. Er ist zu gerissen, um sich bloßzustellen. Ich kann Ihnen nur folgendes sagen. Er hat bei mir das unumstößliche Gefühl hinterlassen, daß es in seinem Denken nichts gibt, das sich mit ihm selbst an Bedeutung messen kann. Er hält sich für größer als die Vereinigten Montan-Kombinate, größer als das Erd- und Kosmos-Regierungskonzil, vielleicht größer als die gesamte Menschheit. Daß das gar nichts beweist, ist mir klar. Trotzdem bin ich dadurch aufs höchste verstört worden. Aber ich kann nicht davon ausgehen, daß andere Menschen mich verstehen, Direktorin Donner. Ich kann nicht erwarten, daß sie sich von so etwas zum Handeln anstiften lassen. Deshalb spreche ich im allgemeinen überhaupt nicht mehr darüber. Statt dessen forsche ich nach objektiven Beweisen, um meine Befürchtungen zu untermauern.«

Min nickte. Sie hatte das Empfinden, Vertigus vollkommen zu verstehen.

»Befaßt Maxim Igensard sich nicht mit dem gleichen Ziel?« fragte sie.

»Kann sein.« Der VWB-Konzilsdeputierte durchdachte die Fragestellung. »Aber natürlich ist er noch nicht lange tätig. Er ist erst nach meiner Zeit gekommen, könnte man sagen. Und außerdem ...« Er spitzte die Lippen. »Ich traue der Stoßrichtung seiner Betätigung nicht so recht. Ähnlich wie Sigune Carsin, meine Vize-Konzilsdeputierte, legte er sich offenbar gegen Warden Dios und die VMKP statt gegen Holt Fasner und die VMK ins Zeug. Das betrachte ich als reinen Selbstmord. In trübsinnigeren Stunden bewerte ich es sogar als sträfliche Verantwortungslosigkeit.«

Dann schüttelte er den Kopf. »Aber es ist belanglos, was ich von ihm halte. Als er seine Arbeit aufnahm, hatte ich meinen Fehler längst begangen. An dem Tag, als ich merkte, ich bin alt geworden, habe ich nämlich den Entschluß gefaßt, meine Untergebenen mit der Weiterführung meines Wirkens zu betrauen. Jüngere Männer und Frauen mit mehr Elan sollten die Arbeit erledigen, und ich wollte meinen Rang und das, was ich hoffentlich meine Glaubwürdigkeit nennen darf, auf der Grundlage ihrer Recherchen zielbewußt ausnutzen. Was folgte, ist Ihnen wahrscheinlich geläufig. Es zeigte sich, daß meine Untergebenen allesamt – ob direkt oder indirekt, ist einerlei – in Holt Fasners Sold standen. Die Ermittlungsergebnisse verschwanden und wurden nie wiedergesehen. Auf gewisse Weise ist es eine traurige Geschichte« – es war ein sehr vielschichtiger Kummer, der in seinem Tonfall Ausdruck fand –, »aber ihre Traurigkeit hängt vornehmlich mit der Torheit alter Männer zusammen. So sehr ich's bedauere, ich glaube, Sie vergeuden mit mir Ihre Zeit.«

»Das bezweifle ich.« Mind spürte, daß sie hier auf festerem Boden als vermutet stand. Möglicherweise versuchte Vertigus ihr auszureden, auf ihn zu bauen; allerdings mit dem ganz andersartigen Resultat, sich ihr als Geistesverwandter ausgewiesen zu haben. »Ich bin der Ansicht, Sie haben eine ungewöhnlich sinnvolle Entscheidung gefällt.«

Kapitän Vertigus rückte die Haltung seiner gebrechlichen Glieder zurecht. Mit leichtem Zittern der Glieder hob er die Hände, um sich Stirn und Wangen zu reiben, als müßte er die Folgen der Mühsal lindern, die es ihn kostete, den Blick auf Min geheftet zu lassen. »Dann sollten Sie mir wohl erklären« – seine schwächliche Stimme rasselte greisenhaft, doch schien darin ein seltsamer Nachhall von Hoffnung mitzuklingen – »weshalb Sie hier sind.«

Min Donner war keine Frau mit einem Hang zur Zögerlichkeit. »Wie ich schon bei unserer Terminvereinbarung angedeutet habe, geht es um eine höchst brisante Sache«, sagte sie zur Einleitung. »Eine viel zu brisante Angelegenheit, als daß wir sie ohne umfangreiche Sicherheitsvorkehrungen diskutieren dürften.« Sie wies auf ihre Apparätchen. »Nicht einmal die Funkverbindung ist sicher genug.«

Tatsächlich hatte sie den ersten Anruf bei dem Konzilsdelegierten nicht unter eigenem, sondern in Godsen Friks Namen getätigt. Der Direktor des Ressorts Öffentlichkeitsarbeit hatte andauernd irgendwelche amtlichen, offiziellen Angelegenheiten mit EKRK-Deputierten zu erörtern; Min hingegen nicht. Sie hatte ihre wahre Identität erst preisgegeben, nachdem ihr von Kapitän Vertigus mit allem Nachdruck beteuert worden war, daß niemand das Gespräch belauschen konnte.

»Die Sache ist ganz einfach«, fügte sie hinzu. »Ich möchte Sie bitten, für mich etwas zu erledigen. Aber sollte je irgend jemand merken, daß ich damit zu tun habe – daß Sie nicht aus eigenem Antrieb handeln –, werden Sie scheitern.«

Der Konzilsdeputierte wartete, ohne die Hände zu senken oder den Blick von Min zu wenden.

»Bitte reichen Sie für mich eine Gesetzesvorlage ein. Und es ist mir wichtig, daß es bald geschieht, sagen wir, morgen früh. Falls ich mich nicht deutlich genug ausgedrückt habe: ich will, daß Sie ganz allein mit Ihrem Namen dafür einstehen. Mich vollständig heraushalten. Sie müssen die Tatsache, daß wir uns darüber verständigt haben, ins Grab mitnehmen. Sonst geht das Vorhaben nicht gut. Und vertrauen Sie« – bei ihren Warnungen vergaß sie nichts – »auch Ihren Mitarbeitern nicht.«

»Direktorin Donner«, gab Kapitän Vertigus mit einem Anflug von Strenge zur Antwort, »ich bin kein Dummkopf. Für mich ist es Routine, aus meinen Fehlern zu lernen. Und ich beschließe« – er beugte sich vor, um Min noch fester anzublicken – »selbst meine Entscheidungen. Nur weil ich alt und gescheitert bin und nur zu gerne … sagen wir einmal, meinem Leben einen günstigeren Ausklang gäbe, heißt das keinesfalls, daß ich dazu Lust hätte, Ihre Marionette zu werden. Wenn Sie von mir verlangen, etwas für Sie durchzuführen, müssen Sie mich schon von der *Notwendigkeit* überzeugen.«

Min gestattete sich ein eisenhartes Lächeln. »Das weiß ich, Kapitän Vertigus. Sonst hätte ich Sie nicht besucht.«

Er schnaubte ungläubig. »Mit Schmeicheleien erreichen Sie bei mir gar nichts.« Trotzdem wirkte er ein wenig versöhnlicher, als er sich wieder zurücklehnte. »Also, was *ist* das für ein Wunsch?« wollte er erfahren. »Warum soll ich dafür meinen Namen hergeben?«

Die Stirn gerunzelt, weil sie plötzlich Unwillen dabei empfand, ihren Auftrag zu vollenden, griff sie unter das schlichte Angestelltinnenkostüm, das sie trug, und zückte einen Computerausdruck. Je länger sie sich mit Kapitän Vertigus unterhielt, um so sympathischer wurde er ihr – und um so mehr widerstrebte es ihr, ihm Schwierigkeiten zu verursachen. Doch ihre Treue zu Warden Dios und der VMKP ließ ihr keine Wahl.

Grimmig schob sie Vertigus das Papier auf den Schreibtisch.

»Ich möchte, daß Sie eine Gesetzesvorlage mit dem Ziel präsentieren, den Vereinigten Montan-Kombinaten die polizeilichen Hoheitsrechte zu entziehen, die VMKP insgesamt aufzulösen und als Polizeitruppe des Erd- und Kosmos-Regierungskonzils neuzugründen.«

Damit verstummte sie und wartete auf Kapitän Vertigus' Reaktion.

Er saß so still da, als hätte er das Atmen eingestellt.

Unverwandt musterte Min Donner ihn. Aufgrund der Blässe seiner Augen konnte sie sich nicht einmal sicher sein, daß er sie wirklich sah.

Nach ausgedehnterem Schweigen hauchte er einen zittrigen Seufzer. »Direktorin Donner, Sie denken in großen Maßstäben.«

Darauf erübrigte sich eine Entgegnung; also sagte Min kein Wort.

Vertigus' Blick fiel auf das Papier, das sie ihm auf den Schreibtisch gelegt hatte. Mit den Fingerkuppen berührte er die Blätter mit solcher Vorsicht, als wären ihre Kanten scharf genug, um ihm die Haut aufzuschneiden. »Und wann soll das eingereicht werden? Morgen früh?«

»Wenn's geht.«

»Oh, natürlich. Freilich. Eine Gesetzesvorlage von dieser ungeheuren Tragweite, mit so einem Knalleffekt... Kann ich in meiner Freizeit sonst noch irgend etwas für Sie tun? Einen Roman schreiben? Die amnionische Handelsdelegation massakrieren? Wahrhaftig, Direktorin Donner, ich glaube, ich muß mir eine Sauerstoffmaske ordern. Ihre Ideen rauben diesem Zimmer die Luft.«

»Wenn Sie einen Blick in die Unterlagen werfen«, antwortete Min unter Aufbietung ihrer eigenen Herbheit, »sehen Sie, daß ich den Entwurf größtenteils schon formuliert habe. Naturgemäß mußte ich von einigen provisorischen Voraussetzungen ausgehen, was beispielsweise die Finanzierung der neuen EKRKP oder die Übertragung der Polizeigewalt betrifft, die Sie möglicherweise als verkehrt einstufen. Aber Sie können den Text umarbeiten, wie Sie wollen, um ihn in die passendste Form zu bringen. In bezug auf die Einzelheiten bin ich nicht kleinlich. Für mich zählt nur die Hauptsache.«

Kapitän Vertigus sparte sich die Umstände, so zu tun, als schaute er ihren Entwurf durch. »Ich glaube Ihnen aufs Wort«, versicherte er leise. »Wie ich schon sagte, Dios' Leute sind immer gut vorbereitet. Wenn ich das berücksichtige, dürften die Annahmen, von denen Sie ausgegangen sind, wohl so falsch nicht sein. Wahrscheinlich könnte ich also durchaus morgen früh mit einer tauglichen Gesetzesvorlage – ich meine, einer von mir aufbereiteten Vorlage – vors Konzil treten. Aber das ist nicht die entscheidende Frage, oder?«

Seine Stimme nahm einen etwas schärferen Tonfall an. »Uns fehlt beiden die Zeit, um uns mit Details herumzuärgern. Darum kommen wir nun zur Sache, ja? Verraten Sie mir das *Warum.* Weshalb diese Vorlage?« Er raschelte mit den Blättern. »Wieso gerade jetzt? Und warum soll ich dafür herhalten?«

Min widerstand dem Drang, aufzustehen und auf- und abzustapfen. »Weil es getan werden muß«, entgegnete sie. »Weil der richtige Zeitpunkt da ist. Und weil der Drache Sie nicht am Gängelband hat.«

Die fahlen Augen des Kapitäns behielten sie im

Blick. »Reden Sie nicht so rätselhaft daher. Ich brauche echte Antworten.«

Min hob die Schultern. »Wie Sie wünschen. Aber ich habe nicht die Absicht, mit Ihnen über die Videokonferenz zu sprechen. Sie waren anwesend und haben selbst alles gesehen und gehört. Unglücklicherweise ist Morn Hyland eine *meiner* Mitarbeiterinnen. Wenn ich nur daran denke, wie sie mißbraucht wird, packt mich eiskalter Zorn. Und ich will nicht, daß das Mißverständnis entsteht, ich sei hier, nur weil ein einzelner Vorfall bei mir Empörung auslöst. Was Sie bei der Videokonferenz erlebt haben, war für meine Absichten nicht ausschlaggebend. Mein Entschluß stand schon vorher fest. Sie ersehen es daran, daß ich Sie vor der Konferenz angerufen habe. Deshalb erlauben Sie mir, Ihnen meine eigentlichen Beweggründe darzulegen. Vielleicht erinnern Sie sich noch daran, daß vor einigen Jahren das Gerücht kursierte, Intertech wäre kurz vor dem Durchbruch zur Entwicklung eines gegen Amnion-Mutagene wirksamen Immunitätsserums. Und daß sich später herumsprach, die Forschungen seien als mißlungen eingestellt worden.«

Kapitän Vertigus reagierte nicht; er nickte nicht einmal.

»Nun ja, an dem Gerücht war etwas Wahres. Intertech stand *wirklich* davor, war sogar dicht dran. Aber die Forschungen sind nicht mißlungen. Sie sind nicht ›eingestellt‹ worden. Man hat sie unterdrückt. Verboten.«

Langsam sank Vertigus das Kinn abwärts.

»Ich bin dabeigewesen«, erklärte Min in harschem Ton, »als die VMKP-Leitung das Thema diskutiert hat. Direktor Lebwohl legte uns einen Bericht über den Forschungsstand vor. Direktor Frik vertrat die Auffassung, die Forschungen müßten unterbunden werden.« In der Hölle soll er schmoren. »Zur Begründung führte er an, so ein Serum sei eine Bedrohung der VMKP selbst. Erstens müßte ein Immunitätsserum die Amnion zur Lossagung von ihrem friedlichen Imperialismus und zum Riskieren eines offenen Kriegs zwingen.« Höhnisch verzog Min das Gesicht. »Zweitens argumentierte er, ein Serum würde die ›Unentbehrlichkeit‹ der VMKP und ihren Status als ›moralische Instanz‹ untergraben, die Folgen seien verminderter politischer Rückhalt und verringerte Etats, und in letzter Konsequenz wäre die VMKP dann weniger dazu fähig, einer realen Kriegsgefahr entgegenzuwirken.«

Wir haben so lange darauf gewartet, hatte Godsen Frik geäußert, *nun können wir ruhig noch ein bißchen länger warten.*

»Warden Dios hat sich Friks Ansicht angehört.« Ihre Verärgerung darüber konnte Min nicht leugnen; doch sie gab sich alle Mühe, um sie zu verhehlen. »Er hat sich die Meinung aller Direktoren vortragen lassen.« Von mir hat er zu hören bekommen, daß es ein Verbrechen an der Menschheit ist, die Forschungen zu sabotieren. »Dann hat er Intertech die Genehmigung zur Fortsetzung der Forschungen erteilt. Frik war deswegen außer sich vor Wut. Er drohte Dios, sich über ihn ›hinwegzusetzen‹. Und eine Woche danach wurden die Forschungen abgebrochen. Auf Warden Dios' Anordnung. Nachdem Frik sich über seinen Kopf hinweg an Holt Fasner gewandt hatte, war derartiger Druck auf den Polizeipräsidenten ausgeübt worden, daß er von seiner Einschätzung abweichen mußte.«

Dem Konzilsdeputierten stand der Mund so weit offen, als hätte er seine Mandeln verschluckt. »Wollen Sie damit behaupten«, schnaufte er, »Holt Fasner hätte die Forschungstätigkeit persönlich untersagt? Können Sie das beweisen?«

Min schnitt eine Miene des Unmuts. »Natürlich nicht. Das alles ist hinter meinem Rücken passiert. Und unter der Anordnung befand sich Warden Dios' Unterschrift. Sie haben mich nicht gefragt, warum ausgerechnet *ich* Sie aufsuche, aus eigenem Antrieb, ohne irgend jemandes Erlaubnis oder Billigung.«

Ihre Stimme verfiel in einen noch rauheren Ton. »Jetzt wissen Sie es. Ich bin *Polizistin,* Kapitän Vertigus. Ich glaube an die Richtigkeit dessen, was ein Polizist zu tun hat. So etwas jedenfalls ist es meines Erachtens nicht. Ich will diesem Verhalten, wenn ich's irgendwie kann, einen Riegel vorschieben. Ich glaube, ein ähnlich typischer Fall« – ihr Tonfall grenzte jetzt an Schroffheit – »war die Videokonferenz. Der Polizeipräsident hat den Eindruck eines Mannes ohne Moral und ohne Skrupel hinterlassen. Aber er ist kein solcher Mensch.« Egal welche Zweifel sie hegen mochte, aufgrund dieser Überzeugung handelte Min. »Aber solange die Polizei zur VMK gehört, solange der Drache die Macht hat, ihre Politik zu bestimmen und ihre Umsetzung zu erzwingen, ist der wahre Polizeipräsident der VMKP nicht Warden Dios, sondern Holt Fasner. Darum ist diese Gesetzesvorlage nötig. Sie soll die Polizei dafür freimachen, etwas zu schützen, das größer und kostbarer ist als Holt Fasner und die Vereinigten Montan-Kombinate.«

Nun nickte Kapitän Vertigus. Bedächtig schloß er den Mund.

»Weiter«, forderte er Min auf, nachdem einige Augenblicke lang Schweigen geherrscht hatte.

Min krampfte sich der Magen zusammen. »Als ich Sie vor der Konferenz angerufen habe, war es mir noch nicht so eilig. Da ging es mir nur um Ihren Beistand, nicht um unverzügliche Maßnahmen.« Ein Teil ihres Mißmuts galt ihr selbst. Lügen zu erzählen, war ihr verhaßt. »Aber während der Konferenz bin ich zu der Ansicht gelangt, daß jetzt die beste Chance auf Erfolg bestehen könnte, die sich jemals bietet.«

Wenigstens *das* entsprach der Wahrheit.

»Sie brauchen mir nicht zu sagen, daß der Drache sich gegen ein Trennungsgesetz mit allem wehren wird, was er zur Verfügung hat. Die VMK mag der bedeutsamste Faktor im Human-Kosmos sein, aber sie ist vollkommen, mitsamt allem, was Fasner anpackt, besitzt und will, von der Polizeiorganisation abhängig. Seine größte Macht rührt daher, daß die VMKP für das Überleben der Menschheit unverzichtbar notwendig ist, und er hat über die VMKP das Sagen. Wird sie aber als Polizeitruppe des EKRK rekonstituiert, ist er nicht mehr der Drache. Dann ist er bloß noch ein größenwahnsinniger Konzernchef, wie es schon so manchen gegeben hat. Unter normalen Umständen hätte so eine Gesetzesvorlage keine Erfolgsaussicht. Er hat zu viele Stimmen auf seiner Seite. Zu viele Konzilsdeputierte bilden sich ein, sie könnten etwas gewinnen, wenn sie ihm ihre Unterstützung gewähren oder sie sich von ihm abkaufen lassen. Aber ich glaube, diese Konferenz begünstigt einen Umschwung. Einer Menge Leute ist ein Schreck in die Glieder gefahren. Sie waren selbst dabei. Wahrscheinlich sind Sie auch bestürzt gewesen … Für die Begriffe des Konzils kann es ausschließlich einen gerechtfertigten Anlaß geben, um gegen das vorgelegte Trennungsgesetz zu stimmen, sich in einer Frage, bei der es um die Zukunft der Menschheit geht, auf Holt Fasners Seite zu schlagen. Dieser Grund ist *Ehrlichkeit*. Solange die Polizei als *ehrlich* gilt, bleibt für das Konzil eine Trennung von VMK und VMKP überflüssig. Wenn es sich gegen die besten Interessen der Menschheit stellt und möglicherweise ihr Überleben aufs Spiel setzt, ist das nicht etwa Amtsmißbrauch, sondern geschieht lediglich aus Pragmatismus. Nach dieser Videokonferenz müssen die Konzilsdeputierten sich allerdings fragen, ob die VMKP tatsächlich eine ehrliche Truppe ist. Vielleicht hat Igensard ja recht. In dem Fall wäre es plötzlich unverzeihlich, gegen ein Trennungsgesetz zu sein. Sogar Deputierte, die bereits beim Drachen im Sold stehen, werden es sich zweimal überlegen, bevor sie ihm bei etwas Rückendeckung gewähren, das nach Hochverrat aussieht.«

Und das muß es sein, ersah sie mit der Unmittelbarkeit einer Erleuchtung, auf was Dios von Anfang an abgezielt hat. Wenn es das war, was er zu erreichen beabsichtigte, als er sie mit dem Besuch bei Vertigus beauftragte, anschließend sich selbst vor dem vollzähligen EKRK mit Dreck behäufte, mußte er schon länger höllisch leiden, als sie es sich vorstellen konnte. Gott sei seiner Seele gnädig.

Unversehens hob Kapitän Vertigus die Hände. Auf seinen durchscheinenden Wangen hatten sich vor Aufgeregtheit oder Erschütterung winzige rote Fleckchen gebildet. »Einen Moment mal. Moment mal. Das ist mir alles viel zu plausibel. Dem Braten traue ich nicht. Wenn stimmt, was Sie mir erzählen, warum wollen Sie dann unbedingt im Hintergrund bleiben? Wieso muß die Gesetzesvorlage von mir kommen, statt von Ihnen, oder von Warden Dios? Hätte es kein höheres Gewicht, wenn die VMKP selbst ein Trennungsgesetz vorschlägt?«

Min schüttelte den Kopf. »Nur wenn die Überzeugung herrscht, wir seien ehrlich. Andernfalls wird man darin nur einen neuen Winkelzug sehen, hinter dem diesmal nicht Holt Fasner steht, sondern Warden Dios. Derselbe Mann, der sich nicht scheut, eine Mitarbeiterin an Illegale zu verschachern, wird man denken, will sich nun nicht einmal noch vom Drachen Grenzen ziehen lassen, sondern die ganze Macht für sich allein. Ich glaube nicht, daß Dios so ist, aber natürlich kann ich nicht dafür garantieren.«

Sie grinste über die eigene Selbstironie. »Könnte ich es, hätte ich mich nicht aus rein persönlichem Entschluß an Sie wenden müssen. Aber darum geht's gar nicht. Schlügen wir das Gesetz selber vor – der Polizeipräsident oder ich –, hätte der Drache die Möglichkeit, es zu vereiteln. Zunächst einmal bräuchte er uns nur hinauszuwerfen. Er könnte aber noch weiter gehen... erheblich weiter. Innerhalb der Zeit, die das Konzil braucht, um den Entwurf zu *lesen,* geschweige denn zu erörtern oder auf seiner Grundlage etwas zu unternehmen, kann er die gesamte VMKP in alle Winde zerstreuen. Den Human-Kosmos seiner Verteidigung berauben. Das EKRK wäre dazu genötigt, von Grund auf eine neue Polizeitruppe aufzubauen. Wird er zu einer derartig extremen Drohung provoziert, sind wir alle verloren. Ich weiß nicht, ob er im Zweifelsfall wirklich so weit ginge, aber ich bin auch keineswegs dazu bereit, dieses Risiko zu tragen.«

»Jetzt verstehe ich, was Sie meinen«, brummelte Kapitän Vertigus mit einem leichten Ausdruck des Unwohlseins in der Miene.

Einen Moment später gab er sich einen Ruck, als versuchte er seine Gedanken zu konzentrieren. An seinen Mundwinkeln hatten sich Speicheltröpfchen gesammelt; er wischte sie fort. »Nur klingt es mir noch immer alles viel zu plausibel«, wiederholte er, indem er sich erneut vorbeugte, um Min genauer anzuschauen. »Das geht mir alles viel zu schnell. Sie möchten, daß ich mich für Sie mit Holt Fasner und dem ganzen Konzil anlege, und Sie verlangen, daß ich sofort zusage. Ich bin ein alter Mann, Direktorin Donner. Für mich dauert eine Konzilssitzung zu lang, um ständig wachzubleiben. Manchmal schlafe ich während eines einzigen Satzes ein, sogar wenn ich selbst ihn spreche. Warum wollen Sie, daß gerade *ich* die Sache in die Wege leite? Weshalb suchen Sie sich nicht jemand anderes aus?«

Min spreizte die Hände. »Wer käme denn sonst in Frage?« Sie hielt seinem bleichen Blick stand. »Wem könnte man denn Ihre ›Glaubwürdigkeit‹ nachsagen? Vorsitzendem Len? Wahrscheinlich ist er ein rechtschaffener Mann – sicher bin ich nicht –, aber Auseinandersetzungen sind ihm zuwider. Müßte er ein Trennungsgesetz vorschlagen, würde er wohl als erstes einen Anhang anfügen, der das Inkrafttreten um fünf Jahre aufschiebt. Beantworten *Sie* die Frage, Kapitän Vertigus. An wen sonst sollte ich mich wenden? Aber antworten Sie mir *jetzt*.« Ihre Stimme klang nach wie vor reichlich unwirsch. »Mir wird die Zeit knapp. Ich muß« – ihr Blick streifte ein Chronometer – »in elf Minuten wieder im Shuttle zum VMKP-HQ sitzen.«

Mehrere Sekunden lang musterte Vertigus sie dermaßen durchdringend, als hätte er vor, ihr bis ins Gehirn zu blicken. Während er zögerte, ahnte Min, daß in diesem Moment mehr Dinge in der Schwebe hingen, als sie hätte aufzählen können; möglicherweise baumelte gegenwärtig die Zukunft der gesamten Menschheit am seidenen Faden.

Warum hatte Warden Dios sie geschickt? Weshalb hatte er bis jetzt gewartet. Was für ein Spiel trieb er?

War es wirklich vorstellbar, daß Holt Fasner im EKRK in einem Ringen um ein Trennungsgesetz unterlag?

»Anscheinend verhält es sich so, Direktorin Donner«, sagte Kapitän Vertigus zu guter Letzt leise, beinahe im Flüsterton, »daß es eigentlich belanglos ist, ob Sie die Wahrheit sprechen. Es ist unwichtig, ob Sie mich ausgesucht haben, weil Sie erwarten, daß ich Erfolg habe, oder damit rechnen, daß ich eine Schlappe erleide.« Beim Sprechen setzten sich in seiner matten Stimme Töne der Erregung durch, bis sie einen volleren Klang hatte, fast wie bei einem weit jüngeren Mann. »Um was Sie mich ersuchen, muß getan werden. Es hätte schon längst getan werden müssen. Und es kann tatsächlich der Fall sein, daß der Zeitpunkt so günstig wie nie ist. Mir gefällt der Gedanke, mir zur Abwechslung wieder einmal etwas Wichtiges vorzunehmen. Sollten Sie davon ausgehen, daß mir eine Pleite bevorsteht, werden Ihnen in den nächsten Tagen ganz schön die Nerven schlottern.«

Erleichterung verzog Mins Miene zu einem Lächeln, das von ganzem Herzen kam. »Es ist mir lieber, Sie schaffen es. Wenn Sie mir nicht trauen, können Sie mich ja später feuern.«

Mit freudigem Schwung erhob sie sich aus dem Sessel. Kapitän Vertigus konnte nichts schlimmeres zustoßen, als daß er sein Leben als politisch schwer gescheiterter Zeitgenosse beendete. Im Rückblick war erkennbar, daß der Drache sich an unterlegenen Gegnern nie rächte; er behielt alle Bösartigkeit erfolgreichen Gegenspielern vor. Und wurde das Trennungsgesetz verabschiedet, hatte Holt Fasner vielleicht keine Möglichkeiten mehr, um sich an jemandem zu rächen.

Und unterdessen mochte ein kleines politisches Abenteuer dem Kapitän ganz bekömmlich sein.

»Wann kehrt Ihr Personal zurück?« fragte Min, indem sie von neuem aufs Chronometer blickte.

Kapitän Vertigus stand auf, als hätten seine Beine kaum noch genug Kraft, um seinen Körper zu tragen. »Ihr Timing ist in mehr als einer Beziehung gut. Sie haben noch fünf Minuten.« Min machte sich daran, ihre Abwehrelektronika einzusammeln. »Ich sehe mal draußen nach«, sagte Vertigus.

Unbeholfen umrundete er seinen Schreibtisch und tappte zur Tür. Er verkrampfte die Hände, damit sie zu zittern aufhörten, und öffnete die Tür um einen Spaltbreit.

»Na verdammt«, stieß er unterdrückt hervor. Min entfuhr ein lautloses Stöhnen. »Wieso ist Marthe denn so früh wieder da?« Trotzdem entfernte Min zunächst eilends alle Elektronika und verstaute sie in ihren Taschen.

»Ja wer ist denn nun *das?*« äußerte Vertigus ebenso verhalten wie zuvor.

Min spürte ein Jucken in den Handflächen. Irgendein Neuigkeitenjäger? Jemand von der Wartung? Genau was sie jetzt brauchte. Gewohnheitsmäßig checkte sie das Versteck der Pistole. Dann huschte sie zu Kapitän Vertigus an der Tür.

Durch den Spalt neben seiner Schulter spähte sie in den Bereich des Büros, wo die Schreibtische seiner Mitarbeiter standen.

Sieben, nein, acht Tische. Auf jedem Schreibtisch Interkom-Apparat, Computerterminal, Drucker, an jedem ein bequemer Sessel. Kein Tisch war besetzt, außer einem: etwas links von der Tür zum Bürozimmer des Kapitäns, ungefähr zehn Meter entfernt, saß eine dickliche Frau mittleren Alters mit angegrautem Haar und altmodischer Brille, vermutlich Marthe. Sie hatte das Gebaren einer Chefsekretärin. Vielleicht plante sie Kapitän Vertigus' Termine; womöglich dachte sie, sie müßte auch auf den Kapitän selbst achtgeben. Ihr Schreibtisch stand an einer Stelle, von wo aus sie rechts den Durchgang zum Korridor und links die Tür zum Zimmer des Konzilsdeputierten im Augenmerk behalten, sehen konnte, wer es betrat und wer es verließ.

Gegenwärtig schaute sie jedoch nicht herüber zur Tür. Ihre Beachtung galt einem Mann, der aus der anderen Richtung auf sie zuschlurfte.

Kaum sah Min Donner ihn, schoß ihr ein Adrenalinschub in die Adern, und ihre Handteller durchwallte ein Glühen, als hätte sie sie sich versengt.

Der Mann war kein Neuigkeitenjäger. Und er gehörte nicht zum Wartungspersonal, wenngleich er eine verschlissene Arbeitsmontur trug und einen kleinen Werkzeugkasten mitführte, obwohl er die vom Schutzdienst ausgestellte, grüne Wartungsdienst-Id-Plakette an die Schulter geheftet hatte. Die Art und Weise, wie er sich bewegte – steif, so behutsam, als beförderte er etwas Zerbrechliches –, verriet Min sofort, daß er nicht kam, um eine Inspektion oder irgendwelche Reparaturen auszuführen.

Er bewegte sich wie jemand, dessen Narben aufgrund eines zu hastigen oder schludrigen medizinischen Eingriffs noch nicht heilten.

Min Donner war Direktorin der Operativen Abteilung, nebenbei manchmal Dios' Leibwächterin und gelegentlich Henkerin. Einen Kaze erkannte sie auf den ersten Blick.

Sie zögerte nicht im geringsten. Das waren die Herausforderungen, bei denen sie sich am besten bewährte. Sie hatte schon die Impacter-Pistole in der Faust, als sie Kapitän Vertigus von der Tür zurückzog. »Gehen sie in *Deckung*«, zischte sie ihm eindringlich zu. »Unter den Schreibtisch.«

Er taumelte gegen die Schreibtischkante, machte jedoch keine Anstalten, sich nach Mins Warnung zu richten. Er hatte zu lange kein Schiffsdeck mehr betreten, war diesen Befehlston längst nicht mehr gewöhnt. Statt dessen starrte er sie an, das Greisengesicht voller Staunen. »Was ...?«

Min konnte für seine Verwirrung keine Zeit erübrigen. Ihre Aufmerksamkeit bündelte sich wie ein Laserstrahl auf das Geschehen außerhalb des Türspalts. Inzwischen stand der Mann vor Marthes Schreibtisch. Er redete auf sie ein, zeigte ihr ein Papier, das wie ein Arbeitsauftrag aussehen mochte, deutete aufs Zimmer des Kapitäns.

»Sie sollen *in Deckung gehen,* sage ich!« fauchte Min. »Es gibt gleich 'ne Explosion. Der Kerl ist 'n *Kaze.*«

Sie blickte sich nicht nach dem Kapitän um. Was ein Kaze war, wußte er: Min bemerkte es an den Geräuschen, die er verursachte. Er kroch unter den Tisch, duckte sich hinter den unzulänglichen Schutz.

Plötzlich summte die Interkom. »Kapitän Vertigus?« meldete sich eine Frauenstimme. »Hier ist jemand vom Wartungsdienst. Er sagt, er soll die Verkabelung Ihres Computerterminals überprüfen.«

»Was ist mit Marthe?« krächzte hinter Min der Kapitän. »Sie müssen sie da raushalten.«

Min Donner war Min Donner. Extreme Entscheidungen und Blutvergießen zählten zu ihrer Profession. »Dann wird sie wissen«, erwiderte sie so leise, daß Vertigus es vielleicht nicht hörte, »daß ich hier gewesen bin.«

Dennoch mußte sie den Versuch unternehmen, die Frau zu schützen.

Als Freund und Helfer.

»Ich glaube, er ist nicht da«, hörte sie durch den Türspalt Marthe zu dem Kaze sagen.

»Ich schau mal nach«, antwortete der Mann. »Es dauert bloß 'n Momentchen.«

Sobald er sich von Marthes Schreibtisch abwandte, stieß Min die Tür weit auf. *»Zu Boden!«* schrie sie der Frau zu, die Waffe zielte in ihrer wie aus Stahl festen Hand auf die Leibesmitte des Kaze.

Verdutzt riß der Mann die Augen auf, stutzte im ersten Moment.

Marthe starrte Min so fassungslos an, als wäre die Direktorin soeben direkt aus dem Hyperspatium erschienen.

»Marthe!« gellte Kapitän Vertigus' schwache Stimme.

Dann sprang der Kaze auf Min und die Tür zu.

Min tänzelte hinter den Türrahmen und schoß ihn in die Brust.

Sie hatte zu lange gewartet; sie hätte ihn sofort niederschießen sollen, sobald sie ihn sah. Als die seinem Körper implantierten Sprengsätze explodierten, erfaßte die Druckwelle der Detonation sie sogar hinter der Ecke und schleuderte sie, als wäre sie nur ein Wäschesack, gegen die Wand.

Betonbrocken brachen aus der Mauer, Rohre und Schallschutzplatten barsten aus der Decke, Schuttbröckchen pfiffen wie Schrapnells umher. Blut sprudelte Min aus der Nase. Die Explosionswucht lähmte sie von Kopf bis Fuß. Aber die Explosion schien sich völlig geräuschlos zu ereignen. Als Min von der Wand abprallte und zwischen die Trümmer stürzte, wußte sie schon, sie war taub.

Aber nichts hinderte sie am Handeln. Sie beugte die Beine und raffte sich hoch.

Inmitten dumpfen Schweigens schaute sie nach Kapitän Vertigus.

Aus Augen voller Entsetzen und Staub blickte er zu ihr herauf; sein Mund erzeugte Laute, die sie nicht hören konnte. Hätte ihn nicht der Schreibtisch geschützt, wäre die Tischplatte nicht aus kristallisiertem Harz hergestellt worden, hätte er ernste Verletzungen davongetragen, vielleicht nicht überlebt. Aber er war lediglich ziemlich benommen.

Mins Entwurf der Gesetzesvorlage lag wie Konfetti im Büro verstreut. Doch die meisten Blätter waren unbeschädigt.

»Ich bin nie bei Ihnen gewesen«, sagte Min. Sie nahm die eigene Stimme nur als Schwingungen in ihrem Schädel wahr. »Egal was nachkommt, ich war nie hier. Reichen Sie die Vorlage ein, so bald es machbar ist.«

Sie schwankte davon, als wären ihre Neuronen sich nicht mehr der Synapsen sicher, und überließ ihn sich selbst.

Während sie an Marthes verstümmelten Überresten vorüber und zur Treppe hastete, fragte sie sich, welche der möglichen Zukünfte der Menschheit, über die sie und Kapitän Vertigus vorhin zu entscheiden versucht hatten, jetzt ein für allemal entfallen sein mochten.

Das Shuttle schwenkte auf die erdwärtigen Astro-Parkbuchten des VMKP-HQ ein; mittlerweile gewann Min Donner allmählich das Gehör wieder.

Die Normalisierung erfolgte langsam. Anfangs hatte sie nur hohes, schwaches, beinahe unmerkliches Ohrensausen, als ob fernab jemand heulte, etwa eine Totenklage abhielte, oder als ob die Warnsirenen des Shuttles, gedämpft durch einen EA-Anzug, winselten. Im ersten Moment dachte sie, es *wären* die Sirenen, und wieder wurden ihr die Handflächen heiß. Doch weder die Crew noch die Passagiere benahmen sich entsprechend. Nach und nach wich das Gefühl der Gewalttätigkeit aus Min Donners Händen. Schließlich klang das Ohrensausen ab, bis es auf einen nahezu unterschwelligen Grad absank; es handelte sich lediglich um ein neurale Rückkopplung ihrer überlasteten Trommelfelle.

Dann war ihr, als könnte sie, indem das Shuttle Gegenschub gab, das Brausen der Bremsdüsen durch den Rumpf rumoren hören, doch auch dies Geräusch blieb undeutlich. Aber im Gegensatz zum Klingen in ihren Ohren war es Realität. Min berührte die Schotts und spürte darin die gleiche Resonanz.

Trotz der unhörbaren Mahnungen der Crew öffnete sie die Gurte des G-Andrucksessels und schwebte gewichtslos auf die Luftschleuse zu. Sie hatte auszusteigen vor, sobald das Shuttle das Anlegemanöver beendet hatte.

Ein Crewmitglied faßte sie am Arm. Min drehte den

Kopf und sah den Mann sprechen. Scheinbar von irgendwo jenseits des Ohrensausens und des Dröhnens im Rumpf erreichte sie seine Stimme, nicht lauter als das Rascheln des Stoffs, wenn ihr eigener Oberarm die Seite des Körpers streifte. »Direktorin Donner, was Sie machen, ist gefährlich.«

»Wenn ich gern ungefährlich leben wollte« – Mins Stimme wisperte durch ihre Schädelknochen – »hätte ich mir einen anderen Beruf ausgesucht.« Um Widerspruch zuvorzukommen, erteilte sie ihm einen Befehl. »Schicken Sie 'n Blitz an Direktor Dios.« ›Blitz‹ war VMKP-Jargon für ›dringende Kontaktaufnahme‹. »Richten Sie aus, ich muß ihn sprechen. Geben Sie durch, es muß *sofort* sein.«

Sie hätte die Nachricht früher funken lassen; der Taubheit wegen hatte sie jedoch ihrer Stimme nicht getraut.

Das Besatzungsmitglied salutierte und kehrte an seinen Posten zurück.

Die Impacter-Pistole befand sich wieder am üblichen Platz an Mins Hüfte. Gleich nach der Rückkehr ins Shuttle hatte sie sie ins Halfter gesteckt. Min hatte Beschwerden in Körper und Kopf: Prellungen und Blutergüsse schmerzten sie, und in ihren Nasenhöhlen pochte es noch unausgesetzt, obwohl die Nase nicht mehr blutete. Aber darum scherte sie sich nicht. Anderes Weh wog schwerer.

Sie überlegte, ob sie, wenn sie Warden Dios Fragen stellte, seine Antworten hören könnte.

Min gewahrte Fetzen einer Geräuschkulisse, die durch das Anlegemanöver verursacht werden mochte. Das bewertete sie als gutes Zeichen. Die routinemäßigen Durchsagen und Bekanntgaben der Crew dagegen hörte sie noch immer nicht; es schien, als umnachtete ein Betäubungszustand der Trauer sie.

Kaum daß die Stationsschwerkraft ihre Füße auf Deck hinabzogen, öffnete sie die Schleuse, stellte den

Druckausgleich her und eilte zum äußeren Schleusenausgang hinaus. Als die Crew den restlichen Passagieren die Erlaubnis gab, die G-Andrucksessel zu verlassen, stand Min Donner schon vor dem ersten Wächter und befahl ihm, sie zum Polizeipräsidenten zu bringen.

Sie war sich nicht sicher, ob die Befehlsgewohnheit ihrer Stimme nicht inzwischen zu Hysterie geworden war; auszuschließen war es nicht.

Warden Dios mußte schon auf ihre Mitteilung gewartet haben. Was er auch gerade tat, er ließ davon ab. Keine fünf Minuten nach Mins Ausstieg aus dem Shuttle traf sie sich mit ihm in einem der ultrasicheren Büros, wo sie beide als unerreichbar galten, als abwesend. Wieder wurde ihre Existenz zeitweilig suspendiert.

Dios saß an einem Schreibtisch mit abgeschaltetem Computerterminal und betrachtete sie mit ernstem Blick. Sowohl sein menschliches Auge wie auch seine Prothese schienen sie durch und durch auszuforschen. Über das Wesentliche wußte er zweifelsfrei schon Bescheid; die Meldungen des EKRK-Schutzdienstes sowie des VMKP-Personals auf Suka Bator hatten ihn schneller als jedes Shuttle erreicht. Aber niemand außer Kapitän Vertigus hätte ihn darüber informieren können, daß Min Donner den Kaze eliminiert hatte, und daß der Konzilsdeputierte den VMKP-Polizeipräsidenten kontaktiert hatte, glaubte sie nicht.

Folglich konnte Warden Dios nicht wissen, zu welchem Resultat die Zusammenkunft mit dem Kapitän geführt hatte.

Trotzdem drängte er sie nicht zur Berichterstattung. Egal womit er sich beschäftigt hatte, als der Anruf ihn störte, er erübrigte soviel Zeit und Aufmerksamkeit, wie sie brauchte. Nachdem er sie für einen längeren Moment gemustert hatte, wies er auf einen Sessel. »Wie schlimm sind Sie verletzt?« fragte er, während sie ihre zerschundenen Glieder hineinsinken ließ.

Seine Stimme raunte in ein helles Singen. Hätte sie nicht gesehen, wie sich an seinem Hals die Muskeln abzeichneten, wäre ihr nicht aufgefallen, daß er nahezu brüllte.

Min zuckte die Achseln. »Kaum. Nur 'n paar blaue Flecken. Ich hatte Nasenbluten. Und ich kann im Augenblick schlecht hören … Ich bin von der Erschütterung fast taub.«

»Das ist nicht zu übersehen.« Unvermutete Gereiztheit durchzog das scheinbare Gewisper seiner Stimme. »Ich rede schon eine ganze Zeit lang auf Sie ein, aber Sie haben erst reagiert, als Sie mir ins Gesicht sahen. Wissen Sie, Ihr Bericht kann warten. Ich kann meine Ungeduld bezähmen, während die MediTechs Sie verarzten.«

»Aber ich nicht.« Durch die eigenen Schädelknochen gehört, hatte Mins Stimme einen heiseren, nahezu kehligen Klang. »Ein Irrer hat eine Unschuldige umgebracht.« Sie hatte Marthes Blut, wenngleich nicht auf dem Gewissen, so doch an den Händen. »Wäre er wenige Minuten eher aufgekreuzt, oder hätte ich ihn nicht zerballert, hätte er Kapitän Vertigus und mich liquidiert. Ich kann nicht warten. Ich will wissen, was los ist.«

Warden Dios spreizte die Hände. Im Schein der Leuchte überm Schreibtisch wirkten sie enorm kraftvoll; so fest, als wären sie aus Stein gemeißelt. »Wie Sie wollen. Fangen wir mit dem Kaze an. So was betrifft Ihre Abteilung. Erzählen Sie mir Näheres über ihn.«

»Eine menschliche Bombe«, erklärte Min, ohne überlegen zu müssen. Während des Berichtens verzichtete sie schließlich darauf, ihre Aussprache zu beachten. Spräche sie undeutlich, würde der Polizeipräsident es sagen. »Ein Terrorist mit Selbstmordauftrag. In letzter Zeit hatten wir mit solchen Typen wenig Ärger. Die meisten Randgruppen vegetieren in internem Chaos dahin, können sich nicht entscheiden, wen sie am meisten hassen, so sehr hassen, daß 's sich lohnte, dafür in den Tod zu gehen. Sie haben zuviel Horror vor dem Bannkosmos. Nur eine Gruppierung versucht regelmäßig, die EKRK-Politik mit Bombenanschlägen aufzumischen, und zwar die Transnationalen Terratreuen. Dieser Kaze kam aber nicht von ihnen.«

»Woher wissen Sie das?« erkundigte sich Dios.

»Weil die Sicherheitsvorkehrungen ihn nicht aufgehalten haben. Er hatte eine ordnungsgemäße Wartungsdienst-Id-Plakette. An so was ist nicht leicht zu gelangen, schon gar nicht für eine Gruppierung wie die Transnationalen Terratreuen mit ihrer notorischen Vorgeschichte« – Min verzog den Mund – »der ›Opposition‹ gegen das EKRK. Der EKRK-Schutzdienst imprägniert den Plaketten sämtlicher Personen, die auf Suka Bator tätig sind, alle möglichen Kontrollcodes. Und das EKRK erhält die KMOS-SAS-Chips für seine Identifikationen von uns geliefert.« Damit meinte sie in diesem Fall die Abteilung Datenaquisition. »Die Chips sind genauso fälschungssicher wie Data-Nuklei.«

Dios wußte das alles; dennoch merkte man ihm keine Spur von Ungeduld an.

Min tat ihr Bestes, um alles, was ihr in den Sinn kam, mitsamt allen Einzelheiten unverzüglich in Worte zu fassen. »Einmal angenommen, es wäre überhaupt möglich, so einen Chip zu stehlen oder nachzubauen, um eine Wartungsdienst-Id-Plakette zu fälschen – was ich übrigens für ausgeschlossen halte –, wär's keinesfalls über Nacht zu schaffen. So etwas müßte von langer Hand geplant werden. Und wer den Chip hätte, könnte noch längst nicht ohne weiteres die Id-Plakette fabrizieren. Dafür bräuchte man viel zu viele spezielle Informationen über die Arbeitsweise des EKRK-Schutzdienstes, zum Beispiel, wie die Paßwort-Codes rotieren. Um so eine Aktion durchzuziehen, hätten die Transnationalen Terratreuen schon vor Monaten mit den Vorbereitungen anfangen müssen. Der Kaze war aber alles andere als gründlich vorbereitet gewesen. Er hatte beim Gehen noch Schmerzen. Die Implantationen können erst vor kurzem stattgefunden haben, vielleicht erst gestern, höchstens vor zwei Tagen. Wieso sollte jemand die langwierige Arbeit erledigen, deren es zur Fälschung einer EKRK-Identifikation bedarf, ohne zur gleichen Zeit den Kaze auf den Einsatz vorzubereiten? Letzteres ist eindeutig der leichtere Teil des ganzen Aufwands.«

Warden Dios hob die Schultern. »Wahrscheinlich hat man nicht damit gerechnet, ihn so bald losschicken zu müssen.« Die Gedämpftheit seiner Stimme hatte einen Klang zur Folge, als hinge der Polizeipräsident zerstreuten Gedanken nach. »Der ursprüngliche Plan dürfte gewesen sein, ihn später zu verwenden, in irgendeiner anderen Situation. Daß er jetzt eingesetzt worden ist, muß auf einen plötzlichen Entschluß zurückgehen. Vielleicht ist er unter dem Eindruck der Ereignisse der vergangenen vierundzwanzig Stunden gefällt worden.«

Abermals kribbelte es in Min Donners Handtellern. Am unteren Ende ihrer Wirbelsäule zogen sich die Muskeln zusammen. Ohne Vorwarnung schien die Atmosphäre des Büros etwas Bedrohliches anzunehmen; an den Rändern des Lichts schienen unversehens nebulöse Andeutungen zu lauern. Offenbar gab der VMKP-Polizeipräsident ihr einen Aufhänger, um ihn mit Fragen zu konfrontieren; all den Fragen, die ihren Schädel zum Brummen brachten wie Kopfschmerzen, seit sie nach dem Attentat wieder ihren Sitz im Shuttle eingenommen hatte. Weil es für sie so fundamentale Bedeutung hatte, an Warden Dios zu glauben, erschreckte sie die Aussicht, seine Redlichkeit in Zweifel zu ziehen.

Aber als noch viel erschreckender empfand sie ihre Fragen.

»Wieso sollten die Transnationalen Terratreuen auf

Kapitän Vertigus einen Anschlag verüben?« hielt sie Dios entgegen. »Sie verehren ihn doch als Helden.«

»Um ihn vielleicht zum Märtyrer hochzuspielen?« meinte Dios gleichmütig. Möglicherweise spürte er die entstandene Spannung nicht; vielleicht ahnte er gar nicht, wohin die Unterhaltung führte. Der einzige Stress, den man ihm anmerkte, hatte die Anstrengung zur Ursache, die es ihn kostete, laut genug zu sprechen, um verstanden zu werden. »Um zu zeigen, daß die Feinde der Transnationalen Terratreuen fiese Schweinehunde sind?«

»Und wo ist da der Zusammenhang mit den ›Ereignissen der vergangenen vierundzwanzig Stunden‹?« Mins Stimme scharrte an den Knochen hinter ihren Ohren. »Inwiefern sollte für die Transnationalen Terratreuen heute ein anderer als irgendein beliebiger sonstiger Tag sein? Weshalb sollten sie so plötzlich die Idee zu diesem Attentat gehabt haben?«

Dios' Normalauge erwiderte ihren Blick. Anhand seiner IR-Sicht mußte er erkennen, daß ihre Nerven glühten.

»Weil für das Konzil ein kritischer Zeitpunkt angebrochen ist«, lautete Dios' Antwort. »Eine Diskussion um alles, was wir im Weltall betreiben, ist losgetreten worden, und zwar ganz unvermittelt. Gerade weil Kapitän Vertigus bei den Transnationalen Terratreuen als Held gilt, heiligt dieser Anschlag gewissermaßen seine Auffassungen erst recht. Ich meine, seine Opposition gegen Holt Fasner und die VMK. Denken Sie daran, daß der Kapitän immer uns unterstützt, aber sich gleichzeitig stets gegen Fasner gestellt hat. Er lehnt nicht die Funktion der VMKP ab, sondern die Politik der VMK. Ihre Feinde haben Terroristen seit jeher angegriffen... Gelegentlich fallen Sie allerdings auch über ihre Gesinnunsgenossen her, um ihre Gegner anzuschwärzen.«

Min widersetzte sich der Versuchung, den Kopf zu

neigen. Sie hätte gerne die Augen gesenkt; doch der Druck zum Fortschauen, um die Aufmerksamkeit auf irgend etwas anderes zu richten, nur nicht mehr den Mann, in dessen Diensten sie tätig war, ging keineswegs von ihm aus. Vielmehr kam er aus ihr selbst, entsprang dem, was sie dachte; aus dem, was sie befürchtete. Die Schwäche war auf ihrer Seite. Aufgrund dieser Erkenntnis wehrte sie sich gegen das Nachgeben.

Indem sie Warden Dios' Blick entschlossen standhielt, tat sie einen Schritt auf das zu, was sie als den Kern der Sache erachtete.

»Ich habe eine andere Vermutung«, schnarrte sie, »die nicht von der Annahme ausgeht, die Transnationalen Terratreuen könnten dem Kaze den Dienstausweis gefälscht haben. Nämlich den Verdacht, daß es bei uns einen hochrangigen Verräter gibt. Dafür kommt nur eine Person in Frage, die Zugang zu echten Chips hat, die sämtliche Paßwort-Codes und Kontrollcodes kennt oder sie sich verschaffen kann. Für so jemanden ist es einfach, eine Wartungsdienst-Id-Plakette zu fabrizieren. Aber er hatte keinen Kaze in Bereitschaft, weil er bis heute überhaupt keine Absicht verfolgte, ein Attentat auf Kapitän Vertigus zu begehen.«

»Interessant.« Warden Dios' Tonfall bezeugte nicht die gelindeste Überraschung. Abgesehen von seiner offensichtlichen Konzentration blieb seine Miene ausdruckslos. »Dann lassen Sie nun einmal mich Ihre Frage stellen. Warum ist der Anschlag auf Kapitän Vertigus ausgerechnet *jetzt* geschehen? Warum will dieser Verräter ihn so plötzlich abservieren?«

Ohrenklingen und Betroffenheit trübten Min Donners Gehör. Dennoch wirkte die Tatsache, daß er nicht fragte, wer denn nach ihrer Ansicht der Verräter sein sollte, genauso auf sie, als hätte er ihr das Versäumnis selbst ins Gesicht geschrien.

»Weil wir ihn für etwas ausgesucht haben«, antwortete sie mit dem Geschmack trockener Asche im Mund. »Der Verräter wünschte seinen Tod, damit er die Gesetzesvorlage nicht einreichen kann.«

Vielleicht hast du dich nicht ausschließlich mit mir darüber verständigt. Und der dritte Eingeweihte hat die Information nach draußen dringen lassen.

Oder *du selbst* hast sie weitergegeben.

»Andererseits könnte dieser Verräter aus dem gleichen Motiv, den ich den Transnationalen Terratreuen zuschreibe, Kapitän Vertigus' Ableben gewünscht haben«, sinnierte Dios, als beschäftigten sie beide sich mit nichts als reiner Spekulation. »Um ihn zum Märtyrer zu machen und so Unterstützung für die Gesetzesvorlage zu mobilisieren.«

Mit absoluter Gelassenheit, anscheinend ohne jede Überlegung, nannte Dios ihr einen Grund, um zu mutmaßen, er könnte der Urheber des Bombenanschlags sein.

Man hätte glauben können, er wollte sie von den eigenen Gedanken ablenken.

Völlig unvermittelt verspürte sie gegen ihn eine Anwandlung des Widerwillens. Ihr widerstrebte seine Ruhe, seine Kraft, seine Geheimnistuerei; sie verabscheute das Spiel, in das er sie verwickelt hatte, weil es die Überzeugungen unterminierte, die für sie die VMKP zu einer Institution hohen Stellenwerts machten, um gar nicht erst von der Gefährdung ihrer Lebensfähigkeit zu reden. Sie war seine OA-Direktorin, weil sie an die Richtigkeit dessen glaubte, was die Polizei als ihre Aufgabe ansah. Und sie war sich immer darin sicher gewesen, daß er die gleichen Überzeugungen vertrat. Doch seit Morn Hyland mit Angus Thermopyle zur KombiMontan-Station zurückgekehrt war – nein, schon seit einem früheren Zeitpunkt, und zwar seit Dios' sich dazu hatte bringen lassen, die Forschungen am Intertech-Immunitätsserum zu untersagen –, hatte er ihr zunehmend häufiger Veranlassung zum Hinterfragen der Natur seiner Überzeugungen gegeben; immer öfter Anlaß, um zu überlegen, ob er inzwischen nicht doch seine Seele dem Drachen verkauft haben könnte. Wie sie jetzt so vor ihm saß, im Angesicht all seiner komplizierten Intentionen und Ausgeklügeltheiten, sehnte sie sich nach den einfachen Dienstpflichten zurück, die sie am liebsten schätzte, der klaren Entschiedenheit, die ihre Ganzheitlichkeit gewährleistete. Und dafür, daß er ihr all das nahm, hätte sie ihn nun hassen können.

»Ich bin ganz froh darüber, daß Sie diese Möglichkeit erwähnen«, entgegnete sie, sah von jedem Versuch ab, ihren Ärger zu verheimlichen; ihn vor Dios geheimzuhalten, wäre ihr ohnehin mißlungen. »Da fällt mir nämlich die Videokonferenz mit dem Konzil ein. Während meiner Unterredung mit Kapitän Vertigus habe ich mich andauernd gefragt, weshalb Sie sich eigentlich so aufgeführt haben. *Warum* nur? Niemals zuvor hatten Sie dem EKRK so ein Bild von sich vermittelt.« Oder mir. »Und ich bin nur auf eine einleuchtende Antwort gestoßen. Daß Sie's getan haben, damit die Gesetzesvorlage gewisse Erfolgsaussichten erhält. Aber jetzt ist mir durch Sie eine andere Idee eingegeben worden.«

Sie brachte ihren Körper in die Balance der Allzeitbereitschaft, beließ ihn in dieser Haltung, als wäre sie eine auf Dios' Kopf gerichtete Waffe. »Vielleicht haben Sie es getan, um sich einen Vorwand zu verschaffen, aus dem Sie mich möglichst schleunig zu Kapitän Vertigus schicken konnten … Um eine Gelegenheit zu bekommen, die beiden einzigen Menschen, die wirklich an die Notwendigkeit der Gesetzesvorlage glauben, aus dem Verkehr zu ziehen.«

Als sie verstummte, hämmerte ihr Herz, als ob sie fürchten müßte, fürs laute Aussprechen dieser Worte niedergeschmettert zu werden. Ihre Hände juckten nach Gewalt. Doch ihr Blick blieb unerschrocken; die Mündung ihres Vorwurfs zitterte nicht.

Für lediglich einen Sekundenbruchteil verzogen sich in Dios' Gesicht die Muskeln; es konnte sein, daß er sich unwillkürlich zusammenkrampfte. Aber fast unverzüglich glätteten sich seine Gesichtszüge. Nur eine Andeutung von Kummer rings um seine Augen widersprach seiner Fassade des Gleichmuts.

»Ich bin der Meinung«, erwiderte er langsam, »wenn ich Ihren Tod wünschte – wenn ich die Sorte Mensch wäre, die ihre Probleme löst, indem sie Untergebene und Politiker liquidiert –, hätte ich auf etwas Ehrbareres als einen Kaze zurückgegriffen.«

Min hatte Schwierigkeiten, ihn zu verstehen. Er sprach nicht mehr so laut wie davor. Allein die allmähliche Erholung ihrer Trommelfelle ermöglichte es ihr, die verschwommenen Laute seiner Stimme zu deuten.

Etwas Ehrbareres als einen Kaze.

Kaum hatte er das gesagt, glaubte sie ihm. Das war der Warden Dios, den sie bewunderte; der Warden Dios, dem sie ihren Dienst widmete. Sie konnte sich unmöglich so viele Jahre hindurch in ihm getäuscht haben. Der Gedanke, er könnte hinter dem Kaze stecken, war ein pures Hirngespinst.

Sein ganzes Gerede hatte ausschließlich den Zweck, sie abzulenken.

Einen Moment lang war sie dermaßen verstimmt, daß sie kein Wort mehr zustandebrachte.

Aber Dios war nicht in Schweigen gesunken. »Haben Sie schon einmal daran gedacht«, fragte er so rhetorisch, als ginge es noch um dasselbe Thema, »daß vielleicht wir – ich meine, wir alle, die Polizei – für die Existenz solcher Einrichtungen wie Kassafort verantwortlich sind? Daß es vielleicht für die Menschheit besser wäre, wir hätten uns nicht soviel Macht angeeignet, oder uns weniger unentbehrlich gemacht?«

Min schluckte mühselig. Sie kannte ihn gut genug, um sich darüber im klaren zu sein, daß er darauf keine Antwort erwartete. »Das ist doch lachhaft«, widersprach sie trotzdem schroff, weil sie sich ärgerte. »Wir tragen keine Verantwortung für die kriminelle Karriere solcher Figuren wie Angus Thermopyle. Wir haben doch nicht die Amnion geschaffen. Aber gäbe es uns nicht, hätte die Menschheit keine Verteidigung.«

Ein Grimassieren verzerrte Dios' Mundwinkel. »Da bin ich mir weniger sicher. Die Geschichte der Menschheit ist voller… man könnte sagen, voller obrigkeitlicher Irrtümer. Je stärkere Gewaltinstanzen man etabliert, um die Menschen zur Ordnung anzuhalten, um so mehr provoziert man ihre Ablehnung. Thermopyle und die Amnion sind wahrscheinlich gar kein schlechtes Beispiel. Ehe Thermopyle in unsere Hand fiel, stand er zwischen zwei Gefahren, zwei Gegnern, den Amnion und uns. Es ist das erklärte Ziel der Amnion, ihn umzuwandeln, so wie alle Menschen, sein Menschsein zu beenden. Wir haben vor, ihn zu exekutieren oder zumindest lebenslänglich einzusperren. Was täten sie in seiner Lage? Wir versuchen uns mit Waffengewalt durchzusetzen. Die Amnion verlegen sich auf Handel. Und sie halten abgeschlossene Geschäfte immer ein, weil sie wissen, sonst würde man ihnen kein Vertrauen entgegenbringen, und es wäre weitgehend aus mit den Wirtschaftsbeziehungen. Also, was *täten* Sie?«

Min starrte ihn an, als sähe sie, wie Mutagene sich in sein Erbgut fraßen, die Struktur seiner Knochen veränderten.

»Das ist doch naheliegend, oder nicht?« meinte er. »Hätten Sie die Wahl dazwischen, von uns erschossen zu werden oder bei den Amnion das Menschsein zu riskieren, wären sie verrückt, letzteres *nicht* vorzuziehen. Weil die Amnion Ihnen die Chance zum Überleben lassen, sind sie die kleinere Gefahr. Sobald man uns zum Feind hat, ist Piraterie die einzige vernünftige Alternative. Und *wir* bestimmen die Regeln. *Wir* verhängen die Restriktionen, nach denen Illegalität definiert wird. Wir haben Thermopyle in die Situation *gedrängt*, in der er sich zwischen uns und den Amnion entscheiden mußte. Man darf von so einem Menschen nicht erwarten, daß er eine langfristige Perspektive hat. Von ihm kann man nicht verlangen zu begreifen, daß die Amnion eine Bedrohung der ganzen Menschheit verkörpern, während von uns bloß Gefahr für Leute ausgeht, die die Gefährdung der Menschheit erhöhen. Er nimmt alles persönlich. Das *muß* er auch, weil er ständig auf der Flucht ist und davon sein Leben abhängt. Bei jemandem wie Angus Thermopyle schneiden die Amnion gar nicht so schlecht ab, weil wir aus seiner Warte schlimmer sind. Mit anderen Worten, wir sind *sehr wohl* dafür verantwortlich, daß er so ist, wie er nun einmal ist. Wir haben die Verantwortung für jedes einzelne Individuum in Kassafort und jeder anderen Schwarzwerft, in jedem stellaren Vorposten und jeder sonstigen Einrichtung, die Geschäfte mit den Amnion macht. Und würden wir keinen derartigen Aufwand betreiben, um die Piraterie zu ersticken – oder wären wir dabei weniger selbstgerecht –, wären die Piraten keine so große Gefahr für diejenigen, denen wir dienen sollen.«

Während sie zuhörte, gerann Mins Erzürntheit zu Kummer. Sie hatte das Bedürfnis, an ihn zu glauben. Aber er *hatte* sich verändert. Das letzte Mal, als er ihre Aufgabe erklärte – und damit seine –, hatte er noch völlig anders davon gesprochen.

Min biß die Zähne zusammen, um ihren Trübsinn zu bezähmen. »Warum tun wir's dann? Weshalb bemühen wir uns so stark um etwas, von dem wir gar nicht überzeugt sind?«

Nun sank Dios' Stimme zu einem Flüstern ab. Hätte Min nicht gesehen, wie sich seine Lippen bewegten, vielleicht hätte sie sich eingebildet, die Worte kämen aus der Düsternis rund um den Lichtkreis der Deckenleuchte.

»Weil die Menschen, denen wir dienen, und jene, denen wir dienen sollen, nicht dieselben sind. Wir dienen nicht der Menschheit. Wir stehen im Dienst der Vereinigten Montan-Kombinate. Und die Vereinigten Montan-Kombinate ziehen ihren Nutzen aus der Piraterie. Die Piraterie festigt die marktbeherrschende Stellung der VMK.«

Ist es das? fragte sich Min Donner. Ist das endlich die Wahrheit? Oder wieder nur Ablenkung?

Äußerte er Zweifel an der VMKP, stellte er die Integrität seines eigenen Lebenswerks in Frage, um ihr zu suggerieren, er sei dazu fähig, einen Kaze gegen Kapitän Vertigus einzusetzen, um der Vorlage des Trennungsgesetzes Rückhalt zu verschaffen?

Nein, das ergab keinen Sinn. Wäre der Kapitän ums Leben gekommen, hätte niemand im Konzil von der Gesetzesvorlage erfahren. Sie wäre zusammen mit ihrem vorgesehenen Paten in Fetzen gerissen worden.

Und Min war sich vollkommen sicher, daß es den Kaze maßlos überrascht hatte, sie an Kapitän Vertigus' Tür zu sehen.

Die Videokonferenz mochte durchaus ein Trick Warden Dios' gewesen sein, um der Gesetzesvorlage Nachdruck und Gewicht zu verleihen. Dagegen mußte der Kaze einen völlig anderen Ursprung haben.

Min merkte, wie sie so gewaltsam mit den Kiefern mahlte, daß ihr der Schädel weh tat. »Warum erzählen Sie mir das alles?«

Was veranlaßt dich zu der Auffassung, ich hätte Lust, Holt Fasner noch länger zu dienen, anstatt der Menschheit?

Wovon willst du mich ablenken?

Unvermittelt beugte Warden Dios sich vor, stützte die Handflächen auf die kahle Platte des Schreibtischs. Seine Stimme blieb leise, aber er erhöhte die Stimmlage, um sich Min deutlich verständlich zu machen. Seine Auge schimmerte eindringlich.

»Min, ich will, daß Sie diese Sache überleben. Wenn es sich irgendwie hinbiegen läßt, will ich, daß Sie die künftige Polizeipräsidentin werden.«

Mit diesen Worten band er sie endgültig an sich; nahm er sie in einen Griff, den sie niemals brechen konnte. Im Lichtschein erkannte sie auf einmal die Zusammenhänge so klar, als ob Dios' kraftvolle Finger sie ihr auf der Tischplatte ausbreiteten. Schlagartig hatte er ihre Überzeugungen wiederhergestellt; sich in den Mann zurückverwandelt, an dem sie mit ganzem Herzen hing.

»Sie glauben«, folgerte sie leise, zu verblüfft, um Bedauern oder Ärger zu empfinden, »Sie hätten ausgespielt.« Diese Erkenntnis schien Licht bis in die hintersten Winkel des Büroraums zu werfen. »Wir brauchen das Trennungsgesetz … Wir benötigen eine Möglichkeit, um uns endlich zu dem zu machen, was wir ursprünglich sein sollten, nämlich Diener der Menschheit. Aber weil der Drache zu viele Stimmen aufbieten kann, ist die Verabschiedung zunächst einmal fraglich. Also haben Sie beschlossen, sich zu opfern, um die Voraussetzungen für eine Verabschiedung zu schaffen. Kommt das Gesetz im Konzil durch, bleiben Sie naturgemäß nicht Polizeipräsident. Niemand hätte mehr zu Ihnen Vertrauen. Und wird es abgelehnt, serviert der Drache Sie sowieso ab, und wenn nur, weil Sie zur Belastung geworden sind.«

Du möchtest mich von dir schieben, zwischen dir und mir Distanz herstellen. Das ist der Zweck all dieser Ablenkung … Darum versuchst du mir Zweifel an dir einzureden. Du willst, daß die Operative Abteilung ihre Glaubwürdigkeit behält, wenn du kippst. Ich soll als die einzige Person dastehen, auf die sich das EKRK verlassen kann, wenn es nachher ans Umgestalten geht.

Es schien, als ob Dios in seinem Sessel zusammenschrumpfte. Er erweckte den Anschein, als wichen seine Wesenskräfte von ihm, als ob es, daß sie ihn durchschaute, seine Hoffnungen zerstörte. Oder vielleicht war es ihr plötzlicher Ingrimm, der ihm den Wind aus den Segeln nahm. Bedächtig kehrte er die Handteller aufwärts.

»Ich sage Ihnen Bescheid, wenn ich am Ende bin«, antwortete er gedämpft. »Aber da ich schon gerade dabei bin, Ihnen Sachen auszuplaudern, die Sie lieber nicht wissen sollten, will ich Ihnen noch etwas verraten. Seit ich die Anweisung zur Einstellung der Forschungen am Intertech-Immunitätsserum unterschrieben habe, sind Sie auf mich sauer. Sie hatten sich gewünscht, daß ich mich in dieser Frage gegen Fasner auflehne. Wahrscheinlich dachten Sie, ich hätte damit an die Öffentlichkeit gehen, ihn vor aller Welt entlarven, ihn so zu einer gegenteiligen Entscheidung zwingen müssen.« Durch Mins verschleierten Hörsinn gewahrte sie Anklänge des Zorns. »Aber was hätte ich damit erreicht? Wäre er von mir genügend unter Druck gesetzt worden, hätte er wahrscheinlich selbst die Forschungsergebnisse publiziert. Dem EKRK weisgemacht, ich hätte ihn mißverstanden. Er hätte Unannehmlichkeiten gehabt, aber wäre damit davongekommen. Er wäre noch Konzernchef, aber ich nicht mehr Polizeipräsident. Natürlich hätte ich auch einfach den Dienst quittieren können. Aber dadurch wäre noch weniger erreicht worden. Also habe ich nichts dergleichen getan. Ich habe die Forschungen von Intertech nicht unterbunden. Sie sind ihr lediglich entzogen worden. Die Anweisung habe ich bloß zur Schau unterzeichnet. An der Stelle Intertechs habe ich Hashi Lebwohl mit der Fortführung der Forschungen beauftragt. Er hat sie beendet.«

Warden Dios' Auge war voller Betrübtheit. Andeutungen von Gram durchzuckten seine Wangenmuskeln. »Uns steht ein Immunitätsserum gegen Amnion-Mutagene zur Verfügung. Es wirkt. Lebwohl ist der einzige, der informiert ist. Er allein darf es verwenden. Das war *meine* Idee.«

Der Polizeipräsident ballte die Hände vor sich auf der Tischplatte zu Fäusten. »Fasner wollte dem Forschungsprojekt insgesamt ein Ende machen. *Ich* habe ihn dazu überredet, es Lebwohl weiterführen zu lassen … das Serum zu produzieren und dann geheimzuhalten. Sollte *das* jemals aufgedeckt werden, verliere ich nicht bloß meinen Posten. Dann werde ich wegen Hochverrats hingerichtet. Aber das ist das einzige Druckmittel, das ich gegen den Drachen habe. Es ist genau die Art von Kumpanei, für die er Verständnis hat. Ich bin dadurch sein *Komplize.* Mehr als alles andere, was ich je getan habe, hat das ihn davon überzeugt, mir trauen zu dürfen … mir zu gestatten, meine Entscheidungen eigenständig zu treffen. Erführe er, daß ich der Urheber der Gesetzesvorlage bin, ließe er mich ermorden. Vielleicht veranlaßt er auf alle Fälle meine Ermordung, falls er zu der Befürchtung gelangt, daß das Gesetz verabschiedet wird … Oder falls er den Verdacht bekommt, ich könnte irgend jemand weitererzählen, was ich weiß.«

Das altgewohnte Glühen in Min Donners Handflächen schien sich durch ihren Körper bis herauf ins Gesicht auszubreiten. Ihr brannten die Augen. Eine andere Frau wäre den Tränen nahe gewesen; Min hingegen stand am Rande eines Wutanfalls. »Aber was hat er davon?« fragte sie, nur um die Brisanz, die sich in ihr staute und nach Entladung drängte, besser im Zaum halten zu können. »Wieso bringt es der VMK Gewinn, wenn die DA ein geheimes Immunitätsserum verfügbar hat? Was haben *Sie* davon?«

Warden Dios schöpfte tief Luft. Mit dem Ausatmen, so hatte es den Anschein, verflog auch all seine Eindringlichkeit. Die Anspannung schwand ihm aus Schultern und Händen; sein Gesicht nahm wieder einen gleichmütigen Ausdruck an. Er wirkte wie ein

Mann, der nur aus Verzweiflung ein Risiko eingegangen war und verloren hatte, der nun mit den Konsequenzen leben mußte.

»Es tut mir leid.« Er stöhnte auf. »Manchmal bin ich über meine eigenen Schwachheiten bestürzt. Ich hätte Sie in dem Glauben lassen sollen, ich hätte die Forschungen unterdrückt. Das wäre für Sie einfacher gewesen.«

Einfacher? Min verstand ihn nicht. Inwiefern einfacher?

Meinte er, es wäre einfacher für sie gewesen, zu ihm Distanz zu halten? Sich innerlich von ihm loszusagen, um die Integrität der OA zu wahren?

Bedeutete ihre Treue für ihn eine solche Gefährdung, daß er sie praktisch von sich stoßen wollte, nein, *mußte?*

»Wie es der VMKP Gewinn erbringt?« wiederholte er Mins Frage. »Es erhält den Konflikt mit den Amnion aufrecht. Es schreckt sie ab – das ist der Zweck, für den Lebwohl das Serum benutzt –, verstärkt zwar ihre Feindseligkeit, aber auch ihre Vorsicht. Und dadurch werden sie wieder abhängiger von Wirtschaftsbeziehungen. Vom Handel mit der VMK natürlich ... Und ebenso mit Illegalen. Und *dadurch* bleibt die Polizei unentbehrlich. Es macht sie gewaltbereiter, selbstgerechter und gefährlicher. Mit dem Resultat, noch mehr Feindschaft und Vorsicht zu erzeugen. Alles was den Konflikt bis dicht unterhalb der Schwelle zum offenen Krieg eskaliert, erhöht die Gewinne und Profite der VMK. Was ich davon habe? Ich behalte meinen Posten. Und das ist mir gegenwärtig wichtiger als das Leben.«

Min konnte nicht verkraften, was er sagte. Alle diese Überlegungen widerten sie an; die bloße Vorstellung, ihre Treue könnte eine Gefahrenquelle sein, machte sie krank. »Polizeipräsident Dios«, erkundigte sie sich nochmals, »warum erzählen Sie mir all das?« Wo blieb die klare, schlichte Antwort, derer sie bedurfte? Wieso war sie jetzt noch immer dazu außerstande, ihn zu hassen? »Wenn Sie es mir *einfach* machen wollten, hätten Sie diese Themen überhaupt nicht anzusprechen brauchen. Sie hätten mich aus der ganzen Angelegenheit *heraushalten* können, verflixt und zugenäht... Ich kann nichts dagegen tun, wenn Sie willens sind, sich selbst zu isolieren.«

Er wandte den Blick nicht ab; doch seine Entgegnung zeugte von der Schmerzlichkeit seiner Niederlage. »Der Kaze hat Sie beinahe das Leben gekostet. Fast hätte er Kapitän Vertigus liquidiert. Ich kenne Sie. Ich habe Anlaß zu der Annahme, daß Sie sich für den Tod der Frau, die bei der Explosion umgekommen ist, verantwortlich fühlen. Ich war Ihnen eine Erklärung schuldig.«

In wildverzweifelter Anstrengung krallte Min, um ihre inneren Regungen des Kummers zu bezwingen, die Finger in ihre Oberschenkel. Was für eine Erklärung haben Sie mir denn da abgegeben? hätte sie am liebsten geschrien. Nennen Sie es etwa eine *Erklärung,* mir Gründe zum Argwohn gegen Sie einzureden? Aber sie verkniff sich den Widerspruch. Sie glaubte es nicht ertragen zu können, irgend etwas auszusprechen, durch das er danach noch niedergeschlagener ausgesehen hätte.

»Dann wird es Sie sicherlich freuen zu hören«, sagte sie in harschem Ton, »daß Kapitän Vertigus sich dazu durchgerungen hat, Ihre Gesetzesvorlage zu seiner Sache zu machen und dem Konzil zu präsentieren. Er dürfte schon soweit sein, wenn es morgen früh wieder zusammentritt.«

Der Polizeipräsident hob die Schultern. »Leider haben Sie offenbar noch nicht die neusten Nachrichtenmeldungen gehört. Abrim Len hat bekanntgegeben, daß das Konzil seine Arbeit erst fortsetzen wird, nachdem der Schutzdienst ausreichende Gelegenheit gehabt hat, um das Kaze-Attentat zu untersuchen. Bis die

Konzilsdeputierten die Gewähr haben, sich in Sicherheit zu befinden. Darüber werden wenigstens ein, zwei Tage verstreichen.«

Das Klingen in Min Donners Ohren schwoll an. Sie hatte das schreckliche Empfinden, es sollte nie mehr verstummen.

ERGÄNZENDE DOKUMENTATION

TEXT EINER VON WARDEN DIOS VOR KADETTEN
DER VEREINIGTE-MONTAN-KOMBINATE-POLIZEI
ANLÄSSLICH DES BEVORSTEHENS
IHRES ERSTEN DIENSTEINSATZES GEHALTENEN
ABSCHIEDSANSPRACHE

Männer und Frauen, geschätzte Kadetten und Kadettinnen der Vereinigte-Montan-Kombinate-Polizeiakademie, es ist höchste Zeit.

Ihre Ausbildung ist abgeschlossen, soweit die Akademie sie Ihnen geben kann, in dem Maße, wie überhaupt jemals jemand von uns von sich behaupten kann, seine Ausbildung sei vorüber. Viele Hunderte von Stunden haben Sie in Klassenzimmern gesessen, sich Ratschläge eingeprägt, Daten gemerkt, mußten an Bildschirmen und aus schriftlichen Lehrmaterialien lernen, sind von Pedanten, Puristen und Philosophen belehrt worden – kurzum, Sie haben studiert, bis Sie dachten, Ihnen platzt der Schädel. *(Gelächter)* Monate an Echtzeit haben Sie in Simulatoren und bei Simulationen verbracht, sich die Beherrschung unserer Ausrüstung angeeignet, der besten genauso wie der mangelhaftesten, sich die grundlegenden Fähigkeiten erworben, die nötig sind, um durchzuhalten und Ihren Herausforderungen unter Umständen zu begegnen, in denen Ihr Überleben von Ihren Apparaten und Ihren Kameraden oder Kameradinnen abhängig ist – Sie haben alles erlernt, was ein Mensch in Übungssituationen lernen kann. Sie sind marschiert, stressfest gemacht, trainiert, unterwiesen und geschunden worden, bis selbst der oder die Kleinste von Ihnen es ganz allein mit einer kompletten Gossengang aufnehmen und ihr bedeutend mehr Senge austeilen kann, als er oder sie einstecken muß. Sie sind mit Hoch-G belastet und durchs Hyperspatium befördert worden. Und einige von Ihnen – einige *wenige,* würde ich sagen – haben es sogar geschafft, zwischendurch ein bißchen Schlaf zu finden. *(Heiterkeit)*

Jetzt ist das alles überstanden. *(Beifall & Jubel)* Endlich ist es vorbei. Sie haben alles gelernt, was die Akademie Ihnen vermitteln kann. Jeder von Ihnen ist stärker und klüger als bei der Ankunft, besser als vorher dazu befähigt, auf sich selbst aufzupassen und auf die Menschen achtzugeben, die uns vertrauen, besser denn je auf jede erdenkliche Zukunft vorbereitet, für die Sie sich entscheiden mögen.

Nun ist es an der Zeit, daß Sie an die Arbeit gehen. *(Lachen & Gestöhne)*

Über diese Arbeit möchte ich zu Ihnen sprechen. *(Applaus)*

Wir sind die VMKP. Wir stehen, grob gesagt, der Amniongefahr entgegen, hemmen ihren Drang, sich in unseren Regionen des Weltraums auszubreiten, uns unsere Interessen streitig zu machen und unser Überleben zu bedrohen. Und wir jagen Piraten. *(Heiterkeit)* Mit anderen Worten, wir tun all das, was die Polizei immer verrichtet hat, seit es eine schriftlich fixierte menschliche Geschichte gibt. Der einzige Unterschied zwischen uns und den ungezählten Legionen unserer Vorgänger besteht darin, daß unsere gesetzmäßige Zuständigkeit, unser ›Revier‹, dort anfängt, wo bei ihnen beides endete – nämlich an den Grenzen unserer planetaren Gravitationsquelle.

Männer und Frauen, Kadetten und Kadettinnen, wir haben die Verantwortung für den gesamten Human-Kosmos.

Das macht uns in der ganzen Menschheitsgeschichte einzigartig. Auch in unserer Gegenwart sind wir dadurch einmalig. In jeder anderen Hinsicht sind wir nur Polizisten und Polizistinnen. Genau wie jeder Polizist oder jede Polizistin vergangener Zeiten, der oder die sich mit ganzem Herzen den Aufgaben gewidmet oder im Dienst das Leben eingesetzt hat, sind wir da, um Freunde und Helfer der Menschen zu sein, um den Menschen, denen wir unsere Geburt verdanken, den Menschen, die uns ernährt und unterrichtet, den Menschen, die uns zur Inspiration verholfen und unsere Phantasie beflügelt, den Menschen, die unsere Technik erfunden und unsere Künste ersonnen, den Menschen, die uns zu dem erhoben haben, was wir sind, zu dienen und sie zu schützen. In *dieser* Beziehung unterscheiden wir uns nicht von unseren Vorgängern. Wir verkörpern schlicht und einfach ein neues Glied in der langen Kette von Frauen und Männern, die einmal den gleichen Eid wie wir leisteten, den Frauen und Männern, die geschworen haben, all das, was sie Zivilisation nannten, gegen das, was sie als innere und äußere Gefahren ansahen, zu verteidigen.

In *dieser* Hinsicht allerdings, in bezug auf unser ›Revier‹, sind wir, sei es in früheren Epochen oder in der Jetztzeit, ohne Beispiel. Nie zuvor ist die Polizei für die Fortdauer der Existenz der gesamten Species innerhalb des ganzen, großen Universums der Schöpfung verantwortlich gewesen.

Seit dem Anbeginn der Zeit hat die Polizei zahlreiche innere und äußere Gefahren zu bewältigen gehabt. Das ist unvermeidbar. Wir sind Menschen. Die meisten von uns können morgens nicht aus dem Bett steigen, ohne irgend jemand Verdruß zu verursachen. *(Vereinzeltes Lachen)* Doch alle diese inneren und äußeren Gefahren sind stets auch von Menschen ausgegangen, von anderen Menschen. Was ein Clan, ein Stamm oder eine Nation als Zivilisation bezeichnet, gilt woanders als Barbarei, oder man betrachtet es als Angriff auf die eigene, als naturgegeben empfundene Überlegenheit. Mißtrauen zwischen Völkern begünstigt Gewalt. Ökonomische Ungleichheit führt zu Neid und Gier. Und der Planet ist ein geschlossenes Ökosystem. Deshalb kommt es innerhalb der Zivilisationen oder zwischen verschiedenen Zivilisationen zu Konflikten um die Aufteilung der Ressourcen, ein verständliches Ringen, das im typischen Fall hinter der Maske religiöser oder politischer Meinungsverschiedenheiten ausgefochten wird.

Darum täuschen Sie sich nicht mit trügerischen Hoffnungen. Die Polizei hat allzeit und überall alle Hände voll zu tun.

Aber ausschließlich in unserem ›Revier‹ steht das Überleben der Menschheit an sich auf dem Spiel. Bei allen Auseinandersetzungen unserer langen, von Skrupellosigkeit gekennzeichneten, blutigen Vergangenheit hatte es Überlebende und Tote gegeben – doch die Überlebenden sind ebenso wie die Toten immer Menschen gewesen und geblieben.

In unserem ›Revier‹ hat dieser Grundsatz *keine* Gültigkeit.

Selbstverständlich ist der Begriff ›Revier‹ im Zusammenhang mit unserer Aufgabenstellung eine ganz extreme Übervereinfachung. Damit meine ich nicht nur die Frage der Jurisdiktion. Denn es gibt ja die Amnion. Einerseits legen sie keinen erkennbaren Wunsch nach Krieg an den Tag. Andererseits sind sie zutiefst imperialistisch. Ich sage ›zutiefst‹, weil ihre Sonderform des Imperialismus buchstäblich gegen den Kern dessen gerichtet ist, was unser Menschsein ausmacht, gegen den Kern unserer genetischen Existenz. Unser ›Revier‹ ist der gesamte Human-Kosmos, weil er in unsere Zuständigkeit fällt, weil die Amnion ihn uns entrissen, wenn sie es könnten. Und könnten sie es, brächten sie uns auch um das Eigentümliche, was wir mit Leib und Seele sind.

Aus diesem und keinem anderen Grund sind wir als Polizeiorganisation unserem Wesen nach vollständig einzigartig.

Und weil wir einzigartig sind, haben wir ein einmaliges Verhältnis zu den Menschen, deren Freund und Helfer wir sind, müssen wir es haben. Eben weil wir eine beispiellose Verantwortung für die Zukunft der Menschheit tragen, sind wir der Menschheit in einmaligem Umfang verantwortlich. Das bloße Ausmaß der Pflicht, die wir übernommen haben, verlangt uns eine besonders hohe Ebene der Rechtschaffenheit ab, einen den Anforderungen angemessenen Heldenmut, eine gänzlich neue Art der Aufopferung. Klar und deutlich ausgedrückt, wir müssen *im Namen* der Menschen tätig sein, denen wir dienen. Tun wir etwas anderes – verstößt die Barriere, die wir zwischen der Menschheit und ihrer Auslöschung errichten, *irgendwie* gegen das Vertrauen der Menschen, denen wir dienen, oder ihren Wunsch nach Freiheit –, dann sind wir falsche Polizisten. Dann werden wir von den Verteidigern der Zukunft zu ihren Herren. Anstatt schlicht und einfach der Zukunft ihren Lauf zu lassen, bestimmen wir statt der Männer, Frauen und Kinder über sie, die uns damit doch überhaupt nicht beauftragt haben.

Kadetten und Kadettinnen der Vereinigte-Montan-Kombinate-Polizeiakademie, es liegt in der Natur der Macht, daß ihr Beschränkungen ein Greuel sind, sie nach unumschränkter Entfaltung und unbegrenzter Ausübung verlangt. Und die Verpflichtung der Ethik und Moral ist es, der Macht Schranken zu ziehen, das Potential der Macht dergestalt zu formen und zu funktionalisieren, daß sie die Menschen, in deren Namen sie existiert, nicht beherrscht, sondern ihnen zu Diensten ist. Und daß wir als Polizei Macht haben, steht völlig außer Zweifel. Diese Feststellung mag Männern und Frauen, die gerade jahrelang etwas durchlitten haben, was wir so harmlos ›Ausbildung‹ nennen, nicht recht plausibel vorkommen, aber natürlich rede ich nicht von *Ihnen,* sondern von *uns.* Wir, die Polizei, haben unsere Macht um der Verantwortung für die Zukunft der Menschheit willen. Wir dürfen diese Macht niemals mißbrauchen. Wie gewissenhaft wir sind, *wenn* wir sie anwenden, so wachsam über uns selbst müssen wir hinsichtlich der Art und Weise sein, *wie* wir sie ausüben.

Ich möchte mich in dieser Frage vollkommen klar ausdrücken. Ihr Eid erlegt Ihnen eine Verantwortung auf, die weit über das Format jeder herkömmlichen Berufstätigkeit, jeder planetaren Arbeitsstelle oder Betätigung in einer Raumstation, über jedes minder strenge Pflichtbewußtsein weit hinausgeht. Lassen Sie mich einen Vergleich anführen. Denken sie an das Problem der Piraterie. Wir ›jagen‹ Piraten nicht, weil sie zufällig Illegale sind. Wir schießen nicht auf sie, weil sie als erste auf uns feuern, oder weil sie einen der Menschen, denen wir als Freund und Helfer dienen, geschädigt haben. Wir kämpfen aus dem gleichen organischen Grund gegen die Raumpiraterie, aus dem Antikörper ein Virus bekämpfen, weil nämlich, tun wir es nicht – oder haben wir keinen Erfolg –, der gesamte riesige Organismus namens Menschheit erkrankt und stirbt.

Verändert jedoch ein Antikörper nach und nach die Beschaffenheit des übergeordneten, größeren Organismus, verursacht der Antikörper Entgleisungen, die der höhere Organismus nicht wünscht und nicht steuern kann, dann sprechen wir von ›Krebs‹. Ähnlich wie das Virus löste dann auch der Antikörper Siechtum und Tod des Organismus aus. Aber im Gegensatz zum Virus verhält ein derartiger Antikörper sich falsch.

Die Amnion gleichen dem Virus. Das Virus wirkt darauf hin, die Funktionen zu verrichten, zu denen es infolge seiner normalen, genetisch vorbestimmten Aufgaben fähig ist, weil es dies schlichtweg tun muß. Der Krebs dagegen bedeutete einen Verstoß gegen den eigenen genetischen Code. Er ist mörderisch, weil die eigenen Eiweißketten verkehrt und falsch geworden sind.

Jene unter Ihnen, die für Analogien eine rasche Auffassungsgabe haben, werden auf Anhieb erkennen, daß die Raumpiraterie eine Art von Krebs ist.

Nun, könnte man sagen, wenn man sowieso sterben muß, welchen Unterschied bedeutet es, ob ein Virus oder Krebs die Todesursache abgibt? Unterm Strich besehen, macht es offenkundig gar keinen Unterschied aus. Aber solange man lebt, man noch eine Zukunft hat, ist es ein fundamentaler Unterschied. Erkrankt jemand an einem Virus, darf er jederzeit berechtigterweise hoffen, daß die Antikörper der Aufgabe, ihn zu retten, gewachsen sind. Aber wenn die Antikörper zu Krebs entarten, kann er nur überleben, wenn er in gewissem Umfang ihrer grundsätzlichen Natur nach gewalttätige Maßnahmen gegen den eigenen Organismus in Kauf nimmt: chirurgische Eingriffe, der Polymerase verheerend abträgliche Chemotherapie, für die Nukleotiden des Lebens selbst schädliche Strahlenbehandlungen oder gentechnisch erzeugte Raubmikroben, die den Krebs ausmerzen, von denen man sich jedoch nie sicher sein kann, ob sie nicht auch etwas anderes angreifen. Ob man mit dem Leben davonkommt oder nicht, der Krebs fügt zwangsläufig erheblicheres Unheil als eine Viruserkrankung zu.

Sind wir keine Antikörper, kein Ausdruck der Menschlichkeit des Organismus, dem wir angehören, dann sind wir Krebs, und der Menschheit ginge es ohne uns besser.

Das ist der Sinngehalt Ihres Schwurs, die einzigartige und unverzichtbare Pflicht, die Sie unbedingt beachten müssen.

Zum Abschluß meiner Ansprache möchte ich Ihnen unumwunden sagen, daß es mir letzten Endes einerlei ist, ob Sie Erfolg oder keinen Erfolg haben. Aufgrund des ebenso einfachen wie überzeugenden Arguments, daß wir der Versuchung widerstehen, eine bestimmte Zukunft anzustreben oder die Zukunft zu beeinflussen, können wir die Zukunft nicht garantieren. Der Weltraum hat eine gewaltige Ausdehnung, und die Amnion sind eine durch und durch rätselhafte Species. Niemand von uns kann voraussehen, was das Ergebnis unserer Bemühungen sein wird. Unsere Verantwortung für die Menschheit und gegenüber der Menschheit mutet uns nicht zu, es zu wissen. Beurteilen wird man uns nach der Rechtschaffenheit unseres Dienstes.

Männer und Frauen, Kadetten und Kadettinnen der Vereinigte-Montan-Kombinate-Polizeiakademie, es ist, wie ich schon erwähnt habe, höchste Zeit.

Es ist allerhöchste Zeit, daß wir ans Werk gehen. *(Anhaltender Applaus)*

LIETE

Liete Corregio, Dritte Offizierin der *Käptens Liebchen,* saß im Kreis der besten Leute ihrer Schicht an ihrem Posten auf der Steuerbrücke.

Ein lange andauernder, schwarzer Wind wehte ihr durch die Ohren.

Nach normalen Maßstäben hatten sie und die speziell zusammengestellte Brückencrew zur Zeit gar nichts auf der Steuerbrücke zu tun. Die *Käptens Liebchen* schwebte in einer Astro-Parkbucht, war an der Station verankert, hatte beide Antriebsaggregate und die Energieversorgung stillgelegt. Sogar der Strom zur Wasseraufbereitung und für die Luftfilteranlagen kam aus Kassafort, von dem tief im Innern – drunten im Mittelpunkt – des Planetoiden installierten Fusionsreaktor. Greifarme und Klammern hielten das Raumschiff so unbeweglich an seinem Platz, als wäre es ein Bestandteil des Docks geworden.

Nur die Kommunikation erforderte eventuell ein wenig Aufmerksamkeit; doch Liete hätte die Kontrollkonsole eingehende Mitteilungen durchaus in ihre Kabine – oder wo sonst sie sich gerade aufhalten mochte – weiterleiten lassen können.

Aber sie hatte ihre Befehle. Niemand an Bord konnte sie rückgängig machen.

Und trotz des andauernden schwarzen Winds und seiner Angstfracht hatte sie selbst keinerlei Absicht, sie in Frage zu stellen.

Sie gab sich alle und jede Mühe, um den Wind zu mißachten.

Ohnehin war er nur metaphorischer Natur; eine Art von Angewohnheit des Denkens oder eine Besonderheit der Wahrnehmung.

So weit sie sich bewußt zurückerinnern konnte, erlebte sie ihr Dasein samt und sonders in Bildern des Winds: dem arktischen Druck der Notwendigkeit, der sie von Ort zu Ort, von Job zu Job getrieben hatte, bis sie auf der *Käptens Liebchen* strandete; dem Tornado-Sog des Hyperspatiums, dem hohlen Säuseln des Vakuums zwischen den Sternen; dem köstlichen Zephyr des Schlafs; dem Sonnenwind von Nicks Männlichkeit; dem zehrenden Mistral der Flucht, des Gefechts, der Kommandotätigkeit. Sogar die Empfindungen des Essens und der Kameradschaft glichen für sie dem Hauch leichter, sanfter Brisen, die ihr das kurze Haar zausten, die dunklen Wangen erwärmten.

Und als Nick Succorso endlich, nach Jahren stiller Sehnsucht, so quälend und bar aller Abhilfe mit ihr ins Bett gegangen war, hatten auch seine Berührungen sich wie Wind angefühlt: wie ein heißes Wehen aus einer alten, verkrusteten, ausgedörrten Wüste, voller Sand und dermaßen trocken, daß es Liete nachgerade das Herz verdorrte. Als er ging, war ein Teil ihres Innenlebens verschrumpft gewesen, zu Gebrösel zerfallen – der einzige Teil, der noch gegen Nick hätte Vorbehalte hegen können.

Sobald sie gemerkt hatte, daß ihr schließlich keine Bedürfnisse oder Wünsche mehr verblieben, die nicht von Nick abhingen, setzte das ununterbrochene Blasen des schwarzen Winds ein.

Der Wind ihres Untergangs.

Vielleicht kündete er den Untergang des ganzen Raumschiffs an.

Doch er war nur eine Metapher, ein Wahrnehmungsmuster; er konnte sie nicht beirren. Vielmehr half er ihr dabei, die Umstände zu durchschauen.

Als Nick sich den Weg in die Hilfssteuerwarte gebrannt und den Laserschneider auf Morn gerichtet gehabt hatte, war Liete durch den altvertrauten, von ihr respektierten Drang, den sie als Mistral empfand, im wahrsten Sinne des Wortes auf die Sprünge geholfen worden; sie hatte sich Nick entgegengeworfen und ihn zu Boden gestoßen, sowohl ihn wie auch sein Raumschiff gerettet.

Winde und Stürme aller Art hatte sie überstanden, um bei ihm das Vertrauen zu erringen, das sie zu seiner Dritten Offizierin gemacht hatte.

Aus diesem Grund kannte sie trotz des Rauschens dieses schwarzen Winds – eines ausgedehnten, echohaft-hohlen Halls, so wechselhaft wie stetiges Stöhnen – nicht die mindesten Bedenken gegen die wortgetreue Befolgung seiner Befehle.

Sie blieb in vollkommener Zuverlässigkeit auf der Steuerbrücke und an ihrem Posten.

Aus dem gesamten Schiff hatte sie für diese Schicht Leute zusammengesucht, die sie um sich haben wollte, denen sie traute: Carmel für das Scanning, Malda Verone für die Waffensysteme, Lind für die Kommunikation; die Steuerung hatte sie Pastille übergeben, weil sie seine diesbezüglichen Fähigkeiten höher schätzte, als sie seinen Mangel an Disziplin mißbilligte.

Die Technik-Konsole war natürlich leer. Auch die Konsole der Daten- und Schadensanalyse war unbesetzt. Morn war verloren, Sib Mackern fort, und Alba Permute war und blieb auf diesem Gebiet ein hoffnungsloser Fall. Liete hatte diese Funktionen auf die Kommandokonsole umgeschaltet und versah sie selbst.

»Ich bin nicht hier, um Fragen zu beantworten, also stellt mir keine«, erklärte sie, sobald die Brückencrew ihre Plätze eingenommen hatte. Ihre Stimme klang ruhig, so wie immer. Aber Liete spürte darin etwas: den Mistral… oder den schwarzen Wind. Dennoch wußte sie, daß sie mit Gehorsam rechnen konnte.

»Ich bin aus dem gleichen Grund wie ihr hier, nämlich um Nicks Anweisungen auszuführen. Er hat mir Befehle erteilt. Ich gebe sie euch weiter. Wahrscheinlich möchtet ihr zu gerne wissen, was eigentlich los ist. Ich wüßte es auch gern. Aber Bescheid zu wissen, ist nicht unbedingt nötig. Solange Nick lebt, wird er das Schiff nicht im Stich lassen. Das heißt, er läßt *uns* nicht im Stich. Das beste Mittel, um am Leben zu bleiben, ist das Befolgen seiner Befehle. Wenn von euch jemand glaubt, er sei besser *qualifiziert«* – spöttisch betonte sie das Wort –, »um uns Befehle zu geben und am Leben zu halten, hat er meine Erlaubnis, von Bord zu gehen. Er kann sich Mikka anschließen. Oder im Vergnügungsviertel untertauchen, bis alles vorbei ist. Aber wer nicht so von sich denkt, hat er zu tun, was ich sage, ohne uns mit irgendwelchen Fragen zu belästigen. Wenn wir gleich den Dienst aufnehmen, werde ich auf gar keinen Fall etwas anderes dulden.«

Unerschrocken festen Blicks schaute sie sich auf der Brücke um.

Carmel zuckte die Achseln. Lind nickte. Beide gehörten Nicks Besatzung schon zu lang an, um nun auf einmal an seiner Tüchtigkeit zu zweifeln. Malda fügte sich aufgrund eigener Erwägungen; allerdings aus Beweggründen, vermutete Liete, die sie und die Waffensysteme-Hauptoperatorin gemeinsam hatten.

Pastille dagegen grinste wie ein Wiesel. »Ist es statthaft, zu *denken,* während wir arbeiten?« fragte er hämisch grinsend. »Ich finde, es könnte bei der Arbeit ganz nützlich sein, wenn wir wenigstens *denken* dürfen.«

Sein Geschwätz verdiente keine Antwort, darum gab Liete ihm keine. Statt dessen musterte sie ihn, bis er den Kopf einzog und nickte.

»Also alles klar.« Sie holte tief Luft, hielt sie für einen Moment an und ließ sie erst danach lautlos aus der Brust entweichen. »Ihr bleibt in Gefechtsbereitschaft, bis ich etwas anderes anordne. Wir fangen an, wenn ich's euch sage.«

Der Chronometer an ihrer Kommandokonsole maß unablässig die Sekunden und Minuten. Niemand auf der Brücke sprach ein Wort. Pastille zappelte nervös in seinem G-Andrucksessel herum. Aber alle übrigen Mitglieder der Brückencrew saßen still.

Indem sie die Unsicherheit und das Schweigen rings um sie völlig ignorierte, wartete Liete ab, bis der Zeitpunkt, den Nick für seine Rückkehr genannt hatte, kam und verstrich. Dann war es soweit.

Während der schwarze Wind ihr drohendes Verderben ins Ohr wisperte, befahl Liete der Brückencrew eine so gründliche Überprüfung der Bordsysteme, als stünde ein Start in den interstellaren Raum bevor.

Gleichzeitig wies sie Lind an, in der Kommunikation permanent auf etwaige Mitteilungen oder Nachrichtenverkehr Nicks, des Kassierers, der Amnion oder der *Posaune* zu achten. Und Carmel mußte das Scanning vollständig auf die *Sturmvogel* konzentrieren. Falls die *Sturmvogel* irgendwelche Anzeichen eines geplanten Starts zeigte, wollte Liete es sofort erfahren.

Nachdem die Checkliste der Bordsysteme komplett durchgegangen worden war, machte sich Liete so verstohlen, wie es überhaupt nur erledigt werden konnte, ans Hochfahren des Energiepegels. Um den Moment, in dem Kassaforts Leitzentrale der veränderte Systemstatus des Raumschiffs auffiel und sie sich erneut deswegen an die Steuerbrücke wandte, so lange wie möglich hinauszuschieben, wies sie Malda an, zur Energetisierung der Waffen Stationsstrom zu benutzen. Und Pastille hatte dieselbe Energiequelle anzuzapfen, um die Triebwerke auf einen Kaltstart vorzubereiten, damit keine Emissionen des Pulsator-Antriebs die heimlich abgewickelten Vorgänge verrieten.

Indem Liete sich aus ihr selbst unersichtlichen Gründen von dem anhaltenden schwarzen Wind in eine ihr unbekannte Richtung treiben ließ, desaktivierte sie mit vollem Vorsatz die Sicherheitsschaltungen der Andockvorrichtungen. Als sie damit fertig war, konnte die *Käptens Liebchen* sich jederzeit von Kassafort abkoppeln, ohne ein Lahmgelegtwerden durch entweder die externen Stationsanlagen oder die im Raumschiff selbst vorhandenen, diversen Anti-Havarie-Systeme befürchten zu müssen.

Liete hatte vor, Nicks Befehle zu befolgen; ganz gleich, was die Konsequenzen sein mochten.

MIKKA

Einen ansonsten unbeachteten Drink mit den fahrigen Händen umklammert, hockte Mikka Vasaczk an einem kleinen Tisch und betrachtete die Umgebung finsteren Blicks.

Verdrossen musterte sie den falschen Glanz der Leuchtkörper, die so gepreßt waren, daß sie archaischen Kerzenleuchtern ähnelten; die mit Spiegeln und Nacktholografien dekorierten Wände; die geschminkten Stricherinnen, die gelegentlich auf Freiersuche zwischen den Tischen umherschlenderten. Mißmutig beobachtete sie den Tresen und die junge Barkellnerin, ein so nichtssagend aussehendes Mädchen, daß sie genausogut kein Gesicht hätte haben können. Mit unpersönlich böser Miene behielt sie die Raumfahrer im Blick, die an den anderen Tischen zechten und sich im Flaxen überboten.

Ab und zu erübrigte sie auch für ihren Begleiter einen Blick der Erbitterung, obwohl er nichts angestellt hatte, um dergleichen zu verdienen.

»Warum lassen wir uns überhaupt auf so was ein?« hatte Sib Mackern sie unmittelbar nach Verlassen der *Käptens Liebchen* gefragt.

»Er behält doch meinen Bruder an Bord«, hatte Mikka ihm durch zusammengebissene Zähne geantwortet.

»Das ist doch nicht, was …« Im ersten Moment war Mackern verwirrt gewesen. Dann hatte er mitten im Satz gestockt. »Deinen Bruder? Wer ist das?«

»Lumpi«, hatte sie ihm kurz und bündig mitgeteilt.

Sib hatte sie angeglotzt, als hätte sie ihm einen Schreck eingejagt. »Ich wußte nicht, daß Lumpi dein Bruder ist.«

Jetzt saßen Mikka und der Datensysteme- und Schadensanalyse-Hauptoperator des Raumschiffs in einem Lokal namens Kassaforter Lustschloß, einem nahezu als säuberlich zu bezeichnenden Hotel- und Restaurationsbetrieb am Rande des Vergnügungsviertels. Aus irgendwelchen Gründen besuchte die Crew der *Sturmvogel* in der Freizeit oft und gerne diesen Laden.

Mikka wußte es von einem übellaunigen Barwirt, den sie im Umkreis der Mitte des Vergnügungsviertels gefragt hatte. Der Kerl hätte jedem zahlungskräftigen Gast so gut wie jede Information gesteckt, um ihn zum Geldausgeben zu verführen. Und die *Sturmvogel* kam so häufig nach Kassafort, verbrachte soviel Zeit in der stellaren Nachbarschaft Thanatos Minors, daß man die Besatzung nahezu überall kannte.

Ohne sich um Sibs geballten Bammel zu kümmern, war Mikka mit ihm ins Kassaforter Lustschloß gegangen und hatte mit ihm unweit einer kleineren Gruppe von Raumfahrern an einem Tisch Platz genommen. Dort gab sie jetzt ein wenig vom geringen Kredit der *Käptens Liebchen* für Getränke aus, die keiner von beiden mochte.

Warum lassen wir uns auf so was ein?

Eine berechtigte Frage. Mikka durchblickte Nicks Befehle. *Ich will, daß ihr Gerüchte über das Immunitätsserum ausstreut. Quassele mit Sib darüber, sag zu ihm, du hättest erfahren, die Kapitänin der* Sturmvogel *hätte 'n Medikament, das gegen die Amnion-Mutagene schützt … Ihr müßt sicherstellen, daß es der* Sturmvogel-*Crew nicht entgeht.* Aber warum diese Befehle von ihm gegeben worden waren – und wieso er sie ausgerechnet *ihr* erteilt hatte –, beruhte auf einer gänzlich andersartigen Motivation.

Er hatte gesagt, er wollte *den Kassierer aus der Reserve locken.* Mit ihm *ins Geschäft kommen.*

Mikka glaubte ihm kein Wort. Sie war von etwas anderem überzeugt.

Daß er nämlich beabsichtigte, sie abzuseilen.

Weil sie ihm nicht mehr traute.

Ihm und trauen, ha! Als er Morn den Amnion auslieferte, hatte Mikka gemerkt, daß sie ihn nicht einmal ausstehen konnte. Möglich war, daß sie ihn nie hatte leiden können, obwohl sie seit ihrem Kennenlernen stets dazu bereit gewesen war, für ihn zu töten. Aber seine Macht über sie hatte zu schwinden begonnen, als sie sah, daß er vollauf dazu die Bereitschaft aufbrachte, Morns Sohn an die Amnion zu verschachern. Und der Bann war vollends zerstoben, als er ihnen Morn selbst überließ.

Das Wissen, daß er sie alles zu tun zwingen konnte, was ihm gerade einfiel, indem er Lumpi drohte, erfüllte Mikka mit eherner, bitterer Wut, als hätte sie einen Mundvoll Alaun geschluckt.

Voller Groll und Unmut führte sie Nicks Instruktionen gerade so lang aus, bis sie in den Schultern an den anderen Tischen Verspannungen erkannte; bis sie an der Gekünsteltheit des Tonfalls bemerkte, wieviel Mühe es die Raumfahrer kostete, ihrem Umfeld vorzuspiegeln, daß sie nicht lauschten. Dann hörte sie einfach auf. Während sie da in dem Lokal hockte, Sibs feuchte, sorgenvolle Augen auf sich gerichtet, ohne daß sie eine anderweitige Zuflucht gewußt hätte, gelangte sie an den Schlußpunkt dessen, was sie für Nick zu tun bereit war; hätte sich jetzt ein Crewmitglied der *Sturmvogel* an ihren Tisch gewagt, um nach zusätzlichen Informationen zu fragen, vielleicht hätte sie schlichtweg die Wahrheit hinausgeblafft.

Sie achtete nicht auf die Observationsinstallationen des Lokals. Sie hatte, was sie anbetraf, nichts mehr zu verbergen. Und vielleicht hatten die Geräte keine ausreichende Leistungsfähigkeit, um ihre Stimme aufzunehmen.

»Er hat meinen Bruder an Bord«, sagte sie, nur weil ihr inwendiger Druck es so verlangte, noch einmal zu Sib Mackern.

Verlegen suchte Sib nach einer Antwort. »Ich wußte nicht, daß Lumpi dein Bruder ist«, wiederholte er einen Moment später.

Mikka riß sich mit aller Gewalt zusammen, um nicht laut aufzustöhnen. »Aber Nick weiß es«, stellte sie mit halblauter Stimme klar.

Mackerns Augen waren so beredt wie bei einem Kind: sie offenbarten jede Nuance seiner Furcht, seiner Verunsicherung. Schweiß färbte sein helles Oberlippenbärtchen dunkel, bis er wie ein Rußstreifen aussah. Wohl um sich abzureagieren, drehte er fortwährend das Glas zwischen den Handgelenken. Doch die Fiebrigkeit seiner Verstörung war zu stark für schlichte Abhilfe; zudem war das Eis im Glas schon größtenteils geschmolzen.

Nach einer Weile verließen ein, zwei der Raumfahrer, die höchstwahrscheinlich zur *Sturmvogel*-Crew zählten, das Kassaforter Lustschloß. Der Rest wechselte hinüber an andere, entferntere Tische.

Sib formulierte seine Frage um. »Warum läßt Nick uns das machen?«

Mikka mochte nicht zur Antwort geben: Weil er uns loswerden will. Nicht hier; nicht jetzt; nicht während Lumpi noch in Gefahr schwebte. »Um der *Sturmvogel* Ärger zu verursachen«, murmelte sie statt dessen. »Um Sorus Chatelaine in die Scheiße zu reiten. Es hängt überhaupt nicht mit dem Kassierer zusammen. Oder den Amnion. Ihnen zu schaden, ist bloß Nebensache. Hinter ihr ist er her. Sie ist die Frau, die ihm die Schnauze zerschnippelt hat. Und es wird wohl klappen.«

Der Abscheu drängte ein Knurren über ihre Lippen.

»Gerüchte über 'n Immunitätsserum an 'm Ort wie hier, du guter Gott! Der Kassierer dürfte durchdrehen. Und den Amnion springt auch der Draht aus der Mütze, wenn sie davon erfahren. Man nähm's uns weniger übel, würden wir hier flaschenweise konzentrierte Flußsäure um uns spritzen. Täten wir, was er will, ich meine, liefen wir hier umher und erzählten das Gerücht überall… Liebes Herrgöttchen, der Kassierer ließe uns an den Ohren aufhängen, bevor wir das halbe Vergnügungsviertel abgelatscht hätten.«

Sämtliche Furchtsamkeit und Unsicherheit Sibs offenbarten sich, als er sie anstarrte. »Sitzen wir deshalb noch hier?«

»Ja!« maulte Mikka ihn an. »Nein«, sagte sie sofort. »Ich weiß es selbst nicht. Ich kann einfach nicht weitermachen. Er ist mir inzwischen einfach zu verhaßt. Er hält…« – sie sprach es zum drittenmal aus – »meinen Bruder fest.«

Der Datensysteme- und Schadensanalyse-Hauptoperator wirkte, als ob er seinen Part des Rituals, in dem es für ihn keine andere Reaktion als »Ich wußte nicht, daß er dein Bruder ist« zu geben schien, neu durchdächte.

Bitterböse musterte Mikka ihn, obwohl ein Großteil ihres Zorns ihr selbst galt. »Nick weiß es«, betonte sie noch einmal, als wollte sie nichts auslassen. Sie hatte Kopfschmerzen, aber sich im Laufe des Lebens daran gewöhnt, allem gegenüber kalt zu bleiben, was ihr Schmerzen bereitete. »Lumpis richtiger Name«, fügte sie hinzu, »ist Ciro.«

Mit so steifen Unterarmen, als hätte er sich zum Suizid entschlossen, hielte er eine Schußwaffe in den Händen, hob Sib das Glas an den Mund und trank.

Mikka rührte ihren Drink erst an, als sie unvermutet Vector Shaheed das Lokal betreten sah. Da leerte sie das Glas spontan mit einem einzigen, langen Zug – denn mit Vector kam Lumpi herein.

Das Getränk enthielt zuwenig Alkohol, um ihre Aufwallung der Erleichterung oder das Gefühl des Ausgestoßenseins zu dämpfen. Sie konnte nicht verhindern, daß ihr Tränen in die Augen quollen, während Vector und Lumpi sich ihrem Tisch näherten.

»Da soll ihn doch der Satan holen«, raunte sie mit zittriger Stimme Sib zu. »Die beiden will er doch wahrhaftig auch vom Hals haben.«

Lumpi kapierte anscheinend überhaupt nichts. Sein junges Gesicht spiegelte gleichfalls eine Art von Erleichterung wider, auch Konfusion und eine gewisse Ratlosigkeit; aber keine Spur irgendeines Bewußtseins, getäuscht worden zu sein. Die Ungeschlachtheit seiner schlacksigen Gliedmaßen – er hatte noch immer nicht das Wachstum eingestellt – machte ihn in Mikkas Augen ebenso hilflos wie liebenswert; er war das einzig Wertvolle, das sie noch hatte.

Vector hingegen verstand alles; sein klarer, blauer Blick erlaubte daran keine Zweifel. Vielschichtige Erkenntnisse verzerrten sein Lächeln, als er am Tisch anhielt. Er bemerkte Mikkas Tränen, schwieg jedoch dazu. »Mikka«, rief er freundlich, »Sib …! Was für 'ne Überraschung.«

»Ach was«, knirschte Mikka durch die Zähne. »Für so was haben wir keine Zeit.« Sie rang um Fassung. »Setzt euch, ihr zwei«, ordnete sie an. »Erzählt mir, wie ihr uns gefunden habt.«

Vector drehte sich um und winkte der Barkellnerin. Über mehrere Tisch hinweg bestellte er Kaffee für sich und Pseudobier für Lumpi.

Als der Bordtechniker sich setzte, hatte Lumpi schon neben Mikka einen Stuhl mit Beschlag belegt und zu plappern angefangen. »Nick hat uns den Befehl erteilt, den Werft-Werkmeister aufzusuchen und mit ihm zu reden. Aber wir sind nicht hin.«

Mikka bezähmte den Wunsch, ihn in die Arme zu schließen. Das war mit Sicherheit nicht das, was er jetzt wollte, und außerdem war sie sich keineswegs sicher, ob es im Moment das richtige wäre. In ihrem Zustand der Furcht und Wut hatte sie vergessen, daß ihr Bruder Nick noch immer als Helden anhimmelte.

»Er hat uns damit beauftragt, in der Werft die Vorbereitungen für die Reparatur der *Käptens Liebchen* zu veranlassen«, erklärte Lumpi eifrig. »So lautete Nicks Befehl.« Aber zumindest dachte er trotz seiner Aufgeregtheit daran, leise genug zu sprechen. »Er hat sich was überlegt, wie er uns retten und die Reparaturen durchführen lassen kann. Er bügelt alles aus. Wir sollten nachsehen, ob die Werft die passenden Ersatzteile auf Lager hat. Aber wir sind nicht hin zur Werft.«

Er warf dem Bordtechniker einen unverhohlen vorwurfsvollen Blick zu. »Vector sagt, darum ging's gar nicht.« Seine Stimme sank zu einem Flüstern der Bestürzung herab. »Wir mißachten einen ausdrücklichen, unmißverständlichen Befehl, Mikka.«

Mikka machte eine beschwichtigende Geste. »Laß ihm mal 'n Momentchen lang Zeit.« Zu gerne hätte sie ihren Bruder getröstet; sie brauchte es, ihm Trost zu spenden, dringlicher als er selbst. »Er wird's schon noch begründen. Aber als erstes möchte ich erfahren, wie ihr uns aufgespürt habt.«

Vector probierte den Kaffee und verzog das Gesicht in übertriebenem Abscheu. »Wo ich herkomme«, sagte er, »gilt es als Schwerverbrechen, dermaßen miserablen Kaffee aufzubrühen. Es war gar nicht so schwierig.« Ohne Überleitung gab er Mikka Auskunft. »Ich hab mich an 'm Computerterminal der Rezeption nach Zimmern erkundigt. Das Programm hat routinemäßig den Kredit der *Käptens Liebchen* gecheckt. Ich habe wegen des niedrigen Gesamtstands den Empörten gespielt« – er schenkte Mikka ein Lächeln – »und eine Übersicht der letzten Ausgaben verlangt. Da habe ich vom Terminal erfahren, daß ihr hier auf Schiffskosten

Getränke ordert.« Er riß die Augen auf. »Offenbar ziemlich teure Getränke.«

»Aber wieso?« Durch seine Ungeduld erweckte Lumpi den Eindruck, noch jünger zu sein. »Warum tust du das alles? Nick hat uns Befehle gegeben. Wenn du mit Mikka reden willst, hättest du sie doch nach dem Besuch der Werft ausfindig machen können.«

Vector sah Mikka an. Langsam wich der Humor aus seinen Augen, bis sie kalt und hart dreinblickten.

»Sag's ihm ruhig«, brummte Mikka. »Jemand muß sich ja dazu aufraffen.«

Sib trank erneut aus seinem Glas. Als er es abstellte, verschüttete er vom Inhalt ein wenig auf den Tisch.

Vector zuckte die Achseln. Dann wandte er sich Lumpi zu. »Die *Käptens Liebchen* wird nicht repariert. Jetzt nicht und voraussichtlich niemals mehr. Nick ist am Ende. Man wird ihn nicht mehr von diesem Felsklotz fortlassen. Er will's bloß nicht eingestehen.« Der Bordtechniker sprach in ruhigem, traurigem Ton. »Alles was er über Reparaturen schwafelt, ist reiner Humbug.«

»Aber wieso ...?« setzte Lumpi zu einer hitzigen Erwiderung an.

»Ciro!« Vectors Tonfall wurde schärfer. »Hör zu! Er sortiert Unzufriedene aus. Schiebt Leute ab, zu denen er kein Vertrauen mehr hat. Er kämpft ums Überleben. Nicht um das Raumschiff. Nicht um uns. Er strampelt sich ausschließlich ums eigene Davonkommen ab. Und wir sind für ihn eine Gefahr. Wir vier. Wir persönlich. Er hätte uns einfach abmurksen können, aber das hätte bei der übrigen Besatzung 'n schlechten Eindruck erregt. Also hat er uns weggeschickt. Und inzwischen sorgt er dafür, daß wir nie wieder an Bord zurückkehren.«

Das war ein herber Schlag für Lumpi. Er hatte zuviel an Hingebungsfähigkeit mit Mikka gemeinsam und genug eigene Erfahrungen gesammelt. Aus Gründen, die er wahrscheinlich selbst nicht zu nennen vermocht hätte, lief sein Gesicht scharlachrot an.

»Aber *wieso?*« wollte er wissen. »Du sagst überhaupt nicht *wieso.*«

Nochmals hob Vector die Schultern. »Wieso er am Ende ist? Oder wir für ihn 'ne Gefahr sind?«

Während Mikka ihren Bruder anschaute, spürte sie gelinden Stolz und einige Erleichterung, als sie ihm anmerkte, daß er nicht erst danach zu fragen brauchte, warum der Bordtechniker Nick als ›am Ende‹ betrachtete. Lumpi mochte jung und unreif sein, noch ein ganzes Stück weit vom Erwachsensein entfernt stehen, eine unzulängliche Ausbildung haben; doch er war so gescheit zu erkennen, daß Vectors oder Mikkas Analyse von Nicks Schicksal von zweitrangiger Bedeutung blieb.

»Weshalb sind wir für ihn eine Gefahr?« fragte er, die Wangen heiß von gestautem Blut.

Vector sah wieder Mikka an. Mikka erwiderte seinen Blick und vermied es von da an, Lumpi anzuschauen. Mit einem Mal fiel es ihr schwer, die Wahrheit auszusprechen. Sie hatte sich selbst zu viele Jahre hindurch für Nick aufgeopfert. Auch jetzt stellte es sie noch vor ein Problem, ihre Treulosigkeit zuzugeben.

Vector wich gleichfalls Lumpis Blick aus und schwieg.

Schon vor langem hatte Mikka den Schluß gezogen, daß Sib Mackern sich als Feigling einstufte. Aber ungeachtet seiner Meinung über sich fand er nun den Mut, um das Wort zu ergreifen, bevor Mikka oder Vector sich dazu durchringen konnten.

»Ich habe Morn aus ihrer Kabine gelassen«, gestand er in weinerlichem, aber durchaus deutlichem Ton. »Damit sie Davies aus der Kosmoskapsel holen könnte.«

Da. Endlich war eine Wahrheit heraus. Mikka hatte von Sibs Eingreifen nichts geahnt. Dessen für fähig hätte sie ihn wahrscheinlich nicht gehalten. Doch kaum hatte er es gesagt, wußte sie, daß es sich um die Wahrheit handelte.

Seine Enthüllung löste die Beklemmung, die ihr die Stimme im Brustkasten zurückhielt. Halblaut erzählte sie ihren Teil der Geschichte.

»Ich bin ihr begegnet… Nachdem Sib sie freigelassen hatte. Während sie auf dem Weg zum Maschinenanlagen-Schaltraum gewesen ist. Da hätte ich die Möglichkeit gehabt, sie aufzuhalten. Ich meine, ich hätt's versuchen können. Oder wenigstens Nick warnen. Aber ich hab's nicht getan.«

Jetzt war auch Vector zu reden bereit. »Ich war noch im Schaltraum, als sie aufkreuzte. Ich hab sie ans Kontrollpult der Kosmokapseln gelassen. Wenn ihr mich fragt, ich bin sicher, ich hätte sie nicht hindern können. Ich weiß es, weil ich sie geschlagen habe, so kräftig ich's konnte, und es hat nichts genützt. Aber natürlich wär's leicht möglich gewesen, Nick Meldung zu machen.«

Wie um sich zu ermuntern, trank er noch einen Schluck Kaffee. »Im Rückblick ist mir nicht wohl, weil ich sie geschlagen habe. Aber am meisten schäme ich mich dafür, daß sie so lange gebraucht hat, um mich zu überzeugen. Ciro …« Nun blickte er Lumpi offen in die Augen.

»Ich habe sie ans Kontrollpult gelassen, sobald mir klar wurde, sie hätte genau das gleiche getan – das gleiche riskiert, sich genauso schonungslos engagiert –, wäre *ich* es gewesen, der den Amnion ausgeliefert werden sollte.«

Die Röte war aus Lumpis Gesicht gewichen. Auf einmal konnte Mikka ihm nicht mehr ansehen, was er dachte. Nachdem Vector verstummt war, musterte er einen Moment lang Sib, dann wandte er sich Mikka zu. Anscheinend ohne zu merken, was er da tat, schob er mit dem Handrücken sein Glas beiseite, als wollte er genügend Platz für Ehrlichkeit und Entschlüsse schaffen.

»Und was ist mit mir?« fragte er. »Warum bin ich für ihn 'ne Gefahr?«

Mikka zögerte nicht mehr. »Weil du mein Bruder bist und mit Vector zusammengearbeitet hast. Nick hat sich gesorgt, du könntest auf uns hören.«

Im ersten Augenblick sagte Lumpi dazu nichts. Sein Blick kehrte sich nach innen, und er schnitt unbewußt eine düstere Miene, die Mikkas habituell grimmigen Gesichtsausdruck nachahmte. Als sie das sah, empfand Mikka neues Bedauern um ihn: zog er lange genug solche Gesichter, würde es zum Dauerzustand, und bald sähe er so verbittert und vergrämt wie sie aus.

Schließlich hob er den Kopf. »Na, wenigstens in *der* Hinsicht hat er recht«, erklärte er mit einer Würde, wie man sie noch nie bei ihm beobachtet hatte.

Wieder liefen Tränen Mikkas Wangen hinab. Sie konnte nicht verheimlichen. Nach einem Weilchen hatte sie auch kein Bedürfnis mehr, es zu versuchen.

Vector tatschte Lumpi den Rücken und wuschelte ihm voller Zuneigung das Haar. »Am besten trinken wir aus«, meinte er in onkelhaftem Ton zu Sib. »Wir müssen uns überlegen, was wir unternehmen wollen, und's dann schleunigst tun, bevor irgend jemand antanzt und uns nach dem Gerücht fragt, das wir ausstreuen sollten.«

»Was *können* wir denn unternehmen?« fragte Sib sofort. »Wir gehören hier nicht hin.« Er machte eine Geste, die auf das gesamte Vergnügungsviertel verwies. »Hier haben wir keine Freunde, wir haben nichts. Und wenn Nick uns den Kredit sperrt, kriegen wir nicht mal noch 'n Happen Essen. Und auf 'm anderen Raumschiff können wir auch nicht anheuern. Dafür hat Nick gesorgt. Mit Leuten, die solche Gerüchte verbreiten, will doch keiner was zu schaffen haben. Eher überläßt man uns dem Kassierer … Oder Kapitänin Chatelaine. Und *die* zwei haben hundertprozentig keinerlei Interesse an unserem Wohlergehen. Sie wollen nur wissen, wer diese Sauerei angestiftet hat.«

Inspiriert durch seine Furcht, dachte er an Konsequenzen, die Mikka noch nicht eingefallen waren; mit einer Regung der Betroffenheit erkannte sie, daß er recht hatte.

»Das bedeutet Verhöre«, schlußfolgerte Sib mit unterdrückter Stimme. Lebhaftes Grausen verzerrte sein Gesicht. »In Kassafort ausgequetscht zu werden, habe ich wirklich überhaupt keine Lust.«

Mikka verzog die Lippen und bleckte die Zähne. Drogen. Zonenimplantate. BR-Chirurgie. Auch sie verspürte nicht den leisesten Wunsch, sich hier verhören zu lassen.

»Verflucht noch mal«, brummelte sie. »Wir hätten kein Wort äußern, sondern das Maul halten sollen. Tut mir leid ...« Sie entschuldigte sich bei Vector und Sib, aber besonders bei ihrem Bruder. »Ich habe die Situation nicht völlig klar durchdacht.«

»Also können wir's uns nicht leisten, hier rumzuhängen und die kommenden Ereignisse abzuwarten.« Vector sprach in seltsam spaßigem Ton, als legte er es darauf an, Mikka aufzuheitern. »Wir müssen uns 'n Vorgehen überlegen. Und schnellstens handeln.«

Mikka maß ihn aufmerksamen Blicks. »Sag nichts. Laß mich raten ... Du hast schon 'ne Idee.«

Trotz seines Tonfalls bezeugte das Lächeln des Bordtechnikers Humorlosigkeit und Entschlossenheit. »Na ja«, gab er zur Antwort, »es könnte doch für uns ganz interessant sein herauszufinden, welche Absichten Nick eigentlich verfolgt.«

Mikkas eingefleischter Grimm galt hauptsächlich ihr selbst. »Und wie soll uns das nach deiner Ansicht gelingen?«

Vector hob die Schultern. »Keine Ahnung. Ich passe hier auch nicht hin.« Wie zuvor Sib meinte er gleichfalls das Vergnügungsviertel. »Allein würd ich's hier wahrscheinlich bloß ein, zwei Tage durchstehen. Ich habe keinen blassen Schimmer, was hier läuft und was nicht.«

»Es hängt mit der *Sturmvogel* zusammen«, ergriff Sib zaghaft nochmals das Wort. »Mit Kapitänin Chatelaine. Mikka sagt, sie ist die Frau, die Nick die Narben beigebracht hat. Daß er ihr's irgendwie heimzahlen will.«

Mikka nickte. Nick mußte völlig durchgeknallt sein. Er hatte schon viel zuviel Schwierigkeiten; er dürfte seine Zeit, wenn es um das nackte Überleben ging – gar nicht zu reden von der *Käptens Liebchen* –, nicht mit Rachegedanken vergeuden.

Außer er hatte einen Grund zu der Erwartung, daß es auf irgendeine Weise, wenn er Sorus Chatelaine Probleme verursachte, auch ihn aus dem Schwitzkasten seiner Probleme befreite.

Falls es sich so verhielt, mochte es sein, daß Mikka und ihre Kollegen daraus einen Vorteil ziehen konnten.

Lumpi, Vector, Sib, alle schauten sie an. Die Hände auf der Tischplatte zu Fäusten geballte, preßte sie die Fingerknöchel gegeneinander, versuchte sich zu intensivem Nachdenken zu zwingen.

In der Nähe der *Sturmvogel* durften sie sich nicht blicken lassen; soviel stand fest. Daß sie das Gerücht in die Welt gesetzt hatten, schloß es vollkommen aus, es wäre ihr Tod; allerdings erst, nachdem der Kassierer oder Chatelaine ihnen das Gehirn auseinandergenommen hatten.

Doch die *Sturmvogel* und ihre Kapitänin waren in Nicks Spiel nicht die einzigen Mitwirkenden.

Unvermittelt legte Mikka die Handteller flach auf den Tisch. »Nichts mit der *Sturmvogel*«, konstatierte sie in ruhigem Ton. »Nichts mit dem Vergnügungsviertel. Es ist die *Posaune*.«

Wortlos musterten ihre Kollegen sie und warteten auf ihre Erklärung.

Sie beugte sich vor. »Jeder auf diesem Scheißfelsbrocken hat die *Posaune* mit der Leitzentrale zanken gehört«, erläuterte Mikka mit eindringlichem Flüstern. »Wir wissen, daß Angus Thermopyle an Bord ist. Zusammen mit einem Arsch namens Milos Taverner, der früher Stellvertretender Sicherheitsdienstchef der KombiMontan-Station gewesen ist. Das allein stinkt schon zum Himmel. Es wundert mich, daß die Leitzentrale ihnen überhaupt die Andockerlaubnis gegeben hat. Vielleicht dachte der Kassierer, in 'ner Astro-Parkbucht sind sie ungefährlicher als woanders. Aber darauf kommt's gar nicht an. Es geht darum, daß Nick, seit die Leitzentrale die *Posaune* nach Kassafort gelassen hat, ständig mit dem Kahn in Verbindung steht. Und Milos Taverner hat jahrelang für Nick gearbeitet. Hätte Taverner uns nicht geholfen, wär's uns gar nicht möglich gewesen, Thermopyle zu übertölpeln, verflucht noch mal. Und jetzt tauchen plötzlich der Reingelegte und derselbe Mann, von dem wir dabei unterstützt worden sind, ihn zu überlisten, hier auf – gemeinsam, zum Donnerwetter! –, und Nick palavert mit ihnen. Das ist es, was wir durchschauen müssen. Wenn's aus dieser Bredouille 'n Ausweg gibt, dann so.«

»Schön«, kommentierte Vector knapp. »Und wie?«

»Tja ...« Mikka unterdrückte den Drang, die Hände wieder zu Fäusten zu verkrampfen. »Wir könnten damit anfangen, die *Posaune* unter Beobachtung zu nehmen. Um zu sehen, wer an Bord geht, wer das Schiff verläßt. Selbst wenn's sonst nichts nutzen sollte, auf alle Fälle sind wir weg aus 'm Vergnügungsviertel, und das erschwert's dem Kassierer, uns zu finden.«

Selbstverständlich hatte der Kassierer überall seine Observationsinstallationen. Doch die Tätigkeit der Kameras, Mikrofone und Melder war gänzlich unpersönlicher Art; sie beobachteten allgemein alles und nichts besonders. Ohne konkrete gegenteilige Instruktionen verschwanden alle Aufzeichnungen Mikkas und ihrer Begleiter schlichtweg unbeachtet im gigantischen Überwachungsdatenspeicher des Kassierers. Und andere Instruktionen ergingen voraussichtlich erst, wenn

Nicks Gerücht hinlänglich Zeit gehabt hatte, um sich herumzusprechen; um Reaktionen auszulösen. Danach wäre noch etwas Zeit erforderlich, um den Speicher mit Suchprogrammen nach aufschlußreichen Informationen zu durchforschen. Über eine Stunde mochte verstreichen, ehe man die Ausgestoßenen der *Käptens Liebchen* lokalisieren konnte.

»Möglicherweise ergibt sich sogar 'ne Chance, um an Bord zu schleichen«, spekulierte Mikka. »Vielleicht sehen wir dort Nick. In dem Fall« – sie mahlte mit den Zähnen – »hätten wir völlig neue Optionen.«

»Welche?« fragte Sib Mackern.

Mikka erstickte mit zusammengebissenen Zähnen ihre Wut, bis ihr die Kiefer schmerzten. »Zum Beispiel könnten wir ihn verschnüren und bei den Amnion abgeben, um unseren guten Willen zu beweisen. Oder es ihm wenigstens androhen, um ihm zu zeigen, daß er noch mit uns rechnen muß.«

»Das ist unmöglich«, behauptete Lumpi, als wäre er schockiert.

Mißvergnügt runzelte Mikka die Stirn. »Warum?«

»Du hast doch gesehen, wie er mit Orn fertiggeworden ist.« Lumpis Stimme quäkte; aber er war zu aufgewühlt, um zu schweigen. Zwischen Mißtrauen gegen Nick und einem Überfall auf ihn war es ein großer Schritt. »Er würde uns mit einer Hand plattmachen.«

Nachdrücklich nickte Sib. Eine Kämpfernatur war er nicht.

»Kann sein.« Mikka hob die Schultern. »Vielleicht aber auch nicht. Und unter Umständen haben wir ja Hilfe. Irgendwie bezweifle ich nämlich, daß der Knastaufenthalt Angus Thermopyle versöhnlich genug gestimmt hat, um Nicks Freund zu werden.«

Vector stemmte sich hoch. »Ich bin mit dem Plan zufrieden. Hauen wir ab.« Er bewegte sich, als ob seine Gelenke ihm in der niedrigeren Schwerkraft Thanatos Minors weniger Beschwerden bereiteten; wäre etwas von dem Gewicht, das gewöhnlich auf ihm lastete, von ihm genommen worden. »Hier rumzusitzen, macht mich nervös.«

»Aber ...« Sib wischte sich Schweiß aus dem Gesicht.

»Sib«, fragte der Bordtechniker ihn in umgänglichem Tonfall, »wärst du Sorus Chatelaine, wie lange würdest du warten, bis du deine vollständige Crew losschickst, um dir die Leute zu kaschen, die solche Gerüchte verbreiten?«

Mackern erbleichte. Dann sprang er von seinem Stuhl empor, als wäre er mit einem Stunnerknüppel gekitzelt worden.

»Mikka ...« Lumpis Augen blickten flehentlich; doch er wußte nicht, wie er erbitten sollte, dessen er bedurfte.

Mikka stand auf, faßte ihn am Arm und zog ihn mit sich; aber dann drückte sie ihn kurz.

»Ciro, ich kann dir nicht versprechen, daß wir diese Sache lebend oder heil überstehen«, sagte sie zu ihm. »Ich weiß nicht, was passieren wird. Aber egal was es ist, du bist nicht allein. Du hast Freunde.«

Trotz seiner Verängstigung rang Sib sich zu einem matten Lächeln durch. Vector nickte ernst.

»Und ich bringe jeden um«, fügte Mikka abschließend hinzu, »der uns trennen will.«

Flüchtig drückte Lumpi seinerseits sie. »Alles gebongt«, antwortete er leise. »Ich komme schon zurecht.« Damit ging er wieder auf Abstand.

Mikka Vasaczk kannte kein Zaudern mehr. Mit Zweifeln konnte sie keine Zeit mehr verschwenden; denn im Innersten ihres Herzens glaubte sie, daß es ihr für all das an Mut mangelte. Sie war länger als Vector, Sib oder Ciro von Nick Succorso abhängig gewesen, hatte ihn viel mehr als sie gebraucht. Gefolgt von ihren Kameraden, verließ sie den Hotel- und Restaurantbetrieb Kassaforter Lustschloß und machte sich mit ihnen auf den Weg zur Rezeption und zur *Posaune.*

ANGUS

Endlich verrieten seine Instinkte oder der Interncomputer Angus Thermopyle: der Zeitpunkt war gekommen.

Er konnte kaum noch sprechen. Brandblasen bedeckten seine Zunge; Asche verklebte ihm die Kehle. Spasmen der Übelkeit durchzuckten sein Zwerchfell, füllten seine Speiseröhre mit warmem Brei; doch seine Z-Implantate unterdrückten den Brechreiz. Der Zwang, den sie über ihn ausübten, schien ihm den Brustkorb zusammenzupressen. Von Minute zu Minute drohte der Schmerz übermächtiger zu werden, als sein gefangener Geist es zu ertragen vermochte.

Der Schmerz gab ein Spiegelbild der Verfassung seines ganzen Körpers ab. Seit einer Stunde bot er jedes Quentchen an Kraft und Willen auf, um die Herrschaft des Data-Nukleus zu brechen; ein Moment der Unvollkommenheit oder irgendeinen sonstigen Ansatz zu entdecken, der es ihm gestattete, sich der Gewalt der Zonenimplantate gerade lange genug zu entziehen, um Milos Taverner zu töten. Mehr wünschte er sich nicht: nur eine Gelegenheit, um Taverner zu Hackfleisch und Knochensplittern zu zerkleinern; eine Chance gegen den Abgrund. Aber er konnte dem in seinem Kopf errichteten Gefängnis nicht entfliehen.

Den Mund voller Asche und Unglück, begriff er, daß er über kurz oder lang den Verstand verlieren mußte. Dann war es unwiderruflich aus; wäre er nur noch ein Irrer, der in der eigenen Schädelhöhle vor sich hinsabbelte und schrie, sich nicht einmal noch hörbar machen konnte, unfähig zur Beeinflussung all dessen bliebe, was sein Körper tat, seine Lippen sprachen.

Er müßte zurück in den Abgrund stürzen...

Wäre wieder... *in seinem Kinderbett...*

...die mageren Hände und Füße ans Bettgestell gebunden...

...während seine Mutter...

...im Abgrund, während Geheul, das er nicht hinausbrüllen konnte, von den unnachgiebigen Knochen seines Schädels widerhallte.

...seine Mutter ihm Schmerzen zufügte...

Aber er setzte den Widerstand fort. Er hatte keine Alternative. Denn sobald er nachgäbe, er kapitulierte, verschlänge ihn erneut die Finsternis, der zu entkommen er sein ganzes Leben lang, um den Preis von soviel Furcht, Blut und Einsamkeit, gerungen hatte.

Vor einer Weile war ihm jedoch ein unerwarteter Gnadenakt zuteil geworden. Der automatisch um sein körperliches Befinden besorgte Interncomputer hatte die Verbrennungen bemerkt, die wie ein langsam verkokelnder Brandsatz in seinem Mund schwelten. Als seine Qual gewisse akzeptable Parameter überschritt, betäubte eine schwache elektronische Emission nach und nach die Schmerzrezeptoren seines Hirns. An der Verletzung änderte sich dadurch natürlich nichts. Doch immerhin ermöglichte diese Maßnahme es ihm, weiterhin seine Funktionen wahrzunehmen.

»Versuchen Sie's jetzt mal«, nuschelte er Taverner so brabblig wie ein Debiler zu.

Die Barmherzigkeit des Apparats linderte nicht im geringsten Angus' Verzweiflung.

Taverner hob die Schultern. Indem er eine neue Qualmwolke in die aufgrund der unzulänglichen Skrubber in den Luftfilteranlagen der Galacto-Grotte gehörig verräucherte Luft paffte, stand er auf; dermaßen in sich selbst versunken, als wäre er mit dem Vorrat an Niks und seinem menschlichen Aschenbecher allein auf der Welt, schlurfte er ans Computerterminal. Mit einem Tastendruck stellte er eine Verbindung zur *Posaune* her, dann instruierte er ihre Kommunikationssysteme, ihm alle zwischenzeitlich eingegangenen Nachrichten zu übermitteln.

»Sieht so aus, als wär's da«, murmelte er einen Moment später.

»Sie sind derjenige, der den Code kennt«, krächzte Angus, als wäre er nicht dem Zusammenbruch gefährlich nahe. »Ist's Zeit zum Gehen?«

Taverner brummelte vor sich hin, während er die Mitteilung entzifferte. »Anscheinend«, sagte er schließlich. Seine Stimme klang nach Bekümmertheit und auf diffuse Weise nach Verbitterung, als hätte etwas, das er unbedingt brauchte, ein Ende genommen.

Angus erhob sich vom Stuhl. Die Beine hätten unter ihm gezittert, wäre es nicht von den Z-Implantaten verhindert worden; eine andere Art von Zittern jedoch, das der Data-Nukleus ignorierte, bebte aus seinem Unterleib durch die Lungen bis in die Muskeln rund um sein Herz herauf. Bewegung, jede Bewegung war besser als stillzusitzen, während der Wahnsinn ihn umlauerte.

Er wartete nicht auf Milos Taverner. Gemächlichen Schritts, um seine Verzweiflung zu verheimlichen, stapfte er zur Tür und hinaus in den Korridor. Solang er den Mund geschlossen hielt, bemerkte man sein Leid an nichts außer der Blässe seines Gesichts.

Unwillig schloß Taverner sich ihm an. Seinen Ersten Offizier hinter sich, fuhr Angus im Lift ins Erdgeschoß hinab und verließ die Galacto-Grotte.

Gelärme und Durcheinander des Vergnügungsviertels schlugen ihm entgegen wie ein Aufschrei der Erleichterung. Keine Melder lungerten in der Umgebung; alle Mikrofone waren zu weit entfernt, um einzelne Stimmen zu unterscheiden. Die Mehrheit aller Leute, die die Straße entlangschlenderten oder sich dahinschoben, blieben verstrickt in ihre eigenen Bedürfnisse und Nöte, die eigene Verderbtheit; sie beachteten Angus gar nicht. Und für ihn hatte die Luft einen köstlichen Geruch, ihm war sie vertraut und voller beziehungsreicher Andeutungen: sie duftete nach synthetischen und natürlichen Verhängnissen, obwohl Niks in der Vielfalt all der Odeurs einen lediglich geringfügigen Bestandteil bildete. Hier verkehrte die Verzweiflung in Verkleidungen, die ihm etwas sagten.

Ein paar Minuten lang latschte er ohne besonderes Ziel geradeaus, atmete ganz einfach nur die Luft, ließ die grellen Farben und das gedämpfte, ungleichmäßige Wummern der Stiefel auf dem Betonboden auf sein Gemüt einwirken, durchschnupperte die Atmosphäre nach Gefahren. Dann packte er plötzlich Taverner am Arm und zog ihn dicht genug zu sich heran, um sich auch im Flüsterton verständlich machen zu können.

»Jetzt dürfen wir reden«, lallte er trotz der wunden Zunge. »Keine Melder oder Aufpasser« – er vollführte eine kurze, schroffe Gebärde – »sind in der Nähe. Niemand kann uns belauschen. Was hat Scheißkapitän Schluckorso durchgegeben?«

Der Ausdruck des Widerwillens wich nicht mehr aus Taverners Miene. »Laut Succorso«, antwortete er leise, »hat der Kassierer kein Gefängnis. Er verhängt keine… so leichten Strafen. Aber er hat eine Anzahl von Zellen für Personen, die vernommen werden sollen. Drunten im Kommandokomplex. Dort locht er gewöhnlich Gefangene ein, bis er entscheidet, was er mit ihnen anfängt.« Er blickte drein, als wollte er ausspucken. »Mehr wußte die Frau nicht.« Für einen Moment schwieg er. »Das ist keine großartige Grundlage für 'ne Aktion«, fügte er hinzu. »Wie wir die Zellen finden können, hat Succorso nicht mitgeteilt. Und wir wissen nicht einmal sicher, ob der Junge dort unten sitzt.«

»Es reicht aus.« Angus wußte, wo sich diese Zellen

befanden: vor Jahren hatte er bei einem seiner problematischeren Aufenthalte auf Thanatos Minor ein Weilchen in so einer Zelle zugebracht. Allem Anschein nach hatte der Kassierer die Prozeduren für den Umgang mit menschlicher Beute nicht geändert. Genauere Angaben brauchte Angus nicht.

Milos Taverner dagegen wartete auf weitere Informationen. »Na gut«, zischelte er, als sie ausblieben, »nehmen wir mal an, Sie finden die Zellen. Und unterstellen wir mal, der Bursche ist da. Aber Sie haben mir noch immer nicht verraten, wie Sie ihn rausholen wollen. Wir können nicht einfach hingehen und seine Freilassung fordern.« Mit einem Ruck des Kopfes verwies er auf die allgegenwärtigen Observationsinstallationen des Kassierers. »Und Sie haben mir bis jetzt nicht erklärt«, ergänzte er seine Einwände in nahezu kläglichem Tonfall, »warum eigentlich.«

Beides waren berechtigte Fragen. Noch vor Sekunden hätte Angus keine von ihnen beantworten können. Er wußte selbst noch immer nicht, weshalb er sich auf die Abmachung mit Succorso eingelassen hatte; warum Warden Dios wollte, daß er für Morn alles tat, was er konnte. Doch kaum hatte Taverner das Wort *Freilassung* ausgesprochen, aktivierte und öffnete sich in Angus' Kopf, als sollte sein Geist das Hyperspatium durchqueren, die Computerverbindung, und zuvor unbekannte Informationen drangen ihm ins Bewußtsein.

Unwillkürlich durchpulste ihn Erregung, als ihm ein Strom neuer Kenntnisse zufloß.

Initiiert durch Taverners Äußerung – oder das Bevorstehen einer Krise –, informierte der Datenspeicher Angus darüber, daß seine EM-Prothesen bis dahin völlig ungeahnte Fähigkeiten hatten. Sie hatten nicht nur die Fähigkeit, Melder und Observationsgeräte zu identifizieren, Alarmanlagen und Schlösser zu analysieren, technische Implantate zu erkennen; durch Anwendung der richtigen Codes erzeugten sie zudem gegen ein breitgefächertes Sortiment von Sensorinstrumenten Störfelder. Aus geringem Abstand konnte er eine Kamera so blenden, daß sie nichts als einen verschwommenen Klecks aufnahm.

Oder …

Schlagartig steigerte seine Aufregung sich auf ein solches Maß, daß Taverner und das Vergnügungsviertel, Warden Dios und Morn Hyland ganz und gar aus seinem Denken verschwanden. Entdeckungen verdrängten die Welt aus seiner Wahrnehmung.

Oder er konnte Licht ablenken.

Freilich nur innerhalb eines kleinen Bereichs. Für mehr war sein Akku zu schwach. Aber er hatte tatsächlich die Möglichkeit, sich in ein kreisförmiges Strahlenfeld zu hüllen, eine elektromagnetisch induzierte Refraktionswelle im Spektrum des sichtbaren Lichts, die ihn für die meisten optischen Erfassungsapparate wirksam unkenntlich machte. Menschenaugen konnten ihn immer sehen. Aber neurales und elektronisches Sehen waren fundamental verschieden und anfällig für unterschiedliche Formen der Beeinträchtigung. Und weil die Kameras des Kassierers in bestimmten Lichtverhältnissen und mit einer gewissen Reichweite funktionieren mußten, um ihren Zweck zu erfüllen, waren sie auf eine dementsprechende Bandbreite eingestellt; mit dem Ergebnis einer beschränkten Aufnahmequalität. Angus wäre für sie nur als eine leicht glitzrige Schliere im Bild erkennbar, vergleichbar mit einem Feuchtigkeitsfleck auf der Linse.

Das Glitzern konnte visuell verfolgt werden. Eine ausgiebige Computeranalyse könnte seine Bewegungen nachvollziehen. Aber erst müßte es *bemerkt* werden; jemand in der Leitzentrale – oder im Kommandokomplex – müßte darauf aufmerksam werden und es als Anlaß zum Argwohn empfinden. Und das geschah vielleicht nie. Niemand auf Thanatos Minor hatte einen

Grund zu dem Verdacht, Angus wäre mit derartigen Störvorrichtungen ausgerüstet; daß er oder irgend jemand so etwas überhaupt mitführen *könnte.*

Felder zur Lichtablenkung waren selbstverständlich längst ein alter Hut, aber Verwendung fanden sie nur selten; die Projektoren waren zu klobige Aggregate und beanspruchten zuviel Energie, als daß sich ohne weiteres tragbare Versionen hätten fabrizieren lassen. Und wo die Abmessungen und der Energieverbrauch der Apparaturen kein Problem darstellten, blieben die Felder zu klein und zu unbeweglich, um größeren praktischen Nutzen zu haben. Mit dem Einbau derartiger Projektoren in Angus' cyborgische Komponenten hatte Hashi Lebwohl ein Wunder der Miniaturisierung vollbracht.

Die zum Einsatz der Projektoren erforderlichen Codes hatte Angus anwendungsbereit im Kopf.

Lebwohl und Dios hatten ihn ohne Schutz gegen den Andrang des Wahnsinns belassen; er haßte und fürchtete sie. Aber das verhinderte nicht, daß ihn angesichts ihrer technischen Leistungen eine seltsame, mit Staunen vermischte Exaltiertheit beherrschte, die an Dankbarkeit grenzte. Als sie ihm die Freiheit raubten, hatten sie ihn gleichzeitig in ein Wunderwerk verwandelt.

Einen so überschwenglichen Gefühlszustand hatte er nicht mehr erlebt, seit ihm von einem Amnioni gezeigt worden war, wie er den Data-Nukleus der *Strahlenden Schönheit* umschreiben konnte.

Diese Befähigung hatte er sich durch ein Verbrechen erhandelt, das bei der VMKP wahrscheinlich als die scheußlichste Untat seiner Kriminellenkarriere eingestuft worden wäre; ein Verbrechen, über das sie jedoch bis auf den heutigen Tag nicht Bescheid wußte, denn keine Instanz, von der er je verhört worden war, hatte über ausreichende Informationen verfügt, um in diesem Zusammenhang zielgerechte Fragen zu stellen.

Mit rücksichtsloser Brutalität hatte er einen der großen, für den Güterverkehr innerhalb eines Sonnensystems gebauten Frachtschlepper gekapert; doch er hatte seine Zeit nicht mit der eigentlichen Fracht verschwendet. Statt dessen hatte er die Überlebenden, achtundzwanzig Männer und Frauen, in einen Laderaum der *Strahlenden Schönheit* gesperrt und sie in Kassafort direkt an die Amnion verkauft.

Für eine so erkleckliche Beute war er von den Amnion mit dem Wissen belohnt worden, das ihn seither stets am Leben erhalten hatte. Offensichtlich hatten sie angenommen, daß er die Informationen an andere Illegale weiterverkaufte und dadurch dem Verteidigungspotential der Menschheit unermeßlichen Schaden verursachte.

Die Erinnerung daran rief bei Angus selbst jetzt noch ein heißes Gefühl grimmiger Genugtuung hervor, so suchterzeugend wie die Bedienung einer Materiekanone und nicht weniger verzehrend als ihr Feuer.

»Hören Sie doch endlich mal zu«, quengelte Taverner hartnäckig. »Voraussichtlich kostet dieser Schwachsinn uns das Leben. Auf alle Fälle wird man uns erwischen. Wenn Sie mir nicht sagen, was Sie vorhaben, weiß ich nicht, was ich tun, wie ich mich verhalten soll… Dann weiß ich nicht, wie ich Sie unterstützen kann.«

Noch weitgehend im Bann seiner Übererregtheit, die den schönsten Triumphen seiner Bosheit glich, blieb Angus stehen und drehte sich um. Ungeachtet der Menge von Vergnügungssuchenden und Straßenhändlern, der chaotischen, grellen Reklame, der einladenden Offenheit der Türen und des gelegentlichen Schubsens umklammerte er mit einer Faust Taverners Arm und preßte ihm mit der anderen Hand die schwammigen Backen zusammen, so daß sich ihm der Mund wie zu einem lächerlichen Kuß verquetschte.

»Also, passen Sie gut auf.« Angus' Interncomputer

verlangte keineswegs von ihm, seinen Ersten Offizier moralisch aufzurichten. »Ich erklär's Ihnen nämlich bloß einmal. Ich brauche Sie nicht. Sie sind hier völlig unwichtig. Ich nehme Sie nur mit, weil ich Sie nicht wegschicken kann. Die Halunken, die uns das alles angetan haben, vertrauen Ihnen zuwenig, als daß Sie sich aus meinen Augen verziehen dürften. Sie haben nichts anderes zu tun, als bei mir zu bleiben, und zwar *dicht* hinter mir. *Ganz* dicht.« Er grinste und drückte Taverners Wangen fester. »Wenn jemand auf uns schießt, verstecken Sie sich hinter meinem Rücken. Und halten Sie« – auch diese Ermahnung erachtete er als nötig – »das Maul. Jeder überflüssige Ton kann uns in Teufels Küche bringen.«

Er fletschte Taverner die Zähne mitten ins Gesicht, ließ ihn los und zwängte sich zurück ins Gewimmel der Menschenmenge.

Unterwegs spürte er seinen Ersten Offizier so dichtauf folgen, daß Taverners Brust seinen Rücken streifte. Er merkte Taverners verkrampfter Atmung Furcht an.

Gut.

Fast schwindelte ihm vor Erregung und Bewegungsdrang, während er seine Schritte zum nächsten Lift lenkte.

Zufällig erwies sich, daß dieser Lift ausschließlich die Verbindung zwischen dem Vergnügungsviertel und Kassaforts Äquivalent eines Slums gewährleistete, den Wohnbezirken, in denen die Minderbemittelten der Station hausten. Aber das war Angus durchaus recht. Er und Taverner standen ununterbrochen unter Überwachung; noch konnte man feststellen, was sie unternahmen. Suchprogramme der Computer des Kassierers hatten die Möglichkeit, aus den Unmassen von Daten, die seine Melder und Observationsinstallationen sammelten, ihr Bewegungsmuster herauszusieben. Unter den gegebenen Umständen hatte Angus nichts dagegen, wenn der Kassierer erfuhr, wo er sich gerade umhertrieb. Wahrscheinlich mutmaßte der Kassierer, daß er in diesem miesen Viertel jemanden suchte, oder daß die Zusammenkunft mit Nick Succorso in einem Vorhaben resultiert war, das es da zu erledigen galt.

Während Angus genüßlich in Taverners Beklommenheit schwelgte, führte er seinen Ersten Offizier durch die mit Dreck verkrusteten Flure, bis sie eine kleine Traube von Frauen und Männern sahen, die auf einen Lift zu den Docks warteten.

Taverner klebte nachgerade an ihm, als Angus sich mitten in das Grüppchen stellte.

Sobald die Lifttür sich öffnete und die Leute sich hineindrängelten – während er und Taverner aus der Erfassung einer in den Aufnahmebereich der nächsten Optik wechselten – schaltete Angus das refraktive Störfeld ein.

Daß es funktionierte, bezweifelte er keinen Augenblick lang. Auf das, was seine Datenspeicher ihm über seine Ausrüstung mitteilten, war Verlaß. Fehlinformationen konnten seinen Tod zur Folge haben; damit wäre alles, was Dios und Lebwohl in ihn investiert hatten, vergeblich gewesen.

In der festen Überzeugung, daß er und Taverner jetzt für den Kassierer im Effekt unsichtbar waren, verließ Angus den Lift auf der Ebene der Docks. Aber er hielt sich dort nicht auf. Sein Drang nach Bewegung und Aktivität schwoll immer mehr an: am liebsten wäre er gerannt. Als platzte er schier vor Eifer, strebte er auf einen der öffentlichen Lifts zu, die Raumschiffsbesatzungen nahmen, um die Leitzentrale oder das Vergnügungsviertel aufzusuchen.

Von nun an mußte er vorsichtiger sein: vor Wachen schützte das Störfeld nicht. Und je näher sie beide sich zu den Lifts wagten, die bis tief hinunter ins Innerste des Planetoiden fuhren, um so mehr Posten begegneten sie. Allerdings schenkten die Wachen ihnen keine erhöhte Beachtung, ein Anzeichen dafür, daß sie bisher in bezug auf seine Überwachung keine speziellen Anordnungen erhalten hatten; dennoch verkörperten sie, schon allein wegen ihrer Augen und Schußwaffen, eine Bedrohung.

Angus' Herz schlug schneller, seine Nerven wurden angespannter, als nähmen unbekannte oder bis dahin unbenutzte Systeme den Betrieb auf: computerunterstützte Reflexe, Entscheidungshilfe-Programme, Überlebensinstinkt-Verstärkungfunktionen. Ölige Schweißperlen sickerten Angus über die Schläfen.

Dort: ein Lift, der hinführte, wohin Angus wollte.

An der Lifttür stand ein Wächter, der aus Augen, die so leer waren wie eine Pistolenmündung, ins Nichts glotzte. Drei Personen warteten auf die Liftkabine; aufs Aufgleiten der Türflügel.

Den Anzeigen der Kontrolltafel ließ sich entnehmen, daß der Lift aufwärts fuhr.

Um so besser.

Als die Tür sich öffnete, kam ein halbes Dutzend Männer und Frauen aus dem Lift. Milos Taverner an den Fersen, betrat Angus gemeinsam mit den anderen Passagieren die Liftkabine.

Eine Etage höher verließen ein Mann und eine Frau den Lift.

Zwei Etagen darüber stieg auch der dritte Passagier aus.

Und niemand stieg zu.

Jetzt.

Kaum hatte die Tür sich wieder geschlossen, schickte er die Liftkabine per Tastendruck weiter nach oben. Dann schoß er einen präzise gezielten Laserstrahl in die Kontrolltafel und brannte eine Lücke in die Schaltkreise des Alarmgebers.

Dank dieser Vorkehrung ertönte weder in der Liftkabine noch in der Leitzentrale ein Warnsignal, während er sich mit den Bremsvorrichtungen befaßte, mit denen sonst die Wartung den Lift außer Betrieb setzte.

Für zumindest einige wenige Minuten hatte er einen Privatlift zur Verfügung.

Vorsichtshalber legte er Taverner kurz die Hand auf den Mund, um ihn an die Notwendigkeit des Schweigens zu mahnen. Danach ließ er die Liftkabine mit solcher Geschwindigkeit nach unten sausen, hinab zum Kern des Felsbrockens, daß die Abwärtsfahrt wenigstens ansatzweise an freien Fall erinnerte. Dort hinunter, wo es nichts gab außer dem Kassierer in seinem Panzergewölbe und Kassaforts Fusionsgenerator.

Milos Taverners Gesicht sah aus, wie sich Angus' Mund anfühlte: verquollen vom Elend, grau wie von verriebener Asche. Sehr gut. Angus fletschte die Zähne und schaute zu, wie die Kontrolltafel die Etagen abzählte.

Er wußte, in welcher Etage er stoppen mußte. Die Erinnerung an die Zeitspanne, die er dort zugebracht hatte, standen an Lebendigkeit keineswegs der gegenwärtigen Aktualität seiner Datenspeicher nach. *Bestimmt erinnern Sie sich an Morn Hyland.* Er hatte ausschließlich lebhafte Erinnerungen. *Sie hat 'n Kind gekriegt.* Natürlich gab es keine Garantie dafür, daß der Kassierer noch dieselben Zellen benutzte. *Deshalb sind wir in Station Potential gewesen ... Um ihren Jungen im Schnellwachstumsverfahren zur Welt bringen zu lassen.* Und ebensowenig dafür, daß das Bürschlein noch lebte. *Sie hat ihn Davies Hyland genannt ... Nach ihrem edelmütigen, toten Vater.* Vielleicht war die ganze Übereinkunft ein Schwindel Scheißkapitän Schluckorsos. *Die Amnion wollen ihn zurück.* Succorso mochte ein dermaßen hinterlistiges Subjekt sein, daß er um irgendeines momentan nicht recht vorstellbaren Vorteils gegenüber dem Kassierer oder den Amnion sogar Milos Taverner, seinen einzigen Bundesgenossen, aufs Spiel setzte. *Sie möchten die Folgen untersuchen, die sich bei so einem Sprößling ergeben, dessen Mutter nicht um den Verstand gekommen ist ...* Und auf jeden Fall wurden die Zellen bewacht; menschliche Augen beaufsichtigten sie.

Trotz allem blieb Angus' Konzentration unbeeinträchtigt wie die Zuverlässigkeit seiner Laser. Endlich *handelte* er. Persönlich glaubte er nicht, daß Succorso gelogen hatte; wenigstens nicht, was das Erfordernis betraf, dem Kassierer Davies abzuluchsen. Succorsos Bemühungen ums Verhehlen seiner Verzweiflung verlieh seinem Anliegen hohe Glaubhaftigkeit. Und Angus' Data-Nukleus war unfähig zum Zweifeln: durch die Aussicht, mit Davies Hyland von den Amnion Morns Rückgabe zu erfeilschen, hatten Programme die Arbeit aufgenommen, denen Angus so wenig widerstehen konnte wie der Schwerkraft eines Schwarzen Lochs.

Noch fünf Etagen.

Vier. Drei. Zwei. Eine Etage.

Halt.

Milos Taverner taumelte ein wenig, wankte hinter Angus seitwärts. Ein idiotisches, gefährliches Versagen. Und er war jämmerlich langsam. Sämtliche Bewegungsabläufe Taverners vollzogen sich in Angus' Augen nervend gemächlich, als machte die Sterblichkeit sie schwerfällig. Angus reagierte mit der Schnelligkeit seiner Mikroprozessoren, erhaschte die Bordmontur seines Ersten Offiziers und zerrte ihn wieder dicht an seinen Rücken.

Eine Hand hinter sich, damit Taverner kein zweites Mal wegwich, trat Angus, sobald die Türflügel klafften, in den Korridor.

Der Gang hatte eine Länge von nur zwanzig Metern, war nichts anderes als eine in Beton gegossene Sackgasse, die keine Zugänge außer den Zellentüren und keine Ausgänge als die Lifttüren aufwies. Sechs Zellen, zwei Aufzüge. An der Decke reihten Leuchtkörper und

Observationsinstallationen sich aneinander, noch mehr Überwachungsgeräte sogar, als Angus in Erinnerung hatte. Anhand so vieler Apparate konnte der Kassierer jede atmosphärische Veränderung und mikroklimatische Luftströmung aufzeichnen, die molekularen Folgeerscheinungen sich bewegender Körper.

Der Kassierer lebte schon so lang im Bannkosmos, daß Paranoia sich zu seiner vorherrschenden Leidenschaft entwickelt hatte.

Zwischen einem und dem nächsten Ticken seines Computerchronometers amüsierte Angus sich bei der Vorstellung, daß er jetzt davorstand, die Paranoia des Kassierers zu rechtfertigen.

Während er Taverner aus dem Lift zerrte, galt Angus' Obacht längst dem, was vor ihnen lag, duckte er sich schon. Natürlich genügten die Observationsapparate dem Kassierer nicht: zusätzlich hatte er in dem Korridor zwei Posten aufgestellt. Sie standen neben einer Tür links, jeder an einer Seite. Der eine Wächter hielt ein Impacter-Gewehr mit Flexistahlbändern statt mit Fingern; dem anderen hatte man die Bewaffnung in den Brustkasten eingesetzt, eine Projektilwaffe, die durchaus das Kaliber einer kleinen Kanone hatte.

Beide waren außerdem Melder. Die Leitzentrale bekam alles übermittelt, was sie sahen oder hörten; wenn die zwei nicht mehr sendeten, würde sie sofort aufmerksam.

Sie mußten an der Kontrolltafel gesehen haben, daß der Aufzug sich ihrer Etage näherte; folglich überraschte es sie nicht, als sich die Lifttür öffnete.

Weil es sie nicht überraschte – und sie keinen Grund hatten, um mit Unregelmäßigkeiten zu rechnen –, waren sie unvorbereitet auf Angus' Attacke.

Schnelligkeit. Genauigkeit. Lautlosigkeit. Auf solche Eigenschaften hatte man Angus getrimmt. Seine Laser erzeugten mit Ausnahme des leisen Brutzelns verbrennenden Fleischs und hartbackenden Plastiks kein

Geräusch, als er den einen Wächter zwischen die Augen und den anderen durch die Thoraxkanone ins Herz schoß.

Beide Männer brachen zusammen, als wären die Sehnen ihrer Gelenke zerschnitten worden.

Ihre unbeschädigten Sender blieben in Funktion. Die visuelle Aufzeichnungen des Vorfalls mußte der Leitzentrale ein Verschwimmen der Aufnahme zeigen, eine seltsame Rotfärbung, einen grotesken Perspektivwechsel. Wer sich diese Bilder ansah, mußte auf Anhieb merken, daß etwas nicht stimmte. Aber in Echtzeit beobachtete vorwiegend niemand die Überwachung; allein die Computer sahen alles augenblicklich.

Vermutlich kannten die Computer keinen Unterschied zwischen dem Blickwinkel von Menschen, die saßen oder standen, sich auf dem Fußboden zum Ausruhen langlegten oder tot umfielen. Möglicherweise hatten die Programmierer des Kassierers solche Situationen nicht vorausgesehen. Einige Zeit mochte verstreichen, bis vorjustierte analytische Parameter eine Warnung signalisierten.

Danach kostete zunächst einmal die Sichtung des Bildmaterials ein Weilchen Zeit. Und derjenige, der sie vornahm, bräuchte zuletzt auch noch ein paar Sekunden zum Reagieren.

Kaum daß die Toten reglos auf dem Betonboden lagen und sich um sie eine Blutlache ausbreitete, stand Angus schon vor der Tür, die sie bewacht hatten. Furchtgeschüttelt krallte Taverner sich an seinen Rücken, grub Klauen des Grausens in seine Schultern, während Angus' Laser das Türschloß abtasteten.

Damit muß Schluß sein.

Ganz als hätte Warden Dios alles im voraus gewußt, alles vorhergeplant, riß Angus die Zellentür auf und sah Davies Hyland schon warten.

Sobald Angus seinen Sohn erblickte, schwante ihm das ganze Ausmaß der Arglist Nick Succorsos.

Eine schockhafte Bestürzung, rasant wie ein elektrischer Schlag, fuhr ihm durch die Nerven. Davon hatte Nick Succorso nichts erwähnt. Und Angus selbst wäre nie im Leben auf diese Idee gekommen. Hätte er überhaupt darüber nachgedacht, wäre für seine Begriffe der Schluß naheliegend gewesen, daß das Balg von Scheißkapitän Schluckorso stammte; er hätte unterstellt, daß Morn durch ihre überschäumende Lust nach Succorso dazu verleitet worden wäre, das Kind zur Welt zu bringen. Denn liebte sie ihn etwa nicht? Hatte nicht ihr ganzer Leib nach ihm gegiert, kaum daß sie sich in Mallorys Bar & Logis zum erstenmal sahen?

Doch aus eben diesem Grund hatte Angus sich gar nicht erst gefragt, wessen Sohn Davies sein mochte. Daß Morn sich an Nick verschleuderte – auf den ersten Blick und ohne Vorbehalte –, hatte ihn tiefer gekränkt, als er eingestand. Darum hatte er seine Überlegungen ausschließlich auf Morn gerichtet; auf die Methode, sie zu retten, indem er sie gegen Davies eintauschte. Allem anderen hatte er seine Gedanken verschlossen.

Aber schon der erste, ein einziger Blick auf den Jungen stellte seine väterliche Herkunft eindeutig und unmißverständlich klar.

Er hatte Morns Augen; sie wiesen die gleiche Farbe auf; in diesen Augen spiegelten sich die gleiche offene Furcht, ihr ganzer Abscheu und all ihre Not wider. Er starrte Angus an, als wäre ihm ein ähnlicher Schreck in die Gliedmaßen gefahren; als hätte ein und derselbe Blitz sie beide getroffen und binnen eines Sekundenbruchteils miteinander verschmolzen. Auch in der Körperhaltung hatte er Ähnlichkeit mit Morn. Selbst in der ärgsten Betroffenheit zeichnete er sich durch vergleichbare Geschmeidigkeit und ähnlichen Anmut aus.

Der gesamte Rest jedoch ...

Alles übrige verwies auf Angus. Natürlich war er jünger und schlanker, doch ansonsten war er Angus Thermopyle, wie er leibte und lebte.

Sein Sohn …

Nick Succorso hatte mit voller Absicht, aus reiner Gemeinheit, auf diese schockierende Begegnung hingearbeitet. Und das legte den Verdacht nahe, daß dies nur die erste Überraschung war, noch mehr derartiges drohte.

… eine schwächere Ausgabe seiner selbst …

Wie gelähmt durch völlige Fassungslosigkeit und schreckhafte Erkenntnis, gebannt durch ein Moment unsäglicher Tragik, starrte Angus seinerseits Davies an und konnte sich nicht mehr rühren.

… ein neues Opfer fürs Kinderbett.

»Ach du Scheiße«, krächzte Milos Taverner, als ob er an seiner Entgeisterung erstickte. »Scheiße, *Scheiße …!*«

Dann verflog der Schock. Eingebungen durchflammten Angus, rasend schnell und hell wie Licht. Unwillkürlich staute sich ein Aufbrüllen in seiner Brust, ein viehisches Röhren der Ratlosigkeit und Empörung.

Davies kam ihm zuvor. Er brach in Geschrei aus, als wäre er mit einem Tranchiermesser aufgeschlitzt worden.

Gleichzeitig schwang er eine Faust wie ein Geschoß auf Angus' Kopf zu.

Nur Angus' cyborgische Ausstattung rettete ihn: Mikrosekunden nachdem sein Sohn ins Kreischen verfiel, aktivierte er Codes, die eine andere Art von Störfeld errichteten.

Die Observationsinstallationen an der Zellendecke erblindeten in demselben Augenblick, als Davies' Faust seinem Vater mit voller Wucht auf die Wange klatschte.

DAVIES

Z*ur Zeit passiert zuviel auf einmal.* Die Komplizin des Kassierers hatte die Weisung erhalten, aus Davies Auskünfte herauszuholen, ihn zu foltern, wenn es sein mußte. Er hatte keine Ahnung, welche Galgenfrist ihm noch blieb. Nachdem die Frau gegangen war und die Tür geschlossen hatte, täuschte er vor sich auszuruhen, solang er sich dazu zwingen konnte: höchstens fünf Minuten lang. Danach war er von der Pritsche aufgesprungen, und seitdem er latschte er wieder die kleine Zelle ab, sechs Schritte hin, fünf Schritte zurück.

Nick Succorso hatte Morn den Amnion ausgeliefert. Höchstwahrscheinlich als Ausgleich, weil er ihren Sohn nicht hatte überstellen können; aber auch, um sie zu bestrafen. Letzten Endes jedoch spielten seine Beweggründe keine Rolle. Nur die Tatsache an sich zählte. Inzwischen war sie vermutlich selbst eine Amnioni. Nur ihr Sohn war noch von ihr übrig.

Er brauchte irgend etwas, um dem Orkan der ohnmächtigen Trauer und der blinden, weißglühenden Wut gegenzusteuern, der sein Herz umtobte.

Sechs Schritte. Fünf.

Morn Hyland. Nick Succorso.

Und Angus Thermopyle.

Der Kassierer hatte erwähnt, Angus Thermopyle sei nach Thanatos Minor gekommen.

Im Mittelpunkt des Sturms, an einem kleinen, stillen Fleck, geschaffen und aufrechterhalten von der Coriolis-Kraft seiner Seelenpein, hatte er darüber Klarheit, daß zwischen den dreien ein Zusammenhang bestand;

etwas knüpfte sie unentrinnbar aneinander. Sie hingen einer vom anderen ab. Er konnte sich einfach nur nicht entsinnen, wie oder warum.

Seinen Vater hatte er nie gesehen. Seine einzigen Eindrücke stammten von dem Bruchstückhaften, das Morn und Nick Succorso ihm erzählt hatten, und dem, was er am eigenen Körper sah; vom Betrachten seines Gesichts im Spiegel der Hygienezelle an Bord der *Käptens Liebchen.* Stunden hatte er vor dem Spiegel verbracht, herauszufinden versucht, wo Morn Hyland endete, er selbst begann. Doch diese Selbstbetrachtungen hatten ihm keinerlei Gespür für die Existenz eines Vaters als konkrete, reale, von ihm getrennte Person vermittelt.

Nichts Vorbereitendes bot ihm Schutz gegen eine Konfrontation mit …

… Angus Thermopyle, dessen plötzliches Erscheinen in der Zelle folglich auf Davies wirkte wie ein unvermutetes Überwechseln ins Hyperspatium. Mit aschfahler Miene und einem Gebaren höchster Heftigkeit riß Angus die Tür auf und stapfte in den Raum, als käme er stracks aus der Tiefe von Davies' verschütteten Erinnerungen zum Vorschein.

In diesem Augenblick zerstob in Davies der Unterschied zwischen sich und Morn. Überwältigt vom Schrecken, stürzte er in den Abgrund ihrer Not, verwandelte er sich in sie, als wäre er nie jemand anderes gewesen.

Den dicklichen Mann, der sich wie ein Krüppel an den Rücken seines Vaters klammerte, bemerkte er kaum. Ohne jeden Übergang, blitzartig wie Erleuchtung, war die Erinnerung da.

Er hockte sich auf die Kante der Patientenkammer.

Angus langte in eines der Staufächer längs des Schotts, kramte ein Skalpell hervor und gab es ihm. »Nimm!«

Wider Willen schlossen sich Davies' Finger um den Griff des Skalpells.

»Leg die Schneide an deine Zitze«, forderte Angus in einem Tonfall, der von Gemeinheit troff.

Der Einfluß des Z-Implantats zwang Davies zu gehorchen. Er mußte nicht sehen, was er vollführte. Ohne seinen Handlungsablauf zu beobachten, bewegte er das Skalpell auf sich zu, bis die Klinge seine Brustwarze berührte. Eine Frauenbrust. Silbern zeichnete sich das Skalpell gegen die bräunliche Haut ab. Die spitze, harte Brustwarze wirkte, als streckte sie sich dem Skalpell geradezu zum Abgetrenntwerden entgegen.

»Du kannst mich verstehen«, sagte Angus mit heiserer Stimme. »Ich weiß, daß es so ist, also hör mir gut zu. Ich kann dich dazu bringen, daß du dich selber schneidest. Wenn ich's will, kann ich dafür sorgen, daß du dir die ganze Titte absäbelst. Das solltest du berücksichtigen, wenn du darüber nachdenkst, wie du mich fertigmachen könntest. Ich werde dich *fertigmachen. Dich werde ich so gründlich zur Schnecke machen, daß du's irgendwann genießt, eines Tages brauchst. Danach werde ich dich noch ein bißchen mehr zur Sau machen. Ich mache dich dermaßen fix und fertig, daß du außer mir keinen Grund mehr zum Weiterleben hast.«*

Qual durchtoste Davies bis tief ins Innerste, ein Geheul durchgellte ihn, das er nicht auszustoßen vermochte.

Angus drückte am Zonenimplantat-Kontrollgerät Tasten.

Im Ringen ums Überleben setzte ein anderer Teil von Davies' Bewußtsein sich mit Informationen auseinander, die er bisher nicht gekannt und nicht erahnt, nicht abgesehen hatte. Angus hatte Morn ein Zonenimplantat eingepflanzt. Damit hatte er ihr die Freiheit genommen, den Willen, ihr Ich; es war von ihm benutzt worden, um sie vollständig zu erniedrigen.

Doch Einsichten änderten nichts. Davies war in Morn aufgegangen.

Indem er sich wie ein Roboter bewegte – auf nichts als die Funktionen des Z-Implantats ansprach –, tat er das Skalpell zurück ins Fach. Das Zonenimplantat-Kontroll-

gerät verlangte von ihm ein Lächeln: er lächelte. Es forderte, daß er vor Angus niederkniete: folgsam kniete er sich vor ihn.

Angus' Penis ragte aus dem offenen Schlitz seiner Bordmontur. Aus irgendeinem Grund wirkte er sehr zornig, während er Davies' Mund aufzwängte und sein Glied hineinrammte, seinem Sohn mit unerbittlicher Wildheit den Schlund stopfte, bis es ihm kam.

Während er vor Ekel und Tollwut unartikuliert aufbrüllte, schwang Davies eine Faust gegen Angus' Kopf. All seine jugendliche Kraft und das volle Ausmaß des schrankenlosen Martyriums Morns steckten in dem Schlag.

Der Anprall seiner Faust auf Angus' Wangenknochen war es, was ihn rettete. Der Aufprall war etwas Physisches, handgreifliche Realität: Davies spürte den Stoß in den Fingerknöcheln, in Ellbogen und Schultern. Für einen Augenblick sonderte die fühlbare Wucht ihn von dem wahnsinnigen Leid ab, das aus Morns Erinnerungen emporquoll, separierte ihn für einen Moment wieder von Morn. Ohne diesen Aufschub hätte er seinen Vater töten müssen; er hätte gar keine Wahl gehabt. Nichts anderes wäre dazu fähig gewesen, ihn vor dem zu schützen, was Angus seiner Mutter angetan hatte.

In derselben Sekunde handelte Angus.

Er mißachtete Davies' Hieb, als hätte er ihn kaum gespürt. So schnell, daß Davies entging, wie er es schaffte, warf sich Angus seinem Wutausbruch entgegen, zerrte Davies herum, nahm ihn in einen Armhebel. Davies' eigener Schwung und Angus Ansturm schmetterten ihn an die Mauer, sein Schädel krachte gegen den Beton.

Aus Schmerz benommen, wand er sich in Angus' Umklammerung, kämpfte ums Freikommen wie Morn. Wehrte er sich nicht, müßte er sich an noch mehr entsinnen: an Wochen der Mißhandlungen und der

Demütigung erinnern, an erbärmlichstes Elend; müßte er sich daran erinnern, seine Seele verkauft zu haben …

Und an noch Schlimmeres.

Aber es gelang ihm nicht, sich loszureißen. Angus' Griff war nicht schwächer als die Macht, die Morns Z-Implantat hatte, sondern lediglich eine unmittelbarere Art von Gewaltausübung. Unnachgiebig wie Flexistahl verstärkte Angus den Klammergriff, bis Davies so gut wie keine Luft mehr bekam, knallte ihn nochmals mit dem Kopf gegen die Mauer. Während Phosphene und Schmerzgeflacker durch Davies' Sicht wirbelten wie abgeirrte Sternennebel, ihn aus den Muskeln die Kraft floh, die Barrieren fielen, die ihn bislang vor Morns gräßlicher Vergangenheit bewahrt hatten, zog Angus seinen Kopf aufwärts. »Hör auf!« fauchte er ihm in mörderischem Ton unmittelbar ins Ohr. »Hör *auf!* Du brockst uns allen den Tod ein, wenn du nicht dein gottverdammtes *Maul* hältst!«

»Scheiße«, stöhnte der Mann hinter Angus immerzu weiter, als fehlten ihm die Kräfte zum Schreien. »Scheiße, Scheiße …«

Ein Blutrinnsal sickerte Davies in die Augen, aber durchs Tanzen der Phosphene konnte er es nicht sehen. *Angus hatte ihn verprügelt,* er erinnerte sich daran, *ihn getreten, mit bloßen Fäusten geschlagen und verdroschen, seine Schönheit verunstaltet, damit sie ihn nicht mehr ängstigte.* »Du …«, keuchte Davies. »Du verkommener …«

»Nun gib mal acht.« Erneut drückte Angus fester zu. »Hör *her,* du kleiner Hosenscheißer! Ich kann uns visuell tarnen, aber keine Geräusche unhörbar machen. Nicht ohne sämtliche Überwachungsanlagen der Umgebung zu neutralisieren, und dann weiß der Kassierer genau, wo wir sind. Er kann der Verzerrung folgen. Ich habe bestimmt Alarm in der Leitzentrale und in seinem Panzergewölbe verursacht. Verflucht noch mal, *ich will dich befreien!* Du mußt nur *die Schnauze halten!*«

»Du hast mich *vergewaltigt,* du dreckiger Schweinehund!« japste Davies durch ein Chaos aus Schmerz und Blut.

»Wovon redet er?« jammerte Angus' Begleiter. »Der Bursche ist verrückt. Will er nicht befreit werden?«

Knurrend vor Erbitterung zog Angus seinen Sohn von der Wand weg und versetzte ihm, indem er ihn ein zweites Mal herumriß, einen hinreichend kraftvollen Boxhieb ins Zwerchfell, um seine Gegenwehr zu brechen. Während Davies vergeblich nach Luft schnappte, grapschte Angus nach dem anderen Mann, zerrte ihn mit einem Ruck näher an sich heran.

»Helfen Sie mir, ihn zu bändigen!« raunte Angus hitzig. »Wir müssen dicht beisammen bleiben. Wenn er noch mal die Fresse aufsperrt, stopfen Sie ihm von mir aus die Faust hinein.«

Als wäre er stark genug, um sie beide zu tragen, schwenkte Angus den zweiten Mann und Davies auf die Tür zu.

Davies torkelte, doch Angus und sein Begleiter verhinderten, daß er niedersackte: er zwinkerte sich das Blut aus den Augen und blieb auf den Füßen.

Halb trugen, halb schleiften die beiden Männer ihn in einem Gezappel von Armen und Gewirr von Beinen aus der Zelle und in eine offene Liftkabine.

Morn mußte jemand anderes gewesen sein, ahnte Davies, ein Individuum außerhalb seiner selbst, aber er ersah keinen Unterschied.

»Angus ...«, sagte er. »Angus, hören sie zu! Ich kann Sie retten. Ich werde zu Ihren Gunsten aussagen. Wenn Sie wieder auf der KombiMontan-Station sind, wird man Sie der Verletzung des Startverbots anklagen. Ich bin bereit, Sie in Schutz zu nehmen. Eine echte Polizistin bin ich an sich nicht mehr, aber ich habe ja noch meine Id-Plakette. Ich sage aus, Sie wären auf meine Weisung hinabgeflogen. Und ich bestätige, daß wir kein Vorsorgungsschiff angetroffen haben. Daß es Betrug gewesen ist ... und das andere Raumschiff ihn angezettelt hat. Ich werde empfehlen, Nick Succorso zu

verhaften. Ihr Schiff kann ich nicht retten … aber Sie. Sie brauchen mir nur das Kontrollgerät auszuhändigen.« Seine heisere Stimme deutete das Maß seiner Notlage an. »Das Kontrollgerät des Z-Implantats.«

»Du kannst nicht mehr richtig denken«, erwiderte Angus. »Du bist Polizistin. *Wenn ein Polizist gegen das Gesetz verstößt, bewertet man das als viel schlimmer … Alles käme raus. Kann gar nicht ausbleiben. Und dann wärst du erledigt.« Seinem Tonfall nach hätte er genausogut in Tränen aufgelöst sein können. »Ich würde mein Schiff verlieren …«*

Wenn wirklich, wie Angus behauptete, in der Leitzentrale oder im Panzergewölbe des Kassierers Alarmsignale ertönte, könnte Davies sie jedenfalls nicht hören.

In äußerster Hast stießen Angus und sein Kumpan ihn in den Lift. Schweiß spritzte von Angus' Gesicht, als er zur Kontrolltafel herumfuhr, den Lift nach oben schickte. Ein roter Fleck kennzeichnete die Stelle, wo ihn hoch an den Backenknochen Davies' Fingerknöchel geprellt hatten.

»Es ist nicht mehr zu retten«, schrie Davies ihn in plötzlichem Zorn an, mehr als nur ein wenig verzweifelt. »Den Stationssicherheitsdienst kann ich abwimmeln. Auch die VMKP. Ich denke mir schon was aus. Aber für Ihr Schiff kann man nichts *mehr tun. Es ist zu schwer beschädigt. Wir brauchen ja 'n Wunder, bloß um lebend zur Kombi-Montan-Station zurückzukehren. Bitte. Überlassen Sie mir das Kontrollgerät.« Jetzt flehte er unverhohlen. »Ich werde es nicht gegen Sie benutzen. Ich brauche es, um gesund zu werden.«*

Eine Hand um die Armlehne des Sessels geklammert, stellte Angus die Füße fest aufs Deck und versetzte Davies mit jener Art von Schwung einen Hieb, die Nick gefällt hatte, einen Schlag, in dessen Gewaltsamkeit er das ganze Gewicht seiner Existenz legte. Hätte der Sitz nicht einen Teil der Wucht gemildert, wäre Davies ohnmächtig geworden. Vielleicht hätte Angus ihm sogar das Genick gebrochen.

»Gemeines Weibsstück! Mein Schiff gebe ich niemals auf.«

Wer fragt dich denn danach, du widerlicher Drecksack? zeterte Davies bei sich. Wer hat dich gebeten, überhaupt am Leben zu bleiben? Succorso hätte dich, als er dazu die Chance hatte, zusammen mit deinem Kahn zu Schlacke einschmelzen sollen!

Für Morn wäre es besser gewesen, hätte sie damals den Tod gefunden.

Aber Davies schwieg, schloß die Worte und die Erinnerungen in seinem Schädel in ein lautloses Geschrei. Konvulsionen suchten sein Innenleben heim, ein Erdbeben der Innenwelt erschütterte ihn, und vom Gedächtnis ging nur ein Teil der quasi-tektonischen Gewalten aus, die Angus' Auftauchen aufgewühlt hatte. Einen anderen Faktor gab das Stichwort *Befreiung* ab: Flucht vor dem Kassierer; vor den Amnion; vor Nick Succorso. Und *Geräusche* bedeuteten die einzige Gefahr, die er momentan erkannte. *Ich kann uns visuell tarnen, aber keine Geräusche unhörbar machen.*

Trotz des Zusammenbruchs seiner schützenden Barrieren klammerte er sich an das, was er verstand; an die klare, deutliche Notwendigkeit zur Flucht.

Endlich freigelassene Erinnerungen stoben und heulten durch sein Hirn wie Furien.

Während der Lift aufwärtsfuhr, erinnerte Davies sich daran, wie Angus Thermopyle durch Nick Succorso in eine Falle gelockt und überlistet worden war; er erinnerte sich an den Anteil, den er geleistet hatte, um es Succorso zu ermöglichen.

Ihm kam im Rückblick die unglaubliche Leidenschaftlichkeit zu Bewußtsein, die ihn nachgerade entflammt hatte, als er Nick das erste Mal sah – die stumme, unausweichliche, asexuelle, ja nahezu völlig abstrakte Sehnsucht nach nicht etwa dem Mann Nick Succorso, sondern die von ihm verkörperte Handlungsfähigkeit.

Er erinnerte sich an stundenlange Vergewaltigung, Tage der Demütigung, wochenlange Herrschaft des Zonenimplantats. Er entsann sich des Flehens, der Selbsterniedrigung; ihm fiel ein, Angus alles versprochen zu haben, was er sich hätte wünschen können.

»Fühlen Sie sich jetzt wie ein Mann?« hatte er gefragt, ehe er entdecken mußte, was ihm tatsächlich bevorstand, wie wüst Angus' Absichten wirklich waren. *»Müssen Sie mich schinden, damit Ihnen wohl zumute ist? Sind Sie so abartig?«*

Und er hatte gesagt: *»Wegen solcher Menschen wie Ihnen bin ich Polizistin geworden ... Der Bannkosmos ist schlimm genug. Auf noch ärgere Gefahren verzichten wir gern. Aber Leute wie Sie sind wahrhaftig das größte Übel. Sie hintergehen Ihresgleichen. Ihre Opfer sind Menschen, Sie betätigen sich als Parasit des menschlichen Lebens und werden dabei reich ... Ich werde alles tun, was ich kann, um Sie unschädlich zu machen. Kein Preis ist zu hoch, um einen Mann wie Sie zur Strecke zu bringen.«*

Und später: *»Wenn ich's nicht schaffe, wird jemand anderes es erledigen. Kann sein, Sie haben recht. Vielleicht bin ich genauso schlimm wie ein Verräter. Aber es gibt bessere Polizisten als mich ... stärkere ... Sie werden Ihnen das Handwerk legen. Ihnen für all das hier die Quittung verpassen.«*

Aber Angus hatte gekollert: *»Sie werden nie 'ne Chance kriegen! Ich bin ein Halunke, ich hab's dir doch gesagt. Der schlimmste Halunke, dem du begegnen konntest. Ich verstehe mich auf das, was ich anfange. Schon mein Leben lang eiere ich euch verfluchten Astro-Schnäpper aus den Greifern. Sollten sie mich trotzdem je erwischen, wirst du längst tot sein. Aber bis dahin will ich noch allerhand Spaß mit dir haben. Du bist jetzt mein Crewmitglied. Du wirst lernen, meine Anweisungen zu befolgen. Und ich habe noch alte Rechnungen zu begleichen. Sogar jede Menge. Und wenn ich mit dir fertig bin, wirst du mir so verdammt unheimlich dringend stiften gehen wollen, daß du fast daran* *verendest, aber ich werde dir nicht mal zu schreien erlauben.«*

Das alles war zuviel in zu kurzer Frist. In der Liftkabine war Davies klaustrophobisch wie in einem Sarg zumute, zu eng war es darin, um sich der Furien zu erwehren. Davies erinnerte sich an das, was Angus verbrochen hatte, ohne glauben zu können, daß er es Morn Hyland zugefügt hatte, nicht ihrem Sohn.

Und er konnte sich nicht auf das Warum besinnen.

Wie war ein solches Los möglich geworden? Wieso hatte er geduldet, daß Angus derartige Macht über ihn erlangte? Von Anfang an hatte er den Moment im Gedächtnis gehabt, als die *Stellar Regent* beobachtete, wie die *Strahlende Schönheit* eine Wühlknappschaft in ihrem Astro-Camp vollständig massakrierte. Weshalb hatte die *Stellar Regent* Angus nicht verhaftet oder abgeschossen? Weshalb hatte Davies den Raumpiraten nicht getötet?

Nick hatte ihm die Antwort genannt, doch er konnte sich nicht mehr erinnern. Die orogenen Kräfte, die ihn durchtosten, machten alles konfus, verschleierten alles neuere Wissen: nur die Vergangenheit schien real zu sein.

Blut rann ihm in den Mund. Er biß sich auf die Unterlippe, bis sie ebenso stark wie sein Kopf schmerzte.

Als die Liftkabine in der von Angus gewählten Etage stoppte, klappte sein Kumpan ängstlich den Mund auf, wollte etwas äußern, sich wohl nach etwas erkundigen. Seine Augen spiegelten Furcht und Fragen wider.

Angus' Lippen bildeten mit einer Eindringlichkeit, die mit dem Durchdringenden der Kopfschmerzen Davies' verglichen werden konnte, die Ermahnung *Ruhe!* Als ob er seinen Begleiter auf irgendeine Weise bedrohte, griff er dem Mann in eine Tasche der Bordmontur und holte ein Päckchen Niks heraus. Er hielt es dem Mann vors Gesicht, als wollte er ihn höhnisch auffordern, es sich zurückzuerhaschen.

Der Mann duckte sich, verdrehte die Augen. Doch er schnappte nicht nach dem Päckchen, und ebensowenig wich er Angus von der Pelle.

Sobald die Türflügel beiseiterollten, taumelten Davies und der andere Mann gewohnheitsmäßig vorwärts. Mit unerhörter Kraft hielt Angus sie zurück …

… bis er sich davon überzeugt hatte, daß keine Personen im Korridor standen, die den Lift zu benutzen beabsichtigten, niemand auf ihn wartete.

Dann warf er mit einer knappen Handbewegung die Packung Niks am oberen linken Winkel des offenen Ausgangs in den Korridor hinaus.

Davies wurde erst klar, daß man den Lift bewachte, als ein Posten vortrat, um den unvermutet über seinen Kopf hinweggesegelten Gegenstand in Augenschein zu nehmen.

In dem Augenblick trieb Angus seinen Begleiter und Davies aus der Liftkabine. Ehe der Wächter sich umdrehen konnte, berührte Angus' Faust den Mann an der Wirbelsäule.

Der Wächter kippte aufs Gesicht. Ein-, zweimal zuckte er, dann lag er still. Ein kleines Rauchfähnchen quoll aus seiner Kleidung empor und verwehte.

Schweiß glänzte auf Angus' Wangen. Mit wildem Grinsen hetzte er Davies und den Mann den Flur entlang.

Nach zwanzig Metern bogen sie um eine Ecke. Dort lagen die Lifts zur Privatdomäne des Kassierers außerhalb der Sicht.

Warum? kreischte Davies lautlos, aber voller Gequältheit. Warum habe ich mir so etwas von dir gefallen lassen?

Was hatte Nick ihm erzählt? *Er hat ihr, um sie unter der Knute zu behalten, ein Z-Implantat eingesetzt.* Er hatte über Morn gesprochen, als wären sie und Davies nicht dieselbe Person. *Danach hat er sie geschwängert. Das Ganze ist eine jämmerliche Geschichte, Davies. Sie ist von ihm aufgegeilt worden, bis sie mit 'm Vakuum-Saugschlauch zu bumsen bereit gewesen wäre, und dann hat er sie dumm und dämlich gerammelt. Wochenlang hat er sie dazu gebracht, alles zu tun, was er sich je erträumt hatte. So jemand ist dein Vater, Davies. Das ist die Sorte Mensch, die du bist.*

Nick hatte noch mehr gesagt, nämlich *daß sie inzwischen daran Vergnügen hatte. Kaptein Thermogeil hatte sie dermaßen degradiert, daß ihr dieser Zustand behagte... Zum Schluß gefiel's ihr so sehr, daß er ihr sogar beruhigt das Kontrollgerät des Z-Implantats anvertrauen konnte... Es machte ihr Spaß, an sich selbst herumzuprobieren.*

Aber das war es nicht; das war es nicht, an was sich Davies entsinnen mußte. Den Springfluten der Erinnerungen, die ihn durchschäumten, fehlte ein zentrales *Darum.*

Und genau darauf konnte er absolut nicht verzichten.

Gleichzeitig graute ihm davor dermaßen, daß es ihm nicht gelang, seinem Gedächtnis diese Information abzuringen; er schaffte es nicht, sie aus dem blinden Fleck seines Erinnerungsvermögens zu bergen, um den Furien ins Gesicht zu blicken, sie zu erkennen und zu zähmen.

Während er bei Verstand zu bleiben sich abmühte, verdeutlichte er sich die Ereignisse der Gegenwart lange genug, um zu begreifen, die gesamte Situation hätte eigentlich unmöglich sein müssen. In Kassafort wimmelte es von Observationsinstallationen. Weshalb reagierte der Kassierer nicht? *Uns visuell tarnen...* Wie?

Und wenn sie unsichtbar waren, warum hatte Angus den Wachtposten getötet?

Unmöglich oder nicht, dem Anschein nach bewährte sich Angus' Tarnmethode. Aneinandergeklammert näherten sie sich zu dritt, indem sie schwankten wie Betrunkene, die sich nach einer Sauftour gegenseitig stützen mußten, einem als Rezeption bezeichneten Bereich. Dort hielten sich einige Männer und Frauen auf;

doch ihre Aufmerksamkeit war auf die Computerterminals gerichtet. Und es gab Wachtposten, mehr Wächter, als Davies auf die Schnelle zählen konnte. Aber ausnahmslos hatten sie den dösigen Blick von Menschen, die sich durch unzureichende Dosen dieser oder jener Stimulantien wachhielten. Dank der Weise, wie Angus und sein Begleiter Davies zwischen sich mitschleppten, die Köpfe gesenkt, die Gesichter fast einander zugewandt, sahen die Posten das Trio vielleicht zu undeutlich, um es zu identifizieren.

Nachdem sie die Rezeption passiert und den Flur betreten hatten, der zu den Astro-Parkbuchten führte, waren sie wieder unter sich.

In Abständen zweigten die Gänge zu den einzelnen Parkbuchten ab. An diversen Zugängen zeigten Sichttafeln mit Schiffsidentifikationen an, daß die Parkbuchten belegt waren; eine gewisse Anzahl dagegen war frei. Davies sah den Namen *Käptens Liebchen* und mußte die Zähne zusammenbeißen, um nicht aufzuheulen. Morn war nicht an Bord, sondern längst verloren, sie war schon eine Amnioni ... Aber vielleicht war Succorso im Schiff, der Mann, der ihr Schicksal besiegelt hatte.

Es gab nur eine einzige Untat, die das übertraf, was Angus an ihr verbrochen hatte. Das größte Verbrechen an ihr zu begehen, war Nick Succorso vorbehalten geblieben.

Darüber jedoch konnte Davies momentan nicht nachdenken. *Er* war Morn Hyland: die Frau, die Succorso den Amnion ausgeliefert hatte, existierte nicht mehr. Vergewaltigung und Untergang schlugen in Davies' Geist Wogen. Furien zerkratzten ihm das Gemüt, drohten ihn in Fetzen zu krallen.

Unvermittelt zogen Angus und der zweite Mann ihn in einen Eingang. Davies' Blick huschte über die Sichttafel: die Schiffsidentifikationen betrafen den Interspatium-Scout *Posaune.*

Weit und breit keine Wachen. Ihre Abwesenheit blieb Davies unverständlich. Angus Thermopyle war ein berüchtigter Illegaler. Erst vor kurzem war er aus der Haft geflüchtet. Bei jedem seiner Schritte hätten Schußwaffen auf ihn gerichtet sein müssen. Schon zum eigenen Schutz hätte der Kassierer entsprechende Befehle erteilen sollen.

Aber natürlich war der Kassierer ja selbst ein Illegaler. Davies dachte wie ein Polizist; so wie früher Morn …

An seinem Ende führte der Gang durch ein Scanningfeld zu einer Luftschleuse und in das Raumschiff. Nun mußte der Kassierer erfahren, wo sie sich befanden; es war unausweichlich. Das Scanningfeld würde unweigerlich drei Körper erfassen, die es passierten; unzweifelhaft feststellen, daß Angus Thermopyle und sein Kumpel eine dritte Person mit an Bord genommen hatten.

Aber Angus zögerte nicht im mindesten. Während er Davies und den anderen Mann vorwärtsscheuchte, hatte sein Gesicht einen höchst sonderbaren Ausdruck, als ob er sich auf irgend etwas gänzlich andernorts konzentrierte, als könnte er die Stimmen der Toten hören.

Gemeinsam erreichten sie das Raumschiff. Angus' Begleiter schnaufte heftig, so sehr war er auf Sicherheit versessen, während Angus der Kontrolltafel der äußeren Schleusenpforte einen Code eintippte.

Innerhalb nur weniger Sekunden schloß sich die Schleuse.

Alle drei trappelten sie an Bord.

Kaum daß die Schleusenschlösser hinter ihnen einrasteten, schubste Angus sowohl Davies wie auch den zweiten Mann von sich. Boshafter Triumph und bösartiger Zorn glühten ihm aus den Augen, er schnitt Fratzen grimmiger Erbitterung. Er schüttelte die Fäuste empor zur Decke. »Ich hab's geschafft!« brüllte er. »Dir hab ich's gegeben, du Lump!«

Vielleicht meinte er den Kassierer.

Mit einem Wums lehnte Davies sich rücklings an die innere Schleusenpforte des Raumschiffs, stand still da, die Arme um den eigenen Brustkorb geschlungen, als könnte er so die Furien in Schach halten.

»Das kapier ich nicht«, japste der andere Mann, indem er nach Luft röchelte. »Was haben Sie geschafft? *Wie* haben Sie *was* geschafft? Scheiße noch mal, Thermopyle! In fünf Minuten ist der Kassierer hier und schreit wegen der Wächter, die Sie eliminiert haben, nach Blut.«

»Nein, wird er nicht!« Offenbar mußte Angus brüllen. Er brauchte ein Ventil für sein Übermaß an Spannung und seine innere Übererregtheit. Er hielt sich den Zeigefinger wie eine Pistole an die Schläfe. »Ich kann Störfelder emittieren«, schnauzte er. »Ich habe seine Kameras mit Interferenzen geblendet ... wir sind nicht gesehen worden. Auch das Scanning« – er fuchtelte mit den Armen in die Richtung des Gangs – »hat uns nicht erfaßt! Soviel er weiß, sind wir nicht hier. Für ihn stecken wir irgendwo im Vergnügungsviertel! Er wird Stunden damit vergeuden, uns dort zu suchen.«

Nach und nach senkte er die Lautstärke seiner Stimme. »Wir lassen die Kommunikationssysteme auf Automatik geschaltet. Wenn er anruft, wimmelt der Bordcomputer ihn mit der Auskunft ab, wir seien nicht an Bord.«

»Scheiße, Thermopyle«, brabbelte sein Kumpan schwächlich. Er atmete die Bordatmosphäre der *Posaune,* als hätte er noch nie so köstliche Luft genießen dürfen. »Sie haben mir ganz schönes Gruseln verursacht. Was hätte es Sie gekostet, mir zu erklären, was Sie treiben?«

Angus bleckte die Zähne wie ein Raubtier. »Was hätte es Sie gekostet, mich zum Erklären zu zwingen?«

Davies vermochte so enormen Druck nicht zu ertragen. Je gewaltsamer er ihn niederzuhalten versuchte, um so stärker nahm er zu. Zu gerne wäre er jetzt über Angus hergefallen, hätte er ihn zu Gulasch zerhackt, seinen Triumph zunichte gemacht. Das Erbe seiner Mutter stiftete ihn zur Selbstvernichtung durch einen Angriff auf Angus an.

Um dem allesentscheidenden *Warum* ausweichen zu können.

Angus und sein Kumpan waren nur insoweit seine Verbündeten, als sie gegen den Kassierer arbeiteten. Möglicherweise betätigten sie sich als Komplizen Nick Succorsos, obwohl Succorso einmal Angus dem KombiMontan-Sicherheitsdienst in die Hände gespielt hatte. Oder vielleicht standen sie im Sold der Amnion. Nichts von allem, dessen Davies sich entsann, rechtfertigte die Ansicht, daß Angus' Schlechtigkeit Grenzen hätte.

Mittlerweile jedoch war Davies selbst am Nullpunkt seiner Belastbarkeit angelangt, stand er an seiner Zerreißgrenze. Wenn er jetzt zusammenklappte, dann um ein für allemal überzuschnappen.

Geradeso wie sein Vater mußte er jetzt ein Ventil haben.

Völlig verkrampft aus unterdrückter Gewaltsamkeit, verließ er die Schleusenkammer, sobald die innere Schleusenpforte sich öffnete, strebte zum Lift voraus, um zwischen sich und Angus ein wenig Abstand herzustellen. Aber weiter kam er nicht.

»Verdammt noch mal«, schrie er, indem er herumwirbelte, aus den Tiefen seines ererbten Leids, *»du hast mich VERGEWALTIGT!«*

Angus und sein Kumpan blieben reglos stehen, starrten Davies an, als hätte er mit Suizid gedroht.

»Er hat das schon mal gesagt«, plapperte der Dickliche entgeistert. »Wovon quatscht er da bloß?«

»Zum Satan, woher soll ich das wissen?« lautete Angus' Gegenfrage. »Was soll das heißen, ich hätte dich ›vergewaltigt‹, Scheiße noch mal?« wandte er sich an Davies. »So wie du aussiehst, mußt du mein Sohn sein. Ich kann mir nicht vorstellen, wie sie sonst 'n Lümmel ausgebrütet haben sollte, der mit mir solche Ähnlichkeit hat. Daß Scheißkapitän Schluckorso mir das verschwiegen hat, wird er mir büßen. Aber ich habe dich vorher noch nie im Leben gesehen.«

Davies schwang die Fäuste, äffte unbewußt Angus' Gebärden der Aufregung nach, drosch wild, weil er kein anderes Ziel fand, auf die Luft ein.

»Wegen solcher Menschen wie Ihnen bin ich Polizistin geworden. Ich werde alles tun, was ich kann, um Sie unschädlich zu machen.«

Angus sperrte die gelblichen Augen weit auf. »Moment mal. Einen Moment mal... Das hab ich schon mal zu hören gekriegt. Das ist 'n Zitat. Ein wörtliches Zitat.«

»Angus...«, quengelte der andere Mann.

»Die Fresse gehalten, Taverner!« fuhr Angus ihn an. »Lassen Sie mich überlegen.«

Ohne jedes Vorzeichen erschöpfte sich plötzlich Davies' gesamter Zorn. Wut hatte für ihn ganz wesentliche Bedeutung: sie gab sein letztes Bollwerk ab. Doch inzwischen lauerte das maßgebliche *Warum* dicht unter der Oberfläche; er konnte es nicht länger von sich fernhalten. Unwillkürlich packte ihn krampfartiger Tremor, während seine Wut zu Panik und Verzweiflung schrumpfte.

»Was ist uns von Succorso erzählt worden?« stellte Angus eine rhetorische Frage. »Daß die Amnion eine Schnellwachstumstechnik angewandt haben.« Er verfiel ins Nölen, ahmte Nick Succorsos Tonfall nach. »›Nach Angaben der Amnion ist das Schnellwachstum nur bei gleichzeitiger geistiger Auslöschung der Mutter praktikabel, aber Morn ist nichts dergleichen zugestoßen. Sie sind der Auffassung, das hängt mit dem Zonenimplantat zusammen, das Sie ihr eingepflanzt haben. An ihr sind sie nicht besonders interessiert.

Aber sie wollen den Bengel haben. Sie möchten die Folgen untersuchen, die sich bei so einem Sprößling ergeben, dessen Mutter nicht um den Verstand gekommen ist ...‹«

In Angus' Augen glommen Erkenntnisse. »Ich weiß nichts über dieses Schnellwachstumsverfahren. Meine Datenspeicher enthalten darüber keine Informationen. Aber vielleicht hätte sie den Verstand verlieren müssen, weil sie ihren Geist *ihm* übertragen haben. Ihm *engrammiert*. Weil er nicht alt genug ist, um 'n eigenen Verstand zu haben.«

Er stieß ein kehliges Lachen aus. »Er denkt, er ist *sie*. Darum bildet er sich ein, ich hätte *ihn* gefickt. Er glaubt, daß *er* es ist, der ihre ganze Familie ausgerottet hat.«

Da!

Das *Warum!*

Nick Succorso hatte ihm eine Andeutung ausgesprochen, aber sie war ihm unbegreiflich geblieben. *Nachdem sie die Havarie der* Stellar Regent *ausgelöst hatte, ist sie von ihm aus dem Wrack geborgen worden.*

Ihre ganze Familie ausgerottet.

Davies Hyland kauerte sich nach Kinderart zusammen, sank auf den Boden der Liftkabine und rollte sich ein wie ein Fötus.

ANGUS

Auf ihm fremdartige Weise betroffen von Davies' extremer Reaktion, kaute Angus auf der Unterlippe und betrachtete seinen Sohn.

Er hätte Daten über die Schnellwachstumstechnik gebraucht; wissen müssen, mit was er es zu tun hatte. Anscheinend hatte er richtig geraten. Davies war von den Amnion Morns Bewußtsein übertragen worden, wahrscheinlich weil Wissen, Ausbildung und Erfahrung nicht per Schnellwachstum erworben werden konnten. Und offenbar hatte irgendein Aspekt des Verfahrens – womöglich das Z-Implantat, vielleicht etwas anderes – Morn vor dem Irrsinnigwerden bewahrt, als man ihren Geist kopierte; vermutlich indem jene Erinnerungen blockiert worden waren, die die erlebten Schrecken und ihren Abscheu umfaßten. Jetzt waren diese Gedächtnisinhalte ihrem Sohn bewußt geworden.

Seinem Sohn. Der Junge war ohne Frage sein Sohn.

Ob richtig oder falsch, Mutmaßungen nutzten nichts. Sie erklärten Davies' Kollaps, aber gaben keine Antwort auf die bedeutsameren Fragen.

Sie wollen den Bengel haben. Sie möchten die Folgen untersuchen, die sich bei so einem Sprößling ergeben, dessen Mutter nicht um den Verstand gekommen ist …

Völlig zusammengerollt lag Davies auf dem Boden des Lifts zu den Mittschiffsdecks. Blut verkrustete seine Stirn. Außer dem röchelnden Rasseln seiner Atemzüge gab er keinen Laut von sich. Doch wahrscheinlich dauerte es nicht mehr lange, bis er zu wimmern anfing; und dann war es nur noch eine Zeitfrage, bis er am Daumen lutschte.

Wie groß waren die Chancen, daß die Amnion ihn auch in dieser Verfassung noch haben wollten? War es nicht wahrscheinlicher, daß er jetzt keinen Wert mehr für sie hatte?

Falls ja, hatte Angus mit einem Mal kein Druckmittel mehr. Nick hatte keinen Grund, weshalb er Morn gegen schadhafte Ware eintauschen sollte.

Und die Erinnerungen, die Davies so beeinträchtigten, waren von Angus selbst verschuldet worden.

»Gottverdammter Hurensohn«, brummte er vor sich hin, während er über die Konsequenzen nachdachte.

»Wer?« fragte Milos Taverner. »Er?« Die gelungene Rückkehr in die *Posaune* hatte ihn in einen Zustand unsteter Erleichterung versetzt. »Kommen Sie, Thermopyle, lassen Sie ihn in Ruhe«, sagte er, versuchte sein Selbstvertrauen wiederherzustellen. »Er ist nur 'n junges Bürschchen. Er kann nichts dafür, daß er wie Sie aussieht.«

Voller Gram und Bitternis fuhr Angus zu Taverner herum. »Ich meine nicht ihn«, schnarrte er trotz blasiger Zunge, »sondern Succorso. Scheißkapitän Schlukkorso. Sie können nicht denken, Taverner. So was ist gefährlich. Dadurch gehen Blödiane wie Sie übern Jordan.«

Er trat zu Davies. »Helfen Sie mir, ihn raufzuschaffen. Wir bringen ihn auf die Steuerbrücke, bis ich weiß, was ich mit ihm mache.«

Durch seine leicht euphorische Erleichterung wieder störrisch geworden, blieb Taverner, wo er stand. Zerstreut suchte er seine Nik-Packung. Als er begriff, daß sie fort war, verzog er das Gesicht zu einer fleischigen Grimasse.

»Dann sagen Sie mir«, forderte er Angus halblaut auf, »an was ich nicht denke.«

»Daß wir verarscht werden.« Die Schmerzen in seinem Mund reizten Angus nahezu bis zur Tollwütigkeit. »Um was soll's Succorso dabei denn sonst gehen?« Er tat einen Schritt auf seinen Ersten Offizier zu. »Oder wissen Sie's längst? Haben Sie darum vor dem Anlegen mit ihm kommuniziert? Um diese Schweinerei zu planen?«

Taverner hob eine Hand, um Angus zurückzuhalten. Sein Blick drohte mit Jericho-Priorität-Befehlen. »Woher wissen Sie«, erkundigte er sich leise, »daß Succorso uns betrügt?«

»Weil er gewisse Dinge geheimhält. Er hat verschwiegen, daß Davies mein Sohn ist. Und er hat nicht erwähnt, daß Davies die Bewußtseinsinhalte Morns verpaßt worden sind. Wie finden denn *Sie* das? Erweckt das bei Ihnen nicht den Eindruck, daß er uns übers Ohr hauen will?«

Es sei denn, die Gaunerei betraf etwas auf einer ganz anderen Ebene; außer es handelte sich um ein viel raffinierteres und weitreichenderes Betrugsmanöver. In diesem Fall mochten die Einzelheiten, die Succorso über Davies unausgesprochen gelassen hatte, nur zur Ablenkung dienen.

Milos Taverner senkte den Blick. Offensichtlich ohne sich dessen bewußt zu sein, durchsuchte er seine Taschen nach Niks. »Das sind doch Sachen, auf die's gar nicht ankommt«, entgegnete er gedämpft. »Wie ich's sehe, steht er vor genau dem Problem, das er uns geschildert hat. Er hat diesen Knaben den Amnion versprochen. Und jetzt kann er nicht liefern.« Langsam schaute er auf und erwiderte Angus' bösen Blick. »Sein ganzes Gerede war nichts anderes als ein Hilfegesuch.«

Am liebsten hätte Angus ihm ins Gesicht gespien. »Na, wir werden's ja bald erfahren, was?« grummelte er verbiestert. »Wenn Scheißkapitän Schluckorso aufkreuzt, um Davies zu holen, hat er uns nicht reinzulegen versucht. Dann ging's ihm wohl bloß darum, sich 'n kleines Späßchen zu erlauben.« Uns von etwas viel

Wichtigerem abzulenken. »Läßt er sich nicht mehr blicken, ist klar, daß wir bis über die Augen in der Kacke stecken.«

Voller äußerster Vehemenz deutete er auf Davies. »Wollen Sie nun mitanpacken, Sie Wichser«, schnauzte er, »oder nur da rumstehen, bis Ihnen der Schwanz abfällt?!«

Ärger rötete Taverners Gesicht, so daß sich die Flecken seiner Kopfhaut deutlicher abzeichneten. Dennoch verkniff er sich eine Widerrede. Knapp zuckte er die Achseln und kam, um Angus behilflich zu sein.

Der Junge hatte sich vollständig starr verkrampft, bildete eine Art lebendigen Pakets, zusammengehalten durch die Flexistahlbänder seiner Bedrängnis. Seine Brust saugte durch die Zähne Luft ein, erzeugte ein scharfes, verhängnisschwangeres Zischen; sonst regte sich an ihm nichts. Die Lider hatte er fest geschlossen.

Eine unvertraute Anwandlung, die beinahe auf Mitgefühl hinauslief, rührte an Angus' Herz. Er spürte die ungeheuerliche Not, in die die Krise seinen Sohn gestürzt hatte. Er wußte so genau, was sich in dem Burschen abspielte, als hätte Morn es ihm erklärt. Davies erinnerte sich an die unumschränkte Macht des Hyperspatium-Syndroms, den Selbstvernichtungsbefehl; entsann sich an die Ausrottung seiner ganzen Familie.

Aber nichts davon war ihm zugestoßen; weder krankte er an dem Syndrom, noch hatte er die unselige Tat begangen. Und ebensowenig hatte er die Folgen erlebt. Doch Morn Hyland, deren Erinnerungen es wirklich waren, hatte alles besser als er bewältigt. Sie war dem gleichen grenzenlosen, unabweisbaren Grauen unterworfen worden und daraus als Kämpferin hervorgegangen …

Auf gewisse Weise hatte sie Angus dazu gezwungen, ihr ein Zonenimplantat einzupflanzen. Ohne diese Vorsichtsmaßnahme hätte sie einen Weg gefunden, um ihn zu töten. Zumal wenn sie damit gleichzeitig das eigene Leben hätte beenden können.

Ihr Sohn zerbrach an dem, was sie längst überstanden hatte.

Angus' Sohn.

Noch ein Opfer fürs Kinderbett.

Angus' Anteil an Davies hatte den Jungen schwächer als seine Mutter gemacht.

Und nun war Morn unter Umständen unwiederbringlich verloren, weil Davies eine zu schlappe Type war, um bei dem beabsichtigten Tauschgeschäft einen reellen Gegenwert für Morn abzugeben.

Während Angus vergeblich vor sich hinschäumte, packte er Davies mit den Fäusten, scheuchte Taverner an die Arbeit. Sein Drang zum Töten, irgendwen oder irgend etwas zu morden, war dermaßen stark, daß ausschließlich seine leistungsfähigen Z-Implantate und die unleugbare apparative Logik des Interncomputers ihn an Gewaltakten hindern konnten.

Er und Taverner verfuhren einigermaßen behutsam mit Davies. Der Lift beförderte sie zum Mittschiffskorridor hinauf; von da aus mußten sie Davies zum Kommandomodul tragen. An der Konnexblende hielt Taverner den Jungen, während Angus hindurchklomm; auf der anderen Seite wuchtete er den bleischweren fötalen Ballen auf die Brücke und hob ihn sich für die kurze restliche Strecke kurzerhand auf die Arme. Nach flüchtigem Zögern ließ er Davies in den G-Andrucksessel des Ersten Offiziers plumpsen. Als Taverner die Steuerbrücke betrat, saß Angus schon an seiner Kommandokonsole und tippte Befehle ein, die das Kommunikationslogbuch der *Posaune* auf einen Monitor projizierte.

Das Computerlogbuch hatte routinemäßige Bulletins der Leitzentrale, die vor der Aktion von Taverner entzifferte Nachricht Succorsos sowie eine herrische Mitteilung des Kassierers gespeichert.

Letztere lautete: *An Kapitän Angus Thermopyle,* Posaune. *Es sind Verstöße gegen meine Sicherheitsregelungen verübt worden. Kapitän Thermopyle, ich sehe Sie dadurch genauso wie mich bedroht, weil ich die Absicht habe, Sie den Ärger ausbaden zu lassen, wenn Sie mich nicht bei der Aufklärung dieser Vorfälle unterstützen und etwas unternehmen, um die Lage zu bereinigen. Kassafort ist meine Station, Kapitän Thermopyle. Ich bin der Kassierer. Wenn Sie Ihre Schuld bei mir nicht begleichen, werden Sie keine Gelegenheit mehr erhalten, neue Fehler zu begehen. Antworten Sie sofort.*

»Scheiße«, murmelte Taverner, während er auf die Bildfläche starrte. »Woher weiß er, daß wir es waren?«

»Er weiß es nicht«, schnob Angus. »Andernfalls wäre er schon dabei, unsere Schleuse aufzuschneiden. Aber er hat mitgekriegt, daß wir mit Scheißkapitän Schluckorso palavert haben, dem naheliegendsten Verdächtigen solcher ›Verstöße‹. Und ihm liegt 'ne Aufzeichnung unserer Aktivitäten vor, während wir auf Succorsos Nachricht warteten. Selbst wenn er hirntot wäre, müßte er sich fragen, was das alles zu bedeuten hat. Im Moment ist es am wichtigsten, ihm zu verheimlichen, daß wir an Bord sind.«

Taverner besah sich Davies, als überlegte er, ob er ihn aus dem Andrucksessel wälzen sollte. »Wird er's nicht auf alle Fälle merken?«

»Irgendwann später schon«, räumte Angus ein. »Aber bis dahin sind wir den Jungen vielleicht los.«

Falls Succorso nicht bloß einen Betrug angeleiert hatte.

Falls die Amnion noch Wert auf Davies legten.

Und falls Angus – diese unvermutete Erwägung schockte ihn wie ein Stromschlag – es verkraften konnte, ihnen seinen eigenen Sohn zu geben.

Eine schwächere Ausgabe seiner selbst.

Sein Leben lang war er vor dem Abgrund auf der Flucht gewesen. Konnte er nun Davies hineinstoßen? Seinen Sohn *im Kinderbett* im Stich lassen ...

… die mageren Hände und Füße an die Leisten gebunden …

… während seine Mutter ihm Schmerzen zufügte …

… ihm harte Gegenstände in den Hintern und in den Rachen rammte, mit Nadeln das Geschlechtsteil zerstach …

… und lachte?

Wie konnte er einen Teil seiner selbst diesem Schicksal überlassen?

Möglicherweise gestattete sein Interncomputer ihm gar keine Wahl.

Mit einem Mal fühlte er sich so matt, als wäre er eine Lusche wie Milos Taverner. Scheiße-Scheiße-*Scheiße,* sagte er sich, genau wie Taverner, weil ihm angesichts seines Dilemmas unversehens die Worte geradeso wie die Kräfte fehlten.

»Ich will es hoffen«, sagte Taverner geistesabwesend. »Was machen wir nun?« fragte er danach.

Angus' Data-Nukleus kannte keine Rücksicht auf seine Schwäche; auch seinen Zonenimplantaten blieb sie einerlei. »Wir warten«, brummelte er, »bis wir von Scheißkapitän Schluckorso hören.«

»Dann brauche ich erst mal neue Niks.« Taverner entfernte sich zur Konnexblende.

Nur zu, dachte Angus gleichmütig. Rauch dir ruhig die Lungen kaputt. Vielleicht verreckst du an Krebs.

Doch er bezweifelte, daß eine so erfreuliche Wende bevorstand.

Allmählich klang Davies' krampfhafte Atmung wie ein Todesröcheln.

Untrennbar verschmolzen mit seinen cyborgischen Komponenten wartete Angus wie ein zugeschütteter Vulkan auf das Kommende.

Mit neuen Niks kehrte Milos Taverner auf die Steuerbrücke zurück. Er qualmte wie eine brennende Ölquelle und tappte unaufhörlich in engem Kreis umher, schlurfte unentwegt an den Sichtschirmen und an der Konnexblende vorüber, als drehte sein Leben sich nur noch um Angus oder Davies.

Nach zehn Minuten summte der Interkom-Apparat.

Taverners Schritt stockte. Ruckartig hob Angus den Kopf.

»Hier ist Succorso«, meldete sich mit aufreizender Gelassenheit eine Stimme. »Lassen Sie mich ein.«

Er tippte an der Schleuse den vereinbarten Code, den Angus ihm zur sicheren Identifizierung genannt hatte, in die Tastatur des Interkom-Apparats.

Ein Spasmus schüttelte Davies. Seine Atmung beschleunigte sich; doch seine Lider blieben fest zusammengekniffen. Die fötale Schutzhaltung lockerte sich nicht.

Angus desaktivierte das Interkom-Signal. »Ich gehe«, sagte er zu Taverner. Er hätte die Schleuse von der Kommandokonsole aus öffnen können, tat es aber nicht. Statt dessen schwenkte er seinen Sitz und strebte zum Durchstieg. »Ich will diese Schweinebacke nicht im Schiff haben, solang ich ihn nicht Sekunde für Sekunde im Auge behalten kann.«

Die Zeit, zeigte der Bordcomputer an, war 04:11:19.07.

Angus schwang sich durch die Ausstiegsblende, eilte durch den Korridor, vorbei an der Kombüse der *Posaune,* an Krankenrevier, Waffenkammer und Computerräumen, betrat die Liftkabine. Sein Herz hämmerte, während sein Gehirn sich mit blitzschnellen Abwägungen beschäftigte. Die Observationsinstallationen hörten Succorsos Stimme; sie würden es aufzeichnen, wenn er in die Schleuse kam. Die Tatsache, daß jemand sich an Bord der *Posaune* verbarg, konnte nicht mehr allzu lange geheim bleiben. Angus, Taverner und Davies schwebten in keiner Gefahr, solange niemand sich vorzustellen vermochte, daß Angus über die Möglichkeit verfügte, ein refraktives Störfeld zu emittieren; solange der Kassierer eher glaubte, Succorso hätte einen

Code erhalten, um eigenständig die *Posaune* aufsuchen zu können.

Aus dem Lift beeilte Angus sich zur Schleusenkontrolltafel und veranlaßte das Öffnen der Schleusenpforte; während des Öffnungsvorgangs versteckte er sich im Lift, wo er sich außerhalb des Aufnahmebereichs der Überwachungsanlagen befand.

Draußen stand Succorso diesseits des Scanningfelds. Seine Augen wirkten dunkel und hohl, tief wie Wunden; die Narben auf seinen Wangen ähnelten Ascheстreifen. Trotzdem trug sein Mund ein romantisches Piratenlächeln zur Schau, und die Arme baumelten locker an den Schultern, als hätte vor nichts Furcht.

Er war allein.

Zur Warnung legte Angus einen Finger an die Lippen, ehe er Succorso in die Schleuse winkte.

»Haben Sie ihn?« wünschte Succorso in achtlosem Tonfall zu erfahren, kaum daß sich hinter ihm die Schleuse geschlossen hatte.

Angus wartete mit seiner Antwort, bis Succorso zu ihm in die Liftkabine gesellt hatte. »Sie sind hier derjenige, der 'n Todeswunsch verspürt, nicht ich«, erklärte er dann. »Verräterei macht Ihnen solches Vergnügen, daß Sie lieber Ihren Verbündeten in den Rücken fallen, statt ihnen zu helfen, egal wie verzweifelt Sie sie benötigen.«

Mit einem regelrechten Faustschlag betätigte er die Taste, die die Aufzugkabine nach oben in Bewegung setzte.

Succorsos Lächeln entgleiste. »Was soll das heißen?«

Angus hätte ihn verdroschen, hätte es ihm freigestanden. Aber seine Zonenimplantate verwehrten es ihm, also gab er sich alle Mühe, um sich mit Worten an Succorso zu rächen. »Sie haben mir verschwiegen, daß Davies mein Kind ist. Und daß er Morns Gedächtnis hat. Das war 'n Fehler, Sie Arschloch ... Ein *schwerer* Fehler.«

Succorso hob die Schultern. Etwas wie ein Schwelbrand glomm in den wunden Tiefen seiner Augen. »Also haben Sie ihn?«

Der Lift stoppte, die Türflügel teilten sich; Angus wies Succorso den Weg zur Steuerbrücke. »Ob's Ihnen noch was nutzt, weiß ich nicht.«

Succorsos Miene spiegelte eine Frage wider; doch er sprach sie nicht aus. Er tänzelte durch Thanatos Minors geringe Gravitation, ging zum Kommandomodul voraus.

Dicht hinter ihm folgte Angus seinem Erzfeind den Niedergang zur Konnexblende hinab.

In Angus' Abwesenheit hatte Milos Taverner sich endlich dazu entschieden, Davies aus dem G-Andrucksessel zu schieben. Der Junge lag jetzt, nach wie vor in eingerollter Haltung, zwischen den Kontrollkonsolen auf dem Deck. Er atmete merklich schneller als vorher: er rang nach Luft, als drohte er zu ersticken. Aber seine Augen blieben geschlossen. Falls überhaupt irgend eine Änderung eingetreten war, dann höchstens, daß seine Muskulatur sich noch straffer geballt hatte.

Taverner saß an seinem Platz und rauchte wie ein Besessener. Er drehte den Sitz zum Eingang; aber er erwiderte weder Succoros Blick noch Angus' bösartiges Stieren.

»Christus auf Krücken, Kaptein Thermogeil«, nölte Succorso, »Sie sollten ihn befreien, nicht dermaßen den Kinderschreck spielen, daß er in Autismus verfällt.«

Beim Klang seiner Stimme riß Davies die Augen weit auf. Weißlich starrten sie wild und blind, wie in vollkommenem Wahnsinn, Succorsos Stiefel an.

Ein zweites Mal rührte ein Anflug des Mitleids Angus' Herz.

»Das war keineswegs ich.« Angus drängte Succorso beiseite und nahm im Kommandosessel Platz. Er wandte den Sitz Succorso zu, stützte die Fäuste auf die

Konsole, als wäre er bereit zum Bedienen der Materiekanone oder Manöver. »*Sie* sind daran schuld … *Sie* haben die Situation herbeigeführt. Mich zu sehen, hat bei ihm 'ne Art von Gedächtniskrise verursacht. Hätten Sie mich vorgewarnt, wär's mir vielleicht möglich gewesen, so was zu vermeiden. Statt dessen hab ich sie verschlimmert, weil ich keine Ahnung hatte, was passierte … Es kann sein, daß die Amnion ihn in diesem Zustand nicht mehr haben wollen. Ich weiß es nicht, und ich scheiß drauf. Sie haben diesen Mist gebaut, also sehen Sie zu, wie Sie die Sache ausbaden. Wir haben eine Vereinbarung getroffen. Morn gegen Davies. Mein Teil ist erfüllt. Nun sind« – sein Ton wurde grimmiger – »Sie dran.«

Succorso stieß einen Laut aus, der einem mißratenen Auflachen ähnelte. »Ach, sie nehmen ihn, keine Bange. Er ist 'n Mensch, deshalb ist er wertvoll für sie, egal in welcher Verfassung. Es geht ihnen darum, ihn zu untersuchen, sie möchten feststellen, welche Wirkung Morns Z-Implantat auf ihn hatte. Daran hat sich nichts verändert. Wenn die Resultate ihnen nicht in den Kram passen, können sie doch nicht mir die Schuld beimessen. Hier.«

Er griff in die Tasche und holte eine Id-Plakette an einer dünnen Kette heraus. »Das Ding gehört Morn. Zum Zeichen meines guten Willens laß ich's bei Ihnen.« Belustigung oder Geringschätzung verzogen ihm den Mund. Mit dem Kinn wies er auf Davies. »Ich schaffe ihn zu den Amnion. Dann bringe ich Ihnen Morn.«

Die Id-Plakette stammte wirklich von Morn: Angus erkannte die eingeprägte VMKP-Insignie auf den ersten Blick.

»Falsch.«

Zu blitzartig, als daß Succorso es zu verhindern vermocht hätte, erhaschte er das Kettchen.

Succorso spannte die Muskeln, als beabsichtigte er

Angus anzuspringen. Doch nahezu unverzüglich zwang er sich zur Selbstbeherrschung. Möglicherweise gab die unnatürliche Schnelligkeit der Reflexe Angus' ihm zu denken.

Angus umkrallte die Id-Plakette so fest, daß seine Faust bebte, wartete insgeheim nur auf einen Angriff Succorsos, hätte ihn am liebsten ausdrücklich dazu ermuntert. »*Zuerst* bringen Sie sie her«, zischte er ihm ins Gesicht. »*Dann* kriegen Sie den Jungen.«

Langsam streckte Davies einen Arm. Er preßte die Handfläche flach aufs Deck.

An Succorsos Wangenmuskeln fing ein Tic zu zerren an, straffte ihm die Narben, bis jede einzelne Zuckung einem knappen Feixen glich. »Beim Arsch der Galaxis, Taverner«, fragte er, ohne die Aufmerksamkeit von Angus zu wenden, »was ist hier eigentlich los?«

»Woher soll ich das wissen?« Taverner seufzte; sein Seufzen war nichts als ein verschleiertes Stöhnen. »Seit wir in der Parkbucht ankern, macht er, was er will.«

»Dann *reden* Sie ihm *gut* zu«, forderte Succorso durch die Zähne. »Sie könnten mich ruhig mal 'n bißchen unterstützen. Ich hab alles getan, was ich konnte, um Ihnen zu Reichtum zu verhelfen. Sie verplempern hier Geld, das Sie durch mich eingeheimst haben. Sie sind mir was *schuldig,* Taverner. Er ist doch von Ihnen aus 'm Knast befreit worden, oder nicht? Sie müssen doch irgendein Druckmittel gegen ihn in der Hand halten. Jetzt ist für Sie die Gelegenheit da, um sich mir erkenntlich zu zeigen.«

Milos Taverner schnippte seine Nik aufs Deck. Seine Hände zitterten, während er die nächste Nik hervorklaubte, sie entzündete. Trotzdem klang seine Stimme beinahe nach Selbstsicherheit, fast ruhig. »Sie sind schon 'n toter Mann, Succorso«, gab er zur Antwort. »Nur Dummköpfe zeigen sich Kadavern erkenntlich.«

Der Tic in Succorsos Wange verstärkte sich, indem sein Gehabe der Nonchalance den Charakter änderte:

eine Art wachsamer innerer Stille kam über ihn. Nicht zum erstenmal erinnerte er Angus an eine biegsame, gefährliche Natter. Doch in seinen Augen standen ein gespenstischer Ausdruck der Bedrängnis, eine Andeutung des Verzweifelns. Er hätte ein Ertrinkender sein können.

Sein Blick huschte durch die Steuerbrücke, als suchte er nach einer Waffe. »Schönes Schiff«, kommentierte er anerkennend. »Sie haben sich 'n großen Gefallen getan, als Sie's kaperten ... Es macht viel mehr her als der andere Schrottkahn.«

Dann gelang es ihm, Angus' feindseligen Blick erneut zu erwidern.

»Ich traue Ihnen nicht, Kaptein Thermogeil. Ich weiß zuviel über Sie. Wie können Sie von mir erwarten, Ihnen zu glauben, daß Sie unsere Abmachung nicht übern Haufen werfen, sobald Sie Morn wieder in Ihren Pfoten haben?«

»Ich erwarte es gar nicht.« Obwohl Angus die Faust auf das Kommandopult senkte, hoffte er noch immer, daß Succorso ihn angriff. »Vielleicht werden Sie genau das erleben. Diese harmlose kleine Gemeinheit ist Ihre Strafe, weil Sie mir verschwiegen haben, daß er mein Sohn ist ... Weil ich von Ihnen nicht gewarnt worden bin. Er verläßt dieses Raumschiff nicht, bevor Sie Morn Hyland an Bord gebracht haben.«

Jetzt starrte Davies seine auf Deck liegende Hand an statt Succorsos Stiefel. Sichtlich schmerzlich, von Krämpfen steif, streckte er auch den zweiten Arm und ein wenig die Knie.

Succorso hob die Finger an die Wange und rieb sie sich, anscheinend ohne sich darüber im klaren zu sein. Düsternis erfüllte seine Augen. »In diesem Fall« – ein schiefes Lächeln entstellte seinen Mund – »können Sie ihr Adieu sagen.« Er lachte, so daß es klang, als bräche Glas. »Das heißt, Sie haben ihr ja längst Adieu gesagt. Als Sie sie bei Mallory gesehen haben, war schon das letzte Mal. Sie brauchen mich nicht zur Schleuse zu begleiten.« Er lachte nochmals. Dieses Mal hörte es sich an, als splitterten Knochen. »Ich finde den Weg allein.«

Er wandte sich zur Konnexblende des Kommandomoduls um.

Davies stemmte sich auf die Knie hoch und sprang vorwärts, umschlang Succorsos Beine.

Succorso taumelte einen Schritt; erlangte die Balance zurück. Angus unterstellte, daß sein Sohn gehörige physische Stärke aufbieten konnte; er selbst hatte in Davies' Alter schon Bärenkräfte gehabt. Aber durch die Anstrengung, die es den Jungen gekostet hatte, sich mit derartiger Verkrampftheit zusammenzurollen, war er erheblich geschwächt worden. Er schaffte es nicht, Succorso von den Beinen zu reißen.

Trotz Davies' Umklammerung fuhr er herum. »Laß mich los, du kleiner Drecksack!«

Davies' Mund klaffte. Ein Krächzen, das ein ersticktes Geheul sein mochte, drang aus seiner konvulsivischen Kehle. Er setzte einen Fuß auf, fand so genug Halt, um Succorso auszuhebeln, so daß er rücklings gegen die Konnexblende torkelte.

Noch im selben Moment, als Succorso ans Metall prallte, schlug er Davies so brutal gegen die Schläfe, daß der Junge zur Seite sank.

Doch Davies ließ nicht locker. Succorsos Beine hatte er nicht mehr im Griff, also klammerte er sich an einen Fuß. Mühsam dem Zweck untergeordnete Raserei loderte ihm im Gesicht.

Schnell und wuchtig wie eine Kolbenstange trat Succorso ihn in die Magengrube.

Davies mußte den Tritt jedoch vorhergesehen haben. Er hatte Morns Ausbildung und Angus' Instinkte. Ungeachtet seiner Schwäche und der Schmerzen nahm er die Fäuste von Succorsos Fußknöchel, und als ihn stattdessen der andere Fuß traf, schlang er die Arme um das Bein und warf sich seitwärts, zog Succorso mit bis auf den Fußboden.

Inzwischen war Milos Taverner aufgesprungen; allerdings nicht etwa, um einzugreifen, sondern um soviel Abstand wie möglich zu den beiden Kontrahenten zu wahren.

Angus saß, wo er sich hingesetzt hatte, umklammerte Morns Id-Plakette derartig gewaltsam, daß die Kanten ihm in den Handteller schnitten, während er seinen Erzfeind beobachtete.

Von neuem hatte er das desorientierende Gefühl, mehr als eine Person zu sein; gleichzeitig auf verschiedenen Realitätsebenen zu existieren. Ein Teil seines Ichs schwang sich aus dem Andrucksessel und stürzte sich voller Eifer ins Handgemenge, begierig-froh über die Gelegenheit, seine aufgestockten körperlichen Fähigkeiten zu erproben, Succorso die endlose Marter wenigstens in einigem Umfang heimzahlen zu können. Verflucht noch mal, mit seinen cyborgisch aufgemotzten Kräften konnte er Succoso ohne sonderlichen Aufwand *auseinandernehmen.* Und die seltsamen Anwandlungen des Mitleids machten sich stets heftiger bemerkbar. Davies war sein Sohn …

… eine schwächere Ausgabe seiner selbst …

Schwach durch die Krämpfe und das unvorstellbare Leid seiner Mutter.

Und doch regte Angus sich nicht. Vorprogrammierte Instruktionen hielten ihn zurück, gespeicherte Instruktionen, die es ihm verboten, Tätlichkeiten gegen irgend jemand zu begehen, der in Verbindung mit der VMKP stand, die Davies als bar aller Bedeutung einstuften. Er saß da und schaute dem Kampf zu, als brächte er dafür lediglich rein abstraktes Interesse auf, während er im Innern seines Schädels geradeso heulte wie sein Sohn.

Nick Succorso war gut, das mußte Angus zugeben. Kaum schlug er aufs Deck, war er mit einem Satz auch schon auf den Knien, drosch Davies ein-, zwei-, dreimal ins Gesicht, und nochmals ein-, zwei-, dreimal, viel zu schnell für Davies, um die Hiebe abzuwehren. Blut quoll aus Davies' Wangen, dem Mund, den Brauen. Japsend, abgehackten Schreien gleich, atmete er durch den weit aufgesperrten Mund.

Aber trotz allem gab Davies nicht auf. Er zog unter Succorsos Faustschlägen den Kopf ein und klammerte sich nur um so fester an sein Bein, als kämpfte er um Morns Leben, versuchte mit aller Kraft näher zu Succorso vorzukrauchen, nahe genug, um ihm irgendwie zusetzen zu können.

»Scheiße!« keifte plötzlich Milos Taverner. »Thermopyle, Succorso macht ihn kalt!«

Mit dem gleichen abstrakten Angewidertsein wie zuvor fragte sich Angus, ob Taverner sich etwa dazu durchringen mochte, ihm eine Josua-Order zu erteilen.

Diese Unvorsichtigkeit durfte er nicht zulassen.

»Es reicht, Scheißkapitän Schluckorso«, brummte Angus. »Sie sollten nun aufhören. Wenn Sie ihn zu Brei prügeln, wollen ihn bestimmt nicht mal die Amnion noch haben.«

Succorsos Blick streifte Angus, er bleckte die Zähne.

Abermals schlug er Davies *ein-, zwei-, dreimal,* so daß das Blut nur so spritzte.

Geringfügig lockerte sich Davies' Griff; seine Arme drohten zu erlahmen ...

In dieser Sekunde entfiel in Angus' Kopf eine Restriktion. Zwischen zwei Augenblicken entfaltete seine Programmierung eine neue logische Baumstruktur. Neue Implikationen wurden Beurteilungen unterzogen: neue Parameter angelegt.

Davies war Morns Sohn.

Josua war hier, um Morn zu retten.

Folglich mochte alles, was für sie einen Wert hatte, was sie benötigte oder was ihr gehörte, wichtig sein; es könnte entscheidungsträchtige Bedeutung haben.

Wie ein Blitz schoß Angus aus seinem Andrucksessel.

Ehe Nick ein *viertes* Mal zuschlagen konnte, packte Angus ihn am Kragen der Bordmontur, riß ihn hoch und schleuderte ihn gegen das hintere Schott der Steuerbrücke.

Succorso krachte gegen die Wand, zappelte wild, kam mit den Füßen auf. In wüster Verzweiflung, schließlich am Ende seiner Belastbarkeit angelangt, ging er auf Angus los, als müßte er um jeden Preis beweisen, daß Kapitän Nick Succorso nie unterlag.

Viehisch aufknurrend, versetzte Angus ihm mit einer durch eingepflanzte stählerne Streben und Platten verstärkten Faust – einer Faust, die im Effekt so massiv war wie ein Wackerstein – eine Gerade direkt gegen die Stirn.

Wie ein Stier im Schlachthaus brach Succorso in die Knie.

Er brach nicht zusammen; doch seine Augen waren glasig geworden, der Kopf wankte ihm auf den Schultern. An seinen Armen zuckten die Hände wie sterbende Fische.

Angus empfand einen Schwall purer Freude, so rein wie Laserlicht, so vergnüglich wie das Feuer einer Materiekanone. »Das war's *zweite* Mal, Succorso.« Zweimal hatte er Nick Succorso mit roher Gewalt bezwungen. »Das dritte Mal tippe ich Sie nicht bloß an. Dann schlag ich Ihnen den häßlichen Kürbis entzwei.«

Während er noch nach mehr Gewalttätigkeit hechelte, beugte er sich über Davies, um nachzusehen, in welcher Verfassung sich der Junge befand.

Zwar sprühte sein Mund beim Atmen blutigen Schaum, bezeugten seine Augen tiefe Benommenheit, doch er war bei Besinnung. Seine Hände tasteten nach Angus, die Finger verkrallten sich seine Ärmel. Matt bewegte er die aufgeplatzten Lippen, als versuchte er etwas zu sagen.

»Mein Vater…«, vermochte er zu guter Letzt hervorzustöhnen. »Alle sind sie…« Er ächzte. »O Gott…«

Mit rauhem Zugriff hob Angus ihn vom Deck hoch. Er überlegte, ob er ihn ins Krankenrevier befördern sollte, aber verwarf den Gedanken. Er benötigte Antworten, und zwar sofort. Indem er den Jungen halb trug, schleifte er ihn zurück zu Taverners Andrucksessel und setzte seinen Sohn hinein.

Die Hände um die Armlehnen des Sessels gelegt, blickte er Davies ins Gesicht.

»Paß auf. Du mußt versuchen, den Überblick zu behalten. Das war damals. Ich bin jetzt. Und damals war es Morn. Hier, das bist jetzt du. Nur weil du dich an ihre Vergangenheit erinnerst, heißt das nicht, daß dir das gleiche zugestoßen ist. Klar?«

Davies' Kopf zuckte. Möglicherweise wollte er nicken.

Angus richtete sich auf. Die Aufwallung genüßlicher Freude war verflogen. Seinen Sohn dermaßen zerschlagen und blutig zu sehen, ähnelte zu sehr seinem eigenen Anblick, wäre er im gleichen Zustand. Plötzliche Enge schnürte ihm die Kehle zu. Er schluckte energisch. »Dann laß uns nun mal versuchen, die ganze Sache auf die Reihe zu kriegen«, brummelte er. »Offenbar willst du nicht, daß ich Scheißkapitän Schluckorso gehen lasse. Soviel hab ich geschnallt. Also bleibt er erst mal da. Er bleibt hier, bis wir mit ihm fertig sind. Und nun sag mir, was, zum Henker, dein Verhalten zu bedeuten hat.«

Leise stöhnte Davies. Auf seinen Lippen blähte sich eine blutige Blase und platzte. Dank einer derartig mühseligen Anstrengung, daß allein ihr Anblick Angus schier das Herz zu zerwringen drohte, kehrte ein Ausdruck annähernder geistiger Klarheit in seine Augen wieder.

»Ich *kenn* ihn. Wir haben nicht bloß die ganze Zeit gebumst. Er hat viel geschwafelt. Oft hätte ich ihn liebend gerne nur umgebracht, um mir nicht sein Gefasel anhören zu müssen.«

Neues Weh stach durch Angus' Herz, als würde es perforiert. »Ich habe dir doch gesagt, du mußt den Durchblick bewahren.« Er verstand Davies so genau, als wäre er Telepath. »Das war *Morn.* Was er *dir* zugemutet hat, war etwas völlig anderes.«

Zum zweitenmal versuchte Davies zu nicken. Eindringlich beließ er den zerquälten Blick auf Angus' geheftet. »Aber ich weiß trotzdem über ihn *Bescheid.* Sie ist nicht mehr bei ihm.«

Angus erstarrte. Milos Taverner schien am Qualm zu verenden.

Nick Succorso tat einen Atemzug, der einem Schaudern glich, und senkte den Kopf, als wartete er auf die Axt des Scharfrichters.

»Er kann sie gar nicht mehr gegen mich eintauschen«, erklärte Davies so deutlich, wie er es momentan konnte. »Er hat sie schon den Amnion ausgeliefert.« Ein Zucken der Pein unterbrach ihn, brachte ihn zum Verstummen. »Ich weiß es«, fügte er hinzu, sobald der Schmerz verebbt war, »vom Kassierer.«

Taverner bedeckte das Gesicht mit den Händen.

Morn!

Angus' wahnsinnige Wut lohte beinahe mit Mikroprozessorgeschwindigkeit empor, dermaßen schnell, daß er sich fast noch einmal auf Succorso gestürzt hätte, ehe sein Interncomputer es verhinderte.

Er hat sie schon den Amnion ausgeliefert.

Das zu verhehlen war also der Zweck von Succorsos Ablenkungsmanövern; das war der wahre Betrug. Er hatte Morn in den Schlund der Mutagene und des Untergangs geworfen. Und danach hatte er sie trotzdem, als hätte er sie noch in Gewahrsam, weiter als Tauschware benutzt.

Nun hätte Angus für eine Gelegenheit, Nick Succorso noch einmal zu schlagen, gerne das Leben hingegeben.

Aber seine leidenschaftliche Entrüstung prallte an der neuralen Barriere seiner Zonenimplantate ab; er vermochte sich nicht zu regen. Randvoll mit Empörung und Gram, konnte er nicht mehr tun, als still dazustehen und seine Programmierung Warden Dios' Entschlüsse fällen zu lassen.

Irrsinn bedrängte seinen Geist. Ebenso wie Nick Succorso hatte er die Grenze des Zumutbaren erreicht. Er stand am Rande des Zusammenbruchs; gleich an der Kante des Abgrunds. »In diesem Fall«, hörte er sich dennoch unvermutet sagen, »müssen wir sie zurückholen.«

»Ach du Scheiße«, stieß Milos Taverner unterdrückt aus. Anscheinend kannte er keinen anderen Kommentar zu seinem Grausen.

»Was für ein verrückter Einfall...« Nick preßte die Worte aus der Magengrube hervor, als ob er hustete. »Sie ist in der Amnion-Sektion. Sie müßten's mit den Amnion dort, dem Kassierer und zwei Kriegsschiffen aufnehmen, nur um sie zu finden. Außerdem haben sie ihr bestimmt längst Mutagene gespritzt. Sie ist inzwischen eine von ihnen.«

Und du hast ihr das angetan! gellte es in Angus. *Sie hat sich an dich verschleudert, sie hat dir alles gegeben, was ich mir wünschte, und du hast sie* denen *abgetreten!*

»Trotzdem müssen wir sie wiederholen«, bekräftigte er gleichzeitig völlig gelassen. Er sprach unpersönlich wie ein Automat. »Wenn sie eine von ihnen ist, werden wir sie töten. Andernfalls befreien wir sie.«

Sie war Polizistin: Dios durfte sie unmöglich Amnioni werden lassen.

»Ja«, knirschte Davies durch die Zähne. In seiner Maske aus Blut glitzerten die Augen. »Ja.«

»Ich geh ins Krankenrevier«, sagte Taverner ziemlich barsch. Seine Stimme hörte sich nach tiefem Kummer an. »Wir brauchen 'n Antiseptikum und Verbandsmaterial.«

Das Gesicht abgewandt, strebte er zur Konnexblende und verschwand außer Sicht.

»Sie sind verrückt, und der Junge auch.« Unsicher rappelte Succorso sich auf. »Von den Amnion *zurückholen* wollen Sie sie, na klar … Nichts einfach als das.« Allmählich klärte sich sein getrübter Blick, aber er schwankte fortgesetzt. Der Stress zuckte in seiner Wange wie erratischer Herzschlag. »Mit welcher Armee, wenn ich fragen darf? Gegenwärtig hat 'n Kriegsschiff seine Artillerie auf uns gerichtet. Superlicht-Protonengeschütze. Selbst wenn Sie's schaffen *sollten,* in die Amnion-Sektion einzudringen und sie *rauszuholen*« – trotz seiner Mattheit versuchte er seinen Einwänden Nachdruck zu verleihen – »kommen Sie niemals mit ihr *weg.*«

Er wollte grinsen, doch ohne Erfolg: der Tic in seiner Wange verdarb ihm den Versuch. »Mann, Sie sind gleichfalls so gut wie tot. Außer Sie lassen mich ihnen dieses Kerlchen geben. Dann bleiben vielleicht 'n paar von uns am Leben.«

Obwohl er der Unterlegene war, Davies seine Arglist entlarvt hatte, suchte er desparat nach einem Ausweg aus der Sackgasse.

»Nein.« Angus lehnte ab, als hätte er einen Moment lang ernsthaft über das Ansinnen nachgedacht; als hätte er Verständnis für die Drangsal, die man Succorsos Stimme anhören konnte. »So wird's nicht klappen.« Doch weder hegte er dafür Verständnis, noch scherte sie ihn überhaupt; in Wirklichkeit schenkte er Succorsos Zureden keinerlei Beachtung. Er gab nur Äußerungen von sich, um das Schweigen zu überbrücken, während er darauf wartete, daß aus den erweiterten Dimensionen seines Verstands Dios' Instruktionen zum Vorschein kamen. »Liefern Sie Davies dort ab, während ich Morn raushaue, könnte das zur Ablenkung ganz vorteilhaft sein. Aber sobald sie Morn los wären, würden sie Sie und ihn behalten.«

»Das hab ich nicht...«, setzte Succorso zu einer Entgegnung an. Doch er brach mitten im Satz ab. Anscheinend merkte er jetzt, daß Angus seinen Argumenten keine Aufmerksamkeit schenkte.

Davies zwinkerte durch all sein Übermaß an Blut und Furcht, beobachtete Angus. Sehr vorsichtig, um seine Prellungen zu schonen, legte er sich in den G-Andrucksessel. »Weshalb willst du sie zurückholen?« krächzte er mit einer Stimme, die klang, als feilte jemand Eisen. »Hast du noch nicht genug von ihr?«

»Darum geht's ihm nicht.« Nick Succorso machte einen laschen Versuch, sarkastisch zu sein. Auch er behielt Angus achtsam im Auge. »Sicher, er schikaniert gerne Frauen... Stimmt doch, nicht wahr, Kaptein Thermogeil? Aber auch wieder nicht so gerne, daß er dafür was wagen würde. Für so was ist er viel zu feige. Er hat 'n anderen Grund.«

Flüchtig streifte sein Blick Davies. »Du hast ja den Geist einer Astro-Schnäpperin, also wird dir gefallen, was du nun zu hören kriegst. Der wahre Grund ist, daß dein liebes Väterchen für die VMKP arbeitet. Lust hat er natürlich keine dazu, aber die Polente hat ihn am Kanthaken. Er erledigt diesen kleinen Auftrag für sie, damit sie ihn nicht henken.«

Allem Anschein nach glaubte er, seine Enthüllung müßte Angus ärgern.

Doch auch damit erlitt er einen Mißerfolg: Angus hörte kaum zu. Als hätte Succorso einen Code oder ein Stichwort genannt, öffnete sich in seinem Kopf ein Fenster, und Daten durchströmten seinen Verstand, eine Flut vorkonzipierter Pläne und Anforderungen, Maßnahmen und Fragen.

»Taverner ist wahrscheinlich bloß dabei, um auf ihn achtzugeben«, fügte Succorso zum Schluß hinzu.

»Um's zu melden, falls er gegen die Anweisungen handelt.«

Inmitten all seiner Platzwunden und Blutergüsse furchte Davies die Stirn. »Ist das wahr?« fragte er Angus.

Ruckartig widmete Angus seine Aufmerksamkeit wieder der Umgebung. Erneut schien er auf verschiedenen Ebenen zu leben, in zweierlei Realitäten zu existieren: die Dringlichkeit der Umstände verursachte ein cyborgisch-mentales Multi-Tasking. Doch jetzt verlangten die Daten, die sein Interncomputer verarbeitete, Angus' Gemüt durchflossen, daß er sich auf Nick Succorso konzentrierte.

»Na, eines steht wohl fest«, erwiderte Angus halblaut, während im Hintergrund seines Hirns der Data-Nukleus Möglichkeiten filterte, Optionen gegen seine früheren Erfahrungen mit Kassafort und den Amnion abwog. »›Melden‹ ist das, was Taverner am besten kann.« Er schaute hinüber zur Ausgangsblende, um sich zu vergewissern, daß sein Erster Offizier außer Hörweite weilte. »Vielleicht interessiert's Sie, Succorso« – sein Programm beschäftigte ihn zu stark, um ihm Freiraum für Beleidigungen zuzugestehen –: »daß Sie nicht der einzige sind, mit dem er während des Anflugs auf Thanatos Minor kommuniziert hat. Die *Friedliche Hegemonie* hat er auch kontaktiert. Die Amnion haben vor Ihnen geantwortet.«

Succorso zuckte zusammen und wurde blaß, als hätte er einen Boxhieb in den Leib erhalten. Seine Lippen raunten Flüche, die unhörbar blieben, weil es ihm den Atem verschlagen hatte.

Daran hatte Angus Spaß. Er wünschte, er hätte es aus freiem Willen dahin gebracht.

»Was haben sie ihm mitgeteilt?« erkundigte sich Davies.

Angus hob die Schultern. »Die Codes sind zu kompliziert. Ich konnte sie nicht knacken.«

Der Junge nahm Taverners Hinterlistigkeit weniger betroffen als Succorso auf; vielleicht begriff er die Tragweite nicht. »Aber was hat das zu bedeuten?« hakte er nach, als ließe der Vorgang ihn eigentlich kalt. »Was hat er vor?«

»Irgendeine dreckige Schweinerei.« Soviel war offensichtlich. »Ich und Succorso, die VMKP und die Amnion, wir hängen alle mit drin … Jeder gegen jeden.« Beunruhigung und Befürchtungen brausten in Angus' Gehör, während er an das Unheil dachte, das Milos Taverner anrichten konnte. Dank seiner Z-Implantate jedoch sprach er auch weiterhin mit ungetrübtem, zuversichtlichem Selbstvertrauen. »Keine Sorge. Ich biege das schon hin.«

Brüsk wandte er sich an Nick Succorso. »Es ist jetzt soweit, Succorso, daß Sie sich endgültig entschließen müssen. Kacken Sie ab und verpissen Sie sich.« Für einen Augenblick fanden die Operationen, die sich insgeheim in seinem Innern vollzogen, an einem gemeinsamen Punkt zusammen. »Wir kümmern uns um Morn. Machen Sie mit, oder nicht? Die Wahrheit ist, ich brauche Sie. Ich benötige alle Hilfe, die ich kriegen kann. Aber ich zwinge Sie nicht. Es wäre zu leicht für Sie, uns in den Rücken zu fallen. Entweder sagen Sie ja, oder Sie verziehen sich aus meinem Schiff.«

Davies war neue Anspannung anzumerken. Vielleicht durchschaute er Taverners Arglist nicht, aber über Nick Succorso wußte er genug. »Angus, laß ihn nicht fort«, warnte er hastig, indem er sich trotz der zweifellos schmerzhaften Rippen vorbeugte. »Sonst verrät er ihnen, was wir vorhaben. So ist er. Er denkt, wenn er ihnen seinen ›guten Willen‹ beweist, kann er sich wieder bei ihnen einschleimen.«

Angus zögerte nicht mit der Antwort. »Das Risiko würde ich hinnehmen.«

Davies wollte widersprechen. »Aber …«

»Halt den Mund«, verlangte Angus in verträglichem Tonfall von ihm. Sein Data-Nukleus zwang ihn zur Ruhe. Sein Blick galt ausschließlich Succorso. »Das Risiko ginge ich ein. Ja.«

Succorso stemmte die Fäuste in die Hüften und fletschte die Zähne. »Ja oder nein, Scheißkapitän Schluckorso. Entscheiden Sie sich, und zwar sofort.«

Abermals versuchte Nick Succorso zu lachen, aber die Laute diffuser Erheiterung, die er ausstieß, hatten den hohlen Klang des Demoralisiertseins. »Sie sind verrückt. Ich kann's gar nicht oft genug wiederholen. Sie sind komplett ausgerastet. Nein, Sie blöder Hurensohn von 'm Selbstmörder. *Nein.* Ist das deutlich genug? Ich helfe Ihnen nicht. Ich hoffe bloß, wir sehen uns irgendwann wieder ... Nachdem die Amnion ausgiebig mit Ihnen experimentiert haben.«

»Dann verdrücken Sie sich schleunigst« – Angus schüttelte die Faust, die Morns Id-Plakette hielt – »aus meinem Schiff, verflucht noch mal!«

»Sie sind verrückt«, wiederholte Succorso sich ein weiteres Mal. »Vollkommen ausgeklinkt.«

Trotzdem befolgte er Angus' Aufforderung. Laut dröhnten seine Stiefel auf den Stufen und im kurzen Durchgang der Konnexblende zwischen dem Kommandomodul und dem restlichen Schiffsrumpf, bis er den Mittschiffslift erreichte. Einen Moment später hörte Angus die Lifttür sich schließen; hörte Servos summen, während die Aufzugkabine zur Schleuse hinabfuhr.

Er drehte sich nach Davies um. Nun mußte er sich durch ein Halbdutzend Programme wühlen, die gleichzeitig liefen, um sich mit seinem Sohn verständigen zu dürfen. Dem Data-Nukleus war es eindeutig gleich, wieviel Furcht und Angst Davies empfand.

»Er wird die Amnion nicht warnen. Daß er diese Absicht hat, glaubt er im Augenblick selbst, aber er wird's sich anders überlegen ... sobald er genügend Zeit gehabt hat, um sich darüber klar zu werden, was Taverner möglicherweise anstellt.«

Trostlos musterte Davies ihn. »Was meinst du denn damit?«

In Angus' Gehirn stauten sich Maßgaben und Instruktionen. Szenarios überschwemmten sein Bewußtsein, deren Tauglichkeit der Interncomputer an Angus' Erfahrungsschatz überprüfte; Möglichkeiten wurden in Betracht gezogen und verworfen, Resultate analysiert; Anwandlungen der Hoffnung und Verzweiflung hoben einander auf. »Für lange Erklärungen habe ich keine Zeit«, erwiderte Angus in geballtem Stress. »Wir müssen uns vorbereiten. Egal wofür wir uns entscheiden, wir müssen *handeln,* und zwar schnellstens, bevor der Kassierer herausfindet, wo du geblieben bist. Sobald er das erst mal weiß, haben wir keinerlei Chancen mehr.«

Doch Davies vermochte sich dem Bann seiner Furcht so rasch nicht zu entwinden. Sie entsprang zu vielen verschiedenen Quellen in seinem Innern; er erinnerte sich an zu viele Greuel. Seine Hände vollführten ununterbrochen knappe, abgehackte Bewegungen; sein Blick flehte um Angus' Zuwendung.

Verdutzt über das eigene Maß an Toleranz – und der Fähigkeit, davon beeinflußt zu werden –, betrachtete Angus seinen Sohn und wartete ab. Obwohl er sein gesamtes Leben damit zugebracht hatte, seine Empfindsamkeit zu leugnen, wußte er genau, wie der Junge sich fühlte.

»Es ist alles zuviel ...«, murmelte Davies. »Da sind zu viele Machenschaften in Gang ... Ich muß mich an zu vieles erinnern. Ich weiß nicht, wem ich trauen darf.«

Er schüttelte den Kopf, schluckte mühsam, als ränge er mit Tränen. »Habe ich ...« Die Stimme schrammte ihm wie unter großen Schmerzen aus der Kehle. »Hat sie wirklich die *Stellar Regent* vernichtet?«

Angus mußte unausweichbarem apparativem Druck widerstehen, um sich noch länger mit seinem Sohn befassen zu können. Sein Interncomputer hatte für ihn andere Aufgaben. Allerdings hatten die Experten, von denen die in den Programmen enthaltenen Befehle und Gebote geschrieben worden waren, seine Kenntnisse der Illegalen, seine Vertrautheit mit Kassafort sowie sein Vermögen, sich in extremen Situationen zu bewähren, durchaus zu schätzen gewußt. Für manche Gelegenheiten hatten sie ihm gewisse, beschränkte Befugnisse zugebilligt.

Ruckhaft nickte er Davies zu. »Genau das ist der einzige Grund, weshalb ich noch lebe. Und der einzige Grund, wieso ich Morn schnappen konnte. Sie ist zu sehr außer sich vor Entsetzen gewesen, um sich zu wehren. Ihr Hylands müßt euch diese hinderliche Art der Reaktion abgewöhnen. Dadurch seid ihr einfach viel zu sehr im Nachteil.«

Allmählich verkrustete rings um Davies' Augen das Blut. »Ja«, sagte er nach einem Moment des Überlegens, als fände er sich mit einem zwiespältigen Erbe ab.

Mehr Zeit gestanden die Zonenimplantate Angus für seinen Sohn nicht zu. Mit betont rauhbeinigem Gebaren wandte er sich ab.

»Zum Henker, wo bleibt denn Taverner?« brummte er. »Ich glaube, ich bringe dich lieber ins Krankenrevier.«

Zu spät erkannte er die Wahrheit. So wie Nick Succorso, war auch Milos Taverner von Bord verschwunden.

SORUS

Als Sorus Chatelaine das Panzergewölbe des Kassierers betrat, kochte er, als sie ihn antraf, vor Erbitterung wie Lava.

»Hast du's schon gehört?« schnauzte er, kaum daß er Sorus sah. »Weiß inzwischen jeder auf diesem verdammten Felsklotz, was diese Lumpen sich mir gegenüber geleistet haben?«

Umgeben von Computerkonsolen, Datenterminals und Monitoren, kreiste er durchs enge Rund seines Befehlszentrums. Im Rest des Raums war es dunkel und still wie in einer Höhle; die gesamte Beleuchtung erhellte nur ihn und seine Anlagen. Im hellen Licht wirkte er, als ob er schwelte. Hager wie ein Asket, hätte er ein Märtyrer sein können, den man in Öl getaucht und angezündet hatte.

Sorus trat näher, verharrte unmittelbar außerhalb des Helligkeitskreises. »Wie soll ich darauf antworten?« fragte sie gelassen. Sie kannte selbst Gründe zum Ärger – und zur Furcht –, ließ sich beim Kassierer jedoch aus Prinzip nie irgendwelche Schwächen anmerken. »Du hast nicht erwähnt, von welchen Lumpen du sprichst.«

»Das ist deine Schuld!« brauste er auf; mehr denn je benahm er sich wie ein zorniges Kind. »Du solltest ihn vernehmen.« Einen Augenblick lang schwieg er, starrte sie nur an. »Zum Donnerwetter, Sorus, ich habe dir sogar erlaubt, ihn zu foltern. Was hättest du sonst noch gebraucht?«

»Aha, so.« Unbeeindruckt erwiderte sie seinen Blick.

»Wir reden über Davies.« Ihre volle Kontraaltstimme gab von ihren Empfindungen nicht das mindeste preis. »Aber ich verstehe noch immer nicht, was du meinst. Du hast ›Lumpen‹ gesagt. Im Plural gesprochen.«

»Und Davies Hyland ist auch ein Lumpenhund, ja, ich weiß, ich weiß.« Der Kassierer fuchtelte mit den Händen, setzte sein Umherstapfen fort. Seine Augen erforschten Bildschirme und Anzeigen nach Aufschlüssen, die er nicht fand. »Sei so gut und erspar mir in einer solchen Stunde deinen Humor. Warum warst du nicht *bei* ihm und hast erledigt, was ich dir aufgetragen hatte?«

Sorus seufzte verhalten. »Ich mußte erst einmal nachdenken. Und ...« Sie wartete ein, zwei Sekunden lang ab, um sich die Aufmerksamkeit des Kassierers zu sichern, ehe sie weitersprach. »Und ich konnte mir nicht vorstellen, was Succorso im Sinn hat. Ich habe ja versucht, dir klarzumachen, daß er vielleicht eine raffiniertere Sauerei plant, als wir's uns im Moment denken können. Darüber wollte ich nach Möglichkeit mehr herausfinden, weil ich der Ansicht war, es könnte entscheidende Bedeutung haben. Und weil ich dann vielleicht besser wüßte, wie ich an Davies rangehe. Ihn nur aus Spaß an der Sache zu foltern« – das stellte sie überflüssigerweise klar – »hatte ich keine Lust.«

Der Kassierer fauchte durch die Zähne. »Und warum kommst du zu mir? Wieso bist du ausgerechnet jetzt hier, wenn du noch nichts gehört hast?«

»*Was* gehört?« lautete Sorus' Gegenfrage. Ihre insgeheime Verärgerung und Beunruhigung schlugen um in Ungnädigkeit. »Ich blicke überhaupt nicht durch, was los ist.«

»Sorus!« fuhr der Kassierer erneut auf. »Ich muß Antworten haben!« Seine langen Finger deuteten auf die zahlreichen Bildschirme und Terminals ringsherum. »Fragen beschäftigen mich schon genug.«

»Na gut. Also gut.« Offensichtlich mußte sie, sah

Sorus ein, nach seiner Pfeife tanzen. Sie lenkte ein, weil sie erfahren wollte, was sich ereignet hatte. »Ich sage dir, was ich gehört habe. Die einzige Neuigkeit, die mir inzwischen zu Ohren gekommen ist… Den Grund, weshalb ich komme. Plötzlich kursiert ein Gerücht, ich würde« – sie betonte die nächsten Worte stärker – »mit einem Immunitätsserum handeln. Ich!«

Der Kassierer schaute ihr ins Gesicht, während sie ihm nähere Informationen gab. »Ein paar meiner Crewmitglieder konnten mitanhören, wie zwei Raumfahrer sich darüber unterhalten haben. In einer Hotelbar des Vergnügungsviertels. Ich habe gleich veranlaßt, sie aufzugreifen, aber sie waren schon weg. Ich will wissen, wer sie sind. Darum bin ich hier. Ich möchte, daß du sie für mich identifizierst, damit ich feststellen kann, was da eigentlich gespielt wird. Genügt dir das, oder muß ich mich erst so hysterisch wie du aufführen?«

»Ach, hör bloß auf mit deinen ironischen Seitenhieben.« Der Kassierer maß sie mit einem prüfenden Blick, der im Gegensatz zu seinem mürrischen Ton stand. »Du bist doch sowieso selbst immer viel zu emotional.« Offenkundig redete er nur drauflos, um Zeit zum Grübeln zu haben. »Ein Immunitätsserum? Ist kein Irrtum möglich?«

Sorus hob die Schultern. »Meine Leute haben's so und nicht anders gehört.«

»Was für ein Zufall…« Der Kassierer hob die Hände an den Kopf wie jemand, der sich die Haare zu raufen beabsichtigt. »Was für ein überaus erstaunlicher Zufall.«

»*Das* dachte ich auch«, sagte Sorus kurz und bündig.

»Ich meine, so was muß man sich mal überlegen«, sagte er, als hätte sie kein Wort gesprochen. »Erst suggeriert Davies Hyland uns das Vorhandensein eines Immunitätsserums. Nun je, er ist 'n junges Bürschlein in 'ner verzweifelten Lage. Von ihm muß man erwarten, daß er *jeden* Quatsch daherplappert, der ihm gerade einfällt, um zu verhindern, daß ich ihn an die Amnion verkaufe. Trotzdem ist es natürlich ein hochinteressanter Gedanke. Selbstverständlich lege ich Wert darauf, die Wahrheit aufzudecken. Also beauftrage ich dich damit, sie herauszufinden. Und was passiert dann? Zwei Raumfahrer quasseln von einem Immunitätsserum. Und du fängst auch davon an.« Er schnaubte. »Denn natürlich tun sie's rein zufällig ausgerechnet da, wo deine Leute sie belauschen können. Anschließend verschwinden sie. Und *dann*« – seine Zähne schnappten, als hätte er vor, die Luft in Fetzen zu reißen – »verschwindet auch Davies.«

»*Was?*« Im ersten Schreck konnte Sorus ihre Bestürzung nicht verbergen.

»Verschwindet!« wiederholte der Kassierer. »Und ich meine das im wahrsten Sinne des Wortes. Schwupp, weg ist er aus der Zelle. Vor der Tür liegen zwei tote Wächter, mit Laserschüssen getötet, und das Türschloß ist versengt.«

Sorus bemühte sich vergeblich um Selbstbeherrschung. Das war eine zu üble Überraschung. »Ach, das ist doch lächerlich«, stammelte sie dümmlich. »Du hast dir das ausgedacht.«

Voller Vehemenz winkte der Kassierer sie in den Lichtkreis. »Schau's dir selber an!«

So flink, daß es wie Maschinenwaffenfeuer klang, tippte er Befehle ein, während Sorus sich an seine Seite stellte.

»Natürlich waren die Posten auch Melder. Folgendes haben sie gesehen …«

Zwei Bildschirme zeigten aus leicht unterschiedlichen Perspektiven einen Korridor. Sorus erkannte den kurzen Flur mit den Kammern, die der Kassierer als Zellen benutzte. An der Wand gegenüber zeigte die Kontrolltafel an, daß sich der Lift herabbewegte.

Die Liftkabine hielt; die Flügeltür öffnete sich.

So wie der Korridor war auch die Aufzugkabine leer.

Am Mittelpunkt beider Aufzeichnungen ließ sich dem Anschein nach eine leicht verwaschene Stelle erkennen, etwas wie eine diffuse Trübung, aber sicher war Sorus sich nicht.

Unvermittelt erschien neben dem Verschwommenen eine Hand. In der nächsten Sekunde war sie fort.

Gleichzeitig schossen aus dem undeutlichen Fleck zwei Bahnen kohärenten Lichts auf die Wachposten zu. Beide Bilder kippten abwärts, bis sie nur noch den Fußboden zeigten. In dem kleinen Ausschnitt des Korridors, den sie von da an erfaßten, ließ sich kein Mensch blicken.

»Und das ist noch nicht alles«, sagte der Kassierer mit verpreßter Stimme. »Ein dritter Wächter ist getötet worden. Vor demselben Lift, aber in einer höheren Etage. Von hinten umgelegt. Wieder mit 'm Laser.«

Sorus spürte zunehmende Beklemmung in der Brust. »Was ist mit den Überwachungsgeräten der Zelle?« erkundigte sie sich in hochgradiger Anspannung.

Verdrossen stieß der Kassierer ein Knurren aus, tippte neue Befehle ein.

Auf einer Bildfläche erschien das Innere der Zelle.

In der Mitte stand geduckt Davies, starrte erschrocken in Richtung Tür. »Scheiße, Scheiße, *Scheiße*«, sagte eine Stimme, aber offenbar nicht der Junge. Er hatte den Mund offen, doch schimpfte er nicht, sondern schrie aus vollem Hals. Mit der Wildheit eines gequälten Tiers schwang er eine Faust durch die leere Luft.

Dann fiel die Kamera schlagartig aus. Auf dem Monitor war nichts mehr als Geflacker zu sehen: elektronischer Schnee.

Einige Sekunden später war die Störung vorbei. Das Bild zeigte eine verlassene Zelle.

»Das ist doch unmöglich«, meinte Sorus halblaut.

»Ist dir dieser verschwommene Fleck aufgefallen?« fragte der Kassierer.

Fassungslos nickte Sorus.

»Im Kommandokomplex arbeitet man an der Aufklärung. Die vorläufige Analyse verweist darauf, daß es ein refraktives Störfeld gewesen sein könnte. Aber sollte das stimmen, muß derjenige, der's erzeugt hat, die Projektoren und 'n eigenen Energiegenerator mitführen. Das heißt, das Aggregat müßte ungefähr« – aufgebracht deutete er rundum auf seine vielen Konsolen – »diese Abmessungen gehabt haben. Selbst wenn's in den Lift gepaßt hätte, dürfte es verflucht schwierig zu transportieren gewesen sein. Und es hätte auf alle Fälle reichlich Aufsehen erregt. Also ist diese Möglichkeit stark anzuzweifeln.«

Sorus schüttelte den Kopf, als könnte sie sich dadurch wieder zu klarerem Denken zwingen. »Außer die Amnion verfügen über so was«, sagte sie, äußerte die erste Idee, die ihr kam. »Ihre Geräte sind seit jeher besser als unsere gewesen.«

»Glaubst du vielleicht, daran hab ich nicht längst selbst gedacht?!« schrie der Kassierer. »Bist du etwa der Ansicht, ich fühle mich hier so verflucht sicher, daß ich's mir leiste, die Amnion nicht in Betracht zu ziehen?« Fast unverzüglich jedoch sank seine Stimme wieder zu maßvollerer Lautstärke ab. »Ich habe sie gefragt«, fügte er hinzu, als wäre er aus Ratlosigkeit völlig niedergeschlagen. »Sie sagen, sie haben ihn nicht. Natürlich könnte das gelogen sein. Aber welchen Sinn hätte so eine Aktion für sie? Wären sie wirklich so dringend an ihm interessiert, bräuchten sie ihn doch nicht zu entführen. Es würde ja genügen, ihn mir abzukaufen. Sorus ...«

Nun sprach er, als ob er sie beschwörte. »Sie bräuchten mir nur soviel Kredit zu zahlen, wie sie Kapitän Succorso nachträglich entzogen haben. Ausgeben wollten sie's ja ohnehin. Was macht's schon, wenn ich es erhalte, nicht er? Die Handelsware zu rauben, würde ihre Beziehungen zu Kapitän Succorso keineswegs günstiger gestalten, vorausgesetzt freilich, sie wünschen zu ihm vorteilhafte Kontakte. Damit wäre nämlich er aus der Pflicht entlassen, die er ihnen gegenüber hat. Warum sollten sie so nachsichtig zu ihm sein? Sie haben ihn doch in die Enge getrieben. In der Hand haben sie ihn, und er ist dagegen vollständig wehrlos.«

»Ich weiß nicht«, murmelte Sorus, kaute auf der Unterlippe; überlegte angestrengt. Soweit sie es überblickte, hatten die Amnion tatsächlich nichts dadurch zu gewinnen, wenn sie Davies aus der Gefangenschaft des Kassierers befreiten. »Vielleicht geht hier wirklich mehr vor, als wir ahnen.« Eine Theorie hatte sie nicht; vorerst suchte sie nur nach eventuellen Einsichten. »Es könnte sein, daß die Geschichte über das Immunitätsserum wahr ist.«

Längs des Rückgrats spürte sie das Kribbeln der Intuition.

»Ich glaube«, erklärte sie mit neuer Entschlossenheit, »wir sollten wirklich als erstes ermitteln, wer dieses Gerücht über mich ausgestreut hat.«

Auf untypische Weise versonnen, starrte der Kassierer sie an. Aber er kannte kein Zögern. »Wo und wann war's?«

»In der Bar eines Hotelrestaurants namens Kassaforter Lustschloß.« Sie nannte ihm die Zeit, schätzte den Zeitpunkt so genau, wie sie es konnte.

Sofort ging der Kassierer zu einem anderen Computerterminal und tippte Befehle ein.

Diese Art von Aufzeichnungen ließen sich schnell finden. Schon ein, zwei Sekunden nach Eingabe der Suchbefehle erhellte sich der Monitor.

Sorus erkannte die Räume im Kassaforter Lustschloß auf den ersten Blick. Aufnahmen der Bar waren aus mehreren Perspektiven vorhanden. Man konnte sämtliche Gäste, die an den Tischen saßen oder sich an der Theke flegelten, deutlich erkennen.

Zum Glück fing das Playback gerade an der Stelle an, als Sorus' Crewmitglieder ihren Tisch verließen, um eilends an Bord der *Sturmvogel* zurückzukehren.

Fast alle übrigen Tisch waren frei. Wo ihre Besatzungsmitglieder gesessen hatten, konnten sie ausschließlich zwei bestimmte Raumfahrer belauscht haben: einen Mann und eine Frau, die die Köpfe zusammensteckten, als hätten sie sich Geheimnisse zu erzählen.

Der auf einer Bildschirmhälfte sichtbare Mann wirkte nervös. Auf der Oberlippe hatte er einen dunklen Strich, vielleicht ein Schnurrbärtchen. Die aus anderem Blickwinkel aufgenommene Frau erweckte den Eindruck grimmig-schlechter Laune und höchster Kompetenz, als könnte sie ihren Begleiter jederzeit in die Tasche stecken.

Sorus Chatelaine kannte keinen der beiden.

Sie zeigte sie dem Kassierer. Sofort kontaktierte er per Interkom den Kommandokomplex.

»Ich muß 'n Mann und 'ne Frau identifiziert haben«, rief der Kassierer, sobald der Diensthabende sich gemeldet hatte. Deutlich nannte er Ort, Zeit und die am Unterrand des Bildschirms eingeblendeten Monitorkennziffern. »Sie sitzen unten rechts zusammen.«

»Dauert nur 'ne Minute«, antwortete der Diensthabende.

»Arbeiten Sie schneller«, erwiderte der Kassierer. »Ich kann keine volle Minute verschwenden.« Er schaltete die Interkom aus und richtete den Blick ungehalten auf Sorus. »Was willst du damit beweisen?«

»Woher soll *ich* das wissen?« hielt sie ihm entgegen. »Du weißt über das, was hier vor sich geht, mehr als ich.«

Die böse Miene des Kassierers verlieh ihm ein mordlustiges Aussehen, als er wieder den Monitor anschaute. »Ich *sollte* weiß Gott über alles Bescheid wissen«, sagte er in unterdrücktem Ton. »Aber im Moment bin ich mir weniger sicher, ob's mir noch gelingt.«

Schon läutete der Interkom-Apparat. Grob hieb der Kassierer auf die Taste. »Ja?«

»Ich habe sie«, gab der Diensthabende aus dem Kommandokomplex durch. »Der Mann ist Sib Mackern, Hauptoperator der Datensysteme und Schadensanalyse an Bord der *Käptens Liebchen.* Die Frau ist Mikka Vasaczk, Erste Offizierin, gleichfalls *Käptens Liebchen.*«

Während er mit den Kiefern mahlte, als fehlten ihm vor Zorn die Worte, desaktivierte der Kassierer den Apparat.

Sorus spürte, wie sich in ihrer Magengrube etwas zusammenzog. »Also war es Succorso.« Sie sprach leise, widerstand dem Wunsch, in Geschimpfe auszubrechen. »Ich habe dir ja gesagt, er ist gefährlich.«

Aber es gelang ihr nicht: sie konnte die spürbare Panikneigung und den Ärger über sich selbst nicht niederhalten. Sie hatte damals die Gelegenheit gehabt, Succorso über die Klinge springen zu lassen. Die Befriedigung, die es ihr bereit hatte, ihm das Gesicht zu zerschneiden, ihn zu demütigen, war nicht die Scherereien wert gewesen, die nun womöglich noch nachfolgten.

»Gottverdammt noch mal!« wetterte sie, fauchte ihre ganze, bittere Verärgerung durch die Zähne hinaus. »Ich habe dich *gewarnt,* daß er was plant!«

»Sorus ...« Der Kassierer tat einen Schritt rückwärts, als ob ihre plötzliche Erregung ihn erschreckte. »Er war's nicht. Egal was hier sonst läuft, er hat das Bürschlein nicht rausgeholt.«

»Woher willst du das wissen?« fragte Sorus barsch. Noch hatte sie den Wutanfall nicht überwunden, noch mußte sie schreien. »Hast du mir nicht selbst erzählt, daß er eine deiner Melderinnen verführt hat, um rauszufinden, wo Davies festgehalten wird? Hat Davies uns nicht erzählt, Succorso hätte 'n Immunitätsserum? Und nicht behauptet, Succorso und Hyland arbeiteten Hand in Hand? Es paßt doch alles zusammen! Succorso und Hyland führen irgendeinen VMKP-Plan aus. Von Davies lassen sie dir 'n Floh bezüglich eines Immunitätsserums in den Kopf setzen. Dann holen sie ihn raus. Und jetzt haben sie entsprechende Gerüchte ausgestreut. Über mich. Zur Bekräftigung. Und um mich zum Sündenbock zu machen, damit's *mich* trifft, wenn die Hölle losbricht ...«

Weiteren Auslassungen kam der Kassierer zuvor. »Nein. So ist es nicht. Er war *hier.* Kapitän Succorso war persönlich *hier,* um mich zu Gefälligkeitsmaßnahmen zur Wiederherstellung seines Kredits zu beschwatzen ... Genau zu der Zeit, als Davies Hyland befreit worden ist.«

Sorus sperrte den Mund auf; klappte ihn zu. Für einen Augenblick blieb sie zu jedem Gedanken außerstande.

Was, *zum Satan,* spielte sich hier ab?

»Dann ...« Sie schöpfte tief Luft, um nicht ins Zittern zu geraten. »Dann muß es Angus Thermopyle gewesen sein. Er und der Sausack vom KombiMontan-Sicherheitsdienst, dieser Milos Taverner. Wohin sind sie aus der Galacto-Grotte gegangen?«

»Ich bin froh, daß du danach fragst.« Mit geradezu manisch-konspirativem Gehabe winkte der Kassierer sie zu einem anderen Terminal, vor eine Anordnung anderer Monitoren. »Das zu klären, hab ich selbst schon versucht. Die zwei haben Zimmer gemietet.«

Seine langen Finger verfehlten keine Taste; er hätte sein Befehlszentrum mit verbundenen Augen managen können. »Nach dem Palaver mit Kapitän Succorso im Lokal sind sie in Kapitän Thermopyles Zimmer gewesen. Es ist alles aufgezeichnet.«

Während Sorus die Konfusion aus ihrem Kopf zu verdrängen sich bemühte, sah sie Angus Thermopyle und Milos Taverner ein hoffnungslos desolates, kleines Zimmer betreten, das in jedem der Hotel- und Restaurationsbetriebe hätte sein können, in denen die weniger zahlungskräftigen Kunden des Vergnügungsviertels verkehrten.

Angus Thermopyle setzte sich in einen Sessel und kippte die Rücklehne an die Wand. »Machen Sie's sich bequem«, nuschelte er, als wäre seine Zunge geschwollen. »Uns bleibt nicht der ganze Abend, aber eine Stunde dürfte Succorso voraussichtlich brauchen. Soviel Zeit haben Sie.«

Milos Taverner, der Niks rauchte wie ein Schlot, checkte das Computerterminal des Zimmers. Dann schob er den zweiten Sessel neben Thermopyle und nahm ebenfalls Platz.

»Sie wissen einiges über diese üble Sache, Thermopyle«, sagte er. »Irgend was, das Sie mir verschweigen. Vielleicht etwas, das Sie von Dios erfahren haben.«

Anscheinend sorgte es ihn nicht, belauscht zu werden.

»O ja, ich weiß 'ne Menge, das ich Ihnen noch nicht erzählt habe«, bestätigte Thermopyle. »Ich weiß sogar allerhand, was ich mir selbst vorerst verschweige. Aber auch wenn ich's könnte, würd ich's Ihnen nicht auf die Nase binden.«

»Na, dann lassen Sie mich mal raten«, lautete Taverners Antwort. »Nehmen wir mal an, die offiziöse Darstellung, wir seien hier, um dem Kassierer den Garaus zu machen, ist bloß 'n Trick.« Die Hand des Kassierers bebte sichtlich, als er wie zur Anklage mit einem Finger auf die Bildfläche wies. »Gehen wir mal davon aus, ich bin der wahre Grund. Und Morn Hyland ist 'n Grund. Sonderlich einleuchtend klingt das nicht … Solange man nicht berücksichtigt, welche Gemeinsamkeit sie und ich haben. Schließlich ist sie in Station Potential gewesen. Bei den Amnion.«

Angus Thermopyle sprach mit seltsam schwerfälliger Stimme. »Hören Sie bloß auf mit Ihrer blödsinnigen Raterei. Damit zeigen Sie nur, daß sie selber nicht kapieren, was Sie eigentlich tun.«

»Oh, ich weiß, was ich tu, das können Sie mir glauben«, widersprach ihm Taverner. »Öffnen Sie den Mund.«

Zu Sorus' Entgeisterung schnippte Taverner seine Nik in Thermopyles offenen Mund.

Angus Thermopyle kaute und schluckte. Sein Gesicht wurde vor Wut und Ekel beinahe schwarz, aber weder äußerte er Ablehnung, noch weigerte er sich aktiv.

»Ja Scheiße«, entfuhr es Sorus unwillkürlich im Flüsterton.

»Hör zu!« zischelte der Kassierer.

»Ich stecke hier mit dem Kopf in der Schlinge«, meinte Taverner. »Aber ich dulde nicht, daß Sie oder sonst jemand mich in die Scheiße reitet ... Ich vermute, Sie dürfen mir nicht enthüllen, was Sie an Kenntnissen haben. Wahrscheinlich ist's sowieso wenig. Sie sind bloß ein willkürlich herausgegriffenes Opfer. Insofern sind Sie schlimmer als ich dran. Wir brauchen alle irgend jemand, der noch ärger als man selbst dran ist. Oder dem wir's so einrichten können.«

Von da an bewahrten beide Männer Schweigen.

Milos Taverner qualmte ununterbrochen Niks.

Und Angus Thermopyle verzehrte jede einzelne Kippe.

Sorus schaute in einer Gemütsverfassung zu, die an kaltes Grauen grenzte. Dios, kreiste es ihr pausenlos durch den Kopf, als wäre sie völlig benommen. Warden Dios ... *um dem Kassierer den Garaus zu machen ...*

Mit einem Mal glaubte sie alles, was Davies von Succorso und Hyland behauptet hatte.

»So geht es ungefähr eine Stunde lang«, bemerkte der Kassierer. Er drückte eine Taste, um das Playback zu beschleunigen. »Also so lange, wie Kapitän Thermopyle angekündigt hat. Dann wird der zeitliche Verlauf der Ereignisse interessant. In einem anderen Zimmer schüchtert Kapitän Succorso meine Melderin ein, bis er erfährt, was er wissen will. Anschließend schickt er seinem Raumschiff eine Nachricht. So gut verschlüsselt, daß ich sie nicht dechiffrieren kann. Dann kehrt er aus dem Hotel in die *Käptens Liebchen* zurück. Und später kommt er dann noch einmal zu mir. Aber gleichzeitig – na, fast gleichzeitig – haben wir das ...« Er normalisierte das Abspieltempo des Playbacks.

»Versuchen Sie's jetzt mal«, brabbelte Angus Thermopyle plötzlich trotz offenkundig schmerzenden Gaumens Milos Taverner zu.

Als wäre er es, der das Sagen hätte, nicht Thermopyle als Kapitän, stand Taverner auf und ging ein zweites Mal ans Computerterminal.

»Was macht er?« fragte Sorus Chatelaine. »Spricht er mit Succorso?«

»Soviel Glück haben wir leider nicht«, entgegnete der Kassierer. »Er ruft vom Bordcomputer der *Posaune* eingetroffene Nachrichten ab. Natürlich auch verschlüsselt.« Er beantwortete Sorus' nächste Frage, ehe sie sie formulieren konnte. »Ob die *Käptens Liebchen* und die *Posaune* zwischenzeitlich in Kontakt gestanden haben«, stellte er fest, »wissen wir nicht.«

»Sieht so aus, als wär's da«, murmelte Taverner beinahe kummervoll.

Trotz seiner unverwechselbaren, blasierten, gegenwärtig von bösartigem Haß zusätzlich verunstalteten Visage wirkte Angus Thermopyle fahl und zermürbt. »Sie sind derjenige, der den Code kennt«, krächzte er. »Ist's Zeit zum Gehen?«

Einige Augenblicke lang sah Taverner sich die Mitteilung durch. »Anscheinend«, sagte er schließlich.

»Und das wär's«, konstatierte der Kassierer. Er desaktivierte den Monitor. »Sie rufen von ihrem Raumschiff eine Mitteilung ab – durch einen bemerkenswerten Zufall nur wenige Minuten, nachdem Kapitän Succorso eine Nachricht an die *Käptens Liebchen* geschickt hat –, und dann verlassen sie das Hotel.«

»Wohin?« fragte Sorus. In ihrem Kopf schien vollkommenes Chaos zu herrschen.

»Nirgends hin. Sie verschwinden.«

Einfältig blinzelte Sorus den Kassierer an.

»Ich meine, 's gelingt ihnen unterzutauchen.« Er gab ein mißmutiges Grunzen von sich. »Wir verlieren sie aus der Überwachung, will ich sagen. Die Aufnahmen des Vergnügungsviertels und der Lifts sind so voller Leute, daß die Computer sie bis jetzt nicht wiederfinden konnten. Momentan habe ich keine Ahnung, wo die beiden stecken.«

»Dann können sie Davies befreit haben«, spekulierte Sorus bedächtig, weil ihr nichts Besseres einfiel.

»Daran habe ich auch gedacht«, versicherte der Kassierer voller Sarkasmus. »Noch bin ich nicht völlig verblödet. Aber wenn sie's getan haben, ist er jedenfalls nicht von ihnen in die *Posaune* gebracht worden. *Das* wüßte ich.«

»Außer sie haben 'n refraktives Störfeld eingesetzt und sich auf diese Weise vor den Kameras verborgen.«

»Und das ist ausgeschlossen.«

Neue Einfälle. Sorus brauchte neue Denkansätze. Nichts ergab einen Sinn. Aber wenn sie nicht bald ihre Verwirrung überwand und sich Durchblick verschaffte, konnte sie ein für allemal einpacken.

»Oder sie konnten Helfer beim hiesigen Personal einspannen und sind per Externaktivitäten in ihr Schiff umgekehrt.« Sie griff nach Strohhalmen. Denn auch das war keine ausreichende Erklärung; es ließ die Frage der getöteten Wachposten offen.

»Wie sollte denn das zugegangen sein?« wollte der Kassierer mit durchdringender Schärfe von ihr wissen. »Kapitän Succorso und Kapitän Thermopyle sind praktisch gerade erst angekommen. Wie könnten sie innerhalb so kurzer Zeitspanne Hilfe organisiert haben?«

Er fügte nicht hinzu: *Außer sie konnten auf die Unterstützung der Amnion bauen.* Es war überflüssig.

»Woher soll ich derartige Dinge wissen?« erwiderte Sorus. »Ich stelle nur Mutmaßungen an. Ein bewegliches refraktives Störfeld ist grundsätzlich keine Unmöglichkeit. Das gleiche gilt fürs Bestechen oder Erpressen von Personalangehörigen, das unbemerkte Töten von Wächtern und eine Rückkehr ins Raumschiff auf dem Wege der EA.«

Grimmig musterte sie den Kassierer. »Ich habe keinen Begriff davon, wo bei alldem eigentlich die Amnion stehen. Aber ich weiß ebensowenig, wo man sonst nach Antworten suchen sollte.«

Der Kassierer zwinkerte sie an. Für einen Moment spiegelte sein längliches Gesicht tiefste Resignation wider.

»Dann sind wir alle erledigt«, sagte er leise.

Ich nicht, knirschte Sorus bei sich. Wenn du glaubst, ich bleibe auf sinkendem Schiff bei dir, mußt du bescheuert sein.

»Läßt du nach Taverner und Thermopyle fahnden?« erkundigte sie sich, um ihren stummen Schwur zu kaschieren.

»Selbstverständlich«, beteuerte der Kassierer weinerlich wie ein kleiner Junge. »Natürlich. Das Aufsichtspersonal hat Anweisung, sie zu melden, aber unbehelligt zu lassen.« Er schluckte so krampfhaft, daß sein Adamsapfel hüpfte. »Nur für den Fall, *daß* die Amnion in die Sache verwickelt sind. Ich möchte der *Stillen Horizont* keinen Vorwand für 'n ›chirurgischen Schlag‹ bieten.«

»Und wo hält Succorso sich gegenwärtig auf?« fragte Sorus.

Der Kassierer schnaubte. »Du wirst vor Staunen baff sein. Er ist in der *Posaune.* Gott weiß wieso, aber er befindet sich allein an Bord. Er hat sich von hier direkt an Bord der *Posaune* verzogen. Anscheinend ist ihm von Kapitän Thermopyle der Zugangscode überlassen worden.«

Sorus spürte in der Magengrube ein Druckgefühl, als drohte ihr starke Übelkeit. An Bord der *Posaune,* dachte sie erbittert. Das paßt vollständig zusammen. Weshalb ist mir das nicht gleich eingefallen? Doch sie war am Ende dessen angelangt, was sie ertragen konnte, ohne etwas zu unternehmen. Wenn der Kassierer lediglich hier herumzustehen und zu jammern beabsichtigte, während rings um ihn alles vor die Hunde ging, dann ohne sie.

Sie gab sich einen Ruck, drehte sich um, verließ den Lichtkreis und strebte durch die Düsternis des Panzergewölbes zum Ausgang.

»Gib der Leitzentrale Bescheid«, sagte sie unterwegs über die Schulter, »daß ich ablege.«

»Nein, das wirst du nicht.« Auf einmal gemahnte der Tonfall des Kassierers an das Gleitgeräusch einer Schlange. Seine Furcht war verebbt, überstanden. »Nicht wenn du mir verschweigst, wohin du willst. Und warum?«

Sorus wandte sich ihm zu. »Ich habe vor, uns ein paar Antworten zu besorgen. Als erstes manövriere ich die *Sturmvogel* in Schußweite der *Stillen Horizont,* nur um die Amnion daran zu erinnern, daß sie auch etwas zu verlieren haben. Und dann traktiere ich sie mit Fragen, bis ich Anlaß sehe, ihren Auskünften zu glauben.«

In der konzentrierten Helligkeit der Beleuchtung leuchtete der Kassierer wie ein Märtyrer in den Flammen eines Scheiterhaufens. Als er endlich antwortete, klang seine Stimme unheilvoll wie bei einem Fanatiker.

»Gut.«

Das Wort bedeutete sowohl einen Befehl wie auch eine Drohung.

Bevor Sorus sich abwenden konnte, läutete erneut der Interkom-Apparat.

Der Kassierer betätigte die EIN-Taste. »Wir haben Milos Taverner in der Überwachung, Chef«, meldete sofort der Diensthabende des Kommandokomplexes.

Am Ausgang des Panzergewölbes die Hand am Türgriff, verharrte Sorus Chatelaine.

»Wo?« blaffte der Kassierer.

Diesmal zögerte der Diensthabende. »Gerade hat er die *Posaune* verlassen. Ich weiß, an sich« – das wiederum fügte er überhastet hinzu – »ist es unmöglich. Ich kann es mir nicht erklären. Aber er muß die ganze Zeit hindurch an Bord gewesen sein.«

Der Kassierer blickte Sorus an, als erbettelte er ihre Hilfe.

»Und dort ist auch Succorso«, konstatierte sie so schneidend scharf wie ein Laser-Schweißbrenner.

Mit dem Handballen schlug sich der Kassierer auf die Stirn. Man hätte meinen können, er wollte auf diese Weise sein Gehirn zurechtrücken. »Wohin geht er?« fragte er dann den Kommandokomplex.

Der Interkom-Apparat verlieh der Stimme des Diensthabenden eine leicht ausdruckslose, metallische Tonlage. »Allem Anschein nach zur Amnion-Sektion, Chef.« Ein kurzes Schweigen schloß sich an. »Sollen wir ihn aufhalten?« fragte der Mann.

»Nein!« stieß der Kassierer nahezu konvulsivisch hervor. »Lassen Sie ihn in Ruhe. Wo die Amnion beteiligt sind, können wir nicht einschätzen, um was es sich dreht. Es kann sein, daß es mit uns nichts zu tun hat.«

Urplötzlich brach er in ein Geschrei des Zorns und der Verstörung aus. »Aber verlieren Sie ihn ja nicht wieder aus der Beobachtung! Wenn er nicht auf direktem Weg zu den Amnion geht, dann greifen Sie ihn auf!«

Schon im nächsten Moment gewann er die Selbstbeherrschung zurück. »Stellen Sie 'n Aktionsteam zusammen«, befahl er in kaltblütiger Ruhe. »Es soll die *Posaune* stürmen. Das Schiff ist aufzuschweißen, wenn's sich anders nicht einrichten läßt. Schaffen Sie jeden her, der in dem Kahn zu finden ist.« Seine Zähne fletschten die Worte, als kaute er rohes Fleisch. »Mit Ausnahme Kapitän Nick Succorsos. Ich will sehen, was er mit seiner Freiheit anfängt. Er darf gehen, wohin er will, außer zurück in die *Käptens Liebchen.* Haben Sie verstanden? Sperren Sie ihn von seinem Schiff aus. Mir ist es gleich, wieviel Wachpersonal dafür abkommandiert werden muß. Nun nehme ich ihn in die Zange, bis ihm die Gräten krachen. Und zur Krönung brate ich seine Eier und serviere sie ihm zum Frühstück.«

Er fühlte sich sogar dazu angehalten, den Diensthabenden nachdrücklich zu ermahnen. »Vermurksen Sie bloß nichts! Wagen Sie's ja nicht, sich jetzt irgendwie Mist zu leisten! Andernfalls brauchen Sie sich um Ihre Zukunft keine Gedanken mehr zu machen. Dann fegen die Amnion uns nämlich allesamt aus dem Weltall.«

Sein Finger drückte die Taste wie ein Dolchstoß. Danach wandte er sich erneut an Sorus Chatelaine.

»Also los!« sagte er in die Düsternis, die sie umfing. »Mach schnell! Es könnte sein, du bist meine einzige Hoffnung. Ich möchte dich in einer Position wissen, von wo aus deine Schiffsartillerie etwas nützt, bevor das ganze Chaos noch übler wird. Was ich brauche, sind Antworten. Ich muß Klarheit haben. Aber wenn du zum Schießen gezwungen wirst, unterstütze ich dich mit allem, was mir zur Verfügung steht.«

Sorus Chatelaine nickte knapp. Hier hatte sie ohnedies nichts mehr zu suchen: für sie war Kassafort so gefährlich wie eine Schlangengrube geworden. Hatte Succorsos Gerücht sich erst einmal weit genug herumgesprochen, konnte sie nirgends auf Thanatos Minor noch einen Fuß hinsetzen, ohne in Lebensgefahr zu schweben. Und zuletzt würden auch die Amnion Schlingen nach ihr auswerfen.

Es sei denn, sie informierte sie zuvor selbst über die Wahrheit.

Außer sie überzeugte sie davon, daß sie von ihr nichts zu befürchten hatten.

In äußerster Entschlossenheit schritt sie zum Panzergewölbe hinaus, um sich und ihr Raumschiff zu retten.

MILOS

Wäre Milos Taverner gefragt worden, hätte er unumwunden zugegeben, vor Furcht nachgerade von Sinnen zu sein.

Sein Herz wummerte so mühsam, daß ihm davon die Brust schmerzte, und der Blutdruck schien ihm so die Lungen zusammenzupressen, daß ihm das Atmen schwerfiel. Manchmal mußte er krampfhaft schlucken; ab und zu durchflirrte ein sonderbares Schwindelgefühl seinen Kopf, so daß er den Eindruck hatte, mit den Füßen vom Boden abzuheben. Unablässig befeuchtete Schweiß seine Handflächen, soviel Schweiß, daß er sie nicht trockenwischen konnte, gleichgültig wie beharrlich er es versuchte.

Obwohl Furcht sein ganzes Leben durchzogen hatte, vom Dasein unter den Gossengangs der Erde bis hin zu seiner bedrohlich zweischneidigen Position in der KombiMontan-Station, hatte er sich noch nie dermaßen wie jetzt gefürchtet.

Er befand sich unterwegs zur Amnion-Sektion; zu einer Begegnung mit Geschöpfen, die ihm höchsten Widerwillen einflößten.

Schon beim bloßen Gedanken an diese Tatsache hätte er sich am liebsten hingekauert und nur noch vor sich hingewimmert.

Doch ihm blieb keine Wahl. Auf keinen Fall. Nie hätte er so etwas auf sich genommen – niemals! –, hätte er irgendeine, selbst nur entfernt vorstellbare Alternative gesehen.

Im Prinzip gab es gegen ein Gespräch mit den Amnion nichts einzuwenden. Damit kam er zurecht. Wie sollten erwerbsmäßige Spitzel überleben, wäre nicht eine Gossengang ein natürlicher Feind jeder anderen solchen Bande? Sie hielten sich über Wasser, indem sie mit allen redeten. Indem er jeder half und jede betrog. Und im Weltall ging es nicht wesentlich anders zu als in einer von Gossengangs beherrschten Stadt. An einer Seite stand der KombiMontan-Sicherheitsdienst; an der anderen die VMKP; drüben standen Raumpiraten wie Nick Succorso; und *hier* die Amnion. Wieso sollte ein Mann wie er, Milos Taverner, nicht seinen Nutzen daraus ziehen, sie gegeneinander auszuspielen? Zumal sonst jeder von ihnen ohne weiteres dazu bereit wären, ihn in den Dreck zu treten?

Aber jetzt hatte er keine Alternativen mehr. Sein schlichter, vernünftiger und vor allem sicherer Dienst für alle und keinen hatte sich gegen ihn gekehrt. Durch Min Donner war er von der KombiMontan-Station ins VMKP-HQ beordert worden. Hashi Lebwohl hatte ihn ausgeguckt, um Angus Thermopyle zu beaufsichtigen und zu schützen. Und Warden Dios hatte ihn *hier* hingeschickt, in den Höllenpfuhl Kassaforts und seines Vergnügungsviertels.

Und dann hatten sie sämtliche Spielregeln geändert …

Sie haben soeben einen ziemlich bösen Schrecken erlitten. Ich bedaure diesen Vorfall, aber er ließ sich nicht vermeiden.

Sie hatten gelogen, was den Grund für seinen und Angus Thermopyles Flug nach Thanatos Minor betraf. Schlimmer noch: sie hatten den vorprogrammierten, zur effizienten Kontrolle Thermopyles bestimmten Prioritätskommandos Lücken eingestrickt, fatale Lükken, die Taverners Befehlsgewalt im Effekt beträchtlich verwässerte.

In dieser einen Hinsicht sind Sie getäuscht worden.

In Unkenntnis dieser Lücken hatte Milos Taverner die Amnion falsch informiert.

Alles andere, was wir Ihnen über Josua, Ihren gemeinsamen Auftrag und in bezug auf Sie selbst gesagt haben, ist und bleibt die Wahrheit. Josua ist nicht von seiner Programmierung abgewichen. Ihre Kommandocodes sind unverändert gültig. Wir haben Sie nicht hintergangen.

Taverner hätte Dios' Beteuerungen als glaubwürdiger empfunden, hätte der VMKP-Polizeipräsident sie ihm hier in Person abgegeben. Aber Glauben schenkte er ihnen nicht; nicht einen Augenblick lang hatte er ihnen geglaubt. Der Umstand, daß seine Kommandocodes noch galten, überzeugte ihn nicht im geringsten. Wo man eine Lüge aufdeckte, verbargen sich weitere Lügen. Immer. Ausnahmslos.

Man hatte ihn aufs Glatteis geschickt.

Nun konnte er sich an niemanden als die Amnion mehr wenden.

Und er hatte ihnen nichts zu bieten – verfügte über nichts anderes mehr, um ihnen sein Leben abzufeilschen – als die Wahrheit.

Bei jedem Schritt, den er tat, würgte ihn Beklemmung. Warum verfolgte Thermopyle ihn nicht? Weshalb nahmen die Wächter des Kassierers ihn nicht fest? Wieso fing Nick Succorso ihn nicht ab, strotzte vor empörter Männlichkeit und Selbstvernichtungsdrang, versuchte eines seiner legendären Wunder zu wirken? Wußten sie nicht, was sie *riskierten,* wenn sie bei ihren Komplotten und Gegenintrigen Milos Taverner auf den Fuß traten?

Anscheinend nicht. Niemand hielt Milos auf, während er die Korridore entlangging, mit den Lifts zu der Sektion hinunterfuhr, die die Amnion sich am Rande der Schwarzwerft angelegt hatten.

In mehr als einer Hinsicht war er nahezu umnachtet vor Furcht: vor Grauen vergaß er sogar sein begrenztes Vokabular an Fäkalsprache.

Zu guter Letzt erreichte er die Amnion-Sektion. Der Eingang bestand lediglich aus einer Tür in einer Wand ohne jede besondere Kennzeichnung. Aber hier war eindeutig die Stelle, die er in der Reception am Datenterminal erfahren hatte. Und zudem sah die Tür in der Tat wuchtig und schwer wie eine Schleusenpforte aus. Schloß sie sich hinter jemandem, hatte er die für Menschen geeignete Innenatmosphäre Kassaforts verlassen.

Neben der Tür hatte man einen Interkom-Apparat mit Tastatur installiert. Nachdem er sich ein letztes Mal vergeblich die schweißigen Hände an der Hose seiner Bordmontur gewischt hatte, tippte Milos den Code ein, den er von den Amnion für Funksprüche in den Bannkosmos erhalten hatte.

Die Stille, die sich danach ergab, war so vollkommen, daß er sich einbildete, er könnte sie auf der Zunge schmecken.

Eine Minute verstrich; vielleicht waren es zwei Minuten. Wiederholte Schwindelanfälle durchwallten Milos, bis er sich schließlich gegen die Wand stützten mußte. Warum ließ der Kassierer seinen Besuch bei den Amnion zu? Hätten Thermopyle oder Succorso vor, ihn daran zu hindern, wäre er längst von ihnen abgefangen worden; also waren sie ihm gar nicht gefolgt. Der Kassierer dagegen konnte jederzeit überall Wächter alarmieren. Bestimmt war er sich doch inzwischen darüber im klaren, wer Davies befreit hatte, auch wenn er noch nicht durchschaute, wie man es geschafft hatte? Und ohne jeden Zweifel mußte er Aufzeichnungen von Milos' und Thermopyles Aufenthalt in der Galacto-Grotte haben. Wo also blieben die Wächter?

Hatte der Kassierer *derartigen* Respekt vor den Amnion? Soviel Furcht wie Milos?

Kaum noch zu atmen fähig, tippte Milos den Code ein zweites Mal in die Tastatur.

Ein Knacken drang aus der Interkom. »Menschlicher Besucher, Sie müssen zur Bestätigung Ihrer Identifikation Ihren Namen nennen.« Die Alienstimme aus dem winzigen Lautsprecher stellte die Forderung voller mitleidloser Unerbittlichkeit.

Milos' Stimmbänder wollten ihm nicht gehorchen. Mehrmals schluckte er schwer. Einen Moment später gelang es ihm, seinen Namen zu röcheln.

Nochmals ergab sich Schweigen. »Betreten Sie die Schleuse, Milos Taverner«, sagte die Stimme als nächstes mit den Untertönen ferner Todesdrohung. »Sie sind bei den Amnion willkommen.«

Zum Summen der Servos öffnete sich die Tür.

In der Schleusenkammer stand ein Mann, der den gräßlichsten Tiefen von Milos' Alpträumen entsprungen zu sein schien.

Teilweise war er Amnioni. Ein Auge und das halbe Gesicht waren noch menschlich, ähnlich wie die Brust, ein Arm und ein Großteil beider Beine. Das andere Auge hatte keine Lider, sondern sich den schwefelgelben Lichtverhältnissen angepaßt, in denen die Amnion lebten. Spitze Zähne füllten die lippenlosen Hälfte des Munds aus. Rost schien seinen nichtmenschlichen Arm zu überziehen; etwas wie Rost verkrustete ihm so stark beide Knie, daß dort das Material der fremdartigen, schwarzen Bordmontur hatte aufgeschnitten werden müssen, um ihm das Gehen zu ermöglichen.

In seiner Menschenhand hielt er eine Atemmaske.

»Willkommen, Milos Taverner.« Seine Stimme hörte sich nach dem Scharren einer Feile auf verrostetem Eisen an. »Der Einfachheit halber will ich Ihnen als meinen Namen Marc Vestabule nennen. Um Unannehmlichkeiten vorzubeugen, müssen Sie diese Maske anlegen.«

Er streckte Milos die Atemmaske entgegen.

Unwillkürlich schrak Milos zurück.

»Milos Taverner, wir wissen nicht, warum Sie uns aufsuchen.« Die nur noch annähernd menschliche Reibeisenstimme schabte an Milos' Nerven wie mit schartigen Fingernägeln. »Wenn Sie es wünschen, können Sie Ihr Anliegen hier vortragen. Allerdings ist es vermutlich ratsamer, sich zur Erörterung gewisser Angelegenheiten dem Erfassungsbereich der Überwachungsanlagen des Human-Stationsteils zu entziehen.«

Sicherlich. Natürlich. Das leuchtete ein. Mit einer energischen Willensanstrengung meisterte Milos den Drang, sich einfach umzudrehen und fortzulaufen. Wenn aufgezeichnet wurde, was er zu sagen hatte, war das Leben Angus Thermopyles, Nick Succorsos und Davies Hylands keinen Pfifferling mehr wert; dann brachte der Kassierer sie ohne länger zu fackeln um. Und deswegen könnten dann die Amnion verstimmt sein; möglicherweise sogar gehörig verdrossen. Und vielleicht wäre Milos' letzte Chance vertan.

Irgendwie schaffte er es, weit genug vorzutreten, um die Atemmaske in Empfang zu nehmen.

Marc Vestabule entfernte sich zur Rückseite der Schleusenkammer. Erneut schwindelte es Milos, während er die Atemmaske aufsetzte. Er wankte bis zur Tür. Dort blieb er stehen. Voller Panik klammerte er sich an den Türrahmen, verharrte auf der Schwelle; er konnte sich nicht zum Weitergehen überwinden.

Vestabules Menschenauge blinzelte langsam, als wollte er Milos zuzwinkern, hätte jedoch vergessen, wie man so etwas machte. »Milos Taverner«, sagte er bedächtig, »Sie fürchten sich. Was verursacht Ihre Furcht? Sind Sie nicht ehrlich zu den Amnion gewesen?«

Ehrlich gewesen? hätte Milos gerne geschrien. Wann hat irgend jemand mir je die *Chance* gelassen, ehrlich zu sein?

Aber daß er jetzt solche Äußerungen von sich gab, war undenkbar; nicht wenn es ums Überleben ging. »Ich habe Ihnen immer die Wahrheit gesagt«, entgegnete er trotzig. Die Atemmaske dämpfte seine Stimme. »Es ist nicht meine Schuld, wenn manches, das ich für wahr gehalten habe, sich später als Lüge herausstellt.«

Der Amnioni wirkte, als durchdächte er einen Moment lang die Implikationen dieser Einlassung. »Aber nachdem Sie die Wahrheit erfahren haben, kommen Sie nun, um sie den Amnion mitzuteilen«, antwortete er unter fortgesetztem Blinzeln. »Darum sind Sie, wie ich schon sagte, bei uns willkommen. Bitte betreten Sie die Schleuse.«

Obwohl die Beklemmung ihm fast den Atem raubte, schob Milos Taverner sich nahezu gewaltsam über die Schwelle.

Hinter ihm schloß sich die Tür, schnitt ihn von der Menschheit ab. Von nun an hatte er nichts mehr zu hoffen, außer daß die Amnion die Informationen zu schätzen wußten, die er für sie hatte.

Kurz glitt ein vielfältig gemischter Helligkeitsschein über ihn hinweg: schwefelgelbes Leuchten, Scannerlicht, Dekontaminationsbestrahlung. Soviel man wußte, waren die Amnion gegen die Krankheiten und Parasiten der Menschen immun. Dennoch gingen sie kein Risiko ein.

Auch Milos hielt nichts von überflüssigen Risiken. Vielleicht war es noch möglich, auf der Grundlage dieser Gemeinsamkeit vernünftig mit den Amnion zu verhandeln.

Stoisch betrachtete Marc Vestabule, während das Wallen des Lichtscheins seine Funktion erfüllte. Nach ein, zwei Augenblicken öffnete sich die innere Schleusentür. Milos fuhr zusammen, rechnete unwillkürlich mit dem grauenhaften Anblick einer ganzen Amnionphalanx. Doch der Korridor hinter der Innentür war leer. Die Amnion vertrauten Vestabule bei der Tätigkeit, die er für sie ausübte.

Mit steifen Bewegungen, als wären Vestabules Gelenke nicht nur äußerlich, sondern auch innerlich verrostet, winkte er Milos in den Korridor. »Bitte folgen

Sie mir. Ich bringe Sie in einen Raum, wo Sie sich sicher fühlen können. Dort dürfen Sie mir Ihre Ansprüche mitteilen, so daß wir die Gelegenheit haben zu diskutieren, wie sie sich erfüllen lassen.«

Sich sicher fühlen. Klar.

Während er sich angestrengt abmühte, das gequälte Pochen seines Herzens zu mißachten, torkelte Milos Taverner dem Amnioni nach.

Zu dem von Vestabule erwähnten Raum war es nicht weit. Das bewertete Milos als Glück: viel weiter hätte er nicht laufen können. Sauerstoffmangel und Stress schienen seinen Gleichgewichtssinn zu beeinträchtigen, ihn immer stärker zu stören. Hätte er sich nicht jedesmal am sonderbar pheromonischen Metall der Wände abgestützt, wäre er einige Male hingefallen.

Als Vestabule ihn in einen Raum führte, der an Unpersönlichkeit und Kargheit dem Korridor vollauf glich, sah Milos mit einer gewissen Erleichterung, daß darin wenigstens Stühle standen. Zumindest konnte er sich setzen; falls es möglich war, die Atemmaske ab und zu abzunehmen, vielleicht sogar die eine oder andere Nik rauchen.

Ohne eine Aufforderung abzuwarten, ließ er seine laschen Glieder auf den nächstbesten Sitz sacken und wühlte das Päckchen Niks aus seiner Tasche.

Vestabule schaute zu, während er eine Nik aus dem Päckchen schüttelte und das Feuerzeug zückte. Der Ausdruck in der menschlichen Hälfte des Amnionigesichts deutete an, daß er nicht verstand, was Milos tat.

»Milos Taverner«, warnte er jedoch plötzlich, als Milos die Atemmaske hochschob, um sich die Nik in den Mund zu klemmen, »Ihr Verhalten ist gefährlich. Ihr Feuerzeug verursacht ohne Zweifel einen nur kleinen Funken. Es verwendet Magnesium, nicht wahr? Allerdings ist die Luft aus Ihrer Atemmaske sehr sauerstoffreich, unter Umständen so stark sauerstoffhaltig, daß der Funke größer als erwartet ausfallen könnte.

Möglicherweise erleiden Sie eine gesundheitliche Schädigung.«

Im ersten Moment schien Milos Gehirn auf Null zu schalten. Er mußte Nik haben, *benötigte* Nik: das bißchen Mumm, das er noch aufbrachte, hatte keine andere Stütze mehr. Doch Vestabules Warnung hatte zur Folge, daß Milos sich lebhaft ausmalte, wie eine riesige Stichflamme aus dem Feuerzeug schoß, ihm das Gesicht und die Augen verbrannte... Magnesium war außerordentlich entzündlich und fand für Feuerzeuge nur in minimalsten Mengen Verwendung; und man durfte es ausschließlich in geeigneten atmosphärischen Milieus benutzen.

Zittrig steckte er die Nik in das Päckchen zurück, stopfte Packung und Feuerzeug wieder in die Tasche. Nochmals empfand er eine nebulöse Anwandlung der Erleichterung und Dankbarkeit. Vestabule hatte ihn davor bewahrt, sich zu verletzen, vielleicht zu erblinden. Also war es nicht ausgeschlossen, daß sie ihn doch als wichtigen Bundesgenossen einstuften.

»Ich habe Sie niemals wissentlich angelogen«, bekräftigte er, indem er, vor Schwindelgefühl und verzweifelter Hoffnung halb umnachtet, durch die Atemmaske sprach. »Das müssen Sie mir glauben. Soweit ich es wußte, ist alles, was ich Ihnen erzählt habe, wahr gewesen. Aber ich kann es ja nicht verhindern, wenn ich von anderen Leuten belogen werde.«

Langsam ergriff Marc Vestabule einen anderen Stuhl, stellte ihn Milos gegenüber ab und nahm darauf Platz. Als er saß, trennten nur noch Zentimeter seine Alienknie von Milos' Beinen. Glücklicherweise beugte er sich nicht vor: Milos war der Überzeugung, eine noch zudringlichere Nähe des Amnioni nicht verkraften zu können.

»Dann wäre es wohl gut«, schlug Vestabule vor, indem er den menschlichen und den amnionischen Arm auf der Brust verschränkte, »Sie erläutern als erstes die Lügen und die Wahrheiten, zu deren Aufklärung Sie uns jetzt persönlich aufgesucht haben.«

Milos hielt es für besser, den Anfang mit dem zu machen, was der Amnione seine ›Ansprüche‹ genannt hatte. Allerdings war er sich über ihre Natur momentan selbst nicht so recht im klaren. Beschützt mich. Rettet mein Leben. Rächt mich. Diese Wünsche blieben irgendwie zu vage; doch seine Furcht vereitelte, daß ihm Sinnvolleres einfiel. Er hatte, was die Amnion anbelangte, keinerlei Ahnung. Wie sollte er sie um Schutz ersuchen, wenn er nicht absehen konnte, wie sie auf die ›Lügen und Wahrheiten‹ reagierten?

Wenn sie eine Gossengang waren – wenn nicht dem Namen, so doch allemal dem Wesen nach –, warum verhielten sie sich nicht so?

»Vielleicht wissen Sie schon Bescheid«, sagte er, schwitzte pausenlos in der Enge der Atemmaske. »Diese Möglichkeit kann ich nicht ausschließen. Hier ist einfach zuviel Verrat im Gange. Zu viele Lügner sind beteiligt. Was weiß ich, vielleicht stecken Sie sogar mit allen und jedem unter einer Decke ... Sprechen die Machenschaften samt und sonders ab, nutzen Leute aus, um ...«

»Milos Taverner«, unterbrach Vestabule ihn mit seiner rostig-rauhen Stimme, »ich kann auf Ihre Andeutungen nicht eingehen, wenn Sie mich nicht über den genauen Inhalt in Kenntnis setzen. Offensichtlich sind Sie besorgt. Aber Sie haben bisher nicht den eigentlichen Ursprung Ihrer Beunruhigung erwähnt.«

»Weshalb unternehmen Sie nichts gegen Thermopyle?« fragte Milos, als hätte er ein Stichwort erhalten.

Ausdruckslos musterte ihn der Amnioni. Nur Vestabules menschliches Lid regte sich.

»Ich habe Sie ausdrücklich vor ihm *gewarnt*«, fügte Milos eilig hinzu. »Er ist durch die VMKP von der KombiMontan-Station angefordert worden – zusammen mit mir –, und die Astro-Schnäpper haben ihn einer *Unifikation* unterzogen, ihn zu einem Cyborg gemacht, ich hab's Ihnen doch *mitgeteilt.* Ihm sind 'n Computer, Zonenimplantate, Laser und Gott weiß was noch alles eingepflanzt worden, und man hat ihn hergeschickt, um Kassafort zu vernichten. Das *alles* wissen Sie von mir. Warum unternehmen Sie gegen ihn nichts?«

Wieso empfindet ihr ihn nicht als Bedrohung?

Was geht hier eigentlich vor?

Nun nickte Marc Vestabule. »Ich verstehe, was Sie meinen. Unsere Reaktion – oder das Ausbleiben einer Reaktion – auf die durch Angus Thermopyle verkörperte Gefährdung verursacht Ihnen Sorge. Diese Frage können wir diskutieren. Glauben Sie, daß die Abwehrmittel des Kassierers gegen diese Gefährdung inadäquat sind?«

»Ich *weiß genau,* daß sie's sind«, schnob Milos. »Ist Ihnen entgangen, daß Davies Hyland – der junge Bursche, den Sie so dringend haben wollen – ihm unter der Nase weggeschnappt worden ist? Hat der Kassierer Sie darüber nicht informiert?«

Gleichmütig nickte Vestabule. »Er hat uns informiert.«

»Na, und derjenige, der's getan hat, war Thermopyle«, antwortete Milos rasch. »Ich war die ganze Zeit hindurch dabei, ich hab's miterlebt. Wir sind einfach in die Zelle gegangen und haben ihn rausgeholt. Wir haben ihn in die *Posaune* gebracht. Und der Kassierer hat's nicht verhindert. Er konnte es nicht, weil er nämlich gar nicht wußte, was passiert. Er weiß bis jetzt noch nicht, wo der Junge abgeblieben ist.«

Ein nur tendenzieller Ausdruck, der auf eine Miene der Unzufriedenheit hinauslaufen mochte, verzog Vestabules menschliche Gesichtshälfte. »Diese Behauptung ist nicht ganz richtig.« Er drehte ein wenig den Kopf und berührte sein linkes Ohr. Zum erstenmal bemerkte Milos, daß der Amnioni einen kleinen Empfänger im Ohr hatte. »Seit dem Zeitpunkt Ihrer Ankunft steht der Kassierer mit uns in regelmäßigem Kontakt«, erklärte Vestabule. »Er sieht Grund zu der Annahme, daß Davies Hyland von Ihnen und Angus Thermopyle entführt worden ist. Deshalb vermutet er wahrscheinlich auch, daß Davies Hyland sich an Bord der *Posaune* aufhält. Er fordert, daß wir Sie ihm ausliefern, damit er von Ihnen den wahren Ablauf des Vorfalls erfahren kann. Er erwähnt keine eventuellen besonderen Fähigkeiten Angus Thermopyles. Hingegen ist ihm bekannt, daß Sie es sind, der Macht über Angus Thermopyle hat. Infolgedessen glaubt er, daß Sie der Urheber der stattgefundenen Entführung sind. Und vielleicht gibt er, weil Sie jetzt zu uns gekommen sind, sogar den Amnion die Schuld.«

Milos zuckte heftig. Aber trotz seiner Bestürzung klammerte er sich entschieden an das, wovon sein Überleben abhing. »Das erklärt nicht, warum Sie nichts unternommen haben.«

Er mußte die Amnion durchschauen, ihnen verdeutlichen, wie gefährlich die Situation für sie war, ehe er ihnen etwas anbot, wodurch er sich das Leben retten konnte.

Vestabule zögerte nicht mit der Antwort. »Ebenso wie der Kassierer sind sich auch die Amnion Ihrer irregulären erwerbsmäßigen Beziehung zu Nick Succorso bewußt«, stellte er klar, als hätten die Amnion vor Milos keine Geheimnisse. »Im Gegensatz zum Kassierer wissen wir jedoch, daß Sie nicht der Urheber der von ihm beanstandeten Tat sind. Wir sind der Auffassung, daß die ›Machenschaften‹, wie Sie es bezeichnen, zwischen Nick Succorso und Angus Thermopyle existieren. Wir haben aufgrund mehrerer Überlegungen keine Maßnahmen gegen diese Gefahr eingeleitet. Erstens ist es nicht zu unserem Nachteil, lassen wir den Kassierer sich an unserer Stelle damit auseinandersetzen. Letzten Endes ist auch er …« – anscheinend suchte

Vestabule nach dem treffenden Wort – »... entbehrlich. Es schadet uns nicht, fordert jemand ihn auf diese Weise heraus und verunsichert ihn. Im Gegenteil, wir erlangen dadurch ein besseres Verständnis der Gefahr selbst. Insbesondere hoffen wir auf ein besseres Verständnis der Unehrlichkeit Nick Succorsos.«

In seiner Verbitterung und Furchtsamkeit gestand Milos Taverner sich ein, daß auch er zu gerne Succorsos Schweinereien besser durchschaut hätte.

»Zweitens«, ergänzte Vestabule ohne Stocken seine Darlegungen, »sind Angus Thermopyle und Nick Succorso natürliche Antagonisten. Eine derartige Konzeption ist den Amnion unbegreiflich. Bei mir ist jedoch noch die Befähigung vorhanden, sie geistig nachzuvollziehen. Ich bin so« – er hob die Schultern wie zu einem menschlichen Achselzucken –, »wie Sie mich sehen. Teile meines früheren Körpers sind erhalten geblieben. Ähnlich habe ich nach wie vor Bereiche meines einstigen Geistes im Bewußtsein. Daher kann ich ohne weiteres erkennen, daß es Angus Thermopyle und Nick Succorso unmöglich ist, ein Bündnis zu schließen, ohne gleichzeitig nach gegenseitiger Vernichtung zu trachten. Läßt man ihnen genügend Spielraum, enthüllt mit der Zeit einer die Geheimnisse des anderen, unterminiert einer die Kräfte des anderen, und so werden sie sich zuletzt beide neutralisieren.«

Milos war durchaus danach, über diese Ansicht belustigt zu prusten, doch der Amnioni ließ es dazu nicht kommen.

»Naturgemäß hat das Problem dieses ›Spielraums‹ entscheidende Bedeutung. Es ist durchaus möglich – in der Tat sogar wahrscheinlich –, daß die Gefährdung, die von ihnen, sowohl einzeln wie auch gemeinsam, sehr wohl ausgeht, ein zu bedrohliches, akutes Ausmaß annimmt, um eine allzu großzügige Ausweitung des Spielraums zu gestatten. Dennoch haben wir die Absicht, so lange zu warten, wie wir es als vertretbar ansehen, bis möglicherweise die Wahrheit sich enthüllt. Drittens wissen wir aus Erfahrung, daß Angus Thermopyle seiner Natur nach weniger gefährlich als Nick Succorso ist.«

Milos konnte nicht anders: er riß vor Überraschung den Mund auf. »Das soll doch wohl 'n Witz sein?! Succorso ist bloß 'n Pirat. Thermopyle ist der letzte Abschaum des Universums.«

In Vestabules humorlosem Alienauge spiegelte sich die gelbe Beleuchtung. »Zu Angus Thermopyle, sowohl als Mensch wie auch Cyborg«, konstatierte er, »haben wir weniger Mißtrauen. Als Cyborg wird er durch seine Programmierung nicht ausschließlich leistungsmäßig aufgewertet, sondern auch in seinen Handlungsmöglichkeiten eingeschränkt. Und als Mensch ist seine Schlechtigkeit zu eindimensional, um ihm tiefgründigere Formen der Arglist zu erlauben. Bei dieser Aussage, Milos Taverner, berufe ich mich keineswegs nur auf Spekulation. Während meines Lebens bei Ihrem Volk habe ich selbst mit Angus Thermopyle direkte Erfahrungen gemacht. Ich war einmal Crewmitglied eines Raumschiffs namens *Süße Träume,* eines innersolaren Frachtschleppers für den Transport von Erzen. Ich hatte keine sonderlich interessante Arbeit, aber guten Verdienst. Unser Frachter ist damals von Angus Thermopyle gekapert worden.« Vestabule sprach, als hinterließen diese Fakten bei ihm nicht den mindesten persönlichen Eindruck. »Die Überlebenden unserer Besatzung, achtundzwanzig Männer und Frauen, hat er nach Kassafort gebracht und an die Amnion verkauft.«

Die Ruhe, mit der Vestabule diesen Aspekt seiner Vergangenheit preisgab, entsetzte Milos nicht weniger als sein rostbraunes Fleisch und die spitzen Zähne.

»Ich kenne seine Beschränktheit«, behauptete der Amnioni. »Sowohl sein damaliges wie auch sein nachfolgendes Verhalten haben seine grundsätzliche Natur eindeutig offenbart. Aufgrund dieser Erkenntnisse neigen wir nicht dazu, ihn zu eliminieren, solang er uns gegen Nick Succorso nützlich sein kann. Und darüber hinaus untersteht er Ihrer Gewalt, oder nicht?« Vestabules Menschenauge blinzelte in rascher Folge, verriet eine gewisse Erregung, die seine Miene und das sonstige Gebaren verhehlten. »Wozu sollten wir etwas gegen ihn unternehmen, wenn Sie ihm nach Belieben Befehle erteilen können? War es das nicht, was Sie dem Kassierer ersichtlich zu machen beabsichtigten, als Sie Angus Termopyle trotz unübersehbarer, aktiver Überwachungsanlagen zwangen, Ihre ... Ich habe das Wort vergessen. Als Sie ihn zwangen, Ihre Nikotinstengel zu verzehren? Haben Sie da nicht vorsätzlich Umstände geschaffen, die den Kassierer zu der Schlußfolgerung verleiten mußten, daß Sie – und deswegen vielleicht wir – Urheber der Entführung seien?«

»Nein!« Milos bekam kaum noch Luft: die Furcht schien die Atemmaske zu verstopfen, ihn zu ersticken. »So ist es nicht!« Wenn die Amnion das glaubten, war er am Ende, *erledigt.* »Das ist nur 'n Test gewesen, ich wollte nachprüfen, ob er meinen Codes gehorcht. Ich habe Ihnen doch noch gar nicht erzählt, warum ich hier bin. Alles war 'ne Lüge. Ich dachte, es wär wahr, aber es war erstunken und erlogen. Sobald ich herausgefunden habe, was die Wahrheit ist, bin ich sofort zu Ihnen gekommen.«

»Was ist die Lüge? Was ist die Wahrheit?« Vestabule berührte die Seite seines Schädels. »Der Kassierer verleiht der Forderung nach Ihrer Auslieferung starken Nachdruck. Er deutet die Einschätzung an, daß Ihre Anwesenheit bei uns gegen die mit ihm eingegangenen Vereinbarungen verstößt. Wie sonst als durch die Erfüllung seiner Ansprüche sollen wir ihm antworten können, wenn wir nicht verstehen, was Sie zu uns geführt hat?«

Tut das nicht! Milos fuchtelte mit den Händen, als

hätte er vor, auf den Knien um die Gelegenheit zum Erklären zu flehen. Überlaßt mich bloß nicht ihm!

»Ich weiß nicht, wie weit sie geht«, schnaufte er eindringlich. »Die Lüge, meine ich. Es kann ein Zusammenhang mit der geplanten Vernichtung dieser Station bestehen, aber es muß nicht unbedingt so sein. Alles was ich weiß, ist, daß die Sache irgendwie mit Morn Hyland zusammenhängt, der Frau, die Nick Succorso Ihnen übergeben hat. Davies Hylands Mutter. Ich habe Sie über sie informiert ... Schon vor längerem. Sie ist VMKP-Mitarbeiterin. Sie ist Leutnantin der Operativen Abteilung.«

»Nick Succorso hat davon nichts erwähnt«, bemerkte Vestabule emotionslos. »Ihre Id-Plakette hat er uns bei ihrer Ablieferung vorenthalten.«

Womöglich hätte Milos den Worten Vestabules einen Hinweis entnehmen können, die Andeutung einer Überlebenschance; doch seine Furcht schwächte zu sehr sein Konzentrationsvermögen. Getrieben von dem Druck auf sein Herz, redete er weiter, setzte seine Ausführungen fort.

»Sie ist in Thermopyles Gewalt gewesen, und er hat ihr, um sie für seine Zwecke zu gebrauchen, ein Zonenimplantat eingepflanzt. Aber Nick Succorso war scharf auf sie. Er nahm sie Thermopyle weg, als er von uns reingelegt wurde. Das war 'n Zugeständnis der VMKP an Succorso. Sie wissen doch von mir, daß er dann und wann für die Astro-Schnäpper tätig ist. Die VMKP hatte es auf Thermopyle abgesehen. Dafür hat man Succorso herangezogen, und er hat es für Morn als Gegenleistung getan.«

»Welcher Rückschluß ist daraus abzuleiten?« erkundigte der Amnioni sich, als wäre er völlig desinteressiert.

»Ich komme nun auf Thermopyles Programmierung zu sprechen.« Durch den Schweiß fühlten Milos' Hände sich schwammig an, faulig. »Ich *müßte* dazu imstande sein, ihn zu kontrollieren. Ich hätte sicherzustellen, hat man mir gesagt, daß er das verrichtet, wofür er nach Kassafort geschickt wird. Natürlich heißt das, ich muß seinen Auftrag kennen. Der Auftrag lautet, Thanatos Minor zu vernichten. Hashi Lebwohl ist der Leiter der gesamten Aktion. Er hat mir ausdrücklich eingeschärft – ganz *explizit* –, daß wir *keinen* Befehl haben, Morn Hyland zu befreien. Obwohl sie zur VMKP gehört. Obwohl Thermopyle sie wiederhaben will. Was das VMKP-HQ angeht, ist sie als Verlust abgeschrieben, gilt sie als tot. Thermopyle sollte sich überhaupt nicht mit ihr befassen. Und *ich* sollte garantieren, daß er sich genau an den vorgegebenen Rahmen des Auftrags hält…«

Es schien, als dämpfte die Atemmaske Milos' Empörung. Gerne hätte er gebrüllt, doch dafür mangelte es ihm an Luft.

»Begreifen Sie, was ich Ihnen über Thermopyle sage? In seinem Kopf wimmelt's von Z-Implantaten, und alle werden von einem Computer gesteuert. Seine Codes und Instruktionen hat man alle in einen Data-Nukleus geschrieben, so daß sie nicht modifiziert werden können. Ich kenne einige der Codes und kann ihn daher beeinflussen, aber was ihn tatsächlich zum Handeln zwingt, ist der Computer. An sich *kann* er keine selbstständigen Entscheidungen mehr treffen. Eigentlich ist es rein physisch unmöglich. Aber trotzdem *faßt* er eigene Entschlüsse. Er trifft Entscheidungen, die gegen seine Programmierung verstoßen… Gegen das, was man mir als seine Programmierung geschildert hat. Also muß er einen anderen Auftrag haben, als Sie gegenwärtig annehmen.«

Sich dessen unbewußt, rieb Milos die Hände immer kräftiger an den Oberschenkeln. »Es mag sein, daß Succorso irgendwelche Komplotte gegen Sie schmiedet – oder gegen den Kassierer –, aber bei Thermopyle ist es nicht der Fall. Seine Aktivitäten haben ausschließlich die Rückgewinnung Morn Hylands zum Ziel. Er hat Davies Hyland befreit, weil ihm von Succorso 'n Tausch angeboten worden ist, Davies gegen Morn. Er wußte nicht, daß längst Sie Morn Hyland haben. Aber jetzt plant er, sie sich von Ihnen zurückzuholen. Er behält Davies bei sich, und die beiden wollen versuchen, sie rauszuhauen. Verstehen Sie, was ich meine? Ich *sollte* die Gewalt über Thermopyle haben ... Aber ich bin von Hashi Lebwohl belogen worden. Auch Warden Dios hat mich angelogen.«

In dieser einen Hinsicht sind Sie getäuscht worden.

»Ich werde von ihnen bloß als 'ne Art von Strohmann benutzt. Thermopyle *kann* keine eigenen Entscheidungen treffen, folglich richtete er sich nach in seinem Data-Nukleus enthaltenen Instruktionen, nach Instruktionen, die man mir verschwiegen hat ... Nach Instruktionen, die es ihm ermöglichen, bei Bedarf meine Kommandocodes korrekturzusteuern.«

Seht ihr stockdummen Schleimbeutel denn nicht, daß wir hier allesamt den Astro-Schnäppern auf den Leim gehen?

Durch seine Wirbelsäule herauf stieg ihm Schwäche ins Hirn, machte sich im Kopf als neues Schwindelgefühl bemerkbar. Mit dem Druck der Handteller auf seinen Oberschenkeln versuchte er beides zu bändigen.

»Interessant«, sagte Marc Vestabule nach einem ausgedehnten Moment des Schweigens. »Tatsächlich erkenne ich an den Ereignissen zahlreiche Facetten, vielfältige Aspekte. Manche haben Sie erwähnt, andere dagegen nicht. Sind letztere Ihnen unbekannt, Milos Taverner, oder verbirgt Ihre Zurückhaltung noch weitere Wahrheiten?«

Der Schwindel schien Milos das Gehirn auszusaugen und nur trockenen, grauweißen Staub zurückzulassen. Er krallte die Finger in seine Beine, um nicht loszuschreien. »Welche ›weiteren Wahrheiten‹? Ich habe überhaupt keine Ahnung, worauf Sie anspielen.«

Für einige Sekunden blieb Vestabules Menschenauge so starr wie sein Amnionauge. »Ist Ihnen unbekannt«, fragte er, »daß Nick Succorso und Morn Hyland beide eine Eigentümlichkeit aufweisen, die sie für die VMKP einzigartig wertvoll machen muß?«

Einfältig starrte Milos den Halb-Amnioni an. »Was für 'ne Eigentümlichkeit?«

Mit seinem verkrusteten Arm vollführte Vestabule eine knappe Abwehrgebärde. »Beide sind immun gegen unsere Mutagene. Zweimal ist Morn Hyland die gleiche Verbindung verabreicht worden, die mich verwandelt hat. Trotzdem bleibt sie Mensch. Ähnlich ist es uns einmal mit Succorso ergangen. Leider fehlt es uns hier an der Ausstattung für die erforderlichen Forschungen. Wir können nur feststellen, daß diese Immunität bei Morn Hyland vorliegt. Aber zu ermitteln, worauf sie zurückgeht, ist uns unmöglich. Möchten Sie behaupten, Milos Taverner, davon nichts zu wissen?«

Jetzt schien der Rost weggefeilt worden zu sein. Nun klang Vestabules Tonfall nach blankem Eisen. »Wollen Sie behaupten, der Besuch Nick Succorsos in Station Potential hätte einen anderen Zweck gehabt, als diese Immunität zu erproben? Wollen Sie behaupten, der wirkliche Grund, weshalb er uns Morn Hyland überlassen hat, sei nicht gewesen, uns auf die Existenz dieser Immunität hinzuweisen und so darüber zu informieren, daß die Menschheit inzwischen über einen Schutz gegen unsere Mutagene verfügt – und uns auf diese Weise zu verdeutlichen, daß die Menschheit jetzt zum Krieg gegen uns bereit ist, wenn wir nicht von unseren Imperativen Abstand nehmen? Möchten Sie behaupten, daß der wahre Auftrag Angus Thermopyles nicht die Rückholung Morn Hylands sei, bevor wir Zeit zu ausreichenden Untersuchungen haben, ehe wir eine Gelegenheit finden, um die Natur oder den Ursprung ihrer Immunität zu ergründen?«

»Nein!« widersprach Milos sofort. »Ich will Ihnen

nichts dergleichen weismachen! Vielleicht ist alles wahr, was Sie da sagen. Soviel ich weiß, könnte es wahr sein. Aber *ich* bin gekommen, um Ihnen zu erzählen ...«

Plötzlich setzte sein Gehirn aus. Wie ein Anzeichen bevorstehender Erleuchtung fuhr ein schwarzer Blitz durch das blendend-grelle Flackern seiner Panik.

Es konnte alles wahr sein.

Warum hatte dann Hashi Lebwohl gelogen? Welchen Vorteil kann er darin gesehen haben, mir einzureden, Thermopyle hätte einen völlig anderen Auftrag, als man ihm tatsächlich erteilt hat?

Noch ein schwarzer Blitz.

Er kann nur einen Nutzen darin erblickt haben, wenn er mich schon durchschaut hatte.

Er hat mich belogen, weil er wußte, daß ich seine Lügen weitererzähle.

Und noch ein Blitz.

Er hat mich mitgeschickt, um mich loszuwerden. Er will, daß die Amnion für ihn die Drecksarbeit erledigen, wenn sie merken, daß das, was ich ihnen erzähle, unwahr ist.

»Ich bin zu Ihnen gekommen, um Ihnen mit allem behilflich zu sein, was ich zu bieten habe«, beteuerte Milos inständig, indem er nachgerade wie im Fieber vor sich hinjapste. »Ich habe mich zu Ihnen auf den Weg gemacht, sobald ich erkannt hatte, daß die Bullen lügen. Thermopyle hat einen absolut geheimen Auftrag erhalten.«

Zu gerne hätte er sich die Atemmaske heruntergerissen, die amnionische Luft seine Lungen verätzen lassen, bis sie ihm alle Furcht ausgesengt hätte. »Es hat was mit Morn Hyland zu tun. Er will sie Ihnen abjagen. Und er hat ihren Sohn dabei. Das ist es, weshalb ich hier bin. Das ist alles, was ich zu bieten habe ...«

Mit einer Ausnahme ...

»Aber wenn Sie mein Leben beschützen und mir

Beistand erweisen, kann ich ihm vielleicht in den Arm fallen. Und wenn das mir gelingt, ist es höchst wahrscheinlich, daß Sie sich Davies wieder greifen können.«

Milos handelte in äußerster Verzweiflung; er stand restlos am Nullpunkt. Eine nach der anderen waren seine Optionen und Hoffnungen zerschlagen worden. Ihm blieb nur noch diese eine, letzte Chance.

»Möglicherweise können Sie sich beide schnappen. Bei Thermopyle bringen Sie voraussichtlich keine Mutation zuwege. Sein Data-Nukleus wird ihn wohl töten, ehe er so was duldet. Aber es dürfte durchführbar sein, ihn zu untersuchen und alles über ihn herauszufinden. Und Sie hätten Davies, mit dem Sie dann anstellen könnten, was Ihnen paßt.«

Vestabule maß Milos gleichmäßigen Blicks; das Amnion blieb starr wie ein Grabstein, ungerührt von Milos' Flehentlichkeit.

»Ist das nicht *genug?*« rief Milos. *»Was verlangen Sie denn noch von mir?!«*

Marc Vestabule bewegte sich; verschob die Beine. »Milos Taverner«, sagte er im Klang kalten, blanken Stahls, »Sie mögen getrost Ihre Furcht ablegen. Durch sie gewinnen Sie nichts. Wir werden Ihr Leben bewahren. Sie sollen unseren Beistand genießen. Es ist keineswegs meine Absicht, Sie zu erschrecken, wenn ich sage, daß Ihre Nützlichkeit für uns sich erschöpft hat.«

Seine Menschenhand glitt in eine Tasche seiner Bordmontur.

»Wir diskutieren hier im Kontext von Konzeptionen, die kein Amnioni sich ohne äußerste Schwierigkeiten veranschaulichen kann. Für viele Angehörige meines Volkes sind sie vollständig unverstehbar. Selbst für mich liegen sie an den Grenzen des Begriffsvermögens. Dennoch ist es notwendig, sie zu begreifen. Während Sie im Dienst des KombiMontan-Sicherheitsdienstes und der Vereinigte-Montan-Kombinate-Polizei standen, haben Sie erwerbsmäßige Kontakte zu uns gepflegt, uns Ihr Wissen über sie gegen Kredit verkauft. Obwohl eine derartige Ambivalenz für uns nur schwierig nachzuvollziehen ist, müssen wir unterstellen, daß Sie umgekehrt gleicherweise gehandelt und ihnen Ihr Wissen über uns gegen Kredit verkauft haben.«

Nein! wollte Milos widersprechen. Aber nein, natürlich nicht! Doch Vestabules Alienblick hatte ihn unter seinem Bann; Vestabules wie Eisen harter Ton lähmte ihn unwiderstehlich.

»Nach den hier geschehenen Ereignissen«, ergänzte der Halb-Amnioni seinen Standpunkt, »hat diese Art der Beziehung zu Ihnen für uns seinen Nutzen verloren. Deshalb muß unser Verhältnis verändert werden. Zwischen Ihnen und uns, Milos Taverner, kann die Harmonisierung der Zwecke durch eine gegenseitige Erfüllung der Ansprüche erreicht werden. Sie beanspruchen Lebensrettung und Beistand. Dafür haben wir Anspruch auf Sie.«

Marc Vestabule zog eine Injektionsspritze aus der Tasche.

Die Spritze enthielt eine zähe Flüssigkeit, trüb wie Gift.

Milos schrie auf und sprang vom Stuhl hoch. Aber Vestabule hielt ihn mühelos zurück. Eine Amnionifaust packte Milos fest wie ein Flexistahlband; die menschliche Faust hieb ihn mit der Wucht einer Ramme in die Magengrube.

Die Furcht, mit einem Schlag so abgründig wie das Hyperspatium zwischen den Sternen, überwältigte Milos vollends, schockte seine Nerven. Von Krämpfen geschüttelt, während ihm die Neuronen nur so flimmerten, blieb er zu jeder Gegenwehr außerstande, während Vestabule ihm die Nadel der Spritze in den Unterarm stach und Mutagene in seine Adern injizierte.

ERGÄNZENDE DOKUMENTATION ÜBER WARDEN DIOS

AUSZÜGE DES PRIVATTAGEBUCHS
HASHI LEBWOHLS, DIREKTOR DER ABTEILUNG
DATENAQUISITION
DER VEREINIGTE-MONTAN-KOMBINATE-POLIZEI

(Die Einträge datieren mehrere Monate vor Angus Thermopyles Verhaftung durch den KombiMontan-Sicherheitsdienst)

... in keiner Beziehung wird das eigenartige und besondere Genie dieses Menschen offenkundiger als in seiner Behandlung der Angelegenheit des Intertech-Immunitätsserums.

Ich habe aus anderen Anlässen in früheren Einträgen die Feststellung getroffen, daß er mein Vorgesetzter ist, weil er die Eigenschaft des Charismas aufweist – die Fähigkeit, durch Inspiration Führungspersönlichkeit zu sein –, die mir ermangelt. In mancher anderen Hinsicht erachte ich ihn als mir lediglich ebenbürtig – den einzigen mir Ebenbürtigen in den heiligen Hallen unserer Bastion, des VMKP-HQ. Doch ich muß zugeben, daß mich die Bewältigung der Krise, die die Immunitätsforschungen Intertechs verursachten, mich mit erheblichen Problemen konfrontiert hätte. Weil es mir an Charisma fehlt, hätte ich unter Umständen – im Gegensatz zu ihm – nicht das erstrebenswerteste aller denkbaren Lösungen durchsetzen können ...

... ist die Sache schwierig zu erklären, weil ein Verständnis der Parameter ein Verständnis Holt Fasners erfordert, und eine Verdeutlichung der Motive Holt Fasners ist eine Herausforderung, die man nicht leichtfertig angehen kann. Spekulationen fallen nicht nur leichter, sondern sind auch nutzloser als wahre Einsichten.

Beispielsweise ließe sich die Möglichkeit in Betracht ziehen, daß das allgemein verbreitete Bild des Drachen Ungenauigkeiten hat. Natürlich meine ich nicht das simple Bild vom schwerreichen, dominanten, glanzvoll erfolgreich und darum unentbehrlichen Wirtschaftsführers, das sich die Öffentlichkeit von ihm macht. Vielmehr denke ich an die Wahrnehmung solcher Personen, die sich gewöhnlich unter der Oberfläche der vorstehend umschriebenen Betrachtungsweise versteckt – nämlich die Sicht, daß er ein von purer Habgier getriebener Mann ist, den die Habsucht dazu verleitet, um des Profits der VMK willen im Konflikt mit den Amnion den gesamten Human-Kosmos zum Spieleinsatz zu degradieren.

Oder ich könnte statt dessen spekulieren, daß seine Gier sich nicht auf finanziellen Erwerb richtet, sondern ihm nach Macht steht – daß ihn der Drang nach Vergöttlichung bewegt, das Bestreben, unwiderruflich den Rang eines unanzweifelbaren und unaustauschbaren, für das Wohl und Wehe der ganzen Menschheit verantwortlichen Schicksalslenkers einzunehmen. Und ich würde hinzufügen, daß alles ehrgeizige menschliche Trachten nach Göttlichkeit vergeblich bleiben muß, solange die Amnion und der Tod existieren. Zuletzt dürfte ich dann die Schlußfolgerung ziehen, daß es eben dieser unbehebbare Mißstand ist, der sowohl für Holt Fasners Machtgier den Beweis abgibt wie auch seine Fähigkeit untergräbt, sie in vollem Umfang auszuüben.

Aber was habe ich erreicht, wenn das alles ausgesprochen ist? Habe ich Licht ins finstere Herz des Drachen geworfen, der da in seiner Höhle lauert? Habe ich dadurch eine der Entscheidungen, eine der Handlungen, die ihm Zusammenhang mit ihm zu treffen, zu veranlassen sind, irgendwie beeinflußt? Das ist nicht der Fall. Ich habe nur ein spekulatives Denkmodell zu meiner eigenen Erbauung und zu meinem eigenen Amüsement konstruiert …

…einmal angenommen, daß die allgemeine heimliche Ansicht, Holt Fasner sei durch ordinäre Erwerbstüchtigkeit an sein Schicksal gekettet, richtig ist – daß alle seine großen Befähigungen und bedeutenden Errungenschaften ausschließlich dem langweiligen Ziel dienen, uninteressante Mengen von Reichtum zu raffen. Hat das zwangsläufig zur Folge, daß man auch das damit korrespondierende, ebenso allgemein geläufige Bild Warden Dios' als lediglich vollkommenen Werkzeugs des Willens Holt Fasners akzeptieren muß? Daß er wahrhaftig gleichzeitig hinlänglich brilliant und geistlos ist, um Holt Fasner ohne Berücksichtigung eigener Wünsche und Bedürfnisse allzeit treu dienen zu können? Daß es ihm sowohl an den grundlegendsten, doch durchaus bekannten und geduldeten menschlichen Schwächen fehlt, wie auch an Skrupeln und Ambitionen?

Sicherlich nicht. Es gilt als Axiom, daß Brillanz und Geistlosigkeit nicht koexistieren können, daß Ehrgeiz ohne Skrupel exponentiell metastasiert. Holt Fasner kommt dafür als Beispiel in Frage. Daraus ergibt sich so natürlich, wie der Mensch Schmerz fürchtet, daß Warden Dios kein Werkzeug des Drachen ist, sondern ganz im Gegenteil sein geborener Feind.

Genau darin liegt die Erklärung dafür, daß er vom Drachen als VMKP-Direktor ausgewählt worden ist. Wie ließe sich ein geborener Gegenspieler besser neutralisieren, ja sogar für die eigenen Zwecke verwenden, als wenn man ihn an sich bindet, ihn in die sich geschaffenen Strukturen integriert, in die eigenen Verhältnisse und Umstände einbezieht, so daß er niemals etwas zu seinen Gunsten unternehmen kann, ohne seinem Gegner dienlich zu sein.

Selbstverständlich ist das ein Paradoxon – eine ebenso nützliche wie riskante Taktik –, weil es ausgeschlossen ist, daß Warden Dios' und Holt Fasners Bedürfnisse und Ambitionen jemals übereinstimmen.

Intertechs Immunitätsforschungen machen dies Postulat nur allzu deutlich.

Einmal unterstellt, Warden Dios sei ein zweiter Holt Fasner – weniger weit gekommen bei der Befriedigung seiner Machtgier, aber auch weniger beschränkt in seinen Möglichkeiten, sie auszuüben –, doch auf alle Fälle ein zweiter Drache. Eben weil sein Machtgelüst weniger befriedigt, allerdings auch weniger eingeschränkt ist, kann er sich nicht auf die Bestrebung verlegen, seinen nominellen Herrn abzulösen. Doch welches Ventil bietet sich sonst für seinen Ehrgeiz? Für welche Bedürfnisse oder wichtigen Belange soll er seine Brillanz einspannen? Und wie kann seine natürliche Feindschaft zum Drachen – und dieser Aspekt darf auf gar keinen Fall vernachlässigt werden – sich Ausdruck verschaffen?

Vielleicht indem er sich stärker mit der VMKP als mit den VMK identifiziert. Indem er der VMKP eine Bedeutung beimißt, die er der größeren, jedoch weniger spezifisch orientierten Domäne des Drachen abspricht. Indem er gleichermaßen den erklärten Daseinszweck und die Zweckbeschränktheit der VMKP auf Kosten Holt Fasners und der VMK affirmativ aufwertet.

Nun bedenke man den Vorgang mit dem Immunitätsserum.

Als sich ein Erfolg der Intertech-Forschungen abzeichnet, empfindet der Drache es augenblicklich als Bedrohung. Kann die Menschheit gegen Mutagene immunisiert werden, schwindet die Amnion-Gefahr. Folglich würde die Unentbehrlichkeit der VMKP – und damit Status und Ansehen der ihr übergeordneten VMK – in gleichem Maß verringert. Dadurch verlöre die Logik, die die VMK zur einzigen für die Abwicklung des Alien-Handels und die Erschließung der damit erwerbbaren Reichtümer zuständigen Instanz erhebt, ihre syllogistische Unausweichlichkeit.

Sofort will der Drache die Forschungen unterdrücken. Seines Erachtens müssen sie abgebrochen werden, bevor sie zu einem Mittel ausarten, das seine Herrschaft über den Human-Kosmos aushebelt.

Soviel ist vorhersehbar und bedarf kaum eines Kommentars.

Aber das bemerkenswerte ist: Wie reagiert Waren Dios?

Ergeht er sich, wie ein kleinkarierter Mensch es täte, in Ausbrüchen der Selbstgerechtigkeit? Fällt er Skrupeln oder Anwandlungen des Kleinmuts zum Opfer? Opponiert er offen oder privat gegen seinen vermeintlichen Herrn und Meister?

Er tut nichts dergleichen.

Statt dessen überzeugt er den Drachen davon, daß die Intertech-Forschungen im geheimen fortgesetzt werden müssen – und zwar unter meiner Obhut. Er bietet sein beträchtliches Talent zur Beredsamkeit und die Gabe des Charismas auf, um dem Drachen einzureden, daß ein Immunitätsserum, bliebe es geheim, ein unvergleichliches Machtinstrument wäre. Er stützt seine Argumentation keineswegs auf die Aussicht, ein derartiges Serum könnte den Schutz der Menschheit gewährleisten. Vielmehr unterbreitet er den Vorschlag, nicht das Serum selbst, sondern das Wissen um sein Vorhandensein als Waffe gegen die Amnion zu verwenden. Wenn man ihnen die Existenz des Serums, führt er an, ›ruchbar‹ werden läßt – eine odiöse Vokabel –, bekämen die Amnion im Umgang mit uns mehr Respekt. Außerdem sähen sie sich in ihrem Argwohn gegen die Menschheit bestätigt und würden gleichzeitig in ihrer Kapazität geschwächt, nach Maßgabe ihres Mißtrauens zu handeln. Und diese Entwicklung wiederum müßte zur Absicherung des Status der VMK als einziger Vermittlerin zu den Aliens etc. beitragen.

Wie könnte der Drache so verlockendem Zureden widerstehen? Die Vorteile dieses Vorgehens sind zu offensichtlich, als daß sie sich leugnen ließen. Der gegenwärtige Zustand gespannter, aber inaktiver Feindschaft zwischen der Menschheit und den Amnion wird zementiert. Die VMK-Profite werden maximiert. Und Warden Dios' verläßliche Tauglichkeit als Werkzeug Holt Fasners wird glaubhaft unter Beweis gestellt. Seine natürliche Feindschaft gegen den Drachen wird durch die anscheinmäßige Anpassung an die Geringschätzung des Drachen für die Menschheit anscheinend entschärft. Wieder einmal triumphiert Holt Fasners Habgier über Warden Dios.

Also erteilt der Drache unvermeidlich seine Zustimmung. Ich erhalte die Aufsicht über die Intertech-Forschungen, um sie vollenden und das Serum nach meinem Belieben einzusetzen – und Warden Dios' Gutdünken.

Und dadurch wird die allgemeine Auffassung, Warden Dios sei ausschließlich die verkörperte Verlängerung von Holt Fasners Willen, überzeugend bestätigt, oder nicht?

Ich glaube nicht.

Man beachte einmal, wie außerordentlich günstig das Resultat aus der Warte der VMKP ist. Sicher hat der Drache bekommen, was er wollte – eine unermeßliche, letzten Endes jedoch bedeutungslose Befriedigung seiner Habsucht. Aber die viel signifikanteren und in der Praxis effektiveren Vorteile sind ausnahmslos der VMKP zugefallen. Wir haben das Serum, nutzen es sowohl zur eigenen Sicherheit wie auch zur Abschreckung unserer Alien-Gegenspieler. Die Risiken schon eingeleiteter Operationen werden gemindert. Risiken künftiger Aktionen werden tragbarer. Wir können die defensiven Maßnahmen der Amnion beinahe nach Laune manipulieren. Die Folgen des gänzlich naturgegebenen und verständlichen Hangs der Menschheit zum Freibeutertum werden minimiert. Wir haben ein Bollwerk gegen unsere Ausnutzung durch Politiker erlangt, sind durch die bloße Existenz unserer Geheimnisse gegen unprofessionelle Einmischung geschützt. Nur das Ressort Öffentlichkeitsarbeit leidet unter der Bürde der Geheimhaltung, aber Menschen wie Godsen Frik sind nun einmal zum Leiden auf der Welt. Sowohl die Operative Abteilung wie auch die Abteilung Datenaquisition werden dagegen gestärkt.

All das hat Warden Dios zustandegebracht – und zu welchem Preis? Ohne jeden nennenswerten Aufwand, ausgenommen zu dem freudig zugestehbaren Preis, dem Drachen die Aufrechterhaltung seiner Illusionen zu gestatten. Und jedes Scheitern des Anspruchs auf Göttlichkeit beruht auf irgendwelchen Illusionen – muß darauf beruhen. Somit ist sowohl Holt Fasners Machtlust befriedigt wie auch seine Fähigkeit unterminiert worden, die Macht auszuüben – durch seinen unverzichtbarsten Untergebenen und allernatürlichsten Feind …

… da ich persönlich keinerlei Skrupel kenne, zögere ich nicht, mich selbst als Genie einzustufen. Allerdings bin ich vorsichtiger, wenn ich erwäge, anderen eine solche Anerkennung zu gewähren …

… aufgrund eines Coups wie der klugen Instrumentalisierung der Intertech-Immunitätsforschungen sowie ungezählter anderer Meisterleistungen stelle ich kategorisch fest: Warden Dios ist ein Genie.

GODSEN

Godsen Frik saß in seinem Büro und starrte in den Text der Befehle, die er soeben erhalten hatte. Während er den offiziellen Computerausdruck zum drittenmal las, versuchte er sich einzureden, er empfände keine Furcht.

Derartige Dinge dürften ihm einfach nicht geschehen. Was war der Nutzen des Vorteils, Holt Fasners Schützling zu sein – was halfen ihm seine Bemühungen, den Vereinigten Montan-Kombinaten ebenso nützlich wie der Vereinigte-Montan-Kombinate-Polizei zu sein –, wenn ihm trotzdem *so etwas* passieren konnte?

Woher nahm Warden Dios bloß den Nerv? Begriff er denn überhaupt nicht, daß Holt Fasner sein *Chef* war – daß der Drache ihn schlicht und einfach *hinauswerfen* konnte?

Aber sollte Dios ihm, Godsen, vorher kündigen, und der Drache dachte gar nicht daran, für den Direktors des Ressorts Öffentlichkeitsarbeit den VMKP-Polizeipräsidenten zu opfern …

Das war die Eventualität, auf die Godsen sich momentan konzentrierte, um nicht an die Gründe seiner eigentlichen Furcht zu denken. Ein Mann, den die VMKP wegen Insubordination gefeuert hatte – oder Schlimmerem –, gab kaum einen geeigneten Aspiranten ab, um Nachfolger Abrim Lens als Vorsitzender des Erd- und Kosmos-Regierungskonzils zu werden. Dann wäre all sein Ehrgeiz, ganz zu schweigen von seinen langen Jahren der Geduld und der Arschkriecherei, vergeblich gewesen.

Die übrigen Möglichkeiten empfand Godsen als viel zu beunruhigend, um nur daran zu denken.

Was sollte werden, falls dieser Treibsand aus Intrigen und Gegenintrigen sich als für ihn zu ausgedehnt erwies, als zu hinterfotzig und gefährlich? Wenn er nun darin versank? Hinausgeschmissen zu werden, könnte er überleben. Selbst wenn man ihn auf Holt Fasners Weisung feuerte, würde der Drache ihn nachträglich diskret dafür entschädigen. Aber wenn alle diese Machenschaften ihn statt dessen das Leben kosteten?

Die neuen Befehle waren lebensbedrohlicher Natur. Godsen erkannte, daß sie eine Reaktion auf den gegen Sixten Vertigus gerichteten Anschlag darstellten. Ehe dieser Wirrwarr aus Lügen und Verrat entheddert war, blieben Menschen auf der Strecke. Irgendwo hatte man aufgrund irgendwelcher Erwägungen befunden, daß der Einsatz Tote lohnte.

Godsen Frik hatte keine Lust, zum Schluß auch auf der Verlustliste zu stehen.

Als stünde er unter einem Bann, las er den Textausdruck noch einmal, um zu verhindern, daß er sich der Frage zuwandte, ob seine Holt Fasner auf Warden Dios' gelegentliche Kosten gehaltene Treue für den unbekannten Wahnsinnigen Anlaß genug sein könnte, um ihm den Tod zu wünschen.

Oder ob er Dios' so sehr mißtraute, daß er sich dazu durchrang, den VMKP-Polizeipräsidenten als Wahnsinnigen zu bezeichnen.

Die Befehle waren nicht näher erläutert, jedoch auch für sich besehen vollkommen klar. Bis zur Erteilung gegenteiliger Order hatte Godsen Frik, Direktor des Ressorts Öffentlichkeitsarbeit der Vereinigte-Montan-Kombinate-Polizei, im VMKP-HQ zu bleiben.

Was wollte Dios damit erreichen? Dagegen vorbeugen, daß Godsen in nächster Zeit einen seiner sporadischen Abstecher zu den Fleischtöpfen der Erde unternahm – Godsen hatte an solchen Ausdrücken Gefallen –, wo er vermutlich ein leichtes Ziel wäre? Wenn Godsen ehrlich war, sah er darin keine besondere Härte. Im Ressort Öffentlichkeitsarbeit wimmelte es von attraktiven Frauen – dafür hatte Godsen so gut gesorgt, wie es sich für den zuständigen Direktor gehörte –, und ein paar davon betrachteten aus eigenen Gründen umgekehrt sogar ihn als attraktiven Mann. Zwar fehlte es ihnen an der verführerischen Außergewöhnlichkeit der irdischen Fleischtöpfe, aber auf alle Fälle waren sie Frauen. Bei einigen von ihnen mußte sich der Aufwand auszahlen, ihnen etwas beizubringen.

In der Freizügigkeit auf das VMKP-HQ beschränkt zu sein, bedeutete in gar einer erkennbaren Hinsicht eine Härte. Godsens Quartier war in genau dem Maß luxuriös, das seinem Selbstwertgefühl entsprach, auf eine Weise, die andeutete, daß er Wohlstand und Status gewöhnt, allerdings nicht ihr Sklave war; geräumige Zimmer standen ihm zur Verfügung, ausgestattet mit dezenter Kunst, geruhsamen Hologrammen, aber auch Computer- und Datenterminals sowie Sichtschirmen, möbiliert mit teuren, jedoch schlichten Teppichen, mit gediegenen Sofas, Sesseln, Tischen und Betten. Und sein Büro war nur spartanisch im Vergleich zu dem offiziellen Prunkbüro, das Warden Dios ausschließlich bei öffentlichen Anlässen benutzte. Er konnte alle Aufgaben seiner Funktion von seinem jetzigen Sitzplatz aus erledigen: Bulletins verfassen, Videokonferenzen veranstalten, Neuigkeitenjäger abblitzen lassen oder informieren, die ›Stimmen‹ im EKRK einzeln oder gemeinsam, durch verschlüsselten Richtstrahlfunkspruch oder Satellitenverbindung instruieren, die Politik seiner Direktorenkollegen unterstützen oder ihr entgegenwirken.

Warum also hatte er das Gefühl, in einer Falle zu sitzen? Weshalb hatte er einen *solchen* Schiß?

Weil soviel auf dem Spiel stand. Natürlich. Sicher

war das der Grund. Man hatte Angus Thermopyle auf Kassafort losgelassen. Unter der Aufsicht niemand anderes als – um Himmels willen! – Milos Taverners. Und explizit ohne Befehl, Morn Hyland zu befreien. All das war schon genug zum Kotzen. Aber Dios' skandalöse Videokonferenz mit dem EKRK hatte alles noch verschlimmert. Für das Ressort Öffentlichkeitsarbeit war sie der reinste Alptraum gewesen, ein Skandal, den man unmöglich unter den Teppich kehren konnte. Rücksichtlos hatte Warden Dios auf den sogenannten moralischen Prinzipien der ›Stimmen‹ herumgetrampelt. Seitdem hatte Godsen vier Anrufe Maxim Igensards, *fünf* Vize-Konzilsdeputierter Carsins und zwei Abrim Lens erhalten – und nicht einen dieser Anrufe entgegengenommen, weil er einfach nicht wußte, was er sagen sollte.

Und das Attentat NEIN *auf Sixten Vertigus* NEIN *hat alles noch VIEL schlimmer gemacht* GAR NICHT DARAN DENKEN. Bloß nicht daran denken.

Es wäre leichter, mit den Anrufern zu sprechen, als darüber nachzudenken.

Die Freizügigkeit beschränkt aufs VMKP-HQ.

Mit einem Mal befiel Godsen die feste Überzeugung, daß es das einzige vorstellbare Mittel sein mochte, um den Schaden für die VMKP – und letzten Endes Holt Fasner – zu begrenzen, zur Erde zu fliegen und Igensard, Carsin und auch dem guten, alten Fossil Sixten Vertigus einen persönlichen Besuch abzustatten. Im Gespräch von Mensch zu Mensch gelang es vielleicht, ihre Hysterie zu beschwichtigen, ihnen mit salbungsvollen Worten die überspannten Standpunkte auszureden; ihnen gewissermaßen den Schweiß der Paranoia von der Stirn zu tupfen. Mit persönlichen Auftritten leistete Godsen stets die optimale Überzeugungsarbeit. Jedes technische Medium, auch die Videoverbindung, minderte den Charme, der ihn für seine Position so einmalig geeignet machte, verringerte den Effekt seiner Fähigkeit, hauchzarte Schleier der Illusion zu spinnen und als substantielle Faktoren auszugeben.

Daß Warden Dios allem Anschein nach dahin tendierte, auf diese kaputte Art und Weise *seppuku* zu begehen und dabei den Direktor seines Ressorts Öffentlichkeitsarbeit mit in den Untergang zu reißen, war schlichtweg unerträglich.

Durchdrungen von Furcht und Ängsten, die er beharrlich zu leugnen versuchte, erschrak Godsen unwillkürlich, als sein Interkom-Apparat läutete. Er ließ den Textausdruck fallen, als wäre das Papier heiß, hätte er sich daran die Finger verbrannt. Seine Hand zitterte, als er die Interkom einschaltete.

»Ja?«

»Direktor Frik, Holt Fasner ist am Apparat.«

Godsen hatte seine Sekretärin ausgesucht, weil sie die Art von einschmeichelnder, klangvoller Stimme hatte, die bei Neuigkeitenjägern – wie Godsen es formulierte – Lustträume hervorrief. Er haßte die Frau und ihre Stimme aus tiefstem Herzen.

Doch er verbarg seine Abneigung vollständig. »Stellen Sie durch, meine Liebe«, sagte er mit patriarchalischem Gebrummel. »Man läßt die Großmächtigen nicht warten.«

»Ja, Sir.«

Sofort knackte einer der Lautsprecher auf seinem Schreibtisch; es handelte sich um die Verbindung, die er für die geheimsten Kontakte verwendete.

»Godsen ...« Fasner nannte den Namen nicht im Frageton. Und den eigenen Namen erwähnte er gar nicht. Es wäre auch überflüssig gewesen: Godsen hätte seine Stimme im Schlaf erkannt. »Was, zum Teufel, geht da zur Zeit vor? Unser EKRK-Stimmvieh scheißt sich schier in die Hose.«

»Mr. Fasner, Sir, ich bin ganz froh darüber, daß Sie anrufen«, schwadronierte Godsen augenblicklich drauflos, während sein Gehirn noch fieberhaft auf den ersten sinnvollen Satz der Unterhaltung hinarbeitete. »Ich wollte mich gerade selbst bei Ihnen melden. Ich befasse mich im Moment mit einem Bericht über …«

»Ersparen Sie mir den Quark«, erwiderte der Drache. Seine Stimme hatte einen unpassend freudigen Klang. »Erzählen Sie so was, wo's uns was nutzt. Hätten Sie mit mir reden wollen, wäre ich längst von Ihnen angerufen worden. Sagen Sie mir lieber die Wahrheit. Also, ist eigentlich die Hölle los, oder was?«

Bei Godsen wurden alte Reflexe wirksam. »Könnten Sie die Frage etwas genauer fassen?« fragte er, als säße er an einem Rednerpult vor den feindselig gestimmten Teilnehmern einer Pressekonferenz. Echte Würde brachte er momentan nicht auf, aber immerhin konnte er jederzeit einen förmlichen, gereizten Tonfall anschlagen. »Offen gestanden, es ist in mehrfacher Beziehung die Hölle los. Über welchen dieser Vorgänge möchten Sie als erstes sprechen?«

»Ach, hören Sie auf.« Man hätte meinen können, daß Fasner sich köstlich amüsierte. »Sie wissen genau, wovon ich rede.«

Innerlich einer Nervenkrise nahe, klammerte Godsen sich an seine Reflexe. »Da fällt mir sofort der Anschlag auf Kapitän Vertigus ein, Sir. Legen Sie Wert darauf, meine offizielle Verlautbarung über Beharrlichkeit und Zielstrebigkeit der VMKP-Ermittlungen zu erfahren? Oder wünschen Sie vielleicht meine Bemerkungen über die Effizienz des EKRK-Schutzdiensts zur Kenntnis zu nehmen? Mehr habe ich nämlich leider nicht zu bieten. Nur die Operative Abteilung oder Polizeipräsident Dios könnten mehr wissen, aber falls es sich so verhält, haben sie mich uninformiert gelassen.«

»Mann, Mann, Sie sind ja heute in Höchstform«, spottete Fasner. »Fast könnte man glauben, man hätte den Kaze zu Ihnen geschickt.« Ohne Übergang verfiel seine Stimme in ein Knurren. »Nein, das ist es *nicht*, wovon ich spreche.«

Godsen fuhr zusammen. Was blieb übrig? »Dann nehme ich an«, antwortete er so steif, als wäre er ein Pappkamerad, »Sie interessieren sich für die Videokonferenz des Polizeipräsidenten mit dem EKRK?«

»Gut erraten«, bestätigte Holt Fasner in schneidendscharfem Ton.

Godsen widerstand dem Drang, weitere Möglichkeiten aufzuführen. Damit hätte er den Drachen nicht abgelenkt. »Dann gehe ich davon aus«, sagte er statt dessen, »daß Sie schon wissen, was sich abgespielt, wer was zu wem geäußert hat, alles derartige ...«

Holt Fasner schwieg und wartete. Sein Schweigen erregte einen noch unheilvolleren Eindruck als seine Stimme.

»Ich nehme an, Sie möchten von mir hören« – für den Moment lenkte Godsen ein –, »weshalb der Polizeipräsident so gehandelt hat. Was er sich davon verspricht.«

Der Drache schwieg weiter.

»Mr. Fasner ...« Ohne dazu die Absicht zu haben, verstummte Godsen. Was konnte er noch sagen? Zumal über eine Kommunikationsverbindung, deren Benutzung man unvermeidlich irgendwo im VMKP-HQ aufzeichnete?

Ich glaube, Warden Dios hat den Verstand verloren.

Glänzende Stellungnahme.

Ich glaube, er versucht die Abteilung Datenaquisition zu sabotieren. Er ist zu zimperlich, als daß ihm Aktionen gefielen, wie wir eine gegen Thanatos Minor eingeleitet haben, er will erreichen, daß so etwas für die Zukunft verboten wird. Hashi Lebwohl hat nur mitgemacht, weil er in seiner Überkandideltheit vor lauter Bäumen den Wald nicht sieht.

Noch besser.

Ich glaube, er will *Ihnen* schaden, Mr. Fasner, Ihnen und mir, vielleicht sogar allem, wofür die VMK steht, und Gott weiß warum.

Nein, so etwas Fürchterliches durfte er unmöglich aussprechen. Allein eine solche etwaige Gefahr zu erkennen, wäre äußerst gefährlich.

Für den Drachen war es typisch, daß er um die Sicherheitsinteressen anderer Leute keinen Deut gab.

Godsen schluckte mühsam und fing von vorn an.

»Aber ich sehe, Mr. Fasner, Sie haben gar nicht den Wunsch, darüber mit mir zu diskutieren. Auf alle Fälle weiß ich wahrscheinlich sowieso keine Antworten. Der Polizeipräsident hat es vorgezogen« – selbst jetzt setzte sein Hang zum Rhetorischen sich durch –, »mich in dieser Angelegenheit nicht ins Vertrauen zu ziehen.«

Während Godsen schwitzte, blieb Fasner stumm. »Dann quasseln Sie nicht soviel«, entgegnete er schließlich mit unerwarteter Leutseligkeit. »Vermutlich haben Sie recht... Jedenfalls will ich es nicht auf diese Weise diskutieren. Schwingen Sie sich in ein Shuttle« – das war unmißverständlich ein Befehl – »und kommen Sie zu mir rüber.« *Zu mir* bedeutete nichts anderes als in die orbitale Konzernzentrale, die nur eine halbe Million Kilometer vom VMKP-HQ um die Erde kreiste. »Und zwar sofort. Sie können mir Ihren angeblichen ›Bericht‹ persönlich erstatten.«

Aus völliger Rat- und Hoffnungslosigkeit schien Godsens Verstand abzuschalten.

Sein Mund redete unentwegt – ob zu seinem Vor- oder Nachteil, mochte dahingestellt sein –, während sein Gehirn ihn im Stich ließ. Er konnte sich mit Leichtigkeit vorstellen, daß er sogar nach seinem Ableben noch weiterredete, den Flammen der Hölle pompöse Phrasen auftischte und derbe Standpauken hielt.

»Ich kann nicht, Sir«, antwortete er ohne nachzudenken. »Leider ist das vollkommen unmöglich. Ich käme, wenn ich könnte, das wissen Sie sicherlich. Aber wir sind hier in einer Ausnahmesituation. Ich muß mich hier mit einer Katastrophe nach der anderen befassen.

Mir blieb nicht einmal eine andere Wahl, als Anrufe des EKRK-Vorsitzenden abwimmeln zu lassen, können Sie das glauben? In der Minute, nein, in der *Sekunde,* sobald ich mich freimachen kann, bin ich umgehend bei Ihnen und ...«

»Godsen ...« Die Stimme des Drachen traf ihn wie der Hieb eines Eispickels. »Hören Sie mit dem Geschwafel auf. Benutzen Sie Ihr Gehirn und versuchen Sie's noch einmal.«

Er kannte seinen RÖA-Direktor einfach zu gut. Das war eine der Eigenschaften, die Godsen an ihm weniger schätzte.

Trotzdem schloß Godsen fügsam den Mund. Durch die Nase atmete er tief ein. Beim Ausatmen nahm er den Textausdruck der Anweisungen Dios' zur Hand, als könnte bloßes Papier ihn vor Fasners Mißbilligung schützen.

»Ich habe meine Befehle, Sir«, erklärte er etwas vorsichtiger. »Direkt von Dios. Ich muß bis zum Erhalt gegenteiliger Order im VMKP-HQ bleiben. Wenn ich es nun verlasse, ist er bestimmt nicht damit zufrieden, es als Insubordination einzustufen. Er wird's als Dienstvergehen bewerten.«

Holt Fasner stieß ein rauhes, belustigtes Lachen aus. »Und was glauben Sie wohl«, fragte er gedehnt, »als was ich es einstufe, wenn Sie sich weigern?«

Godsen Friks Herz stockte.

Da war es soweit. Ohne Vorzeichen, ohne Vorwarnung: die allesentscheidende Krise seines Lebens.

Auf einer Seite: alle seine Ambitionen, dazu die vielen Opfer, die er schon gebracht hatte, um sie zu verwirklichen – all die Scheiße, die er geschluckt, all der Haß und die Furcht, die er nicht hinausgespien hatte.

Auf der anderen Seite: sein Überleben.

Er glaubte durchaus, daß Holt Fasner sowohl die Möglichkeit wie auch den Willen hatte, ihn zum Vorsitzenden des Erd- und Kosmos-Regierungskonzils zu machen, der am meisten gehörten und gesehenen öffentlichen Persönlichkeit des Planeten Erde.

Allerdings glaubte er ebenso, daß Fasner keinen sonderlichen Gedanken daran verschwendete, ob Godsen Frik diese Förderung überlebte oder zwischendurch das Handtuch warf.

Er hegte die Überzeugung, daß Warden Dios ihn nicht leiden mochte und ihm mißtraute; nein, noch ärger, daß Dios ihn als Gefährdung ansah, als Krebs am reinen, unbefleckten Leib der VMKP. Vielleicht verhielt es sich sogar noch schrecklicher. Jetzt konnte er endlich daran denken, weil er sich inzwischen mit einer größeren Bedrohung konfrontiert sah. Er erachtete es nämlich als durchaus denkbar, daß Dios nicht mehr bei Verstand war; seine gefühlsmäßige Abneigung gegen die Doppelspiele und Manipulationsmethoden der Macht konnte mittlerweile ein so extremes Ausmaß erreicht haben, daß sie selbstzerstörerische Kräfte entfaltete.

Gleichzeitig war er davon überzeugt, daß Warden Dios seine Mitarbeiter mit der gleichen Dickköpfigkeit und Geschicklichkeit verteidigte, wie er sich für den Schutz der gesamten Menschheit betätigte.

Mit anderen Worten, er hielt Warden Dios sehr wohl für fähig, beruflich selbstmörderische Taktiken anzuwenden. Er hielt ihn für unfähig, Sixten Vertigus einen Kaze auf den Hals zu schicken; für dazu außerstande, im Interesse eigener Ziele Kapitän Vertigus oder Godsen Frik aufzuopfern.

Dagegen betrachtete er den Drachen als völlig unbegabt zum Suizid; und als unzweifelhaft fähig zum Morden.

Godsen hatte das Empfinden, als ob sein Kopf und der Magen sich in verschiedene Richtungen bewegten; das Gefühl, einer Ohnmacht nah zu sein. Bleischwere Übelkeit erfüllte seinen Leib; Schwindel umstrudelte sein Hirn.

»Sir, unterstellen wir einmal für einen Moment, was Sie wünschen, wäre durchführbar«, sagte er langsam, um Zeit zum Überlegen zu gewinnen. »Tun wir einmal so, als wären die Anordnungen noch nicht offiziell, wüßten die Shuttle-Crews und das Dockpersonal noch nichts davon, daß ich im HQ zu bleiben habe. Verlangen Sie von mir, einem direkten Befehl des Polizeipräsidenten der VMKP zuwiderzuhandeln?« Falls ja, will ich es dokumentiert haben. Wenn das wahr ist, dann will ich es beweisen können. »Wollen Sie mir sagen, es wäre Ihnen gleich, wenn er mich entläßt?«

Willst du mir sagen, ich sei entbehrlich?

Holt Fasner lachte gedämpft. »Nein, Godsen, ich sage nichts dergleichen. Sie haben mich bestimmt nichts derartiges äußern hören. Was ich Ihnen sage, ist folgendes. Wenn Sie sich nicht innerhalb von zehn Minuten entschieden haben – nicht mit dem Shuttle eingeflogen sind und mir persönlich Bericht erstatten –, ist es mir gleichgültig, was Sie anstellen.«

Der Lautsprecher knackte. Holt Fasners Stimme schien in der Schwärze der Gravitationsquelle zu verschwinden, die das VMKP-HQ an seinen Orbit band.

In einem Wutanfall erbitterter Bestürzung zerknüllte Godsen den Textausdruck seiner Befehle und schleuderte ihn an die Wand.

Das alles war Warden Dios' Schuld. Hätte er nicht die Regeln verändert, nach denen der RÖA-Direktor sein Leben organisiert hatte, wären Godsens Laufbahn, seine ehrgeizigen Bestrebungen und seine Existenz jetzt nicht in Gefahr. Mit voller Absicht – plötzlich war Godsen sich vollständig sicher, daß Dios vorsätzlich gehandelt hatte – zwang er ihn zur Entscheidung zwischen VMK und VMKP.

Herrgott noch einmal, *die VMKP gehörte zur VMK!* Das blieb der einzige klare Gedanke in Godsens konfus gewordenem Kopf. *Selbstverständlich* mußte er sich nach dem richten, was der Drache verlangte, und auf die Konsequenzen pfeifen. Andernfalls wäre alles, was er bisher erlitten und geleistet hatte, vergeblich gewesen.

Aber in dem Bleigewicht seiner Magengrube hielt sich der Glaube, ja das *Wissen,* daß Warden Dios niemals die Leute liquidierte, die er zu schützen geschworen hatte.

Wenn ein Kaze auf Suka Bator in die Konzilsdeputiertenbüros im EKRK-Komplex vordringen konnte, um einen Anschlag auf Sixten Vertigus durchzuführen, war niemand noch sicher. Godsen Frik mußte sich fragen, wem er mehr mißtraute, Warden Dios' Drang zum Selbstzerstörerischen oder Holt Fasners kannibalischer Menschenverachtung.

Die zehn Minuten waren fast verstrichen, als er endlich genügend Mut aufbrachte, um seine Sekretärin anzurufen.

»Die Kommunikationsabteilung muß das Gespräch aufgezeichnet haben, das ich vorhin mit Holt Fasner hatte«, sagte er zu ihr. »Geben Sie dort Bescheid, daß ich sofort einen Textausdruck auf Polizeipräsident Dios' Schreibtisch haben will, und zwar als *Blitz.* Ich will, daß er den Text unverzüglich liest.«

Seine Stimme zitterte nicht. Vielmehr klang sie sogar erheblich würdevoller, als er es je für möglich erachtet hätte.

Dieser kleine Triumph verlieh ihm genug Courage, um sich die ihm niedergeschriebenen Mitteilungen Lens, Igensards und Carsins anzusehen und sich darüber Gedanken zu machen, was er ihnen antworten könnte.

MIN

Auch Min Donner lagen neue Befehle vor. Ähnlich wie zuvor Godsen Frik fühlte sie sich mißbraucht, als wäre sie auf irgendeine Weise überrumpelt oder getäuscht, neutralisiert oder um etwas betrogen worden.

Wie vorher Frik saß sie in ihrem Büro und grübelte über den ärgerlich undurchschaubaren Befehlen, versuchte ihren Sinn und Zweck zu deuten.

Im Gegensatz zu ihm wußte sie allerdings, was sie zu tun hatte. Und sie hatte keine Furcht. Sie verspürte Zorn. Erschöpft, zerschlagen und nervlich zerschlissen, wie sie war, konnte sie mit nichts anderem mehr als Zorn reagieren.

Inzwischen hatte sich ihr Gehör erholt: das war eine positive Entwicklung. Abgesehen von einem leisen, hohen Singen im obersten Bereich des hörbaren Tonspektrums blieben die Geräusche und Stimmen, die in ihre Ohren drangen, gänzlich unverzerrt. Aber alles übrige …

Noch immer tat ihr von der Explosionswucht der Kaze-Bombe der ganze Körper weh. Für eine Zeitlang war der Schmerz zu einem gleichmäßig dumpfen Pochen abgesunken; Noradrenalin und Serotonin hatten es ihr erleichtert, ihn weitgehend zu ignorieren. Jetzt jedoch schwoll er wieder an, wurde stärker, der Körper forderte Aufmerksamkeit für seine Bedürfnisse. Min war, als hätte sie in Schultern und Hüften Arthritis; sie konnte sie kaum bewegen. Ihr Kinn schmerzte an den Seiten, als hätte sie tagelang mit den Zähnen geknirscht und beinahe die Kiefer ausgerenkt. Benommenheit und Verwaschenheit beeinträchtigten ihren Verstand, als wäre ihr Schädel rundum mit Polypropylen gepolstert worden. In unvorhersehbaren zeitlichen Abständen tropfte zu Mins größtem Ärger frisches Blut aus der Nase, offenbarte jedem in ihrer Umgebung ihre Schwäche.

Hätte sie sich nur einen Moment lang Zeit genommen, um über ihre Situation nachzudenken, wäre ihr aufgefallen, daß sie das letzte Mal geschlafen hatte, bevor Angus Thermopyle und Milos Taverner von Warden Dios abschließend instruiert worden waren; daß sie – außer eines ihr von der Crew des Shuttles nach Suka Bator abgetretenes Sandwich – seit längerem nichts mehr gegessen hatte. Doch um an solche Dinge zu denken, hatte sie keine Gelegenheit gefunden.

Schon das Attentat auf Sixten Vertigus hätte genügt, um ihre volle Beachtung zu beanspruchen. Aber sie brauchte auch Zeit und ebenso seelischen Freiraum, um die Tragweite ihrer Aussprache mit Warden Dios innerlich zu verarbeiten.

Leider erstreckte ihre Verantwortung sich nicht allein darauf …

Zudem stand sie vor einem Desaster ungeheuerlichen Ausmaßes.

Godsen Frik war tot. Vor kaum zwanzig Minuten hatte ein Kaze ihn zu Gulasch und Knochenstücken zerfetzt.

In den Korridoren rannten noch immer Männer und Frauen umher, verständigten sich durch Rufe und Gebrüll; machten Platz für die Schadensbekämpfungstrupps und Untersuchungsteams; fahndeten nach weiteren Kaze.

Mit einem Schlag herrschte im VMKP-HQ Großalarm. Zu spät.

Sie hatte den Eindruck, die Detonation noch jetzt zu hören, obwohl sie sich zu weit entfernt aufgehalten hatte, um mehr als einen unbestimmbaren Stoß durch die Wände und übrige bauliche Struktur der Station wahrzunehmen. Das Singen in ihren Ohren glich momentan eher einem Echo von Godsen Friks Tod als einem Nachhall des Mordversuchs an Kapitän Vertigus.

Sie war Min Donner, Direktorin der Operativen Abteilung. Auch die Sicherheit des VMKP-HQ fiel in ihre Zuständigkeit. Wenn im EKRK-Komplex ein Kaze zu den Konzilsdeputierten vordrang, traf sie daran keinerlei Schuld; doch es gab niemanden außer ihr, dem man die Verantwortlichkeit für Godsen Friks Ermordung beimessen konnte.

Wie viele Kaze mochten sich noch in der Station befinden? Wen oder was würden sie als nächstes vernichten?

Mittlerweile hatten Mins Mitarbeiter das Attentat bereits rekonstruiert, so gut es ging. Friks Sekretärin war durch umherfliegende Trümmer verletzt worden, war aber am Leben geblieben – und bei Bewußtsein. Sie hatte gegenüber Mins Sicherheitschef ausgesagt, bei ihr sei ein Kommunikationstechniker erschienen und hätte darum gebeten, den RÖA-Direktor sprechen zu dürfen. Weil das Ansinnen ihr sonderbar vorkam, hatte die Sekretärin sowohl seine Id-Plakette wie auch seinen Dienstausweis der Kommunikationsabteilung überprüft. Beide sahen echt aus. Und darüber hinaus hatten beide auch den Routinecheck durch den Sicherheitscomputer bestanden. Also rief sie Frik an. Vom RÖA-Direktor war sie angewiesen worden, den Techniker vorzulassen.

Fünf Sekunden, nachdem der Kaze die Tür hinter sich geschlossen hatte, zündete er den Sprengstoff.

Die Sekretärin hat ihre Pflicht erfüllt, konstatierte der Sicherheitschef. Man kann ihr keinen Vorwurf machen.

Ich mache ihr keinen Vorwurf, hatte Min geschnauzt. Nicht einmal Ihnen mache ich einen. Ich will nichts anderes, als von Ihnen wissen, wie es passiert ist.

Ich will wissen, ob es nochmals geschehen kann.

Es ist passiert, hatte der Sicherheitschef erklärt, weil sie nur eine Routineüberprüfung und keine komplette Recherche vorgenommen hat. So ist es bei der Kontrolle überall abgelaufen. Als er das Shuttle verließ, hat die Parkbuchtenwache ihn nur routinemäßig gecheckt. Vorher ist er vom Raumhafenpersonal lediglich im Rahmen der Routine überprüft worden. Und davor hat der EKRK-Schutzdienst ihn bloß mit Routinemaßnahmen einem Sicherheitscheck unterzogen, ehe er den Raumhafen betreten durfte.

Einen Moment mal. Der EKRK-Schutzdienst? Sie meinen, der Kaze ist von Suka Bator gekommen? Aus dem EKRK-Regierungsgebäude?

Ganz genau.

Min Donners Sicherheitschef schwieg, während die Direktorin vor sich hinfluchte. Danach hatte er seine Erläuterungen fortgesetzt.

Seine Id-Plakette war völlig in Ordnung. Alle EKRK-Kontrollimprägnationen waren korrekt, sämtliche Paßwort-Codes stimmten, alles im KMOS-Chip Gespeicherte war einwandfrei. Er hatte eine dienstliche Anweisung des EKRK-Kommunikationszentrums dabei, die besagte, er sollte sich in unserer VMKP-HQ-Kommunikationsabteilung melden. Auch sie hat jeder Überprüfung standgehalten, obwohl das EKRK-Kommunikationszentrum bestreitet, sie erteilt zu haben. So lange niemand mißtrauisch wurde, niemand eine komplette Recherche durchführte, hätte er, nachdem die Parkbuchtenwache ihn hereingelassen hatte, praktisch überall hingehen können.

Wie lauten die Ergebnisse der Komplettrecherche?

Nichts. Der Mann hat nie existiert. Ich meine, über ihn fehlen alle amtlichen Unterlagen. Seine Id-Plakette und sein Dienstausweis sind nie ausgestellt worden. Echt war die Id-Plakette ... Das soll heißen, die Daten passen zu dem, was das Labor bis jetzt anhand der Blutspuren und Gewebereste aus Friks Büro herausgefunden hat. Offiziell ist sie aber nie ausgegeben worden.

Wer war er wirklich? hätte Min am liebsten geschrien. Sie haben doch seine Gen-Daten. Wer *war* er? Aber eigentlich lief ihr Interesse nicht darauf hinaus. Es verstand sich von allein, daß der Sicherheitschef die Identität des Attentäters aufklärte. Doch ebenso sicher war, daß er voraussichtlich dadurch nichts Weiterführendes entdeckte. Auf der Erde entzogen sich jedes Jahr Tausende von Menschen der amtlichen Erfassung. Die Mehrzahl von ihnen zählte zu Gossengangs und hatte keinen Grund, um sich irgendwelche der Vorteile zu wünschen, die angeblich mit dem Dasein eines ordentlichen Mitglieds der Gesellschaft einhergingen.

Also stellte sie statt dessen eine andere Frage.

Sind wir denn hier auf einmal alle betriebsblind geworden? Sie hatte keinerlei Mühe aufgewandt, um ihren wutentbrannten Tonfall zu mäßigen. Lernen wir nicht mehr aus Erfahrungen? Es ist erst wenige Stunden her, daß ein Kaze versucht hat, Kapitän Vertigus zu killen. Seine Id-Plakette war unbedenklich. Er war durch jede Routinekontrolle gelangt. Aber durch eine Komplettrecherche wäre er enttarnt worden. Hat bei uns überhaupt niemand daran gedacht, daß es niemals nur *einen* Kaze gibt? Wo einer aufkreuzt, können jederzeit mehr folgen. Warum unterziehen wir nicht jeden einer Komplettrecherche, der den Fuß in diese Station setzt?

Der Sicherheitschef hatte sich wirklich geschämt. Trotzdem zuckte er mit keiner Wimper.

Weil ich nicht daran gedacht habe. Zehn Minuten nach dem Anschlag auf Kapitän Vertigus habe ich dem EKRK-Schutzdienst empfohlen, bei jedem eine Komplettrecherche vorzunehmen, der auf der Insel irgendeinen Kontrollpunkt passiert. Von da an bin ich davon ausgegangen, daß man jede Person, die von dort weggelassen wird, schon gründlich überprüft hat. Und ich habe wohl irgendwie auch angenommen, daß ein Attentat auf einen EKRK-Deputierten bedeutet, weitere Anschläge würden in demselben Umfeld erfolgen. Grimmig hatte der Sicherheitschef die Achseln gezuckt. Die Parkbuchtenwache hätte bei jedem auf Komplettrecherche bestanden, der woandersher als von Suka Bator gekommen wäre.

Einfach weil sie sich selbst mehr Vorwürfe als ihm machte, räumte Min Donner dem Sicherheitschef die Möglichkeit ein, seine Beschämung zu mildern.

Dann hat der EKRK-Schutzdienst uns im Stich gelassen.

Damit meinte sie, daß beim EKRK-Schutzdienst irgend jemand bestochen worden sei, den Kaze wissentlich ins Shuttle zum VMKP-HQ gelassen zu haben.

Der Verrat griff um sich.

Wie viele Kaze gingen inzwischen in der Station um?

Direktorin, hatte der Sicherheitschef widerwillig eingestanden, ich verstehe das nicht. Wenn jemand die Mittel hat, um aus Menschen Kaze zu machen, sie mit ordnungsmäßigen Identifikationen auszustatten und uns in die Station zu schleusen, warum verschwendet er dann den ganzen Aufwand fürs Ressort Öffentlichkeitsarbeit? Wozu denn? Was war an Godsen Frik so wichtig? Weshalb hat das Attentat nicht auf Sie stattgefunden, oder auf Warden Dios? Weshalb nicht auf die Stationszentrale, aufs Kommunikationszentrum oder die Datenbänke? Wieso nicht auf etwas, das für uns unverzichtbare Bedeutung hat, so daß wir dadurch wirklichen Schaden davongetragen hätten?

Aber Min Donner hatte, was das betraf, selbst keine

Ahnung. Im Gegensatz zu Kapitän Vertigus hätte Godsen Frik alles getan, was in seiner Macht stand, um das Trennungsgesetz zu hintertreiben.

Womit hatte Godsen sich gerade beschäftigt? fragte sie.

Zehn Minuten vor Eintreffen des Kaze hat er ein Gespräch mit Holt Fasner geführt. Mehr weiß ich nicht.

Der Drache, hatte Min düster gedacht. Godsen Friks Mentor und Nemesis. Wie hatte der RÖA-Direktor außer acht lassen können, daß Drachen ihre Diener unweigerlich irgendwann verschlingen?

Jeder im VMKP-HQ mußte letzten Endes verschlungen werden, wenn man hier nicht flugs dazu überging, sich besser als bisher zu schützen.

Passen Sie auf, ich will, daß Sie …

In seinem Bemühen, sein Selbstwertgefühl wenigstens in einigem Umfang wiederzugewinnen, war der Sicherheitschef ihr ins Wort gefallen.

Ich weiß. Komplettrecherche jeder Person, die per Shuttle bei uns eingetroffen ist, angefangen von den vergangenen vierundzwanzig Stunden bis mindestens einen Monat rückwirkend. Meine Mitarbeiter sind schon dabei. Und von jetzt an kommt kein Shuttle mehr näher als zwanzigtausend Kilometer, solange wir nicht über jede Person an Bord vollständigen Aufschluß haben. Und niemand darf einen sicherheitsrelevanten Teil der Station betreten, ohne vorher gründlich gecheckt zu werden.

Das war nicht genug, mußte aber genügen. Min war zu erbittert gewesen, um die Unterhaltung fortzusetzen, also hatte sie den Sicherheitschef an seine Aufgaben zurückgeschickt.

Es gab eine ganze Reihe von Gründen, aus denen sie auf sich selbst wütend war: Schmerz war ein Grund, ein Anzeichen ihrer Sterblichkeit, ausgerechnet zu einem Zeitpunkt, an dem sie ihre Bestform gebraucht hätte. Einen zweiten Grund gab das Gefühl ab, bei der

Pflichterfüllung versagt zu haben. Sie hätte die Notwendigkeit der Vorsichtsmaßnahmen, die ihr Sicherheitschef versäumt hatte, selbst erkennen müssen. Und sie sah einen dritten Grund: sie war über Godsen Friks Tod froh. Die schmierige Ratte hatte der VMKP, indem er mehr in den persönlichen Diensten des Drachen stand, statt sich als Warden Dios' pflichtbewußter Untergebener zu bewähren, geradezu unermeßliche Nachteile verursacht.

Weil sie so voller Wut auf sich selbst war, hätte sie die Ermittlungen nach den Urhebern dieser Kaze mit aller Beharrlichkeit, Intelligenz und Entschlossenheit geführt, die sie aufzubieten hatte.

Doch diese Wahl blieb ihr gar nicht. Sie hatte neue Befehle erhalten…

Sie lagen schriftlich vor ihr auf dem Schreibtisch, an dem sie saß und mit Erschöpfung, Schmerz und Verwirrung rang, als ob Furien sie heimsuchten. Dios' Anordnungen waren mit einer peniblen Genauigkeit niedergelegt worden, für die zwischen Min und dem Polizeipräsidenten lange keine Erfordernis bestanden hatte. Ebenso unmißverständlich klar wie effektiv hinderten sie sie daran, ihrer Pflichterfüllung so nachzugehen, wie sie es für angebracht hielt – nämlich durch Aufdeckung und Ausmerzung der verräterischen Verbrecher, die Kaze gegen EKRK und VMKP eingesetzt hatten.

Statt dessen zwang Dios sie dazu, die Untersuchung und alle sich daraus ergebenden Folgemaßnahmen ihrem Sicherheitschef sowie der seltsamen jungen Frau, die Hashi Lebwohl aus der Abteilung DA abgestellt hatte, zu überlassen. Lebwohl hatte ausschließlich tüchtiges Personal: das mußte Min einräumen. Und diese Frau war Expertin, behauptete Lebwohl, sie sollte die Herkunft von KMOS-Chips feststellen können, zurückzuverfolgen imstande sein, wo, wie und wann man bestimmte Chips fabriziert hatte. Diese Befähigung konnte sich als unschätzbar wertvolle Hilfe erweisen, vorausgesetzt allerdings, daß Partikel der Identifikation des Kaze die Explosion überdauert hatten und sich noch analysieren ließen. Dennoch verdroß es Min außerordentlich, von den Ermittlungen ausgeschlossen zu sein; es widerstrebte ihr zutiefst, damit Untergebene, für die sie die Verantwortung trug, und Experten, die Lebwohls verschlungene Prioritäten zu berücksichtigen hatten, betrauen zu müssen.

Es ging ihr aufs äußerste gegen den Strich, daß sie ausgerechnet jetzt das VMKP-HQ zu verlassen hatte.

Beabsichtigte Warden Dios sie zu beschützen, indem er sie aus der Schußlinie schickte? Versuchte er ihr Leben zu bewahren, damit sie einmal als VMKP-Polizeipräsidentin seine Nachfolge antreten konnte?

Oder wollte er sie aufgrund gänzlich andersartiger Erwägungen aus dem Weg haben? Weil er vielleicht befürchtete, es könnte ihr tatsächlich gelingen, den Ursprung der Kaze aufzuklären?

Die Befehle als solche vermittelten ihr auf diese Fragen keinerlei Antworten.

Oberflächlich besehen, waren sie ganz einfach. Min las aus dem knapp formulierten Text den dienstlichen Auftrag, das Kommando über das erstbeste abkömmliche VMKP-Kriegsschiff zu übernehmen und umgehend den im Tätigkeitsbereich der KombiMontan-Station befindlichen Asteroidengürtel anzufliegen. Unter Ausnutzung des Asteroidengürtels als Ortungsschutz sollte sie die künftigen Entwicklungen der Situation im Umkreis Thanatos Minors beobachten und entsprechend darauf reagieren.

In diesem Fall war ›das erstbeste abkömmliche VMKP-Kriegsschiff‹ die *Rächer,* ein Kreuzer der Skalpell-Klasse, der gerade erst von einer fast sechsmonatigen Piratenjagd jenseits des Kosmo-Industriezentrums Valdor zurückgekehrt war und gegenwärtig innerhalb der dem VMKP-HQ reservierten Tach-Übersprungszone in der Etappe lag. Mins Raumschiff war ein von Gefechten in Mitleidenschaft gezogener Veteran mit zusammengeschrumpfter Proviantierung und ausgelaugter Besatzung.

Sie sollte sich mit der *Rächer* Thanatos Minor nähern, so weit es möglich war, ohne die Grenze zum Bannkosmos zu überschreiten, und dann abwarten; warten und hoffen, daß sie, falls irgend etwas geschah, auf die richtige Weise eingreifen konnten.

Ohne Zweifel würden nachfolgende Funksprüche ihr mitteilen, was man unter ›entsprechenden Reaktionen‹ verstand. Trotzdem verstimmte es Min, daß die Befehle in *dieser* Hinsicht keine eindeutige Vorgabe enthielten. Sollte sie jene retten, die Josuas Aktion gegen Kassafort überlebten? Oder im Gegenteil sicherstellen, daß es keine Überlebenden gab?

Versuchte Warden Dios sie zu schützen, indem er ihre Fähigkeiten für so etwas verschwendete, oder hatte er einen besseren, weitergehenden Nutzen zum Ziel?

Bei der Vorstellung, daß es seine einzige Absicht sein könnte, es ihr zu ersparen, mit ihm ins Unheil gerissen zu werden, hätte sie am liebsten vor Wut aufgeheult.

Ist das alles, wofür er mich als geeignet ansieht? Hinter ihm, wenn er nicht mehr da ist, den Dreck wegzukehren?

Während sie sich die geröteten, entzündeten Augen und die pochenden Schläfen rieb, rief sie ihn an, um eine Antwort zu verlangen.

Trotz ihrer Verärgerung erschreckte es sie regelrecht, als sie ihn sofort an den Apparat bekam. Seine Bereitschaft, sich ihren Fragen – ihrer Herausforderung – zu stellen, verdutzte sie.

»Ihre Befehle liegen mir vor«, sagte sie ganz überflüssigerweise; und dann stockte sie schon. Sobald sie seine feste, sichere Stimme hörte, verflog ihre Fähigkeit, ihn ihren Zorn spüren zu lassen.

»Gut.« Aus dem Lautsprecher auf Mins Schreibtisch erweckte Dios den Eindruck der Unzugänglichkeit und Barschheit. »Wann können Sie mit der *Rächer* unterwegs sein?«

Für einen Moment verschwamm Min alles vor Augen; auch durch Reiben konnte sie den Blick nicht klären. »Das Schiff führt zur Zeit das Bremsmanöver durch. Sobald die Geschwindigkeit ausreichend verringert worden ist, fliegt es in die Tach-Übersprungszone. In fünfzehn Minuten steige ich in ein Shuttle und kann in zwei Stunden an Bord der *Rächer* sein. Dann brauchen wir nur noch zu beschleunigen und können in die Tach überwechseln.«

Alles was wir brauchen, ist ein überzeugender Grund. Eine Begründung, an die ich glauben kann.

»Gut«, sagte Dios ein zweites Mal.

Einen Moment lang schwieg er. »Aber darum haben Sie nicht angerufen, Min«, äußerte er gleich darauf mit leiserer Stimme. »Also rücken Sie damit heraus, was Sie stört. Voraussichtlich erhalten Sie sonst für längere Zeit keine Gelegenheit mehr.«

Ein neues Rinnsal Blut kitzelte Min Donners Oberlippe. Mit dem Handrücken wischte sie es weg. Plötzlich hatte ihr Unmut sich in Trauer verwandelt. Sie wußte nicht, wie sie den Abgrund zwischen sich und dem Mann, dem sie diente, überbrücken sollte.

Mit Mühe schluckte sie. »Während der ganzen Zeit, in der wir diese Operation geplant haben, ist von Ihnen nie die Absicht erwähnt worden, mich oder ein weiteres Raumschiff hinzuschicken«, gab sie zur Antwort. Der nächste Kaze könnte bei dir aufkreuzen. Es ist meine Pflicht, auf dich aufzupassen. »Was hat sich geändert?«

»Noch nichts«, erklärte Dios ohne Umschweife. »Aber es wird sich einiges ändern.«

Doch sofort schränkte er seine Auskunft ein. »Aber das ist nicht wörtlich zu nehmen. Was ich meine, ist nämlich, daß sich nichts geändert hat, was Thanatos Minor betrifft, aber sich offenbar hier manches ändert. Ich hatte nicht mit Kaze gerechnet« – in seinem Tonfall klangen Andeutungen des Mißmuts an – »und erst recht nicht erwartet, daß man mir Frik abserviert. Und außerdem« – er machte zwischen den Sätzen keine Pause – »hat sich eine Änderung ergeben, über die ich Sie noch informieren muß. Wir erweitern unser Kommunikationsnetz auf die stellare Region, die Sie anfliegen. Jede Kurierdrohne und alle Lauschposten, die wir haben oder noch zum Einsatz bringen können, wird auf den Empfang von Funkaktivitäten aus der Richtung Thanatos Minors eingestellt. Ich versuche, das K-Netz in dem Quadranten auf mehrere Kubiklichtjahre auszudehnen, auf eine so große Zone des Weltalls, wie sich momentan abdecken läßt, und trotzdem zu gewährleisten, daß der Nachrichtenverkehr mit dem HQ und umgekehrt eine Sache von Stunden bleibt. Es dürfte Ihnen also möglich sein, mit uns in Kontakt zu bleiben.«

Diese Information entgeisterte Min. Sie wußte nicht, was sie davon halten sollte. »Warden …« Warum war sie in dieser Situation so schwach, obwohl sie doch so verzweifelt stark zu sein wünschte? »Monatelang haben wir an der Vorbereitung der Aktion gearbeitet. Wenn Sie ein größeres Kommunikationsnetz wollten, weshalb haben Sie dann bis jetzt mit der Einrichtung gewartet?«

»Weil ich gar nicht derjenige bin«, antwortete er lakonisch, »der es will. Der Drache hat diese Idee gehabt. Er hat mit mir darüber gesprochen, gerade als bei Frik der Kaze aufgetaucht ist. Ein komischer Zufall« – sein Ton blieb sachlich – »könnte man sagen. Auf jeden Fall, er ist der Ansicht, die Operation würde allmählich zu knifflig. Er will den Schaden begrenzen können, falls was schiefgeht. Deshalb legt er gesteigerten Wert darauf, schnellstens zu erfahren, was geschieht, damit wir dazu in der Lage sind, rechtzeitig etwas zu unternehmen. Er hat angeordnet, alles ins K-Netz einzubeziehen, was uns zur Verfügung steht. Dafür hat er uns zusätzlich den Gebrauch aller Kommunikationsmittel der VMK gestattet. Ich glaube, er möchte sich« – noch immer blieb Dios' Tonfall neutral – »von dem distanzieren, was ich dem EKRK ins Gesicht gesagt habe.«

Min Donner nickte. Natürlich. Das Kommunikationsnetz zu erweitern, war Fasners Idee. Die Geheimhaltung des Anti-Mutagen-Serums war seine Idee gewesen. Kurz vor Godsen Friks Ermordung hatte er mit ihm gesprochen. Er sprach mit Dios, als Frik starb.

Fast neigte Min zu der Auffassung, daß weder sie noch der VMKP-Polizeipräsident wirklich existierten. Vielleicht waren sie beide lediglich Produkte der fiebrigen und raffgierigen Phantasie Holt Fasners.

»Warden, hören Sie zu.« Sie konnte es unmöglich länger aufschieben: sie mußte es sagen. »Ich bin Ihre Leibwächterin. Das ist Teil meiner dienstlichen Aufgaben. Was könnte sich auf Thanatos Minor ändern, das dermaßen wichtig ist, daß Sie mich deswegen dort hinschicken, anstatt mich hier mit der Kaze-Abwehr zu beauftragen?«

Lange bewahrte Dios Schweigen; so lange, daß Min mutmaßte, er hätte sich vom Interkom-Apparat entfernt, sie mit den leblosen Schaltkreisen allein gelassen. Aber dann hörte sie ihn durch das andauernde Singen ihres neuralen Rückkopplungseffekts seufzen.

»Vermutlich betrachten Sie als merkwürdig, was ich Ihnen nun sage.« Er klang so distanziert, daß Min sich mit Leichtigkeit vorstellen konnte, er unterhielte sich mit jemand anderem oder führte ein Selbstgespräch. »Aber ich habe nicht vor, es Ihnen näher zu erläutern. Es ist so, daß ich Anlaß zu der Annahme sehe« – flüchtig stockte er, als ob er seinen Entschluß bereute, ihr diese Mitteilung anzuvertrauen – »Morn Hyland könnte überstehen, was ihr zugestoßen ist. Möglicherweise kommt sie mit dem Leben davon. Und für diesen Fall möchte ich von jemandem dafür gesorgt haben, daß sie am Leben bleibt, durch jemanden, dem ich vertraue. Das heißt, durch Sie. Viel Glück.«

Hörbar knackte der Lautsprecher, als Dios seinen Interkom-Apparat abschaltete.

Min hatte sich so angestrengt auf seine Worte konzentriert, daß sie nicht merkte, wie ihr wieder die Nase blutete. Als sie den Blick senkte, sah sie auf dem Textausdruck der Befehle feuchte, rote Kleckse.

GOSSENGANGS

Bevor die Menschheit Kontakt zu den Amnion hatte, konnte man leicht glauben, eines Tages würden Gossengangs die Erde beherrschen.

Ihre Wurzeln waren in gewisser Beziehung so alt wie das Verbrechen an sich. »Arme habt ihr allezeit bei euch«, sagte Christus und hatte damit nicht unrecht. Allerdings hätte er hinzufügen sollen, daß bei fehlendem Reichtum Armut keine Bedeutung hat: wo alle nichts haben, alle gleich sind, ist niemand arm. Erst von dem Moment an, als die menschliche Evolution auf das Prinzip des *Habens* stieß, *hatten* manche Individuen, Stämme oder Völker mehr, *hatten* andere weniger. Daß diese Ungleichheit Spannungen verursachen mußte, ließ sich voraussehen. In der Konsequenz führte diese Spannung zu Gewalt – dem Vorgang, daß die, die nicht hatten, jenen etwas *raubten,* die hatten.

Wie bei allen menschlichen Unternehmungen zeigte sich auch dabei, daß konzentrierte Aktion effektiver war als individuelle Bemühungen: Gruppen konnten *mehr* rauben.

In anderer Hinsicht waren die Gossengangs ein Phänomen der neueren Geschichte, nämlich ein Ergebnis der modernen Technisierung und Urbanisierung. Genauer ausgedrückt: sie waren sowohl ein Symptom des langsamen Zusammenbruchs der sozialen Infrastruktur der Erde wie auch eine Reaktion auf diesen Verfall.

Weil die sozialen Institutionen der wohlmeinenden, aber steuerlich zu stark belasteten Gemeinden die Jugend nicht mehr hinlänglich verpflegen und versorgen konnten, weil die Bildungssysteme es stärker aufs Kontrollieren als aufs Unterrichten der Schüler anlegten, weil erheblichen Wandlungen unterworfene Lebensstile und umfangreiche technische Neuerungen die Fähigkeit der Familien zersetzten, ihren Kindern Stabilität zu bieten, weil die schnelle Ausbeutung des Planeten und der immer rasantere Verbrauch seiner Ressourcen in wachsender Armut resultierten, der niemand noch etwas entgegenstellen konnte, weil die Steuerpolitik der Regierungen den Hauptzweck hatte, das Wohlergehen weniger gegen den Hunger vieler zu verteidigen und weil schließlich kein Staat mehr genug Geld für Polizei und zur Kriminalitätsbekämpfung aufzubringen imstande war: aus all diesen und sonstigen Gründen entstanden überall in den ausgewucherten urbanen Zentren der Erde Gossengangs und gediehen mit bis dahin in der Geschichte der Menschheit beispielloser Vitalität.

Die Mitglieder der Gossengangs litten Hunger, hatten nie Liebe, sondern nur Mißhandlung und Verachtung gekannt, fühlten sich ins Abseits gedrängt: darum leisteten sie Gegenwehr. Dazu waren sie erfolgreich fähig, weil sie ihr Überleben derselben, im Zerfallen begriffenen Infrastruktur abrangen, die die Voraussetzungen für ihre Existenz geschaffen hatte – und dadurch beschleunigten sie den Niedergang dieser Infrastruktur, schufen noch schlimmere Zustände für die Menschen, die inner- statt außerhalb der gesellschaftlichen Verhältnisse der Erde lebten, begünstigten sie die Gründung stets neuer Gossengangs.

Ganz ähnlich wie Konzerne oder Regierungen verstärkten sie rasant die Entropie, erzeugten sie rings um sich Unordnung, um für sich selbst Ordnung zu haben. Sie schufen nichts, produzierten nichts, aber eigneten sich an, was andere Leute schufen oder produzierten. Darüber hinaus zerstörten sie die gesellschaftlichen Konstrukte und Sozialpakte, die das Schaffen und Produzieren überhaupt ermöglichten. Sie betätigten sich als Parasiten am Körper der menschlichen Zivilisation, so wie die Zivilisation selbst Parasit war am Körper des Planeten. Manche Zyniker postulierten, die Gossengangs repräsentierten das unweigerliche Resultat des dubiosen sittlichen Empfindens der Menschheit: bis zum logischen Extrem getriebene Habgier und Selbstsucht.

Normalerweise sind Parasiten früher oder später immer Verlierer. Ein Parasit ernährt sich von seinem Wirt, bis er stirbt; und mit dem Ableben des Wirts verhungert auch der Parasit. Doch die Gossengangs setzten sich zu hartnäckig fest, um durch irgend etwas anderes als den vollkommenen Kataklysmus oder absolute Tyrannei ausgemerzt werden zu können. Und die Erfindung des Ponton-Antriebs sicherte ihr Dasein, statt seine Grundlagen zu schwächen.

Der interstellare Raumflug gab der Menschheit die Gelegenheit, ferne Asteroidengürtel und Planetensysteme wirtschaftlich zu erschließen und zu nutzen; mit anderen Worten, er vergrößerte den erhältlichen und verteilbaren Reichtum. Naturgemäß hatte die Verbreiterung der Ressourcenbasis eine Stärkung der irdischen Infrastruktur zur Folge; und dadurch erhielten auch die Gossengangs mehr zur Bereicherung. Indem der Ponton-Antrieb das Leben des Wirts verlängerte, gewährte er dem Parasiten mehr Zeit, um sich auszubreiten und zu vermehren; er erhöhte das Tempo, mit dem der Parasit den Wirt aussaugte.

Infolgedessen ließ sich ohne weiteres glauben, einmal würden Gossengangs die Erde beherrschen.

Doch der Kontakt zu den Amnion veränderte diese gesamte gesellschaftliche Gleichung. Die Konfrontation mit einer fundamentalen, heimtückischen und vor allem äußeren Gefahr wendete den Lauf der Geschichte gegen die Gossengangs.

Die Konsequenzen dieser Konfrontation ließen sich

kaum als vernachlässigbar bezeichnen. Offenbar sollte der Kampf ums Überdauern des Menschengeschlechts hunderte oder tausende von Lichtjahren entfernt stattfinden und mußte von eben den Kräften ausgefochten werden, die die Infrastruktur aufrechterhielten. Das Schicksal der Menschheit entschied sich nicht auf der Erde, sondern andernorts: die Gossengangs lebten oder starben mit ihrem Wirt. Nach den herkömmlichen Regeln des Parasitismus hatte weder die Gesellschaft einen Grund zur Veränderung, noch hätten die Gossengangs dazu einen Anlaß gehabt. Aber das Wissen um einen Feind, den sie nicht sehen konnten und gegen den sie nie kämpfen mußten, veränderte die Gossengangs gründlich.

Natürlich entdeckten sie nicht plötzlich patriotische Gefühle. Sie verzichteten nicht auf einmal im Interesse des höheren Wohls der Menschheit auf ihre verbissenen Übergriffe gegen alle gesellschaftlichen Erscheinungen außerhalb ihrer eigenen Gemeinschaften. Trotzdem waren und blieben die Angehörigen der Gossengangs Menschen: genophobisch bis ins Mark. So wie Patrioten und Religionsfanatiker, Umweltschützer und Transnationale Terratreue, Nationen und Konzerne, Politiker und Polizisten konnten sie nicht das lebhafte Schaudern unterdrücken, das ihnen der Abscheu vor einem Mutationsimperialismus verursachte.

So graduell, daß es sich gar nicht messen ließ, derartig unauffällig, daß man innerhalb kürzerer Frist darauf nicht aufmerksam wurde, zerbröckelten nach und nach die Gossengangs.

Ihr Verfallsprozeß nahm die vielfältigsten Formen an. Um ein grobes Beispiel anzuführen: dank der Amnion hatte die VMKP einen genauso starken Bedarf an Nachwuchs – an jungen Menschen – wie die Gossengangs und gleichzeitig ein unvergleichlich bequemeres Leben zu bieten. Die aktive Rekrutierungsstrategie der Polizei gab den hungrigen Jugendlichen der Erde eine attraktive Alternative zu der passiveren und brutaleren Anziehungskraft der Gossengangs.

Oder um einen subtileren Folgeeffekt zu nennen: in ihrem Haß gegen die Amnion und ihrer Furcht vor ihnen blieb bei den Normalbürgern der Erde – den natürlichen Opfern der Gossengangs – weniger Haß und Furcht in bezug auf die Gossengangs übrig. Dadurch verloren die Gossengangs in einem komplizierten, beinahe undefinierbaren Wandlungsprozeß allmählich ihre mystische Ausstrahlung, kam ihnen in den Augen der Ausgegrenzten und Entrechteten das Verlockende abhanden. Im Vergleich mit den Amnion empfand man die Gossengangs als erträglicher, normaler, verkraftbarer, als weniger bedrohlich für die Menschheit und weniger verführerisch für ihre Unterprivilegierten. Im folgenden Verlauf der Zeit konnte kaum eine menschliche Institution dieser Art von Wahrnehmungsverschiebung widerstehen beziehungsweise von ihr unbeeinflußt bleiben.

Ganz langsam, über Jahrzehnte hinweg, vereinte ihre Genophobie die Menschheit gegen den gemeinsamen Feind.

Zyniker bewerteten diese Wende als Beweis dafür, daß der Menschheit als einziger wahrer Überlebensinstinkt nur das Vorurteil geblieben sei. Weniger zynischen Beobachtern fiel es schwer zu entscheiden, ob sie darüber erfreut oder entsetzt sein sollten.

NICK

Als sich die Schleusenpforte der *Posaune* hinter Nick Succorso geschlossen hatte und er das Scanningfeld zu den verzweigten Gangsystem durchquerte, das die Gäste-Parkbuchten der Docks von Kassaforts Rezeption trennte, wußte er, daß Milos Taverner etwas Wahres ausgesprochen hatte.

Sie sind schon 'n toter Mann …

Schon beim Verlassen der Steuerbrücke der *Posaune* war er sich darüber im klaren gewesen, was er nun zu tun gedachte. Thermogeil und die fiese Ratte Taverner hatten ihm jede Tour vermasselt, ihm jeden Ausweg verlegt; mit einer Ausnahme.

Nur Dummköpfe zeigen sich Kadavern erkenntlich.

Er hatte sich vorgenommen, in den Dienst der Amnion zu treten, so wie Sorus Chatelaine. Er wollte ihnen hinterbringen, was Angus Thermopyle und Milos Taverner trieben; sie vor ihrem Versuch warnen, Morn Hyland zu befreien. Im Austausch für sein Leben beabsichtigte er ihnen sein Raumschiff, seine Fähigkeiten sowie sein Wissen über die Polizei zur Verfügung zu stellen.

Diese Option stank zum Himmel. Sie war ihm selbst zuwider. Nicht weil sie sich von dem Umgang unterschieden hätte, den er jahrelang mit der VMKP gepflegt hatte: er sah keine Veranlassung zu der Annahme, er könnte dazu außerstande sein, den Amnion mit der gleichen vorgetäuschten Verläßlichkeit zu dienen wie den Astro-Schnäppern. Auch nicht, weil voraussichtlich einige seiner Crewmitglieder es als widerwärtig empfanden oder es ihm verübelten: er konnte jederzeit neue Besatzungsmitglieder anheuern. Und ebensowenig, weil es die gleiche Entscheidung war, die Sorus Chatelaine schon getroffenhatte: nichts von allem, was er nun notgedrungen tat, änderte etwas an seinem Vorhaben, sich an ihr zu rächen.

Nein, es widerstrebte ihm, sich mit den Amnion zu verbünden, weil es seinem Ruf schaden mußte. Es kostete ihm den Glanz seiner Reputation; er würde wie ein gewöhnlicher Sterblicher dastehen, als an die Wand gespielter Depp; also geradeso, wie er sich momentan fühlte.

Er hatte sicherzustellen vor, daß Thermogeil und Taverner, weil sie ihm so etwas antaten, alle Qualen der Hölle erleiden sollten.

Diese Entschlossenheit blieb ihm bewahrt, bis er das Scanningfeld durchschritten hatte und zwischen den Gängen zu den Parkbuchten forsch zur Reception eilte.

Da plötzlich fiel ihm einiges ein, das Thermopyle geäußert hatte; die Erinnerung wirkte auf ihm wie die Detonation einer Zeitbombe.

›Melden‹ ist das, was Taverner am besten kann.

Vielleicht interessiert's Sie, daß Sie nicht der einzige sind, mit dem er während des Anflugs auf Thanatos Minor kommuniziert hat. Die Friedliche Hegemonie *hat er auch kontaktiert.*

Die Amnion haben vor Ihnen geantwortet.

Milos Taverner, lautete Thermopyles Ansicht, trieb *irgendeine dreckige Schweinerei. Ich und Succorso, die VMKP und die Amnion, wir hängen alle mit drin … Jeder gegen jeden.*

Nick hatte das Gefühl, innerlich zu zerbrechen. Der Schweiß stand ihm auf der Stirn wie Blut; das Weiße seiner Augen stierte an die Wände; die wie Knochen bleichen Narben entstellten sein Gesicht wie frische Schnittwunden. *Irgendeine dreckige Schweinerei.* Sein Gehirn mußte, als Thermopyle ihn schlug, zeitweilig ausgesetzt haben. Wahrscheinlich war er zu benommen gewesen, um die Bemerkungen zu verstehen. *›Melden‹ ist das, was Taverner am besten kann.* Er hatte den Satz gar nicht richtig kapiert. *Die Amnion haben vor Ihnen geantwortet.* Nach der ersten Aufwallung der Panik waren die Worte irgendwie seinem Bewußtsein entfallen. Vielleicht hatte er eine Gehirnerschütterung: stark genug jedenfalls schmerzte ihm der Kopf. Und seitdem hatte er nur noch aus reinem Instinkt gehandelt.

Aber jetzt konnte er allmählich wieder denken.

Woher hatte Angus Thermopyle dermaßen gewaltige Körperkräfte?

Wenn er sich nun in seinen Schlußfolgerungen hinsichtlich Angus Thermopyles und Milos Taverners von Anfang an geirrt hatte?

Scheiße!

Was sollte werden, wenn Taverner und Thermopyle gar nicht für die Astro-Schnäpper arbeiteten? Wenn sie es bloß vortäuschten? Was war, wenn das ganze Hin und Her nur den Zweck hatte, Morn ins VMKP-HQ zu bringen und *vorzugeben,* sie hätten sie befreit?

Und wenn die Amnion sie in eine Art von genetischem Kaze verwandelt hatten und sie den Polypen zuspielen wollten, damit sie dort ihre Wirkung tat, wo sie den größten Schaden anrichtete?

Natürlich wußten die Amnion, daß die Astro-Schnäpper der Sache nicht trauen, auf der Hut bleiben würden, bis sie sicher sein konnten, sie war harmlos. Aber wenn Taverner und Thermopyle für die Amnion die Aufgabe übernommen hatten, Morn den Schein der Harmlosigkeit zu verleihen?

Guter Gott!

Einen Augenblick lang war Nick vor Grausen wie gelähmt, nicht weil ihn die Gefahr für die Menschheit geschert hätte, sondern weil es so aussah, als wäre ihm soeben auch die letzte Alternative dahingeschwunden.

Falls Thermopyle und Taverner für die Amnion tätig

waren, hatte Nick den Amnion nichts mehr anzubieten, um seine Haut zu retten.

Starr vor Furcht stand er da und versuchte sich einzureden, daß Thermopyle ihn belogen hätte.

Vielleicht interessiert's Sie, daß Sie nicht der einzige sind, mit dem er während des Anflugs auf Thanatos Minor kommuniziert hat. Die Friedliche Hegemonie *hat er auch kontaktiert.*

Die Amnion haben vor Ihnen geantwortet.

Es paßte alles zu gut zusammen, schien geradezu ideal für Thermopyles Ziele konzipiert zu sein. Thermopyle mußte es sich ausgedacht haben, um Druck auf ihn auszuüben, damit er ihm half.

Andererseits war es durchaus glaubhaft. Milos Taverner war haargenau diese Sorte von schmierigem Saftsack.

Wie war es möglich, gottverdammt noch einmal, daß Thermopyle *solche Kräfte* hatte?

Aus purer Bestürzung verfiel Nick in Laufschritt.

Er mußte in die *Käptens Liebchen* zurückkehren, bevor der Zorn des Kassierers, Thermopyles Arglist und seine eigenen Irrtümer sich gleichzeitig und mit aller Gewalt über ihm entluden.

Informationstafeln an den Mündungen der Gänge zu den Astro-Parkbuchten zeigten die Identifizierungsdaten der angedockten Raumschiffe. Die Hälfte der Tafeln war leer; etliche andere wiesen Namen auf, die Nick kannte. Sobald er den Namen *Sturmvogel* las, riß er sich zusammen, verminderte das Tempo. Lieber führe er freiwillig zur Hölle, ehe er es riskierte, von Sorus Chatelaines Besatzung in panikartiger Verfassung gesehen zu werden.

Die Anzeigetafel der *Sturmvogel* fing zu blinken an. Unter dem Namen des Raumschiffs erschien der Schriftzug ZUR ZEIT KEIN ZUTRITT – SCHIFF LEGT IN KÜRZE AB.

Gut. Trotz seiner Furcht verzog Nicks Mund sich zu

einem raubtierhaften Grinsen. Sein Plan bewährte sich. Egal was sonst passieren mochte, *dieser* verfluchten Hexe würde er Mores lehren.

Mit erneuerter Selbstbeherrschung – auch wenn es ihm nicht gelang, das Zucken in seiner Wange zu verhindern – setzte er den Weg fort.

Hinter der nächsten Ecke, nur zwanzig Meter hinter der einzigen erleuchteten Anzeigetafel dieses Abschnitts, lag die *Käptens Liebchen*.

Als er sah, daß man den Zugang zu seinem Raumschiff bewachte, schlug seine Beunruhigung augenblicklich in Wut um.

Dort standen zwei Männer, jeder mit einem Impacter-Gewehr bewaffnet. Einer hatte an der Stelle des linken Auges eine Videoprothese; der andere ähnelte einem Gorilla, den man so überzüchtet hatte, daß er mit den bloßen Fäusten Beton zerbrechen konnte.

Beide hatten gerötete Gesichter und atmeten schwer, als wären sie gerade angerannt gekommen.

Sie hatten Nick schon bemerkt, beobachteten ihn, während er sich näherte. Ihre Gewehre waren auf seine Brust gerichtet.

Er hätte auf dem Absatz kehrtmachen und davonlaufen sollen. Die zwei Kerle konnten nur mit dem Auftrag hier sein, ihn festzunehmen. Entweder beabsichtigte der Kassierer ihn wegen der Gerüchte, die Mikka und Sib über Sorus Chatelaine ausgestreut hatten, zur Rede zu stellen, oder er brachte ihn irgendwie mit Davies Hylands Befreiung in Verbindung. Wenn Nick jetzt nicht das Weite suchte, sich nicht schleunigst verdrückte, war er erledigt …

Ohne sein Raumschiff hatte er keine Chance.

Und er konnte nirgends Zuflucht finden.

Sein Schädel schmerzte, als hätten sich Knochensplitter hineingebohrt. Angetrieben vom eigenen Schwung und seiner Empörung, hielt er schnurstracks auf die Wächter zu, als ob sie ihn nichts angingen; als könnte er einfach zwischen ihnen hindurch an Bord seines Raumschiff stapfen.

Aber sie fielen auf einen so kläglichen Bluff nicht herein. Sie rückten zusammen und verwehrten ihm den Zugang. Der Mann mit dem Videoauge hob das Gewehr an die Schulter und legte den Finger fest auf die Abzugstaste.

Nick blieb stehen. Er hatte schlichtweg keine Wahl.

Er faßte den Vorsatz, wenigstens einen dieser Burschen irgendwie abzumurksen, bevor man ihn wegschleppte.

»Was soll denn das, ihr blöden Arschlöcher?« schnauzte er das Paar an. »Da liegt *mein* Schiff angedockt. Ich gehe an Bord.«

»Nein, Sie gehn nicht.« Der Gorillatyp entblößte schlechte Zähne. »Sie sind ausgesperrt.«

Ausgesperrt?

»Bis zur Beilegung Ihrer Differenzen mit dem Kassierer«, erklärte der andere Posten, als trüge er ein Zitat vor, »wird Ihnen der Zutritt in Ihr Raumschiff verweigert.«

Ausgesperrt?

»Selber blödes Arschloch«, fügte der Gorillamensch zufrieden hinzu.

Genausogut hätte man sagen können: Der Kassierer hat beschlossen, Sie umzubringen, er weiß nur noch nicht wie.

Im ersten Moment glaubte Nick, tatsächlich endgültig erledigt zu sein. Nirgends konnte er mehr hin, nichts schützte ihn noch; alle seine Optionen hatten versagt. Die Erkenntnis der Niederlage durchwuchtete ihn, als bräche sich ein angestauter Schrei Bahn.

Aber da begriff er, daß die zwei Posten keinen Befehl erhalten hatten, ihn zu arrestieren. Noch genoß er seine Bewegungsfreiheit.

Ohne Übergang durchströmte ihn kämpferische Ruhe. *Sie sind schon 'n toter Mann.* Milos Taverner hatte die Wahrheit gesagt. Hier in Kassafort war Nick ohne die *Käptens Liebchen* nichts.

Nichts außer er selbst: Nick Succorso. Der Mann, der nie unterlag.

Der Mann, dem Sorus Chatelaine das Gesicht zerschnitten, den sie hilflos an Bord der ursprünglichen *Käptens Liebchen* zurückgelassen hatte; der Mann, der von diesem Tod wiederauferstanden war und zu einer lebenden Legende geworden.

Insgeheim maß er die Abstände, schätzte die Chancen ein, ob es ihm gelingen könnte, beide Knarren gleichzeitig zur Seite zu stoßen und ein paar Hiebe auszuteilen.

Der Gorillatyp wirkte, als wäre er einen Schlag zu verkraften fähig, der Nicks Faust zerschmettern müßte, und würde immerzu nur weitergrinsen.

Nick setzte selbst sein Lächeln auf: schwärzlich wölbten sich unter seinen Augen die Narben. Der Tic war aus der Wange verschwunden. »Ich vermute, der Kassierer hat nicht zufällig erwähnt«, erkundigte er sich, als hätte er nicht eben sein Todesurteil vernommen, hätte er angesichts der Drohungen seitens der Amnion, der Repressalien des Kassierers, all der VMKP-Verräterei und Angus Thermopyles Bosheit seine wahre Unbezwingbarkeit wiedergewonnen, »was er von mir will, ehe ich mein Schiff zurückhaben kann?«

Die Posten schüttelten den Kopf. »Fragen Sie ihn doch«, höhnte der Gorilla.

»Das werde ich tun«, antwortete Nick um seines Selbstwertgefühls willen, »sobald ich dafür Zeit übrig habe.«

Mit ruckartiger Schroffheit drehte er sich um und entfernte sich.

Thermogeil, Taverner, der Kassierer und der verfluchte Hashi Lebwohl waren nicht ganz bei Trost, wenn sie sich einbildeten, so mit ihm umspringen zu können.

Während er so krampfhaft grinste, daß sich seine Narben in die Länge zogen, bog er um die Ecke, verließ das Blickfeld der Wachen – und prallte beinahe mit Mikka Vasaczk zusammen.

Sie hob eine Hand an seine Brust, um ihn zurückzuschubsen. Er brauchte ihr nicht erst in die Augen zu schauen, um zu erkennen, welche Wut, welche Verzweiflung in ihr brodelten. Die Kraft, mit der sie ihn stieß, und der Schwung ihrer Hüften machten ihm klar, daß sie um ein Haar auf ihn eingedroschen hätte.

Hinter ihr standen wie Leibwächter Sib Mackern und Vector Shaheed. Lumpi war gleichfalls dabei. Aber kaum hatte Nick die Anwesenheit der drei bemerkt, ignorierte er sie auch schon. Ihm fehlte die Zeit, um über die Bedeutung der Tatsache nachzudenken, daß die vier sich zusammengefunden hatten. Die ihnen gegebenen Befehle hätten sie getrennt halten müssen; folglich hatten sie nicht gehorcht. Das war gefährlich, aber zweitrangig. Dafür sollten sie später büßen. Nicks unmittelbares Problem waren Mikka und die Aufpasser vor der *Käptens Liebchen.*

»Genau auf euch hab ich gewartet«, sagte er halblaut. Seine sardonische Äußerung klang so überzeugend, daß er sie fast selbst glaubte. »Kommt mit! Es gibt einiges zu tun.«

Er rauschte an Mikka vorbei, als bliebe ihr überhaupt keine andere Wahl, als sich ihm anzuschließen.

»Nick!« Sie packte ihn am Arm, hielt ihn fest. »Hör mir mal zu.« Sie hatte ihn mit aller Kraft gefaßt. Aus irgendeinem Grund erinnerte ihre Faust ihn an den starken Druck ihrer Schenkel, wenn er sie gefickt hatte. »Das ist jetzt deine letzte Chance.«

Absichtlich blickte Nick in die Kamera der nächstbesten Observationsinstallation. »Laß es mal lieber gut sein. Der Kassierer hat bestimmt keine Bedenken, alles gegen dich auszulegen, was du redest.«

Und besonders gegen mich.

Anscheinend scherte Mikka sich darum nicht. »*Hör* mir zu!« Die plötzlich tieferen Falten ihres Gesichts spiegelten Erbitterung wider. Sie wirkte wie eine Frau, die beschlossen hatte, vor die Mündungen von Materiekanonen zu treten. »Von dir nehmen wir keine Befehle mehr entgegen. Wir arbeiten nicht mehr für dich. Wir gehören nicht mehr deiner Besatzung an. Du hast uns unübersehbar gezeigt, daß du uns für entbehrlich hältst. Und was du mit uns treibst, gefällt uns ganz und gar nicht. Deshalb ziehen wir jetzt einen Schlußstrich.«

Sie ließ seinen Arm nicht los.

Nick konnte es nicht verhindern: offenen Munds stierte er sie an. »*Was?*«

Sib Mackern schob sich näher an Mikkas Schulter, als suchte er bei ihr Schutz; oder hätte er sich dafür entschieden, mit ihr gemeinsam zu sterben.

Nicks Ungläubigkeit beeindruckte Mikka nicht. »Die Überwachungsanlagen sind uns nur recht«, knirschte sie ihm ins Gesicht. »Diesen kleinen Trick haben wir von dir gelernt… Taktische Nutzung von Aufzeichnungen. Ganz egal, wie schnell du bist, du kannst uns nicht alle vier totschlagen, ohne daß wir dem Kassierer nicht wenigstens einiges von dem verraten, was du ihm verschweigen möchtest.«

»Genauso ist es, Nick«, bekräftigte Vector. Seine Stimme klang ruhig und leicht bekümmert. »Ich glaube sogar, du schaffst es nicht, auch nur einen von uns kaltzumachen, bevor der Kommandokomplex die zwei Wächter herdirigiert« – mit dem Kinn wies er in die Richtung der *Käptens Liebchen* –, »um festzustellen, was sich hier eigentlich abspielt.«

Der Bordtechniker hatte recht. Außer wenn der Kommandokomplex oder der Kassierer sich momentan auf zu viele andere Vorgänge konzentrieren mußten, waren die Wächter wahrscheinlich schon unterwegs.

»Aber bringst du uns nicht um«, erklärte Mikka, während Nick sie anstarrte, »kannst du uns nicht daran hindern zu reden, mit wem's uns paßt... Beispielsweise mit Kapitänin Chatelaine.« Wie in Nicks Narben schien sich auch in ihren Augen Blut zu stauen. »Oder zum Beispiel Kapitän Thermopyle.«

Trotz der Gefahr durch die Wächter stand Nick reglos da, ließ sein Herz, während er Mikkas Blick erwiderte, zwei-, dreimal schlagen. Sie war immer sein tüchtigstes Besatzungsmitglied gewesen, am fähigsten und intelligentesten, und vor allem am treusten. Sähe sie besser aus, hätte sein Interesse an ihr vielleicht länger angehalten. Noch immer verstand er nicht, was ihn ihre Unterstützung gekostet hatte.

Mit einem abrupten Ruck, als bräuchte er für so etwas keinerlei Körperkräfte aufzuwenden, befreite er seinen Arm aus der Umklammerung. Im gleichen Bewegungsablauf tänzelte er um ein paar Schrittchen zur Seite. Unwillkürlich kehrten Mikka, Vector und Sib sich ihm zu; sie benahmen sich, als lenkte er sie an Drähten. Auf diese Weise brachte er sie zwischen sich und die Ecke.

Gemächlich hob er eine Hand und deutete mit dem Zeigefinger direkt in Mikkas Gesicht. »Ich habe überhaupt nicht vor, irgendeinen von euch umzubringen«, beteuerte er laut und deutlich. »Wie gesagt, ich brauche euch. Wir müssen etwas durchziehen. In Wahrheit wollt ihr gar nicht mit dem Kassierer ins Gespräch kommen. Außer einem schäbigen Dasein in diesem Drecksloch hat er euch nichts zu bieten. Und ich persönlich erachte es als zweifelhaft, ob er selbst das noch bieten kann.«

Hörst du zu, du Halunke? Bist du *sicher,* daß du mich von meinem Raumschiff aussperren willst?

»Und mit Kapitänin Chatelaine« – er schnob den Namen – »wollt ihr erst recht nicht reden. Sie ist für die Amnion tätig. Direkt für die Amnion. Ehe sie den

Namen ihres Schiffs änderte, hieß es *Liquidator.* Sie hat schon Geheimaufträge für den Bannkosmos ausgeführt, als es Kassafort noch gar nicht gab.«

Noch ein Schrittchen seitwärts. Jetzt befand sich Lumpi in Reichweite. Er eignete sich bestens als Geisel. Ein flinkes Zupacken, rasches Abdrücken der Halsschlagadern: und schon tat Mikka wieder, was Nick wünschte. Zumindest für ein bis zwei Minuten.

Mikkas Bruder lehnte rücklings an der Wand, als drohte er zusammenzusacken. Sein Blicke huschte hin und her zwischen Nick und Mikka.

»Und was Kaptein Thermogeil betrifft...«

Sib überraschte Nick. Vor langem war Nick zu der Einschätzung gelangt, Sib sei eine harmlose Lusche: eben die Bänglichkeit, die ihn an der Datensysteme-Konsole zum Überschreiten der Grenzen seiner Ausbildung und Begabung beflügelte, lähmte gleichzeitig in Krisensituationen seinen Willen. Deshalb galt Nicks Aufmerksamkeit ausschließlich Mikka. Er konnte nicht mehr rechtzeitig reagieren, als Sib vorsprang, Lumpis Handgelenk faßte und ihn aus Nicks Nähe zerrte.

Mikka zog Lumpi hinter ihren Rücken und stellte sich vor Nick auf, als wollte sie ihm an die Gurgel fahren.

Nick verlagerte geringfügig seine Balance, zeigte ihr, er war auf alles vorbereitet. »Ich glaube, jetzt blicke ich durch«, sagte er wie ein Avatar des Mannes, als den man ihn einmal gekannt hatte. »Ihr seid diejenigen, die Morn aus ihrer Kabine befreit haben, so daß sie die Kosmoskapsel auf 'n anderen Kurs programmieren konnte. Wenigstens von dem Zeitpunkt an arbeitet ihr alle schon gegen mich. Aber wißt ihr was? Es ist mir egal. Es ist mir wirklich scheißegal. Ihr habt immer noch *keine Ahnung,* was hier eigentlich gespielt wird. Ihr tappt ständig nur im dunkeln, statt euer Gehirn zu gebrauchen, um euch und vielleicht auch alle anderen und die *Käptens Liebchen* zu retten.«

»Na, warum klärst du uns dann nicht einfach über die Wahrheit auf, Nick?« fragte Vector gelassen. »Weshalb erzählst du uns nicht, wovon du soviel *Ahnung* hast« – er betonte das Wort mit mehr Häme, als Nick ihm je zuvor angehört hatte –, »anstatt's für dich zu behalten?«

»Weil ich nicht will«, erwiderte Nick, »daß der Kassierer es mitkriegt. Aber um auf Kaptein Thermogeil zurückzukommen, ich bin gerade zu ihm auf 'm Weg. Warum begleitet ihr mich nicht zu ihm? Sobald wir an Bord seines Raumers sind, werden euch die Augen übergehen, das versprech ich euch.«

»Nein, Mikka, nicht«, schnaufte Lumpi wichtigtuerisch dazwischen. »Das ist 'n Trick. Du hast doch selber gesagt, die ganze Sache ist oberfaul. Wieso stecken Thermopyle und Taverner zusammen? Was geht eigentlich vor? Er versucht nur, uns …«

»Jawohl, blödes Arschloch, geben Sie dem Jungen Antwort«, knurrte der Gorillatyp, während er die Ecke umrundete und mit dem Impacter-Gewehr winkte. »Spucken Sie endlich aus, was hier los ist.«

Mit einem Keuchen wich Sib Mackern zurück, suchte illusorischen Schutz an der Wand. Vector glitt aus dem Schußfeld, als ob er schwebte.

Mit der Klotzigkeit eines Findlings verharrte der Wächter neben Mikka und Lumpi, zielte mit der Waffe auf Nicks Bauch.

Doch auch dem fühlte Nick sich gewachsen. Sogar seine Kopfschmerzen hatten nachgelassen. Er fühlte sich zu allem bereit. Ihn interessierte nur, daß der Wächter allein aufgekreuzt war; sein Kamerad war zur Bewachung der *Käptens Liebchen* zurückgeblieben.

»Mikka«, sagte Nick im Plauderton, »ich gebe dir nur noch einen einzigen Befehl. Es ist der letzte, danach sind wir quitt. Nimm diesem Watschengesicht die Knarre weg und schieß ihm den Arsch ab.«

Augenblicklich handelte Mikka.

Aber nicht, um zu gehorchen: sie ging auf Abstand, hob die leeren Hände, trat aus dem Gefahrenbereich, deckte Lumpi mit ihrem Körper.

Doch es genügte, daß sie sich überhaupt regte. Mit brutaler Kolossalität drehte sich der Gorillatyp, um die Mündung der Waffe auf sie zu richten.

Da schnellte Nick schon vorwärts.

Nach zwei blitzartigen Schritten sprang er auf den Kerl zu.

Indem er das linke Knie emporschwang, um eine größere Höhe zu erreichen, trat er dem Wächter die rechte Stiefelspitze gegen den Kehlkopf.

Unter Zuckungen ließ der Mann das Gewehr fallen, als hätte das Metall ihm einen elektrischen Schlag versetzt. Er würgte an zerspellten Knorpeln und zerrissenen Muskeln, während er vornüber aufs Gesicht stürzte.

Mit lässiger Mühelosigkeit fing Nick die Waffe mitten aus der Luft. Seine Hände schlossen sich um Lauf und Abzugstaste.

»Gottverflucht noch mal, Weib«, maulte er Mikka an, »ich habe dir doch *gesagt,* was ich will.«

Man merkte ihr an, daß sie jetzt mit dem Schlimmsten rechnete. Lumpi zappelte an ihrer Schulter herum, versuchte sich anscheinend vor sie zu stellen. Vector hielt Sib so energisch fest, daß er sich nicht vom Fleck rühren konnte.

Nick hätte Mikka liebend gern erschossen. Sie hatte es verdient. Alle verdienten sie es. Aber er brauchte Mikka.

»Ich denke mir«, meinte er gehässig, »ihr habt ungefähr zehn Sekunden lang Zeit, um euch zu etwas zu entschließen. Danach wird der Kassierer euch nie mehr eigene Entscheidungen erlauben.«

Trotz des Umstands, daß sein Kopf auf einmal wieder schmerzte, als hätte er einen Schlag mit einer Axt erhalten, machte er kehrt und lief behende wie eine Raubkatze in die Richtung der *Posaune.*

Im Vorbeilaufen sah er in den Augenwinkeln, wie auf der Anzeigetafel zur Astro-Parkbucht der *Sturmvogel* ein roter Hinweis leuchtete: ACHTUNG – SCHIFF LEGT AB.

Blut rauschte, Schmerz dröhnte in seinen Ohren. Er hörte nichts als das Stampfen seiner Stiefel und das Japsen seiner Lungen. Bis er zum Zugang zur *Posaune* gelangte und sich umwandte, wußte er nicht, ob Mikka und Lumpi, Vector und Sib sich ihm angeschlossen hatten. Sie folgten in schnellem Lauf.

»Nick«, krächzte Mikka, bevor er in den Gang eilte, »es kommen weitere Wächter, und zwar jede Menge.« Sie hielt so unvermittelt an, daß Lumpi gegen ihren Rücken prallte. Sibs Stiefel schlitterten über den Boden; fast fiel er hin. Vector kam zehn, fünfzehn Meter dahinter; wegen seiner Arthritis konnte er sich nur langsam fortbewegen. »Sie wären schon da, hätten sie nicht schweres Gerät zu transportieren. Sieht aus wie Bergbau-Laser.«

Für eine Sekunde wankte Nick, errang das Gleichgewicht zurück. »Sie sind nicht zur *Käptens Liebchen* unterwegs? Sie kommen *hier* her?«

»*Ich* weiß 's doch auch nicht.« Abweisend hob Mikka die Schultern. »Jedenfalls kommen sie da herunter.«

Das bedeutete, der Kassierer wußte, wo Thermopyle und Taverner sich befanden. Er wußte, wo sich Davies versteckte.

Im Wettlauf mit dem Untergang rannte Nick durch den Zugang und das Scanningfeld zur Luftschleuse der *Posaune*.

Mit dem Handballen hieb er auf die EIN-Taste des externen Interkom-Apparats.

»Hier ist Nick Succorso.« Trotz der Notlage schaffte er es, in nahezu geruhsamem Ton zu sprechen. »Lassen Sie mich ein. Ich hab's mir anders überlegt. Und ich habe Hilfe mitgebracht.«

Niemand antwortete. Aus dem Lautsprecher drang

nur das unterschwellige Wispern von Statik. Die Schleuse blieb geschlossen.

Stiefelabsätze knallten, und Mikka holte ihn ein, dichtauf gefolgt von Sib und Lumpi. Beharrlich blieb Vector der Gruppe auf den Fersen.

»An Ihrer Stelle würde ich auf mich hören«, nölte Nick in die Interkom. »Sie können Unterstützung gebrauchen. Ach, übrigens, ich glaube, ich habe noch nicht erwähnt, daß vor Ihrer Astro-Parkbucht 'n ganzer Schwarm Wächter aufzieht. Sie haben Bergbau-Laser dabei. Der Kassierer hat vor, Sie anzuschneiden wie 'ne Cäsiumader.«

Du himmelschreiender Hurenbock, du solltest dir lieber ganz genau überlegen, was du anfängst!

Die Servomotoren winselten, und langsam öffnete sich die äußere Schleusenpforte.

Mikka schubste Lumpi fast kopfüber in den Spalt, sprang ihm unverzüglich nach. Nick ließ Vector und Sib mit einem Nicken den Vortritt, als hätte er die Absicht, ihnen mit dem Gewehr Rückendeckung zu geben; als nähme er Anteil an ihrem Schicksal. Piraten im Rufe der Verwegenheit taten so etwas. Erst als Mikka Tasten drückte, um die äußere Schleusenpforte zu schließen und die innere Pforte zu öffnen, trat er flugs in die Schleusenkammer.

Ehe die Schleusenpforte zufiel, erhaschte er einen Blick auf Wächter, die in den Zugang der Astro-Parkbucht vorrückten.

Sie hatten es eindeutig auf die *Posaune* abgesehen.

»Und was nun?« fragte Mikka nahezu außer Atem.

Nick sparte sich die Mühe einer Auskunft. Sobald die innere Schleusenpforte offenstand, beeilte er sich zum Lift und stieg hinein. Was von seiner Crew übrig, ihm von seinem Raumschiff geblieben war, drängte sich hinter ihm in der Aufzugkabine zusammen. Per Tastendruck setzte er sie nach oben in Bewegung.

Mikka und ihre Begleiter verkörperten buchstäblich

alles, was er noch zur Disposition hatte. Inzwischen war der gesamte Rest noch entbehrlicher als sie geworden; jetzt war die *Käptens Liebchen* selbst entbehrlich. Der Kassierer nötigte Nick zur unvermeidbaren Entsagung.

Nick konnte sich gut vorstellen, daß er dafür mehr an Wiedergutmachung einfordern würde, als der Kassierer zur Verfügung hatte.

Der Lift hielt im Mittschiffskorridor der *Posaune.* Mit langen, zuversichtlichen Schritten führte Nick seine Begleitung zum Kommandomodul, durchquerte schwungvoll die Konnexblende zur Steuerbrücke.

Angus Thermopyle und Davies Hyland warteten an der Kommunikationskonsole und schauten ihm entgegen. Abgesehen von den unterschiedlichen Bordmonturen und den Schwellungen in Davies' Gesicht, die Thermopyle fehlten, erregten sie den Eindruck, als entstammten sie wahrhaftig der Video-Trickkiste, als wäre der eine das zeitverschoben dargestellte Abbild des anderen.

Mikka polterte die Stufen des Durchgang herab. Danach kamen Lumpi, Sib und Vector. Weil sie nicht wußten, was bevorstand – oder vielleicht, weil sie Angus Thermopyle seit jeher als gefährlichen Gegenspieler kannten –, bezogen sie hinter Nicks Rücken Aufstellung, als stünden sie auf seiner Seite.

Nick erwiderte Thermopyles und Davies' grimmige Blicke. In Thermopyles Augen glomm gelblich alteingefleischte, unausrottbare Bösartigkeit. Doch obwohl Davies die sanften Augen Morns hatte, war sein Blick auf viel persönlichere Weise mörderischer Natur. Sein Vater haßte alles und jeden; Davies haßte ausschließlich Nick.

»Wo, zum Teufel«, fragte Nick mit soviel Sorglosigkeit, wie er vorzutäuschen vermochte, »ist Taverner?«

»Mein lieber Scheißkapitän Schluckorso …« Angus Thermopyle regte keinen Muskel. »Sollten Sie sich etwa einbilden, Sie könnten hier mit bloß einem Schießeisen und vier Leutchen hereinspazieren und das Kommando übernehmen, haben Sie so lang Ihre eigene Scheiße gefressen, daß sie Ihnen ins Hirn gestiegen ist.«

Nick senkte den Blick auf das Impacter-Gewehr; beinahe hätte er irre gekichert. Er zuckte die Achseln und warf die Waffe Thermopyle zu.

Thermopyle fing sie auf; hielt sie, als hätte er daran keinen Bedarf.

»Du hast recht gehabt«, meinte Davies leise zu Thermopyle, als wäre das die übelste Kränkung, die er gegen Nick ausstoßen konnte.

Nick achtete gar nicht auf den Jungen.

»Das war wohl 'n Mißverständnis«, stellte er in gleichgültigem Tonfall klar. »Wie gesagt, ich hab's mir anders überlegt. Ich mochte bei der Aktion nicht mitmachen, weil ich der Ansicht war, sie hätte keine Erfolgsaussichten. Mir war einfach nicht danach zumute, in den Tod zu gehen, nur weil Ihnen der Schwanz juckt. Aber jetzt haben wir Unterstützung.« Mit dem Unterkiefer wies er auf Mikka und ihre Begleiter. »Zu siebt könnten wir es durchaus schaffen. Zumindest bin ich's zu versuchen bereit. Es sei denn, Sie wollen so tun, als wären Sie dazu imstande, 's allein durchzuziehen.«

»*Was* durchzuziehen?« wollte Mikka barsch erfahren. »Welche Aktion? Zum Donnerwetter, über was faselt ihr verdammten Schweinsnasen da?«

Thermopyle feixte spöttisch. Er wandte den Blick nicht von Nick. »Sind das wirklich Ihre Leute?«

Nick bestätigte es ihm durch ein Nicken.

Thermopyle zischte durch die Zähne. »Ich habe das Gefühl, sie können Sie nicht mehr so gut leiden.«

»*Was* für eine Aktion, hab ich gefragt!« schrie Mikka. Ihr Zorn und ihre Verzweiflung schienen die Luft der Steuerbrücke zu versengen.

Nick blickte sie nicht an. Er begegnete Thermopyles hämischer Belustigung mit einem eigenen Grinsen.

»Sie müßte bei dir vollen Anklang finden«, antwortete er schließlich, als wäre er mit der Lage vollauf zufrieden. »Wir haben vor, Morn zu befreien.«

Hinter seinem Rücken tönte Mikkas fassungsloses Schweigen unüberhörbar wie ein Schrei. Sib holte zittrig Atem, ganz wie ein Mann, der am Rande zu Tränen stand. »Ach je«, murmelte Vector leise. »Meine armen, alten Knochen …«

Nick hielt still und wartete darauf, ob Thermopyle sein Hilfsangebot zurückwies; ob er es abzulehnen wagte.

Doch Angus Thermopyle lehnte nicht ab. »Er hat recht«, sagte er statt dessen über die Schulter zu Davies. »Wir benötigen Beistand.«

Nick lächelte geradeso verzerrt wie seine Narben aussahen.

ANGUS

Angus beobachtete Nicks Lächeln und suchte irgendwelche Lücken in den Geboten und Verboten seiner Programmierung, durch die er sich Mord ermogeln könnte.

Daß Scheißkapitän Schluckorso da vor ihm stand und lächelte, als hätte er erneut gesiegt, Angus abermals geschlagen, war voll und ganz unerträglich. Es war untragbar, daß er sich zu der Unverfrorenheit verstieg, seine Leute an Bord von Angus' Raumschiff mitzubringen; daß Angus es hinnehmen mußte, weil er sie brauchte. Gänzlich verrückt war es, sie überhaupt hereinzulassen, ihnen auch nur im entferntesten zu trauen…

Doch sein Interncomputer gab Instruktionen, und er gehorchte, weil er dem unbarmherzigen Zwang der Zonenimplantate unterlag.

Nicks Beziehungen zur VMKP immunisierten ihn effektiv gegen jede echte Beeinträchtigung durch Angus. Und sein Unterstützungsangebot befriedigte die Logik der von Dios' vorprogrammierten Anforderungen. Morns Rettung hatte vor allem sonstigen Vorrang. Warum, das konnte Angus sich absolut nicht vorstellen.

Damit muß Schluß sein.

Auch das verstand er nicht.

Er kochte dermaßen vor Haß, daß ihm das Blut in den Adern zu sieden und zu schäumen schien; er schmachtete derartig danach, Nick Succorso das Genick zu brechen, daß ihm die Handflächen glühten, die Mordlust in seinen Schläfen pochte. Haß war alles, was ihn in dem Käfig aufrechthielt, zu dem sein Geist geworden war; Haß und ein seltsames, unverdrängbares Grauen beim Gedanken an Morn Hyland. Er irrte in seinem Innern herum, ebenso ruhe- wie ratlos, auf und ab wie ein eingesperrtes Raubtier; nichts als Mordpläne trieben ihn um.

Zu seinem Leidwesen hatte seine insgeheime leidenschaftliche Gier nach Mord und Totschlag keinerlei praktische Konsequenzen.

»Du liebe Scheiße, was sind das für Gestalten?« erkundigte er sich bei Succorso. »Was können sie, wozu taugen sie?«

Die Interkom unterbrach ihn. »Kapitän Thermopyle«, blökte jemand in den Interkom-Apparat vor der Schleuse der *Posaune,* »öffnen Sie! Wir kommen an Bord. Zu entscheiden, auf welche Weise es geschieht, liegt bei Ihnen. So höflich ist der Kassierer. Aber in Ihr Schiff gelangen wir auf alle Fälle. Wenn Sie nicht aufmachen, schweißen wir den Rumpf auf. Dann nehmen wir 'ne kleine BR-chirurgische Operation an Ihrem Kahn vor, gratis, ohne Berechnung. Falls Sie genug Kröten haben, können Sie sie ja anschließend rückgängig machen lassen, vorausgesetzt natürlich, Sie gucken sich nicht inzwischen das Erz von unten an, ha-ha-ha! Haben Sie alles geschnallt? *Öffnen Sie,* hab ich gesagt! Ich gebe Ihnen eine Minute Bedenkzeit. Danach schneiden wir Ihre Blechdose auf.«

Unwillkürlich erschrak Davies. Er hatte innerhalb zu kurzer Frist zu vieles durchstehen müssen. Seine Augen, denen Morns so ähnlich, wandten sich von Nick ab und hefteten den Blick in Angus' Gesicht; er hatte wirklich Augen genau wie Morn, voller Furcht, Not und Abscheu. Schwellungen und Blutergüsse entstellten seine Gesichtszüge.

Angus trat zur Kommandokonsole und betätigte eine Taste, die den externen Interkom-Apparat desaktivierte. Dann drehte er sich wieder Succorso zu.

Eine Frau, zwei Männer und ein Junge in ungefähr Davies' Alter hatten sich um Succorso geschart: seine Crewmitglieder, wie er behauptete. Auf den ersten Blick wirkte die Frau zu aggressiv, um einzugestehen, daß sie sich hier fehl am Platze fühlte, und ein Mann hatte das rundliche, ruhige Äußere eines Kat-Süchtigen; die zwei anderen Männer hingegen waren offensichtlich regelrecht außer sich vor Furcht. Der Junge trippelte ständig vom einen auf den anderen Fuß, klammerte sich innerlich an die Frau. Der Mann mit dem kümmerlichen Schnurrbärtchen schwitzte glotzäugig, als bestünde sein einziger Daseinszweck im Transpirieren.

»Kommen Sie, Succorso, raus mit der Sprache!« Angus' Programmierung gewährte ihm keinen Freiraum für Beleidigungen. »Ich warte. Diese Figuren sehen aus, als hätten Sie sie nebenbei im Vergnügungsviertel aufgelesen. Was rechtfertigt Ihre Ansicht, daß sie mir 'ne Hilfe sein könnten?«

Succorso verkniff die Lider. Trotz des Grinsens straffte sich die Haut seiner Visage um die Schädelknochen. Aus seinen Narben schwand die Farbe.

»Thermopyle, finden Sie nicht, Sie sollten hinsichtlich der Wächter irgend was tun?« fragte er gedämpft. »Diese Schweinerüssel bluffen nicht. Wir haben gesehen, daß sie Bergbau-Laser anschleppten.«

»Succorso«, erwiderte Angus – *Du arschgesichtiger Astro-Pisser!* – »wir haben keine Zeit für Blahblah. Wir können die Aktion nicht starten, bevor ich weiß, wer Ihre Leute sind und was sie an Leistungsvermögen zu bieten haben.«

Für eine Sekunde hatte es den Anschein, als verlöre Succorso die Nerven. »Dann tun Sie was gegen die Wächter!«

Angus verdrehte die Augen und zuckte die Achseln. Mit einer ruckartigen Bewegung des Handgelenks warf er das Impacter-Gewehr Davies zu. Er beugte sich über seine Kommandokonsole und tippte rasch einen Befehl ein.

Einen Moment später ertönte aus den Steuerbrücken-Lautsprechern eine aufgezeichnete, von ihm selbst gesprochene Durchsage.

»Hier spricht Kapitän Angus Thermopyle. Ich bin zur Zeit nicht an Bord. Zum Schutz meines Raumschiffs und zur Sicherheit meiner Kollegen habe ich die *Posaune* mit einer Selbstvernichtungsvorrichtung ausgestattet. Die Selbstvernichtung wird eingeleitet, sobald die Bordsensoren gewaltsames Eindringen bemerken. Die gleichzeitige Explosion von Ponton- und Pulsator-Antrieb sowie anderer energieintensiver Anlagen wird eine Zerstörungskraft erzeugen, die der Größenordnung von … nahekommt.« Eine Zahl wurde genannt, die sich zu hoch anhörte, von der Angus jedoch wußte, daß sie sehr wohl im Bereich des Möglichen lag. »Dadurch würde schätzungsweise ein Drittel Station Kassaforts atomisiert. Falls Sie meine Angaben nachzuprüfen wünschen, analysieren Sie bitte meine während des Anflugs auf Thanatos Minor entstandene Partikelspur.« Dies ist kein gewöhnlicher Interspatium-Scout der Kompaktklasse, ihr Schweinepriester. »Die Codes zum gefahrlosen Betreten oder Verlassen der *Posaune* sind meinen Kollegen bekannt. Die Codes zur Deaktivierung der Selbstvernichtungsvorrichtung der *Posaune* kenne nur ich allein. Vor meiner Rückkehr ins Schiff kann ich nichts tun, um jemanden, der sich gewaltsam Zutritt verschaffen will, vor den nachteiligen Folgen zu bewahren. Falls meine Kollegen das Pech haben, sich währenddessen an Bord aufzuhalten, fehlt ihnen jede Möglichkeit, um Sie in meiner Abwesenheit zu retten. Ich wiederhole die Warnung. Hier spricht …«

Angus schaltete die Lautsprecher stumm. »Die Aufzeichnung läuft automatisch. Ich habe sie auf Wiedergabe eingestellt, als Sie an Bord gekommen sind. Die

Wächter hören sie, seit sie vor der Schleuse stehen. Es ist Ihre« – er knurrte Succorso an – »und Taverners Schuld, wenn der Kassierer jetzt den Verdacht hat, daß ich an Bord bin. Allerdings kann er sich nicht sicher sein. Und wahrscheinlich denkt er, ich bluffe ... Aber auch dafür hat er keine Garantie. Das erschindet uns 'n bißchen Zeit. Vielleicht genug.«

Alle Anwesenden auf der Brücke konnten sehen, daß die Bordsysteme der *Posaune* in Betrieb und aktiv waren; Kassaforts Leitzentrale hatte ebenfalls diese Information.

Nick Succorso konnte Angus' Blick nicht mehr standhalten. Um seine Erleichterung zu verheimlichen, schaute er seine Crewmitglieder an, sah sich auf der Brücke um. »Also, wo ist Taverner?« fragte er zum zweitenmal, ohne Angus anzublicken.

Angus' Programmierung schrieb ihm nicht vor, auf diese Frage Auskunft zu geben; vielmehr wies ihre Logik auf ganz anderes, nämlich auf Möglichkeiten des Druckausübens hin, bei deren Gewahren neue Wallungen der Rachgier Angus' Venen durchpochten.

»Succorso, Sie haben an Ihrer Stirn 'ne Beule in der Größe meiner Faust. Wenn sie voll angeschwollen ist, wird sie rot wie 'ne Tomate sein.« Die umgängliche Milde, zu der seine Z-Implantate ihn zwangen, erstaunten und verstimmten ihn gleichermaßen. »Sie sehen aus, als wären sie gegen einen Stahlträger gelaufen. Ich rate Ihnen, hören Sie endlich mit der Fragerei auf und beantworten Sie statt dessen meine Fragen.«

Unvermutet stieß die Frau einen Fluch aus und drängelte sich an Nick vorbei. Obwohl Succorso die Reputation genoß, ein Mann zu sein, vor dem die Frauen auf den Knien lagen, schob sie ihn verächtlich mit der Schulter beiseite, um sich selbst an Angus und Davies zu wenden.

Wie eine Statikentladung flackerte helle Wut in Succorsos Augen; doch er tat nichts, um die Frau zurückzuhalten.

»Kapitän Thermopyle«, erklärte sie mit einer Stimme, der man den Drang zum Losschreien deutlich heraushörte, »ich bin Mikka Vasaczk, Erste Offizierin der *Käptens Liebchen* – oder wenigstens bin ich's bis vor kurzem gewesen. Das ist Sib Mackern« – sie deutete auf das furchtsame Männlein mit dem kärglichen Schnauzbart – »unser Datensysteme-Hauptoperator.« Als nächstes wies sie mit dem Kinn auf den Kat-Abhängigen. »Vector Shaheed, Bordtechniker.« Damit war noch das Jüngelchen übrig. »Ciro Vasaczk, mein Bruder. Er ist Vectors Gehilfe. Nick will uns loswerden. Er hat vorgehabt, uns in Kassafort sitzen zu lassen. Ich werde Ihnen sagen, warum. Er weiß nämlich, daß uns nicht paßt, was er mit Morn gemacht hat.« Ihr finsterer Blick traf Davies. »Wir haben alle versucht, Ihnen irgendwie zu helfen. Sib hat Morn aus ihrer Kabine befreit. Vector und ich haben geduldet, daß sie an die Kontrollen der Kosmokapseln ging. Das ist der Grund, weshalb die Kapsel Kassafort und nicht die *Friedliche Hegemonie* angesteuert hat… Deshalb sind Sie noch Mensch. Aber ihr konnten wir nicht mehr helfen.«

Mühsam schluckte sie. »Oder wir haben uns zu wenig angestrengt. Es kann sein, jeder von uns dachte, er sei auf sich allein angewiesen. Oder vielleicht wollten wir gar nicht glauben, daß er es tatsächlich so weit treibt.«

»*Ich* habe gewußt, daß er's fertigbringt«, raunte Davies. »Ich wußt's vom Moment meiner Geburt an… Und der war, ehe ich mich an irgend etwas über ihn erinnerte.«

»Ja…« Mikka nickte bedächtig. »Aber Sie haben den Verstand eines Astro-Schnäppers. Sie denken anders als unsereins.«

Ihr düsterer Blick fiel zurück auf Angus. »Wir vier sind daran interessiert, Morn zu befreien… Falls sie nicht längst von den Amnion mutiert worden ist. Aber Nick hat daran überhaupt kein Interesse. Das sollte Ihnen klar sein. Er haßt sie, er *will,* daß sie bei ihnen bleibt. Wenn er Ihnen was anderes erzählt hat, war's gelogen. Er ist nur hier bei Ihnen, weil der Kassierer ihn von der *Käptens Liebchen* ausgesperrt hat. Er kann sonst nirgends mehr hin.«

Keiner der Männer hinter ihr rührte sich; nur der junge Bursche nickte.

Angus glaubte der Frau. Ihr Gesicht zeichnete sich durch die Ehrlichkeit einer Faust aus. Wenn sie das ihre getan hatte, um seinen Sohn den Amnion vorzuenthalten, konnte er darauf bauen, daß sie ihm auch bei Morns Befreiung half.

Irgendwie hatte der ach so männliche und unbesiegbare Kapitän Succorso es geschafft, seine Besatzung zur Meuterei zu reizen.

»Schade, Mikka«, brummte Succorso. »War 'n witziger Versuch.« Seine Aura lässiger Überlegenheit war verflogen: er wirkte nur noch zermürbt und bissig. »Aber Thermopyle hat doch längst eingesehen, daß meine Beweggründe völlig belanglos sind. Wenn's die einzige Wahl ist, die mir noch bleibt – na, um so besser für ihn. Er will meine Unterstützung. Jetzt hat er sie. Die Wahrheit ist, *ihr* könnt auch nirgendwo mehr hin.«

Zum erstenmal ergriff der Bordtechniker das Wort, Vector Shaheed. »Du irrst dich, Nick.« Sein Ton glich seiner Miene und seinen Augen: er war viel zu ruhig, um normal zu sein. Dennoch hörte Angus seiner Stimme keine Kat-Abhängigkeit an; statt dessen hörte er altes Leid heraus, alte Schmerzen, die schon so lang unterdrückt wurden, daß auch alles andere eine trübe Dumpfheit angenommen hatte. »Wie gesagt, wir hätten uns an den Kassierer wenden können. Oder an Kapitänin Chatelaine. Es hätte bestimmt beide enorm fasziniert« – er schmunzelte matt – »von deinen Abenteuern in Station Potential zu erfahren.«

Das wäre in der Tat sogar für Angus faszinierend gewesen. Eingefleischte Warninstinkte meldeten sich mit aller Heftigkeit, machten ihn darauf aufmerksam, daß das, was Succorso in Station Potential getrieben hatte, wichtig sein mußte. Dummerweise konnte seine Programmierung mit Instinkten nichts anfangen. Unaufhaltsam vertickte der Countdown, der in den digitalen Komponenten seines Cyborg-Bewußtseins ablief.

»Darüber könnt ihr später diskutieren«, brummte er. »Nun will ich erst einmal Auskünfte haben. Wer von Ihnen hat schon mal mit Hochspannung gearbeitet?«

Vector Shaheed, Mikka Vasaczk und der junge Mann nickten.

»Thermopyle«, mischte Succorso sich ein, »meine Hilfe ist Ihnen sicher, aber unter einer Bedingung.« Ohne Übergang hatte sein Auftreten sich erneut verändert. Dieser Mensch ähnelte einem Kaleidoskop: bei jeder Drehung sah man etwas anderes. Jetzt redete er in leutseligem, lockerem Ton, als wäre er unter Freunden. »Ich muß die *Käptens Liebchen* kontaktieren. Das kann ich erledigen, während Sie die Vorbereitungen treffen. Meine Zweite Offizierin weiß nämlich nicht, was sie tun soll. Wahrscheinlich ist sie nicht darüber informiert, daß ich vom Schiff ausgesperrt bin. Solange sie meint, sie müßte auf mich warten, hat sie keinerlei Handlungsspielraum.«

Halt dein Maul, Dummfick! lautete die Antwort, die Angus auf der Zunge lag. Nur über meine Leiche wirst du mit deinem Raumschiff kommunizieren. Doch sein Data-Nukleus hatte andere Prioritäten. Anscheinend verlieh seine unintuitive Logik Nick Succorso den Status eines beistandsbedürftigen VMKP-Mitarbeiters.

Zu jeder gegenteiligen Reaktion außerstande, deutete Angus auf Taverners Konsole. »Da können Sie die Kommunikationsanlagen bedienen. Aber verbocken Sie nichts, die Leitzentrale darf nichts mitkriegen.«

Grinsend nahm Succorso im G-Andrucksessel des

Ersten Offiziers Platz und hob die Hände an die Tastatur.

Im Geiste sah Angus den Abgrund klaffen. Er fragte sich, ob seine Programmierung ihn gerade gezwungen hatte, einen schrecklichen Fehler zu begehen.

Aber gegenwärtig konnte er darüber nicht nachdenken. Als würden Neuronen umgeschaltet, stellten seine Zonenimplantate ihm ein Ohr darauf um, Succorsos Äußerungen zu belauschen. Seine gesamte restliche Beachtung konzentrierte sich auf Succorsos Crewmitglieder.

»Haben Sie Externaktivitätentraining gehabt? Wissen Sie, wie man mit Schußwaffen umgeht?«

»Von Training kann man nicht unbedingt reden«, antwortete Vector Shaheed, »aber wir haben alle schon EA praktiziert. Lu... Ciro und ich haben noch nie Waffen benutzen müssen.«

»Na gut.« Die Bestandteile von Angus' Planung fügten sich ineinander. »Sie sind mein Hochspannungsteam. Davies, du begleitest sie. Deine Aufgabe ist es, sie abzusichern. Wenn ihr fertig seid, deckst du den Rückzug.«

»Ich kapier überhaupt nichts«, sagte Davies. »Du hast mich bisher nicht in deinen Plan eingeweiht.«

Angus kümmerte sich nicht um den Einwand. »Wir anderen – Succorso, Vasaczk, Mackern und ich – holen Morn raus. Oder töten sie« – die Klarstellung stand aus seinem Mund einem Schuß aus einem Impacter-Gewehr an Brutalität nicht nach –, »falls die Amnion sie schon mutiert haben.«

Gleichzeitig lauschte er achtsam auf Succorso. Aber Succorso hatte nur in codierter Schriftform mit seinem Raumer Verbindung aufgenommen: mündlich gab er kein Wort von sich. Seine Finger flitzten über die Tasten, sein Tippen klang wie Salven eines Maschinengewehrs. Unter seinem konzentrierten Blick neigten die Narben zu dunkler Verfärbung.

»Wir gehen zu EA über«, erläuterte Angus, »damit wir uns nicht mit dem Wächtergesindel des Kassierers rumärgern müssen. Wir überqueren die Dockanlagen und ein Stück Planetoidenoberfläche bis zur Amnion-Sektion, eine Strecke von ungefähr drei Kilometern. Dort schneiden wir uns 'n Weg hinein. Soweit ist alles ziemlich einfach. Schwieriger wird's sein, Morn zu finden.«

Und die Aktion zu überleben. Längst hatte Angus begriffen, daß er gegen die Amnion letzten Endes machtlos war; hätte sein Data-Nukleus nicht – aus unersichtlichen Gründen – etwas anderes befohlen, wäre er in Versuchung geraten, selbst den Schutz Vector Shaheeds und Ciro Vasaczks zu übernehmen und Morn von Davies Hyland herausholen zu lassen.

»Wenn wir sie gefunden haben, schnappen wir sie den Amnion weg, oder wir töten sie. Wir führen für sie einen EA-Anzug mit.« Scharf blickte er Sib Mackern an. »Dafür sind Sie zuständig.« Mackern mit einem zusätzlichen EA-Anzug zu belasten, konnte keinen Schaden anrichten. Der Kümmerling wirkte ohnehin nicht, als verstünde er sonderlich gut mit Schußwaffen umzugehen. »Sobald sie in dem Anzug steckt, kehren wir auf eben dem Weg um, auf dem wir hingelangt sind. Alles klar?«

Und wenn wir das alles geschafft haben, ihr dann noch lebt, ich heil wieder an Bord bin und der Kassierer die *Posaune* noch nicht aufgeschweißt hat, befassen wir uns mit der Frage, wie wir von hier verduften können.

»Das klingt für meinen Geschmack alles etwas zu einfach«, murrte Mikka Vasaczk durch die Zähne.

Nachdrücklich nickte Davies. Sib Mackerns Augen zeigten verdächtig viel Weißes.

Angus schnitt eine Grimasse. »Abgesehen davon, daß die Amnion uns vielleicht eher umlegen als wir sie, gibt's nur drei Gefahren.« Und der Möglichkeit, daß Angus paralysiert wurde; eventuell gegen diese Leute aktiv zu werden hatte. »Es könnte sein, der Kassierer entscheidet sich dafür, seine Wächter auch zu EA einzusetzen. Oder ein Raumschiff ortet uns per Scanning und petzt bei der Leitzentrale ... Zum Beispiel die *Stiller Horizont* käme für so was in Frage.«

»Die *Sturmvogel* übrigens auch«, bemerkte Nick, ohne sein Tippen zu unterbrechen. »Sie hat vor 'n paar Minuten abgelegt.«

»Oder die Amnion«, ergänzte Angus ungerührt seine Darlegungen, »rufen gegen unsere Aktion die Schweinebande des Kassierers zu Hilfe. Ich bin mir sogar ganz sicher, daß sie's tun. Aber Shaheed und Ciro werden alle diese Probleme für uns beheben.«

Mikka Vasaczk, Davies und die anderen warteten auf Näheres. Aber Angus ging nicht ins Detail. Er wollte vermeiden, daß Nick Succorso erfuhr, welche Absichten er verfolgte; dadurch verhindern, daß Succorso alles seinem Raumer durchgab. Alles womit Nick Succorso zu tun bekam, eröffnete dem Verrat zu viele Gelegenheiten.

»Lassen Sie *endlich* das Scheißgehacke, Succorso«, forderte Angus ihn auf. »Wir müssen los.«

»Bin schon fertig.« Succorso drückte eine letzte Taste und schwang sich aus dem Andrucksessel. »Ich bin soweit. Was mich angeht, ich habe 'ne Vorliebe für einfache Pläne. Dann kann sich wenigstens noch die Phantasie entfalten.« Er kehrte sich Angus zu, als wäre er wieder im Vollbesitz seiner Überlegenheit, die Fäuste in die Hüften gestemmt, ein Feixen in der Visage. »Nun müssen Sie mir bloß noch eines erklären. Wo, zum Teufel, ist Milos Taverner?«

In Angus' Magengrube regte sich Unwohlsein; doch er zuckte die Achseln, als wäre ihm alles einerlei. »Ich bin mir nicht sicher. Aber ich glaube, er ist zu den Amnion übergelaufen.«

Succorsos Crewmitglieder waren völlig entgeistert. Auch er selbst wirkte reichlich perplex. »Er ist *was?*«

Seit dem Abflug vom VMKP-HQ hatte Angus nur ein einziges der von ihm angestrebten Ziele erreicht: er hatte Milos Taverner vom Hals. Doch wahrscheinlich sollte dieser Sieg ihn teurer zu stehen kommen, als er es verkraften konnte. Warden Dios – zur Hölle sollte er fahren! – hatte die Operation doch nicht gut genug geplant.

»Sie hören doch, was ich sage«, entgegnete Angus, zog eine bitterbös-sardonische Miene und wies auf den Ausgang. »Gehen wir.«

»Aber das heißt doch«, stammelte Succorso verdutzt, »sie wissen von ihm, daß wir kommen.«

Nein. Es heißt, er hat ihnen meine Prioritätscodes verraten. Er hat ihnen ausgeplaudert, wie man mich abstellen kann.

»Ja sicher«, bestätigte Angus. »Aber er kann ihnen nicht erzählt haben, wie wir's machen, weil er's nämlich nicht weiß.«

Und die Amnion ahnen nicht, daß ich jetzt Unterstützung habe. Sie werden nicht versuchen, uns abzufangen, weil sie der Ansicht sind, mich ohne große Umstände kaltstellen zu können. Sie bilden sich ein, auf die Tour könnten sie mich *und* Davies kaschen.

Seinen Sohn durfte Angus beschützen. Leider ließ sein Data-Nukleus ihn nicht ausführen, was nötig gewesen wäre, um sich selbst zu schützen.

»Einen Moment mal«, beharrte Succorso, als wäre er der Panik nah, »einen Moment noch … Sie haben erwähnt, beim Anflug auf Thanatos Minor hätte er mit den Amnion kommuniziert, und sie hätten früher als ich geantwortet. Seit wann arbeitet er denn schon für sie?«

»Woher, zum Henker, soll *ich* das wissen?« Angus hatte ein Empfinden, als schlösse sich der Rachen des Abgrunds um sein Herz. »Auf alle Fälle schon bevor ich in der KombiMontan-Station von Ihnen und anderen Schleimbeuteln übern Tisch gezogen worden bin.« Bevor ihr mich in diese Scheiße hineingeritten habt. »Seitdem ist er zu beschäftigt, um noch irgend was Komplizierteres anzupacken.«

»Aber das *bedeutet* ja…« Vor Betroffenheit stand Nick Succorso der Mund offen.

»Es bedeutet«, grummelte Mikka Vasaczk, »die Amnion kannten schon die Wahrheit über dich, als wir Station Potential angeflogen haben. Der Dreckschnüffler hatte es ihnen längst gesteckt. Sie wußten schon, daß du nur die Absicht hattest, sie zu bescheißen. Darum wollten sie uns bei der Hyperspatium-Durchquerung killen… Deshalb sind wir von ihnen, ohne es zu ahnen, für 'n Flugbeschleunigungsexperiment mißbraucht worden. Und *deswegen* haben sie vor unserem Abflug so hartnäckig versucht, uns Davies abzuhandeln – weil sie davon ausgegangen sind, daß er mit uns zusammen ums Leben kommt.«

In kühler Konzentration, kaum weniger ausdrucksstark als sein Vater, beobachtete Davies sie, als wöge er ihre Worte gegen das ab, dessen er sich entsann. »Das erklärt aber nicht, weshalb ich für sie so wichtig bin. *Wofür* wollen sie mich haben?«

Zu gerne hätte Angus vor Bitternis aufgeheult. Vielleicht wäre es ihm von den Zonenimplantaten erlaubt worden. Doch ehe er es nur versuchen konnte, erfolgte an der Kommunikatorenkonsole eine automatische Relaisschaltung und stellte eine Verbindung zu Kassaforts Leitzentrale her.

Sofort kreischte die Stimme des Kassierers aus den Brücken-Lautsprechern.

»Kapitän Thermopyle, Sie elender Hurenbock, Sie haben sich selbst Ihr Grab geschaufelt!« Offenbar kochte er vor Wut, hatte sich beinahe in Hysterie hineingesteigert. »Das werden Sie mir büßen! Sobald Sie versuchen, sich zu verdünnisieren, lasse ich Sie *rösten!*

Und bis dahin lege ich Sie lahm. Sie kriegen keine Energie, keine Luft und keine Flugdaten mehr. Schauen Sie mal zu, wie Sie *dann* zurechtkommen, Sie widerwärtiger Schleimbeutel! Lebenserhaltungssysteme haben Sie ja in Ihrem Kahn, aber auf Flugdaten können Sie *nicht* verzichten.«

Die Übertragung endete mit einem Krachen, als hätte er das Mikrofon mit dem Hammer zertrümmert.

»Ich sage es nun bloß noch ein einziges Mal«, verkündete Angus. Künstliche Ruhe und alteingesessenes Grauen erfüllten seine Seele. »Wenn wir nicht unverzüglich losziehen, verpassen wir unsere Chance.«

Indem er Succorsos Bestürzung, Davies' Konzentriertheit und Mackerns Kläglichkeit den Rücken zukehrte, strebte er zur Konnexblende.

In Thanatos Minors geringer G leicht und behend, schloß Mikka Vasaczk sich ihm an.

Als er den Mittschiffskorridor der *Posaune* betrat, hörte er hinter sich Getrappel auf den Stufen der Konnexblende: weitere Leute folgten.

Sein Sohn mußte sich sofort an Mikka Vasaczks Fersen geheftet haben. Auf dem Weg zum Waffenschrank belauschte er, wie sie Davies' Frage beantwortete.

»Die Amnion wollen das Problem lösen, das sie dabei haben, Menschen zu ihresgleichen zu mutieren, ohne ihren Geist zu zerstören.« Nochmals versuchte sie dem Jungen zu helfen. »Sie möchten Amnion hervorbringen, die aussehen und reden wie Menschen, sich an ihr gesamtes früheres Menschsein erinnern. Nachdem Morn die Transponierung ihres Bewußtseins an Sie überlebt hatte, müssen sie wohl gedacht haben, Zonenimplantate seien die Lösung. Sie verkörpern für sie 'ne Gelegenheit, um die durch Morns Z-Implantat entstandenen Folgeerscheinungen zu untersuchen... So daß sie ihre Mutagene verbessern können.«

»Und aus genau diesem Grund möchte ich«, rief Angus über die Schulter, ohne selbst zu ahnen, warum,

»daß du Shaheed und Ciro Vasaczk Schutz gibst, statt mich zu begleiten. Ich will nicht riskieren, daß du diesen Stinkern in die Pfoten fällst.«

Ob er damit die Wahrheit sprach, wußte er selbst nicht.

Allerdings wußte er genau, wie Morn es aufnähme, befreite er sie und bezahlte diesen Erfolg mit dem Leben ihres Sohns.

Er hatte noch keinen Blick in den Waffenschrank der *Posaune* getan; dafür hatte er gar keine Zeit gehabt. Doch er fand in den Datenspeichern seines Interncomputers den Code. Er tippte ihn dem Kombinationsschloß ein und rollte die Schranktür auf.

»Guter Gott!« stieß Mikka Vasaczk unterdrückt hervor. »Das ist ja kein Waffenschrank, sondern 'n komplettes Arsenal.«

Angus sah Waffen aller Art: Faustfeuerwaffen, Gewehre, Laser, Blaster, ein größeres Sortiment an Messern, ferner leichte Granatwerfer sowie Handgranaten und sonstige Sprengmittel; alles in allem fand er genug Zerstörungspotential für eine ganze Söldnertruppe. Ein Inventarverzeichnis spulte sich in seinem Kopf ab, doch er beachtete sie nicht. Unerbittlich lief die Zeit ab. Er suchte sich ein paar Haftminen, einen kleinen Präzisionslaser und eine miniaturisierte Materiekanone heraus. ›Miniaturisiert‹ bedeutete in diesem Fall, sie war länger als sein Bein und doppelt so schwer; mit etwas Glück genügte die Akku-Ladung, um drei Schüsse abzugeben. Er schob sie sich unter den Arm und trat beiseite, um die anderen Anwesenden an den Schrank zu lassen.

Mikka Vasaczk nahm ein Impacter-Gewehr und einen Laser an sich. Davies richtete sich nach ihrem Beispiel und griff sich zu dem Impacter-Gewehr, das er schon hatte, gleichfalls einen Laser. Sib Mackern entschied sich für zwei Faustfeuerwaffen, fühlte sich anscheinend jedoch damit nicht recht wohl; eine legte er zurück. Vector Shaheed bemächtigte sich zweier kurzrohriger Raketenwerfer – diese Waffen hatten über größere Entfernungen hinweg eine nur geringe Treffgenauigkeit, konnten aber aus geringem Abstand kaum ein Ziel verfehlen –, reichte einen davon Ciro Vasazck und zog den Burschen vom Schrank fort.

Nick Succorso fackelte nicht lange mit der Auswahl. Er grapschte sich zwei Faustfeuerwaffen, ein Impacter-Gewehr, einen Koffer Handgranaten …

Angus knallte die Schranktür zu und klemmte fast Succorsos Finger ein; dann strebte er heckwärts zu dem Stauraum, in dem die EA-Anzüge hingen.

Mit Ausnahme der beiden Exemplare, die für ihn und Taverner zugeschnitten worden waren, hatten sie allesamt Standardgröße. Aber Angus erkannte auf den ersten Blick, daß er solche EA-Anzüge noch nie gesehen hatte. In überwiegender Hinsicht waren sie normal beschaffen: flexible Konstruktionen aus Mylar und Plexulose, polarisierten Helmscheiben, Sauerstofftanks, Akkus, Helmfunk und Gürtelhaken für Werkzeuge oder Waffen. Doch wie die Lenkdüsen funktionierten, wußte er nicht.

Mit unpersönlicher Effizienz lieferte eine Interncomputer-Datei ihm zum genau richtigen Zeitpunkt die entsprechende Auskunft.

»Nehmen Sie sich Anzüge«, sagte Angus zu Mikka Vasaczk und den übrigen Leuten von der *Käptens Liebchen.* »Wir müssen die Funkgeräte auf eine gemeinsame Frequenz einstellen.« Er nannte eine beliebige Frequenz. »Solange nicht irgendwer zufällig auf dieselbe Frequenz gerät, kann niemand mithören. Wir tummeln uns zwar nicht in Null-G, aber Sie sollten wissen, wie man die Düsen bedient. Sie sind reaktionsempfindlicher als die üblichen Lenkdüsen, steuerbarer. Man handhabt sie wie Waldos. Ins Innere des Anzugs ist ein Gestänge integriert. Man schlingt die Befestigungsgurte um die Hüften und führt sie zwischen den Beinen durch. Der Verschluß und die Kontrollen sind auf der Brustplatte. Nach Aktivierung erfassen die Sensoren Ihre Hüftbewegungen und betätigen danach die Düsen, rechts, links, auf- oder abwärts, was Sie wollen. Man braucht dafür einige Übung, also hoffen wir mal lieber, Sie sind nicht darauf angewiesen.«

Angus bezweifelte nicht, daß sein Interncomputer längst wußte, wie die Lenkdüsen einwandfrei bedient werden konnten.

In der Enge des Korridors stiegen Mikka Vasaczk und die Männer in EA-Anzüge. Davies hielt möglichst großen Abstand von Succorso. Sib Mackern und Ciro Vasaczk bedurften beim Anlegen der ungewohnten Schutzkleidung der Unterstützung: Vector Shaheed und Mikka Vasaczk waren ihnen behilflich.

Nick Succorso plapperte ziellos über die bemerkenswerte Ausrüstung der *Posaune,* doch niemand schenkte ihm Aufmerksamkeit. Angus' Programmierung präsentierte ihm eine mentalvisuelle Checkliste. Er stellte seine Waffen ab, um seine Ausstattung zu vervollständigen.

Er entnahm der Tasche seiner Bordmontur einen kleinen Sender, der Ähnlichkeit mit einem Zonenimplantat-Kontrollgerät hatte, und steckte ihn in eine Außentasche seines EA-Anzugs. Dann streifte er den Anzug über und schloß ihn, hakte die Haftminen und den Präzisionslaser an den Gürtel. Die Materiekanone war dafür zu schwer, also hob er sie auf die Arme. Als er fertig war, stapfte er zum Lift.

Er versuchte, *versuchte* angstrengt, das klaustrophobische Zischen der Luft in seinen Ohren nicht zu beachten. Es schien ihm einzuflüstern, er hätte sich soeben in einer Gruft eingeschlossen, einem Kindergrab; in einem Kinderbett festgeschnallt, so daß die Frau, die über ihm emporragte – eine Frau, riesig wie das Weltall, die seine Mutter hätte sein sollen –, ihm Schmerzen zufügen konnte, ihm Qualen von den Ausmaßen des Abgrunds zwischen den Sternen bereiten.

Externaktivitäten waren für ihn jedesmal eine wahre Tortur.

Die Zeit verstrich. Zweifellos ging sein Bluff nicht mehr lange gut. Sobald den Kassierer Panik packte, würde er seinen Schergen Anordnung geben, die *Posaune* aufzuschweißen. Und dann verteidigte sich das Raumschiff – allerdings nicht durch Selbstvernichtung, sondern indem es in möglichst ausgedehnten Bereichen der Station einen Stromausfall verursachte. Diese Vorkehrung hatte Angus während Nick Succorsos Abwesenheit arrangiert.

Gleichzeitig hatte er – unter Anwendung von Instrumenten, die kein herkömmlicher Interspatium-Scout der Kompaktklasse an Bord hatte – eine umfangreiche kartografische Vermessung der Energieversorgung Kassaforts vorgenommen. Was er dabei herausgefunden hatte, brachte ihm momentan jedoch keinen Nutzen. Jetzt zählte nur der eventuelle Stromausfall als wichtig.

Die *Posaune* bliebe danach nur zwei oder drei Minuten länger intakt, mehr nicht. Und sollte der Stromausfall auftreten, ehe Vector Shaheed und Ciro Vasaczk ihre Aufgaben erfüllt hatten, wäre es auf höchst verhängnisvolle Weise zu früh.

Schon jetzt schwitzte Angus wie eine ganze Herde Säue, und dabei hatte er noch nicht einmal das Raumschiff verlassen.

Fast augenblicklich gesellte Mikka Vasaczk sich zu ihm in die Aufzugkabine, und als nächster kam Nick Succorso. »Sind Sie sicher, daß dieses Zeug auch hält, was es verspricht?« In der Beengtheit von Angus' Raumhelm klang seine Stimme überlaut. Durch zwei Helmscheiben betrachtet, hatte Succorsos Gesicht alle Ähnlichkeit mit der Fratze eines Monstrums. Seine Narben glichen offenen Wunden. »Es sieht alles so neu aus. Man könnte meinen, es wäre noch nie ausprobiert worden.«

»Es wird schon funktionieren, Nick«, brummelte Mikka Vasaczk sehr ungnädig. »Halt zur Abwechslung mal deine Schnauze.«

Nick Succorso musterte sie so festen Blicks, als hätte er inzwischen entschieden, wie er sie umzubringen beabsichtigte.

Davies war bereit, aber ließ den anderen Männern den Vortritt; er betrat die Liftkabine als letzter.

Während Angus sein ständiges Verlangen niederrang, nach Luft zu schnappen, ließ er die Liftkabine zur zweiten Luftschleuse der *Posaune* hinauffahren.

Nun stieg Davies als erster aus. Er bezog in der Schleusenkammer an der Kontrolltafel Aufstellung, den Rücken zur Wand und das Gewehr in Bereitschaft. Die Mündung hielt er auf Succorsos Leib gerichtet.

Geradeso wie sein Sohn rechnete auch Angus seitens Succorsos mit irgendeiner Hinterlist. Allerdings nicht hier; nicht so. Es mochte soweit sein, wenn die Gruppe die Amnion-Sektion erreichten; oder vielleicht, wenn sie zur *Posaune* zurückkehrte.

Aber Angus' größte Sorge in bezug auf Nick Succorso war keinesfalls dessen Hang zum Verrat, sondern vielmehr die Befürchtung, seine vorprogrammierten cyborgischen Restriktionen könnten verhindern, daß er es ihm anschließend heimzahlte.

Als sie alle sieben in der Schleusenkammer standen, nickte Angus seinem Sohn zu. Davies drehte sich der Kontrolltafel zu und drückte Tasten.

Die innere Schleusenpforte schloß sich.

Kompressoren winselten, pumpten die Luft aus der Schleuse, um ein explosives Entweichen ins Vakuum zu vermeiden. Der EA-Anzug preßte sich ringsum leicht um Angus' Körper, indem die Innenluft ihn dehnte; seine Begleiter schienen aufgeblasen zu werden, sie wirkten, als müßten sie wie Ballons davonschweben, sobald sie zur Schleusenkammer hinaustappten.

Er verringerte die Funkleistung seines Helmfunks, damit Nick Succorso und die anderen ihn nicht schnaufen hörten. Externaktivitäten flößten ihm Grauen ein; ihm graute vor engen genauso wie vor weiten Räumen. Doch aufgrund seiner Zonenimplantate blieb ihm keinerlei Wahl. Energisch biß er sich auf die Unterlippe, wandte sich dem Ausgang zu und wartete aufs Öffnen der Schleuse.

Sobald die Servos der *Posaune* die äußere Schleusenpforte aufgeschwenkt hatten, klomm er in den Ausstieg, steckte den Kopf hinaus und erhielt einen ersten Eindruck von dem, was Nick Succorsos Arglist nach sich zog.

Die gesamte Umgebung des Besucherdocks war in grellweißes Licht getaucht. Das war Normalität: an allen Seiten leuchteten auf hohen Pfosten montierten Bogenlampen wie helle Glut, gaben im Einflug befindlichen Raumschiffen eine visuelle Bestätigung ihrer elektronischen Flugdaten und Trajektorien.

Von dermaßen intensiver Beleuchtung überstrahlt, daß sie nahezu phosphoreszent zu sein schien, sah die sich scharf abzeichnende Landschaft gleichzeitig banal und fremdartig aus. Auf vielen Quadratkilometern des Planetoiden war Thanatos Minors Oberflächengestein mit Beton übergossen worden, um die Außenseiten und Randzonen Kassaforts zu verstärken.

Im Gegensatz zu den Werftbauten und dem Frachthafen der Station war diese Sektion frei von Laufkränen oder sonstigen Krananlagen, Umlade- und Wartungseinrichtungen oder Energiezapfstellen; ebensowenig gab es Schleusen für Frachtschlepper oder Schiffsbelader.

Statt dessen waren nur vorhanden: die im Beton aufgeworfenen, Beulen ähnlichen, wie Insektenmäuler mit allerlei Fühlern und Zangen durchaus vergleichbaren

Aufreihungen von Kabeln und Greifarmen garnierten Astro-Parkbuchten; mehrere Trichterantennen, die diesen Quadranten von Kassaforts Umraum abdeckten; ferner Scanningantennen und Rezeptoren, hochauf verzweigt und dünngliedrig wie abgebrannte Bäume, sowie da und dort die Luke einer Notschleuse; und eine Anzahl von Artilleriebunkern, die der Leere des Alls mit Salven aus Materiekanonen drohten.

An und für sich hatten die Artilleriebunker ein wuchtiges, mörderisch gefährliches, unwägbar destruktives Aussehen. Doch unter der unermeßlichen Finsternis, die sich statt eines Himmels über Thanatos Minor wölbte, wirkte ihr Beton keineswegs massiver oder effektiver als das alte Planetoidengestein, auf dem man sie gebaut hatte.

Ausschließlich das Licht war es – beziehungsweise der Kontrast zwischen der unnatürlichen, von Menschen erzeugten Beleuchtung und der natürlichen, menschenfeindlichen Weite –, das der Landschaft die Fremdartigkeit verlieh. Vor dem absolut allesbeherrschenden, schwarzen Hintergrund des Kosmos gab jede Bogenlampe, wie hell sie auch leuchten mochte, nur ein belangloses Fünkchen ab.

Das menschliche Empfinden beharrte darauf, daß so viele Millionen Tonnen von Beton und soviel Fusionsenergie, so viele greifbare Resultate bewußten Planens sich zu einem hinlänglich großen Faktor summieren müßten, um einen Unterschied zu bedeuten. Aber die Leere ringsherum leugnete es.

Angus trug EA-Anzüge aus demselben Grund, weshalb er Raumschiffe flog und Weltraumstationen betrat: natürlich auch, um Leib und Leben vor dem Vakuum zu bewahren; noch entscheidender kam es ihm jedoch darauf an, seinen Geist vom Abgrund fernzuhalten. Das Weltall als solches war ihm ein Greuel.

Möglicherweise war dieser eine Sachverhalt das einzige in seinem Dasein, das Angus Thermopyle wirklich voll und ganz verstand.

Wegen der Lichtverhältnisse konnte er die *Käptens Liebchen,* obwohl sie sich hundert Meter weit entfernt befand, deutlich sehen.

Er erblickte sie genau in dem Moment, als sie sich aus ihrer Astro-Parkbucht löste. Inmitten eines Nebels dekomprimierter Luft, des Baumelns zertrennter Haltevorrichtungen und einer Corona gerissener, funkensprühender Stromkabel trudelte sie vom Besucherdock in die Höhe, als ginge sie ein für allemal verloren.

LIETE

An der Kommandokonsole in ihrem G-Andrucksessel festgeschnallt, fühlte Liete Corregio stoßweisen Schub ihren Körper durchfahren und vielschichtige Winde ihre Seele durchwehen, während die *Käptens Liebchen* sich aus der Astro-Parkbucht losriß und von dem Planetoiden emporschwebte.

Sofort zerrten neue Kräfte an ihr: Beschleunigung, Steuerdüsenschub, Bordrotation. Sie warfen ihre Gestalt von einer zur anderen Seite, schaukelten sich in ihrem Innern auf zu Übelkeit. Sie brauchten keine Bordrotation: ohne sie wären die Manöver des Raumers müheloser zu verkraften gewesen. Aber sie hatte auf Bordrotation geschaltet, weil Kassaforts Leitzentrale das von zentrifugaler G hervorgerufene Magnetfeld leichter orten könnte, und ebenso wären die *Friedliche Hegemonie* und die *Stiller Horizont* dazu fähig, geradeso wie die *Sturmvogel.* Und zudem beugte sie dadurch dem Eindruck vor, daß von der *Käptens Liebchen* eine Gefahr ausginge: ein Raumschiff, das sich auf ein Gefecht vorbereitete, behinderte sich im allgemeinen nicht selbst mit Bordrotation.

Liete konzentrierte sich dermaßen angestrengt auf andere Angelegenheiten, daß sie den Wind in ihren Ohren nicht erkannte. Er fühlte sich wie der Mistral der Dringlichkeit an, doch genausogut mochte es der anhaltende schwarze Fön ihres Untergangs sein.

Daß niemand am Posten des Bordtechnikers und an der Datensysteme-Konsole saß, verursachte ihr fortwährende Unruhe. Die Steuerbrücke war unvollständig besetzt; die *Käptens Liebchen* war unvollständig. Liete persönlich hatte die Mängel auszugleichen, die durch Nicks Abwesenheit und seine Geheimnistuerei entstanden.

»Die Leitzentrale ist am Toben«, meldete Lind von der Kommunikationskonsole. Seine Stimme kiekste vor Aufregung, der Adamsapfel hüpfte ihm. »Bis jetzt werden noch keine Drohungen ausgestoßen. Die Astro-Lotsen sind noch zu verwirrt.«

»Beachte sie gar nicht«, befahl Liete. »Desaktiviere den Funkempfang, wenn's sein muß. Du hast zuviel anderes zu erledigen. Hast du Nicks Nachricht an den Lauschposten abgestrahlt?«

»Du brauchst nicht zu versuchen, uns zu verarschen«, sagte Pastille dazwischen; seine Stimme strotzte von mühsam gemeisterter Anspannung. »Du meinst doch, ob er Nicks Nachricht an die VMKP geschickt hat, stimmt's? Nutzen wird's uns aber nichts. Wir werden tot sein, ehe die Mitteilung eintrifft.«

Liete ignorierte den Steueranlagen-Drittoperator, wartete auf Linds Antwort.

Lind las eine Anzeige ab. »Ist abgegangen. Per Richtstrahl an dieselben Koordinaten, die er das letzte Mal verwendet hat.«

»Dann konzentriere dich nun auf die Raumschiffe«, wies Liete ihn an. »*Posaune, Sturmvogel, Stiller Horizont, Friedliche Hegemonie.* Von wenigstens einem werden wir was hören.«

Die Luft rund um sie wirkte bleiern, dumpfig von all dem Stress der Umstände. Man hätte meinen können, die Skrubber der Luftfilter wären den Anforderungen nicht mehr gewachsen.

»Auf was soll ich achtgeben?« erkundigte sich Lind.

»Auf Nicks Prioritätscodes, und zwar die alten.« Liete lud sie ihrer Kommandokonsole und kopierte sie Lind. »Sag mir augenblicklich Bescheid, sobald du sie empfängst. Ich will sofort genau wissen, wie die Befehle lauten.«

»Aber Nick wird doch nicht die …«

»Nein, selbstverständlich nicht«, fuhr Liete auf. »Er hat schon Order erteilt, was zu tun ist. Anders überlegen wird er's sich nicht mehr. Und falls doch, benutzt er die aktuellen Codes. Aber solltest du die alten Codes empfangen, will ich wissen, welche Instruktionen der Bordcomputer erhält. Das hat vor allem anderen Vorrang. Also vergeude keine Zeit mit Gequassel. Kopiere mir die Daten sofort rüber.«

»Geht klar.« Über seine Konsole geduckt, tippte Lind Tasten, so schnell er nur konnte.

Mit jedem Ticken des Steuerbrücken-Chronometers ähnelte der Wind in Lietes Ohren stärker dem Mistral. Aber er kühlte die Atmosphäre im Kommandomodul der *Käptens Liebchen* nicht im geringsten ab.

»Malda, Statusmeldung Waffensysteme«, befahl Liete.

»Geladen und feuerbereit«, lautete die Auskunft der Waffensysteme-Hauptoperatorin. »Du nennst mir 'n Ziel, und ich treff's.«

Fast ohne Atem zu holen, wandte Liete sich zur Scanningkonsole. »Carmel, deine Aufgabe ist es, uns am Leben zu halten. Beobachte diese Raumschiffe, *beobachte* Kassafort. Falls irgend jemand sich dazu entschließt, auf uns zu ballern, benötigen wir 'ne Vorwarnung. Falls jemand auf uns Kurs nimmt, müssen wir's auch frühzeitig wissen.«

»Ich bin schon dabei«, murmelte Carmel stoisch. Sie schaute nicht zu Liete herüber: ihre Beachtung galt ausschließlich den Anzeigen. »Da gerade von Vorwarnung die Rede ist, ich sehe, daß ein Grüppchen von Personen die *Posaune* verlassen. Ich zähle fünf … sechs … Jetzt sind's sieben.«

Personen, dachte Liete, während ihr das Herz im Hals schlug.

Verlassen die *Posaune.*

Wie war das möglich?

Wie konnten es so viele sein?

Wer davon war Nick?

Aber derlei Fragen hatten keinen Einfluß auf das, was sie tun mußte; sie änderten nichts. Sie ließ sie vom Wind verwehen; sie in Fetzen stieben, verfliegen wie Schall und Rauch.

Ganz langsam, mit stärkster Selbstbeherrschung, um nicht in Panik zu verfallen, drehte sie ihren G-Andrucksessel der Steuerkonsole zu.

»Pastille, du bist unausstehlich. Du kennst keine Disziplin, hast ein loses Mundwerk und riechst fies. Ich gebe dir jetzt eine Gelegenheit, um zu beweisen, daß du deine Kosten wert bist. Ich möchte ein Ge Beschleunigung, nicht mehr. Wir haben's nicht eilig. Du folgst der *Sturmvogel.* Sie ist unser Ziel.« Noch immer troff kalte Wut durch ihre Nerven, wenn sie an Sorus Chatelaine dachte. »Egal was sonst passiert, wir sorgen auf alle Fälle dafür, daß sie dran glaubt. Aber sieh zu, daß wir zwischen ihr und der Station bleiben, *genau* dazwischen. Sie und Kassafort dürfen nicht auf uns schießen können, ohne sich gegenseitig zu treffen. Dadurch sind wir auch vor der *Stillen Horizont* geschützt. Die *Sturmvogel* behindert ihre Zielerfassung. Ich möchte es denen so schwierig wie nur möglich machen, auf uns zu feuern.«

Pastille gehorchte, ohne den Blick auf seine Hände zu senken. Die G wechselte die Vektoren; die *Käptens Liebchen* änderte Flughöhe und Trajektorie; aber Pastille wandte die Augen nicht von Lietes Gesicht.

»Dir ist klar, daß das nicht gutgehen kann, oder?« Er sprach in gleichzeitig sarkastischem und an Andeutungen reichem Ton. »Wenn wir die *Sturmvogel* erst mal zerballert haben, hat Kassafort keinen Grund mehr zur Zurückhaltung. Gegen die Stationsartillerie haben wir nichts zu bieten… Nicht aus dieser geringen Entfernung.«

Liete musterte ihn, während sich Dunkelheit und Drangsal um sie ballten. »Na los, nur zu«, forderte sie ihn so verhalten auf, als wäre sie innerlich völlig ruhig. »Raus damit… Red's dir von der Seele!«

Sag mir, ob ich dir noch trauen kann.

Unvermittelt fiel der Blick des Steueranlagen-Drittoperators auf seine Tastatur, als hätten seine Finger sich verirrt. »Was wir treiben, ist Selbstmord«, antwortete er mit schwacher Stimme. »Nick will uns nicht mehr wiedersehen.«

Linds Hände stockten; sein Kehlkopf hüpfte, als er krampfhaft schluckte. Malda schaute Liete mit ausdrucksloser Miene an. Sogar Carmel hob den Kopf, um dem Wortwechsel zuzuhören.

Liete überraschte und erfreute sich selbst mit einem kurzen Auflachen. »Bist du wirklich der Meinung, so was sieht ihm ähnlich? Hat er je irgend was getan, das die Ansicht rechtfertigt, ihm wäre die Vernichtung seines Raumschiffs gleichgültig?« Ihre heiße, sehnsüchtige Erinnerung an Nicks Berührungen beflügelte sie zu neuen Argumenten. »Hast du eigentlich schon an die Möglichkeit gedacht, daß er bei den Leuten sein könnte, die vorhin die *Posaune* verlassen haben? Daß er sich mit Mikka, Sib, Vector und Lumpi getroffen und Externaktivitäten aufgenommen hat, um die Stationsartillerie zu sabotieren?«

Unentwegt tippte Pastille Steuerbefehle ein. Lietes Magen zog sich zusammen, als G-Schwankungen nach mehreren Seiten gleichzeitig spürbar wurden. Ein Sichtschirm zeigte Radarechos der *Käptens Liebchen,* der *Sturmvogel* sowie der *Stiller Horizont.* Die *Sturmvogel* hielt stetig, aber ohne Eile auf das Amnion-Kriegsschiff zu. Graduell schwenkte die *Käptens Liebchen* in dieselbe Flugrichtung ein. In wenigen Sekunden mußten Kurs und Geschwindigkeit der *Käptens Liebchen* sich der *Sturmvogel* angepaßt haben.

»Na, *irgend jemand* mußte es ja wohl mal aussprechen«, entgegnete Pastille trotzig. »Damit wir alle uns keine Sorgen mehr zu machen brauchen.«

»Ich finde, es ist unerwartet fürsorglich von dir«, kommentierte Carmel auf eine Weise, als täte sie den ersten Spatenstich, um ein Grab zu schaufeln, »so liebenswürdig an uns zu denken.«

»Ach, leck mich doch«, antwortete Pastille.

Die Scanning-Hauptoperatorin arbeitete weiter, als hätte sie nichts gehört.

Der Wüstenwind von Nicks Liebesbeweisen behielt Liete in seinem Bann; stöhnte durch ihre Ohren, zauste ihre Haare, trocknete ihr die Augen.

»Malda, nur um sicherzugehen, justiere die Zielverfolgung auf die *Friedliche Hegemonie*«, befahl Liete im gleichen Tonfall wie zuvor. »Sollte die Lage richtig brenzlig werden, können wir immer noch ein stationäres Ziel erwischen.«

Das Klicken ihrer Tasten, während Malda gehorchte, klang dumpf, als ob die stickige Atmosphäre es dämpfte.

»Ich weiß nicht, was sie dort unten vorhaben«, bemerkte Carmel, als ginge nichts sie etwas an. »Sie haben sich geteilt. Drei Personen ziehen in eine, vier in eine andere Richtung.«

»Zu den Artilleriebunkern?« fragte Pastille.

In diesem Abstand konnten nur zwei von Kassaforts Artilleriebunkern der *Käptens Liebchen* gefährlich werden.

»Vielleicht, vielleicht nicht«, brummte Carmel. »Um das sagen zu können, ist's noch zu früh.«

»Liete …« Linds Stimme klang, als hätte er gerade seinen Adamsapfel verschluckt. »Da kommt was.«

»Analyse!« schnauzte Liete. »Schnell!«

Zum Glück war Lind schnell. Fast augenblicklich aktivierte sich vor Liete ein Monitor.

Die Funksendung kam von der *Stiller Horizont*.

Die Amnion verwendeten Nicks Prioritätscodes; die Codes, die Morn Station Potential überlassen hatte.

Unter Berufung auf die Autorität dieser Codes instruierte die *Stiller Horizont* die *Käptens Liebchen,* ihr die Kommunikationsfrequenz freizumachen und eine Direktverbindung zu ihrem Bordcomputer herzustellen.

Dann befahl das Amnion-Kriegsschiff der *Käptens Liebchen,* den Pulsator-Antrieb zu desaktivieren und den Waffensystemen die Energiezufuhr abzudrehen.

Als stünden ihre Synapsen in Flammen, betätigte Liete Schaltungen, die sowohl die Steueranlagen wie auch die Waffensysteme korrektursteuerten.

Die Empfindung erneuter G-Schwankungen kroch durch ihren Bauch, als das Raumschiff den Schub verlor. Fast glaubte sie, das unmerkliche Seufzen hören zu können, mit dem der Materiekanone und den Lasern die Energie entzogen wurde.

»Was …?« schrie Malda unwillkürlich auf.

Pastilles Ausruf unterbrach die Waffensysteme-Hauptoperatorin. »Was, zum Satan, *machst* du da, Liete?«

Liete vermochte keine Luft mehr zu holen. Ihre Nerven schienen zu glühen; Krämpfe stauten ihr den Atem in der Brust. Hat es geklappt? fragte sie das Schweigen. War ich flink genug? Fallen sie darauf herein?

Nick, sag mir, ich war schnell genug!

»Die Befehle kamen von der *Stiller Horizont*«, konstatierte Lind mit hoher, gepreßter Stimme. Um den Mund zu halten, hatte ihn zu tiefe Furcht gepackt. »Sie haben gelautet, den Antrieb und die Waffensysteme stillzulegen. Nicks Prioritätscodes sind benutzt worden … Die alten Codes.«

Vor Bestürzung oder Erleichterung erschlaffte Malda in ihrem G-Andrucksessel.

»Und du hast's *getan?*« empörte Pastille sich wild. »Die Amnion haben die alten Codes verwendet, und du hast *gehorcht?* Bist du *verrückt* geworden?«

Ein Schauder durchlief Liete. Zaghaft tat sie einen,

dann noch einen Atemzug. Schlagartig lockerten sich ihre verspannten Muskeln, und sie war wieder zum Atmen imstande.

»Jetzt halten sie uns für wehrlos«, sagte sie heiser, als verlöre sie die Stimme. »Nun können wir ernsthaft ans Werk gehen.«

In ihren Ohren war der Wind so schwarz und unheilvoll wie das Hyperspatium geworden.

ANGUS

Angus kletterte aus der Schleuse auf den Rumpf der *Posaune* und schwang die Materiekanone ins Freie.

Die Rumpfaußenfläche des Raumschiffs hatte eine kompliziert aussehende Beschaffenheit. Trichterantennen, sonstige Antennenanlagen sowie Rezeptoren spickten sie, stachen wirr ins All; als Versorgungsluken getarnte Stückpforten der Schiffsartillerie säumten die Rumpfsegmente. Am Heck ragten die scheinbar beliebig angeordneten Düsen des Pulsator-Antriebs aus der großen, unförmigen Rundung des Antriebsgehäuses. So ein Raumschiff konnte nur in den Augen eines Raumfahrers schnell oder schön wirken. Der Mangel an Aerodynamik sowie jeder ersichtlichen Symmetrie machte es für den Flug in jeder Atmosphäre untauglich; für die Durchquerung des Vakuums – oder des Hyperspatiums – blieben diese Eigenheiten unerheblich.

Angus wünschte, er könnte die Sterne sehen. Selbst winzige, Milliarden von Kilometern entfernte Lichtpünktchen hätten die unerbittliche Vollkommenheit der ringsum allgegenwärtigen Finsternis gelindert; hätten die Bedrohlichkeit des Abgrunds gemildert. Doch wie kleine Sonnen blendeten ihn die Bogenlampen und verwehrten ihm den Blick zu den Sternen.

Er adjustierte die Polarisation der Helmscheibe, um die Sicht zu verbessern, und beobachtete kurz die Docks, hielt nach Wächtern oder Augenzeugen Ausschau. Selbstverständlich gab es keine Garantie dafür, daß die Besatzungen anderer geparkter Raumer ihn nicht sahen. Wenn jemand Sensoren einsetzte, konnte er Angus und seine Begleiter leicht orten. Aber das war unwahrscheinlich. Thanatos Minors Gäste verließen sich in Sicherheitsfragen voll auf den Kassierer. Eine akutere Gefährdung bedeutete die Leitzentrale; doch auch die Wahrscheinlichkeit, daß sie sie entdeckte, war nicht allzu hoch. Station Kassafort hatte sich darauf eingerichtet – und das Personal entsprechend geschult –, sich gegen Bedrohungen zu verteidigen, die aus dem Hyperspatium und dem Dunkel des Alls kamen, nicht hingegen auf die tollkühne Anmaßung von Menschen, die wie Mücken über die Oberfläche des Planetoiden krochen.

Unter den grellen Lampen wirkte der stumpfe, weiß erhellte Beton Kassaforts so öde und menschenfeindlich wie eine Wildnis.

Angus behielt die *Käptens Liebchen* im Auge, während er von der Luftschleuse abrückte, um seinem Trupp das Aussteigen zu ermöglichen.

Ließ man einmal ihr gewaltsames Ablegen außer acht, bewegte sich Succorsos Interspatium-Barkentine, als vollzöge sie eine routinemäßige Startprozedur.

Mikka Vasaczk kletterte aus der Schleusenkammer, sprang auf den Rumpf und an Angus' Seite. Genau wie vorher er, schaute sie sich als erstes um. Als sie die *Käptens Liebchen* außerhalb der Astro-Parkbucht erblickte, unterdrückte sie einen Aufschrei.

Also hatte sie nicht gewußt, daß die *Käptens Liebchen* ablegte. Sie war von Succorso nicht eingeweiht worden; er vertraute seiner Crew ungefähr in dem Maße, wie er Angus traute.

Als nächster stieg Nick Succorso aus. Er vollführte aus der Schleusenkammer einen gelungenen Purzelbaum und landete mit den Füßen auf dem Rumpf. Danach kamen Vector Shaheed und Ciro Vasaczk zum Vorschein. Sib Mackern folgte langsamer, weil das Gewicht des zusätzlichen EA-Anzugs ihn behinderte. Mackerns Umständlichkeit hielt Davies noch in der Schleuse zurück.

Aber Angus wartete nicht. Über Helmfunk konnten sie alles empfangen, was er sagte.

Er packte Succorso am Arm und zeigte auf die *Käptens Liebchen.*

»Was hat das zu bedeuten, Succorso? Was treiben Sie da? Ich rate Ihnen, 'ne höfliche Frage zu beantworten, solange sie höflich gestellt wird.«

»Ich treibe gar nichts.« In Angus' engem Raumhelm schien Succorsos Stimme vor Hohn zu triefen. »Liete hat das Kommando. Sie tut das.«

Angus krallte die Finger in Succorsos Oberarm, als hätte er vor, ihm den EA-Anzug zu zerreißen. Seine Unifikation hatte ihn mit genügend Kräften ausgestattet, um Succorso ein Verziehen des Gesichts abzunötigen.

Der Schmerz zwang Succorso zum Nachgeben. »Das ist 'n Ablenkungsmanöver«, erklärte er mit gepreßter Stimme. »Ich will dem Kassierer damit 'n Anlaß zur Beunruhigung liefern. Er weiß, daß ich gegen Sorus Chatelaine 'n Groll habe. Liete hat von mir Anweisung erhalten, ihm vorzutäuschen, sie nähme die Verfolgung der *Sturmvogel* auf. Bestimmt fällt er darauf rein. Er wird 'n echten Schreck kriegen, weil er von Chatelaine abhängig ist. Dadurch kann Liete uns Feuerschutz geben.«

Das konnte nur gelogen sein. Es war einfach zu glatt, zu überzeugend. Dennoch akzeptierte Angus' Programmierung es.

Immerhin mochte es einen Nutzen haben.

Angus ließ Succorsos Arm los, wandte sich an Vector Shaheed und Ciro Vasaczk.

»Wir stehen unter Zeitdruck. Jede Minute zählt, also führen Sie Ihre Sache richtig durch.« Er wies auf die nähere Trichterantenne. »Das ist Ihr Ziel.«

Rasch trat er an ein Luk, das er schon vorher, während er und Davies ihre Vorbereitungen trafen, von der Brücke aus entriegelt hatte. »Hier.« In dem Stauraum war ein einhundertfünfzig Meter langes Hochspannungskabel deponiert. Die Dicke des Kabels genügte, um Energie für ein Dutzend Raumschiffe zu übertragen; es war auf eine Kabeltrommel aufgerollt, von der es unterwegs abgerollt werden konnte, und ein Ende war schon an die Energieverteilung der *Posaune* gekoppelt.

Angus nahm einen Werkzeugkasten und das freie Ende des Kabels und schob beides Vector Shaheed zu.

»Verlegen Sie das Kabel zu der Trichterantenne und schließen Sie's dort an. Geben Sie mir Bescheid, wenn Sie fertig sind. Wir verpassen den Kommunikationsanlagen des Kassierers einen derartigen Kurzschluß, daß es Stunden dauern wird, bis er den Schaden behoben hat. Sobald Sie sich von drüben zurückgezogen haben, jagen wir durch das Kabel jedes Gigawatt in die Antenne, das mein Fusionsgenerator produzieren kann.«

Wenn eine Energiezufuhr dieser Größenordnung in Kassaforts Kommunikationssysteme fuhr, würde jeder Sicherungsautomat der Station herausspringen, um ein Zerschmelzen der Computerschaltkreise zu verhindern.

Im Vergleich zu *diesem* Ablenkungsmanöver sah das Spielchen der *Käptens Liebchen* dann wirklich harmlos aus.

Vector Shaheed ergriff das Kabel und die Werkzeuge, stand da und starrte Angus an. Angus bemerkte, wie der Bordtechniker die Lippen bewegte; doch kein Ton drang aus den Helmlautsprechern.

»Tolle Idee«, spottete Nick. »Leider ohne alle Erfolgsaussichten. Haben Sie vergessen, daß der Kassierer Ihnen angekündigt hat, Ihnen die Energieversorgung zu kappen? Ihr kleines Schiffchen allein kann nicht genug Energie erzeugen, um ihm irgendeinen ernsteren Schaden zu verursachen.«

»Er denkt, daß er so mit mir umspringen kann, ja ...« Angus sprach mit erzwungener Ruhe. »Aber er kann's nicht. Er ahnt nicht, wie gut ich mich mit seinen Computern auskenne. In den Informationen meiner Bordbetriebsdaten sind Codes versteckt, die seinen Computern befehlen, der *Posaune* Notfall-Priorität einzuräumen. Sie befolgen keinen Befehl, das Schiff von der Energieversorgung abzuschneiden, bevor er herausgefunden hat, was da vor sich geht, und die Priorität widerrufen worden ist.«

Sein Data-Nukleus verlangte nicht zu erwähnen, daß er alles für die Aktion Erforderliche erst innerhalb der vergangenen halben Stunde erledigt hatte; oder daß die Maßnahme leicht mißlingen konnte. Falls die Codes falsch waren, oder falls die Leitzentrale sie schon identifiziert hatte ...

Vector Shaheed pfiff durch die Zähne.

»Ist er zu so was fähig?« fragte Ciro Vasaczk in bangem Tonfall den Bordtechniker. »Ich meine, kennt er echt 'ne Möglichkeit, um die Computer des Kassierers auszutricksen?«

»Zum *Diskutieren* haben wir keine Zeit«, schnauzte Angus. Jede Sekunde, die verstrich, steigerte seine ohnehin schon lebhafte Unruhe, erhöhte den Handlungsdruck, unter den seine Programmierung ihn setzte. »Wenn Sie sich nicht endlich *beeilen*, erfahren Sie nie, wozu ich fähig oder nicht fähig bin.«

Auf dem Absatz drehte er sich den übrigen Mitgliedern des Trupps zu.

»Davies, du gehst mit den beiden. Sorg dafür, daß ihnen nichts zustößt. Sobald ihr auf Abstand seid, gib's mir durch. Wir andern *zischen ab.*«

Er sah die Unsicherheit in Davies' Augen, die Skepsis in Nick Succorsos Miene. Mikka Vasaczk betrachtete ihn düsteren Blicks. Sib Mackerns Furcht war so offen wie sein Mund. Aber Angus ignorierte sie allesamt: er hatte keine Zeit mehr. Er faßte seine Materiekanone fester und aktivierte am Brustteil seines EA-Anzugs die Lenkdüsenkontrollen. Im Vertrauen auf Thanatos Minors geringe Schwerkraft, seine verstärkten Gelenke und darauf, daß die in seinem Data-Nukleus gespeicherten Informationen ihm auch künftig den Hals retteten, sprang er in weitem Satz vom Rumpf der *Posaune*.

Als wäre er darin ausgebildet worden, ruckten seine Hüften nach oben. Sofort zündeten die Düsen und bremsten seinen Fall hinab auf den Beton. Er kam nahezu federleicht mit den Füßen auf und torkelte einige Schritte vorwärts, dann wandte er sich um, überzeugte sich davon, daß die anderen ihm folgten.

»Angus!« zeterte Davies. Die überhöhte Lautstärke schmerzte in Angus' Gehör. »Sie ist meine Mutter! Sie ist alles, was ich habe!«

Angus gab keine Antwort. Ihn beherrschten Grausen und vorprogrammierte Anforderungen.

Wie zuvor Angus vollführte auch Succorso einen Sprung vom Schiffsrumpf. Er bediente die Lenkdüsen ungeschickt, fand sich jedoch gut genug damit zurecht, um wohlbehalten unten anzulangen.

Mikka Vasaczk schüttelte den Kopf. Sie riß Sib Mackern den für Morn bestimmten EA-Anzug aus der Hand und warf ihn Angus zu. Dann strebte sie zu einer Aufreihung von Null-G-Steigeisen, die den Rumpf der *Posaune* umrundeten, und stieg daran nach unten.

Angus fing den Anzug auf; er durfte nicht riskieren, daß er eine Beschädigung erlitt. Morn würde ihn nötig haben.

Oder vielleicht nicht.

Oder womöglich gelang es ihm überhaupt nicht, zu ihr vorzudringen.

Mit zusammengebissenen Zähnen zwang er sich

zum Warten, bis Mikka Vasaczk und Sib Mackern die Betonfläche betraten. Dann drückte er Mackern den zusätzlichen EA-Anzug wieder in die Hand und lief eilends los.

Dank der niedrigen G fiel das Rennen leicht, kostete nur wenig Anstrengung. Drei Kilometer waren zu weit, doch daran ließ sich nichts ändern: die Amnion-Sektion lag, wo sie nun einmal lag. In Wahrheit wußte Angus selbst nicht, weshalb er es so eilig hatte. Mit Sicherheit lauerte dort Taverner auf ihn – und Taverner kannte die Befehlscodes. Trotzdem rannte er, obwohl weder sein Interncomputer noch das Joch der Z-Implantate es von ihm forderten.

Er rannte, weil er ein Feigling war; dringender alles alles andere wollte er ans Ende seiner Furcht gelangen.

Über die Schulter sah er, wie sich Vector Shaheed, Ciro Vasaczk und Davies ihrem Bestimmungsort näherten. Hinter ihnen entrollte sich das Kabel, hob sich als schwarzer Strich vom grellweißen Beton ab. Sicherlich wußte Shaheed, wie er es an der Trichterantenne zu befestigen hatte; so kompetent mußte Nick Succorsos Bordtechniker ja wohl sein. Angus jedenfalls hätte es im Schlaf erledigen können.

Ein Echo von Sib Mackerns mühseligem Keuchen hallte in Angus' Raumhelm wider. Mikka Vasaczks grimmig-entschlossener, gleichmäßiger Laufschritt erweckte den Eindruck, als könnte sie ihn stundenlang beibehalten. Mackern jedoch hatte einfach zuviel Angst; er bewegte sich fort, als umschlänge das Entsetzen seinen Brustkorb wie mit eisernen Bändern.

Pech für ihn. Angus verringerte sein Tempo nicht im mindesten.

»Hilf dir 'n bißchen mit den Lenkdüsen nach, Sib«, empfahl Nick Succorso. »Zünde sie und schieb den Unterleib nach vorn, so wie beim Ficken. Dann machst du 'n tüchtigen Hüpfer vorwärts.«

Guter Scheißkapitän Schluckorso. Noch immer tat er

so – versuchte es wenigstens –, als nähme er Anteil am Schicksal seiner Besatzungsmitglieder.

Hätte Mackern einen Augenblick lang nachgedacht, wäre ihm wohl klar geworden, daß er den Rat lieber nicht befolgte. Aber er fühlte sich gehetzt. Seine freie Hand fuhr an seine Brust hoch, an die Schalter. Gleichzeitig streckte er die Beine und stieß die Hüften nach vorn.

In genau der ungünstigsten Sekunde stolperte er. Der plötzliche Schub seiner Lenkdüsen jagte ihn schnurstracks auf Angus zu wie einen außer Kontrolle geratenen Robot-Frachtkarren.

Dank seiner beschleunigten Reflexe gelang es Angus, noch rechtzeitig auszuweichen. Er grapschte einen Arm und ein Bein Mackerns und hielt ihn fest, ehe er über den Beton schrammen und sich den EA-Anzug zerfetzen konnte.

»Scheiße«, japste Mackern, indem er laut nach Luft schnappte. »Scheiße ...!«

Für Angus' Geschmack hörte sein Schnaufen sich zu sehr nach Milos Taverner ab. Er schaltete Mackerns Lenkdüsen ab, ließ ihn auf dem Untergrund kauern und lief weiter.

Inzwischen hatte Davies' Grüppchen die Trichterantenne erreicht. Vector Shaheed befaßte sich mit dem Kabel, während Ciro Vasaczk Werkzeuge aus der Kiste kramte. Davies' stand Wache, umklammerte sein Impacter-Gewehr, als wäre er sich bedenkenlos mit Himmel und Hölle anzulegen bereit, um die beiden Techniker zu schützen.

Noch zwei Kilometer.

Mikka Vasaczk blieb zurück, kümmerte sich um Mackern. Zusammen eilten Angus und Nick Succorso voraus.

»Angus ...« Diesmal schrie Davies nicht. Vielmehr klang seine Stimme sogar unterdrückt, als befürchtete er, belauscht zu werden. »Vector hat die Kabelabdeckung entfernt. Die Verkabelung sieht einfach aus … Wahrscheinlich könnte sogar ich es schaffen. In ein, zwei Minuten sind wir fertig.«

»Setzt euch dann sofort ab«, befahl Angus zwischen zwei Atemzügen. »Es dürfte 'ne unheimlich starke statische Entladung geben.«

»Früher nannte man so was Elmsfeuer«, bemerkte Shaheed im Tonfall höchster Konzentration. »Oder auch Eliasfeuer.«

»Wer ist ›man‹?« fragte Ciro Vasaczk. Angus' Raumhelm hatte nur winzigkleine Lautsprecher, doch hörte er dem Burschen den Unterton der Konfusion deutlich an. Ciro war noch zu jung, um zu wissen, wie er mit seiner Furcht umgehen sollte.

»Ciro«, hechelte Mikka Vasaczk, als ob sie hustete, »bleib bei Vector. Wir sehen uns wieder. Ich versprech's dir.«

»Die Seefahrer auf den Ozeanschiffen«, antwortete Shaheed gelassen. »Vor langer Zeit auf der Erde. Die Schiffe waren aus Holz, und als Antriebskraft diente der Wind. Manchmal erzeugte die Atmosphäre bei Unwettern soviel Statik, daß sie sich zu leuchtenden Kugeln ballte, die an den Masten und Rahen entlanggeisterten.«

Einen Moment später begriff Angus, daß Vector nur redete, um seinen jungen Gehilfen zu beruhigen; das Bürschchen von der Furcht abzulenken.

Aus irgendeinem Grund flößte diese Erkenntnis ihm solche Wut ein, daß er urplötzlich zu erblinden glaubte. Aber sein Interncomputer konnte noch sehen: seine Z-Implantate stellten sicher, daß er ohne zu stocken weiterrannte. Trotzdem sah er nichts als das Rot seiner Wut vor Augen. Der Gedanke an das Kinderbett schien die Helmscheibe zu verschleiern, und der einzige Schutz, den er als Wehrloser gegen das Martyrium glühender Qualen hatte, das die wie das All riesige Frau ihm auferlegte, bestand aus wahnwitzigem, mörderischem Haß.

Das mußte dafür die Ursache sein, weshalb er Morn so dringend befreien wollte. Auch sie hatte ein Zonenimplantat im Schädel. Er hatte es benutzt, um sie auf jede erdenkliche Art und Weise zu erniedrigen, die ihm seine Verzweiflung eingab. Darum brauchte er sie; er war von ihr aus dem gleichen Grund und im gleichen Maß abgängig, wie er damals von jener anderen Frau abhängig gewesen war: er brauchte sie zum Überleben. Jene Frau hätte ihn töten können: Morn konnte seine Rettung sein. Ihr Z-Implantat hatte es ihm erlaubt, am Kinderbett die Rollen zu tauschen, sich dem Abgrund zu entziehen.

Und genau wie die andere Frau kannte sie sein unheilvollstes, unverzichtbarstes Geheimnis ...

Die Klimakontrolle seines EA-Anzugs konnte ihm nicht mehr schnell genug Kühlung verschaffen. Schweiß rann ihm in den Kragen der Bordmontur, sammelte sich in seinen Achselhöhlen und am Unterleib.

Noch ein Kilometer.

Unversehens passierten er und Succorso die letzte Bogenlampe und gelangten an den Rand des für die Dockanlagen ausgegossenen Betons. Von da aus sah man den Eingang zur Amnion-Sektion sich an die Oberfläche Thanatos Minors ducken, einem Bunker nicht unähnlich; bis dorthin mußten sie bloßes, hartes Felsgestein überqueren.

Von nun an war jeder Sturz noch gefährlicher. Mylar und Plexulose widerstanden den verschiedensten Beschädigungen, versiegelten sogar selbsttätig kleine Löcher; doch dieser alte, schartig-scharfe Stein konnte das Material der EA-Anzüge durchaus überfordern.

Angus drehte sich nach Mikka Vasaczk und Sib Mackern um.

Sie folgten mindestens zweihundert Meter weit hinter ihm, hatten noch nicht aufgeholt. Mikka Vasaczk stützte Mackern am einen Arm, half ihm vorwärts, so gut es ging; unbeholfen liefen sie nebeneinander über den Beton, prallten einer gegen den anderen, taumelten einher, als wären sie bereits völlig erschöpft.

»Angus, es ist soweit.« Davies' Stimme schien aus der schwarzen Weite über Angus' Kopf zu dringen. »Wir sind fertig.«

Angus sah drei kleine Gestalten sich hastig von der Trichterantenne entfernen. »Seid ihr ausreichend auf Distanz?« fragte er.

»Es genügt«, antwortete Vector Shaheed. »Also, tun Sie's, wenn Sie's noch können.«

Vielleicht hätte Angus Thermopyle gezaudert; die gewöhnlichen Schwächen eines Sterblichen könnten in einer solchen Situation seine Reaktion verzögert haben.

Falls der Kassierer den Trick bemerkt hatte …

Falls die Leitzentrale auf die versteckten Codes aufmerksam geworden war …

Falls jemand hatte beobachten können, was außen auf den Dockanlagen geschah, und den Kassierer gewarnt hatte …

Aber Josua kannte keine Schwächen. Er entnahm der Tasche seines EA-Anzugs den kleinen, für diesen Zweck vorbereiteten Sender.

Mit geschmeidiger Geste richtete er die Sendeantenne auf das Ziel und drückte den Daumen auf die Taste.

Pikosekunden später umloderte ein grelles Aufleuchten, blendend wie ein Blitzschlag und lautlos wie ein Alptraum, die Trichterantenne, so daß sie sich schroff gegen Thanatos Minors schwarzes Firmament abzeichnete.

Gleichzeitig erlosch im gesamten Besucherdock die Beleuchtung.

Mitternächtliche Schwärze schien sich wie eine Lawine über den Planetoiden zu wälzen. Weit und breit gab es keine Sterne, kein Licht, keine Regung mehr. Angus sah nichts, hörte nichts, war allein, der Abgrund hatte ihn vollends verschlungen. Nick Succorso, Mikka Vasaczk und Sib Mackern, Vector Shaheed, Ciro Vasaczk und Davies: sie alle, so schien es, waren verschwunden. Nicht einmal das per Funk übertragene Geräusch ihrer Atemzüge konnte noch durch das Vakuum an Angus' Gehör dringen.

Eingeschlossen ins Schweigen seiner Z-Implantate, plärrte er lautlos vor sich hin, weil sich ihm kein Aufheulen entringen wollte.

»Na, wenigstens *das* hat geklappt«, sagte Nick Succorso.

Beim Klang seiner Stimme empfand Angus unvermutet eine Anwandlung unbegreiflicher Dankbarkeit.

Trotz allem: der Data-Nukleus wußte nicht, was Angus fühlte, und interessierte sich auch nicht dafür; er beachtete weder seine Furcht noch sein Aufatmen. Durch artifizielle neurale Emissionen dazu angehalten, steckte Angus den kleinen Sender zurück in die Tasche. Als nächstes hakte er eine Stablampe vom Gürtel, gab damit Mikka Vasaczk und Sib Mackern Leuchtzeichen.

»Ciro«, keuchte Mikka Vasaczk heiser, »ist mit dir alles in Ordnung?«

»Sicher. Klar.« Im Moment hörte man dem Bürschlein keine Spur von Furchtsamkeit an. »Das war ja *unglaublich.*«

»Wir sind heil, Angus«, meldete sich Davies. Aus Erleichterung hatte seine Stimme einen rauhen Klang. »Gleich stoßen wir zu euch. Wir treffen uns mit euch auf ungefähr halber Strecke. Wir warten auf euch.«

»Nein!« blaffte Angus. »Kehrt in die Nähe der *Posaune* um und gebt uns von dort aus Feuerschutz! Ich möchte nicht, daß ihr vom Schiff abgeschnitten werdet.«

Davies' Antwort erreichte ihn wie ein Abschiedsgruß aus der Finsternis.

»Gut.«

»Ich sehe sie«, plapperte unerwartet Sib Mackern dazwischen.

»Wir sehen Ihr Licht, Kapitän Thermopyle«, sagte Mikka Vasaczk. »Wir kommen.«

Bevor Angus' Programmierung ihn über den Fels zur Amnion-Sektion scheuchen konnte, flammten die Bogenlampen wieder auf.

LIETE

Vollkommen still saß Liete in ihrem G-Andrucksessel und schwitzte vor sich hin, während sie auf weitere Befehle wartete; Anzeichen dafür abwartete, daß die Amnion glaubten, ihre Anweisungen wären befolgt worden.

»Na schön«, ächzte Pastille. »Jetzt verstehe ich. Glaube ich wenigstens. Du willst, daß wir einen hilflosen Eindruck machen, damit wir uns unsere Optionen offenhalten. Du möchtest den Amnion verheimlichen, daß Nick die Codes längst geändert hat ...«

»Weil sie nämlich unseretwegen Anlaß zur Sorge hätten, wüßten sie, daß die Codes nichts mehr nutzen«, sagte Malda in angespannten Ton. »Dann würden sie uns abknallen, bevor wir irgend etwas unternehmen könnten.«

Doch Pastille war noch nicht fertig. »War das alles, was sie übermittelt haben? Daß wir den Pulsator-Antrieb abschalten sollen?«

»Und die Waffensysteme«, informierte Malda ihn.

»Aber was haben sie denn davon?« meinte Pastille. »Wir liegen weiter auf dem bisherigen Kurs. Nur die Beschleunigung ist entfallen. Trotzdem fliegen wir der *Sturmvogel* nach.«

»Kannst du eigentlich überhaupt nicht denken?« Maldas Stimme zitterte. »Wir gelangen Kassaforts Artillerie ins Schußfeld. Bald können sie das Feuer auf uns eröffnen. Aber wir haben keine Möglichkeit mehr zum Manövrieren ... Und nicht zum Zurückschießen.«

»Das ist alles erst der Anfang«, erwiderte Liete, als

wäre sie ihrer Sache vollständig sicher. »Wenn sie der Ansicht sind, daß wir ihre Befehle befolgt haben, schicken sie bestimmt weitere Anweisungen. Sie kennen unsere Bordsysteme nicht. Selbst mit den Codes bringen sie uns nicht verläßlich unter ihre Kontrolle. Darum haben sie es als erstes mit 'ner groben Beeinflussung probiert. Sobald sie dazu die Gelegenheit sehen, versuchen sie's garantiert mit irgendwelchen Feinheiten.«

Falls sie dazu Gelegenheit finden. Falls sie sich den Kopf nicht schon über zu vieles zerbrechen müssen.

»Der erste Befehl lautete«, rekapitulierte Lind nervös, »eine direkte Kommunikationsverbindung zu unserem Bordcomputer zu schalten. Wahrscheinlich versuchen sie als nächstes, mit dieser Methode bei uns Informationen zu melken, um ihre ›Feinheiten‹ besser planen zu können.«

Waren sie den Unterschied festzustellen imstande? überlegte Liete. Wußten sie, daß die *Käptens Liebchen* gar nicht aufgrund ihrer Befehle den Schub verloren, die Waffensysteme stillgelegt hatte, sondern durch Lietes Eingreifen?

Wahrscheinlich nicht. Momentan taten sie nichts, um Daten zu melken. Noch nicht. Sie hatten lediglich gewisse Instruktionen gefunkt und warteten jetzt das weitere ab.

Liete durfte keine Zeit verschwenden. Der Wind durchströmte sie: wie Nick beraubte er sie aller Alternativen. Es galt *jetzt* Vorbereitungen zu treffen, ehe die *Stiller Horizont* die nächsten Maßnahmen einleitete.

»Falls es dich interessiert«, bemerkte Carmel von der Scanningkonsole herüber, »inzwischen kann ich dir sagen, wohin die sieben Leute aus der *Posaune* unterwegs sind.«

Liete konnte das Angebot unmöglich abwimmeln. Beinahe mit Gewißheit mußte sie davon ausgehen, daß Nick zu den sieben Personen drunten auf der Planetoidenoberfläche gehörte.

Und sie brauchte noch ein, zwei Minuten zum Nachdenken.

»Dann raus mit der Sprache«, antwortete sie Carmel.

»Keiner von ihnen hat sich den Artilleriebunkern genähert«, erklärte die Scanning-Hauptoperatorin in ausdruckslosem Ton. »Drei haben an einer Trichterantenne der Kommunikationsanlagen Halt gemacht. Sie schleppen was mit. Es ist zu klein, um es genau zu scannen, Kassafort emittiert zuviel elektronischen Müll ... Aber es könnte ein Kabel sein. Die vier anderen Personen überqueren das Dockgelände. Sie rennen, meine ich. Aber nicht zusammen, sondern getrennt. Zwei laufen voraus. Zwei folgen in größerem Abstand. In der Richtung, die sie nehmen, liegen keine Raumschiffe. Außer der *Friedlichen Hegemonie.*« Carmel schwieg kurz. »Wenn du mich fragst«, fügte sie dann unumwunden hinzu, »ich würde sagen, sie sind auf 'm Weg zur Amnion-Sektion.«

Liete bekam Sodbrennen. Zur Amnion-Sektion.

Nick! Was machst du da?

»Soviel zu deiner Theorie in bezug auf die Artillerie«, schnaubte Pastille.

Ohne Warnung riß die trockene Hitze des Wüstenwinds Liete mit sich fort, und sie verlor die Beherrschung.

Sie warf die Gurte beiseite, sprang aus dem G-Andrucksessel. »Wirst du wohl endlich *das Maul halten?!*« schrie sie den Steuersysteme-Drittoperator an. »Oder muß ich dich von der Steuerbrücke weisen?« Jedes Mitglied der gegenwärtigen Brückencrew hätte lauter als sie brüllen können; niemand jedoch hatte eine so durchdringende, schneidend-scharfe Stimme wie sie. »Ich bin's *satt,* mir dein Genörgel anzuhören, nur weil du nicht fähig bist, Nicks Strategie zu verstehen! Ob du's glaubst oder nicht, Ransum kann ohne weiteres deine Konsole übernehmen, und sie meckert nicht die ganze Zeit herum!«

Pastille vermied es, sie anzuschauen; er betrachtete seine Konsole, als müßte er sich angestrengt konzentrieren. »Dann gib mir was zu tun«, sagte er leise über die Schulter. »Ich sitze hier bloß rum.«

»Ich will *elektronisches Störfeuer!*« Nachdem sie einmal zu schreien angefangen hatte, konnte sie nicht mehr aufhören. Der Wind in ihren Ohren schien sie aus sich selbst fortzureißen. »Ich wünsche, daß wir soviel Chaos emittieren, wie überhaupt möglich ist! Ich will, daß wir den Eindruck eines Raumschiffs hinterlassen, dessen Besatzung sich herauszufinden bemüht, was eigentlich los ist, irgendwie den Energiepegel wieder zu heben versucht, sich *verzweifelt* abmüht, die Situation zu bereinigen!«

Schlagartig verflogen ihre Vehemenz und aller ruhelose Drang. Eine seltsame Stille erfüllte sie, als wäre sie an den Mittelpunkt eines Hurrikans geweht worden.

»Ich will Tarnung«, erläuterte sie mit plötzlicher Gelassenheit. »Wir müssen dermaßen viel elektronisches Durcheinander ausstrahlen, daß Kassafort, die *Stiller Horizont* und die *Sturmvogel* es nicht merken, wenn wir wieder auf volle Pulle schalten.«

Carmel kannte kein Zögern. »Ich kann in einigen unserer Scanninginstrumente 'ne Rückkopplungsschleife einrichten. Dopplersensoren, Strahlenemissionsrezeptoren, Partikelanalysatoren, diese Geräte. Ich kann sie vom Empfang aufs Senden umstellen. Das sähe dann aus, als wäre hier an Bord 'ne kritische Lage entstanden, 'ne Reaktorschmelze oder so was.«

»Gut.« Liete nickte. »Dann tu's!«

Lind war schon an die Arbeit gegangen, seine Hände tippten Befehle. »*Käptens Liebchen* an alle Raumschiffe«, quäkte er in sein Mikrofon, »*Käptens Liebchen* an Leitzentrale Kassafort, *Käptens Liebchen* an alle! Havarie, Havarie! Unsere Steuerung ist ausgefallen. Wir können nicht mehr manövrieren. Halten Sie Abstand! Ich wiederhole, bleiben Sie auf Abstand! Wir haben eine Havarie der Schubaggregate.« Er tippte weitere Tasten, dann wandte er sich an Liete. »So, dieser Text ist jetzt auf automatische Wiederholung auf allen betriebsüblichen Frequenzen geschaltet.«

»Gut«, sagte Liete noch einmal. Während sie mit den Händen die Kommandokonsole umklammerte, um nicht zu zittern, ließ sie sich langsam in ihren G-Andrucksessel zurücksinken.

Malda kaute auf der Unterlippe. »Vielleicht krieg ich's hin, 'n Kurzschluß in ein bis zwei Lasern zu simulieren...« Unterschwellige Schwingungen innerer Anspannung waren in ihrer Stimme. »So daß es so aussieht, als wollte ich Strom für Reparaturen umleiten, aber die Belastung wär zu hoch für die Kabel.«

Erneut nickte Liete. »Und währenddessen führst du der Materiekanone wieder 'n bißchen Saft zu. Auf ganz minimalem Niveau, dann fällt's eventuell nicht auf. In fünf Minuten will ich damit schießen können, wenn's sein muß. Das gleiche gilt für dich, Pastille. Du fährst den Pulsator-Antrieb wieder hoch, aber *langsam!* Ich will, daß wir zu beschleunigen fähig sind, falls es nötig wird. Lind, du achtest auf Befehle von der *Stiller Horizont,* genau wie bisher. Sofortige Analyse, sobald was hereinkommt.«

Lind öffnete den Mund, um etwas zu äußern. »Ach du Schande«, entfuhr es jedoch Carmel, ehe er ein Wort von sich geben konnte.

»Was denn?« fragte Liete. »Was ist los?«

»Die Trichterantenne hat gerade aufgeleuchtet wie 'n Blitz«, rief Carmel.

Doch fast unverzüglich gewann sie ihre Ruhe zurück. »In Kassafort hat sich soeben«, meldete sie in merkwürdig förmlichem Ton, »ein totaler Stromausfall ereignet.«

»Die Leitzentrale ist verstummt«, schnaufte Lind. »Sie gibt keinen Piepser mehr von sich.«

Lietes Herz wummerte vor Bewunderung. O Nick!

Sie maß Pastille festen Blicks. »Noch irgend was zu quengeln?«

Aber sie ließ ihm gar keine Zeit zu einer Entgegnung. »Analyse, Carmel«, sagte sie so fröhlich, als sänge sie vor sich hin.

Carmel atmete tief durch. »Nick muß soviel Saft in die Antenne gejagt haben, daß in Kassafort sämtliche Sicherungen rausgeflogen sind. Dadurch wird die Station allerdings nicht lang lahmgelegt. Ich meine, man kann die Energieversorgung schnell wiederherstellen, vor allem für die Lebenserhaltungs- und Waffensysteme und dergleichen. Solche Anlagen haben Notstromgeneratoren und reaktivieren sich automatisch. Es dürfte keine Minute dauern, bis sie wieder in Betrieb sind. Anders verhält's sich mit der Kommunikation.«

Lind war so aufgeregt, daß er in seinem Andrucksessel hüpfte. »Kommunikationsanlagen werden nirgends so gebaut, daß sie derartige Überlastungen durchstehen können! Wenn wir Glück haben, sind in den Zentralsystemen Schmelzschäden aufgetreten. *Falls* ja, dauert's Stunden, um den Schaden zu beseitigen. Vielleicht müssen alle Computer der Leitzentrale neu programmiert werden... Aber das hat natürlich erst 'n Zweck, nachdem die Schäden samt und sonders festgestellt und behoben worden sind.«

Carmel betrachtete ihre Anzeigen. »Da«, sagte sie einen Moment später. »Kassafort hat wieder Strom.«

Lind drückte sich den Ohrhörer fester ins Ohr und lauschte angestrengt. »Kein Ton von der Leitzentrale«, meldete er mit beinahe übermütigem Krähen. »Der Betrieb liegt noch still.«

»Und damit haben wir genau, was wir brauchen.« Lietes Herz sang, obwohl ihre Stimme ruhig blieb. »Eine Ablenkung. Plötzlich hat man größere Sorgen als uns. Wir sind ja hilflos, also nicht mehr so wichtig. Jetzt zählt bloß noch, was in Kassafort passiert. Das ist unsere Chance.«

Sie wandte sich Pastille direkt zu. Nick hat uns eine Chance verschafft. »Wir dürfen sie nicht verpassen.«

Pastille nickte, als hätte ihn Ehrfurcht gepackt.

»Malda?« rief Liete.

Gebeugt tippte die Waffensysteme-Hauptoperatorin ihrer Konsole Befehle ein, so schnell sie es konnte. »Bin gleich soweit«, murmelte sie zerstreut.

»Zielverfolgung auf die *Friedliche Hegemonie* einpeilen«, befahl Liete aus dem einfachen Grund, weil Nick und seine Helfer sich auf Thanatos Minors Oberfläche in so exponierter Situation befanden. »Sie ist unser wichtigstes Ziel. Mit der *Sturmvogel* befassen wir uns, wenn wir mehr darüber wissen, was eigentlich vorgeht.«

Malda nickte.

Lietes Blick streifte den Sichtschirm, auf dem eines der Radarechos die Position der *Käptens Liebchen* anzeigte, die der *Sturmvogel* auf ihrem Kurs zur *Stiller Horizont* folgte. Insgeheim versprach sie Nick, ihn nicht zu enttäuschen.

Nicht nach dem, was sich eben ereignet hatte. Jetzt war ihr endgültig vollkommen klar, daß niemand, niemand ihn schlagen konnte.

ANGUS

Im ersten Moment blieben die Bogenlampen trübe; sie flimmerten, als wären sie im Innern ins Sieden geraten. Dann strahlten sie wieder mit voller Leuchtkraft, als ob in Kassafort jemand einen Regler justiert hätte.

Angus stand reglos am Rande der Betonfläche und wartete darauf, daß sein Data-Nukleus ihn weiterhetzte; ihn in halsbrecherischem Tempo zu Milos Taverner und in den Rachen des Unheils trieb.

»Was ist schiefgegangen?« krächzte Sib Mackern abgehackt, als hätte er keine Erfahrungen mit Datensystemen und Schadensbekämpfung.

»Nichts«, antwortete Angus halblaut. Hoffe ich wenigstens.

»Der Strom ist Nebensache.« Nicks Stimme klang nach Geistesabwesenheit, als dächte er in Wirklichkeit über etwas völlig anderes nach. »Auf die Kommunikation kommt's an.« Er bog den Kopf zurück, starrte nach oben, als könnte er die *Käptens Liebchen* noch erkennen. Aber natürlich sah er sie nicht; selbst wenn sie sämtliche Positionslichter und Außenscheinwerfer angeschaltet hätte, wäre sie wegen des grellen Lichts der Bogenlampen unsichtbar geblieben. Dennoch deutete ein seltsamer Anklang von Sehnsucht in seinem Tonfall an, daß er nicht mit Sib Mackern sprach, sondern seinem Raumschiff. »Falls genug Schaltkreise durchgeglüht sind, haben wir sie gründlich sabotiert. Dann kann der Kassierer mit niemandem mehr quasseln.«

Im Effekt mußte der Kassierer völlig hilflos sein. In

seinem Panzergewölbe, wo er vollständig vom Kommunikationsnetz abhing, fehlte ihm jede Möglichkeit, um den Verlauf der Geschehnisse zu verfolgen. Er mußte sein Stahlbeton-Schlupfloch verlassen und mit dem Lift zur Leitzentrale hinauffahren, nur um sich Informationen zu holen. Die *Stiller Horizont* und die *Friedliche Hegemonie* standen selbstverständlich noch in Funkverbindung; sie konnten die *Sturmvogel* kontaktieren. Aber niemand von ihnen war die Leitzentrale oder den Kassierer zu erreichen imstande.

Das bedeutete, bis auf weiteres war die Gefahr für die *Posaune* neutralisiert.

Und die Amnion waren vom Kassierer abgeschnitten, konnten von ihm keine Hilfe anfordern …

Mit einem Mal, ganz plötzlich, als hätte er nicht bewußt wahrgenommen, wie er aus der Reglosigkeit in neue Bewegung überwechselte, merkte Angus, wie er über den zerklüfteten, scharfkantigen Fels rannte.

Er hatte keine solchen Schwierigkeiten wie Sib Mackern: trotz seines eingefleischten Grausens vor EA und des Wissens, daß er ins Verderben lief, gingen dank der Z-Implantate seine Atemzüge kräftig und regelmäßig. Die verstärkten Muskeln und Gelenke beförderten ihn mühelos über die tückische Oberfläche des Planetoiden, als wäre ein Sturz für ihn eine Undenkbarkeit. Es kam Angus so vor, als ob die Materiekanone in seinen Fäusten gar kein Gewicht hätte.

Mackerns Keuchen schien Angus' Raumhelm auszufüllen. Mikka Vasaczks angestrengtes Atmen konnte er kaum hören; von Nick Succorso hörte er überhaupt nichts.

Succorso flitzte zwischen glasierten Gesteinsflächen und vulkanischen Felsauswüchsen daher, lief dermaßen schnell, als bräuchte er keine Unifikation, um das gleiche wie Angus zu leisten. Sein Anblick verzerrte Angus' Mund zu einem Zähnefletschen. Er wollte an Geschwindigkeit zulegen, Succorso abhängen, ihn überbieten; da jedoch beobachtete er, daß Succorso seine Lenkdüsen erprobte: er übte sich in ihrer Bedienung, benutzte sie, um mit Angus' Tempo mitzuhalten.

Voraus zeichnete sich ihr Ziel ab. Mit der Entfernung verringerte sich die Helligkeit der Bogenlampen; in ihrem geschwächten Schein hob sich der Beton der Amnion-Sektion düster gegen den Hintergrund des Alls ab. Der an Thanatos Minors Oberfläche gelegene Teil der Sektion glich in Größe und Beschaffenheit einem Bunker. Die Amnion hatten dort einen Ausgang. Was man aus dem uralten, erstarrten Fließ- und Strudelmustern des Gesteins aufragen sah, war nichts als ein kleiner Abschnitt des Dachs der Sektion, ein Aufbau mit einem Notausstieg. Die den Amnion reservierte Parkbucht, in der gegenwärtig die *Friedliche Hegemonie* ankerte, befand sich einen halben Kilometer weiter links. Dockbeleuchtung machte den Rumpf des Kriegsschiffs in der Dunkelheit erkennbar; die rundlichen Konturen strotzten von Geschützläufen und Antennen.

Falls die Besatzung die Umgebung scannte – die Amnion so vorsichtig waren –, mußte sie Angus und Succorso bemerken, und ebenso Mikka Vasaczk und Sib Mackern, die ihnen langsamer folgten. Wahrscheinlich konnte die *Friedliche Hegemonie* nicht die Leitzentrale kontaktieren – vielleicht nicht einmal die eigene Sektion Kassaforts –, aber es blieb ihr unbenommen, ein eigenes Empfangskomitee zu organisieren.

Zwischen dem Kriegsschiff und der Bunkerkonstruktion sah man im kahlen Fels lediglich eine flache Metallfläche von ungefähr dreißig Metern Seitenlänge glänzen: offensichtlich die Schiebeluke eines Shuttle-Hangars. Darunter lag ein kleines Dock zum Starten und Landen kleiner Raumfahrzeuge des Personenverkehrs.

»Sei vorsichtiger, Sib«, sagte Mikka Vasaczk mit gepreßter Stimme zu Mackern. »Wenn sie uns brauchen, werden die beiden schon auf uns warten. Es nützt niemandem was, wenn du fällst und dir den Anzug aufschlitzt.«

Mackern gab keine Antwort. Er japste zu mühsam.

Nick Succorsos Hand winkte in die Richtung des Betonaufbaus. »Ich vermute«, stieß er zwischen Atemzügen hervor, »Sie haben auch dafür schon 'n Plan.«

Angus hatte keinen Bedarf an einem Plan. Er hätte eine Rißzeichnung der Sektion gebraucht. Der Data-Nukleus und seine eigenen Erfahrungen legten die Einschätzung nahe, daß die Sektion groß genug war, um einhundert oder mehr Amnion Platz zu bieten. Wo mochte sich Morn aufhalten? Wie konnte er sie finden?

Und wie sollte er – einmal vorausgesetzt, er überlebte so lange –, das zweite finden, das ausfindig zu machen seine Programmierung ihm vorschrieb, nämlich einen Weg hinab in Kassaforts Fusionsanlagen?

Mit der Kraft seiner durch Unifikation verstärkten Muskeln sprang er, begünstigt durch die geringe G, in einem letzten, weiten Satz auf das Dach des bunkerähnlichen Aufbaus.

Sein unmittelbares Ziel lag auf der anderen Seite. Er hüpfte die Kante hinab und landete auf einer Betonfläche vor der Außenpforte der Luftschleuse.

Er achtete kaum darauf, als Nick Succorso neben ihm erschien: seine Konzentration hatte sich sofort gebündelt wie ein Laserstrahl, schon untersuchte er die externe Kontrolltafel und den Interkom-Apparat. Unter anderen Umständen hätte das Schloß für ihn kein Hindernis bedeutet. Wäre er dazu bereit gewesen, die Sektion dem Vakuum zu öffnen – und damit die Amnion auf den Angriff aufmerksam zu machen, ihnen Zeit zum Verriegeln der inneren Türen und zu Verteidigungsmaßnahmen zuzugestehen –, hätte er sich einfach den Weg freischießen können. Aber um Morn zu retten, mußte er zweckmäßiger vorgehen.

»Und was nun?« Succorsos Stimme klang so unglaublich nah, als ob er in Angus' Raumhelm säße. »Wenn Sie die Interkom benutzen und höflich um Einlaß bitten, haben Sie voraussichtlich Erfolg. Warum nicht? Auf diese Weise können die Amnion uns alle auf einen Schlag einsacken.«

»Maul halten!« brummte Angus. Die innere Anspannung war seinem Tonfall anzuhören. Anscheinend schätzte seine Programmierung es mittlerweile als gleichgültig ein, wieviel Bammel man ihm anmerkte.

Aus einem halben Dutzend Zentimeter Abstand betrachtete er die Kontrolltafel. Dank seiner EM-Sicht hätte er die Schaltkreise genau erkennen müssen. Doch aus irgendeinem Grund war seine Prothese erblindet.

Aus Panik tat sein Herz unregelmäßige Schläge, und in den Handschuhen des EA-Anzugs wurden ihm die Hände feucht. Was war los? Er konnte *nicht* sehen, was er sehen *mußte.* Der Interncomputer hatte seine speziellen visuellen Fähigkeiten desaktiviert. Warden Dios – oder Lebwohl – hatte ihn bis hierhergeschickt, nur damit er jetzt an so etwas scheiterte?

Da verlangsamte artifizielle Ruhe seinen Puls. Durch das Fenster in seinem Schädel strömte ihm eine Flut von Informationen über die optische Prothese zu.

Er sah nichts, entnahm er den Informationen, weil die Polarisierung der Helmscheibe seine EM-Wahrnehmung störte.

Auf so einen Mist hatte er gerade noch gewartet.

Hastig adjustierte er den Polarisationsgrad. Gleichzeitig steuerte er die Polarisierungsfunktion durch das Lichtspektrum, suchte nach einer Wellenlänge, die es ihm erlaubte, die Schaltkreise der Kontrolltafel zu erkennen. Er brauchte momentan keine Polarisierung, im Schatten des Bunkergebäudes war sie überflüssig, war er dem grellen Strahlen der Bogenlampen entzogen; doch die Helmscheibe selbst verursachte eine gewisse Verzerrung, machte die EM-Emissionen undeutlich. Während Angus die Umstellungen vornahm, durchforschte er seine Datenspeicher nach Schaltwerten, die die inhärente Refraktion beheben könnten.

»Was tun Sie da?« erkundigte Nick Succorso sich spöttisch. »Wollen Sie die Schleuse durch pure Willenskraft öffnen?«

Da: ein verschwommenes Flimmern elektromagnetischer Abläufe. Der Anblick glich einer unter einem unscharfen Mikroskop betrachteten Computerkarte. Zu viele Details blieben unkenntlich; ein akkurates Arbeiten war nahezu unmöglich. Aber vielleicht schaffte Angus es, im Kombinationsschloß die Schaltungen zu durchtrennen, ohne in der Alien-Sektion einen Großalarm auszulösen.

»Holen Sie Mackern und Mikka Vasaczk her«, sagte er zu Succorso, indem er nach seinem Präzisionslaser griff. »Wir können nicht mehr auf sie warten.«

Nick Succorso rührte sich nicht; offenbar dachte er gar nicht daran, irgendwelche Weisungen Angus Thermopyles zu befolgen. Er stand reglos da und beobachtete, wie Angus den Laser auf die schwächste Leistung justierte, auf die Mitte der Kontrolltafel richtete und einen Laserstrahl hineinschoß.

Eine Metallfläche in der Größe eines Stecknadelkopfs glomm karmesinrot auf, verglühte und verteilte sich als Qualmwölkchen im Vakuum.

Mit etwas Glück war jetzt auch der Alarm sabotiert.

Nun ein zweiter, nur Millimeter neben dem ersten gesetzter Laserschuß.

Einen Moment später öffnete sich die Irispforte der Schleuse, als ob sich ein großes Auge weitete.

»Sie bringen mich zum Staunen.« Um ehrliches Erstaunen auszudrücken, klang Succorsos Stimme viel zu kalt und feindselig. »Der Kassierer ahnt nicht, wieviel Sie über seine Computer wissen. Und die Amnion nicht, wie gut Sie sich mit ihren Luftschleusen auskennen. Was haben Sie als nächstes zu bieten, Thermopyle? Werden Sie mit den Händen geheimnisvolle Gebärden vollführen und schlichtweg durch Zauberei rückgängigmachen, was die Amnion mit Morn angestellt haben? Verstehen Sie von Mutagenen auch so viel?«

Mikka Vasaczk bog um die Ecke des Bunkers und blieb mit durchgedrückten Knien stehen. Hinter ihrer Helmscheibe wirkte sie, als hätte die Anstrengung sie ziemlich erschöpft. Als sie die offene Schleuse sah, starrte sie entgeistert hinein.

»Wo ist Mackern?« fragte Angus.

»Hier ...« Sib Mackern kam auf das Betonvorfeld geschwankt und stützte sich auf Mikka Vasaczks Schulter. Die Pistole baumelte an seinem Gürtel. Den zweiten EA-Anzug hielt er mit beiden Armen an die Brust gedrückt.

»Wir dringen nun in die Amnion-Sektion ein«, kündete Angus mit rauher Stimme an. »Legen Sie jeden um, der Ihnen in die Quere kommt, ob Amnion oder Mensch.« Erschießt vor allem Milos Taverner, wenn es irgendwie geht. »Im äußersten Notfall erschießen Sie sich selbst ... Außer Sie haben 'ne Schwäche für Amnion-Mutagene. Übrigens wär's nicht schlecht, hätte einer von Ihnen 'ne Vorstellung, wie wir Morn aufspüren könnten.«

Sib Mackern schüttelte den Kopf. Er verzog das Gesicht, als müßte er sich erbrechen.

»Soviel ich weiß«, antwortete Nick bedächtig, »hat die Amnion-Sektion zum Rest Kassaforts nur einen Zugang. Morn müßte dort irgendwo in der Nähe sein. Es sei denn, sie ist schon 'ne Amnioni, dann freilich kann sie sich praktisch überall in der Sektion rumtreiben.«

»Wieso?« krächzte Angus. »Warum gerade dort?«

»Weil sie mir nicht trauen.« Succorso zeigte sein narbiges Grinsen. »Beziehungsweise ihr nicht. Es gibt mehr als eine Sorte von Kaze. Sie haben gelernt, vorsichtig zu sein. Zu riskieren, daß … Na, sagen wir der Einfachheit halber mal, daß sich bei ihnen 'ne Explosion ereignet, die ihnen schweren Schaden zufügt, haben sie keine Lust. Deshalb dulden sie sie bestimmt nirgends im Umkreis ihrer Kommandozentrale, der Shuttles oder des verfluchten Kriegsschiffs da« – mit dem Kinn deutete er hinüber zur *Friedlichen Hegemonie* – »oder der Löcher, wo sie arbeiten oder wohnen, bis sie sicher sind, daß von ihr keine Gefahr ausgeht.«

Verdammt noch mal. Angus mußte eingestehen, daß Succorsos Überlegungen etwas für sich hatten. Aber ausgerechnet die Schleuse nach Kassafort war vermutlich weiter von seinem jetzigen Standort entfernt, als sämtliche übrigen Bereiche der Amnion-Sektion.

Je länger er sich in der Sektion aufhalten mußte, um so gefährlicher wurde es für Angus. In seinem Innersten ahnte er, daß seine Programmierung ihm nie gestatten würde, Taverner zu töten.

Zu dumm. Aber vorprogrammierte Logik zwang ihn zum Handeln. Sie gewährte keinen Raum für Zögerlichkeit.

Die Materiekanone in beiden Fäusten, betrat er die Schleusenkammer.

Sofort schien seine Furcht sich ins Schwefelgelbe zu verfärben.

Draußen hob Nick Succorso ein zweites Mal den Kopf und blickte ins eintönige Dunkel des Alls. »Los, tu's endlich!« zischelte er leise, aber in fieberhaft-eindringlichem Ton. »Fackle nicht so lang herum. Erledige sie!«

Danach folgte er Angus.

Während Mikka Vasaczk und Sib Mackern in die Schleuse kamen, nahm Angus neue Adjustierungen an seiner Helmscheibe vor, stellte sie auf die den Amnion am angenehmsten Wellenlängen ein, als könnte er sich auf diese Weise Panik und Verhängnis vom Leib halten.

Nick Succorso wartete auf keine Aufforderungen: mit dem Daumen drückte er an der inneren Kontrolltafel Tasten. Angus' Außenmikrofone übertrugen ein unterschwelliges Knirschen aus dem Beton, während die äußere Schleusenpforte sich schloß. Eine Sekunde später hörte er das Fauchen des Druckausgleichs, Luft wurde in die Schleusenkammer gepumpt. Anzeigen im Innern des Raumhelms stellten klar, daß er die Atmosphäre notfalls – wenn davon sein Leben abhinge – atmen konnte.

Sobald der Druckausgleich erreicht war, öffnete sich die einwärtige Irispforte.

Dahinter befand sich eine leere Liftkabine.

»Wir müssen nach unten«, konstatierte Nick Succorso, als wäre dieser Hinweis nötig. »Wie weit, weiß ich nicht. In dieser Hinsicht hab ich so wenig 'ne genaue Vorstellung wie Sie.«

Angus' Interncomputer vollführte komplizierte Berechnungen, verglich Angus' vorhandene Informationen über Kassafort und Thanatos Minor mit der schätzungsweisen Größe und Ausdehnung der Amnion-Sektion; Zahlenakrobatik durchflitzte sein Hirn, während er in den Lift trat. Als auch Nick Succorso, Mikka Vasaczk und Sib Mackern die Schleusenkammer verlassen hatten, war der Interncomputer zu einem Resümee gelangt.

Die Kontrolltafel des Lifts zeigte fünfundzwanzig Etagen an; Angus hatte darunter eine Auswahl zu treffen. Indem er unwillkürlich den Atem anhielt, drückte er die Taste der zehnten Etage.

Servos schlossen die Irispforte wie die Blende einer Kamera. Ein oder zwei Sekunden nach Schließen der Pforte setzte die Liftkabine sich abwärts, in die Tiefe der Felsen in Bewegung.

Angus stellte sich an die Rückwand der Liftkabine, um seine Materiekanone bereithalten zu können. »Ich gehe voran, aber ich will Sie bei mir haben, Succorso«, erklärte er. Seine Stimme füllte ihm den Raumhelm mit Anklängen der Besorgnis. »Zwingen Sie mich nicht, diese Kanone zu verwenden, wenn's nicht sein muß.«

Materiekanonen waren für den Einsatz im Weltall entwickelt worden, wo die sekundären und tertiären Quantendiskontinuitäten vernachlässigbare Bedeutung hatten. Kein Mensch bei Verstand benutzte eine solche Waffe in geschlossenen Räumen.

Succorso nickte und bleckte die Zähne.

»Mikka«, fügte Angus hinzu, »Sie und Mackern geben mir Rückendeckung. Und *Sie* decken mir zusätzlich *ihn.* Dem EA-Anzug darf nichts zustoßen.«

Er sah sie hinter ihrer Helmscheibe nicken. »Wir *kommen* aus dieser Sache doch lebend heraus, oder?« fragte sie grimmig. »Ich habe Ciro versprochen, daß wir uns wiedersehen.«

»Wenn ich überlebe, dann Sie wahrscheinlich auch. Die Amnion dürften 'n ganz schönes Waffenarsenal bereitliegen haben, aber hiermit können sie bestimmt nicht konkurrieren.« Angus wackelte mit dem Lauf der Materiekanone.

Damit kam er der Wahrheit so nahe, wie er es momentan konnte.

Die Liftkabine schien wie ein Stein hinabzustürzen, doch dadurch fühlte er sich nicht beunruhigt. Vielmehr verebbte jetzt ein kleiner Teil seiner Furcht, als ginge dies Quentchen seines Grausens ihm während der rasanten Abwärtsfahrt verloren. Wenigstens war er nicht mehr draußen. Er hielt sich *drinnen* auf, wo die weitgespannte Finsternis ihn nicht zu bedrängen vermochte …

Knarrend kam die Liftkabine in der zehnten Etage zum Stehen.

Sib Makern riß die Pistole vom Gürtel. Mikka Vasaczk faßte ihr Gewehr fester. An Nick Succorsos Seite wies die Mündung von Angus' Materiekanone, während die Tür in die Wand glitt, auf den Ausgang.

Allem Anschein nach hatte der ungenehmigte Gebrauch des Lifts Aufmerksamkeit erregt. Vor der Tür wartete ein Amnioni mit mehreren Armen und mindestens vier Augen. In einem Schultergurt trug er Reserveakkus für die schwere, wie mit Rost verkrustete Waffe in seinen Händen.

Nick Succorso hatte fast so schnelle Reflexe wie Angus. Ehe der Amnioni nur die winzigste Bewegung machen konnte, traf ihn ein Schuß aus Succorsos Impacter-Gewehr in die Brust.

Das Waffe knallte dumpf wie eine Dynamitdetonation unter einem Berg Beton, und der Amnioni torkelte rückwärts. Aus einer fürchterlichen Brustwunde spritzte fremdartiges, grünliches Blut. Die Kreatur prallte gegen die Mauer und kippte dann vornüber aufs Gesicht.

Nebeneinander sprangen Nick Succorso und Angus aus dem Lift.

Sib Mackern gab einen erstickten Laut von sich, als hätte er sich an seiner Zunge verschluckt. Mikka Vasaczk packte ihn am Arm und schob ihn vor sich aus der Liftkabine.

Angus spähte in beide Richtungen des Korridors, drehte sich um die eigene Achse, um sich zu orientieren. Sein Interncomputer spulte ihm hypothetische Rißzeichnungen durch den Kopf. Rechts erstreckte der leere Korridor sich bis in beträchtliche Ferne. Links verschwand er nach zehn Metern hinter einer Biegung.

Da entlang, sagte der Interncomputer. Nach links: fort vom Liegeplatz der *Friedlichen Hegemonie.*

Angus wies Nick Succorso in diese Richtung. »Vorwärts!«

Succorso sprintete regelrecht zur Ecke. Plötzlich warf er sich der Länge nach auf den Bauch, als dort zwei weitere, gleichfalls mit schweren Gewehren bewaffnete Amnion erschienen.

Sie waren auf alles gefaßt; sie hatten den unverkennbaren Knall eines Impacter-Gewehrs gehört. Sobald sie Succorso sahen, eröffneten sie das Feuer.

Energiestrahlen durchzischelten die Luft, als ob Fleisch brutzelte. Indem Angus mit digitaler Geschwindigkeit reagierte, sprang er rückwärts, versperrte Mikka Vasaczk und Sib Mackern den Weg. Aber schießen konnte er nicht: bei dieser Distanz hätte die Wirkung der Materiekanone auch Succorso zu Gehacktem und Matsch zersprengt.

Weil Succorso in letzter Sekunde auf den Fußboden abgetaucht war, prasselten die Energiestrahlen über ihn hinweg. Ehe die Amnion neu zielen konnten, erschoß er beide.

Die Echos der Schüsse rollten wie Donner durch den Korridor, machten die Amnion unüberhörbar darauf aufmerksam, daß jemand sie angriff.

Angus rannte los. Als Nick Succorso wieder auf den Füßen stand, hatte Angus schon die Ecke erreicht.

Dahinter verlief der Korridor zwanzig oder fünfundzwanzig Meter geradeaus, vorbei an mehreren Türen und einem Lift. Am anderen Ende befand sich ein hoher, breiter Eingang, vergleichbar mit dem Portal einer Veranstaltungshalle. Von dort aus führte er nach links.

Succorso holte Angus ein, wollte an ihm vorübereilen. In Angus' Hirn plärrten seine Memmeninstinkte auf: mit ausgestrecktem Arm, hart und starr wie eine Eisenstange, hielt er Succorso zurück.

Das war der Grund, weshalb Hashi Lebwohl und Warden Dios ihn ausgewählt hatten. Geschult durch ein Leben der Feigheit und Gewalt, verfügte er über Instinkte, die kein Computer zu bieten hatte.

»Was nun?« fragte Succorso.

In diesem Augenblick öffnete sich der große Eingang. Durch die Detonationen aufgeschreckt, strömten sechs bis acht Amnion heraus, um nach dem rechten zu sehen.

»Zeit für noch 'n Ablenkungsmanöver«, knurrte Angus gepreßt.

Das volle Körpergewicht hinter die Materiekanone gestemmt, feuerte er auf die Amnion.

Beinahe machte der Knall ihn taub: für dergleichen war die Aufnahmeleistung seines Außenmikrofons zu hoch eingestellt. Hätte er sich nicht auf den Rückstoß vorbereitet, wäre er nicht durch Unifikation derartig extremen Zumutungen angepaßt worden, der Rückstoß hätte ihn von den Beinen gerissen.

Mikka Vasaczk taumelte rückwärts. Mackern fiel mit einem unartikulierten Schrei aufs Kreuz, der geradeso echoreich wie der Knall der Waffe durch die schlagartige Verwüstung des Korridors zu hallen schien.

Für einen Moment verschleierte pulverisierter Beton alles. Die Beleuchtung flackerte, während automatische Relais die Energiezufuhr umleiteten. Dann verzog sich der Staub, indem die Skrubber der Luftfilteranlagen ihn aufsaugten, und langsam wurde der Effekt sichtbar, den eine Materiekanone in geschlossenen Räumen ausübte.

Von dem Versammlungssaal waren nur Trümmer übrig. Sogar die Rückwand war eingestürzt, so daß Wartungsschäfte voller Kabel und Rohre freilagen. Von Wänden und Decke hatte der Schuß dermaßen viel Beton abgesprengt, daß Angus kaum irgend etwas anderes sah: die Amnion waren so spurlos verschwunden, als wären sie atomisiert worden. Er hätte durchaus einen Bombentrichter in einem der umkämpften Slums der Erde vor sich haben können.

Durch das neurale Widerschwingen in seinen Ohren hörte er Alarmsignale aller Art: Sirenengeheul zur Anzeige baulicher Schäden, gellende Warnungen vor dem Angriff, schrille Töne als Aufruf zum Verteidigungseinsatz.

Ein Ablenkungsmanöver nutzte nichts, wenn man anschließend am Schauplatz herumstand und darauf wartete, was danach passierte. »Kommen Sie!« schrie er. Zu laut, er merkte, daß er zu laut brüllte, seine Begleiter konnten ihn ohne dermaßen übertriebene Lautstärke hören. Aber brüllte er nicht, hörte er selbst sich nicht.

Mikka Vasaczk half Mackern beim Aufstehen. Im Eiltempo lief Angus ihnen und Nick Succorso zum Lift voraus.

Sie sprangen hinein und fuhren ins nächsttiefere Stockwerk hinab.

Dort gelangten sie in einen völlig leeren Korridor. Anscheinend waren sämtliche Amnion der unmittelbaren Nachbarschaft schon zum Ort der Verheerung unterwegs.

Eine Ablenkung war gut, zwei mit Gewißheit besser: es mochte sich auszahlen, bei den Amnion den Eindruck zu erzeugen, auf sie fände eine gänzlich andere Art von Attacke statt. Angus schubste Succorso, Mikka Vasaczk und Mackern aus der Liftkabine. Er hakte eine Haftmine vom Gürtel, stellte den Zünder auf dreißig Sekunden ein und knallte sie an die Innenwand der Liftkabine, drückte Tasten, schickte den Lift weiter abwärts. Während die Tür sich schon schloß, sprang er hinaus.

»Vermutlich nehmen wir auf dem Rückweg die Treppe«, murmelte Nick Succorso. Sein Tonfalls legte die Annahme nahe, daß er zu witzeln versuchte.

Angus konsultierte seinen Interncomputer. Inzwischen hatten die hypothetischen Rißzeichnungen konkretere Formen erhalten und wiesen mehr Details auf; der Computer ermittelte die Abmessungen der Korridore, die mutmaßliche Fahrtgeschwindigkeit der Lifts zwischen den Etagen, verglich diese Daten mit den bekannten Informationen über Kassaforts Gesamtgröße und Standort im Planteoidenkörper Thanatos Minors. Zum erstenmal lieferte er Angus annähernd richtige Schätzungen.

Noch zweihundertfünfzig Meter.

In diesem Stockwerk.

Vorausgesetzt allerdings, Nick Succorso hatte mit seiner Ansicht recht.

Angus verfiel in flotten Laufschritt. Lieber wäre er schneller gerannt, doch von nun an durfte er es sich nicht mehr erlauben, sich von Sib Mackern oder Mikka Vasaczk abzusondern.

Sie bogen um eine, dann noch eine Ecke, bevor Angus das entfernte Donnern der Minenexplosion hörte, unter seinen Stiefeln ihre Erschütterung spürte.

Hinter ihm knallte zwei, dreimal Mikka Vasaczks Impacter-Gewehr. Aus Türen mußten Amnion zum Vorschein gekommen sein. Sib Mackerns Pistole gab ein irgendwie zielloses Geprassel von sich, als wüßte er nicht, worauf er schoß.

Immer mehr Ecken. Angus' Interncomputer revidierte seine Schätzwerte.

Irgendwo in ihrer Sektion bereiteten die Aliens ihre Abwehr vor, sammelten sich genug Amnion, um die menschlichen Eindringlinge einfach zu überrennen. Angus mußte hoffen, daß sie über die Art der Gefahr, in der sie schwebten, noch für eine Weile im unklaren, folglich in Konfusion blieben. Sonst hätte er davon ausgehen müssen, daß sie längst darüber informiert waren, auf was er es abgesehen hatte – und wußten, wie sie ihn aufhalten konnten.

Unvermittelt stürmte er in einen breiten Gang, der in die gewünschte Richtung verlief.

Dutzende anderer Korridore zweigten davon ab, jede Einmündung wirkte so furchterregend wie der Einstieg einer Höhle. Doch der Gang bot die Möglichkeit zu schnellerem Vorankommen. Diese Gelegenheit durfte er keinesfalls ignorieren.

Das Blinken eines roten Indikators im Innern des Raumhelms zeigte ihm an, daß die Klimakontrolle des EA-Anzugs bis über die Toleranzwerte hinaus belastet wurde. Er schwitzte einfach zu viehisch: soviel Feuchtigkeit ließ sich nicht ausgleichen. Bald mußte ihm Dehydration drohen.

Er knurrte vor sich hin, während er Nick Succorso an der linken, Mikka Vasaczk und Mackern längs der rechten Seite des Korridors vorrücken ließ. Mit der Materiekanone sicherte er alles, was sich voraus erstreckte. In der Mitte des Gangs führte er seine Begleiter so zügig an, wie sie mitzuhalten vermochten.

Nick Succorso war ebenfalls im Kampf geschult; auch er hatte gut ausgeprägte Instinkte. An der ersten Abzweigung auf seiner Seite hakte er eine Handgranate vom Gürtel, zündete sie und schleuderte sie mit kraftvollem Schwung in den Korridor. Dann schlang er das Impacter-Gewehr über die Schulter und nahm die beiden Pistolen zur Hand. Sie verursachten weniger Lärm.

Mikka Vasaczk folgte seinem Beispiel.

Fast sofort danach feuerte sie in den Schlund einer Abzweigung. Sobald sie sich davon überzeugt hatte, daß das Ziel eliminiert worden war, zog sie Sib Mackern weiter vorwärts.

Die Detonation der Handgranate klang dumpf und zu gedämpft, zu wenig eindrucksvoll, um davon eine große Schadenswirkung zu erwarten.

Noch neunzig Meter, schätzte Angus' Interncomputer.

Siebzig.

Aus beiden Handfeuerwaffen schoß Nick Succorso in einen Nebengang. »Da habt ihr euer Fett, ihr Quallen«, knurrte er halblaut.

Sechzig Meter.

»Wir sollten uns nun allmählich nach Morn umschauen.« Angus' Stimme kratzte in der Kehle. Er hatte kaum genug Speichel im Gaumen, um zu schlucken. »Langsamer! Achten Sie auf Türen, vor denen Posten stehen!«

Er war viel zu exponiert, bemerkte Angus, viel zu

leicht erkennbar. Grimmig schickte er Succorso und Mikka Vasaczk voraus. Er wartete ihre Zeichen ab, mit denen sie ihm mitteilten, daß er die Abzweigungen ungefährdet passieren konnte.

Wo bist du, Morn? Wie soll ich dich finden?

Bist du noch ein Mensch?

Willst du mich noch immer umbringen?

Es wäre vernünftiger, sah er ein, das Außenmikrofon ganz abzuschalten. Irgendwo in der Alien-Sektion steckte auch Milos Taverner; er *mußte* hier sein. Alles was Taverner brauchte, war ein Interkom-Apparat oder ein Megafon, und schon war Angus erledigt.

Doch Angus' Programmierung lehnte diese elementare Vorsichtsmaßnahme ab. Das Erfordernis zu hören, was außerhalb seines EA-Anzugs geschah, war unabweisbar.

Damit muß Schluß sein.

Dios, du gottverdammter Idiot! Wenn du wirklich meinen Tod gewünscht hast, hättest du es leichter haben können.

Durch nichts als seine Instinkte gewarnt – das Kribbeln intuitiver Panik zwischen seinen Schulterblättern –, wirbelte er herum, schwenkte die gewichtige Materiekanone mit sich in Gegenrichtung und brachte sie gerade in dem Moment in Anschlag, als fünf Amnion in den Korridor hasteten. In fünfzig bis sechzig Metern Entfernung kamen sie auf ihn zugetrabt. Mit ihrer Krustenhaut und den quasiorganischen Waffen ähnelten sie eher Kampfmaschinen als fühlenden, denkenden Wesen.

Ein Schuß aus Angus' Materiekanone traf sie mit der übermächtigen Gewalt einer Artilleriesalve. Binnen eines Augenblicks waren sie annihiliert, unter Trümmern und Staub verschwunden.

Das Echo des Knalls schien sich während des Widerhallens in Angus' Ohren vielfältig zu verstärken, als stünde er auf dem tiefsten Grund einer Grube, schlügen Echos über ihm zusammen. Er hörte kaum, was Mikka Vasaczk ihm von der Ecke einer Abzweigung zufauchte. »Angus, hier!«

Durst dörrte Angus die Zunge aus. Sand schien ihm die Gurgel zu verstopfen. Langsam, infolge der Echos desorientiert, senkte er die Materiekanone, ergriff statt dessen den Laser. Geschmeidig wie eine Katze huschte Nick Succorso an seine Seite. Zusammen drängten sie sich hinter Mikka Vasaczk an die Wand und schoben sich zur Ecke vor.

Dahinter sahen sie einen kürzeren Flur – er hatte eine Länge von höchstens dreißig Metern –, der am anderen Ende in einen Quergang mündete. In regelmäßigen Abständen säumten Türen die Wand. Im Gegensatz zu allen bisher gesehenen Eingängen waren sie erheblich verstärkt, so wuchtig wie Zellentüren in einem Gefängnis.

Mitten im Flur stand ein mit Waffen geradezu beladener Amnioni Wache.

Der Alien mußte davon Kenntnis haben, daß jemand in die Sektion eingedrungen war: er trug einen Kopfhörer, durch den er wahrscheinlich mit dem Kommandozentrum Verbindung hielt, und vermutlich funktionierten die Kommunikationsvorrichtungen der Amnion-Sektion unabhängig von Kassaforts übrigen Installationen. Dennoch verriet das Gebaren des Amnioni keinerlei Beunruhigung.

Vielleicht hatte er ein so genaues Verständnis seiner Aufgabe, daß er an nichts anderes dachte.

Oder er wußte etwas, von dem Angus keine Ahnung hatte.

Aber er war zu weit gekommen, um jetzt noch abgeschreckt zu werden. So oder so gewährten die ihm vorprogrammierten Anforderungen keinen Raum mehr für seine Instinkte. Ehe Furcht oder Zweifel seine Entschlossenheit beeinträchtigen konnten, rief er Succorso zu, daß er feuern sollte.

Nick Succorso hob den Laser und schoß den Amnioni durch den Kopf.

Als die Kreatur auf den Fußboden niedersackte, stürzte Angus schon zu der Tür, in deren Nähe sie gestanden hatte.

Du Blödmann, du Verrückter, du Schwachsinniger, du hirnrissiger *Idiot!* Als hätte er nie im Leben Instinkte gehabt, wäre ihm Furcht fremd, hätten Jahrzehnte erbärmlichsten Schreckens ihn nichts gelehrt, war er seinen Begleitern mitten ins Schußfeld gelaufen.

Darum konnten sie nicht schießen, als sich am Ende des Flurs Milos Taverner zeigte.

Josuas Quäl- und Rachegeist: Stunning und Verhöre, Nik-Kippen und Exkremente …

Auf Anhieb erkannte Angus, daß man Taverner mit Mutagenen vollgepumpt hatte. Man sah es an seinen Augen.

Sonst war nichts an ihm verändert. Ausgenommen die Augen, hatte er noch immer das Äußere eines Menschen, wirkte er so jämmerlich gewöhnlich wie stets. Seine Hände waren vom Nikotin gelb; seine Bordmontur raschelte bei jeder Regung noch unverkennbar auf menschlicher Haut. Im schwefligen Licht konnte man durch seine spärliche Kopfbehaarung deutlich die Flecken auf seinem Schädel unterscheiden. Das Lächeln seiner schwammigen Gesichtszüge spiegelte Gelassenheit wider, als hätte seine Spitzelseele endlich mit sich selbst ihren Frieden geschlossen.

Josua. Sie erhalten jetzt von mir einen Dauerbefehl. Unter Bezugnahme auf Codewort Jericho.

Doch seine Augen hatten keine Lider mehr, blinzelten nicht; die Regenbogenhäute waren deformiert, schmal wie Schlitze geworden; die Pupillen hatten die grellgelbe Färbung von Schwefelsäure.

Wenn ich Ihnen befehle, den Mund aufzumachen, gehorchen Sie jedesmal.

Und er atmete ohne jede Schwierigkeit die Luft der Amnion-Sektion.

Danach kauen und schlucken Sie ganz normal.

Aus plötzlichem Entsetzen hilflos, blieb Angus wie gebannt stehen.

Jeden mühevollen Herzschlag empfand er jetzt als unwahrscheinlich langsam, die Lücken zwischen den einzelnen Sekunden kamen ihm unüberbrückbar abgründig vor. Selbst Vorgänge, die buchstäblich keine Zeit beanspruchten, wirkten auf ihn dermaßen in die Länge gezogen, so ausgedehnt, als nähmen sie mit Erreichen der Lichtgeschwindigkeit Unendlichkeitscharakter an.

Öffnen Sie den Mund.

Benutze den Laser, du Dummkopf, die Materiekanone, um Himmels willen, erschieß ihn, röste ihn, pulverisiere ihn zu *Asche*, bevor er ein Wort sagen kann!

Bedächtig warf Milos seine brennende Nik auf Angus' Zunge.

Starr stand Angus da, als wäre er gelähmt, als hätten Warden Dios und Hashi Lebwohl ihn dem Tod ausgeliefert.

»Josua«, sagte Milos Taverner mit Zufriedenheit in der Stimme. »Sie erhalten nun einen Befehl unter Hinweis auf Prioritätscode Jericho.« Sein Blick ruhte auf Angus. Trotz der Fremdartigkeit seiner Augen brachten sie ein derartiges Maß durchdringender, purer Bosheit zum Ausdruck, daß sie nur menschlichen Ursprungs sein konnte. »Drehen Sie sich um und machen Sie kehrt. Töten Sie die Personen, die sich hinter Ihnen befinden.«

Offenbar bezweifelte er nicht im geringsten, daß Angus ihm gehorchte. »Ich habe gewußt, daß Sie hier aufkreuzen«, fügte er hinzu. »Es war unvermeidlich. Dios und Lebwohl haben uns beide übers Ohr gehauen. Ich brauchte nur abzuwarten.«

Angus hob den Laser so langsam an, als wöge er Dutzende von Kilos.

Öffnen Sie den Mund.

Während er die Waffe hob – innerhalb der unmerklichen Pause zwischen einer und der nächsten Sekunde –, knüpfte sich in seinem Kopf eine neue Verbindung.

Als wäre die Mitteilung seinem Gehirn imprägniert worden, hörte, sah oder fühlte er, wie sein Programm ihn umorientierte.

Du bist nicht mehr Josua.

Die Jericho-Priorität ist annulliert.

Du bist Isaak. Das ist dein Name. Es ist gleichzeitig dein Befehlscode. Der Prioritätscode lautet Gabriel.

Prioritätscode Gabriel.

Gabriel.

In diesem Augenblick wurde Angus von Milos Taverner frei.

Dios oder Lebwohl hatte diese Krise vorausgesehen. Dementsprechend hatten sie geplant. Sobald sein Leben davon abhing, entließen sie ihn aus jeder außer ihrer eigenen Kontrolle.

Anzeichen der Veränderung mußten Taverner gewarnt haben: er hatte wohl die plötzliche Wildheit in Angus' Augen bemerkt, das Auflodern des Hasses. Als Angus den Laser vollends gehoben hatte und feuerte, sprang Taverner rücklings hinter die Ecke zurück.

Ebenfalls zu spät fauchte ein Schuß aus Nick Succorsos Laser an Angus' Schulter vorbei; genau wie Angus verfehlte er Taverner.

Aus Mordgier verfiel Angus nahezu ins Toben und raste Taverner nach.

Er umrundete die Ecke gerade noch rechtzeitig, um zu sehen, wo im nächsten Flur eine Tür zuschlug. Milos Taverner war fort.

Angus hätte ihn verfolgt, die Tür atomisiert, um Taverner zu schnappen. Ihm war vor Wut und Erleichterung beinahe schwummrig: mehr denn je verspürte er jetzt das Bedürfnis zu töten. Wenn er der Gewalttätigkeit, die sich in seinem Innern staute, nun nicht endlich ein Ventil verschaffte, mußte ihm, befürchtete er, das Herz aussetzen. Aber sein Interncomputer hatte anderes vor. Auf dem Absatz wandte Angus sich um – zitterte dabei so heftig, wie seine Z-Implantate es duldeten –, und stapfte zu Nick Succorso, Mikka Vasaczk und Sib Mackern; zu der Tür im mittleren Abschnitt des Flurs.

»›Josua‹?« wiederholte Succorso gepreßt. »›Jericho‹? Was, zum Henker, sollte denn das bedeuten?«

Geflissentlich überhörte Angus die Frage. Mit dem Laser zielte er aufs Türschloß und schmolz es auf; dann hakte er den Laser an den Gürtel.

Hinter dieser Tür befand sich Morn. Sie *mußte* hier sein. Taverner hatte auf den Versuch verzichtet, ihn woanders hinzulocken; wahrscheinlich hatten die Amnion unterstellt, daß Angus' Datenspeicher und Detektoren ihn ohnehin dazu befähigten, Morn ausfindig zu machen. Darum mußte sie da sein. Das war doch logisch, oder?

Oder nicht?

Indem er wutentbrannt vor sich hinschäumte, um seine Furcht zu bändigen, stieß er die Tür auf.

Sein Blick fiel in eine kleine, kahle Zelle voller Licht und Elend. Wegen der Polarisierung seiner Helmscheibe konnte er etwaig vorhandene Überwachungsgeräte nicht erkennen; doch dergleichen scherte ihn nicht mehr. Inzwischen war es ihm egal, wer ihn sah: wenn die Überwachung den Amnion nicht verriet, wo er war, dann tat es Taverner. Für ihn zählte nur, daß der Raum nichts enthielt außer einer mickrigen Sanitäranlage und einem sofaähnlichen, gepolsterten Sessel, der sich verstellen ließ wie die Liege eines Krankenzimmers.

Darauf ruhte Morn Hyland, als läge sie im Sterben.

Trotz der Atemmaske, die die untere Hälfte ihres Gesichts bedeckte, erkannte Angus sie sofort. Ihre Augen, die ihm kränklich entgegenstierten, waren tief in die

Höhlen eingesunken; Schwellungen verfärbten ihre Wangenknochen; das wirre, schmutzige Haar hing ihr in Strähnen vom Kopf, als fiele es ihr aus, wäre es durch unvermutete chemische Reaktionen abgestorben. Seit er sie das letzte Mal gesehen hatte, war sie am ganzen Körper so mager wie eine Bulimarexiekranke geworden: emotionale und physische Brutalitäten hatten ihre augenfällige Schönheit geradeso zugrundgerichtet, wie man die *Strahlende Schönheit* demontiert hatte.

Dennoch erkannte Angus sie auf den ersten Blick wieder. Er schien sie besser als sich selbst zu kennen. Ihre Abhängigkeit, die Zonenimplantat-Entzugserscheinungen, waren ihr deutlich ins Gesicht geschrieben, ablesbar an dem Ausdruck der Zermürbung in ihrer Miene, dem krassen Leid in ihren Augen. Sie war Morn Hyland: über jedes erträgliche Maß hinaus zerschunden, mißbraucht bis an den Rand des Wahnsinns und des Todes, aber nach wie vor ein Mensch.

Angus konnte sich nicht zusammenreimen, wieso sie noch Mensch war: momentan überstieg schon die Tatsache an sich seine Vorstellungskraft. Aber er durfte jetzt für die eventuelle Erklärung keine Aufmerksamkeit erübrigen.

Als er das Grauen in ihrem Blick bemerkte, die Erwartung neuer Scheußlichkeiten, wurden ihm die Augen blind von Tränen.

Zugrundegerichtet wie die *Strahlende Schönheit* ...

In jeder sonstigen Hinsicht beherrschte der Data-Nukleus Angus vollständig; aber er erlegte ihm keine Restriktionen auf, die das Weinen betrafen. Anscheinend hatte Lebwohl oder Dios nie die Möglichkeit in Betracht gezogen, jemand wie Angus Thermopyle könnte zu Kummer, gar zu Tränen fähig sein.

Aber genau wie die *Strahlende Schönheit* war Morn sein, ihm vollkommen zu Diensten gewesen. Ihre Schönheit und ihre Demütigungen waren allein ihm vorbehalten geblieben. Unter seiner Knute hatte sie ihm alles gegeben, alles für ihn getan, was sein Hirn sich überhaupt auszudenken vermochte.

Das machte sie für ihn wertvoll.

Und sie hatte ihm das Leben gerettet …

Bis Hashi Lebwohl und seine Z-Implantate ihm dazu jede Möglichkeit entwanden, hatte er sich an die mit Morn eingegangene Abmachung gehalten.

Der Anblick dessen, was dieser Handel sie gekostet hatte, trieb ihm Tränen, so glutheiß wie Blut, auf die Wangen.

Vordergründig betrachtet war es Nick, der es ihr angetan hatte. Die grundsätzliche Wahrheit jedoch lautete, es war von Angus verursacht worden: er trug für alles die Verantwortung.

Betroffen und bestürzt vom Maß ihrer Leidens, verharrte Angus still auf der Stelle. Mehrere Sekunden lang regte sich niemand. Unverwandt starrte Morn ihn nur an. Nick Succorso hatte einen kurzen Blick zur Tür hereingeworfen, war dann jedoch zurückgewichen; jetzt beobachtete er mit Mikka Vasaczk die Ausgänge des Flurs. Sib Mackerns Arme und Beine schienen ihn in die Richtung der Zelle ziehen zu wollen; aber er trat keinen Schritt näher.

Schließlich zwang Angus' Data-Nukleus ihn zum Weiterhandeln. Die Zeit lief ab.

Seine Zonenimplantate erleichterten ihm die Lungen um einen Teil des angestauten Drucks. Mit so abgehackter Gebärde, als ob er zusammenzuckte, fuhr seine Hand an die Kontrollen auf dem Brustteil des EA-Anzugs, aktivierte er den externen Lautsprecher.

»Morn, hör zu«, sagte er mit leiser, heiserer Stimme, während er angestrengt zwinkerte, um sein Blickfeld zu klären. »Ich hab 'n Raumschiff. Und Davies ist da. Er ist an Bord des Schiffs. Wir holen dich hier raus.«

Als er den Namen ihres Sohns nannte, hob Morn mit einem Ruck den Kopf. In ihren eingesunkenen Augen schwärte Finsternis, als erfüllte das Hyperspatium ihren Schädel; als wäre ihr Bewußtsein in die Tach übergewechselt und könnte nicht umkehren.

»Kannst du stehen?« erkundigte Angus sich in fast flehentlichem Ton. »Kannst du laufen? Falls es sein muß, tragen wir dich, aber wir haben alle 'ne größere Überlebenschance, wenn du auf eigenen Beinen mitkommst.«

Sie blickte zu ihm empor, als spräche er eine Sprache, die sie nicht verstand.

»Morn, bitte sag was. Antworte mir.«

Noch einen Moment, und er sänke vor auf die Knie und flehte sie um eine Antwort an.

Sib Mackern drängte sich an ihm vorüber in die Zelle.

»Morn«, schnaufte er, »ich bin's, Sib Mackern.« Sein Ton quoll über von Sorge und Furcht. »Wir sind alle da ... Wir alle, denen's nicht gepaßt hat, daß Nick dich an die Amnion weggibt. Mikka, Vector, sogar Lumpi. Vector und Lumpi sind bei Davies. Thermopyle sagt die Wahrheit. Die drei bewachen das Raumschiff. Nick ist auch dabei. Weil wir ihn brauchten. Aber er hat die *Käptens Liebchen* verloren. Er kann nirgends mehr hin. Morn, ich habe dich mal unterstützt, so wie's Vector und Mikka taten. Wir haben dir nicht in dem Umfang beigestanden, wie's nötig gewesen wäre, aber wir sind so weit gegangen, wie wir's damals für vertretbar hielten. Laß dir nun von uns helfen. Davies kann das Schiff nicht lange verteidigen. Wenn wir nicht bald zurück sind, ist er am Ende. Dann ist jeder von uns und alles verloren.«

Morn gab durch nichts zu erkennen, daß seine Worte ihr irgend etwas besagten: sie reagierte nur jedesmal, wenn der Name ihres Sohns fiel. Doch das genügte. Immer wenn Sib Mackern ›Davies‹ sagte, war sie ein wenig näher gerückt: erst hatte sie sich aufgesetzt, dann die Füße auf den Boden gestellt, und zum Schluß stand sie auf.

»Laßt nicht zu, daß Nick ihn anrührt.«

Ihre durch die Atemmaske gedämpfte Stimme klang so schwächlich, als hauchte sie nur Dunst hervor.

»Ich habe 'ne bessere Idee«, brummte Angus. Morns Äußerung löste bei ihm einen Umschwung aus: kaum hatte er ihre Stimme gehört, wich seine Bekümmertheit einer kalten, beherrschten, altvertrauten Wut. Er trat in den Flur hinaus. Zu schnell, als daß es hätte verhindert werden können, riß er Succorso das Impact-Gewehr von der Schulter, kehrte in die Zelle zurück und warf die Waffe Morn zu. »Da. *Du* paßt am besten *selbst* auf Succorso auf, damit er keinen Unfug mehr anrichtet.«

Morn fing das Gewehr auf und umklammerte es, als wäre es der einzige reale Gegenstand im Raum. Ihre Finger ertasteten den Abzug.

»Wir müssen uns von hier per EA verdrücken, Morn.« Noch immer war Mackerns Stimme voll Besorgnis. »Das ist unser einziger Rückweg zur *Posaune*. Ich hab dir 'n EA-Anzug mitgebracht.« Er breitete die Arme aus und zeigte ihn ihr. »Ich helf dir beim Anziehen.«

Unvermittelt wandte Angus sich ab. Er konnte es nicht mehr mitansehen. Und seine Programmierung verlangte ihm andere Aufgaben ab, die er auszuführen hatte. Ohne Rücksicht auf seinen Gram öffneten sich in seinem Kopf neue Dateien, informierten ihn über alles, was die VMKP über Fusionsgeneratoren wußte, ergänzt um alles, was die kartografische Vermessung der Energieversorgungsanlagen Kassaforts an Erkenntnissen ergeben hatte.

Ausgefüllt mit den Plänen fremder Menschen und eigenem Gewaltdrang verließ er die Zelle.

Sofort kam Nick Succorso ihm entgegen. »Sie mieser Dreckskerl. Nun wird sie mich abknallen.«

Angus hatte für ihn keine Beachtung übrig. »Nicht so lange sie glaubt, Sie könnten nützlich sein, um Davies' Leben zu retten.«

Er drehte Succorso den Rücken zu und wandte sich an Mikka Vasaczk.

Sie erwiderte seinen Blick mit der verbitterten Miene einer auf alles gefaßten Frau. Ihre Fäuste hielten die Waffen gepackt, als wüßte sie von Kindesbeinen an, wie man damit umging.

»Ich gehe jetzt 'n gesonderten Weg«, teilte er ihr mit. »Ich muß noch etwas anderes erledigen. Bis ich wieder da bin, haben Sie das Kommando.«

Kaum merklich wurden ihre Augen größer; aber sie unterbrach ihn nicht, enthielt sich jedes Widerspruchs.

»Es obliegt Ihnen, sie zur *Posaune* zu bringen.« Er meinte ausschließlich Morn. Was aus den anderen wurde, war ihm einerlei. »Schaffen Sie sie an Bord. Sie und Davies. Dann verriegeln Sie den Raumer. Ich kann die Schleuse jederzeit öffnen. Denken Sie daran, Sie haben das Kommando, nicht *er*.« Angus deutete mit einem Nicken in Succorsos Richtung. »Dulden Sie nicht, daß er quertreibt. Falls er Ihnen irgendwelchen Ärger macht, tun Sie mir den Gefallen und erschießen Sie ihn.«

Nick Succorsos Kichern klang schrill: ein wenig nach Irrsinn. »Kaptein Thermogeil, Sie sind wirklich und wahrhaftig vollkommen übergeschnappt.«

Angus ignorierte ihn.

»Ich brauche eine Stunde«, sagte er zu Mikka Vasaczk. »Sollte ich bis dahin nicht zurück sein, fliegen Sie ohne mich ab. Reißen Sie die *Posaune* einfach aus der Parkbuchtverankerung und starten Sie durch. Sie können sich auf keine nennenswerte Weise verteidigen, dazu wissen Sie zuwenig über den Kahn, aber Ihnen bleibt keine andere Wahl. Warten Sie nämlich länger, müssen Sie leider auf alle Fälle das Handtuch werfen.«

Mikka Vasaczks düsterer Blick verhieß, daß sie ihm zu gehorchen beabsichtigte, solange sie lebte.

»Eine Stunde«, wiederholte Angus rauh.

Dann hetzte er davon, als wäre er von der Kette gelassen worden.

Gegenwärtig befand sein Gemüt sich in schönster Harmonie mit seiner Programmierung. Helle Freude durchsang sein Herz wie eine Hymne auf die Mordlust, während er allein in die dichtgefügte, bedrohliche Leere der Korridore vordrang, die nach Kassafort und in den Untergang führten.

MORN

Sie konnte nicht denken. Worte hatten keine Bedeutung: keine Worte könnten dies lange Stillschweigen zurückdrängen, das in ihrer Zelle lastete, während die Amnion darauf warteten, daß die Mutagene sie transformierten. Alles andere ergab keinen Sinn.

Angus war da. Aber natürlich war das unmöglich. Wieviel mußte sie noch durchleiden, bis sie sich vom Alptraum Angus befreit hatte?

Er behauptete, er käme, um sie zu retten. Das war nicht nur ausgeschlossen, es war nackter Schwachsinn: kein Mann seiner Couleur würde je ein derartiges Risiko auf sich nehmen, um irgendwen zu retten, am wenigsten eine Polizistin, die soviel über ihn wußte.

Er hatte erwähnt, wo Davies sei, als wollte er damit andeuten, ihren Sohn hätte er schon gerettet – und das war weniger unmöglich als voll und ganz unvorstellbar.

Aber auch Sib Mackern war da. Bei seiner Anwesenheit handelte es sich um eine Tatsache, oder nicht? Hinter der Helmscheibe des EA-Anzugs erkannte sie sein Gesicht, oder? Vor eifriger Hilfsbereitschaft zitterte er regelrecht: selbst durch Zwischenschichten aus Mylar und Plexulose schien er wahre Wellen an Trost und Zuspruch auszustrahlen. Außer all das war eine Halluzination … Es sei denn, die grausame Realität all dessen, was Nick ihr zugemutet, was sie selbst der Menschheit angetan hatte, war mittlerweile dermaßen unerträglich für sie geworden, daß sie sich aus der Wirklichkeit in Wahngebilde geflüchtet hatte …

Einige Besatzungsmitglieder der *Käptens Liebchen* wollten ihr helfen? Waren gekommen, um sie zu befreien? Gemeinsam mit Nick? Mit *Angus?*

Sie klammerte sich an den Namen ihres Sohns und die Griffe des Impacter-Gewehrs, um nicht in irrwitzige Schluchzer der Konfusion auszubrechen.

Sib Mackern versuchte, ihr behilflich zu sein, drängte sie dazu, ihre Glieder in den EA-Anzug zu stecken. Sie wünschte seine Hilfe, wollte auch den Schutzanzug selbst. Aber Angus hatte gesagt: *Du paßt am besten selbst auf Succorso auf, damit er keinen Unfug mehr anrichtet.* Sie durfte das Gewehr keinesfalls lange genug weglegen, um den EA-Anzug anzuziehen.

Behutsam ergriff Mackern ihre linke Hand, bemühte sich, ihre Finger von der Waffe zu lösen.

Mit der Plötzlichkeit einer Spukgestalt erschien Nick an der Schwelle. »Wenn ihr Clowns euch nicht beeilt«, schnauzte er, nachdem er seinen externen Lautsprecher eingeschaltet hatte, »kommt keiner von uns hier lebend raus.«

Als hätte er ein Stichwort genannt, dröhnte eine Erschütterung durch die Zelle. Für einen Sekundenbruchteil flackerte die schweflige Beleuchtung. Aus den oberen Ecken der Wände rieselte Staub. Irgendwo nahebei mußte eine schwere Explosion erfolgt sein.

Was hatte sie da in Angus' Pfoten gesehen? Was für ein Typ von Waffe war das? Sie hatte ausgesehen wie eine maßstabsgerecht verkleinerte Materiekanone.

Kämpfte er mit einer *Materiekanone* um ihre Befreiung?

Fähig war er zu so etwas. Ein und dieselbe unaustreibbare Feigheit, die ihn zum Vergewaltiger erniedrigte, machte ihn zu einem hochgradig gefährlichen Menschen.

Ein leises Winseln drang von Morns Lippen, während Mackern mit sanfter Gewalt ihre Finger von dem

Impacter-Gewehr entfernte und ihren Arm in den Ärmel des EA-Anzugs schob.

Dann kam die rechte Hand an die Reihe: sie nahm das Gewehr in die Linke, zwängte die Rechte eilig in den Handschuh des Raumanzugs. Mit jeder Sekunde wuchs in ihr eine unbeschreibliche Verzweiflung an. Jeder ihrer Unterarme wies die Blutergüsse kleiner Einstiche an den Stellen auf, wo die Amnion ihr Mutagene injiziert und Blut entnommen hatten. Norepinephrine und Dopamine, all ihre Immunität, war ihr abgezapft und in kleine Ampullen gefüllt worden: ein Verrat am ganzen Menschengeschlecht. Morn war nichts außer Furcht geblieben.

Sie erwartete, daß Mackern den EA-Anzug schloß, doch er tat es nicht. Vielmehr schnallte er ihr eine Art von Innengestänge um die Hüften. »Das ist 'n neues System zur Bedienung der Lenkdüsen«, erläuterte er währenddessen. »Es funktioniert ähnlich wie Waldos. Du bewegst die Hüften, und die Düsen reagieren. Es kann sein, du brauchst sie. Offen gestanden« – den letzten Satz fügte er in mattem Ton hinzu – »ich kann selber nicht damit umgehen.«

Jetzt war Morn endgültig klar, daß sie träumte. Mit solchen EA-Anzügen hatte sie an der Polizeiakademie trainiert. Die *Stellar Regent* hatte welche an Bord gehabt. Doch die Technik war noch brandneu. Niemand außer der VMKP hatte solche Anzüge zur Verfügung.

So schnell es ging, erledigte Sib Mackern das Umschnallen des Gestänges; danach erst schloß er den Anzug. Als letztes nahm er den Helm. Er hielt ihn vor sich in den Händen, wartete auf Morns Einverständnis, bevor er ihn ihr aufsetzte.

Weil das alles nichts als eine Halluzination war, Morn wußte, daß sie bald vorüber sein mußte, sie dann wieder so zum Unglück und Unheil verurteilt wäre wie zuvor, schöpfte sie durch die Atemmaske tief Luft und nickte schließlich.

Mackern zupfte ihr die Atemmaske vom Gesicht und zog ihr statt dessen den Raumhelm an.

Kaum war der Helm geschlossen, aktivierten sich die internen Anzeigen, informierten sie über Sauerstoff, Temperatur und die eigenen Biosignale, versicherten sie des Schutzes gegen die Schonungslosigkeit des Vakuums.

»Also los, Morn, nun komm!«

Aus dem Helmlautsprecher klang Sibs Stimme zu nah, zu aufdringlich. Trotzdem rührte Morn keine Hand, um die Lautstärke zu verringern: sie hatte die Fäuste wieder fest um das Impacter-Gewehr geklammert, nicht vor, sie noch einmal von der Waffe zu nehmen. Wie eine Wahnsinnige glaubte sie, solange sie das Gewehr hatte, könnte sie verhindern, daß der Traum von der Rettung verpuffte.

Indem sie mit Leib und Seele an der Waffe Halt suchte, ließ sie zu, daß Sib Mackern sie am Arm faßte und zur Zelle hinauszog.

»Na endlich!« maulte Nick knurrig. »Nun aber nichts wie *weg!*«

Ohne eine Antwort abzuwarten, lief er zum einen Ende des Flurs.

Hatte Mackern nicht gesagt: *Mikka, Vector, sogar Lumpi?* Aber im Korridor stand nur Mikka Vasaczk. Wo waren Vector und Lumpi?

Und wo war Angus? Morn hatte damit gerechnet, ihn im Flur wiederzusehen, sich gedacht, er hielte mit seiner sonderbaren Waffe die gesamte Amnion-Sektion in Schach. Doch er mußte irgendwohin verschwunden sein.

Mikka Vasaczk, deren Gesicht man durch zwei Helmscheiben nur verschwommen erkennen konnte, blickte Morn an; trotz der Verzerrung wirkte ihre Miene seltsam vertraut: der finstere Ausdruck ihrer Gesichtszüge erinnerte an die bärbeißige Fürsorglichkeit einer alten Freundin.

»Ist mit dir alles in Ordnung?« erkundigte sich Mikka. »Sind wir noch rechtzeitig gekommen?«

Krampfhaft zuckte es in Morns Kehle, sie erstickte ein Schluchzen. »Sie haben mir Blut abgenommen.« Das zugelassen zu haben, war der schlimmste Vorwurf, den sie sich selbst machen mußte. »Jetzt wissen sie über das Serum Bescheid.«

»Wenn wir etwas mehr Zeit haben« – Morn empfing deutlich Nicks Stimme vom Ende des Korridors her –, »mußt du mir mal erzählen, woher *du* es eigentlich hast.«

Morn hörte kaum hin. Sie sprach mit Mikka.

»Durch mich ist alles verraten worden …«

Sie rang um Selbstbeherrschung, aber konnte ihren Jammer nicht mehr unterdrücken. Ein Wimmern drang aus ihrem Mund. Ohne das Zonenimplantat-Kontrollgerät war sie ein Nichts.

»Vielleicht nicht.« Nicks Stimme klang barsch. »Ich habe dir doch gesagt, es läßt sich nur etwa vier Stunden lang im Körper nachweisen. Ob sie's festgestellt haben, hängt davon ab, wann du die Kapseln geschluckt und wann sie dir Blut abgenommen haben. Und nun *komm mit,* verflucht noch mal! Irgendwann werden sogar *diese* Schleimbeutel merken, was hier gespielt wird, und dagegen einschreiten.«

Wann. Und nochmals *wann.* Morn klammerte sich an diese Überlegung wie an ihr Gewehr. War es möglich, daß ihr Traum Hoffnung bot? Gewährte die Halluzination es ihr, befreit zu werden, ohne die Menschheit verraten zu haben?

Vielleicht konnte sie sich daran erinnern, was sie getan hatte; sich auf den zeitlichen Ablauf der Ereignisse besinnen. Es stimmte, Nick hatte einmal ihr gegenüber erwähnt, daß das Immunitätsserum nur für rund vier Stunden im Körper verblieb. Falls sie sich dessen entsann, wann sie die Kapseln genommen und dazu in zeitliche Relation setzen konnte, wann die Amnion ihr Blut abgezapft hatten …

Also gut, denk nach! *Wann* hatte sie die erste Kapsel geschluckt? *Wann* die zweite? Und die dritte?

Unvermittelt völlig besessen vom Gedanken an die Zeit, ließ sie sich von Mikka und Sib mitziehen.

Alles was sie in den vergangenen Tagen und Monaten durchlitten hatte, schien ihr wie ein alptraumhafter kaleidoskopischer Mahlstrom: sie war nicht dazu imstande, einen Tag vom anderen, ja nicht einmal eine Stunde von der anderen zu unterscheiden. Dennoch spürte sie ein unstillbares Verlangen nach Hoffnung. Trotz der Umstände, daß sie jetzt lief, laufen mußte, Sib und Mikka sie in einen breiten Korridor mit greulich schroffer Beleuchtung und zahlreichen Abzweigungen, die wie Schlünde klafften, gezerrt hatten, und obwohl Nick und Mikka fast ununterbrochen aus ihren Handfeuerwaffen schossen, sogar Sib wild um sich ballerte, als könnte er auf diese Weise irgend etwas treffen, zermarterte sie sich hartnäckig das Gehirn.

Ein Energiestrahl prasselte an ihrem Kopf vorbei. Nick brüllte aus vollem Hals, während er das Feuer erwiderte. »Gütiger Himmel!« keuchte Sib. Einen Augenblick lang durchsirrten Bahnen kohärenten Lichts und geballter Energie die Luft. Dann bog Nick in einen Seitengang ab. Mikka und Sib sorgten dafür, daß Morn ihm dichtauf folgte.

Weil sie nicht wußte, was bevorstand, hatte sie eine Kapsel geschluckt, sofort nachdem sie das Mittel in Nicks Kabine gefunden hatte. Naturgemäß war der Immunisierungseffekt dieser Kapsel im Verlauf der vielen Stunden, die man sie bewußtlos gehalten hatte, aus ihrem Organismus geschwemmt worden. Aber nachdem sie durch Mikka geweckt wurde, hatte sie, bevor Mikka sie zu Nick brachte, eine zweite Kapsel genommen. Anschließend hatte Nick mit ihr die Amnion-Sektion aufgesucht, sie dort abgeliefert. Wieviel Zeit war von da an verstrichen, bis man ihr Mutagene injiziert hatte? Im Höchstfall eine halbe Stunde? Ungefähr eine Stunde seit Einnehmen der Kapsel?

Sie war zu sehr voller Grauen gewesen, um auf die Zeit zu achten; doch sie hatte den Eindruck, daß eine recht lange Frist verstrichen war, ehe die Amnion kamen und ihr Blut abzapften.

Morn schüttelte den Kopf. Das war keine befriedigende Schätzung. *Eine recht lange Frist* konnte in Zahlen alles mögliche heißen. Den genauen Zeitabstand zu rekonstruieren, war unmöglich.

Gedämpftes Schluchzen oder Keuchen zwängten sich aus ihrer Kehle ins Innere des Raumhelms.

Dann zuckte ihr, als ob ein Raumschiff das Hyperspatium durchquerte, eine neue Überlegung durch den Kopf.

Die Amnion-Sektion hatte keine Forschungseinrichtungen. Möglicherweise hatten die Amnion ihr nicht umgehend Blut entnommen, weil sie es ohnehin nicht an Ort und Stelle untersuchen konnten. Und *vielleicht* lag das Geheimnis ihrer Immunität – artifiziell wie alle ihre Hilfsmittel – noch hier in der Alien-Sektion, wartete in sterilen, hermetisch verschlossenen Behältern auf den Transport nach Station Potential.

Auch das bedeutete einen Funken Hoffnung.

Nick eilte zu einem Lift voraus. Kaum hatte die Tür sich geöffnet, scheuchte er Mikka, Sib und Morn in die Aufzugkabine. Sie fuhr so schnell empor, daß Morns Knie beinahe nachgaben.

Wo war Angus? Warum konnte sie seine Materiekanone nicht hören?

»Das ist nicht der Weg, auf dem wir eingedrungen sind, Nick.« Sibs Stimme klang, wie sie in Morns Ohr erreichte, aus Anstrengung verpreßt.

Nick stieß lediglich ein mürrisches, verächtliches Brummen aus.

»Darum ist er um so sicherer«, schnaufte Mikka außer Atem.

»Wir müssen die Kriegsschiffe zurückhalten«, sagte Morn leise. »*Stiller Horizont … Friedliche Hegemonie.* Sie aufhalten!«

Sib glotzte sie an.

»Weshalb?« wollte Mikka erfahren.

Erst jetzt bemerkte Morn die Verzweiflung in Mikkas Augen. Jetzt erst sah sie, daß Sib am Rande der Erschöpfung wankte. Nicks Narben glänzten bleich und blutleer, als wären seine Knochen bloßgelegt worden.

»Damit sie mein Blut nicht nach Station Potential bringen können.«

»Aber wie?« Mikkas Stimme klang so müde, wie Sib aussah. »Die *Käptens Liebchen* sind wir los. Unser momentanes Raumschiff ist 'n Interspatium-Scout. Selbst wenn wir mal unterstellen, wir schaffen's, an Bord zurückzugelangen, der Kahn hat nicht die Sorte Bewaffnung, mit der man bei Kriegsschiffen Eindruck schindet.«

»Wir halten überhaupt niemanden auf«, schnauzte Nick. Hinter seiner Helmscheibe erkannte Morn in seinen Augen den glühenden Wunsch, ihr neues Leid zuzufügen. »Wenn wir bloß am Leben bleiben, ist das schon die größte Meisterleistung, die wir je hinkriegen … Dein Kaptein Thermogeil hat mir 'n kleines Geheimnis ausgeplaudert. Und zwar eines, das ich nie geahnt hätte. Als wir Station Potential angeflogen haben, wußten die Amnion längst darüber Bescheid, daß du Polizistin bist. Sie wußten auch, daß ich für die Astro-Schnäpper tätig bin.«

»*Was?!*« entfuhr es Mikka in äußerster Betroffenheit.

Nick beachtete sie nicht. »Deshalb wollten sie uns beim Hyperspatium-Sprung eliminieren. Ihnen war völlig klar, daß wir sie belogen und betrogen, sobald wir 'n Mund aufmachten. Und das ist 'n zusätzlicher Grund, weshalb sie so scharf auf deinen Sohn sind. Er hat deinen Verstand. Du bist ihnen nicht genug. Sie sind darauf aus, deinen Geist in ungetrübtem Zustand zu analysieren… Ein Polizistenbewußtsein, das nicht durch Z-Implantate geschützt oder verzerrt wird.«

Die Liftkabine stoppte; die Tür öffnete sich. Beide Pistolen schußbereit in den Fäusten, sprang Nick hinaus, schaute sich im Korridor um.

»Ach, was für ein Idiot du bist, Nick«, stöhnte Mikka. »Du Idiot…!«

»Das ist mir alles gleich«, versicherte Morn, indem sie den Korridor betrat. Genausogut hätte sie ein Selbstgespräch führen können. »Sie müssen aufgehalten werden. Irgendwie muß es zu schaffen sein.«

Was es kosten mochte, war ihr einerlei. Sie sehnte sich danach, ihr langes Leid in einem Lodern der Vernichtung fortzubrennen. Fand Davies dabei den Tod, starb er wenigstens als Mensch.

Und er hätte dafür Verständnis. Er war mehr als ihr Sohn: er verkörperte eine unbeeinträchtigte Replik ihrer ursprünglichen Beweggründe, ihres Wissens, ihres Engagements und ihrer Bedürfnisse. Er fühlte so wie sie.

Links von Morn erschien aus einem Eingang ein Amnioni. Sib feuerte auf ihn, aber stolperte, und sein Schuß versengte nur den Fußboden. Beim Stürzen löste sich sein Griff von Morns Arm.

Sie drückte den Sensortrigger ihres Impacter-Gewehrs, hörte einen Knall, als zerberste Stein. Inmitten eines Sprühregens aus Rostbraun und Grün flog der Amnioni hintenüber.

Sib Mackern holte Morn ein, so rasch er es konnte. »Danke«, ächzte er. »Ich bin einfach zu schlecht in solchen Sachen…«

Es hatte den Anschein, als wäre Morns Körper durch den Schuß frisch belebt worden. Sie streifte Mikkas Hand ab, rannte Nick mit eigener Kraft nach.

Jetzt war sie bereit zum Kämpfen. Die Fäuste juckten ihr an der Waffe, lechzten nach Verfeuern von Tod und Zerstörung.

Doch von nun an blieben die Gänge und Korridore leer. Die Amnion mußten andere Maßnahmen für die Abwehr eingeleitet haben.

Nick eilte voran, als wäre ihm der Weg hinaus genau bekannt.

Aus Gründen, die nur er wußte, strebte er zu einem weiteren Lift. Die Aufzugkabine ließ auf sich warten: den Anzeigen der Kontrolltafel zufolge kam er aus einer erheblich tiefer gelegenen Etage. Während des Wartens fluchte Nick pausenlos halblaut vor sich hin. Er hatte die Waffen schußbereit gehoben, als sich die Lifttür öffnete.

Aber so wie die Flure war auch die Liftkabine leer.

»Sind wir hier richtig?« fragte Sib nervös.

Nick betrat die Aufzugkabine, ohne zu antworten.

Mikka schob Morn und Sib vor sich hinein. »Ich glaube schon«, japste sie.

Wieder ging die Fahrt aufwärts. Diesmal sauste Morn nach oben, hatte das Gefühl, als sollte sie zu ihrer Schädeldecke hinausschweben; als könnte ihr Geist ihr aus dem Lift und der Amnion-Sektion vorauseilen, gewappnet mit nichts als dem Impacter-Gewehr, um im Weltall die Alien-Kriegsschiffe zum Kampf zu stellen.

Leider jedoch behielten die Gesetze der Schwerkraft und aller übrigen Physik ihre Gültigkeit. Als die Liftkabine in der obersten Etage stoppte, befand Morn sich unverändert in ihrem Körper. Mittlerweile war der Schwung der Exaltation verebbt, in die sie der Gewehrschuß hineingesteigert hatte. Ihr war bleiern und hinfällig zumute, niedergedrückt durch die Folgen des Zonenimplantat-Entzugs und das Ausmaß ihrer Ermattung. Sie begriff kaum, was sie vor sich sah, als sich der Lift vor der Irisblende einer Luftschleuse öffnete.

Einer Luftschleuse. Inzwischen hatten Morns Gedankengänge sich verlangsamt, als ob die Nachwirkungen all der vorangegangenen Entkräftung ihr Hirn verstopften. Eine Luftschleuse bedeutete bevorstehende Externaktivitäten.

Wir müssen uns von hier per EA verdrücken. Das ist unser einziger Rückweg zur Posaune.

Hätte sie die Gravitation des Planetoiden überwinden können, wäre es ihr möglich gewesen, ihrem Schicksal gänzlich zu entfliehen: die Lenkdüsen zu benutzen, um sich ohne Mühe ins Dunkel emporzuschwingen. Durchaus denkbar war es, daß die Schubkraft der Lenkdüsen genügte, um sie aus dem Schwerefeld des interstellaren Felsbrockens zu befördern.

Aber durch den Andruck könnte ihr Hyperspatium-Syndrom akut werden.

Und auf alle Fälle: Davies wartete auf sie. Er brauchte sie. Seinetwegen mußte sie noch für eine Zeitlang in Fleisch und Blut manifest bleiben.

Indem die Irisblende sich aufschob, schien sie Nick in die Schleusenkammer zu saugen. Unverzüglich trat er an die Kontrolltafel und tippte Tasten. Mikka schickte Sib und Morn in die Schleuse, dann drehte sie sich um und legte durch einige Schüsse in die Kontrollen den Lift lahm.

Schon schloß sich die blendenförmige innere Schleusenpforte. Mikka Vasaczk mußte plötzlich einen wahren Hechtsprung vollführen, um noch in die Schleusenkammer folgen zu können.

Morn lauschte auf das Wispern des Druckabfalls und versuchte sich einzureden, sie sei stark genug, um es bis zur *Posaune* zu schaffen; es sei ihr gegeben, irgendwie auch ohne den Rückhalt ihres schwarzen Kästchens hinlängliche Kraft zu finden.

Sobald sich auch die äußere Schleusenpforte nach Blendenart geöffnet hatte, stapfte Nick auf den betonierten Vorplatz der Schleuse hinaus. Ohne auf irgend jemanden zu warten, eilte um die Ecke des Schleusenbaus und verschwand außer Sicht.

Außerhalb der Schleuse erstreckte sich weithin das

schwärzliche Felsgestein des Planetoiden. Von der Rückseite des Schleusenbaus gleißte helle Beleuchtung herüber: die Betonfläche lag im Schatten, doch kaltes, weißes Licht schimmerte dort in Streifen auf der zerklüfteten Landschaft, wohin Nick sich abgesetzt hatte.

Noch einmal nahm Mikka Vasaczk sich Zeit, um die Kontrollen zu zerschmelzen: diesmal in der Schleuse. Nun konnte auf diesem Weg niemand mehr sie und ihre Begleitung verfolgen.

Das Gewehr gepackt, als hätte es die Macht, sie auf den Beinen zu halten, rannte Morn sofort Nick nach.

Fast augenblicklich bemerkte sie die *Friedliche Hegemonie.*

Die Parklichter des Raumschiffs hoben es gegen das undurchdringliche Schwarz des Kosmos ab; das kalte, weiße Leuchten erhellte die Umrisse der Antennen und Geschütze. Die rundlich-beulige Formgebung, wie die Amnion sie bei der Konstruktion ihrer Raumfahrzeuge bevorzugten, verlieh dem Koloß trotz seiner Größe ein gedrungenes Äußeres. Hinter der Metallplatte eines Shuttle-Hangars dräute der Rumpf des Kriegsschiffs über dem nackten Fels Thanatos Minors wie eine Gewitterwolke.

Jetzt konnte Morn unterscheiden, daß die weißliche Helligkeit von den Bogenlampen des Besucherdocks stammte. Hurtig lief Nick darauf zu, sprang über die Felsen, so flink er es vermochte. Weil Morn ihn genau kannte – weil sie wußte, er war so tückisch wie das Gestein der Planetoidenoberfläche –, durchschaute sie mit einem Mal, weshalb er es so eilig hatte.

Er wollte die *Posaune* früh genug erreichen, um das Kommando zu übernehmen, bevor Angus zurückkehrte; hatte vor, rechtzeitig an Bord zu sein, um Angus aussperren zu können.

Eine neue Regung der Furcht rührte an Morns Herz. Nick hatte das Zonenimplantat-Kontrollgerät. Darum betrachtete sie momentan Angus als das kleinere Übel.

Ob Davies sie hören könnte? Empfinge er ihre Stimme, wenn sie den Namen ihres Sohns ins Mikrofon riefe? Hatte sie die Möglichkeit, ihn zu warnen?

Ihre Absicht blieb unverwirklicht. Ihre Kehle verengte sich, erstickte jeden Laut, als sie sah, wie Nick unvermutet verharrte.

Die Füße breitbeinig auf den Fels gestellt, reckte er beide Arme in die Finsternis des Alls empor. Den behelmten Kopf legte er in den Nacken.

»Nun tu's endlich!« schrie er. Aus Wut und Verzweiflung klang seine Stimme, als wäre er in Raserei verfallen. »Du elende Schlunze, ich hab dir 'n Befehl erteilt! Ich will, daß du ihn endlich *ausführst!*«

Die Dunkelheit verweigerte ihm die Antwort.

Mikka und Sib holten auf, stießen zu Morn, zogen sie mit sich, auf das schroffe, weiße Licht zu. Aber für ein, zwei Sekunden konnte sie kaum die Beine bewegen. Nicks Geschrei der tiefsten Zerrüttung schnürte ihr die Brust wie eine krampfartige Anwandlung der Panik ein.

Sie hatte sich in bezug auf ihn geirrt.

O Gott, was hatte er im Sinn? Was *tat* er?

»Ich wünschte wirklich, Liete würde ihn nicht so vergöttern«, murmelte Mikka verbittert. »Sie sollte wahrhaftig vernünftiger sein.«

»*Was* hat er ihr befohlen?« brabbelte Sib.

»Frag *du* ihn«, entgegnete Mikka. »Ich habe schon zuviel anderes am Hals.«

Plötzlich veränderte sich die Farbe der Helligkeit. Morn sah schwefliges Geflacker wie gelbe Flammen über die Seite von Mikkas EA-Anzug züngeln.

Gleichzeitig spürte sie, wie unter ihren Stiefeln das Felsgestein erbebte.

»Nick!« schrie Mikka. »In Deckung!«

Morn drehte sich der neuen Lichtquelle zu.

Die Luke des Shuttle-Hangars schob sich auf: in der Landschaft des Planetoiden schien sich ein Fenster zu öffnen. Gelbliche Helligkeit und ein Stieben von in Sekundenschnelle zu Eis gefrorener Atmosphäre drangen hervor.

»Morn«, riefen Mikka und Sib wie aus einem Mund. Mikka erhaschte Morns Oberarm, zerrte sie auf den Untergrund aus gezackten Felsen nieder.

Einen Herzschlag später schwallte mit der Wucht einer Explosion Druck aus Schubdüsen über die Planetoidenoberfläche, und inmitten atmosphärischen Reifs stieg ein Shuttle, dessen Form einer von Gravitation verzerrten Kugel ähnelte, aus dem Hangar. Mit voller Schubleistung jagte das Raumfahrzeug in die Höhe.

Morn und ihre Begleiter befanden sich zu nah am Hangar. Die Druckausbreitung erfaßte sie so gewaltsam, daß die Gefahr eines Aufreißens der EA-Anzüge drohte. Zum Glück schwächte das Vakuum den Druck zum Großteil ab. Morn fühlte, wie die Druckwelle an ihrer Gestalt entlangbrauste und sich auf Thanatos Minors Oberfläche verlief.

Sämtliche Statusanzeigen in Morns Raumhelm glommen noch in beruhigendem Grün.

»Jetzt aber weg!« fauchte Mikka durch die Zähne. Sie sprang empor. »Los, vorwärts!«

Keuchend raffte Sib sich hoch.

Morn blieb, wo sie lag.

Aus irgendeinem Grund vermochte sie den Blick nicht von der *Friedlichen Hegemonie* zu wenden.

Vor ihren Augen gingen die Positionslampen des Kriegsschiffs an.

»Morn?« röchelte Sib. »Bist du verletzt? Brauchst du Hilfe?«

»Ach du *Scheiße*«, stöhnte Mikka, sobald sie sah, wohin Morn starrte.

Auf einmal erstrahlten am Rumpf des Alien-Kriegsschiffs Scheinwerferbatterien. Im ersten Moment geisterten die Lichtkegel ziellos umher; dann jedoch fielen sie in eine gemeinsame Richtung, schwenkten auf den

Schleusenbau und das Besucherdock zu. Unverzüglich begannen sie die Planetoidenoberfläche abzusuchen.

Sie suchten die Personen, die die Amnion-Sektion überfallen hatten.

Morn sah, wie auch die Geschütze des Raumschiffs sich ausrichteten, den Scheinwerferkegeln folgten.

An Bord der *Friedlichen Hegemonie* hatte man die Absicht, die Widersacher von Thanatos Minors Felsgestein zu sengen.

LIETE

Liete zwang sich zu strikter Selbstbeherrschung, widerstand dem Drang, verfrüht Meldungen von der Brückencrew zu fordern. Sie spürte, wie in ihrer Brust Druck anschwoll, sich Anfänge rabiater Vehemenz sammelten, als ballten sich erste Gewalten eines Sturms. Seit dem Wegfall des Schubs hatte sich an Bord der *Käptens Liebchen* die G-Situation normalisiert. Dennoch fiel Liete das Atmen schwer. Nick war inzwischen zu lange in der Amnion-Sektion. Zog das Warten sich noch viel länger hin, mußte die Anstrengung, befürchtete Liete, ihre Gefühle zu bändigen, ihr einen Lungenriß verursachen.

Schließlich konnte sie sich nicht mehr zurückhalten; das Warten und Schweigen nicht mehr ertragen. »Status?« fragte sie in einem Ton, als schnellte eine Peitsche durch die Luft.

Lind schaute herüber. Seine Konsole emittierte längst soviel elektronischen Müll, wie sie hervorbringen konnte; mehr als zu lauschen, hatte er kaum noch zu tun. »Die *Friedliche Hegemonie* und die *Stiller Horizont* stehen in Funkkontakt. Die *Sturmvogel* ist auch daran beteiligt. Die Sendestärke ist so hoch eingestellt, daß es sich anhört, als ob sie schreien. Aber wir kennen den Code nicht.« Seine Stimme klang lasch. »Ich bin kein Kryptograf.« Ebenso lahm fiel seine letztendliche Schlußfolgerung aus. »Bestimmt haben sie was vor. Sie werden irgend etwas tun, soviel ist sicher. Aber ich kann nicht sagen, was.«

Liete nickte. Ihr war völlig gleichgültig, welche Meldungen man ihr machte. Sie legte lediglich Wert darauf, sich abzulenken, indem sie Leuten beim Reden zuhörte.

»Malda?«

»Energie der Materiekanone auf fünfundzwanzig Prozent gestiegen.« Die Waffensysteme-Hauptoperatorin wirkte, als wäre sie mittlerweile belastet bis an die Grenze des Zumutbaren und stünde kurz vor dem Zusammenbruch. Strähnen ihres Haars hingen ihr in die Augen, doch ihr fehlte die Kraft, um sie sich aus der Stirn zu streichen. »Wir können einen wirkungsvollen Schuß aus der Materiekanone abgeben oder alle Bordwaffen 'n bißchen ballern lassen.«

»Pastille?«

Als wäre ihm die Störung lästig, schnippte Pastille mit den Fingern. »Genug Schub zum Manövrieren haben wir, mehr nicht. Ich kann uns ins Dock zurücksteuern, aber jeden Gedanken an Beschleunigung können wir uns abschminken.«

»Das genügt«, beteuerte Liete. »Es ist mehr, als man uns im Moment zutraut, darauf kommt's an. bleib dran. Je länger sie warten, um so stärker können wir sie zum Schluß überraschen.«

Unvermittelt schwenkte Malda ihren G-Andrucksessel zu Liete herum.

»Liete, wir können die *Sturmvogel* jetzt einwandfrei treffen. Sie ist doch unser Ziel, nicht wahr? Feuern wir aus dieser Entfernung, machen wir aus ihr Schrott. Warum erledigen wir's nicht und bringen's hinter uns?«

Weil ich hoffe, daß wir noch eine Möglichkeit finden, um es zu überleben, wollte Liete antworten.

Weil Nick in einem EA-Anzug in die Amnion-Sektion eingedrungen und bisher nicht wieder zum Vorschein gekommen ist, dachte sie.

Aber Carmel kam ihr zuvor.

»Liete!« Die Scanning-Hauptoperatorin saß verkrampft

in ihrem Andrucksessel, las Anzeigen ab, während ihre Finger Befehle eintippten, um Instrumente zu adjustieren und eingegangene Daten zu verarbeiten. »Da verlassen Personen die Amnion-Sektion. Eine, zwei… Ich sehe vier. Es sieht so aus, als wären es dieselben, die hineingegangen sind. Sicher bin ich« – sie verfiel in einen Tonfall, als müßte sie sich entschuldigen – »natürlich nicht. Dafür ist das Scanning nicht präzise genug. Aber die EA-Anzüge verursachen die gleichen Reflektionen.«

»Wohin sind sie jetzt unterwegs?« Liete bezähmte ihr Ungestüm, bemühte sich um eine ruhige Stimme. »Was ist aus den dreien geworden, die zu der Trichterantenne gelaufen sind?«

»Zum Donnerwetter, was haben sie denn dort *angestellt?*« fragte Pastille. »Ich dachte, sie wollten Morn rausholen. Nick ist doch völlig verdreht, seit seine Drüsen auf sie angesprochen haben.«

Sofort befiel Liete äußerte Wut auf ihn, weil er die Frage aussprach, die sie selbst am meisten beschäftigte. Doch Carmel ließ sich vom Steueranlagen-Drittoperator nicht irritieren.

»Sie kehren zur *Posaune* um«, meldete sie. »Eine Person läuft sehr schnell voraus, die anderen bleiben zusammen, gehen aber in dieselbe Richtung. Die drei Leute, die sich an der Antenne zu schaffen gemacht haben, sind zu ihrem Raumschiff umgekehrt. Sie stehen und warten dort, wahrscheinlich um den anderen Feuerschutz zu geben.«

Vier Personen hatten die Amnion-Sektion betreten; vier kehrten zurück. War das Vorhaben gescheitert? Oder hatten sie einen Verlust zu beklagen?

Vielleicht Nick?

Leere und Verhängnis erfüllte Lietes Gemüt. Sie weigerte sich zu glauben, Nick könnte die Aktion nicht überlebt haben.

»Hast du die *Friedliche Hegemonie* in der Zielverfolgung?« fragte sie Malda; stellte die Frage, als wäre sie hellsichtig.

Malda nickte. »Die Amnion«, rief im selben Augenblick Carmel in eindringlichem Ton, »öffnen ihren Shuttle-Hangar.«

Sofort beugte Liete sich vor, kopierte ihrer Kommandokonsole Scanning-, Steuerungs- und Zielerfassungsdaten; sie traf Vorbereitungen für das Schlimmste.

»Was ist denn *jetzt* wieder los?« brummelte Pastille. »Geben sie ihre Sektion etwa auf? Kann es sein, daß Nick dort dermaßen großen Schaden angerichtet hat?«

Zum Glück erwartete er allem Anschein nach keine Antwort.

»Soll ich das Shuttle in die Zielerfassung nehmen?« fragte Malda. »Wenn wir jetzt schießen, beschädigen wir voraussichtlich auch den Hangar. Aber wir können es genausogut erwischen, nachdem es gestartet ist.«

»Nein«, befahl Liete. »Laß es sausen. Es ist nicht unser Ziel. Steigerung des Energiepegels beschleunigen. Das gilt auch für dich, Pastille. Dazu haben wir *die* Chance, solange die *Stiller Horizont* und die *Sturmvogel* sich mit anderen Angelegenheiten befassen.«

»Shuttle-Hangar offen«, meldete Carmel. »Da hebt's ab.« Eine Sekunde später kreischte die Scanning-Hauptoperatorin regelrecht auf. »Du liebe Herrgott, haben die's eilig! Sie legen 'n Gewaltstart hin, volle Pulle.« Doch nahezu unverzüglich setzte ihr gewohnter Gleichmut sich wieder durch. »Es hält direkt auf uns zu. Falls es den Kurs nicht korrigiert, ist mit 'ner Kollision zu rechnen.«

»Es korrigiert den Kurs«, rief Carmel einen Herzschlag später. Auch Lietes Sichtschirm zeigte die entsprechenden Zahlen. »Um uns geht's nicht... Es fliegt Richtung *Sturmvogel*. Oder zur *Stiller Horizont*. Aber es schwirrt dicht an uns vorbei. Offenbar ist man wirklich der Überzeugung, wir wären außer Gefecht gesetzt... Die komplette Sektion zu räumen, ist mit so 'm Ding unmöglich.« Carmel äußerte ihre Feststellungen in gänzlich sachlichem Ton. »Es ist viel zu klein. Schätzungsweise passen bloß zehn Personen hinein.«

Liete forderte abermals die Statusmeldungen an.

Die Ladung der Materiekanone hatte vierzig Prozent erreicht. Bei fünfunddreißig Prozent lag inzwischen die erzeugbare Schubleistung.

»Funkübermittlung von der *Stiller Horizont!*« schnaufte Lind. »Neue Befehle. Alles soll abgeschaltet werden … Sogar die Wartung. Sie wollen, daß mit diesen Emissionen Schluß ist.«

Zuviel. Es war schlicht und einfach alles viel zuviel. Bei so vielen gegensätzlichen Prioritäten konnte Liete keinen Überblick wahren. Das Wehen in ihrer Seele war zu einem an Böen reichen Stürmen geworden, die Windstöße schüttelten ihr Gemüt …

»Ach du große Scheiße!« entfuhr es Carmel halblaut. »Gerade hat die *Friedliche Hegemonie* die Positionslichter angeschaltet. Sie fährt den Energiepegel hoch.«

Liete vermochte kaum noch zu atmen; von allen Seiten schien Druck ihr die Luft aus den Lungen zu pressen.

Wo war Nick? Wo war *Nick?*

Eines nach dem anderen, sagte sie sich. Du kannst immer nur eines tun. Nur eines.

»Legt sie ab?« fragte sie. »Macht's den Eindruck, daß sie sie benutzen, um die Sektion zu evakuieren?«

»Nein«, antwortete Carmel fast sofort. »Das sind keine Emissionen des Antriebs, sondern der Materiekanone.« Erschrocken hob sie den Kopf von der Konsole, schaute quer durch die Steuerbrücke Liete an. »Sie lädt die Bordartillerie. Und sie setzt Scheinwerfer ein. Die Amnion wollen die Leute dort unten von der Planetoidenoberfläche wegputzen … Und die *Posaune* zusammenschießen.«

Für eine Sekunde verließ Liete aller Mut.

Wegputzen.

Diese Leute.

Und die *Posaune.*

Nick war ein toter Mann…

Am ganzen Körper zuckte Liete zusammen, als hätte man ihr einen Stunnerknüppel mitten auf die Brust geschlagen.

Außer sie fand Mittel und Wege, um ihn zu retten.

In diesem Moment wehte der langandauernde schwarze Wind ihr Inneres von aller Furcht und allen Ängsten, all ihren Konflikten frei.

»Wie lange braucht sie, um zum Feuern bereit zu sein?« fragte sie die Scanning-Hauptoperatorin mit fester Stimme.

»Woher soll ich das wissen?« maulte Carmel. »Ich bin keine Spezialistin für Amnion-Kriegsschiffe.« Doch die Leidenschaft in Lietes Blick rief sie zur Ordnung. »Vielleicht eine Minute?« meinte sie in unwillkürlicher Beschämung. »Höchstens zwei.«

Liete nickte. »Und wann passiert uns das Shuttle?«

»Bei der gegenwärtigen Beschleunigung?« Carmel las Anzeigen ab. »In anderthalb Minuten. Es wird sie aber keinesfalls beibehalten, es muß nun jeden Moment den Schub vermindern. Sonst kann es nicht mehr rechtzeitig fürs Rendezvous mit der *Sturmvogel* abbremsen. Vielleicht nicht mal für die *Stiller Horizont.*«

So lange konnte Liete nicht warten. Die *Stiller Horizont* versuchte, die *Käptens Liebchen* völlig stillzulegen: Lietes Täuschungsmänover stand kurz vor dem Auffliegen. Und das Hauptziel war die *Sturmvogel.* Nick hatte ihr befohlen, das Raumschiff zu vernichten. Um jeden Preis. Ohne Rücksicht darauf, was sonst geschah. Irgendwie hatte er Sorus Chatelaine so manipuliert, daß sie und ihr Raumer in diese angreifbare Position geraten waren; aber zerschoß Liete die *Sturmvogel* nicht jetzt, mußte sie – oder die *Stiller Horizont* – binnen kurzem merken, daß man sie iregeführt hatte. Sie würden die Gefahr erkennen und von sich aus das Feuer eröffnen.

Aber die *Friedliche Hegemonie* lud ihre Bordartillerie, um sieben Menschen und ihr Raumschiff von Thanatos Minors Oberfläche zu fegen.

Und einer dieser sieben Menschen war Nick. Er hielt sich dort unten auf, war so schutzlos wie ein Pappkamerad auf dem Schießstand. Den Beschuß durch Bordartillerie konnte er unmöglich überleben ... Und ebensowenig hatte er ohne die *Posaune* eine Chance ...

Nach Liete Corregios Meinung war sein Leben wichtiger als seine Befehle.

»Pastille.« Sie sprach nur im Flüsterton, doch ihre Stimme durchdrang die Steuerbrücke wie ein Schrei. »Bremsschub aktivieren. Ich will, daß du uns stoppst ... und auf Gegenkurs lenkst.«

»Zum Teufel, warum denn das?« nörgelte er. »Ich dachte, du hättest gesagt, wir haben es auf die *Sturmvogel* abgesehen.«

»Ich möchte noch näher an das Shuttle ran«, begründete Liete ihre Anweisung, um ihn zum Schweigen zu bringen. »Wir benutzen es als Deckung.«

Pastille musterte Liete sehr aufmerksamen Blicks, ehe er sich wieder seiner Konsole zuwandte. Er verkniff sich weitere Einwände und machte sich an die Arbeit.

Gleich darauf preßte Andruck Liete in die Gurte, als die Triebwerksdüsen der *Käptens Liebchen* aufröhrten.

Sie tat, als ob die Belastung sie nicht störte. »Malda, Zielverfolgung auf die *Friedliche Hegemonie* richten. Nimm ihre Bordartillerie ins Visier. Wir verpassen ihr alles, was wir zu bieten haben. Aber erst auf meinen Befehl.«

Maldas Hände bebten. In dem Bemühen, ihr Zittern zu unterbinden, tippte sie die Tasten derartig brutal, als wäre sie außer sich vor Zorn.

»Carmel, wie weit ist das Shuttle entfernt?«

Die Scanning-Hauptoperatorin fand sich unter Gefechtsbedingungen ausgezeichnet zurecht: kein Zaudern hemmte ihre Reaktionen. »Es hat den Schub weggenommen … Es kreuzt. In etwa dreißig Sekunden müßt's uns passieren. Allerdings hängt der Zeitpunkt auch von Pastille ab.«

Dreißig Sekunden. Lietes Blick streifte den Chronometer. Die *Friedliche Hegemonie* hatte kein freies Schußfeld – die *Sturmvogel* war ihr im Weg –, aber die *Sturmvogel* konnte jederzeit das Feuer eröffnen. Doch falls Sorus Chatelaine das Shuttle zu treffen befürchtete, verzichtete sie vielleicht vorsichtshalber aufs Schießen.

Aber falls sie dachte, die *Käptens Liebchen* hätte die Absicht, das Shuttle zu rammen, entschloß sie sich bestimmt zum Eingreifen.

Bei dieser Entfernung und der gegenwärtigen Geschwindigkeit der *Käptens Liebchen* wären Ausweichmanöver samt und sonders zwecklos.

Und Carmel könnte keine Warnung mehr geben. Erst wenn die *Käptens Liebchen* Treffer erhielt, würde Liete merken, daß die *Sturmvogel* schoß – keine Sekunde früher.

Carmel und Lind gehörten schon seit langem zu Nicks Crew: sie hatten gelernt – jeder auf eigene Weise –, Tod und Verzweiflung zu akzeptieren. Und Malda liebte Nick mit insgeheimer, unverbrüchlicher Anhänglichkeit. Nur von Pastille war zu erwarten, daß er Liete im Stich ließ.

Sobald er gewahr wurde, welche Absicht sie verfolgte, würde er versuchen, sie daran zu hindern.

Der schwarze Wind tönte wie Gesang durch ihr Herz. Alles was sie noch zur Zurückhaltung genötigt hatte, war dahin; sie war innerlich durchsättigt mit heißer Untergangsbereitschaft. Als ob Musik sie inspirierte, kopierte sie ihrer Kommandokonsole den vollständigen Bestand der Steuerungsfunktionen, entzog Pastille, ohne daß jemand es merkte, die Kontrolle über die Steueranlagen der *Käptens Liebchen.*

Um Nick zu retten.

MORN

Hilflos mußte Morn mitansehen, wie die *Friedliche Hegemonie* ihre Bordartillerie in ihre Richtung einschwenkte, als hätten die Amnion sie schon entdeckt, als ob sie sich mit der Deutlichkeit einer Leuchtbake von Thanatos Minors dunklem Stein abzeichnete. Beschuß mit Materiekanonen aus diesem geringen Abstand … Morn beteuerte sich, sie spränge auf und fliehe, falls sie dazu genügend Kräfte hätte, kapitulierte nie, täte vielmehr alles, solange sie noch atmen und die Beine bewegen konnte, um am Leben zu bleiben. Dennoch war sie sich völlig darüber im klaren, daß nicht Schwäche sie zurückhielt.

Es war das Gefühl der Sinnlosigkeit.

Von ihrem Liegeplatz aus konnte die *Friedliche Hegemonie* alles annihilieren, was sich zwischen ihr und dem Planetoidenhorizont befand. Eine Salve könnte das Besucherdock in Trümmer legen; sie reichte mehr als genug aus, um vier Menschen in EA-Anzügen und einen läppischen Interspatium-Scout auszuradieren.

»Komm, lauf!« schrie Mikka wie in höchster Wut.

Auch Sib Mackern rührte sich nicht vom Fleck. Ähnlich wie Morn schien er am Ende seiner Kräfte zu sein, war es aus mit seiner Willenskraft. »Denen können wir nicht weglaufen«, konstatierte er leise.

»Sie fangen bei Null an!« schnauzte Mikka. »Es dauert 'ne Minute, die Artillerie ausreichend zu laden, vielleicht zwei!« Sie packte Sibs Arm, Morns Arm, versuchte sie mitzuziehen. »Kommt!«

»Mikka …« Sibs Stimme klang ruhig, beinahe nach

Resignation. Zu guter Letzt hatte er seine Furchtsamkeit überwunden. »Ob zwei oder zwanzig Minuten, das spielt überhaupt keine Rolle. Es ist unmöglich, ihrer Bordartillerie fortzulaufen. Selbst wenn wir zum Raumschiff, wenn wir an Bord gelangen, genügt ein Treffer, und es sieht aus wie 'ne plattgedrückte Blechbüchse.«

Er sah sich nach dem Schleusenbau um, heftete dann den Blick wieder auf das Kriegsschiff. »Ich wollte, Angus wäre da. Ich würde gerne von ihm erfahren, wieso er geglaubt hat, die Sache könnte jemals gutgehen.«

»Das ist mir gleich!« schrie Mikka. »Ihr könnt doch nicht einfach hier auf den Tod warten! Ihr müßt wenigstens die Beine unter den Arm nehmen! *Ich habe Lumpi versprochen, daß wir uns wiedersehen!*«

Sie wirbelte herum und sprintete übers Felsgestein auf die Besucherdocks und die *Posaune* zu.

Nick starrte unverwandt in die Höhe, als bildete er sich ein, er müßte irgendwo sein Raumschiff erkennen können.

»Morn, bist du da?«

Die Stimme in Morns Raumhelm hörte sich irgendwie an, als wäre es Angus' Stimme. Aber das war ausgeschlossen; er hatte sich entfernt; und außerdem klang sie zu jung, zu ängstlich.

»Ich habe Nicks Geblöke empfangen. Und was Mikka und Sib gesagt haben. Bist du bei ihnen? Wo bist du? Morn, wo *bist* du?«

Davies!

Er mußte in der Nähe sein, innerhalb der Reichweite des Helmfunks. Angus hatte die Wahrheit gesprochen.

Morn war der Ansicht gewesen, ihren Sohn niemals wiedersehen zu dürfen. Und jetzt stand er kurz davor, ausgelöscht zu werden. So wie Mikka, Sib und Nick, wie Morn selbst, sollte er auf Thanatos Minors Felsoberfläche zu Brei zerschmettert werden. Anschließend schmölze die Nachhitze der Schüsse das Gestein, der Brei müßte zu Asche und Ruß verbrennen und zum Schluß, wenn der Stein erkaltete, mit ihm eins werden.

»Die Lenkdüsen«, keuchte Morn. »Die Lenkdüsen...« Ihre Hände und Füße stemmten sie hoch, als hätte ein Außenstehender ihre Glieder in der Gewalt, wacklig raffte sie sich hoch. »Damit sind wir schneller. Den Versuch ist's ja wert.«

Ihre Hand fuhr zum Brustteil des EA-Anzugs, aktivierte die Lenkdüsen.

Das erste komprimierte Gas, das herausstob, beförderte Morn in weiter, flacher Flugbahn an Sib vorüber. Eine vorsichtige Hüftbewegung, ein zweiter Schub: und schon erreichte sie, nur durch Thanatos Minors geringe Gravitation gebremst, Mikkas Seite, gerade als Mikka die eigenen Lenkdüsen einschaltete und zu einem großen Sprung ansetzte.

Aber Sib Mackern machte keinerlei Anstalten, um ihnen zu folgen.

»Wartet, wartet mal«, nuschelte er zerstreut. »Ich weiß nicht, wie man mit den Dingern umgeht. Ich kann sie nicht richtig bedienen.«

Morn drehte sich um, während sie überlegte, wie sie ihm behilflich sein sollte...

Davies, es tut mir leid!

Als sie sich umwandte, sah sie, wie ein Teil der allesumspannenden Leere Feuer fing.

Es passierte viel zu plötzlich, um mit dem Verstand begriffen zu werden: die Synapsen des menschlichen Hirns waren dafür zu träge. Doch Ausbildung und Erfahrung befähigten Morn dazu, intuitiv zu erfassen, was sich ereignete, während es geschah.

Zwei verschiedene Geschütze hatten gleichzeitig gefeuert, Bordwaffen zweier verschiedener Raumschiffe. Der erste Energiestrahl schoß auf den Ursprungsort des zweiten Strahls zu und traf, Glut waberte wie eine Sonneneruption, verflirrte Emissionen auf jeder denkbaren Wellenlänge. Hätte Thanatos Minor eine Atmosphäre gehabt, wäre Morn von der Erschütterung der Detonation vielleicht taub geworden.

Fast in derselben Zehntelsekunde feuerte das zweite Geschütz eine Lanze gebündelten Lichts herab auf die *Friedliche Hegemonie.*

Diesen Treffer bekam Morn zu spüren: der Einschlag durchgrollte den Fels, brachte sie ins Torkeln. Ein lautloses, aber merkliches Heulen drang aus dem Rumpf der *Friedlichen Hegemonie,* als wäre das Raumschiff ein riesiges Lebewesen und stürbe eines gewaltsamen Todes, würde lebendig verbrannt.

Sofort färbte das Firmament des Planetoiden sich wieder schwarz. Von neuem umfing das Dunkel der Leere die beiden Raumschiffe. Doch die *Friedliche Hegemonie* blieb im Gleißen der Bogenlampen und dem Schein ihrer Positionslichter sichtbar.

Der erste Schuß mußte die Zielgenauigkeit des anderen Raumers in minimalem Umfang gemindert haben. Die *Friedliche Hegemonie* hatte keinen Volltreffer erhalten. Eine der bauchigen Rundungen ihres Rumpfs war aufgerissen worden: das Jaulen wurde durch mit fühlbarem Wetter entweichende Bordatmosphäre verursacht, in deren Pfeifen sich das Gellen von Alarmsirenen, das Lärmen diverser sonstiger Warnsignale sowie das Fauchen automatischer Versiegelungspneumatiken mischten. Aber getroffen war das Schiff – sogar schwer beschädigt.

Allerdings erkannte Morn auf den ersten Blick, daß das Kriegsschiff nicht außer Gefecht gesetzt worden, wahrscheinlich sogar noch raumflugtüchtig war; auf alle Fälle konnte es nach wie vor seine Bordartillerie zum Einsatz bringen.

Nachdem die Scheinwerfer für einige Sekunden ihr Kreisen gestoppt hatten, stellten sie das Absuchen der Planetoidenoberfläche ein und huschten statt dessen wie Ziellaser hinüber zur *Posaune.*

Unversehens brach Nick erneut in Gezeter aus.

»*Verfluchte Schlampe!*«

»Morn!« drang Davies' Stimme ihr in die Ohren. »Bist du da?«

»Ja.« Sie vermochte sich kaum genug Konzentration zum Antworten abzuringen; ihre Stimme krächzte, als wäre ihre Kehle ein wundes Geschöpf. »Wir kommen.«

»Das muß Liete gewesen sein«, ächzte Mikka. »Gottverdammt, wie konnte sie bloß *danebenschießen?* Sogar Simper ist im Zielen besser. Herrje, Malda kann so was im Schlaf.«

»Die *Käptens Liebchen* hat's zuerst erwischt«, sagte Sib mit schwächlicher Stimmche. »Ich hab's genau gesehen. Deshalb hat ihr Schuß nicht gesessen.«

»Geht in Deckung!« Morn gab sich alle Mühe, um sich Davies verständlich zu machen. »Wo weiß ich auch nicht. Keinesfalls in der *Posaune.* Sie wird pulverisierst, sobald drüben die Schadensbekämpfung die Lecks abgedichtet und man die Bordsysteme umgeschaltet hat. Versucht's mit 'ner freien Astro-Parkbucht. Vielleicht findet ihr 'ne Luke, durch die ihr nach drinnen abtauchen könnt.«

»Das hat alles keinen Zweck, Morn.« Sie erkannte Vectors Stimme. »Es ist das gleiche, als müßte man mitten auf 'm Schlachtfeld Deckung suchen. Kassaforts Kommandozentrale hatte schon vorher alle Bereitschaft, uns abzumurksen. Jetzt ist die Kommunikation ausgefallen. Drinnen ist die Lage ernst. Man wird erst alles einäschern, was sich regt, und sich später dafür interessieren, was es gewesen ist...« Morn hörte ihm an, daß er, obwohl er nichts Erfreuliches zu sagen hatte, dabei lächelte. »Trotzdem, es ist richtig nett, mal wieder deine Stimme zu hören.«

Nick hatte sein Toben beendet, blieb jedoch, wo er stand. Starr vor Wut oder Verzweiflung, stierte er ins finstere All hinauf und rührte sich, die Fäuste an den Seiten geballt, nicht von der Stelle.

»Los, kommt, wir müssen weiter!« rief Mikka in ihr Helmmikrofon. »Selbst wenn ich schon so gut wie tot bin, meine Versprechen will ich einhalten.«

Auf Strahlstößen komprimierten Gases sauste sie hinüber zum Besucherdock und zur *Posaune.*

Morn sah von jedem Versuch ab, Nicks Aufmerksamkeit zu erregen. Sollte er dort stehen und gaffen, bis sein Raumschiff in Stücke fiel. Sie konnte nichts für ihn tun, und hätte sie es gekonnt, hätte sie es nicht getan. Er hatte noch immer ihr Zonenimplantat-Kontrollgerät.

Statt dessen kehrte sie um und half Sib Mackern beim Zurechtfinden mit seinen Lenkdüsen.

Sie brauchte sich nicht mehr zu beeilen: soviel war ihr klar. Sobald die *Friedliche Hegemonie* mit allem Erforderlichen soweit war, mußte sie sterben. Nichts konnte daran noch etwas ändern. Dennoch wollte sie möglichst weit fort von dem Kriegsschiff und allem Amnionischen; sie hatte vor, neben ihrem Sohn zu stehen, wenn es ans Leben ging, neben ihm und den wenigen Menschen, die ihr Mitgefühl entgegengebracht hatten.

Als Morn endlich Sib einigermaßen unterwiesen hatte, war Mikka schon auf der Betonfläche des Besucherdocks angelangt. Dank der Lenkdüsen ließen Morn und der Datensysteme-Hauptoperator Nick rasch weit zurück. Sie schwebten auf Schüben des komprimierten Gases zur *Posaune,* als wären sie allein auf dem ganzen Felsbrocken, oder Geister, die nichts fürchten mußten. Sib hatte seine Pistole weggeworfen; irgendwann fiel Morn auf, daß ihr das Impacter-Gewehr irgendwo abhanden gekommen war; aber sie hatten an Waffen keinen Bedarf mehr. Sie dachten so wenig wie Mikka, die ihnen vorausgeeilt war, an die Möglichkeit, daß der Kassierer oder die Amnion selbst Bewaffnete ausschicken könnten. Diese Gefahr hatte für sie jede Bedeutung verloren.

Nur einmal verhielt Morn, um sich nach Nick umzublicken. Vor dem riesigen Rumpf der *Friedlichen Hegemonie* wirkte er winzig und ohnmächtig; er hatte seine Erstarrung überwunden und entfernte sich jetzt langsam von dem Kriegsschiff. Vielleicht hatte auch er beschlossen, beim Sterben lieber nicht allein zu sein.

Nachdem Morn und Sib das Betonfeld erreicht hatten, kamen sie schneller voran. Inzwischen schaffte Sib es, die Lenkdüsen besser zu bedienen, auf und ab segelte er durchs Vakuum vorwärts wie ein Surfer. Morn zuckte die Achseln, lächelte geisterhaft und jagte an seine Seite. Erst der Tod würde ihre endgültige Befreiung sein.

Ohne Zweifel wartete man an Bord der *Friedlichen Hegemonie* nur noch ab, bis man die Gewißheit hatte, sämtliche Ziele mit einer Salve zu treffen. Indem sie dahinsausten und –hüpften wie übermütige Kinder, überquerten Morn und Sib das von Bogenlampen erhellte Betongelände, bis sie im Scheinwerferlicht Mikka und drei andere Personen vor einem Interspatium-Scout stehen sahen, bei dem es sich wohl um die *Posaune* handelte.

Morn schaltete die Lenkdüsen ab und beschränkte sich auf ein normales Gehtempo. Kaum hatte sie ein, zwei Schritte getan, ahmte Sib ihr Beispiel nach.

»Morn?« fragte Davies. Seine Stimme hatte einen kläglichen Klang. Er konnte kaum glauben, daß sich seine Mutter unter den Ankömmlingen befand. »Morn?«

Sie wußte nicht, wer von den vieren er war: um einzelne Individuen durch die Polarisierung ihrer Helmscheiben erkennen zu können, war der Abstand noch zu groß. Sie hob die Hand, zeigte sich ihm auf diese Weise. Als er gleichfalls die Hand emporstreckte, lächelte sie still, obwohl er es nicht sehen konnte.

»Warum erledigen sie uns nicht?« murmelte Lumpi in gepreßtem Ton. »Worauf warten sie denn noch?«

Niemand gab ihm eine Antwort.

Als hätte sie mit allem und jedem ihren Frieden gemacht, drehte Morn sich der *Friedlichen Hegemonie* zu, um mitanzusehen, wie das Amnion-Kriegsschiff sie alle annihilierte.

Aus einer Entfernung von knapp drei Kilometern betrachtet, sah das Kriegsschiff erheblich kleiner aus, weniger bedrohlich. Morn vermochte die Stückpforten nicht mehr zu unterscheiden; auch die Geschütze selbst waren kaum noch zu erkennen. Hätte die Helmscheibe sie nicht vor der Blendwirkung der grellen Scheinwerfer geschützt, wäre sie gar nicht dazu imstande gewesen, das Raumschiff zu sehen. Doch für eine Materiekanone war die Distanz bedeutungslos. Selbst bei schlecht konstruierten Materiekanonen trat eine hinlänglich starke Streuung, um ihren Effekt zu verringern, erst nach mehreren Tausenden von Kilometern auf, und nichts von allem, was die Amnion bauten, ließ sich eine schlechte Konstruktion nachsagen.

Auch Nick, auf dem Betonfeld noch wenigstens tausend Meter weit entfernt, hatte sich umgewandt und beobachtete das amnionische Kriegsschiff. Irgendeine Eingebung mußte ihn dazu bewogen haben, sich nach dem Koloß und seiner geballten Energetisierung umzuwenden.

Wie Morn mußte er die Flammen von Antriebsdüsen bemerkt haben, die das leere Schwarz des Weltalls wie eine Fackel durchgluteten.

Augenblicklich fing er von neuem zu heulen an, als risse man ihm bei lebendigem Leibe das Herz heraus.

Plötzlich wanderten die Scheinwerferkegel ab. Einen Moment lang behinderte die Veränderung der Lichtverhältnisse Morns Sicht. In der Resthelligkeit glaubte sie zu sehen, wie die Geschütze der *Friedlichen Hegemonie* in ihren Ständen herumschwenkten, ein neues Ziel anvisierten.

Oben zog die Fackel sich immer mehr in die Länge, raste abwärts wie ein Komet.

Ziel- und nutzlos stachen wie geisterhafte Finger Laserstrahlen des Kriegsschiffs in die ewige Nacht des Planetoiden hinaus. Doch die Amnion-Besatzung war viel zu nachhaltig überrascht worden. Und ihr Raumschiff war schon angeschlagen. Die ›Defensiv-Einheit‹ konnte sich nicht mehr wirksam verteidigen.

»Liete!« schrie Mikka in letzter Sekunde wie eine Rasende.

Mit flammenden Triebswerksdüsen stürzte die *Käptens Liebchen* wie ein Aufschrei des Universums aus der Finsternis des Alls herab. Laserstrahlen trafen sie, ehe sie einschlug, aber zu spät. Zielgenauer als die Waffensysteme krachte das Raumschiff geradewegs mitten in das beschädigte Amnion-Kriegsschiff.

Übergangslos verwandelten beide Raumer sich von hartem Metall in reine Glutlohe und pure Feuersbrunst.

Vorübergehend verlor Morn den Katastrophenschauplatz aus den Augen, sie fiel hin und konnte ihn nicht mehr beobachten. Die durch nichts abgeschwächte, gleichzeitige Detonation der Antriebsaggregate der *Käptens Liebchen* und der Waffensysteme der *Friedlichen Hegemonie* erzeugte im Felsgestein und in der Betonfläche eine derartige Erschütterung, als bestünden sie aus Wasser. Stein barst, im Beton klafften Risse, er zersplitterte wie eine Eisdecke, unter Morns Füßen bäumte sich die Planetoidenlandschaft so wuchtig auf, daß sie aus dem Gleichgewicht geriet und auf die Knie niedersackte. Bogenlampen flackerten, flimmerten, etliche erloschen. Aus Kassaforts baulicher Struktur wallten wie aus den Kaminen eines Vulkans Dampfwolken hervor.

Als Morn sich wieder hochgerappelt hatte, waren die *Käptens Liebchen* und die *Friedliche Hegemonie* schon zu Schlacke verbrannt. Nachbilder von Stichflammen glommen noch im Dunkel, aber die Gewaltsamkeit der Explosionen und das Vakuum hatten schon den letzten Sauerstoff verzehrt.

Nick war dem Desaster näher als alle anderen: die Stoßwelle hatte ihn der Länge nach auf den Rücken geworfen. Abgesehen vom spürbaren Schrammen des Betons, während er sich zu neuen Formen absenkte, gab es zeitweilig nichts zu hören als sein langgedehntes Geheul.

»Ach, Liete«, seufzte Mikka. Man merkte ihrer Stimme an, daß ihr Tränen in den Augen standen; doch Morn konnte nicht unterscheiden, ob es Tränen der Erleichterung waren oder der Trauer.

»Kommt«, nuschelte Sib, zupfte an Morns Ärmel, faßte Mikka an der Schulter. »Gehen wir an Bord. Wir stehen noch immer vor dem Problem, daß wir irgendwie von hier verduften müssen.«

Endlich erstickte Nicks Geheul und wich völliger Stille.

Statt zum Raumschiff zu eilen, ging Mikka zu ihrem Bruder und schloß ihn überschwenglich in die Arme.

»Sib hat recht.« Vector sprach in kurzen, abgehackten Sätzen, als hätte er Schwierigkeiten mit dem Atmen. »Noch ist die *Stiller Horizont* im Orbit. Und die *Sturmvogel*. Und der Kassierer... Höchstwahrscheinlich hat er keine gute Meinung von uns... Wenigstens im Moment nicht. Das wird er uns nicht durchgehen lassen. Bestimmt nicht.«

In Morns Kopf schien Restglut zu schwelen. Sie befürchtete, daß sie, wenn sie sich bewegte, wieder das Gleichgewicht verlöre. Die *Käptens Liebchen* gab es nicht mehr: von dem Raumschiff, in dem sie sich Nick ausgeliefert, ihre Zonenimplantat-Abhängigkeit vollendet, um das Leben ihres Sohns gerungen hatte, gab es nichts mehr außer Schlacke und ausgeglühtem Metall. Liete Corregio, Pastille, Simper, Alba Parmute, Carmel, Karster, Lind... Zu viele Tote waren es, als daß sie sie jetzt hätte aufzählen können. Endlich sah sie ein, daß alles einen zu hohen Preis hatte. Die schreckliche Vergeudung von Menschenleben, all das Leid mußte ein Ende nehmen.

»Das ist Angus' Raumschiff«, stellte sie fest, als hauchte sie eine Erinnerung an die Feuersbrunst aus.

»Aber er hat Mikka mit dem Kommando betraut«, entgegnete Sib, als ob sich dadurch alles änderte.

Mikka, dachte Morn. Mikka, nicht Nick. Angus ließ sie Nick kein zweites Mal in die Hände fallen. Noch war er weit genug er selbst, um Nick zu mißtrauen.

Als sie sich umwandte, stand Davies vor ihr.

»Wo ist er?« fragte ihr Sohn. »Kommt er zurück?«

»Ich weiß es nicht.« Wäre sie dazu fähig gewesen, das Auflodern und die Erschütterung des Aufpralls zu vergessen, hätte sie vielleicht geweint. »Er hat mich aus der Zelle geholt.« Ich hatte von ihm eine Waffe erhalten, aber ich habe sie verloren. »Dann ist er irgendwohin verschwunden.«

»Wenn er's kann, stößt er wieder zu uns.« Mikka sagte es in rauhem Tonfall; ihre Stimme hatte den kehligen Klang eines Stöhnens. Sie ließ von Lumpi ab und schwang sich zu Morn herum. »Er hat mir für seine Rückkehr eine Frist genannt. Ist er bis dahin nicht zurück, sollen wir ohne ihn abfliegen. Kommt!«

Schroff deutete sie auf die *Posaune.* »Wir wollen mal sehen, ob wir den Kahn in einem Stück halten können, bis die Frist abläuft.«

Morn sah Davies hinter seiner Helmscheibe grimmig nicken. Weil die Polarisierung ihrer eigenen Helmscheibe die Sicht zusätzlich verzerrte, erkannte sie keinen Unterschied zwischen ihm und seinem Vater.

Indem er Lumpi mit sich zog, ging Vector voraus. Sein EA-Anzug verbarg nicht die arthritische Steifheit seiner Bewegungen. Seine Gelenke mußten ihm heftige Schmerzen verursachen, während er an den Haltegriffen am Rumpf der *Posaune* hinaufkletterte. Als er oben die Rundung des Rumpfs überklomm, folgten Sib und Mikka ihm; als letzte schlossen Morn und Davies sich an.

Aus der Höhe der Luftschleuse hatte Morn einen guten Überblick über das Dockgelände und konnte Nick beobachten.

Er hatte sich wieder aufgerappelt, dem verkohlten Wrack seines Raumschiffs den Rücken zugekehrt. Allein überquerte er den aufgesprungenen Beton und kam auf die *Posaune* zu, wirkte dabei irgendwie unbeholfen. Jeder seiner Schritte fiel langsam aus – sogar aus dieser Entfernung erweckte er den Eindruck, als litte er Beschwerden –, aber er näherte sich beharrlich.

»Das ist unsere Chance, um ihn loszuwerden«, sagte Davies laut und deutlich. »Wir können ihn aussperren. Soll der Kassierer sich mit ihm befassen… Falls er 'n Weg hinein findet.«

Ihn aussperren …

Schmerz krampfte Morns Herz zusammen. Genau wie Angus hatte auch Nick ihr so manches angetan, das sie niemals verzeihen konnte. Und er hatte das Zonenimplantat-Kontrollgerät.

Ihre Befreiung war Angus', nicht Nicks Idee gewesen.

Unsere Chance, um ihn loszuwerden …

Sie empfand dermaßen stark den Wunsch, ihm die Schleuse zu verschließen, daß sie beinahe aufstöhnte.

Ja! Sollte er draußen bleiben und zur Hölle fahren!

Aber der Preis war zu hoch. Sie hatte es mit eigenen Augen gesehen, selbst im Herzen gespürt. Die Amnion hatten ihre Mutagene an ihr erprobt. Geradeso wie Verrat und Lügen forderte Rache letzten Endes einen zu hohen Preis: Groll und Haß kosteten auf lange Sicht viel zuviel Tribut. Das hatten Nick und Angus sie gelehrt.

Darum kannte sie kein Zögern.

»Nein«, erwiderte sie ihrem Sohn. »Du bist Polizist.

Und ich will künftig auch Polizistin sein.« Nicht wie die Art von Polizisten, die Warden Dios und Hashi Lebwohl sind: sondern wie die Art von Polizei, die ihr Vater und ihre Mutter verkörpert hatten. »Wir verhalten uns nicht so.«

»Bist du dir da ganz sicher?« fragte Mikka, die schon in der Schleusenkammer stand. »Ohne ihn wären wir besser dran. Wir wären *sicherer.* Er hat sich zu viele Feinde gemacht. Und er haßt Angus viel zu sehr.«

»*Ich* bin mir sicher«, mischte Vector sich halblaut ein. »Morn hat recht. Wir anderen sind zwar keine Astro-Schnäpper, aber wir haben ja wohl schon genug Probleme am Hals, auch ohne Dinge zu tun, für die wir uns später vor uns selbst ekeln müßten.«

»Außerdem hat er noch seine Waffen«, bemerkte Sib. »Falls er versucht, mit Gewalt einzudringen, überleben wir die Beschädigung vielleicht nicht.«

Morn faßte Mikkas Schweigen als Zustimmung auf. Kurz drückte sie Davies, dann stieg sie vom Rumpf ins Innere des Raumschiffs.

Davies, nicht Mikka, tippte der Kontrolltafel Befehle ein, schloß die Außenpforte so, daß Nick sie wieder öffnen konnte. Allem Anschein nach kannte er sich an Bord der *Posaune* schon aus. Morn fragte sich, wie lange er mittlerweile mit Angus zusammen sein, wann Angus ihn gerettet haben mochte. Aber sie verzichtete darauf, sich bei ihm danach zu erkundigen. Wenigstens für den Moment schienen ihrem Gemüt sämtliche Fragen ausgesengt worden zu sein.

Zudem überkam ein sonderbares Empfinden des Altvertrautseins sie, ein unerklärliches Gefühl der Sicherheit. Angefangen bei der Schleuse und dem Lift hinunter in den Mittschiffskorridor bis hin zum Stauraum der EA-Anzüge und dem Waffenschrank *kannte* sie diesen Schiffstyp. In gewissen Einzelheiten wich die *Posaune* selbstverständlich von Morns Kenntnissen ab; doch nur weil sie neu war, aus keinem anderen

Grund. Morn hatte einen Teil ihrer Ausbildung an Bord von Interspatium-Scouts der Kompaktklasse absolviert. Zum erstenmal seit der Havarie der *Stellar Regent* hatte sie den Eindruck, sich an einem Ort aufzuhalten, an den sie tatsächlich gehörte.

Davies mußte das gleiche empfunden haben …

Nach den langen Stunden in der Amnion-Zelle und der riskanten Flucht überwältigte die frappierende Vertrautheit der *Posaune* sie nahezu. Willentlich mußte sie sich vergegenwärtigen, daß sie sich in Angus' Raumschiff befand, in Angus Thermopyles Raumer, sie mit dem Betreten der *Posaune* in das Reich des Mannes zurückkehrte, der sie vergewaltigt und bis ins Tiefinnerste ihres Wesens erniedrigt hatte.

Wäre sie zu glauben geneigt gewesen, sie oder die Leute in ihrer Begleitung – Nick mitgerechnet –, seien dazu fähig, die *Posaune* heil von Kassafort wegzufliegen, hätte sie darauf gehofft, daß Angus die selbstgesetzte Frist versäumte, die gleichgültigen Sterne des Universums um zumindest diesen letzten Gnadenerweis angefleht.

Mikka übte das Kommando aus; aber Davies verstaute als erster seinen EA-Anzug und die Waffen. Sobald er den Raumhelm abnahm, blickte Morn das erste Mal seit dem Tag seiner Geburt wieder in sein Gesicht.

Ihr war, als müßte ihr das Herz stocken, als sie sah, wie übel jemand ihn verprügelt hatte.

Lange konnte es noch nicht her sein. Blut verkrustete seine Stirn; seine Wangen waren rings um die Augen verquollen von Prellungen, die bisher keine Zeit zum Abschwellen gehabt hatten.

Der Kassierer hatte ihm das angetan. Oder es war bei einem Nahkampf während der Flucht geschehen.

Oder er und Angus hatten sich ihretwegen gestritten: wegen der Dinge, die Angus an ihr verbrochen hatte.

Unartikulierte Laute des Einspruchs verstummten

schon in Morns Kehle, während sie ihren Sohn musterte.

Abgesehen von der Zerschlagenheit seiner Gesichtszüge wirkte er, als hätte er keinen ernsten, dauerhaften Schaden genommen. Er war merklich dünner als Angus, sogar magerer als zu dem Zeitpunkt, als die *Käptens Liebchen* von Station Potential abflog. Seine Haut sah heiß aus, als ob in seinem Leib ein Schwelbrand glömme; von seiner Erscheinung ging eine Anspannung aus, als verströmte er regelrechte Hitze. Doch trotz allem war er im großen und ganzen in körperlich gesunder Verfassung.

Seine Augen verhehlten, was er fühlte. Flüchtig schaute er Morn an, wich jedoch ihrem Blick aus. Möglicherweise ärgerte es ihn, daß Morn es ablehnte, Nick seinem Verhängnis zu überlassen. Oder vielleicht schämte er sich jetzt für seinen Vorschlag, Nick auszusperren.

Oder es mochte sein, daß er sich inzwischen an einiges aus Morns Vergangenheit erinnerte …

Die Vorstellung, er könnte eine Erinnerung daran haben, wie sie Nick sich selbst ausgeliefert hatte, rief auf Morns Haut ein Kribbeln hervor. Diese Scham jedoch fiel geringfügig aus, verglich man sie mit anderen, peinlicheren Gründen zur Scham. Vielleicht entsann er sich, wie sie von Angus vergewaltigt und mißhandelt worden war; oder an die Weise, wie sie Angus das Leben rettete …

Oder daran, wie sie den Untergang der *Stellar Regent* herbeigeführt hatte …

Als Davies sich abwandte und zur Steuerbrücke eilte, wurde Morn zumute, als hätte er ihr die letzten Kräfte ausgesaugt und mit sich fortgerissen. Unvermittelt fühlte sie sich derartig schwach, daß sie beinahe auf das Deck niedersank.

Sie hatte schreckliche Furcht davor gehabt, daß die Methode seiner Geburt und das, was er über sie wußte, ihn in den Wahnsinn treiben könnte; daß nur seine seltsame Gedächtnissperre seinen Geist unversehrt erhielt. Aber er machte, an was er sich auch erinnern mochte, einen durchweg normalen Eindruck. Das hatte er Angus zu verdanken; oder Angus hatte es ihm, wenn man so wollte, rücksichtslos zugemutet.

Davies hatte längst nicht mehr die gleichen Bewußtseinsinhalte wie sie. Inzwischen hatte er das Erbe seines Vaters angetreten.

Er mußte darum gerungen haben.

Plötzlich wünschte sich Morn, daß Angus zurückkehrte, damit sie ihn zwingen oder bitten konnte, ihr zu erzählen, was er mit ihrem Sohn angestellt hatte.

Sie stand im Gang, ohne sich zu regen; zu erschöpft und ausgelaugt, um mehr zu leisten, als sich den Raumhelm abzunehmen.

Zu ihrem Glück bemerkte Vector offenbar, in was für einer Verfassung sie sich befand. Sobald er seinen EA-Anzug weggehängt und die Waffen weggestellt hatte, kniete er sich trotz seiner schmerzenden Gelenke hin und öffnete Morns Anzug, schnallte ihr das Gestänge der Lenkdüsen von den Hüften, streifte ihr das widerstandsfähige Material der Kluft über die Stiefel vom Körper.

Mikka hatte ihre Ausrüstung schon fortgeräumt. Einen Moment lang betrachtete sie Morn; dann wandte sie sich an ihren Bruder. Ihre gewohnheitsmäßig düstere Miene hatte sich ihren Gesichtszügen noch tiefer eingefurcht; dagegen schienen Müdigkeit und Sorge jeden Ansatz irgendeines anderen Ausdrucks verdrängt zu haben. »Ciro, schau dich mal nach der Kombüse um«, sagte sie. »An Bord so eines Raumschiffs funktioniert die Essenszubereitung wahrscheinlich wie Zauberei. Kümmere dich um Kaffee, Kakao, Hype, alles was irgendwie aufwärmt. Und was zu essen. Am besten schaffst du alles auf die Brücke.«

Ciro? dachte Morn matt. Nie zuvor hatte sie Lumpis

wahren Namen gehört. So wie bei Davies hatte sich auch sein Gesicht verändert, seit sie ihn zuletzt sah: Gefahren und Furcht hatten ihn, wie es schien, um Jahre gealtert. Zum erstenmal war die Ähnlichkeit mit seiner Schwester deutlich zu erkennen.

Er klappte den Mund zum Widerspruch auf, schloß ihn aber sofort wieder, als Mikka ihn an der Schulter sanft anschob. »Gleich wäre gut«, meinte sie leise, als legte sie Wert darauf, Nick nachzuahmen. »Sofort ist besser.«

Ciro senkte den Kopf und entfernte sich gehorsam.

Hinter sich Sib, folgte Mikka anschließend Davies zum Kommandomodul.

Vector schenkte Morn ein schwächliches Lächeln. Anstrengung oder Schmerz erzeugten auf seinem rundlichen Gesicht eine glänzende Schweißschicht. »Ich muß mich«, sagte er, sobald sie beide allein waren, »bei dir entschuldigen.«

Begriffsstutzig zwinkerte Morn ihn an. Mattigkeit und Gedanken an Davies beherrschten ihr Innenleben: ihr war nicht bewußt, wovon er redete.

Er richtete sich von den Knien auf; alte, andauernde Gelenkbeschwerden behinderten nicht nur seine Bewegungen, sondern trübten auch seinen Blick. »Hättest du nicht obendrein noch eine ganze Menge mehr abgekriegt«, erklärte er ruhig, »sähe man da, wo ich dich geschlagen habe, einen blauen Fleck.«

Weich wie Samt strich er mit den Fingerspitzen über den Rand ihres Wangenknochens.

Instinktiv schrak Morn zurück. Er war ein Mann, geradeso wie Nick; so wie Angus. Trotz aller Behutsamkeit wirkte seine Berührung auf Morn nicht anders als eine neue Brutalität.

Er lächelte wieder, als er die Hand fortnahm. »Es wäre mir lieber, ich wüßte genau, ich hätte mein Verhalten auf alle Fälle bereut. Aber so wie's gekommen ist, habe ich dazu mehr Grund, als du ahnst. Ich bin von dir dazu gezwungen worden, einmal mein Leben und seinen Sinn von allen Seiten zu beleuchten, und was mir dabei aufgefallen ist, hat mir gar nicht geschmeckt. Wäre ich klüger – oder vielleicht mutiger –, hätte ich nicht dich, sondern mir selbst eine runtergehauen. Eigentlich blicke ich überhaupt nicht mehr richtig durch. Wie ist es möglich, daß ein Kerl wie Angus hier aufkreuzt, um dich vor Nick und den Amnion zu retten …? Also, das ist zuviel für mich. Aber es hat mir eine Gelegenheit gegeben, alles einmal anders zu betrachten. Da liegen die anderen Gründe meiner Reue. Im Rückblick halte ich es für regelrecht herzlos von mir« – er schmunzelte etwas breiter – »die Frau geschlagen zu haben, die mein ganzes Leben verändert hat.«

Was er da sagte, mußte ihm wichtig sein, sonst hätte er es nicht so betont; doch die Bedeutung entging ihr. Sobald sie merkte, daß er ihr nichts anzutun beabsichtigte, konnte sie sich nicht mehr auf ihn konzentrieren. In Gedanken war sie schon wieder bei Davies; war sie bei ihm auf der Steuerbrücke eines Raumschiffs, das sie kannte, unzweifelhaft eines VMKP-Raumschiffs, ob Angus nun etwas mit der Polizei zu schaffen hatte oder nicht. Nur ihre Schwäche, nur die unabwägbaren Nachwirkungen ihrer Stunden in der Amnion-Zelle hielten sie zurück.

Sie benötigte das Zonenimplantat-Kontrollgerät. Ohne es verfügte sie über zu geringen Wesensgehalt, über zuwenig Mittel, um irgend jemandes Leben ändern zu können; gegenwärtig verstand sie nicht einmal das eigene Leben zu beeinflussen.

»Tut mir leid«, sagte sie. »Ich brauche …« Sie verstummte, konnte es nicht aussprechen.

Allem Anschein nach machte sich Vector eigene Vorstellungen von dem, was Morn brauchen mochte. Er nickte, als ob seine Schrullen ihn amüsierten. »Genauso geht's mir auch.«

Dann nahm er Morn am Arm und schob sie sachte an.

Gebrechlich wie eine Versehrte schlurfte sie mit ihm durchs Raumschiff.

Während sie die Konnexblende zum Kommandomodul durchquerte, hörte sie bereits Stimmen von der Steuerbrücke.

»Falls jemand einzudringen versucht hat, ist es vom Bordcomputer nicht aufgezeichnet worden«, sagte Davies, besprach sich vermutlich mit Mikka. »Ich habe im Kommunikationssysteme-Computerlogbuch nachgeschaut. Ein ganzer Katalog von Drohungen ist gegen uns ausgestoßen worden, eine Menge von der Leitzentrale, einige vom Kassierer persönlich. Mit der Zeit haben sie sich immer hysterischer gebärdet, aber anscheinend ist nichts Konkretes geschehen. Dann ist auf einmal alles vorbei. Die Übertragung hört auf. Keine Forderungen mehr, keine Drohungen… Und keine Flugdaten. Nichts als Statik. Die *Stiller Horizont* könnte direkt über uns schweben, ein halbes Dutzend Raumschiffe im Anflug auf Thanatos Minor sein, und wir würden's nicht erfahren.« Er setzte ein sarkastisches Lächeln auf, das Morn an Angus erinnerte. »Andererseits erhalten wir noch Stationsstrom.«

»Bordstatus?« fragte Mikka in brüskem Ton.

»Die Bordsysteme sind voll funktionstüchtig«, meldete Davies. »Alle Anzeigen grün. Ich bin die Checkliste durchgegangen. Wir sind betriebsbereit.«

»Dann aktiviere das Scanning«, befahl Mikka. »Als erstes müssen wir wissen, wer in der Nähe ist und uns was anhaben könnte.«

Morn ging von Vector auf Abstand. Die Arme aufs Geländer gestemmt, die Knie durchgedrückt, schleppte sie sich die Stufen hinab. Sie wünschte sich, daß ihr Sohn an sie glaubte. Wenn er ihre Schwäche sah, hatte er zu ihr vielleicht kein Vertrauen.

Er saß im Kommandosessel. Er hatte die Hände in

akkurater Haltung, aber vorsichtig über die Konsole gestreckt, wirkte dabei nicht besonders kompetent. Morns Erinnerungen und die mit Angus verbrachte Zeit machten ihn mit dem Interspatium-Scout vertraut, aber Informationen gaben keinen genügenden Ersatz für Erfahrung ab. Nach aller Wahrscheinlichkeit hätte er die *Posaune* unter normalen Umständen fliegen können; doch die jetzige Lage verlangte jemanden mit umfangreicheren Erfahrungen.

Mikka das Kommando zu übergeben, war die zweckmäßigste Entscheidung, die Angus hatte treffen können, obwohl sie über die *Posaune* weniger als Davies wußte.

Sie und Sib standen an den Seiten der Kommandokonsole, schauten zu, wie Davies die Scanningsysteme aktivierte und die Meßdaten auf die Sichtschirme schaltete. Im Handumdrehen erschienen auf einer schematischen Darstellung von Thanatos Minors Umraum Radarechos. Davies tippte ein paar mutmaßliche Annahmen ein, die auf den zuletzt gespeicherten Flugdaten beruhten. Schiffsidentifikationen ergänzten die Radarechos.

»Mehr ist nicht zu erkennen«, stellte er mit gedämpfter Stimme fest. »Thanatos Minor blockiert die Erfassung der Werftanlagen. Was hinterm Horizont liegt, ist nicht zu orten.«

Mit angehaltenem Atem trat Morn hinter seinen G-Andrucksessel. Wenn sie sich auf die Rücklehne stützte, konnte sie auf den Beinen bleiben und hatte die Monitoren im Blickfeld.

Fünf Radarechos. Zwei Raumschiffe flogen in relativ großer Entfernung, befanden sich in der Richtung des Human-Kosmos: eines war im Anflug, eines im Wegflug. Die *Posaune* hatte ihre Flugdatenanforderung aufgefangen und anhand der gefunkten Informationen sowie Navigationsprotokolle die Schiffsidentifikationen zugeordnet. Der anfliegende Raumer nannte sich

Spielerglück. Falls er die Geschwindigkeit nicht verringerte, gelangte er in zwanzig Minuten in hinlängliche Nähe, um in die Ereignisse auf und um Thanatos Minor noch eingreifen zu können. Dagegen beschleunigte das abfliegende Schiff, die *Freistaat Eden,* mit hohem Schub, offenbar in der Absicht, sich allen etwaigen Verwicklungen zu entziehen.

Die drei übrigen Radarechos waren von Davies auf der Grundlage von Mutmaßungen identifiziert worden. Wenn sie überhaupt funkten, dann ausschließlich per Richtstrahl. Dennoch war Morn sich ganz sicher, daß er sie richtig identifiziert hatte.

Sturmvogel. Stiller Horizont. Und das fünfte Raumfahrzeug war das Amnion-Shuttle.

»Wie's aussieht«, sagte Davies, »dreht die *Sturmvogel* zum Rendezvous mit dem Shuttle bei. Das Shuttle fliegt einen unregelmäßigen Kurs, und die Emissionssignatur ist erratisch. Ich denke mir, zuerst hat die *Sturmvogel* gefeuert. Da muß das *Shuttle* dicht bei der *Käptens Liebchen* gewesen sein. Es ist wohl durch die Quantendiskontinuitäten in Mitleidenschaft gezogen worden. Ich glaube, es ist außer Kontrolle geraten. Aber die *Sturmvogel* kann es ohne Schwierigkeiten an Bord nehmen.«

Dank Morns Ausbildung und der Stimme seines Vaters klangen seine Ausführungen absolut überzeugend.

»Die *Stiller Horizont* hält auf den Planetoiden zu«, sagte er. »Wahrscheinlich will sie ihr Schußfeld verbessern.«

»Ob sie uns angreift, während wir in der Astro-Parkbucht liegen?« fragte Sib beunruhigt. Der resignative Gleichmut, den man ihn für eine Weile angemerkt hatte, war verflogen. »Allerdings kann sie uns hier nicht treffen, ohne Kassafort zu beschädigen.«

»An der Stelle der Amnion«, entgegnete Davies harsch, »würde ich mir im Moment darüber keine Gedanken machen. Sie haben vorhin die *Friedliche Hegemonie* verloren, und übrigens auch den Großteil ihrer Sektion in Kassafort. Und sie wissen, daß Nick für die Polizei tätig ist.« Vielschichtige Anklänge verliehen seinem Tonfall Schärfe. Morn hörte Zorn, Abscheu und eine sonderbare Art von Stolz darin. »Sie wissen auch über sein Immunitätsserum Bescheid.«

Als er das sagte, wurde in Morns Kopf eine kleine Sonne der Furcht und des Hasses zur Nova. Sie wußten... Natürlich wußten sie von dem Serum. Nick hatte es Morn gegenüber erwähnt. Aber woher war Davies informiert?

»Sie müssen zwangsläufig folgern«, erklärte er, »daß das Serum der Grund ist, warum ihre Mutagene bei Morn unwirksam geblieben sind. Also dürften sie jetzt glauben, daß er sie getäuscht hat. Vermutlich gehen sie davon aus, daß er und Angus zusammengearbeitet hätten, Morn ihnen von Nick als Köder irgendeiner VMKP-Falle überlassen worden sei. Uns aufzuhalten, hat nun wahrscheinlich für sie den größten Vorrang.«

Morns Knie wurden weich; sie suchte am G-Andrucksessel Halt. »Du entsinnst dich.« Wenn sie je ihr Zonenimplantat-Kontrollgerät gebraucht hatte, dann in diesem Augenblick. »Dein Gedächtnis ist vollständig.« Wie außer mit Hilfe des Z-Implantats sollte sie es verwinden, daß ihr Sohn alles über sie wußte? »Du erinnerst dich daran, was Nick mir über das Serum erzählt hat.«

Kein Wunder, daß ihm der Sinn danach stand, Nick vom Schiff auszusperren. Er erinnerte sich an alles, was sie zusammen mit Nick getan hatte: an die Lügen und die Verzweiflung, die Vergewaltigungen...

»Ja.« Davies redete über die Schulter zu ihr, ohne sie anzuschauen. »Ich erinnere mich an alles.« Seine Stimme klang nach unüberbrückbarer innerer Distanz, als ob sein Wissen ihm unabwendbares Verhängnis bestimmte. »Kaum hatte ich Angus das erste Mal gesehen, fiel mir nach und nach alles ein.«

Er entsann sich der Menschen, die ihr Versagen das Leben gekostet hatte.

Er erinnerte sich an alles, was Angus mit ihr gemacht hatte.

Wünschte er Angus' Tod so sehr wie Nicks Tod? Oder galt sein restlicher Zorn und Widerwille ausschließlich ihr? Hielt er jetzt seinem Vater die Treue, weil er die von seiner Mutter ererbten Erinnerungen nicht zu verkraften vermochte?

Daß er Erbitterung und Abneigung empfand, konnte sie vollauf nachvollziehen. Aber was in ihren oder seinen Erlebnissen gab ihm Anlaß zum Stolz?

Stünde er ohne sie da – oder sie ohne ihn –, hätte er niemanden außer Angus.

Vector war zu Morn getreten. Obwohl er sie nicht berührte, hatte sie den Eindruck, daß er sich dicht bei ihr hielt, um ihr irgendwie eine Stütze zu sein.

»Da wir gerade von Angus sprechen, wieviel Zeit hat er noch?« fragte Vector ruhig dazwischen.

»Er hat mir 'ne Frist von einer Stunde genannt.« Mikka gab nur zerstreut Auskunft: ihre hauptsächliche Aufmerksamkeit richtete sie auf die Monitoren. »Ich habe sofort aufs Chronometer des EA-Anzugs geschaut. Jetzt bleiben ihm« – sie las die Anzeigen der Kommandokonsole ab – »noch achtzehn Minuten.«

Unterdrückt fluchte Davies. »Das läßt der *Stillen Horizont* genug Zeit, um sich genau über uns in Position zu bringen. Dann steht uns nach dem Start keine Trajektorie offen, um außer Schußweite zu gelangen.«

»Also starten wir lieber sofort«, schlug Nick in beißend-scharfem Ton vor.

Sib und Mikka wirbelten herum. Davies drehte den Kopf in die Richtung der Konnexblende. Indem sie sich auf den Kommandosessel und Vectors Schulter stützte, wandte auch Morn sich um, sah Nick, der

Lumpi wie einen Schild vor sich herschob, die Stufen herabsteigen.

Lumpi bewegte sich, als hätte er Krämpfe in den Armen. In seinen Augen leuchtete ständig Weißes auf, als ob er mit ihnen ununterbrochen rollte, seine jungen Gesichtszüge wirkten verzerrt.

Er kam mit leeren Händen. Anscheinend hatte Nick ihn in der Kombüse überrascht, bevor er irgend etwas hatte zubereiten können.

Nick hatte sich die Zeit zum Ablegen des EA-Anzugs genommen. Er lächelte angestrengt, aber ein Zucken in seiner Backe entstellte das Grinsen zu einer Fratze. In seinen Narben staute sich Blut: sie sahen schwarz wie Rache aus. Seine Augen stierten wild umher, als fühlte er sich in die Enge getrieben.

Ohne Hast klomm er ins Kommandomodul. Er hielt sich hinter Lumpi, betrat das Deck.

»Zu warten können wir uns nicht leisten«, sagte er, als verspritzte er Säure. »Du hast jetzt deine Chance, Davies, um mich davon zu überzeugen, daß du's wert bist, am Leben bleiben zu dürfen. Du machst nun vom Besucherdock los. Wir führen die normale Ablegeroutine durch. Fahr den Pulsator-Antrieb auf Schubbereitschaft hoch. Und du bereitest die Aktivierung des Ponton-Antriebs vor.«

Davies fletschte die Zähne. Mit sichtlicher Vorsätzlichkeit nahm er die Hände von der Kommandokonsole und schlang sie um die Armlehnen des Andrucksessels.

»Ich rate dir, es *sofort* zu tun«, warnte ihn Nick. »Du bist verdammt entbehrlich, ist dir das eigentlich klar?«

»Nick.« Mikka trat einen Schritt vor, schwang streitbar die Hüfte. »Ich habe hier das Kommando. Wir gehorchen deinen Befehlen nicht mehr. Das gilt für uns alle.«

An der Weise, wie Lumpi vor Nick stand, stimmte etwas nicht: seine Haltung war zu steif, er hielt sein

Rückgrat zu starr. Morn öffnete den Mund, um Mikka zu warnen, doch kein Laut drang aus ihrer Kehle, sie blieb stumm.

Auf lächerliche Manier ruckten Nicks Brauen auf und ab, während er seine ehemalige Ersten Offizierin musterte. »Ich gebe auch dir 'ne Chance. Befiehl ihm« – mit dem Kinn wies er auf Davies –, »er soll tun, was ich sage. Er soll meinen Befehl befolgen. Danach überlasse ich dir das Kommando. Sonst ...«

Er hob die linke Hand hinter Lumpis Rücken hervor. In der Hand hatte er Morns Zonenimplantat-Kontrollgerät.

»Ich habe meine Finger auf genug Knöpfen«, konstatierte er heiter, »um ihr das Gehirn zu verschmoren.« Unvermittelt schnauzte er Davies an. *»Hast du's kapiert, du kleines Stück Dreck?!«*

Aber schon im nächsten Moment hatte er die Beherrschung zurückgewonnen. »Einmal zugedrückt, und sie ist 'n Nullwellenhirnchen. Und das wäre ja immerhin doch 'ne gewisse ausgleichende Gerechtigkeit, was? Also noch mal von vorn.« Er sprach jede Silbe ganz deutlich aus. »Du legst nun vom Dock ab. Ich will, daß du ...«

Mit all ihrer Kraft vollführte Mikka einen Satz auf ihn zu.

Aus Panik zuckte Lumpi am ganzen Leibe zusammen. Morn wollte schreien, aber ihre Kehle war wie verstopft.

Blitzartig wie eine Schlange riß Nick die Rechte hoch und setzte Lumpi eine Pistole an die Ohrmuschel.

Mikka blieb stehen, als wäre sie gegen eine Wand gelaufen.

»So gefällt's mir besser«, knurrte Nick, schmunzelte hämisch. »Vielleicht kommen wir jetzt allmählich 'n bißchen weiter.«

Er bohrte Lumpi die Mündung der Waffe ins Ohr, bis Mikka zur Kommandokonsole zurückgewichen war; danach erst senkte er die Waffe. Lumpi keuchte durch die Zähne, taumelte fort. Doch Nick packte ihn am Kragen der Bordmontur, zog ihn beiseite und stieß ihn roh in den G-Andrucksessel des Ersten Offiziers.

Verkrampft legte Lumpi die Unterarme mit den Innenseiten auf die Armlehnen des Sessels. Aber Nick räumte ihm zum Auf- und Fortspringen keine Gelegenheit ein. Er drehte den Sitz, brachte Lumpi und die Konsole zwischen sich und die restlichen Anwesenden.

Dadurch wieder gedeckt, stützte er sich mit beiden Armen auf die Rücklehne des Andrucksessels, richtete mit einer Faust die Pistole auf Lumpis Schläfe, behielt in der anderen Hand Morns Zonenimplantat-Kontrollgerät in Bereitschaft.

»Hört ihr mir nun endlich zu?« erkundigte er sich nachgerade leutselig. »Wollt ihr nun hübsch aufmerksam sein? Von hier aus kann ich euch alle umlegen, also erlaubt euch keine Fisimatenten. Und der gute, alte Kaptein Thermogeil kann sich nicht hinterrücks anschleichen.« Er deutete mit einem Nicken hinüber zum Einstieg, um zu verdeutlichen, daß er ihn vollständig in seiner Sicht hatte. »Und außerdem biete ich ihm gar keine Möglichkeit, mir dazwischenzumurksen. Wir fliegen ab. Davies, du mieses, kleines Arschloch« – er schaute Davies an – »es ist wirklich besser, du richtest dich nun nach meinen Befehlen. Tust du's nicht, muß nämlich Morn als erste dafür büßen. Zum letztenmal ...« Er verfiel erneut in Gebrüll. *»Du sollst ablegen!«*

»Nein.« Es erstaunte Morn, daß sie plötzlich wieder sprechen konnte. Aber sie fühlte sich zu schwach, um von alldem noch mehr durchstehen zu können. Und Davies bedurfte ihrer Hilfe. Alle diese Menschen brauchten ihren Beistand. Nick war ihr Problem.

»Es ist mir gleich, was aus mir wird. Ich bin sowieso zu nichts nutze, solang ich nicht das ...« Mit abgehackter Geste wies sie auf Nicks linke Hand. Hätte sie genügend Kräfte für so etwas gehabt, sie wäre auf ihn zugegangen; aber sie war viel zu ausgelaugt, um von Vector und dem G-Andrucksessel abzulassen.

Sie hatte Nick soweit getrieben. Ihre Lügen und ebenso ihre Überzeugungen, ihre falsche sexuelle Hingabe und ihr ehrlicher Einsatz für ihren Sohn hatten ihn seine Unbezwingbarkeit gekostet, seinen Glauben an sich selbst. Auch das war ein zu hoher Preis gewesen. Nun mußte sie die Folgen tragen.

»Nur zu, verschmor mir ruhig das Hirn, wenn du willst. Bring uns alle um und versuch dich allein durchzuschlagen. Oder wach auf und schau den Tatsachen ins Auge. Du bist erledigt. Es ist vorbei mit der lebenden Legende Nick Succorso. Den heldenmütigen, ruhmvollen Raumpiraten Succorso gibt es nicht mehr. Du hast kein Raumschiff mehr, du hast alles verloren. Ist es nicht so, Nick? Ist es nicht wahr?«

Lumpi wand sich im G-Andrucksessel, als säße er äußerst unbequem.

Nick stieß ihm die Waffe gegen die Schläfe. So bleich, als fiele er in Ohnmacht, ließ sich der Junge im Sitz zusammensinken.

Doch Nick hatte reagiert, ohne Mikkas Bruder oder sein Verhalten wirklich zur Kenntnis zu nehmen. Das krampfhafte Zucken erfaßte sein ganzes Gesicht, als hätten Morns Worte ihm einen Nerv verätzt; es hatte sich zu einer Fratze verzerrt. Seine Augen stierten abgründig finster wie Höhleneingänge.

»Was ist aus deinem Auftrag in bezug auf Thanatos Minor geworden?« fragte Morn leise.

Nick konnte ihr unmöglich eine Antwort verweigern; zu groß war die erlittene Niederlage. »Ich bin gescheitert«, gestand er in bitterer Vergrämtheit ein. »Ist es das, was du hören möchtest?« Die Narben seiner Wangen sahen wie Schorf aus. »Ich bin *gescheitert.* Ich sollte mit dem Immunitätsserum das Gewerbe des

Kassierers sabotieren … Ihn dahin bringen, daß er sie kauft, und ihm dann einen wirkungslosen Ersatz unterschieben. Um seine Glaubwürdigkeit zu zerstören. Das war's, was der Plan vorsah. Hashi Lebwohls Plan. Du bist bloß meine Rückversicherung gewesen. Angus Thermogeil, das beschissene Arschloch, hatte dafür gesorgt, daß du für die Astro-Schnäpper nichts mehr wert warst, deshalb hat Lebwohl dich mir überlassen … Damit ich, falls irgend was schiefging, statt des echten Serums dich verkaufen könnte.«

Er sprach auf eine Weise, die an einen Treibstoffbrand auf engem Raum erinnerte: Flammen speisten Flammen, loderten einer Explosion entgegen.

»Aber das war alles, bevor mir Sorus wiederbegegnet ist. Weißt du, wer sie ist?« Er blickte Morn an mit Augen wie Schwarze Löcher. »Natürlich nicht. Dir gegenüber habe ich ihren Namen nie erwähnt. Sorus Chatelaine heißt sie. Kapitänin der *Sturmvogel.* Sie ist die Frau, die mein Gesicht zerschnitten hat. Als ich sie wiedergesehen habe, war mir die Sache mit dem Kassierer sofort völlig egal. Soll Lebwohl seine Drecksarbeit doch selber machen. Von da an habe ich mich nur noch mit Chatelaine befaßt. Es ist mir gelungen, sie aus Kassafort zu vertreiben, in den Weltraum zu locken, wo sie angreifbar ist. Die *Käptens Liebchen* sollte sie aus dem All ballern.«

Niemand auf der Brücke schien noch zu atmen. Schweiß rann Sib übers Gesicht. Davies kauerte wie eine Manifestation geballter Gewalttätigkeit im Kommandosessel. In Mikkas Miene rangen Furcht und Wut gegeneinander, verurteilten sie zur Handlungsunfähigkeit. Vectors blaue Augen waren groß geworden, als bestaunte er andächtig irgendwelche Wunder.

Morn beobachtete Nick mit ernster Aufmerksamkeit, wartete darauf, daß seine Hand zudrückte; erwartete die neurale Apotheosis, die sämtliche Synapsen ihres Gehirns zum Erlöschen brächte; unter ihre Verantwortung für die Art und Weise, wie sie Nick übel mitgespielt hatte, den naturgemäßen Schlußstrich zöge.

»Dank dir dachten die Amnion, sie wüßten meine Prioritätscodes«, knurrte er gehässig. »Sie bildeten sich ein, damit hätten sie mein Raumschiff unter ihrer Kontrolle. Darum ist ihrerseits nicht sofort auf die *Käptens Liebchen* geschossen worden, als sie den Gewaltstart durchgeführt hat. Und *dadurch* hatte Liete ihre Chance. Ich hatte die *Sturmvogel* in der Falle. Wäre ich nicht vom Kassierer ausgesperrt worden, hätte ich sie mir selbst vorgeknöpft. Aber ich mußte die einzige Gelegenheit nutzen, die sich mir bot. Ich habe Liete erklärt, was ich will. Sie sollte Sorus für mich umbringen. Aber sie hat's nicht getan. Sie wußte, was ich wollte, und hat's trotzdem nicht getan. Ja, ich bin *gescheitert,* hörst du's? Ihr *gottverfluchten* Weiber seid alle gleich. Ihr benutzt mich, so gut ihr's *könnt,* dann zerschneidet ihr mein Gesicht, und ich kann von euch aus krepieren. *Das wird nicht noch einmal vorkommen!*« Sein Aufschrei glich einem Echo des Geheuls, das er ausgestoßen hatte, während er mitansah, wie Liete ihn enttäuschte. »*Dieses* Mal ... *diesmal* ... mache ich jeden von euch kalt, der nicht tut, *was ich will!*«

Aus irgendeinem Grund blickte Lumpi fest in Davies' Augen. Trotz aller Blässe und Panik nickte er Davies kaum merklich zu.

»Blödsinn, Nick.« Bedächtig, nahezu ohne jedes bedrohliche Gebaren, erhob sich Davies aus dem Kommandosessel. Obwohl er sich kaum regte, stand er plötzlich zwischen Nick und Morn. »Du wirst keinen von uns umbringen. Sonst hättest du ja keine Zuhörer mehr für deine Ergüsse des Selbstmitleids. Es wäre niemand mehr da, dem du an allem die Schuld zuschieben könntest.«

Nick zuckte zusammen; sein Gesicht verzerrte sich zu einer Grimasse der Seelenqual. »Das reicht!« Sein

Tonfall bezeugte nichts als die pure Absicht zum Blutvergießen. »Du bist als erster dran.«

Über die Rücklehne des G-Andrucksessels gebeugt, zielte er mit der Pistole auf Davies' Kopf.

Mit einer Ruckartigkeit, als verfiele er in Konvulsionen, riß Lumpi einen Stunnerknüppel empor, der nicht größer als ein Taschenmesser war, und rammte ihn in Nicks Achselhöhle.

So nah am Herz hatte auch ein so kleiner Stunnerknüppel eine hinlänglich starke Wirkung, um Nick unter Gliederzuckungen und Krämpfen aufs Deck zu werfen.

Wie ein Blitz sprang Mikka vor, zog Lumpi aus dem Andrucksessel und zur Seite.

Davies schoß wie ein Motorkolben auf Nick zu, beförderte mit einem Tritt die Pistole außer Reichweite, grapschte sich Morns Zonenimplantat-Kontrollgerät. Einen Moment lang verharrte er geduckt über Nicks von Spasmen geschüttelter, besinnungsloser Gestalt, als hätte er vor, ihm das Genick zu brechen.

»Nicht, Davies!« keuchte Morn.

Von da an hatte sie den Eindruck, daß ihr Übergänge fehlten.

Vom einen zum nächsten Herzschlag lag sie mit einem Mal auf dem Deck und in Vectors Armen.

Ohne daß sie gesehen hätte, wie er sich von Nick entfernte, befand sich auf einmal Davies bei ihr.

Plötzlich schwang sich Angus am Geländer des Niedergangs ins Kommandomodul und betrat die Steuerbrücke.

Er hatte den Raumhelm abgesetzt, trug aber noch den EA-Anzug. Streifenweise verdreckte getrockneter Schweiß seine Gesichtszüge; die Augen quollen ihm aus den Höhlen, als wäre er im Endzustand der Dehydration.

Einmal nur blinzelte Morn, und schon hatten alle Personen sich nochmals umverteilt. Eine Stimme, die

Angus gehören mochte, forderte Wasser. Lumpi war plötzlich fort. Nick raffte sich, benommen vom Stunnen, von den Deckplatten empor. Sib hatte sich die Pistole geschnappt und hielt sie in beiden Fäusten auf seinen ehemaligen Kapitän gerichtet. Angus saß im Kommandosessel. Vor ihm stand offenen Munds Mikka.

»Erzählen Sie mir später, was los war«, sagte er mit vor Durst rauher Stimme. »Wir fliegen sofort ab.«

Mikka deutete auf die Sichtschirme.

Nachdrücklich nickte Angus.

»Suchen Sie sich Kabinen!« befahl er. »Der Start erfolgt in ungefähr fünf Minuten. Außer den Anti-G-Gurten der Kojen gibt's keinen Schutz gegen Andruck. Davies, sorg um Himmels willen dafür, daß Morn schläft. Sie durchlebt 'n Zonenimplantat-Entzug, sie könnte in Lebensgefahr geraten. Außerdem löst Hoch-G-Belastung ihr Hyperspatium-Syndrom aus. Bring sie in 'ne Kabine und bleib bei ihr. Ich sage dir Bescheid, wenn es unbedenklich ist, sie zu wecken.«

Am Rand ihres Blickfelds sah Morn, wie Davies das Zonenimplantat-Kontrollgerät anhob und die Tastenkennzeichnungen las.

Du weißt darüber genauso viel wie ich, wollte sie zu ihm sagen. Du brauchst dich nur daran zu erinnern. Aber sie konnte nicht sprechen. Aus ihrem tiefsten Innern brandete all ihr Versagen ihr vor Augen. Sie hatte zuviel durchgemacht; noch jetzt war ihre Not zu groß. Sie sah noch, wie Lumpi mit einer G-Flasche für Angus aus dem Durchgang kam, hörte noch, wie Mikka anordnete, Sib und Vector sollten die Steuerbrücke verlassen.

Dann drückte Davies Tasten, und sie fiel in eine Finsternis, die der Kluft zwischen ihren Fähigkeiten und ihren Wünschen glich.

ANGUS

Angus leerte die G-Flasche, während er Davies nachschaute, der Morn die Treppe zur Konnexblende hinauftrug. Lieber wäre er selbst gegangen, um Morn für ein Weilchen in den Armen halten zu dürfen. Trotz der Oberherrschaft seiner Z-Implantate durchwallten Ansätze der Wut und des Grams sein Gemüt. Seine Lust, Succorso zu töten, hatte sich in ihm so festgesetzt, als wäre sie die größte Leidenschaft seines Lebens. Doch selbstverständlich duldete seine Programmierung nicht, daß er jemanden eliminierte, der VMKP-Kontakte pflegte. Und zudem mußte er sich momentan mit zu vielen sonstigen Bedrohungen befassen …

Der neue Countdown, der jetzt in seinem Kopf lief, ließ keinen Raum für Irrtümer.

Angus konnte den Computerlogbüchern der *Posaune* schneller Daten entnehmen, als Mikka Informationen in Worte zu kleiden vermochte. Ein-, zweimaliges Hinsehen erklärte ihm, wieso Morn, Nick Succorso und die anderen noch lebten, warum auf den Sichtschirmen keine Radarechos der *Käptens Liebchen* und *Friedlichen Hegemonie* erschienen. Er begriff nicht, was in die Besatzung der *Käptens Liebchen* gefahren war, die sich auf diese Weise geopfert hatte. Doch im Moment brauchte er es nicht zu begreifen; es genügte, von der Tatsache Kenntnis zu haben.

Sie bedeutete, daß er sich um zwei Gefahrenquellen weniger den Kopf zerbrechen mußte. Übrig blieben die *Stiller Horizont*, die *Sturmvogel* und das Amnion-

Shuttle; die *Spielerglück,* die *Freistaat Eden* sowie ein Halbdutzend anderer Raumschiffe, die aus den Docks gestartet waren und so ernstere Verwicklungen zu vermeiden versuchten.

Es blieb der Countdown.

Angus brauchte Hilfe. Er könnte die *Posaune* ohne zeitliche Beschränkung ganz allein fliegen: darauf war er eingestellt worden. Allerdings hatten er und sein Schiff eine bessere Chance, wenn er sich auf Hilfe stützen konnte.

Sib Mackern und Vector Shaheed waren schon Kabinen suchen gegangen, um sich dort aufs Durchstehen hoher G-Belastungen einzurichten. Davies mußte bei Morn Wache halten. Damit begrenzte sich die Auswahl auf Mikka und Ciro Vasaczk – und Nick Succorso.

Angus' Durst war zu stark, als daß der Inhalt einer G-Flasche ihn hätte stillen können. Seine Z-Implantate ermöglichten es ihm jedoch, über seine Gier nach Wasser hinwegzugehen. Sein Interncomputer hatte registriert, daß keine akute Dehydration mehr drohte.

Sich für Mikka zu entscheiden, sie heranzuziehen, lag nahe. Sie war Succorsos Erste Offizierin gewesen und kannte sich seit langem mit den einschlägigen Aufgaben aus. Aber Angus mißtraute Nick Succorso viel zu sehr, um ihn aus den Augen zu lassen…

Unter Mißachtung der Möglichkeit, daß er jemanden überraschte, derjenige stürzte und sich verletzte, schaltete Angus auf Schub. Ein heftiger Ruck fuhr durch das Raumschiff, als die *Posaune* sich in Kassaforts Astro-Parkbucht gewaltsam von den Kabeln und Greifern trennte.

Mikka fing sich an der Vorderseite der Kommandokonsole ab, Ciro klammerte sich an die Schultern seiner Schwester. Succorso taumelte, verlor fast das Gleichgewicht. Seine Augen sahen glasig aus, der

Mund war erschlafft: nach wie vor verwirrte ihm das Stunning die Neuronen.

Bei der Vorstellung, daß irgend jemand Milos Taverners Waffe gefunden und gegen Nick Succorso verwendet hatte, mußte Angus unwillkürlich grinsen.

»Sie beide verschwinden schleunigst von der Brücke«, sagte Angus zu Mikka und Ciro. »Sie haben wenig Zeit. Ich will, daß Sie in Sicherheit sind. Und *Sie*« – seine Anrede klang wie ein Peitschenknall – »betätigen sich hier als Erster Offi. Setzen Sie sich und gehen Sie an die Arbeit.«

Mikkas Miene verriet Neigung zum Widerspruch. Mit Mühe verkniff sie ihn sich. »Na, dann komm mal mit«, brummelte sie ihrem Bruder zu, der sie konsterniert anblickte. »Nick ist kein Problem für Angus. Wenn die zwei uns nicht aus diesem Schlamassel rausbringen können, schaffen wir's überhaupt niemals.«

Wie zur Warnung schwang Ciro noch einmal den Stunnerknüppel in Nick Succorsos Richtung; dann folgte er Mikka von der Brücke.

Succorso beachtete den Burschen nicht. Mit hastiger Schnelligkeit zwinkerte er Angus an, versuchte seine Sicht zu klären.

Angus erhöhte den Schub, schwenkte die *Posaune* auf eine Abflugstrajektorie ein, die es erlaubte, umgehend Kurs auf die *Stiller Horizont* zu nehmen. Indem das Raumschiff sich langsam entfernte, sank der Einfluß der Schwerkraft Thanatos Minors.

»Ich habe gesagt«, schnauzte Angus, »Sie sollen …!«

»Ich hab's verstanden«, ächzte Succorso. »Ich tu's, ich tu's … Nur 'n Momentchen noch …«

Er atmete jedesmal tief durch, um die Benommenheit aus seinem Kopf zu vertreiben, während er sich in den G-Andrucksessel des Ersten Offiziers lehnte und mit zittrigen Händen den Gurt schloß.

»Was soll ich machen?«

Angus führte Schaltungen aus. »Sie übernehmen die

Steuerung. Die Scanningdaten sind schon auf den Monitoren. Ich erledige den Rest.« Gleichzeitig schaltete er sich Zielerfassung und Kommunikation auf die Kommandokonsole. »Bringen Sie uns auf direkten Kurs zur *Stiller Horizont.* Andruckbelastung nicht höher als ein Ge. Feuert jemand auf uns, weichen Sie aus. Dafür dürfen Sie soviel Schub aufwenden, wie nötig ist. Ansonsten halten Sie uns auf langsamem Rendezvouskurs mit dem Kriegsschiff.«

Der Countdown vertickte geradeso wie das Zählwerk einer Zeitbombe. Succorso rieb sich mit den Händen die Augen, preßte die Handballen auf seine Narben. Einen Moment später warf der Andruck Angus in den Sitz, als Nick Succorso die Triebwerke zündete.

Der Andruck stabilisierte sich bei rund einem Ge. Succorso tippte eine geringfügige Korrektur ein. Fast sofort zeigten die Radarechos der Scanningmonitoren an, daß die *Posaune* auf geradlinigem Kurs auf die *Stiller Horizont* zuflog.

Gut. Vielleicht war Succorso immerhin so schlau, um einzusehen, daß er, wenn er nun keine Befehle befolgte, voraussichtlich nicht mehr lange genug lebte, um eine zweite Chance zu bekommen.

Die Bordwaffen der *Posaune* waren einsatzbereit, doch Angus hatte nicht die Absicht, sie zu benutzen, solang es sich umgehen ließ: hier mochte er nicht in ein Raumgefecht verwickelt werden. Statt dessen aktivierte er, obwohl er dadurch der Schubleistung Energie abzog, die Abschirmung: Deflektoren gegen Laserbeschuß, Partikelkollektoren gegen das Feuer von Materiekanonen. Dann aktivierte er das Mikrofon seiner Konsole und kontaktierte die *Stiller Horizont*.

Noch sechs Minuten. Viel zuwenig, um der *Posaune* das Erreichen genügend weiten Abstands zu erlauben. Selbst im Vakuum müßte die Druckwelle sie wie eine Faust treffen. Für derartige Überbeanspruchungen hatte man Interspatium-Scouts nicht konstruiert.

Andererseits mochte sich zeigen, daß es möglich war, die *Stiller Horizont* für wenigstens sechs Minuten zum Verzicht aufs Herumballern zu überreden.

»Hier spricht Kapitän Angus Thermopyle, Kompaktklassen-Interspatium-Scout *Posaune*«, tönte er ins Mikrofon. »An die Amnion-Defensiveinheit *Stiller Horizont:* Nicht schießen. Ich wiederhole: Schießen Sie nicht. Mein Raumschiff verfügt über keine Offensivwaffen. Ich bin für Sie keine Gefahr. Bei mir sind Gefangene an Bord, die ich bei Ihnen gegen freien Abflug eintauschen möchte. Ich bleibe auf dem gegenwärtigen Kurs und beschleunige gleichmäßig, damit ich ein Rendezvous mit Ihnen zustandebringe, und zwar auf Position der Koordinaten ...« Blitzschnell bewältigte der Bordcomputer die Berechnung: Angus nannte die Daten, kaum daß sie auf dem Monitor erschienen. »Ich bin dazu bereit, Nick Succorso, Morn Hyland und Davies Hyland gegen Ihre Einwilligung zum Verlassen des Bannkosmos einzuhandeln. Kapitän Succorso hat seinem Raumschiff *Käptens Liebchen* befohlen, die *Friedliche Hegemonie* zu vernichten. Morn Hyland ist VMKP-Leutnantin. Davies Hyland ist ihr in Station Potential per Schnellwachstumsverfahren zur Welt gebrachter Sohn. Diese Leute sind mir unwichtig. Sie können sie haben, wenn Sie mich abfliegen lassen.«

Mit Nachdruck schaltete er das Mikrofon ab.

Succorsos Hände ruhten, bereit zum Gehorchen oder zur Sabotage, reglos auf seiner Konsole. »Sie widerliche Kanaille«, murmelte er.

Für den Fall, daß Succorso es mit irgendeiner Verzweiflungstat versuchte, traf Angus Anstalten zum Desaktivieren der Steuerkonsole. Doch allem Anschein nach war Succorso sich darüber im klaren, daß ihm keine Alternativen mehr offenstanden.

»Wieso glauben Sie, Sie können sich mit so einem billigen Trick von hier fortmogeln?« fragte er mit schwacher Stimme. »Was für 'n Verwirrspiel treiben Sie und Taverner eigentlich?«

Noch fünf Minuten.

Während die *Posaune* von Thanatos Minor Abstand gewann, erweiterte sich ihr Scanningbereich über die Horizonte des Planetoiden hinaus. Jetzt zählte Angus zehn außerhalb der Astro-Reede befindliche Raumschiffe. Ein paar von ihnen suchten das Weite. Andere näherten sich zielstrebig, wohl vom Kassierer geschickt – oder den Amnion –, der Trajektorie der *Posaune.* Die *Sturmvogel* hatte Kurs und Geschwindigkeit dem Shuttle angeglichen, um das Raumfahrzeug an Bord zu nehmen.

»Ich und Taverner?« Angus war zum Lachen zumute. »Sie sind ja verrückt... Lassen Sie mich raten, was Ihnen passiert ist.«

Aus irgendwelchen Gründen verlangte seine Programmierung nicht, daß er Succorso Erklärungen abgab. »Ich hatte Mikka das Kommando übertragen. Sie wollten nicht auf mich warten, also haben Sie versucht, das Schiff in ihre Gewalt zu bringen. Aber Sie haben sich von 'm jungen Bürschchen mit 'ner Stunnerrute übertölpeln lassen. Wieder eine Ihrer Glanzleistungen. Succorso, Sie sind ein Erfolgsmensch. Kein Wunder, daß Sie nicht mehr ganz richtig im Brägen sind. Die zahllosen Triumphe sind Ihnen zu Kopf gestiegen.«

Nick Succorsos Miene zuckte; doch er erwiderte nichts.

»Ich erteile Ihnen innerhalb der nächsten Minuten zwei Befehle, Succorso«, kündete Angus ihm an. »Geben Sie sich gefälligst Mühe und verbocken Sie sie nicht auch noch. Wenn ich das erste Mal *Jetzt* sage, weichen Sie vom bisherigen Kurs ab und stochen volle Pulle. In welche Richtung, ist mir egal, wenn Sie nur möglichst viele der anderen Schiff abhängen. Sie fliegen bestimmt nicht aus reinem Zufall auf uns zu. Am wichtigsten ist, daß Sie maximalen Schub geben. Das könnte 'n bißchen auf Schwierigkeiten stoßen, weil ich Energie für die Abschirmung abzweige. Wenn's nicht anders machbar ist, drehen Sie auf, bis die Warnlämpchen Rot anzeigen. Und wenn ich das zweite Mal *Jetzt* sage, führen Sie einen Ihrer famosen Hyperspatium-Sekundensprünge durch.«

Vier Minuten.

»Schaffen Sie das, oder muß ich alles selber durchziehen?«

»Ich bin mir nicht sicher, ob ich überhaupt daran interessiert bin«, grummelte Succorso. »Es könnte doch ganz lustig sein mitanzusehen, wie Sie sich allein an den Haaren aus dem Dreck ziehen.«

Dennoch ersah Angus an der Kommandokonsole, daß Nick Succorso schon den Ponton-Antrieb vorbereitete und gleichzeitig die Berechnung mehrerer Optionen für einen neuen Kurs veranlaßte.

Plötzlich knackten die Steuerbrücken-Lautsprecher.

»*Posaune,* drehen Sie bei. Hier spricht die *Freimaurer.* Wir haben Befehle des Kassierers erhalten. Wenn Sie nicht auf Bremsschub schalten, eröffne ich auf Sie das Feuer. Wir gestehen Ihnen eine Frist von sechzig Sekunden zu, um die Weisung zu befolgen.«

Auf dem Sichtschirm erschien neben dem Radarecho der *Freimaurer* eine Schiffsidentifikation. Der Raumer war schon in Schußweite und holte zügig auf.

Doch nahezu unverzüglich empfing die *Posaune* den blechernen Klang einer Amnion-Stimme.

»Amnion-Defensiveinheit *Stiller Horizont* an Human-Raumschiff *Freimaurer.* Wir verbieten Ihnen den Waffengebrauch. Sie fliegen durch amnionischen Weltraum. Daher haben die Bedürfnisse der Amnion Vorrang. Die Vernichtung der *Posaune* ist für uns inakzeptabel. An Bord des genannten Raumschiffs befinden sich Individuen, die wir für unsere Zwecke brauchen. Falls Kapitän Angus Thermopyle arglistige Absichten verfolgt, wird Ihr Beistand bei der Verhinderung einer Flucht der *Posaune* belohnt. Sollte er ehrlichen Handel mit den Amnion beabsichtigen, darf er ungehindert abfliegen. Den Kassierer werden wir …« – kurz stockte die metallische Stimme – »… auf andere Weise abfinden.«

Angus bleckte die Zähne. »Es ist so, wie ich's immer sage. Eine überzeugende Lüge ist tausend Wahrheiten wert. Bleiben sie auf Kurs und behalten Sie die Beschleunigung gleichmäßig bei. Selbst wenn die Amnion ahnen, daß ich lüge – sogar wenn sie Ihren Tod wünschen –, werden sie diese Chance, um sich Morn und Davies doch noch zu kaschen, nicht versäumen.«

Succorso nickte grimmig. Er hatte einen neuen Kurs festgelegt. Sämtliche Statusanzeigen des Ponton-Antriebs zeigten Grün.

Drei Minuten.

Wenn die *Freimaurer* so lang abwartete, erhielt sie danach keine Gelegenheit mehr, um es zu bereuen.

Falls sie vor Ablauf der Frist feuerte, würden die Amnion mehr über die Belastbarkeit der Abschirmung erfahren, über die die *Posaune* verfügte, als es Angus recht sein sollte.

»Dazu kann ich nur eine negative Stellungnahme abgeben, *Stiller Horizont*«, lautete die Antwort der *Freimaurer.* »Ich kann dem Kassierer Ihren Standpunkt nicht mitteilen. Die Leitzentrale ist zur Zeit kommunikationsunfähig. Wenn ich seine Befehle nicht befolge, läßt er mich nicht auf die Astro-Reede zurück.«

Bevor die *Stiller Horizont* etwas entgegnen konnte, fingen die Antennen der *Posaune* aus dem Geknister des Weltalldunkels eine dritte Stimme auf.

»*Stiller Horizont*, hören Sie mir zu! Hier ist der Kassierer. Ich bin in einem Fracht-Shuttle. Dort ist das einzige Funkgerät weit und breit, das ich benutzen kann. Ich warne Sie, schenken Sie Angus Thermopyle kein Vertrauen! Er lügt. Er hat nichts anderes vor, als Sie zu betrügen und sich aus dem Staub zu machen. Fragen Sie ihn, wie Davies Hyland an Bord seines Raumschiffs gelangt ist! Fragen Sie, wieso Morn Hyland bei ihm ist! Succorso wird er Ihnen auf gar keinen Fall ausliefern. Er und Succorso stecken unter einer Decke. Sie haben mir den Hyland-Jungen entführt. Danach haben sie Ihnen zu dritt Morn Hyland geraubt. Sie sind diejenigen, die in Ihre Stationssektion eingedrungen sind, die dort getötet haben, und von ihnen ist die *Friedliche Hegemonie* vernichtet worden. Hören Sie nicht auf Thermopyle, *Stiller Horizont!* Das ist alles bloß ein Trick!«

Zwei Minuten.

Noch ehe das Gegeifer des Kassierers verstummte, übertrugen die Steuerbrücken-Lautsprecher der *Posaune* einen neuen Funkspruch der *Stiller Horizont*.

»Amnion-Defensiveinheit *Stiller Horizont* an alle Human-Raumschiffe im Umkreis Thanatos Minors.« In der Alienstimme kam eine Dringlichkeit zum Ausdruck, wie Angus sie noch nie von einem Amnioni vernommen hatte. »Sie haben Kurs auf das Human-Raumschiff *Posaune* zu nehmen. Die *Posaune* muß aufgebracht werden. Alle Human-Raumschiffe, die sich am Aufbringen der *Posaune* beteiligen, erhalten die höchste Belohnung, die wir Amnion bieten können. Alle Human-Raumschiffe, die sich nicht am Aufbringen der *Posaune* beteiligen, werden als feindliche Einheiten eingestuft und vernichtet. Wir wiederholen. Amnion-Defensiv-Einheit *Stiller Horizont* an alle …«

»Es wird gar nicht so leicht sein, denen abzuhauen«, rief Nick Succorso in die Durchsage. Sein Ton zeugte so deutlich von Stress, als hätte er eine Schweißschicht auf der Stirn. Seine Hände flitzten sicher über die Tastatur der Konsole, aber seine Augen huschten umher wie bei einem in die Enge gedrängten Tier. »Egal in welche Richtung wir abdrehen, die Amnion-Quallen haben uns jederzeit im Schußfeld. Unsere Beschleunigung ist kein Problem für ihre Zielverfolgung. Und die übrigen Lumpenhunde fliegen allesamt schneller als wir.«

Inzwischen zählte Angus außer der *Freimaurer* vier weitere Raumer, die um die *Posaune* einen Kordon zu bilden versuchten.

»Wir brauchen mindestens dreißig Sekunden, um eine hinreichend hohe Geschwindigkeit für einen effektiven Sekundensprung zu erreichen«, fügte Succorso rauh hinzu. »Aber dreißig Sekunden lassen jedem Schleimbeutel in der Umgebung genug Zeit, um uns unter Beschuß zu nehmen.«

Noch eine Minute.

»Dann ist wohl 'n Ablenkungsmanöver fällig.« Angus äffte das überhebliche Getue nach, zu dem es Nick Succorso mittlerweile an Überzeugungskraft mangelte. »Halten Sie sich fest. Ich gehe nun aufs Ganze.«

Hoch-G: Andruck dieser Stärke mußte Morns Hyperspatium-Syndrom auslösen, falls Davies keine hinlänglichen Sicherheitsvorkehrungen getroffen hatte; so hoher Andruck, daß er Nick Succorso und Angus wie Schwämme in die Sessel drücken würde. Succorso kannte sich noch nicht mit der *Posaune* aus: er wußte nicht, welche Beschleunigungskapazitäten sie hatte. Jedoch hatte er mit seiner Einschätzung recht, daß sie die Zielverfolgung der *Stiller Horizont* vor keine Schwierigkeiten stellte. Und er hatte beinahe recht, was die Zeitspanne anging, die die *Posaune* noch brauchte, um bereit für einen hyperspatialen Sekundensprung zu sein. Während der ersten zwanzig Sekunden gab sie quasi ein unbewegliches Ziel ab.

Außer sie machte sich die Druckwelle zunutze.

Falls Dios und Lebwohl sich bei ihren Berechnungen geirrt hatten …

Oder ihre Informationen über Kassaforts Fusionsreaktor sich nachträglich als zu ungenau erwiesen …

Oder die *Posaune* der Beanspruchung nicht gewachsen war …

»Amnion-Defensiveinheit *Stiller Horizont* an Human-Raumschiff *Posaune*«, drang es aus den Steuerbrücken-Lautsprechern. »Wir fordern Sie zur Beendigung Ihres Schubs auf. Befolgen Sie unsere Aufforderung unverzüglich. Aktivieren Sie Bremsschub. Darin werden wir ein Anzeichen Ihres guten Willens sehen. Gehorchen Sie der Aufforderung nicht, stufen wir Sie als Feindlichkeitstäter ein. Dann erhält im Interesse der Amnion Ihre Vernichtung vor dem Wert Ihrer Gefangenen den Vorrang.«

Ein Aufheulen, das Angus nicht ausstoßen durfte, stockte in seiner Brust, ein Geschrei der Furcht, das seine Zonenimplantate und die vorprogrammierten Instruktionen ihm nicht gestatteten. »Jetzt«, sagte er mit der Trostlosigkeit eines Grabsteins zu Nick Succorso.

Succorso schlug die Handteller auf Schaltflächen.

Ein Donnern, das durch den gesamten Rumpf des Interspatium-Scouts dröhnte, übertönte fast die Lautsprecher, als der Pulsator-Antrieb der *Posaune* Vollschub gab. Trotz seiner erhöhten Körperkräfte warf der Andruck Angus erst rücklings in den Kommandosessel, dann kippte er, sobald die *Posaune* auf den neuen Kurs schwenkte, zur Seite.

Auf einen Kurs, der sie von der *Stillen Horizont* fortbeförderte.

Mitten zwischen die *Freimaurer* und zwei andere Raumschiffe.

In schrägem Winkel auf die Grenzen des Human-Kosmos zu.

Die Scanninginstrumente maßen, wie an Bord mehrerer Schiffe die Zielverfolgung die *Posaune* im Visier, die Bordwaffen auf sie gerichtet behielt.

Zwei Sekunden später atomisierte eine nukleare Explosion das Innere Thanatos Minors.

Nachdem Angus sich tief im Zentrum Kassaforts

einen Weg durch die Sicherungsanlagen gebrannt und einige Schaltkreise umverlegt hatte, war eine theoretisch ausgeschlossene Havarie des Fusionsreaktors möglich geworden. Wäre der Kassierer in seinem Panzergewölbe geblieben und es der Leitzentrale gelungen, die Kommunikation wiederherzustellen, hätte man ihn vielleicht vor dem drohenden Unheil gewarnt; abwenden jedoch hätte er es nicht mehr können: nicht ohne eine komplette Überholung der Kraftwerkskontrollen.

Der Fusionsreaktor, der genug Energie zur Versorgung ganz Kassaforts produziert hatte, erzeugte bei seiner Explosion mehr als genug destruktive Gewalt, um den Planetoiden auseinanderzusprengen.

Der Aufprall der Druckwelle tobte durch den Rumpf der *Posaune.* Wie ein Strudel durchpflügte zerborstenes Gestein das Vakuum nach sämtlichen Seiten. Binnen Sekunden, wenn nicht Zehntelsekunden, mußte der Trümmerhagel das Raumschiff ereilen, die Abschirmung durchschlagen wie einen Dunstschleier, den Interspatium-Scout inmitten der ausgedehnten Dunkelheit des Alls zu Schrott zerschmettern. Die Hälfte der anderen ›Human-Raumschiffe‹ war schon vernichtet, durch die Zersprengung Thanatos Minors in Stücke gesiebt worden.

»Jetzt!« brüllte Angus ins Kreischen seines Raumschiffs.

Gegen den brutalen Ansturm der Druckwelle gestemmt, krallte sich Nick Succorso an seine Konsole, klatschte die gestreckten Hände auf die Tasten.

Als nur noch wenige Meter die Trümmerbrocken von der *Posaune* trennten, wechselte sie in die Tach über; stürzte sie, ähnlich wie zuvor Morn, in einen Abgrund, in die Kluft zwischen den Sternen.

WARDEN

Nach dem Anschlag des Kaze auf das VMKP-HQ wurde Warden Dios zu Holt Fasner höchstpersönlich zitiert.

Es hatte in seiner Macht gelegen, Godsen Frik vor derartiger Herumkommandiererei zu bewahren. Dadurch war er an Friks Tod indirekt mitschuldig geworden. Sich selbst jedoch konnte er davor nicht schützen. Der Drache war sein Chef.

Hätte Warden zu vergeblichen Anwandlungen des Bedauerns geneigt, wäre wohl von ihm die Naivität oder der blinde Idealismus – oder der anmaßende Ehrgeiz – verwünscht worden, der ihn dazu bewogen hatte, Holt Fasners Angebot, VMKP-Polizeipräsident zu werden, überhaupt anzunehmen. Doch diese Art von Mensch war er nicht. Statt dessen zuckte er enttäuscht die Achseln und erfüllte seine Pflicht. Zeit und Erfahrungen hatten in der Natur seiner ursprünglichen Motivation ein paar Veränderungen bewirkt. Wie die Dinge heute standen, hatte er seine Naivität überwunden; blind idealistisch war er nicht mehr eingestellt; und seinen Ambitionen haftete keine Arroganz mehr an. Dennoch tat er, was er jetzt tat, aus im wesentlichen den gleichen Gründen, die ihn damals dazu veranlaßten, erst Posten beim Intertech-Sicherheitsdienst und später bei der VMKP anzutreten.

Er hegte die Überzeugung, daß Probleme von den Leuten behoben werden sollten, die sie erkannten. Einsatz der ganzen Person, volles Engagement und weitblickende Umsicht konnte man nicht von Menschen erwarten, die dazu keine Erfordernis sahen. Darum mußten Männer wie er und Frauen wie Min Donner die nötigen Leistungen erbringen.

Früher einmal hatte er seine Überzeugungen insgeheim als bewundernswürdig betrachtet; deshalb hatte er schließlich geargwöhnt, Überheblichkeit könnte seine Strebsamkeit trüben. Nun aber bewertete er seine Haltung als das Mittel, mit dem Holt Fasner ihn manipuliert hatte.

Leider konnte er sie nicht kurzerhand ablegen. Die Tatsache, zu einfältig gewesen zu sein, um zu verhindern, daß seine Überzeugungen gegen ihn ausgenutzt wurden, stufte er nicht als Grund ein, um sie über Bord zu werfen. Und in gewissem Umfang gingen die gegenwärtigen Probleme auf seine eigenen Handlungen zurück, auf seine Kompromisse und Fehlurteile.

Diese Kompromisse und Fehlurteile hatten sich für den Drachen als außerordentlich fruchtbarer Boden erwiesen. Er hatte dort vielerlei gesät.

Warden Dios hatte keine Absicht, vor der Ernte zu kneifen.

Also nahm er sein Dienst-Shuttle und flog vom VMKP-HQ zum ›Stammsitz‹ der Vereinigten Montan-Kombinate, der Orbitalstation, wo Holt Fasner seinen weitverzweigten Konzern leitete. Nach dem Aussteigen holten ihn dort Angehörige der Truppe ab, die Fasner als ›Betriebsschutz‹ bezeichnete: Mitglieder seiner Leibwache. Obwohl Warden den Weg kannte, geleitete der BS ihn ins stark gesicherte Zentrum der Orbitalstation, wo der Drache – wie die Redensart lautete – in seiner Höhle lauerte.

Sobald nach seinem Eintreten die Türen geschlossen, die Wände abgeschirmt und die Überwachungsanlagen desaktiviert worden waren, die die ›Höhle‹ und ihre Geheimnisse gegen jede Art der Spionage schützten, stand Warden Auge in Auge dem Mann gegenüber, der ihn zu dem, was er war, gemacht hatte.

Jedesmal wenn Warden über seinen Chef nachdachte, spürte er unterschwellige, aber hartnäckige Ängste.

Nur die Ruhe bewahren, sagte er sich.

Behalte klaren Kopf.

Denk daran, was du machst.

Holt Fasner strahlte eine Aura des Beunruhigenden aus. Trotz seiner einhundertfünfzig Jahre wirkte er jünger als Warden, hatte man zumindest oberflächlich den Eindruck, er sei bei besserer Gesundheit. Schonende Medikamente verjüngten seine Haut um achtzig oder neunzig Jahre, das Gewebe von Herz und Lungen sowie das Knochenmark um immerhin die Hälfte. Nur die augenfällige Rötung seiner Wangen, das gelegentliche Zittern der Hände und die Weise, wie er blinzelte, als kostete es ihn Mühe, klar zu sehen, und die Andeutungen der Sterblichkeit, die Warden in seiner IR-Sicht wahrnahm, vermittelte darüber Aufschluß, daß er keineswegs vollständig wohlauf war.

Zur Begrüßung lächelte er Warden über die Platte des nach Gesichtspunkten der Zweckmäßigkeit gestalteten Schreibtischs hinweg kühl zu. Nicht allein der Schreibtisch, das gesamte Büro war überfüllt mit Computer- und Datenterminals, Videomonitoren sowie Kommunikationsapparaturen jeder Sorte – bereit zur Informationsbeschaffung wie ein lebendiges Gehirn –, aber allzu geräumig war es nicht, ja nicht einmal sonderlich behaglich.

»Hallo, Warden.« Mit der Hand deutete Fasner auf einen Sessel, der vor dem Schreibtisch stand. »Nehmen Sie Platz. Ich dachte, wir zwei plaudern mal 'n bißchen.«

Indem er sich streng zusammenriß, um seine Unruhe zu verhehlen, setzte sich Warden und verschränkte die Arme auf der Brust.

»Es wäre sinnvoller, wir tun mehr als bloß einen Plausch halten«, antwortete er, als dürfte er es sich gestatten, gegenüber dem mächtigsten Mann des Human-Kosmos ungeduldig zu sein. »Für mich ist der Zeitpunkt sowieso sehr ungünstig. Es geht zuviel vor. Selbstverständlich wissen Sie darüber Bescheid, also denke ich mir, Sie wollen mit mir über eine spezielle Angelegenheit beraten. Für Plaudereien reichen die normalen Verbindungen aus.«

Holt Fasner machte eine Geste, die auf ein Achselzucken hinauslief; seiner Aura ließ sich innere Anspannung anmerken. »Kommen Sie, Warden, seien Sie kein Spielverderber. Wir sollten nichts überstürzen. Ein paar Minuten können Sie ja wohl für mich abzweigen. Wie ist drüben das Wetter?« Er schmunzelte humorlos. »Haben Sie im Zusammenhang mit den Kaze inzwischen irgendwelche Spuren gefunden? Liegen mittlerweile Neuigkeiten von Thanatos Minor vor?«

Warden saß da wie eine Sphinx. »Was sollten wir nicht überstürzen?«

Direktheit konnte Fasner nicht beirren. »Was, in Gottes Namen, hat Sie nur darauf gebracht, es sei eine gute Idee, Godsen Friks Freizügigkeit auf das VMKP-HQ zu beschränken?« entgegnete er. »Wenn ich ehrlich bin, kann ich nicht behaupten, er wäre mir sympathisch gewesen, aber er hat tadellose Arbeit geleistet, darum wird er uns fehlen.« Er zwinkerte heftig, als befielen Zuckungen seine Brauen. »Sicherlich haben Sie inzwischen schon eingesehen, daß er noch am Leben sein könnte, hätten Sie ihm nicht diese Anweisungen erteilt.«

»Ja, das ist richtig.« Hätte Holt Fasner über eine ähnliche visuelle Prothese wie Warden verfügt, wäre es ihm möglich gewesen, jetzt Bedauern und nutzlosen Zorn sich wie Insekten unter der Haut des VMKP-Polizeipräsidenten regen zu sehen. »Das ist mir klar.«

»Und …?« fragte Fasner.

Mit dem Druck seiner Arme um den Brustkorb festigte Warden seine Selbstbeherrschung. »Ich hatte diese Maßnahmen getroffen, um ihn zu beschützen. Jedenfalls bin ich der Meinung gewesen, daß es mir dadurch möglich sei. Ich hatte mich gefragt, wie der Kaze, der auf Kapitän Vertigus angesetzt worden war, an legitime Identifikationen gelangt ist, und die Schlußfolgerung gezogen, daß ein Verräter in einer von drei Institutionen sie ihm besorgt haben muß – beim EKRK-Schutzdienst, im VMKP-HQ oder hier. Bei allem Respekt muß ich erwähnen, ich schließe meine Mitarbeiter vom Kreis der Verdächtigen aus.«

»Aber meine nicht«, konstatierte Fasner an seiner Stelle.

Warden nickte. »So wenig wie die Konzilsmitarbeiter. Allerdings fällt der stärkste Verdacht auf Ihr Personal. Unter uns gesagt, Sie und ich, wir beliefern den EKRK-Schutzdienst buchstäblich mit allem. Und Sie haben mehr Leute als das Konzil. Und als ich. Ein größerer Personalbestand heißt zwangsläufig, die Wahrscheinlichkeit, daß sich darunter ein Verräter verbirgt, ist höher. Ich war der Ansicht, ich könnte die Gefahr für Frik minimieren, wenn ich seine Bewegungsfreiheit einschränke, bis ich die Herkunft des Kaze ermittelt habe. Er ist exponierter als jeder andere gewesen, zumal er so viele dienstliche Anlässe zu Besuchen auf Suka Bators hatte.«

Und zu Besuchen bei dir.

»Freilich konnte ich nicht ahnen, daß Sie ihn anrufen… Beziehungsweise es plötzlich als nötig erachten, persönlich mit ihm zu sprechen.«

Holt Fasner zwinkerte hektisch. »Glauben Sie, da besteht ein Zusammenhang?«

Nur die Ruhe, ermahnte sich Warden, als leierte er eine Litanei herunter. Denke daran, was du machst.

»Ich hoffe, das können Sie mir sagen. Ich hatte gehofft, das sei der Grund, weshalb Sie mich herbestellt haben. Auf alle Fälle handelt es sich um ein kurioses zeitliches Zusammentreffen. Frik wäre nicht ums

Leben gekommen, hätte er Ihre Weisung sofort befolgt. Wußten Sie, daß er das nächste Opfer sein sollte? Kennen Sie den Verantwortlichen des Attentats?«

Weiter konnte und wollte er mit seiner Offenheit nicht gehen.

»Natürlich nicht!« fuhr Fasner ihn gereizt an. »Würde ich ›den Verantwortlichen‹ kennen, hätte ich ihn Ihnen schon ans Messer geliefert. Haben Sie mir nicht zugehört? Ich habe erwähnt, daß Frik mir fehlen wird.«

Doch fast unverzüglich fiel er in seine Humorlosigkeit zurück. »Da wir gerade davon reden, das bringt mich auf eine der Fragen, die ich tatsächlich mit Ihnen diskutieren möchte, nämlich Godsen Friks Nachfolger. Sein Posten ist sehr wichtig. Ich zögere nicht einmal vorauszusagen, er wird künftig entscheidende Bedeutung einnehmen. Haben Sie schon Zeit gehabt, um darüber nachzudenken? Mir ist ein gut geeigneter Kandidat eingefallen.«

Langsam atmete Warden Luft in den zwischen seinen Armen gestauten, innerlichen Druck. »Ich habe schon jemanden an seine Position befördert.«

Holt Fasner ließ das Kinn abwärtssacken, um seine Überraschung zu unterstreichen; grelle Farben durchstrudelten seine Aura. »Herrje, Warden, was ist denn in Sie gefahren, Mann? Sie wissen doch, für wie hochbedeutsam ich das Ressort Öffentlichkeitsarbeit halte. Was glauben Sie eigentlich, warum ich damals konsequent auf Frik bestanden habe?« Sein Tonfall wurde schärfer. »Womit rechtfertigen Sie die Annahme, ich hätte bei der Auswahl seines Nachfolgers kein Wörtchen mitreden wollen?«

Warden war zumute, als könnte er den Atem des Drachen heiß und verhängnisvoll im Gesicht spüren; doch er bewahrte eine gleichmütige Miene. Leidenschaftlos hob er die Schultern. »Wie Sie es sagen, das RÖA ist von entscheidender Bedeutung. Vor allem zur

Zeit. Deshalb mußte ich sofort jemanden haben. Und ich konnte ja nicht ahnen, daß Sie sich die Mühe machen wollten, selbst einen Nachfolger vorzuschlagen. Ich bin davon ausgegangen, daß Sie viel zuviel zu tun hätten, um sich mit so etwas abzugeben.«

Fasner maß ihn festen, durchdringenden Blicks. »Wen haben Sie befördert?«

»Eine Mitarbeiterin Friks. Eine Frau namens Koina Hannish.«

»Sie und Ihre Weiber ...« Holt Fasner schnaubte. »Als nächstes werde ich wohl zu hören bekommen, daß Sie Hashi Lebwohl durch 'n junges Gör ersetzt haben, in dessen Nähe 's Ihnen warm ums Herz wird.«

»Einen Moment mal!« Warden hatte seinen Boss längst gründlich genug durchschaut, um zu wissen, daß Holt Fasner Beleidigungen als Tarnung für seine wahren Absichten benutzte. Dennoch brauchte der VMKP-Polizeipräsident für seine Emotionen ein Ventil. »Ist das Ihre Meinung über Min Donner? Daß sie ein ›junges Gör‹ ist, in dessen Nähe es mir ›warm ums Herz wird‹?«

Fasner überhörte seine Äußerungen. »Widerrufen Sie Hannishs Beförderung«, forderte er in unvermindert scharfem Ton. »Machen Sie ihr klar, daß sie Frik nur zeitweilig vertreten mußte ... Daß Sie einen geeigneteren Nachfolger gefunden haben.«

Warden zog die Schrauben seiner Beherrschung fester an. »Es versteht sich von selbst, daß das ohne weiteres möglich ist«, antwortete er mit erzwungener Freundlichkeit. »Aber meinen Sie nicht, das wäre ein allzu offensichtliches Vorgehen? Die Beförderung ist schon aktenkundig. Hannish hat dem Konzil schon ihre Beglaubigungen vorgelegt.« Doch trotz aller Entschlossenheit, die Ruhe zu bewahren, verdroß Fasners indirekte Drohung ihn stark. Ärger und Kummer verliehen seinen nächsten Worten entschiedeneren Nachdruck. »Sie sagen selbst voraus, daß das RÖA in Zukunft entscheidende Bedeutung hat. Sind Sie sicher, Sie möchten unter diesen Umständen das Konzil merken lassen, daß Sie ausgerechnet an einem solchen Zeitpunkt in die inneren Angelegenheiten der VMKP eingreifen?«

Der Drache stützte die Hände auf die Tischplatte, als müßte er auf diese Weise verhindern, daß sie zitterten. Seine IR-Emanationen flimmerten kraus, als würde Milch sauer.

»Wissen Sie was, Warden? Wenn ich Sie heute so anschaue, frage ich mich, ob ich mit Ihnen kein Ungeheuer geschaffen habe.«

Warden verkniff sich eine Erwiderung. Nur die Ruhe. Schon daß Fasner ihn mit dem Vornamen anredete, paßte ihm nicht.

»Was empfinden Sie an mir denn als so monströs, wenn ich fragen darf?«

Endlich verzichtete Holt Fasner auf seine vorgeschobene Gelassenheit. »Ich denke da«, stellte er in vollends schneidendem Tonfall fest, »an die Videokonferenz.«

Behalte klaren Kopf.

»Was ist damit?«

»Was damit *ist?* Gütiger Herrgott, Warden, hätte ich nicht so viele Gründe, um Ihnen Vertrauen entgegenzubringen, ich hätte Sie längst zu Hundefutter verarbeitet. Und bilden Sie sich nicht ein, ich fühlte mich nicht trotz all Ihrer Verdienste dazu versucht.« Er meinte: Bilde dir nicht ein, ich könnte es nicht. »Haben Sie überhaupt 'ne Vorstellung davon, in was für ein Hornissennest unter den Konzilsdeputierten Sie da gestoßen haben? Ist das absichtlich geschehen, oder haben Sie schlichtweg außer acht gelassen, wie solche Leute reagieren würden?« Holt Fasners Atemzüge gingen flach und nervös. »Sie hätten auf Frik hören sollen. Bestimmt sind Sie von ihm gewarnt worden. Als er mir davon erzählt hat, hatte er fast Schaum vorm Mund.«

Warden stellte sich stur. »Sie haben sich die Aufzeichnung ja wohl angeschaut«, sagte er. »Ich kann mir denken, daß Sie sich mit diesen und jenen Leuten darüber ausgetauscht haben … Anderen Leuten als Godsen Frik, meine ich. Sie wissen darüber also soviel wie ich.«

»O ja, ich *habe* mir die Aufnahmen angeguckt«, schnob Fasner. »Inzwischen kenne ich sie in- und auswendig. Sie wimmeln von Glanzstücken. Diesem zum Beispiel … ›Anscheinend hat Kapitän Thermopyle unser Sonnensystem mit Kurs auf den Bannkosmos verlassen.‹«

Grimmigen Blicks musterte er Warden, während er die Zitate vortrug. »›Falls er keine Kurskorrektur vornimmt, fliegt er in die Richtung eines Planetoiden mit der Bezeichnung Thanatos Minor, von dem wir vermuten, daß dort eine Schwarzwerft etabliert ist, die den Transaktionen und sonstigen Bedürfnissen der Raumpiraterie dient.‹ Oder wie finden Sie folgendes? – ›Der KombiMontan-Sicherheitsdienst hat Morn Hyland auf Ihren Befehl hin gestattet, mit Kapitän Succorso abzufliegen.‹ Aber das sind durchaus nicht die besten Klöpse. Besonders begeistert hat's mich, als Hashi Lebwohl davon schwafelte, es wäre der Plan gewesen, Succorso ›mit einem Medikament, von dem er behaupten sollte, es immunisiere gegen Amnion-Mutagene, nach Thanatos Minor zu schicken‹. Und ich hatte praktisch einen Orgasmus, als er gestand, man hätte Hyland demselben Succorso mitgegeben, ›damit er, falls er in eine Falle geht oder enttarnt wird – er in Umstände gerät, die ihn in die Versuchung führen, die Wirkungslosigkeit des Mittels aufzudecken –, etwas anderes zu verkaufen hat‹. Ja, ich *kenne* die Videokonferenz. Ich *weiß*, wie die Deputierten auf dergleichen reagieren. Was ich *nicht* weiß, ist, was Sie sich dabei gedacht haben, dem Konzil solche Sachen zu erzählen. Gegen wen wühlen Sie mit diesen Aktivitäten, Warden? Wem gilt Ihre Sabotage?«

»Nur die Ruhe«, sagte Warden laut. Allmählich lockerte ein Lächeln die verbissene Ausdruckslosigkeit seiner Miene. Er hob eine Hand an das Pflaster auf seinem linken Auge. »Sie sehen aus, als bekämen Sie gleich einen Herzinfarkt.«

Unter krampfhaftem Zwinkern lehnte Holt Fasner sich in seinen Sessel.

»Sie haben völlig recht«, erklärte Warden. »Es handelt sich um Sabotage. Wir nebeln uns ein. Und zwar gegen niemand anderes als EKRK-Sonderbevollmächtigten Maxim Igensard.«

Er hatte sich auf diese Konfrontation so gut vorbereitet, wie er es konnte. Nun mußte er die Tauglichkeit seiner Vorbereitung auf die Probe stellen.

»Das Konzil debattiert seit Jahren über uns«, erläuterte er. »Es kaut immerzu altbekannte Themen wieder. Neu ist nur Igensard. Seine Meinung über uns steht längst fest. Direktor Lebwohl und ich haben ihn lediglich in dem bestärkt, was er sowieso denkt. Und es ist uns gelungen, ohne ihm die volle Wahrheit darzulegen. Vollständige Lügen werden zu leicht entlarvt. Dagegen sind Beinahe-Wahrheiten erheblich effektiver.«

Mit der Kraft beider Arme unterdrückte Warden seinen Abscheu vor sich selbst. »Freilich besteht dabei das Risiko«, fügte er hinzu, »daß ich unseren Anhängern im Konzil den Boden unter den Füßen wegziehe. Aber um vor Igensard die Tatsachen zu verschleiern, bin ich dies Risiko zu tragen gewillt. Mr. Fasner, dieser Mann ist hochgradig gefährlich. Wenn irgend jemand dazu fähig ist, beharrlich genug nach den Fakten zu forschen und zu bohren, dann auf jeden Fall er. Ich kenne diese Typen, die ihre gerechte Empörung hervorkehren. Er ist dermaßen davon überzeugt, im Recht zu sein, selbst eine weiße Weste zu haben, daß er uns mit dem größten Vergnügen zugrunderichten und sogar unsere stellaren Grenzen dem Bannkosmos öffnen würde, um unsere Schlechtheit zu beweisen. Um einem Mann wie ihm in den Arm zu fallen, kann ich's verkraften, wenn meine Reputation leicht angekratzt wird. Ich weiß, daß Sie gegen so etwas Bedenken hegen. Die VMKP ist die Hauptstütze Ihres gesamten Wirtschaftsimperiums. Wenn wir nicht wenigstens den Anschein eines makellosen Ansehens bewahren, ergeben sich für Sie Schwierigkeiten. Aber bevor Sie sich auf die Einschätzung versteifen, ich sei völlig übergeschnappt, beachten Sie bitte, was die Videokonferenz erreicht hat.«

»Und das wäre?« fragte Fasner.

Warden kannte kein Zaudern. Er war schon zu weit gegangen, um jetzt noch zurückzustecken.

»Ich habe Igensard so akkurate Lügen präsentiert, daß er sie nicht von der Wahrheit unterscheiden kann. Aus seiner Warte hätten wir es, wäre Morn Hyland wirklich unsererseits nur zur Absicherung Succorso überlassen worden, ganz bestimmt niemals zugegeben. Aus seiner Sicht hätten wir, wäre Thermopyle wahrhaftig von uns freigelassen und auf Thanatos Minor angesetzt worden, doch gewiß nicht sein Ziel enthüllt. Aus seiner Perspektive würden wir, stünde uns tatsächlich ein Immunitätsserum zur Verfügung, das wir geheimhalten möchten, doch auf gar keinen Fall die Aufmerksamkeit darauf lenken, indem wir behaupten, wir hätten das Vorhandensein eines solchen Mittels vorgespiegelt, um Kassafort zu täuschen. Und das ist noch nicht alles. Überdies habe ich alles so geplant, daß die Schuld, sollte irgend etwas schiefgehen, ausschließlich mich trifft. Stehe ich übel genug da, können Sie Ihre Hände in Unschuld waschen. Sie haben jederzeit die Möglichkeit, Ihre Interessen wirksam zu wahren, indem Sie mich Igensard vorwerfen.«

Zu guter Letzt verstummte Warden. Zum Guten oder zum Schlechten hatte er alles ausgesprochen, was er bei seiner Ankunft zu sagen beabsichtigt hatte. Nun blieb das Ergebnis abzuwarten.

Verdrossen betrachtete Holt Fasner ihn für einen längeren Moment. »Und das«, murrte er schließlich in ruppigem Ton, »soll meine Bedenken schlichten?«

Warden hob die Schultern. »Ich weiß nicht, wie Ihnen dabei zumute ist«, entgegnete er trotz des Umstands, daß seine IR-Sicht ihm Fasners Sorge, Zorn und Furcht offenkundig machte. »Ich erledige nur meine Arbeit. Über was möchten Sie außerdem mit mir plaudern?«

»Erlauben Sie sich mit mir keine krummen Touren, Warden«, schnauzte Holt Fasner und beugte sich an seinem Platz ruckartig vor. »Sonst kneife ich Ihnen die Eier ab. Sie hatten das alles schon geplant, bevor Sie Godsen Frik anwiesen, der Öffentlichkeit Thermopyles Flucht einzugestehen, aber Sie hielten's nicht für erforderlich, es zu erwähnen. Sie haben sich verdammt weit aus dem Fenster gelehnt, ohne sich mit mir abzusprechen. Nun will ich Ihnen unmißverständlich klarstellen, was es heißt, wenn Sie hinausfallen. Anschließend kehren Sie hübsch brav in Ihr VMKP-HQ zurück und lassen alles andere durch mich regeln. Sollte auf Thanatos Minor etwas in die Binsen gehen – *irgend etwas* –, dann steht Ihr kostbarer Josua auf der Abschußliste. Und Morn Hyland. Genauso wie Nick Succorso. Gar nicht zu reden von Milos Taverner. Haben Sie das kapiert? Dann will ich, daß sie ausnahmslos über die Klinge springen. In dem Fall will ich, daß sie, ihre Raumschiffe und jede, selbst jede noch so geringfügige Information über sie restlos aus dem Universum *ausgemerzt* werden. Das betrifft auch das Immunitätsserum… Vor allem das Immunitätsserum. Hätte ich geahnt, daß Sie eines Tages den Konzilsdeputierten Andeutungen über ihre Existenz vorquasseln, ich hätte mich nie von Ihnen dazu überreden lassen, der Aufbewahrung zuzustimmen. Habe ich mich deutlich genug ausgedrückt? Inzwischen haben Sie ja Min Donner in die dortige Gegend geschickt. Ich vermute, damit sie abfängt, was aus dem Bannkosmos kommt. Betrauen Sie sie mit der Aufgabe. Stellen Sie hundertprozentig sicher, verflucht noch mal« – er ballte die Hände zu Fäusten, betonte von nun an jedes einzelne Wort mit einem Hieb auf die Tischplatte –, »daß sie sie allesamt liquidiert!«

Es fiel Warden unerwartet leicht, die Contenance zu bewahren. Jetzt war getan, was er sich für seinen Besuch bei Holt Fasner vorgenommen hatte. Und das Resultat überraschte ihn nicht. Er hatte dazu beigetragen, das Problem zu verursachen; nun beabsichtigte er es zu beheben; gedachte er die Folgen auf sich zu nehmen.

Er senkte die Arme vom Brustkorb und erhob sich aus dem Sessel.

»Ja, es ist alles vollkommen klar«, sagte er gelassen. »Ich glaube, von nun an wird es auch so bleiben. Ich erstatte Ihnen Bericht, sobald ich weiß, was in Gang ist.«

Holt Fasner knurrte ein Abschiedswort und betätigte eine Taste, die Warden die Tür öffnete, so daß er gehen konnte.

Als er die Höhle des Drachen verließ, schloß Warden mit Bestimmtheit hinter sich die Tür.

Es ist höchste Zeit, dachte er. Damit muß Schluß sein. Bitte, Angus, laß mich nicht im Stich.